人民日报70年
散文选

人民日报社文艺部 / 编

人民日报出版社

图书在版编目（CIP）数据

人民日报 70 年散文选 / 人民日报社文艺部编.
-- 北京：人民日报出版社，2018.6
ISBN 978-7-5115-5450-5

Ⅰ.①人… Ⅱ.①人… Ⅲ.①散文集－中国－当代 Ⅳ.①I267

中国版本图书馆 CIP 数据核字（2018）第 095231 号

书　　　名：人民日报 70 年散文选
编　　　者：人民日报社文艺部
出 版 人：刘华新
责任编辑：宋　娜　翟福军　谢广灼
封面设计：主语设计

出版发行：人民日报出版社
社　　　址：北京金台西路 2 号
邮政编码：100733
发行热线：(010) 65369527　65369509　65369512　65369846
邮购热线：(010) 65369530　65363527
编辑热线：(010) 65369533
网　　　址：www.peopledailypress.com
经　　　销：新华书店
印　　　刷：北京中科印刷有限公司

开　　　本：710mm×1000mm　1/16
字　　　数：590 千字
印　　　张：34.75
版　　　次：2018 年 6 月第 1 版　2025 年 10 月第 8 次印刷

书　　　号：ISBN 978-7-5115-5450-5
定　　　价：88.00 元

特 稿

习近平总书记的文学情缘

2016年10月15日,是习近平总书记在文艺工作座谈会上发表重要讲话两周年。在那次座谈会上,习近平鲜明提出"坚持以人民为中心的创作导向,创作更多无愧于时代的优秀作品",吹响了推动文艺创作繁荣发展的集合号。两年来,文艺战线认真学习贯彻习近平总书记重要讲话精神,乘势前进、变化喜人,涌现出一批优秀文艺作品。今天,我们收集刊登习近平讲述过的他熟读文学经典、心系文艺工作的一些故事,以飨读者。我们可以从中感受到总书记重要讲话的思想力量,体会到总书记那份深深的文学情缘。

——编 者

"精忠报国"是我一生追求的目标

我看文学作品大都是在青少年时期,后来看得更多的是政治类书籍。记得我很小的时候,估计也就是五六岁,母亲带我去买书。当时,我母亲在中央党校工作。从中央党校到西苑的路上,有一家新华书店。我偷懒不想走路,母亲就背着我,到那儿买岳飞的小人书。当时有两个版本,一个是《岳飞传》,一套有很多本,里面有一本是《岳母刺字》;还有一个版本是专门讲精忠报国这个故事的,母亲都给我买了。买回来之后,她就给我讲精忠报国、岳母刺字的故事。我说,把字刺上去,多疼啊!我母亲说,是疼,但心里铭记住了。"精忠报国"四个字,我从那个时候一直记到现在,它也是我一生追求的目标。

当时能找到的文学经典我都看了

修身、齐家、治国、平天下,我们这代人自小就受这种思想的影响。上山下乡的时候,我15岁。我当时想,齐家、治国、平天下还轮不到我们去做,我们现在只能做一件事,就是读书、修身。"一物不知,深以为耻",我给自己提出了这样一个要求。那个时候,除了劳动之外,一个是融入群众,再一个就是到处找书、看书。我们插队那时候,也是书籍的大交流。我是北京八一学校的,同去的还有清华附中、五十七中等学校的,这些学校的有些学生有点家学渊源。我们都是背着书下乡,相互之间交换着看。那个环境下,就是有这样一个爱读书的小气候。那时,我居然在乡村教师那儿也发现很多好书,像《红与黑》《战争与和平》,还有一些古时候的课本,比如清代课本、明代课本等。毫不夸张地说,当时的文学经典,能找到的我都看了,到现在脱口而出的都是那时读到的东西。

"三言"里的很多警句我都能背下来

"文革"时,我们家搬到中央党校住。按当时的要求,中央党校需要把书全集中在科学会堂里,负责装车的师傅都认识我,他们请我一起搬书。搬书的过程中,我就挑一部分留下来看。那段时间,我天天在那儿翻看"三言"(明代文学家冯梦龙编纂的《喻世明言》《警世通言》《醒世恒言》），其中很多警句我都能背下来。

冯梦龙当过福建宁德的寿宁县知县。那里是福建最犄角旮旯的地方，寿宁的县委书记也被戏称为"省尾书记"。记得我在宁德工作时，早上出发，傍晚才能到寿宁。那个地方都是山路，我上山时想起了戚继光的诗，"一年三百六十日，都是横戈马上行"。到了寿宁以后，我要下车但下不来了，被颠得腰肌劳损了，后来让人把我抬下来，第二天才好。冯梦龙去了那么艰苦的地方，一路翻山越岭，据说他当时走了好几个月。到寿宁以后，他写了个《寿宁待志》，当时那儿还没有县志。所以，我对冯梦龙有很深的印象，后来常常引用他的东西。

读完《怎么办？》睡光板炕炼毅力

我年轻时看过很多俄罗斯作家的作品。上次在索契，俄罗斯电视台主持人采访我，问我读过哪些俄罗斯作品。看到我说俄罗斯作品如数家珍，他很惊讶。他说，我们俄罗斯好多人都没看过这么多。

我们那一代人受俄罗斯经典的影响很深。看了普希金的爱情诗《叶甫盖尼·奥涅金》，后来我还去过敖德萨，看那里留下的一些诗人痕迹。我很喜欢莱蒙托夫的《当代英雄》，说英雄，谁是英雄啊？每一个时代都有每一个时代的英雄。当时，在梁家河的山沟里看这本书，那种感受很强烈。陀思妥耶夫斯基是最有深度的俄国作家，托尔斯泰是最有广度的俄国作家，两相比较，我更喜欢托尔斯泰。托尔斯泰的三部代表作，我更喜欢的是《战争与和平》，当然《复活》给人很多心灵上的反省。我也很喜欢肖洛霍夫，他的《静静的顿河》对大时代的变革和人性的反映，确实非常深刻。

车尔尼雪夫斯基是一个民主主义革命者，他的作品给我们不少启迪。他的《怎么办？》我是在梁家河窑洞里读的，当时在心中引起了很大震动。书的主人公拉赫美托夫，过着苦行僧式的生活，为了磨炼意志，甚至睡在钉板床上，扎得浑身是血。那时候，我们觉得锻炼毅力就得这么炼，干脆也把褥子撤了，就睡在光板炕上。一到下雨下雪天，我们就出去摸爬滚打，下雨的时候去淋雨，下雪的时候去搓雪，在井台边洗冷水澡，都是受这本书的影响。

俄罗斯还有一批艺术大师，像音乐家柴可夫斯基、画家列宾等。我为什么对列宾印象很深刻呢？当时，在农村还能够发现一批美术杂志，那是非常宝贵的资料，我就一本一本地看。其中，有一篇专门介绍列宾的油画《意外归来》，讲一个流放的革命志士突然回家的场景，那幅画给我深刻印象，那篇文章也写得不错。

插队时走 30 里路去借《浮士德》

德国的文艺作品比较大气恢弘，像歌德、席勒的作品。我 14 岁看《少年维特之烦恼》，后来看的《浮士德》。当时，《浮士德》的汉译本有三种。访问德国的时候，我跟他们讲，我演讲中提到的一些东西不是谁给我预备的材料，确实都是我自己看过的。比如，歌德的《浮士德》这本书，我是在上山下乡时，从 30 里外的一个知青那儿借来的。他是北京五十七中的学生，老是在我面前吹牛，说他有《浮士德》。我就去找他，说借我看看吧，我肯定还你。当时，我看了也是爱不释手。后来他等急了，一到赶集的时候，就通过别人传话，要我把书给捎回去。过了一段时间，他还是不放心，又专门走了 30 里路来取这本书。我说，你还真是到家门口来讨书了，那我还给你吧。《浮士德》确实不太好读，想象力很丰富。我跟默克尔总理说，也跟德国汉学家说，我当时看《浮士德》看不太明白。他们说，不要说你们了，我们德国人也不是都能看明白。我说，那看来不是因为我太笨。

两次踏访海明威的写作之地

美国的作品，我看得不多。像惠特曼的自由诗《草叶集》，再有就是马克·吐温的作品，《竞选州长》里的那个小片段给人印象深刻，还有《哈克贝利·费恩历险记》。我喜欢的是杰克·伦敦，像他的《海狼》《荒野的呼唤》《热爱生命》。《热爱生命》是列宁的枕边书，列宁在生命弥留之际仍请人给他朗读这本书。海明威的《老人与海》对狂风和暴雨、巨浪和小船、老人和鲨鱼的描写，给我留下了深刻印象。所以，我就想体验一下当年海明威写下那些故事时的精神世界和实地氛围。

我去过古巴两次，第一次是在福建工作时去的。我说，我们找找海明威当年写作的那个遗址吧。后来，到了他写《老人与海》的那个栈桥边，场景和小说中的一模一样，几个黑人孩子在那儿戏水，旁边有一个酒店，这个酒店是他写作的地方。我们专门在那儿吃了一顿饭。第二次去古巴的时候，我已经是国家副主席，他们听说我想了解海明威，就带我到了城里面一个海明威经常去的酒吧。他曾经在那个酒吧里写作。海明威最爱喝的一种饮料叫"莫希托"，是用朗姆酒配薄荷叶，再加冰块和白糖制成的。《老人与海》描述的那种精神，确实是一种永恒的精神。

雨果的作品最让我感到震撼

我青年时代就对法国文化抱有浓厚兴趣，法国的历史、哲学、文学、艺术深深吸引着我。我们年轻的时候，法国的很多书籍都翻译过来了。司汤达的《红与黑》很有影响，但对人世间的描写，还是要算巴尔扎克、莫泊桑的作品，像《人间喜剧》的影响就很大。最让我震撼的是雨果的作品,《悲惨世界》《九三年》都是以大革命为背景的。我看《悲惨世界》,读到卞福汝主教感化冉阿让那一刻,确实感到震撼。伟大的作品,就是有这样一种爆发性的震撼力量,这就是文以载道。再有,就是罗曼·罗兰的《约翰·克利斯朵夫》。法国的画家有一大批,像莫奈、塞尚、德加、马奈等,音乐家有比才、德彪西等,都让我印象深刻。

冯老给了我一个在正定建荣国府的理由

冯老(冯其庸)是红学家,我跟冯老结识于正定,当时我在正定当县委书记。那个时候,《红楼梦》剧组正好要搞荣国府。当时要找依据,就是为什么在正定搞?他们没有实际的荣国府、宁国府的图,但是我找到了。在哪儿找到的呢?在故宫博物院。故宫博物院有个专家叫王璞子,是正定人,我托人从他那里找到了图。再就是请冯老给了我一个为什么在正定建荣国府的理由。见《红楼梦》剧组的时候,我说我们这儿完全有资格搞,因为曹雪芹是正定人。他们都笑了,说莫名其妙,曹雪芹怎么是正定人?我说,曹雪芹的老家是正定的,这是冯老提供的。冯老研究红学,查明了曹雪芹的身世。曹雪芹的祖先是北宋的开国大将曹彬,曹彬是真定灵寿人,真定就是现在的正定,正定府当时的范围包括河北的灵寿县,就在正定的隔壁。我就拿这个理由跟他们讲,当然也是开玩笑。我记得,我们请冯老是1983、1984年的事情,冯老那时候还英姿勃发。

王愿坚讲的故事对我很有帮助

1982年,我到河北正定县去工作前夕,一些熟人来为我送行,其中就有八一厂的作家、编剧王愿坚。他对我很有帮助,为什么呢?他给我讲了很多长征的故事，讲了很多老将军的故事，第一批授衔的老将军，他大部分都采访过。他当时给我讲的一个故事，让我非常有感触。王愿坚说，有一次，我去采访一位吃过草根树皮、经历过九死一生的老领导。正说着话，警卫员进来对老领导说，首长，参汤拿来了。老领导喝了一口，说凉了。小警卫员把参汤接过去，顺手就泼在了外面。王愿坚说，看到这一幕，心里很不是滋味，突然想到我们现在条件好了，"补"的东西多了，按中医的说法，人不能只补不泻，现在是该"泻一泻"了。他的意思是说，不能忘了初心啊，不能忘了打天下时的艰苦岁月，现在条件好了，要警惕脱离群众。我听了这个故事，也很有感触。联系到我们现在的反腐倡廉，为什么要这么做？王愿坚当时就说，近平同志，我没有别的说的，就是希望你真正能够深入到农民群众中去，深入到他们的生活和心灵中去，那可能对你从政很有帮助。

文艺与从政虽然"隔行如隔山"，但是也有一些通行的规律。比如，王愿坚跟我讲到柳青。他说，柳青是一个陕西作家，1952年曾经任陕西长安县县委副书记，后来辞去了县委副书记职务、保留常委职务，并定居在那儿的皇甫村，蹲点14年，他的《创业史》很多素材就是从那儿得来的。王愿坚说，我为什么要跟你说这一条呢？你们这些人都是制定政策和执行政策的人，柳青可以做到中央或者陕西省的一个文件发下来，他会知道他的房东老大娘是哭还是笑。如果你们对人民的心声能了解到这个程度，那对施政是不是很有帮助呢？我说，你说得太好了，我一定谨记这句话。

贾大山被我"赶鸭子上架"当文化局长

我在河北正定工作时，结识了作家贾大山。当时，河北文联的副主席林漫（又名李满天）挂职正定县委常委，是他带我去贾大山那个文化馆的。贾大山是一位热爱人民的作家，他对人民的热爱，使我很受感动。他本身就来自于群众，他不愿意做官，是我生拉硬拽让他去当县文化局局长。他说，你这真是"赶鸭子上架"啊。我说，你这个"鸭子"就变一变吧，学着上架。在我选他之前，石家庄地区文联让他去当主席。他对我说，他们让我去，我一直在犹豫，直到中午回家吃了一碗菠菜面条之后，我心中有了答案——我到了石家庄，谁给我做这碗菠菜面条呢？于是我就决定不去了。我说，好，留下来干吧。他给我印象最深的就是忧国忧民情怀，"处江湖之远则忧其君"。要是说起来，贾大山有的时候显得很"天真"，如果听到一些他觉得亵渎真理的事情，他就坐不住、睡不着，就要问我为什么会这样。你给他解释清楚了，他就很高兴。贾大山和贾平凹是同时出名的，但是贾大山后来不是那么多产，也没有写长篇的东西。我曾经把他们两个人的作品放在一起看，有人把这称为"二贾研究"。

讲到贾大山，我们俩的交往是，晚上我工作完了一般是 11 点以后，他到我的办公室来，或者我去他家蹭顿饭。他们家吃饭就是菠菜面条，有的时候他到街上买一只当地的"马家"卤煮鸡，还有一种叫"跑肉"，也就是野兔子肉，野兔子不是跑的嘛，做得黑乎乎的。再开一瓶正定常山香酒，大概是一两块钱一瓶。吃完之后，再来一碗菠菜面。他到我那儿来，我们开一个午餐肉罐头，也是喝一瓶常山香酒。

文艺创作要反映真实的生活

我和叶辛同志（中国作家协会副主席）都是上山下乡的知识青年一辈。他讲到的一些体会和心态，像开始见到农村、农民的那种感受，我是很能理解的。他是在贵州插队，我是在陕北黄土高原。当时，我从延安坐卡车到延川县城，然后从延川坐卡车到文安驿公社，下车以后再徒步走15华里才到我那个村。这一路过去，走一步那个土就往上扬，比现在的PM2.5可难受多了。后来回忆当时的情景，我开玩笑说，那叫PM250。晚上出来到村里的沟边上，看到的最大平面不足100平方米，看着窑洞里星星点点的煤油灯火，我当时说了一句非常不恭敬的话——这不是"山顶洞人"的生活嘛。当时对那里很不适应，有种距离感。但是，后来我就同老百姓打成一片了。我住的那个屋子有一排炕，因为就剩我一个知青了，睡的全是当地的农村孩子，虱子、跳蚤也都不分人了，咬谁都可以。晚上，我那个屋子就成了一个说古今的地方，由我主讲。最后，我发现他们有很多让我敬佩之处。我说，你别小看这一村的人，也是人才济济，给他们场合，给他们环境，都是"人物"。当时我们有这样的经历，也看到有这样的现象，这是活生生的，我觉得写这些东西才是真实的生活。

军旅文艺工作者要有军味、战味

我赞同阎肃同志（空政文工团一级编剧，已故）讲的"风花雪月"（阎肃在文艺工作座谈会的发言中说，军队文艺工作者也有"风花雪月"，但那风是"铁马秋风"、花是"战地黄花"、雪是"楼船夜雪"、月是"边关冷月"），这是强军的"风花雪月"。一提到这个词，我就想起古代的军旅诗人，有那么多荡气回肠的诗文啊。如果我们的解放军文艺工作者没有军味、没有战味，那干吗要穿这身军装啊？我们的军旅文艺工作者要围绕强军目标，做自己该做的事情，这也是今后军队文艺工作体制机制改革的一个方向。

形象塑造要全面把握人物性格

李雪健同志（中国文联副主席、中国电影家协会主席）讲得充满深情（在文艺工作座谈会上，李雪健作了题为《用角色和观众交流》的发言，谈了塑造杨善洲、焦裕禄等典型人物电影形象的体会）。他演了很多电影、电视剧，当时演《渴望》的时候，我没怎么太在意，但看他演的宋江，我觉得把握住了这个人物；他演的《焦裕禄》《杨善洲》，两个人物都刻画得特别好，按行话讲，就是入戏了。有句话叫"人生如戏，戏如人生"，这两部戏不是那种戏说，体现出来的是真正的杨善洲、焦裕禄，他们就是这样的人，我们的艺术形象塑造全面把握住了人物性格。通过雪健同志所讲的，我感受到他与塑造的人物是真正的共鸣、真正的理解。雪健同志那句话说得好，"共产党员的职业病——自找苦吃"啊。中国共产党人就是以解放全人类为自己的崇高目标，没有个人的私利。

文艺作品要有质量、有特色

文艺创作要在多样化、有质量上下功夫。当前存在一种"羊群效应"，这边搞个征婚节目，所有的地方都在搞谈恋爱、找对象的节目。看着有几十个台，但换来换去都是大同小异，感觉有点江郎才尽了。还是要搞点有质量、有特色的东西。我们有很多历史题材可以拍，不要都是凄凄惨惨的，老是说甲午战争我们被打得一塌糊涂，冯子材镇南关大捷、戚继光抗倭，这些都可以拍一拍。要开拓思路，除了戚继光、冯子材，还有其他人物和故事。

现在的问题是怎么讲好故事？故事本来都是很好的，有的变成文艺作品以后，却失去了生命力。《智取威虎山》拍得还有点意思，手法变换了，年轻人爱看，特别是把现实的青年人和当时的青年人对比，讲"我奶奶的故事"，这种联系的方法是好的。实际上，我们有很多好的故事，可以演得非常鲜活，也会有票房。像《奇袭白虎团》《红灯记》《沙家浜》等，不要用"三突出"的方法拍，而是用贴近现实的、更加戏剧性的方法拍，把元素搞得活泼一点，都能拍得很精彩。

重要建筑特别是标志性建筑应当有中国风格、中国气派

建筑也是富有生命的东西，是凝固的诗、立体的画、贴地的音符，是一座城市的生动面孔，也是人们的共同记忆和身份凭据。我们对待建筑的新风格、新样式要包容，但是绝不能搞那些奇奇怪怪的建筑。现在，一些地方不重视城市特色风貌塑造，很多建设行为表现出对历史文化的无知和轻蔑，做了不少割断历史文脉的蠢事。我们应该注意吸收传统建筑的语言，让每个城市都有自己独特的建筑个性，让中国建筑长一张"中国脸"。

浙江美术馆就建在西湖边上。2003年除夕，当时我还在浙江，美术馆建设有两个备选方案，一个是建在钱江新城，一个是建在西湖边上。有些同志认为应该建在钱江新城，我认为还是建在西湖边上好。要把西湖的自然景致与美术馆的人文韵味和谐地融为一体，这才是具有时代气息、中国气质的美。记得当时，我还跟许江同志说，浙江美术馆的建筑风格，就要跟你许江同志现在穿的这件中式衣服一样，要有中国风格。

(刊发于2016年10月14日《人民日报》文艺副刊)

总　序

人民日报社社长　李宝善

"人民日报70年作品精选"和读者见面了。

今天的新闻就是明天的历史。人民日报70年来的作品，记录的是我们国家和民族从站起来、富起来到强起来的辉煌历程。诞生于战争烽烟中的人民日报，始终以积极宣传党的主张、呈现社会的变化、报道中国正在发生的变革为己任。这套作品精选集，就是从《人民日报》创刊以来的无数优秀作品中遴选出来的代表作。

铁肩担道义，妙手著文章。70年来，无论是顺境还是逆境，一代代人民日报人担当使命、秉笔直书，为党的新闻工作奉献了青春和热血；一篇篇脍炙人口的精品力作，见证了我们党初心不改、矢志不渝，团结带领人民实现中华民族伟大复兴的历史担当。捧读这套精选集，就是在回顾我们党和国家走过的复兴之路。在这条艰辛而光荣的道路上，每一个重大节点，都能听到人民日报的声音。这其中，有要论、理论、评论文章的黄钟大吕，有消息、通讯等作品的时代足音，有散文、报告文学等文章的清雅之声。这些作品汇集起来，共同组成了70年国史报史的恢宏交响。

党的十八大以来的人民日报，站在了新的历史起点。2016年2月19日，习近平总书记到人民日报社考察，并在党的新闻舆论工作座谈会上发表重要讲话，强调要高举旗帜、引领导向，围绕中心、服务大局，团结人民、鼓舞士气、成风化人、凝心聚力，澄清谬误、明辨是非，联接中外、沟通世界。这一要求，正是党的十八大以来人民日报各类作品的创作方向。

近年来，人民日报进一步优化整体布局、集中优势资源，更好履行政治家办报的时代使命。面对新时代的要求，人民日报努力提升观点生产能力、议题设置能力、集成报道能力、话语创新能力，力争做到报道流程平台化、报道内容定制化、报道方式故事化、报道数据可视化；着力在思想内涵上做加法、在文章篇幅上做减法、在传播效果上做乘法、在思维定式上做除法，使新闻报道快起来、活起来、亮起来，让评论理论新起来、精起来、实起来。

翻开今天的《人民日报》，从评论到理论，从通讯到消息，从散文到报告文学，编辑记者们努力转作风改文风，采写编辑了大量有思想、有温度、有品质的作品，"沾泥土""带露珠""冒热气"的文章。大家于微末中寻真章、在朴素处见真情，贴近广阔的社会生活，让改变悄然发生，使温暖自然传递。而现实生活所发生的积极变化，正是对这个职业最崇高的奖赏。

70年风雷激荡一纸书，人民日报走过了不平凡的历程。70年来的每一寸光阴，都被记录在每天出版的报纸中，体现在每一篇新闻作品里。从河北平山县里庄村简陋的印刷排字架，到现代化的电子阅报栏，再到移动终端上收放自如的最新应用软件，时代在变，技术在变，传播形态也在不断改变，不变的是在党言党、为党立言的历史使命，是围绕大局、服务人民的党报精神。这一精神和追求，已经并将继续通过题材各异的优秀作品呈现给广大读者。

前　言

耕耘副刊散文的园地

人民日报社副总编辑　吕岩松

为纪念《人民日报》创刊七十周年，人民日报社文艺部编选了这部《人民日报70年散文选》。

回溯《人民日报》七十年，文艺作品是其中缤纷靓丽、值得反复回味的精彩章节。从新中国成立前后的战地文艺、星期文艺、人民文艺、人民园地等副刊，到一九五六年七月开辟副刊，再到上世纪七十年代的"战地"，以及延续至今的"大地"，副刊名称数度变化，《人民日报》对这块园地的重视却一以贯之。七十年来，《人民日报》文艺副刊刊发了大量文学作品。多年传承，"大地"已成为中国报纸综合性文学副刊的著名品牌之一。

这里是中国文艺界"百花齐放，百家争鸣"的重要阵地，曾首发开国元勋们的诗词文章以及老、中、青几代作家的名篇佳作，为广大读者源源不断地送去丰厚的精神食粮。这里的很多名专栏，如"长短录""金台随感"等，一直为各界人士津津乐道。众多文学爱好者在这里从幼苗成长为参天大树。一代又一代的副刊编辑为繁荣这片园地奉献了青春和才华，使这片园地成为党报副刊的排头兵，成为《人民日报》一道靓丽的风景线。

散文是其中佼佼者。相对小说、报告文学等体裁，散文通常篇幅短小、笔法灵活,既适应报纸迅速反映现实生活的需求,又能以文学的审美韵致表达思想与心灵,因而一直备受副刊尤其是文学性副刊的青睐。

《人民日报》文艺副刊刊发的文学作品中,散文数量最丰,几乎每期都有。广阔的发表空间,吸引了大量散文创作者。丰富的散文作品,尤其是其中不断涌现的名家名篇,引领散文的创作风向。

翻阅七十年来《人民日报》发表的散文,我们能发现众多熟悉的名字。茅盾、老舍、沈从文、郭沫若、冰心、巴金、孙犁、王蒙、汪曾祺、贾平凹、陈忠实、铁凝……许多当代最重要的作家都曾在这里留下他们的散文作品。《况钟的笔》《荔枝蜜》《临江楼记》《丑石》《黄河精魂》……许多脍炙人口的名篇,从这里走进读者的视野。刘白羽、杨朔、秦牧、吴伯箫等许多代表性的散文作家也是在这里脱颖而出,成为散文创作的中坚。

作为散文这一文体的实践者,1961年,《人民日报》副刊还曾发起"笔谈散文"大讨论并开辟专栏,成为中国散文理论与创作实践的重要节点。该专栏先后发表老舍的《散文重要》、李健吾的《竹简精神———一封公开信》、吴伯箫的《多写些散文》、师陀的《散文忌"散"》、凤子的《也谈散文》、柯灵的《散文——文学的轻骑队》、蹇先艾的《崭新的散文》、秦牧的《园林·扇画·散文》、许钦文的《两篇散文,两种心境》、肖云儒的《形散神不散》、菡子的《诗意和风格》等一系列文章,探讨与分析散文文体的多重问题。

正是在这次讨论中,年轻学生肖云儒写下题为《形散神不散》的短文,提出"形散神不散"的理论主张,得到众多读者和研究者的认可,被纳入不少教材和理论著作,成为散文写作一种具有权威性和代表性的主张,并对后来的散文写作与研究形成深远影响。在中国散文发展的关键时刻,《人民日报》副刊担负起推动"散文复兴"的重要角色,以刊发的作品和理论倡导,直接影响了散文写作的路径,繁荣了中国散文创作。

所以，也有人把这一年称为"散文年"。正是在这一时期，散文作家开始成为一个明晰的作者群体；散文不再是作家偶尔涉及的文学样式，创作散文开始成为一部分作家的事业。

七十年不凡岁月，时代大潮奔涌。与时代同步、伴人民前行。作为党报副刊的一部分，《人民日报》的散文逐渐形成了自己的风格。在这些散文篇章里，我们可见国家发展、社会变迁，可见时代脉搏与作家心路。

"作为新闻的延伸"，报纸副刊天然比纯文学杂志更讲究与新闻性、时效性的结合。散文也不例外。相比一般文艺副刊，《人民日报》副刊的散文更强调关注国家发展、体现时代精神、反映社会发展变化。通过文学作品的形式，这些散文以润物细无声的方式开阔读者视野、传递时代声音。

将家国情怀与个人感知融合，将文学与现实连接，是这本文集中许多作品的精彩之处。1988年，汪曾祺在《人民日报》"燕舞"散文征文中写下《吴大和尚和七拳半》，从个人见闻折射出四十年变迁。2017年，刘庆邦在"逐梦这5年"专栏中发表《井下新宫》，以一个老煤矿人的视角观察资源枯竭煤矿的转型利用与发展……个体的人生经历、成长见闻、日常生活与家国命运牵系在一起，成为历史最鲜活的见证。

近年来，随着文化形态日益丰富，作者、读者的写作和阅读也面临更多选择，一些报纸因此选择停办副刊或者把文学副刊转型为更具有新闻与娱乐色彩的副刊。相比之下，"大地"始终坚持文学副刊的历史传承，坚持以散文等文体滋润心灵、凝聚力量，始终挺举着当代散文中副刊散文这面旗帜。

弘扬社会主旋律，凸显正能量，是《人民日报》散文的又一鲜明特点。作为党中央机关报的一部分，副刊的职责在于涵养人文内蕴，传播先进文化，坚持以优秀的作品鼓舞人，以高尚的精神塑造人。无论是上世纪五六十年代的名篇《第二次考试》《可贵的山茶花》，还是上世纪八十年代的《丑石》，或是党的十八大以来的《一次拥抱》等作品，无不传达出对真善美的服膺与讴歌。以议论为主的杂感也被视为散文的一部分。《况钟的笔》等长久流传的作品，以犀利的文字针砭现实中的某些不良倾向，对官僚主义、教条主义等进行讽刺与批判，达到祛邪扶正、弘扬主旋律的效果。《初冬过三峡》等以写景名世的作品，情景交融，使人从文字间感受山河壮丽，受到美的陶冶。

可以说，《人民日报》副刊是一块当之无愧的散文沃土。七十年来，它在变化中传承，在传承中发展，不断与时俱进创新栏目设置，探索散文疆域，形成了鲜明的文化品格。它为散文联结个人内心与外部世界提供了巨大的探索空间，使这种文体样式始终保留着与社会、时代的有机联系。这里留下大量名家名篇的印记，扶植见证许多散文作家的成长，直接推动散文新文体的演变，促进中国散文的发展。这一切，也构成《人民日报》的散文星空，成为中国散文发展繁荣道路上重要的一支力量。新时代，我们要按照习近平总书记在文艺工作座谈会上重要讲话要求，牢记"以人民为中心"的根本方向和弘扬"中国精神"的历史使命，继续发挥好党报副刊的作用，收获一批与时代、社会、生活紧密相连，又富有新时代光彩的散文精品力作，这将是编者、作者要共同完成的课题。

今天，我们正身处一个波澜壮阔的新时代，新时代的广阔实践，必将给报纸副刊的散文提供更为丰富的创作资源。草木蔓发，春山可望。我们翘首期待！

目录

Contents

特稿：习近平总书记的文学情缘	001
总序	李宝善 013
前言：耕耘副刊散文的园地	吕岩松 015
沸腾了的北平——记人民解放军的北平入城式	刘白羽 001
不死的青春——在人民祖国的第一年纪念鲁迅先生	胡 风 004
悼念A.史沫特莱女士	茅 盾 010
我热爱新北京	老 舍 012
况钟的笔	巴 人 015
归 来	徐 迟 017
天安门前	沈从文 020
发辫的争论	郭沫若 023
《漫步书林》前言	郑振铎 025
洛阳灯火	白 桦 027
"废名论"存疑	夏 衍 031
"言论老生"	唐 弢 033
初冬过三峡	萧 乾 035

第二次考试	何 为	039
南国花市	秦 牧	042
镜子的故事	高士其	045
西湖上的三个坟	宋云彬	047
杜鹃枝上杜鹃啼	周瘦鹃	049
我们把春天吵醒了	冰 心	051
泰山极顶	杨 朔	053
水 磨	郭 风	056
荔枝蜜	杨 朔	057
忆当年,穿着细事且莫等闲看!	曹靖华	059
可贵的山茶花	邓 拓	063
寻春篇	韩少华	067
从点戏说起	夏 衍	069
春满燕园	季羡林	071
郑板桥的两封家书	廖沫沙	073
陈老莲学画	孟 超	075
水乡秋寨——江南白描之一	菡 子	077
天下第一山	吴伯箫	079
临江楼记	何 为	083
鬣狗的风格	秦 牧	086
长江横渡	菡 子	089
阿诗玛,你在哪里?	荒 煤	095
挖荠菜	张 洁	100
《三家村札记》序	林默涵	103
只 因——关于一个女共产党员的断想	朔 望	105
等 待	冰 心	106
我怀孟超	楼适夷	108
你永远和我们同在——怀念战友李季同志	贺敬之	111
花 雨	王宗仁	116
插柳不叫春知道——写在"赵丹书画遗作展览"揭幕前夕	黄宗英	118

篇名	作者	页码
人之初	子冈	120
望截流	刘真	122
致巴金——响应建立"中国现代文学馆"	曹禺	125
诗人应该歌颂您——献给病中的宋庆龄同志	丁玲	127
丑石	贾平凹	129
绿衣人	宗璞	131
老鞋匠	端木蕻良	133
鼎湖山听泉	谢大光	135
万户春声里	杨羽仪	137
怀念立波	周扬	139
洗桃花水的时节	铁凝	143
心的歌	严文井	147
病中	巴金	149
太阳的香味	叶文玲	153
也曾闯宴伴梅边——梅兰芳大师九十诞辰祭	黄宗江	156
昆虫的故事	孙犁	158
微思物语	赵丽宏	160
樟树赞	茹志鹃	162
五台山随感	叶君健	164
埃菲尔铁塔沉思	张抗抗	168
三妹,三妹	武华	171
思念胡风和田间	艾青	174
野性的湖	柯蓝	179
又是月季芬芳时	周明	181
理学的血腥	舒芜	183
夏衍与宋振庭的通信——度尽劫波 相逢一笑	夏衍	185
梦的回声	黄宗英	188
谈镜花水月	孙犁	190
活着的滋味	谌容	192
鄂州市西山记	徐迟	194

篇名	作者	页码
苏州赋	王　蒙	196
吴大和尚和七拳半	汪曾祺	199
人情似纸	刘心武	202
犁铧，耕耘着宫阙	雷抒雁	204
读书苦乐	杨　绛	206
花瓣小集	郭　风	208
顽石之歌	管　桦	210
清淡的菜香	王英琦	214
生与死	巴　金	216
说梦	臧克家	218
晓来谁染霜林醉	王充闾	221
安居	陆文夫	224
凝望雕像	周大新	227
沿着塞纳河	黄永玉	229
我在海上拉响了汽笛	陈祖芬	231
清塘荷韵	季羡林	233
黄河精魂	刘白羽	236
枯立木	高　芬	239
吴宓先生与钱钟书	杨　绛	241
怀念曹禺	巴　金	245
花事	柳　萌	249
热闹的麦场	周大新	251
饮食的记忆	萧　乾	254
飞翔的秋千	素　素	256
家在辽源	韩静霆	259
冰心老人遗札——一个编辑的哀悼和思念	袁　鹰	262
姜是老的辣吗？	舒　婷	271
绝版的周庄	王剑冰	273
西湖知多少	李国文	275
龙隐洞纪游	蒋子龙	278

豆汁记	赵大年	281
心中的乌镇	叶文玲	282
家有斑鸠	陈忠实	285
索　字	邓友梅	288
画　意	吴冠中	290
美之折腾	邓　刚	295
乡　音	王充闾	297
遗　忘	吴冠中	300
乌江的诉说	张雨生	302
树叶上的童话	金　波	305
诗人犹醉药酒情——梁宗岱印象追记	柳鸣九	308
文坛的节日	冯骥才	311
远　山	严　阵	313
鲁南的月光	孙继泉	316
弱　水	严　阵	318
阳光与手	雷抒雁	321
耳读偶记	宗　璞	323
秋之声	从维熙	326
暖冬与寒冬	何　申	329
三线老屋	张　炜	331
地质局长和一顶帐篷	梁晓声	334
怀念母亲	迟浩田	338
家乡耍活	郑彦英	344
长征：我的生命之歌	贺捷生	347
胖瘦趣谈	阎　纲	351
仙境般的丹巴藏寨	陈世旭	353
猜想井上靖的笔记本	铁　凝	356
母　亲	莫　言	361
托翁的动手能力（外一章）	蒋子龙	364
我的母亲河	赵丽宏	367

怀念丁聪	方　成	370
"奏捷之驿"	迟子建	372
学贯中西一寿翁	冯其庸	375
文学随想录	张　炜	378
窗外的大树	周有光	383
父亲的足迹	范　稳	385
大地血脉	王跃文	387
可诵的诗——悼宪益老友	黄苗子	389
醉在丙中洛	丹　增	391
北疆四杰	周　涛	395
哈萨克人的翅膀	艾克拜尔·米吉提	398
母亲与照片	祝　勇	400
他步入了自己建造的天堂——悼史铁生	叶廷芳	403
北京的门联	肖复兴	406
回望延安	王巨才	412
原上原下樱桃红	陈忠实	420
迁徙的故乡	梅　洁	424
宏美国博	张首映	429
亲历了七次作代会	袁　鹰	433
眷念与忧思	王　蒙	436
天　香	刘醒龙	438
故乡的气息	柳　萌	441
所谓爱	池　莉	443
从心里走过	裘山山	446
"大师"与文化	卢新华	449
每一个春天都是改革元年	熊召政	452
那一片春光	葛水平	455
澳门的云淡风轻	徐　坤	458
一次拥抱	黄咏梅	461
小康梦——翻书杂记	叶延滨	464

一张老报纸	高洪波	466
白鹿原下樱桃红	刘兆林	469
母亲是一种岁月	张建星	473
大匠无名	单霁翔	475
去成都看红军哥哥	贺捷生	480
索布日嘎之夜——我听到了谁的歌声	鲍尔吉·原野	486
何处是乡愁（外一章）	梁　衡	491
他乡遇故知	肖克凡	496
到佛子岭去	叶　辛	499
井下新宫	刘庆邦	503
一起去看山	阿　来	507
回乡记	许　锋	514
斯古拉	刘亮程	519
人在草木间	周晓枫	523

后　记　526

沸腾了的北平

——记人民解放军的北平入城式

刘白羽

二月三日，人民解放军举行了解放北平的入城仪式。装甲部队、炮兵、坦克部队、骑兵、步兵，一路从南面永定门入城，另一路由西北面西直门入城，会合之后向南走，由西长安街转和平门，向西，出广安门，这浩浩荡荡的行列，从上午十点到下午四点钟，前头已经出了和平门，后头还在向永定门拥进。

这天，从早晨起，人民就一群群一队队地，向前门广场拥去。九时半，林彪将军、罗荣桓将军、聂荣臻将军、叶剑英将军，出现在前门箭楼上。这时候，前门广场上，人民的行列像海洋，各色各样，红的白的，猎猎飘动的旗帜，就像翻腾的海浪。人们高举着自己热爱的领袖毛主席和朱总司令的巨像。工人、学生、职员、教授，各式各样的人都来了。人们向前挤，向前挤。结彩的火车头开进了东车站，载着好几千平汉路工人，从远远的长辛店赶过来。丰台的铁路员工也拥进了欢迎的行列，汽车厂、机械厂等等九个工厂的工人，摘去了帽子上带有国民党党徽的帽花。一个燕京同学说："我三点半天没亮就起来了。"

十时，四颗照明弹升上了天空，庄严隆重的入城式开始了。远远地从北面，从前门那边，黑压压地一片人迎上前来，前面一面欢迎大旗迎风飘舞；从南面，人民军队的头一辆带队的装甲车，摇着一面红色指挥旗，朝着欢迎的人群开过来，随后是高悬毛主席、朱总司令肖像的四辆红色胜利卡车，满载着乐队，铜管乐器金光闪闪，吹奏着雄壮的进行曲。装甲车部队一条线似的接在后面。在珠市口一带，部队与欢迎的行列相遇了，欢迎的行列在左面，部队在右面，欢呼雷动。招手呀！呼喊呀！多少人激动地流下了眼泪。光荣呀！只有人民的军队才能得到这样的光荣。人群拥上来了，高呼着"万岁！"他们跑进了解放军行列里面，队伍都不好向前走了。欢迎的群众在装甲车上写:"你们来了,我们大大快乐!""真光明啊!""同志们!加油呀!彻底消灭国民党反动派呀!"——队伍陆续向前门广场前进。

十二时,人群里起了一片欢呼声,人民的英雄炮兵出现了,绿色道奇卡车牵引着战防炮、高射炮、化学迫击炮、美式十五生的榴弹炮、日式十五生的榴弹炮、巨大的加农炮,一辆接着一辆。这里面有从辽西,从沈阳缴获的几个美国装备的重炮团。看啊!人民是多么喜爱自己的武器:一门巨大的榴弹炮上面,骑着一个北平的小孩子,他骄傲地高举着手里的旗子笑着过去了。另外几门榴弹炮被人们写上了:"瞄准蒋介石呀!""送给四大家族每人一颗呀!"十生的巨型加农炮上,一个胸前挂了奖章的英雄炮手,和一个穿绿衣服的邮政工人抱在一起。随后驶过的另一门大炮上站着五六个女学生。还有一个商人站在炮座上挥手高呼"解放军万岁!"箭楼上,检阅这一英雄行列的林彪将军,庄严而亲切地注视着每一辆炮车,注视着人民的狂欢。箭楼下,庆祝解放联合会的扩音车,领导着唱起"我们的队伍来了!""我们的队伍来了!"开麦拉轧轧地响。数也数不尽的炮车,从欢呼的人们身边奔驰过去,两旁锣鼓喧天,人们扭起秧歌舞来,左面是清华,右面是燕京。他们唱呀,舞呀。有的化装作蒋介石、宋子文、孔祥熙、宋美龄,在人民部队强大的威力面前,显出各种狼狈的丑态,这是历史的真实反映,人民的爱与憎在这里明白地显现出来。

一时十分,突然谁发现了前门牌楼旁边冒起了青烟。喊了声"我们的坦克来了!"一阵坦克轰隆隆的声音传了过来,第一辆坦克从远而近,一个青年学生挥着两只手,站在坦克的炮塔上,狂热地喊"万岁!""万岁!"每个坦克上飘着一面红旗。人群里激起一片欢呼,有的欢喜得流出泪,也忘了擦了。戴着无沿皮帽子的坦克手,从坦克塔里露出上身,向人民挥手、微笑、敬礼。坦克部队后面是摩托化警卫部队,卡车上一色绿的钢盔,雪亮的刺刀。一位白发苍苍的老人,看得高兴,笑着喘了口气说:"这口气可喘过来了!"另外一位说:"我们老百姓有了这样强大的武装,任何反动派也不许他再欺负我们了。"

这时,一片"东方红,太阳升……"歌声响彻天际。远远好像一片麦浪波动,近来一看原来是戴着皮帽子的人民骑兵来到了。人们叫呀,鼓掌呀,把五彩的纸旗都抛上天空。的哒的哒的马蹄踏着柏油马路,那样整齐、雄壮,骑兵们手上的马刀闪着寒光。骑兵后面就是英雄的步兵。三时,作为前导的军乐队一出现,人民的欢腾达到了顶点的时候了。英雄的部队一支从永定门进城，一支从西直门进城，一个是被敌人称作"暴风雨式的军队"，一个"塔山英雄部队"。在一九四六年冬季，那天空似乎是黑暗的时代，他们在长白山下四保临江，并肩作战。这两支英雄部队从艰难到胜利，在这里得到了人民的热爱、狂爱，这是解放军的光荣，也是中国人民的夸耀。战士们在千万只热爱的眼光下前进。一个胸前挂着六个奖章的战斗英雄，被人们热烈地围着、拉着。一个女学生跑上去摸摸那个光荣的毛泽东奖章。这时，欢迎的人们已经站了整整一天，忘记了寒冷，忘记了饥饿，依恋地舍不得这些英雄，他们与行进的队伍汇合起来，高唱"我永远跟着你前进"，昂然通过一向为帝国主义禁地的东交民巷。

将近下午五时的时候，夕阳照进了广安门，在高大的城门前有无数人群欢送钢铁机械部队。在驶行一整日的战车上、坦克上，飘闪着无数小红旗，战士们手上还捧着人民献给他们的一束束鲜花，这时虽然暮色苍茫，可是整个北平还到处充满愉快的歌声。北平是真正沸腾了。

(刊发于1949年2月18日《人民日报》文艺副刊)

不死的青春
——在人民祖国的第一年纪念鲁迅先生

胡 风

一

《野草》题辞底后半段：

> 我自爱我的野草，但我憎恶以野草作装饰的地面。
>
> 地火在地下运行，奔突；熔岩一旦喷出，将烧尽野草，以及乔木，于是并且无可朽腐。
>
> 但我坦然，欣然。我将大笑，我将歌唱。
>
> 天地有如此静穆，我不能大笑而且歌唱。天地即不如此静穆，我或者也将不能。我以这一丛野草，在明与暗，生与死，过去与未来之际，献于友与仇，人与兽，爱者与不爱者之前作证。
>
> 为我自己，为友与仇，人与兽，爱者与不爱者，我希望这野草的死亡与朽腐，火速到来。要不然，我先将未曾生存，这实在比死亡与朽腐更其不幸。

当时，一九二七年，正是蒋介石完成了罪恶滔天的叛变，把革命打入了地下的"静穆"的时间，正是明与暗，生与死，过去与未来之际，他不得不用火热的字句宣布了友与仇，人与兽，爱者与不爱者的分别，在他们之前歌颂了在地下运行、奔突的地火，而且确信会一旦喷出，将烧尽野草和乔木。他看见了"我将大笑，我将歌唱"的时期。

然而，战士底战书或者战绩，有必要死亡与朽腐么？能够死亡与朽腐？

在"肩住黑暗的闸门"的思想战士，他的全部愿望是黑暗底灭亡和新生底出现，他只是为了这而献身战斗的。献身，不是"孤注一掷"而是"余及汝偕亡"。"凡对于时弊的攻击，文字须与时弊同时灭亡，因为这正如白血轮之酿成疮疖一般，倘非自身也被排除，则当它的生命的存留中，也即证明着病菌尚在"；更何况不只是"时弊"而是一部旧的历史？这个"地面"用笔的战士也得抱着用枪的战士底心，用肉手托起炸药和敌人底碉堡同时粉碎。

但当然，战士底肉体和碉堡同时灭亡了，但他的精神将永远照耀。而反映了现实要求，而且发生了战斗光彩的真实的生命，是会通到将来，且要留到将来的。白血轮和病菌的比喻，是只能当作为了说出战斗的决心和战斗的诚心。

二

再看一看罢。

在以鲁迅自己为冲锋兵的人民革命派底第一个战斗年度，一九一八年，我们就听到了这样的声音：

>……能做事的做事，能发声的发声。有一分热，发一分光；就令萤火一般，也可以在黑暗里发一点光，不必等候炬火。
>
>此后如竟没有炬火，我便是惟一的光。倘若有了炬火，出了太阳，我们自然心悦诚服的消失，不但毫无不平，而且还要随喜赞美这炬火或太阳；因为他照了人类，连我都在内。
>
>…………
>
>纵令不过一洼浅水，也可以学学大海；横竖都是水，可以相通。几粒石子，任他们暗地里掷来；几滴秽水，任他们从背后泼来就是了。

甘为萤火，期待炬火或太阳，而且以预计自己的消失为幸福。在这个勇迈前进的冲锋兵里面，同时就包含了这种无我的集体主义的精神。即使并不就完全等于今天我们所有的集体主义，但至少也应该是集体主义底一种初生状态了。因为是初生状态，它带着纯净的色彩，它含着无畏的生意。

到了他逝世的一九三六年，当从死亡暂时挣脱了出来，意识恢复了的时候，深夜静无人声，他的第一个思想就是这个斗争着的世界和斗争中的人们：

街灯的光穿窗而入，屋子里显出微明，我大略一看，熟识的墙壁，墙壁的棱线；熟识的书堆，堆边的未订的画集，外面的进行着的夜，无穷的远方，无数的人们，都和我有关。我存在着，我在生活，我将生活下去，我开始觉得自己更切实了，我有动作的欲望——但不久我又坠入了睡眠。

一个人底生命和无穷的远方，无数的人们相通相关，这存在才是真的存在，这生活才是真的生活，就一定会觉得自己更切实，而且非生活下去不止了。只有能够无我者才能够找到真我；经过了十八年的战斗和锻炼，他的集体主义达到了一种沉静光明的境地，有着深远的感受，含着无尽的潜力。

那么，朽腐算什么呢？死亡算什么呢？而且，怎样会朽腐，怎样会死亡呢？

三

力量总是从存在着的力量产生出来，生长起来的。

第一个，而且是最基本的源泉是祖国大地上的劳动的人民，劳动人民底纯真的生命，痛苦的负担或坚强的韧力。我们面前出现了年幼的闰土们（《故乡》），天真的游伴们（《社戏》），朴实的老船夫们（《社戏》）等等；接着，我们面前出现了中年的闰土们，阿Q们，华大妈和老栓们（《药》），等等。

从他们出发，就能够正眼地直对反对的方面，祖国大地上的黑暗势力底冷酷和凶狠。我们前面出现了一幅"人吃人"的壁画，那上面君临着赵太爷们，赵白眼们，举人们，秀才们，假洋鬼子们，地保们（《阿Q正传》）等等。

幼童的鲁迅，受到了这样的哺养，受到了这样的洗礼，使他的血肉之身终于生长成了我们所看见的血肉之身。

因为是这样的血肉之身，所以才能够"吸取露，吸取水，吸取陈死人的血肉"来壮大自己；因为是这样壮大起来了的血肉之身，所以，一到战斗底发花期的时候，就喷泉爆发似的，深情而又多情地叫出了亿万人所有的心里的声音："可是魔鬼手上，终有漏光的处所，掩不住光明：人之子醒了；他知道人类间应有爱情……"（《热风》）。应有爱情，也就是说应有斗争，一定要通过斗争。

就这样，革命的人道主义，破天荒地在古老中国大地上面奔涌出来了。那里面流贯着人民性或阶级性的火热的血液，对于千万的开始自觉的"人之子"们，劳动人民底先进分子们，怎样能够不发生光华而又坚强的吸力呢？

所以，在发动战斗的第一个年度，俄国革命底第二年，一九一八年，他就马上从俄罗斯大革命里面"看出一种薄明的天色，便是新世纪的曙光"，号召我们向这个曙光"抬起头"来。

所以，到了战斗的中途，又用总结性的明确的字句宣布了："……惟有新兴的无产者才有将来。"

鲁迅底战斗开端，或者说人民革命派底战斗开端，那内在的根据当然是在欧战期间中国资产阶级底勃起和同时俱来的无产阶级底发育和觉醒，但对鲁迅或人民革命派说来，不管在逻辑性的主观认识上如何，却是诞生在无产者这一边，满怀着劳动人民底火热的渴求，带着初生的集体主义的精神冲上前线的。

四

然而，既然是人之子，那就当然不是神之子。他还要和战斗一同发展，他的集体主义的精神还要和战斗一同发展的。

战斗，一边是友，一边是仇。

对于仇，要"睁了眼看"，愈看愈清，愈看愈深，他自己曾经用譬喻说过，像希腊神话里的巨人，热烈地拥抱他的敌人，为了把他摔死；或者用他自己的话说，为了"反戈一击，易致强敌的死命"，"吸取陈死人的血肉"；以对于敌人的认识和憎恨来养育自己，壮大自己。

对于友，对于人民，要"革命之爱在大众"，要"看地底下"，追求"我们从古以来，就有埋头苦干的人，有拼命硬干的人，有为民请命的人，有舍身求法的人……这就是中国的脊梁"。"吸取露，吸取水"；为了得到身内的新陈代谢，因而才能够"挤出的是牛奶，血"。

那么，对于自己，临到需要执着什么的时候，临到需要割弃什么的时候，还能够不"心悦诚服"地顺着集体主义的要求的么？

他自己说："我的确时时解剖别人，然而更多的是更无情面的解剖我自己。"

他自己说："到了打着自己的疮痕的去处，我就咬紧牙关忍受……"

一个思想战士，如果他的战斗要求不愿经过考验，那他是为什么作战，又怎样能够作战呢？换一个说法，如要一个集体主义者不通过自我批评或自我斗争去获得战斗的实力，又怎样能够是集体主义者，有什么值得献出的呢？

然而，这并不是等于应该让苍蝇们来随便撒污，也不等于应该向暗地里掷来的"石子"和背后泼来的"秽水"鞠身致谢，即使那是貌似的"友人"掷来泼来的。因为，自我批评或自己斗争是为了追求真理，是为了更有效地打击敌人，绝不是为了赢得一个谦谦君子的名誉的。在战斗过程中，难免有以不关痛痒处的或不到进入痛痒程度的"自我批评"做盾牌，靠了这，马上反过去污友为敌，以伪乱真的现象，但那和真的自我批评是并非一事的。

而真诚的思想战士，虽然对于自己，对于战友，绝不能"以欺瞒的心，用欺瞒的嘴"，总是在自我斗争中发展前进，但对于"怨敌"，就是到了力尽倒毙的时候，是"也一个都不宽恕"的！

五

是这样，才能够坚持战斗，即使在最艰难的时候，即使在"我的心分外地寂寞"的时候，也能够坚持战斗。因为，另一面，他正是和"无穷的远方，无数的人们"相通相关，能够"抗拒那空虚中的暗夜的袭来"。

他能够再接再厉——

"岂不知我的青春已经逝去了？但以为身外的青春固在……"

他也会欲进不能进——

"何以如此寂寞？难道连身外的青春也都逝去，世上的青年也多衰老了么？"

然而，思想战士，经过了人民底哺养和魔火底锻炼的思想战士，他是要决然前进的。——

"倘使我还得偷生在不明不暗的这'虚妄'中，我就还要寻求那逝去的悲凉漂渺的青春，但不妨在我的身外。……"

到这里，从"悲凉漂渺"的表情里面就奔涌出庄严宏大的境界了。因为，只要依靠身外的青春，那就通到了无穷的远方，无数的人们，"地球正在年轻"，世上的青年没有也绝不会衰老，身外的青春不但固在，而且还正在汹涌澎湃呢。大革命正在进军，旧中国正在沸腾，历史的青春正在含苞欲放。

"面前又竟至于并没有真的暗夜。"

真诚的战斗，总是乐观主义的，总是带着欢乐的旋律，至少也是通过苦痛而引发出欢乐的旋律的。

经过了锻炼的集体主义的战士，即使在离群的斗室里面，在单人的牢房里面，也还是集体主义的战士。身外的青春——人民底渴求和阶级的友爱倾注到了他的心里，使他充满了蓬勃的青春热力，能够通过冰河时代，能够征服暗夜！即使肉体朽腐，死亡了，但那青春的火焰已经熊熊地燃在身外，永不熄灭！

只有集体主义的战士才能通到将来，创造将来。是集体主义的战士，就一定能够通到将来，创造将来。

六

今天，炬火升起了，太阳出来了，那用毛泽东思想的名字照耀着中国，照耀着人类，连他都在内。

然而，他并没有"消失"，他在大笑，他在歌唱。

"待我成尘时我将微笑"；他在微笑，微笑在他那明净如水的目光里面，微笑在他那倔强不屈的牙刷胡子下面。

他在微笑，对着他的正在年轻起来了的祖国；

他在微笑，对着不但征服了暗夜和死亡，而且正在年轻的活力里面着手创造历史的伟大的劳动人民；

他在微笑，对着正在解除掉"因袭的重担"，欢乐地向集体主义努力前进的，千千万万的年轻的生命；

他在微笑，他确信劳动的人民和年轻的生命们在毛泽东思想的指引下面一定会克服身外身内的困难，胜利地创造出祖国底青春，人民底青春，人类底青春。

一九四九，十月十六夜三时，在北京，急就。

附记：手边只有借来的《热风》，三本《且介亭》，和一篇参考的论文中的引用文，其余引用的语句都是凭记忆。这些引用都是当给说明的例子，并不是这些才是最够说明的例子。再，凭记忆的引用也许字句上有小参差。

（刊发于 1949 年 10 月 19 日《人民日报》文艺副刊）

悼念 A. 史沫特莱女士

茅 盾

听到了 A. 史沫特莱女士逝世的恶消息,我为之茫然,久久不能有所思。

有一点什么使人不愿意它而它偏偏要来激动你的东西,盘踞在我的脑膜,驱之不去。

一个人或者一个朋友的死,或使人悲痛,或使人愤慨,或使人惋惜,或使人惘惘然若将无以解除积年之负疚……我不能不承认,正是这样多种的情绪辐凑在我胸头,当我听到了 A. 史沫特莱为美国的反动统治者所迫害,病死在伦敦的医院里。

二十多年的旧事在尘封的记忆中浮出来了。

一九三〇年秋,她和一个朋友到我在上海的寓居,这是第一次会面,那天,她就问了我许多尖锐的问题。坦白地说,那时我对她有保留,我对她保持了相当的距离。

鲁迅先生移居在大陆新村以后,更经常的晤见,是在鲁迅先生家里。在几件事上,也曾共同工作,似乎了解得多些了,由此也对她渐更钦佩。但也知道她不善于控制自己的感情。鲁迅先生逝世那年初患病时,她接到我的电话就把一位美国医生(肺病专家)硬拉到鲁迅寓居,而在诊断以后,她刚刚和我约定不使病人知道病情的严重,她自己却马上掩面哭起来了。

太平洋战争那年的春天,她刚从陕北出来,在香港小住,准备到美国去,把她在陕北以及游击区所搜集到的大批材料写成几本书。那天她很兴奋,谈得很多,最后,忽然坚决地劝告我们(那天在座有萧红、端木蕻良,和我)马上到新加坡去,因为日本人就要进攻香港(据她估计,不会迟至当年六月),香港不能守,而新加坡则是可以保得住的。

这是最后一次的见面和谈话。以后就只接到过几封短信和几本书,却没有她自己的。知道她身体不好。可是她还为了中国作家的福利,在美国募集了一些捐款。

而在今天，正当中国革命已经得到伟大胜利的时候，这一位国际友人竟然不幸死了，她不能亲见新中国的新气象，写一本书，想来她是死不瞑目的。

在中国革命斗争最艰苦的年代，A.史沫特莱是在中国，而且是和我们在一起的；在全世界还被反动派的谎言所迷蒙的时候，她是把"红色中国"的真相第一次告诉了世界人民的。中国人民和中国作家不会忘记这样的一个朋友。

而在美帝国主义者为首的国际反动集团正在挑拨反人民的新战争的今天，世界的和平人民也要把A.史沫特莱的逝世当作一个巨大的损失的。

我们悲痛，愤慨，哀悼我们失去了一位热情的朋友，民主的战士和进步的作家。愿您的灵魂永远安息，A.史沫特莱女士！

五月十二日

（刊发于1950年5月14日《人民日报》文艺副刊）

我热爱新北京

老舍

北京是美丽的。我知道，因为我不单是北京人，而且到过欧美，看见过许多西方的名城。假若我只用北京人的资格去赞美北京，那也许就是成见了。

我知道北京美丽，我爱她像爱我的母亲。因为我这么爱她，所以才为她的缺点着急，苦闷。我关切她的缺欠正像关切一个亲人的疾病。是的，北京确是有缺欠。那些缺欠是过去的皇帝、军阀与国民党政府带给北京的。他们占据着北京，也糟踏北京。

在过去，举例说吧，当皇帝或蒋介石出来的时候，街道上便打扫干净，洒上清水；可是，他们的大轿或汽车不经过的地方便永远没见过扫帚与水桶。达官贵人住着宫殿式的房子，而且有美丽的花园；穷人们却住着顶脏的杂院儿。达官贵人的门外有柏油路，以便疾驶他们的汽车；穷人的门前却是垃圾堆。

一九四九年年尾，我回到故乡北京。我已经十四年没回来过了。虽然别离了这么久，我可是没有一天不想念着她。不管我在哪里，我还是拿北京作我的小说的背景，因为我闭上眼想起的北京，是要比睁着眼看见的地方，更亲切，更真实，更有感情的。这是真话。

到今天，我已在北京住了一年。在这一年里，我所看到听到的都证明了，新的政府千真万确是一切仰仗人民，一切为了人民的。只就北京的建设来说，证据已经十分充足了。让我们提出几项来说吧：

（一）下水道：北京的下水道已年久失修，每逢一下大雨，就应了那句不体面的话："北京，刮风是香炉，下雨是墨盒子。"北京人民政府自从一成立就要洗刷这个由反动政府留下的污点，一方面修路，一方面挖沟。我知道，在十几年抗日与解放战争之后，百废待举的时候，政府的财力是不怎么从容的。可是，政府为了人民的福利，并不因经济的困难而延迟这重大的任务。各城的暗沟都挖了，雨水污水都有了宣泄的路子。北京不再怕下雨；下雨不再使道路成为墨盒子。

最使我感动的是：这个为人民服务的政府并不只为通衢大路修沟，而是也首先顾到一向被反动政府所忽视的偏僻的地方。在以前，反动政府是吸去人民的血，而把污水和垃圾倾倒在穷人的门外，教他们"享受"猪狗的生活。现在，政府是看哪里最脏，疾病最多，便先从哪里动手修整；新政府的眼是看着穷苦人民的。

在北京的南城，有一条明沟，叫作龙须沟。多么美的名子啊，龙须沟！可是，实际上，那是一条最臭的水沟。沟的两岸密匝匝地住满了劳苦的人民，终年呼吸着使人恶心的臭气。多少年了，这条沟没有人修理过，因为这里是贫民窟。人民屡次自动地捐款修沟，款子却被反动的官吏们吞吃了。去年夏初，人民政府在明沟的旁边给人民修了暗沟，秋天完工；填平了明沟。人民怎样的感戴是可以想象到的。我亲自去看过这条奇臭的"龙须"，和那新的暗沟，并且搜集了那一带人民的生活情形，与他们对政府给他们修沟的反映，写成一出三幕话剧，表示我对政府的感激与钦佩。这话剧或者将在北京解放二周年纪念日演出。

（二）清洁：北京向来是美丽的，可是在反动政府下并不处处都清洁。是的，那时候人民确是按期交卫生费的，但是因为官吏的贪污与不负责，卫生费并不见得用在公众卫生事宜上。现在，北京像一座古老美丽的雕花漆盒，落在一个勤勉的人的手里，盒上的每一凹处都收拾得干干净净，再没有一点积垢。真的，北京的每一条小巷都已清清爽爽，连人家的院内也没有积累的垃圾，因为倾倒秽土的人员是那么勤谨，那么准时必来，使人们都愿意逐日把院里和院外收拾清楚。美丽是与清洁分不开的。以前，只为北京的美丽我已感到骄傲，现在我又多了一分骄傲，看，这人民的古城也多么清爽可喜啊！我可以想象到，在十年八年以后，北京的全城会成为一座大的公园，处处美丽，处处清洁，处处有古迹，处处也有最新的卫生设备。

（三）灯水：北京，在解放前，夜里常是黑暗的。她有电灯，但灯光是那么微弱，以至于似有若无。而且，时时长时间的停电。政治的黑暗，使电灯也无光。那时候，水也是那样：夏天水源枯竭，便没有水用；即在平日，也是有势力的拼命用水，穷人住的地带根本没有自来水管。他们须喝井水。这七百年的古城，在反动政府的统治下，灯水的供应似乎还停留在七世纪前的光景。

北京解放了，人的心与人的眼一齐见到光明。北京的电灯，由于电厂有了新的管理法，由于工人的进步与努力，真像电灯了。工人们保证不缺电，不停电。这古老的都城，在黑夜间，依然露出她的美丽。那金的绿的琉璃瓦，红的墙，白玉石的桥，都在明亮的灯光下，显现出最悦目的颜色。而且，电力还够供给各工厂的，使北京也会生产啊！同样的，水也够用了。而且就是住在龙须沟的人们也有了自来水吃啊。

我爱北京，我更爱今天的北京——她是多么清洁，明亮，美丽！我怎能不感谢毛主席呢？是他，给北京带来了光明，和说不尽的好处啊！我只提到下水道与灯水什么的，可是我的感激是无尽的，因为我在这里所提到的不过是新北京建设工作的一部分啊。

（刊发于1951年1月25日《人民日报》文艺副刊）

况钟的笔

巴 人

看了昆剧《十五贯》,叫我念念不忘的是况钟那支三起三落的笔。

自从仓颉造字、蒙恬造笔以来,凡是略识"之乎"的人,都是要用用笔的。读书人著书立说,吟歌赋诗,要用笔;种田的、赶卖买的,记记豆腐白酒账,要用笔;甚至像阿Q那样人物,临到枪毙之前,还要拿起笔来,伏在地上,在判决书上面画个圈圈,并且有慨于圈圈之画得不圆,这就可见笔之为用是大得很哩。

自然,笔各有不同,我们用的或毛笔,或钢笔,而况钟所用的是朱砂笔。况钟虽然是苏州府尹,但这回担任的工作,却是监斩。他的职责就是核对犯人和榜上名字是否属实。如果属实,那就算他"验明正身"了,大可朱砂笔一挥,向榜上名字一点,叫刽子手拉出去,一斩了事的。然而况钟偏不这么做,一听到犯人呼冤,拿起来的笔,便点不下去了。拿过判决书来看,竟是三问六审,经过不少人手,想来案情属实;又拿起笔来,又听到犯人呼冤,并且自述经过,又点不下去了。经过临时一次调查,冤情已经属实,但他既是监斩官,无权过问判决,于是又拿起笔来,但又看到犯人含冤莫伸的情形,又点不下去。他想到人命关天,要对人负责。他终于立下决心,自担干系,延缓处斩,向巡抚大人据理力争,并且亲自勘察,破了案情,平反了冤狱。这样,况钟的朱砂笔,终于点中了真正的杀人犯。可见一个人会不会用笔是大有讲究的。

我们的机关首长,单位的负责人,以至一般的工作人员,都是要用笔的。有的是起拟计划、稿件,等等,有的则是拿起笔来在计划、稿件之类上面批示一下,或同意,或另拟,或写上一个名字。但是,我们用笔有没有像况钟那样用得慎重而严肃?实在是大可深思一下的。我们之间固然不缺乏像况钟那样的人,善于在笔底下看到"人",并且用行动来帮助用笔。但我们之间,也不缺乏像过于执那样的人，只知大笔一挥，看不到笔底下有"人"；或者把任何工作，往上一推，往下一压；自己仅仅经过手，签个名，只考究自己签名的字，是否"龙翔凤舞"，足够威势，也算是用过笔了。

没有对人负责的精神，不可能作出对工作负责的事，况钟的笔底下有"人"，就是况钟用笔的可贵精神。

但况钟的用笔是很不容易的。首先，这枝朱砂笔必须点中真正杀人犯，那才能为社会除掉坏人。而除掉了坏人，也就是保护了好人。但要做到这一点，他得展开两条路线的斗争；一方面，他要同只知排比事件的表面现象，并且会用"人之常情"来作推理根据，却不研究事情的实质的主观主义者作斗争。另一方面，他还要同满足于自己的高官厚禄，闭着眼睛签发文件，而又讨厌下属提出不同意见，为了去掉不顺手的干部，就故意设下陷阱叫你跳下去的官僚主义分子作斗争。这样，况钟的笔就是处在主观主义者过于执和官僚主义者周岑的两枝笔锋夹攻之间了。他要在这两支笔锋夹攻之间，杀出一条真理的路来，实在是需要有大勇气、大智慧的。但一个能对人负责的人，一定会得到人民力量的支持，就会有大勇气；而一个得到人民力量支持的人，一定能集中群众的智慧，就会有大智慧。况钟就这样地战胜了两支夹攻的笔锋，平反了冤狱。况钟可说是善用其笔的人了。

经常用笔而又经常信笔一挥的人，是不能不想想况钟的用笔之法的。

（刊发于1956年5月6日《人民日报》文艺副刊）

归　来

徐　迟

山城重庆，重重叠叠的屋宇。它披着一层薄纱似的轻雾，美丽得像在画中一样！在它的背后，耸起了多么熟悉的山峰和山峰上一圈花边似的淡淡的树木剪影。多末熟悉，因为曾经朝夕相对啊！轮船渐渐驶近了朝天门，却又一个拐弯，进入秀丽的嘉陵江。

一连几天在船身震动之中的乘船人，终于感到船停止它的震抖了。出现了一种奇异的安静。然而，这安静并不长久。另一种震抖传动而来。我全身感到了这震抖，我成了一根被拨动的琴弦。十年，整整十年，没有看见你了！整整十年，没有在你的怀抱中了。现在我回来了。

一辆车已在码头上等候我们。我们穿过一条新辟的马路，经临江门一带，疾驰前进。我又认得又不认得重庆的街道了！重庆的街道啊，我多么愿意下车来，停留在街头，细细看你，摸你。在这里我们曾度过了我们的历史中最艰苦的年头。难道不是在这里，我们半夜惊跳起来，把睡得香甜，连警报汽笛也唤不醒的孩子粗暴地摇醒，然后捆着包，提着箱，跟跄奔进防空洞；难道不是在这里，美国兵坐在吉普车里横冲直撞，奴颜婢膝的国民党西崽向他们打躬作揖，而我们用以维持生活的，我们口袋里的钱币却每时地被一种奇怪的妖法盗窃了去？难道不是在这里，除了太阳给我们一个影子之外，反动统治者也给了我们一个尾随不舍的魔影——我们在这里被折磨过，被侮辱过！

然而，现在不用说这一切了。你已经完全变了样，变得使游子归来，都不认识自己的家园了。

头一天晚上，朋友们招待我去重庆市川剧院看戏。我正听着抑扬的高腔音乐，突然从舞台和剧场的某些暗示中发现了：这可不是"青年馆"吗？是的，这正是当年的"青年馆"。记忆立刻涌了上来。在这台上，有人曾朗诵过《狂人日记》，马思聪曾弹奏过他的《剑舞》，大乐队曾以贝多芬的《英雄》

祭奠过罗曼·罗兰老人，郭沫若先生曾站在那个失地千里的何应钦面前，痛骂了他几个小时。骂一句，台下鼓一次掌。而且，就是在这台上，十年前，在《双十协定》签订前夕，毛泽东主席曾经大声疾呼地呼吁和平，他说："和为贵"。

第二天，我一清早就去寻找故居，没有想到所在地已变成一个公园，原来是草堂，现在矗立着一座楼房。我访问了张家花园，战时的作家协会，不能相信我们的作家曾住过这样破烂、这样湫隘的房子。我寻找紫薇村，没有找到，寻找红球坝，发现从前的一片菜园上，布满房屋，成为热闹的市区。我寻找大田湾，突然发现我已回到人民礼堂那天坛似的大建筑物面前了。在这里耸起宏伟的三层翠绿的圆顶，它在一刹那之间改变了山城的面貌。

我到处寻找，寻找沧白堂前的砖头，较场口的血迹和泪痕。博物馆派来的女同志，带领我们参观曾家岩五十号。我们曾在它的楼下听过政治报告，在小屋中看过秧歌舞剧。可是，这是多么奇怪的一幢房子啊！中国共产党的领导同志和国民党特务同住在一个屋顶下面。在二楼，周恩来和董必武同志的两间卧室之旁，特务占了五个房间。当年的斗争是多么激烈，敌人已楔入到这座房子里来了。可是，现在，我们站在五十号的大门口，照起相来了。

重庆，有多少可回忆，可纪念的事物啊！可是，两天后，怀旧的心情很快消失。满眼是新事物。第三天，就觉得这种心情有点迂。第四天，我自己也简直不能忍受它了！

滑竿没有了。人力车也看不见了。电车满城飞，爬坡比起汽车来还快。缆车上上下下，往来于两路口菜园坝之间。菜园坝车站是四十年愿望的终点，成渝路的起点。现在，人们正在等待着宝成路通车的佳音。川黔路已经在兴建之中，将要跨越长江和嘉陵江的两座江桥开始钻探了。山城重庆还将是我国最早修建地下铁道的一座城市，一条地下铁道线从牛角沱通往大溪沟，另一条线从菜园坝通往朝天门。让我们采大理石来修造车站，用最美丽的名字给它们命名。

美丽的城市啊！我曾从朝天门出发，穿过繁荣的市区，到两路口参观体育馆，然后经过大坪，向着杨家坪而去。新建的一排排的工人宿舍，洁白的墙，绿的窗户，门前的小花圃，新建的电影院。未来的重庆正在这里劈开山头填平山谷，建设起来。我们又从这靠长江的一面横插到嘉陵江的一面去，于是看到了沙坪坝、磁器口的一片巨大的市区。一处是工业区，另一处是轻工业和文化区。

伟大的城市啊。一条宽阔的沿江码头将要像腰带似的怀抱这座山城。三峡水库将水位提高后，从上海来的万吨大轮船将要泊在这拥有一切现代化设备的大港。围绕着重庆钢铁公司的将是许多机器制造工业。重庆还是一座巨大的煤炭工业之城。蕴藏在长江和嘉陵江水波里的巨大的电力，则将推动这些工业。

富饶的城市啊！多少果树迎着阳光？多少果实使枝头下垂？去年的广柑还没有吃光，今年的又挂在树上了！为什么大自然对这里如此厚道？这里用不到绿化，四季都是绿的。绿化在这里只是绿的规划化：这几座山是广柑，那几座是柚子，等等。

看啊，百花满地，蝴蝶满园。还不知是蝶多，花多？还不知是花多，蝶多？看啊，四只抖动的蝴蝶在争夺一朵西番莲的花蕊。山城的气候特点使山城的花比哪儿的花更香，这儿是我们的一个香水工厂所在地。

夜晚，站在枇杷山公园的高处往下望，山下是几十万家灯火。你可以用一张黑纸，在上面刺着无数针眼，然后放到灯前看一看，这就是夜重庆，而我是回来了。

（刊发于1956年7月4日《人民日报》文艺副刊）

天安门前

沈从文

　　近几年来，我因工作关系，无论风晴雨雪，每天早晨、晚间都得进出天安门几次。可是试想拿起笔来写写天安门，倒不知从何说起了。

　　三十年前到北京来观光的人，在城郊各处都常有机会看见成串的骆驼队伍，从容不迫地在灰尘扑扑的道路上前进。每只骆驼背上必驮载两大袋杂粮或煤块。末尾照例还有只小骆驼押队，颈脖下悬个筒子形大铁铃，走动时当当地响。这些铃铛大致是世代相传，经历了许多年月风霜，声音有些已经哑沙沙的了。若机会凑巧，还可看到一种用两只骆驼组成的驼轿，一前一后斜斜地排着，抬着个大木轿笼，摇摇晃晃地走着，它也许正从蒙古、热河长途远道前来，恰好停顿在城外一个店铺前边。那店铺门口屋檐前挂有一块"某某镖局"的招牌。原来《七侠五义》《小五义》中提起的镖客，还有人在继承事业，又还有主顾上门求教。这个古老城市里，当时就还留下许多这类古老社会的标本。有的属于两百年前的，有的属于七八百年前的。骆驼队本来是沙漠中的舰队，在市中心的天安门前发现时，就更加显得这个城市的古老。当时北京电车开行还不多久，若遇骆驼队伍横贯马路时，电车司机照规矩还得暂时停车，等待一会儿，像是人人都得承认这是八百年前北京建都以来的成员，对待它们应当表示一点客气或尊重。

　　在天安门前的，还有青年学生、工人、市民，在这里举行示威游行前的集会。"五四""三一八""五卅""九一八"……除了这些大的登报上书的集会以外，还经常有小规模的，每次虽然不过两三千人，或七八百人，已使得旧军阀官僚感到头疼心烦不好办。因此天安门前有一时曾经各处都种满了白丁香和黄刺玫，不知道的还以为军阀官僚在美化旧都，事实上原来只是有意把广场面积缩小，消极防止爱国青年的示威活动。

　　三十年来，北京城经历过了许多重大事变，终于解放了。天安门成了人民争取持久和平的象征，共同努力走向幸福美好生活的象征。每逢节日，几十万群众集会游行已成平常事情。时代不同了，骆驼队伍再不容易在这里出现了。现在什么人想看看这种神气庄严、体魄壮伟、耐劳负重的生物，大致得到南口居庸关一带，才有机会偶然碰上。至于住在北京市的小朋友们呢，将来只有到动物园或地志博物馆去，才有希望知道真正的骆驼究竟是什么样子，并且明白成串骆驼由长城外来到北京的种种情形。北京动物园如今还没有骆驼的位置，我建议不妨加入两三只，并且把它们祖先两千年前就经常载运了各种重要物资，横贯西北大沙漠，对于沟通中原和西域各民族关系，以及在中西文化交通史方面所作的伟大贡献，和二千年来在华北一般交通运输中所起的重要作用，加以适当的说明。更好的自然是将来地志博物馆陈列中表现城乡关系时，能够把三十年前成串骆驼在暮色沉沉时通过天安门前的景象，和解放后几十万群众在这里看五色焰火上冲霄汉、歌舞狂欢的景象，作一个显明对比，可见出两个时代，两种社会，如何截然不同。

天安门前大路上，成串骆驼迈着大方步过路，这种古色古香的，同时也是暮气沉沉的时代，已经完全结束了。代表今天、象征明天的各种新事物，却在不断出现。天安门大白石桥、石狮子前边，我们经常都可发现一群群年纪四五岁的小朋友，两颊红嘟嘟的，双双拉着手排队上公园去，随着阿姨的指点，一齐暂时停下来欣赏面前那个高大的天安门楼，欣赏毛主席六年前站到那上面向中国人民、向全世界宣布"中国人民站起来了"的那个地方。这个庄严壮丽的大门楼背后，正衬着一片透蓝的天空，一群白鸽子和银星点子一样，在这个蓝空天幕下绕着门楼回旋飞翔。回过头向南边望望，人民英雄纪念碑大棚架已经撤去，全部工程过不久就要完成了。要使得这个纪念碑更加庄严好看一些，扩大四周空地，更新的待施工的建筑群蓝图，应当已经在准备中。

前一代的流血牺牲，为这一代青年学习和工作开辟了无限广阔平坦的道路，这一代的勤劳辛苦，又正在为幼小一代创造更加幸福美好的环境，全中国人民——老年、壮年、青年和儿童，就活在这么一个新的社会中。革命纪念碑全部落成后，夏天黄昏时节，会经常有各种音乐团体，来在纪念碑前边石台上；向市民举行公开演奏会，在这里我们不仅可听到热情优美的民间音乐，还有希望可听到世界各国伟大作曲家最健康悦耳的音乐。到三个五年计划完成时，天安门前的广场，可能已经完全改变了样子，所有看台都用汉白玉石作得整整齐齐，纪念碑附近已展开极宽，四周六七层高的新建筑物群，也大部分用汉白玉石装饰，作得十分华美。这里是革命博物馆，那里是祖国自然资源馆，第三是民族文化馆，第四是工业建设馆，第五是……到晚上，这些大型建筑物里边，都光亮得和大白天一般，有万千游人进出。纪念碑前却有了二十丈大的巨型新式银幕，用电视方法，放映国家歌舞剧院正在上演的音乐舞蹈节目，免费供给三万市民群众欣赏。也还会看见成串骆驼正在慢慢地从天安门前边走过，而且押队那支小骆驼，颈脖下那个铃铛，依旧当当地响着，把多数人暂时都吸引到半世纪前北京旧风景画中去，原来这是历史博物馆在用电视教育回述天安门前的种种历史！

（刊发于1956年7月9日《人民日报》文艺副刊）

发辫的争论

郭沫若

大姑娘们和小姑娘们的头上,往往拖着两条长长的发辫,有的快要拖过髁膝窝了。这两条长发辫有时分披在胸部的左右两边,有时又是一前一后。

发辫们经常在争论。不过发辫用的是另外一种语言,声音也特别小。

据懂得发辫语言的人说,发辫分成了两派。

一派的发辫说:我们简直成了无用的长物了。愈拖愈长,就像两条死蛇一样。

另一派的发辫坚决地反对:笑话!我们不是很美吗?多谢姑娘们还每每跟我们打上一对红蝴蝶、白蝴蝶,或者别种颜色的蝴蝶。而且我们是从苏联学来的先进经验呵!

——要你才笑话呢!苏联的姑娘们老早就不拖长辫子了。乌兹别克的姑娘们要梳很多的小长辫子,那是例外。一般地说,拖辫子是脏衣服的,梳洗费时间,做工作时拖拖沓沓。有什么美呢?说好听点,就像京戏的旦角的两鬓拖着的两束长流苏啦!

——对啦!你说像长流苏,那就表明我们是民族形式的美。你要反对,你是民族文化的虚无主义者吗?

——不要乱扣帽子吧。你要知道,我们头发,剪下来是很有用处的。我们可以做肥料,可以做药材,可以做纺织原料,可以做戏剧的行头,可以做……

——你简直是近视的实用主义者!美术的观念太贫乏了。你要知道,姑娘们是顶喜欢美的。我们如果不美,姑娘们为什么拖着我们?

——那是惰性的表现呵!我听说三十几年前中国的男子也都拖着长辫子,虽然只是一条。后来起了辛亥革命,把它们革掉了。在当年男子们也以拖辫子为美,剪辫子的时候还曾经有人哭过呢。今天,我希望,在女子们的头上也来一次"辛亥革命",我自己就被革掉,一点也不可惜。

——你简直是左倾幼稚病患者!

——你犯了右倾保守主义的毛病,你自己不知道罢了。

两派不断的争论,随时随地都在拖着双长辫子的姑娘们的头上进行着。

据说,不拖双辫子的头上是没有争论的;辫子短些的,争论也就少些。有一种鹌鹑头,把头发剪得短短的就像一个鹌鹑儿,欧洲人管它叫"女青年头"。在那样的头上没有争论。还有一种是把头发留剩尺来长,在后脑勺上总结成一个刷把。在那样的头上也没有争论。

看来,发辫的争论是不容易停止的。两条发辫愈拖愈长,发辫的争论也会愈拖愈长,像我们目前最流行的八股文章一样。

(刊发于1956年7月18日《人民日报》文艺副刊,署名:龙子)

《漫步书林》前言

郑振铎

在路上走着,远远地望见一座绿荫沉沉的森林,就是一个喜悦,就会不自禁地走入这座森林里,在那里漫步一会儿,仅仅是一会儿,不管是朝暾初升的时候也好,是老蝉乱鸣的中午也好,是树影、人影都被夕阳映照得长长地拖在地上的当儿也好,都会使我们有清新的感觉。那细碎的鸟声,那软毯子似的落叶,那树荫下的阴凉味儿,那在枝头上游戏够了,又穿过树叶儿斑斑点点的跳落在地上的太阳光,几乎无不像在呼唤着我们要在那里留连一会。就是地上的蚂蚁们的如何出猎,如何捕获巨大的俘虏物,如何把巨大的虫拖进小小的蚁穴等等的活动,如果要仔仔细细地玩赏或观察一下的话,也足够消磨你半小时乃至一小时的工夫。

从前的念书人把"目不窥园"当作美德,那就是说,一劲儿关在书房里念书,连后花园也不肯去散步一会的意思。如今的学生们不同了。除掉大雪天或下大雨的时候,他们在屋里是关不住的了。三三两两地都带了书本子或笔记本子到校园里、操场上或者公园里去念。我看了他们,就不自禁有一股子的高兴。我自己在三四十年前就是这样地带了书本子或带了将要出版的书刊的校样到公园里工作的。

可是言归正传。以上所说的只是一个"引子"的"引子"。"书中自有黄金屋"是一句鼓励念书人的老话。当然,我们如今没有人还会想到念书的目的就是去住"黄金屋"。不,我们只明白念通了书做了各式各样的专家,其目的乃是为人民服务。在念书的过程里,也就是说,在进行研究工作的过程里,在从事这种劳动的当儿,研究工作的本身就会令人感染到无限喜悦的。——当然必须要经过摸索的流汗的辛苦阶段,即所谓"衣带渐宽终不悔,为伊消得人憔悴"的阶段。在书林里漫步一会儿,至少是不会比在绿荫沉沉的森林里漫步一会儿所得为少的。

书林里所能够吸引人的东西，实在太多了，绝不会比森林里少。只怕你不进去，一进去，准会被它迷住，走不开去。譬如你在书架上抽下一本《水浒传》来，从洪太尉进香念起，直念到王进受屈，私走延安府以至鲁提辖拳打镇关西，林教头风雪山神庙，你舍得放下这本书么？念《红楼梦》念得饭也吃不下去，念到深夜不睡的人是不少的。有一次有好些青年艺术工作者们抢着念《海鸥》，念《勇敢》，直念到第二天清晨三时，还不肯关灯。结果，只好带强迫地在午夜关上了电灯总门。有人说这些是小说书，天然地会吸引人入胜的。比较硬性的东西恐怕就不会这样了。其实不然。情况还是一般。譬如我常常喜欢读些种花种果的书。偶然得到了一部《汝南圃史》，又怎肯不急急把它念完呢。从这部书里知道了王世懋有一部《学圃杂疏》，遍访未得。忽然有一天有一家古书铺里见到一部《王奉常杂著》，翻了一番，其中就有《学圃杂疏》，而且是三卷的足本（《宝颜堂秘笈》本只有一卷），连忙挟之而归，在灯下就把他读毕，所得不少。有一个朋友喜欢逛旧书铺，一逛就是几个钟头，不管有用没用，临了总是抱了一大包旧书回去。有时买了有插图的西班牙文的《吉诃德先生传》，精致的德文本的《席勒全集》，尽管他看不大懂西班牙文或德文，但他把它们摆在书架上望望，也觉得有说不出的喜悦。有的专家们，收集了几屋子的旧书、旧杂志，未见得每本都念过，但只翻翻目录，也就胸中有数，得益匪浅。有时"踏破铁鞋无觅处"的东西，就在这一翻时"得来全不费工夫"。宋人的词有道："众里寻他千百度，蓦然回道，那人却在灯火阑珊处。"这样的境界在漫步书林时是经常地会遇到的。

书林是一个最可逛，最应该逛的地方，景色无边，奇妙无穷。不问年轻年老的，不问是不是一个专家，只要他（或她）走进了这一座景色迷人的书林里去，只要他在那里漫步一会儿，准保他会不断地到那儿去的，而每一次的漫步也准保会或多或少地有收获的。

以上只是一个开场白。下面想把我自己在这座书林里漫步的时候的所见所得，择要地"据实道来"。只要大家不怕厌烦，我的话一时完不了。

（刊发于1956年7月23日《人民日报》文艺副刊，署名：西谛）

洛阳灯火

白　桦

夜行火车在黄河南岸驰行着，软席寝车厢内非常安静……

我们这个小房间里有四张铺，两张上铺两张下铺。我躺在上铺，在我对面躺着的是一个带着孩子的年轻女人，这时她已经沉睡了。黄头发的小男孩不时抬起头咧着嘴对着我铺下面那个白了头发的中将微笑，他还没躺下，我能看见他那银丝似的头发，能听见他很有兴致地和孩子逗着乐的声音。将军的对面坐着刚从新安上来的一个少校。这个旅伴一进车厢就没脱帽，他对着那位将军敬了个礼，以后就默默地掀开窗帘的角，注视着窗外，窗外是黑夜，农村的灯火像疏落的星星似的从窗前飞过……

我刚刚把卡扎凯维奇写的《奥德河上的春天》看完，很久，我还觉得西淑克雷洛夫中将就站在我的眼前沉思着……

"一点了！"我下面的那位将军自己对自己说话的声音吸引了我："快到洛阳了！"

"是的，"我在上面回答将军："就要到了……"

"你到哪里去呀？"

"我去北京！"

"你呢？"将军又问那位少校。

"我到郑州转车到汉口，再坐粤汉线的车到湖南，然后再转车到贵州搭汽车回云南。"他很仔细，并很流利地回答了将军，就像是在向自己的首长做报告。

"路还远得很喽！"将军意味深长地说。

"是不近哩！"

"你……"将军说："你是在步兵团里工作吧！"

"是。在边防部队里担任副团长。"少校迟疑地问将军："首长，你？……"

"在一个军里工作！"将军轻轻地吐出这几个字，在军队里长期工作过的人就可以明白他就是军长。

"啊！"少校的目光落在将军的金肩章上。沉默了很久，他们俩又开始了谈话。

"云南那个部队就是太岳区的队伍吧？"将军问他。

"是，是从太岳出来的……"

"我和你们的队伍见过面。"

"是的，我们兵团差不多配合过每一个兄弟部队。"

"1948年春天，攻打洛阳你参加了吗？"

"参加了，啊！以前您是在陈、粟大军？"

"是呀！我这一次出来可以说是旧地重游喽！"将军掀开窗帘，看着那些疏落的灯光。他沉重而激动地说："洛阳！洛阳！这个城市我是不会忘记的……"

"作过战的地方都忘不了。"少校同志同意他的看法。

"不，不，"将军摇摇头，"有些地方就记不住，……哪里流的血多，哪里就能记得最清，我在洛阳虽然没有流血，可有一个同志替我流了很多血……"

将军从枕下抽出一个黑皮包，从皮包里取出一个破旧的用线装古书翻过来订成的本子，他慢慢地翻着这个本子对少校说：

"我这回出来，特意带着以前的日记本子，在路上翻翻，能想起很多事，你可以看看这一页，写有洛阳战役的事，我不会写得像小说那样动人，小说是作家写的，可有很多作家不屑像我记日记那样，把一些好同志和真事写出来。"

少校接过将军的日记本，由于灯太高，他不得不站起来看，这么一来，不但他能看清，就是我也能看清，我觉得好在是将军以前的日记，没什么秘密，并且将军示意让我看，我也就顺便看了一遍。将军的日记是用墨笔写的——真有意思！战争时期他还能带墨盒。字迹很威武而潦草，不像他现在那么沉静。他写着：

1948年3月12日，晴天，于古都洛阳

我最不喜欢前进速度中的迟缓的部队，它能影响整个战斗的胜负，整个战场的形势。天不亮我就把××团的团长骂了一顿，先头部队在昨夜十点就攻进了城，后续部队不能源源不断运动进去，××团大部分人在天亮以前还在东关拥挤着，那种迟缓就说明了指挥员的不坚决和畏缩。虽然敌人的侧射火力还能往桥上射击，但无论如何他们是不能控制这座大桥了，这座桥上已经通过了我们一个多旅，尖刀部队有很多同志的尸体还在桥上。我把我们的位置放在桥头旁边的一块断墙背后，作战参谋向我提意见，我把他支派走了！他不懂我站在前面的意义。电话员不愿意把电话机往前拉可气火了我，我说："你们不是在爱惜你们的副旅长！是在爱惜敌人！"电话员不敢不听话了。可警卫员又提意见了，我没有跟他争辩，我命令他："去！命令你跑步找到山炮营营长，叫他们迅速前进！"警卫员去了，我可自由多了。这时我身边有一支穿灰军装的友邻部队——太岳的队伍，他们一个跟一个从桥上通过，姿势很低，很轻巧！

正在两支兄弟部队并肩往桥上运动的时候，敌人连续开炮了，重迫击炮弹在我周围爆炸，我挥着胳臂喊着，要部队隐蔽。

"吃——吃——！"有经验的军人都能听得出来这颗曲射炮弹的着地点就在附近，我也意识到这个危险，正当我还没有来得及考虑如何处置的时候，一个穿灰军装的同志跳过来，一把把我推在地上，他压在我的身上。炮弹爆炸了，在我面前升起了混着火和土块的烟柱，像下大冰雹一样，飞起的弹片和土块又落下来，打得土地发抖。我觉得我的脖子里有血，但我又觉得我确实没受伤，等我坐起来的时候，我才看见身边那个穿灰军装的同志额头上往外冒着血，很显然，是一个很危险的伤口。我正要叫担架，看见两个穿灰军服的同志跑过来把他抬走了。

我军的炮火最后把敌人侧面碉堡都摧毁了，部队像流水一样从桥上拥进城去，这一股巨流在早晨的霞光中可以看见两种颜色，一种是草黄色，一种是蓝灰色，就是这样一股巨流冲倒了旧的洛阳，使洛阳成为人民的洛阳。

巷战还在继续着。现在，洛阳其余的三座城门都被攻破了，全体入城部队都在围攻敌人最后的一个阵地：城西北角的洛河中学。

战斗的节奏稍微缓慢了一些，但我的心情反而紧张了，因为我担心那一位为我流着血的无名战友，他也许会流血过多而牺牲；即使能治好，他的额头上也将留下很深很深的疤……我祝福英勇的战友长寿！希望他能活着继续战斗……

列车嘶叫了一声,渐渐缓慢下来。少校合上将军的日记本,他看了看将军,将军正撩起窗帘往外看。这时候,我看见少校又用手把自己的帽檐往下拉了一拉,拉得几乎压住了眉毛……

"亲爱的旅客们!"站台上的女广播员清脆的声音,"你们到达的是洛阳站,洛阳是有名的古都,从1948年春天解放以来,她变得一天比一天更美丽了……"

将军从座位上站起来,对着窗外激动地点着头,银白的头发抖动着。他把右手搭在少校的肩膀上,少校踌躇地看了看这位白发苍苍、身经百战的将军。我——只有我看见少校那精明激动的眼睛潮湿了,他的瞳孔里反映着灿烂的繁星般的洛阳灯火……

(刊发于1956年8月1日《人民日报》文艺副刊)

"废名论"存疑

夏 衍

星期六到颐和园去,在附近看到一所中学,校名是"第一〇一中学"。一位同游者脱口而出:"学校办在这样一个好地方,叫颐和中学多好。"

这使我想起了另一件事情。在一个科学家的集会上,我听到过以下的对话:

"您以前在……"

"清华。1932年毕业的。"

"啊,那是老学友了。我也是清华,比你晚五年。"

"这次会上,咱们清华的人可不少阿。""咱们清华"这四个字充满了感情。

这样,他们就谈到校园,谈到校风,谈到当时的学生风气,谈到老教授们的癖好……两个人都沉浸在欢乐的回忆中了。

让学校有一个固定的名称,让他保存一种具有独特风格的校风和传统,让这个名字成为先后校友的精神上的联系,我想,这对社会主义建设事业不会有什么害处吧。可是这几年来,"废名排号"却已经成了风气。

不仅教育界如此,其他各界也未能免俗。在知识分子心中有相当深厚印象的商务印书馆、开明书店这些名称,不是早已不见了么?甚至许许多多老百姓熟悉的老铺老店,不是也纷纷改为第七门市部、第八供应站了么?

这种风气也流行到了应该是"丰富多采"的文艺界。我们的文艺杂志、文艺团体似乎有了一套正名规律,不是"人民",就是"中国",如"人民文学""人民音乐""中国评剧院"等等。最彻底、也最有讽刺性的是漫画杂志。在外国,这一类杂志有的叫"鳄鱼",有的叫"箭",有的叫"牧鹅少年马季",而我们中国,就直接了当地叫作"漫画"。正像一个人的名片上只印着一个字:"人"。

这种废名论的理论根据,据说第一是为了整齐,为了"统一";第二是因为旧时代的名称都有封建性。那么,像河北、安徽这一类省名,宛平、长治这一类县名，也都应该废名排号了吧。我设想若干年后，人们的履历表将如下式：

姓名：王十七
籍贯：第五省、第三十八县、第二二六乡。
学历：第十一省第九十八中学毕业。
职业：第十五省第九市第三副食品商店第七门市部经理。

（刊发于1956年8月10日《人民日报》文艺副刊，署名：任晦）

"言论老生"

唐弢

民国初年,上海曾经流行过一种话剧,大家叫它做"文明戏"。"文明戏"里有种专演正派人物的角色,他的擅长是发议论,上得台来,满口"官话",总是长长的一大篇。有时候是"声色俱厉",有时候是"声泪俱下",虽然内容空泛,却的确搬出许多大道理,做到了慷慨陈词的地步。这种角色,也像京戏里的"长靠""短打""闺门旦""刀马旦"一样,有一个因此而获得的专称,叫作:"言论老生"。

他的拿手戏就是空口说白话:贩卖教条。

现在,"文明戏"早已绝迹,"言论老生"却还留在我们的生活里。自然,这指的并不是报馆主笔,讲坛教授,以"言论"为职业本来没有什么可以非难,问题还在于他的"言论"的内容,这是是否成为"老生"的关键。所谓"言论老生"也者,他的肚里至少有两部书:一部《道德经》,一部《汉文典》,并非老子或者什么人的专著,而是综合古今中外的名人名言,但又的确通过了他先生主观的自己的大作。在"言论老生"看来,这两部书是"放诸四海而皆准",任何时候,任何地点的衡人论文的标准,因此,没有机会开口则已,一开口,他总在引"经"据"典"。

碰到要对人事说几句话了,他就带着他的《道德经》。青年们有自己的爱好和理想,在业余专心研究,他翻一下《道德经》说道:"这是成名思想,个人主义!"教员们要求克服忙乱现象,照顾照顾家里的孩子,他翻一下《道德经》,说道:"这是家庭观念,反集体精神!"看见有人在钻业务,谈爱情,他的《道德经》里便有这样的一条:"脱离政治,缺乏社会主义热情!"

碰到要对文章发表意见了,他就带着他的《汉文典》。看到一篇描写战士思想生活的小说,他翻一下《汉文典》,说道:"难道我们的解放军是这样的吗?"看到一篇刻画工业生产的短篇,他翻一下《汉文典》,说道:"没有写党的领导,难道我们的党不在领导工业生产吗?"有时候看到的是一段速写,一首小诗,他的《汉文典》里则又堂皇地写着:"没有反映出一定社会力量的本质!"

生活是复杂的,如果在他的《道德经》和《汉文典》里找不到答案呢?这里也有一条:凡无"经""典"可以援引的,一律要不得!这叫作:没有"理论"根据。

作为"言论老生"的特征,他所发表的总是无法反驳、永远正确的大道理,就只是一点:不联系实际。但不联系实际又有什么关系呀!他谈的本来就不是实际而是"言论",对"言论"要求实际,不也就是脱离实际——他的"言论"的实际了吗?说来说去,我们的"言论老生"最后还是一个"胜利者"!

这就是"文明戏"为什么要重金礼聘"言论老生"的缘故。

不幸的是:人们心里明白自己是在看戏,一回到生活,却早把他的"言论"忘得一干二净了,因为生活总是具体而实际的。在高超的"言论"上立于不败之地,一到实际生活里就碰得粉碎,这是对一切教条主义主观主义的教训,也不能不是"言论老生"的悲哀。

(刊发于1956年9月13日《人民日报》文艺副刊)

初冬过三峡

萧 乾

一

听说船早晨十点从奉节入峡,九点多钟我揣了一份干粮爬上一道金属小梯,站到船顶层的甲板上了。从那时候起,我就跟天、水以及两岸的巉岩峭壁打成一片,直直伫立到天色昏暗,只听得见成群的水鸭子在江面上啾啾私语,却看不见它们的时候,才回到舱里。在初冬的江风里吹了将近九个钟头,脸和手背都觉得有些麻木臃肿了,然而那是怎样难忘的九个钟头啊!我一直都像是在变幻无穷的梦境里,又像是在听一阕奔放浩荡的交响乐章:忽而妩媚,忽而雄壮;忽而阴森逼人,忽而灿烂夺目。

整个大江有如一环环接起来的银链,每一环四壁都是蔽天翳日的峰峦,中间各自形成一个独特天地,有的椭圆如琵琶,有的长如梭。走进一环,回首只见浮云衬着初冬的天空,自由自在地游动,下面众峰峥嵘,各不相让,实在看不出船是怎样硬从群山缝隙里钻过来的。往前看呢,山岚弥漫,重岩叠嶂,有的如笋如柱,直插云霄,有的像彩屏般森严大方地屹立在前,挡住去路。天又晓得船将怎样从这些巨汉的腋下钻出去。

那两百公里的水程用文学作品来形容,正像是一出情节惊险、故事曲折离奇的好戏,这一幕包管你猜不出下一幕的发展,文思如此之绵密,而又如此之突兀,它迫使你非一口气看完不可。

出了三峡,我只有力气说一句话:这真是自然的大手笔。晚餐桌上,我们比过密西西比,也比过从阿尔卑斯山穿过的一段多瑙河,越比越觉得祖国河山的奇瑰,也越体会到我们的诗词绘画何以那样俊拔奇伟,气势万千。

二

没到三峡以前,只把它想象成岩壁峭绝,不见天日。其实,太阳这个巧妙的照明师不但利用出峡入峡的当儿,不断跟我们玩着捉迷藏,它还会在壁立千仞的幽谷里,忽而从峰与峰之间投进一道金晃晃的光柱,忽而它又躲进云里,透过薄云垂下一匹轻纱。

早年读书时候,对三峡的云彩早就向往了,这次一见,果然是不平凡。过瞿塘峡,山巅积雪跟云絮几乎羼在一起,明明是云彩在移动,恍惚间却觉得是山头在走。过巫峡,云渐成朵,忽聚忽散,似天鹅群舞,在蓝天上织出奇妙的图案。有时候云彩又呈一束束白色的飘带,它似乎在用尽一切轻盈婀娜的姿态来衬托四周叠起的重岭。

初入峡,颇有逛东岳庙时候的森懔之感,四面八方都是些奇而丑的山神,朝自己扑奔而来。两岸斑驳的岩石如巨兽伺伏,又似正在沉眠。山峰有作蝙蝠展翅状,有的如尖刀倒插,也有的似引颈欲鸣的雄鸡,就好像一位魄力大、手艺高的巨人曾挥动千钧巨斧,东斫西削,硬替大江斩出这道去路。岩身有的作绛紫色,有的灰白杏黄间杂。著名的"三排石"是浅灰带黄,像煞三堵断垣。仙女峰作杏黄色,峰形尖如手指,真是奇丽动人。

尽管山坳里树上还累累挂着黄澄澄的广柑,峰巅却见了雪。大概只薄薄下了一层,经风一刮,远望好像楞楞可见的肋骨。巫峡某峰,半腰横挂着一道灰云,显得异常英俊。有的山上还有闪亮的瀑布,像银丝带般蜿蜒飘下。也有的虽然只不过是山缝儿里淌下的一道涧流,可是在夕阳的映照下,却也变成了金色的链子。

船刚到夔府峡,望到屹立中流的滟滪滩,就不能不领略到三峡水势的崄巇了。从那以后,江面不断出现这种拦路的礁石。勇敢的人们居然还给这些暗礁起下动听的名字,如"头珠石""二珠石"。这以外,江心还埋伏着无数险滩,名字也都蛮漂亮。过去不晓得多少生灵都葬身在那里了。现在尽管江身狭窄如昔,却安全得像个秩序井然的城市。江面每个暗礁上面都浮起红色灯标,船每航到瓶口细颈处,山角必有个水标站,门前挂了各种标记,那大概就相当于陆地上的交通警。水浅地方,必有白色的报航船,对来往船只报告水位。傍晚,还有人驾船把江面一盏盏的红灯点着,那使我忆起老北京的路灯。

每过险滩,从船舷下望,江心总像有万条蛟龙翻滚,漩涡团团,船身震撼。这时候，水面皱纹圆如铜钱，乱如海藻，恐怖如陷阱。为了避免搁浅，穿着救生衣的水手站在船头的两侧，用一根红蓝相间的长篙不停地试着水位。只听到风的呼啸，船头跟激流的冲撞，和水手报水位的喊声。这当儿，驾驶台一定紧张得很了。

船一声接一声地响着汽笛，对面要是有船，也鸣笛示意。船跟船打了招呼，于是，山跟山也对语起来了，声音辽远而深沉，像是发自大地的肺腑。

三

最令人惊心动魄的是激流里的木船。有的是出来打鱼的，有的正把川江的橘麻下运。剽悍的船夫就驾着这种弱不禁风的木船，沿着嶙峋的巉岩，在江心跟汹涌的漩涡搏斗。船身给风刮得倾斜了，浪花漫过了船头，但是勇敢的桨手们还在劲风里唱着号子歌。

这当儿，一声汽笛，轮船眼看开过来了。木船赶紧朝江边划。轮船驶过，在江里翻滚的那一万条蛟龙变成十万条了，木船就像狂风中的荷瓣那样横过来倒过去地颠波动荡。不管怎样，桨手们依旧唱着号子歌，逆流前进。他们征服三峡的方法虽然是古老失时的，然而他们毕竟还是征服者。

三峡的山水叫人惊服，更叫人惊服的是沿峡劳动人民征服自然，谋取生存的勇气和本领。在那耸立的峭壁上，依稀可以辨出千百层细小石级，交错蜿蜒，真是羊肠蟠道三十六回。有时候重岩绝壁上垂下一道长达十几丈的竹梯，远望宛如什么爬虫在巉岩上蠕动。上面，白色的炊烟从一排排茅舍里袅袅上升了。用望远镜眺望，还可以看到屋檐下晒的柴禾、腊肉或渔具，旁边的土丘大约就是他们的祖茔。峡里还时常看见田垄和牲口。在只有老鹰才飞得到的绝岩上，古代的人们建起了高塔和寺庙。

船到南津关，岸上忽然出现了一片完全不同的景象：山麓下搭起一排新的木屋和白色的帐篷。这时候，一簇年轻小伙子正在篮球架子下面嘶嚷着，抢夺着。多么熟稔的声音啊！我听到了筑路工人铿然的铁锹声，也听到更洪亮的炸石声。赶紧借过望远镜来一望，镜子里出现了一张张充满了青春气息的笑脸。多巧啊，电灯这当儿亮了。我看见高耸的钻探机。

原来这是个重大的勘察基地，岸上的人们正是历史奇迹的创造者。他们征服自然的规模更大，办法更高明了。他们正设计在三峡东边把口的地方修建一座世界最大的水电站，一座可以照耀半个中国的水电站。三峡将从蜀道上一道崄巇的关隘，变成为幸福的源泉。

山势渐渐由奇伟而平凡了，船终于在苍茫的暮色里，安全出了峡。从此，漩涡消失了，两岸的峭岩消失了，江面温柔广阔，酷似一片湖水。轮船转弯时，衬着暮霭，船身在江面轧出千百道金色的田垄，又像有万条龙睛鱼在船尾并排追踪。

江边的渔船已经看不清楚了，天水交接处，疏疏朗朗只见几根枯苇般的桅杆。天空昏暗得像一面积满尘埃的镜子，一只苍鹰此刻正兀自在那里盘旋。它像是寻思着什么，又像是对这片山川云物有所依恋。

（刊发于 1956 年 12 月 16—17 日《人民日报》文艺副刊）

第二次考试

何 为

著名的声乐专家苏林教授发现了一件奇怪的事情：在这次参加艺术干部学校考试的二百多名合唱训练班学生中间，有一个二十岁的女生陈伊玲，初试时的成绩十分优异：声乐、视唱、练耳和乐理等课目都列入优等，尤其是她的音色美丽和音域宽广令人赞叹。而复试时却使人大失所望。苏林教授一生桃李满天下，他的学生中间不少是有国际声誉的，但这样年轻而又有才华的学生却还是第一个，这样的事情也还是第一次碰到。

那次公开的考试是在舞蹈团那幢大洋房里举行的。当陈伊玲镇静地站在考试委员会里几位有名的声乐专家面前，唱完了冼星海的那支有名的《二月里来》，门外窗外挤挤挨挨的都站满了人，甚至连不带任何表情的教授们也不免暗暗递了个眼色。按照规定，应试者还要唱一支外国歌曲，她演唱了意大利歌剧《蝴蝶夫人》中的选曲《有一个良辰佳日》，以她灿烂的音色和深沉的理解惊动四座，一向以要求严格闻名的苏林教授也不由颔首表示赞许，在他严峻的眼光下，隐藏着一丝微笑。大家都默无一言地注视陈伊玲：嫩绿色的绒线上衣，一条贴身的咖啡色西裤，宛如春天早晨一株亭亭玉立的小树。众目睽睽下，这个本来笑容自若的姑娘也不禁微微困惑了。

复试是在一星期后举行的。录取与否都取决于此。这时将决定一个人终生的事业。经过初试这一关，剩下的人现在已是寥寥无几；而复试将是在各方面更其严格的要求下进行的。本市有名的音乐界人士都到了。这些考试委员和旁听者在评选时几乎都带着苛刻的挑剔神气。但是全体对陈伊玲都留下了这样一个印象，如果合乎录取条件的只有一个人，那么这唯一的一个人无疑应该是陈伊玲。

谁知道事实却出乎意料之外。陈伊玲是参加复试的最后一个人，唱的还是那两支歌，可是声音发涩，毫无光彩，听起来前后判若两人。是因为怯场，心慌，还是由于身体不适，影响声音？人们甚至怀疑到她的生活作风上是否有不够慎重的地方！在座的人面面相觑，大家带着询问和疑惑的眼光举目望她。虽然她掩饰不住自己脸上的困倦，一双聪颖的眼睛显得黯然无神，那顽皮的嘴角也流露出一种无可诉说的焦急，可是就整个看来，她通体是明朗的，坦率的，可以使人信任的；仅仅只因为一点意外的事故使她遭受挫折，而这正是人们感到不解之处。她抱歉地对大家笑笑，于是飘然走了。

苏林教授显然是大为生气了。他从来认为，要做一个真正为人民所爱戴的艺术家，首先要做一个各方面都能成为表率的人，一个高尚的人！歌唱家又何尝能例外！可是这样一个自暴自弃的女孩子，永远也不能成为一个有成就的歌唱家！他生气地侧过头去望向窗外。这个城市刚刚受到过一次今年最严重的台风的袭击，窗外断枝残叶狼藉满地，整排竹篱委身在满是积水的地上，一片惨淡的景象。

考试委员会对陈伊玲有两种意见：一种认为从两次考试可以看出陈伊玲的声音极不稳固，不扎实，很难造就；另一种则认为给她机会，让她再试一次。苏林教授有他自己的看法：他觉得重要的是，应了解造成她先后两次声音悬殊的根本原因，如果问题在于她对事业和生活的态度，尽管声音的禀赋再好，也不能录取她！这是一切条件中的首要条件！

可是究竟是什么原因呢？

苏林教授从秘书那里取去了陈伊玲的报名单，在填着地址的那一栏上，他用红铅笔划了一条粗线。表格上的那张报名照片是一张叫人喜欢的脸，小而好看的嘴，明快单纯的眼睛，笑起来鼻翼稍稍皱起的鼻子，这一切都像是在提醒那位有名的声乐专家，不能用任何简单的方式对待一个人——一个有生命有思想有感情的人。至少眼前这个姑娘的某些具体情况是这张简单的表格上所看不到的。如果这一次落选了，也许这个人终其一生就和音乐分手了。她的天才可能从此就被埋没。而作为一个以培养学生为责任的音乐教授，情况如果是这样，那他是绝对不能原谅自己的。

第二天，苏林教授乘早上第一班电车出发。根据报名单上的地址，好容易找到了在杨树浦的那条偏僻的马路，进了弄堂，蓦地不由吃了一惊。

那弄堂里有些墙垣都已倾塌，烧焦的栋梁呈现一片可怕的黑色，断瓦残垣中间时或露出枯黄的破布碎片，所有这些说明了这条弄堂不仅受到台风破坏，而且显然发生过火灾。就在这灾区的瓦砾场上，有些人大清早就在忙碌着张罗。苏林教授手持地址条，不知从何处找起，忽然听见对屋的楼窗上，有一个孩子有事没事地张口叫着："咪——咿——咿——咿——，吗——啊——啊——啊——"仿佛音乐家在练声的样子。苏林教授不禁为之微笑，他猜对了，那孩子敢情就是陈伊玲的弟弟，正在若有其事地学着他姊姊练声的姿势呢。

从孩子口里知道：他的姊姊是个转业军人，从文工团回来的，到上海后就被分配到工厂里担任行政工作。她是个青年团员，积极而热心的人，不管厂里也好，里弄也好，有事找陈伊玲准没有错！还是在二三天前，这里附近因为台风而造成电线走火，好多人家流离失所，陈伊玲就为了安置灾民，忙得整夜没有睡，终于影响了嗓子。第二天刚好是她去复试的日子，她说声"糟糕"，还是去参加考试了。这就是全部经过。

"瞧，她还在那儿忙着哪！"孩子向窗外扬了扬手说："我叫她！我去叫她！"

"不。只要告诉你姊姊：她的第二次考试已经录取了！她完全有条件成为一个优秀的歌唱家，不是吗？我几乎犯了一个错误！"

苏林教授从陈伊玲家里出来，走得很快。是的，这天早晨有什么使人感动的东西充溢在他胸口，他想赶紧回去把他发现的这个音乐学生和她的故事告诉每一个人。

（刊发于1956年12月26日《人民日报》文艺副刊）

南国花市

秦 牧

"春风摇荡自东来,折尽樱桃绽尽梅。"暖融融的春风一吹,大地上就到处花开了。这时节,很使人想起中国古代那些"一县花""芙蓉城"之类的传说。广州春节前夜的花市,比历史传说的境界还要美些。这些年我住在广州,每年一度的花市,总是非得去挤一挤流几滴汗不可。这一夜,似乎许多广州人都有佛教所说的那种"拈花微笑"的风度了。

广州是一个终年都有花开的城市。木本中的紫荆,草本中的剑兰,我真不知道它们究竟什么时候不开花。小小的花摊平时是到处密布的,但是大规模的花市却只是一年一度。唯其是一年一度,气派可就更好看啦。地理环境使广州最先地迎接春风,在全国各个城市中最先地成为花团锦簇的城市。因为那道使人想起了温暖的北回归线就在广州北面不远穿过!记得苏联文学作品中曾经提到他们那里有一种花叫作"报春花"(和中国一些地方称为"报春花"的木兰不同),开的是一个个小铃似的花朵。俄国民间传说认为春风一吹,这些田野的小铃就摇起头来,呼唤大地道:"开花啦,开花啦,春天来了。"广东有一种特产的名花叫作"吊钟花",每一个花蕊里面能长出十个左右的倒吊的小钟儿似的花朵来。仿佛它们也是春天的使者,敲着它们的小钟儿报告春讯,于是,鹅黄嫩绿、万紫千红都苏醒过来,倏忽间大地就披上花巾了。

广州的花市共有三个地方,把它们前后连接起来,恐怕有几里路长。这些成为花市的地方,是很有点历史渊源的。例如在中国近代史上很著名的"十三行"附近,在古代放置"铜壶滴漏"的双门底(现在的永汉北路一带),在从前朱门大户集中区的西关,就每每有一个花市。在临近春节的三两天,这些地方沿街搭起了花架,那模样儿很有点像马戏的看台。沿架置满花卉果树,使这些竹架一列列变成了"花墙"。街道也就一条条变成了"花街"。人流就在这些花街中穿来穿去。春节的前夜,即所谓农历的除夕,花市的热闹景象达到了高潮。这一夜,看花的,买花的,摩肩接踵,一直闹到天亮。几乎全城的大多数人,像乡村人家赶集似的,都跑来看花了。

  从前的人们曾经叹惜过"种花一年,看花十日"。在《今古奇观》中,古代文人借小说里人物之口,说过这样的话:"凡花一年只开得一度,四时中只占得一时,一时中又只占得数日。它熬过了三时的冷淡,才讨得这数日的风光……况就此数日间,先犹含蕊,后复零残,盛开之时,更无多了。"这些话是说得不错的。就正因为这样,广州的花市更加使人像踏进一个梦幻的境界似的,感到格外迷恋和赞叹。因为在这个花市里,同时陈列的盛开的花总有好几十种。原来在秋天开的,花农使它延迟在这一两天开。原来在暮春开的,花农又催它提前在这一两天开。那景气,颇使人想起中国神话中的"司花使者"一夜中使群花尽开的杰作。在花市里,"幽香淡淡影疏疏"的梅花、"卧丛无力含醉妆"的牡丹、"丰肌弱骨要人医"的芍药、"毫端蕴秀临霜写"的菊花,有"凌波仙子"美号的水仙、"淡染胭脂"的桃花、古雅一如宋画的茶花、摇着许多小钟的吊钟花、香得离奇的"含笑"、从下端开花开到顶端的剑兰彩雀、端庄的玉簪、妖冶的玫瑰……花样儿真是多极了。南国花市的另一个特色是有许多结实累累的果树同时陈列着。这就是金橘、橙子、朱砂桔、人心果之类。种得好的金橘,有一株结果在百枚以上的。花花卉卉排列得多,使人想起各种各样的花卉似乎也各有性格,它们有刚强的,有软弱的,有庄重的,也有撒娇卖俏的,它们给人的幻想不一定和少女们联系在一起,他们也使人想起其他的人们。小葵树使人想起恬静严肃的中年人,仙人掌类植物使人想起饱历风霜的铁汉。剑兰像是女体育家、鸡冠像是摇大葵扇插大红花的媒婆……

  在花市挤来挤去,那风趣是很难形容的。对春节这一类的节日,一种古老的美妙的感觉似乎一直钻进我们的微血管里。那种气氛是我们全民族所共同感受的。表面上,人山人海在看花,而在人丛中似乎总有一个声音在响着,那是迎春的声音,互相祝贺的声音,那是背诵唐诗或者先哲格言(例如"一年之计在于春"之类)的声音。它使人在这种气氛中唤起一种强烈的民族感情。年轻时代一到春天来了、人家燃爆竹、插梅花就有一种暖融融的感觉。从前以为这不过是春天来了,爱情的酵母在血管里作怪的缘故,其实这是不尽然的。那是节日唤起的民族生活感情。在花市里,一个人对周围的一切,是显得多么地熟悉和水乳交融啊。

在这样的日子里，同时有许多卖古董的、卖瓷器的、卖字画的、卖金鱼的摊子一齐出现了。品种纷繁的花，品种纷繁的金鱼，哥窑、均红、天青、粉彩……的瓷器，一起给人贺节来了。那是多少人在多少世代中劳动的结晶，一种多么深厚的文化积累啊！在花市里，举着一束花、肩着一枝吊钟慢慢走回家去是悠闲享福不过的事。这些年来看到大家都能够这样做，更是一种快乐的事。在那场合，人是很容易想到诗的，我就写了这么几句：

  银夜花街十里长，满城男女鬓衣香。
  人潮灯下浑如醉，争看春秧初上妆！

      （刊发于1957年2月14日《人民日报》文艺副刊）

镜子的故事

高士其

报载：去年 12 月日本本州中部冈山市的一个古墓里发现十三面中国古代铜镜，估计有一千八百多年的历史，这些古镜呈圆形、有花纹，都是用青铜制成的。

青铜镜是镜子的祖先，它的发现一向为考古学家所珍视。

考古学家在一百多年以前，就在埃及一座坟墓里找到一个有柄的金属圆盘，已经生锈，当时人们不知道这个圆盘作什么用。

有的说：这个圆盘是用来代替扇子的；有的说：它是一种装饰品；又有的说：这是一个烤饼的烤盘。

后来经过试验证实，这是一面青铜镜子。

古时候，镜子除了用青铜制造的以外，还有用银子制造的银镜、用钢制造的钢镜。但是，这些金属镜子，一遇到潮湿就会发暗生锈，失去本来面目。为了避免这一点，就不能让它的表面同空气和水分接触。这就需要用玻璃来制造了。

从金属镜到玻璃镜，镜子走了一段有趣的历史。

在人们还没有学会作玻璃以前，是不懂得制造玻璃镜子的。

威尼斯人是制造玻璃的能手，首先发明制造玻璃镜子的也是他们。他们的制法是把水银和锡的合金——汞合金，和玻璃粘在一起。他们一直保守着这种秘密。

于是，欧洲的王公贵族，阔佬名人都到威尼斯去订购镜子。

法国有个女王叫作玛丽·麦迪奇，在她结婚的时候，威尼斯共和国曾献给她一面玻璃镜子作为礼物，这面镜子虽然小得很，据说它的价钱却值十五万法郎哩。女王很爱它。

爱好镜子竟成了一种风气。镜子变成一种显耀的东西。当时的贵族都争先恐后地宁愿什么都不买,却一定要买一面玲珑的镜子。

从此,法国的金钱都流到威尼斯去了。

为了挽回这种利益,法国驻威尼斯大使奉到密令,叫他收买两三名做镜子的技师,把他们偷偷地运到法国去。

不久之后,在法国诺曼底地方也建立了一座制造玻璃镜子的工厂。

法国爱买镜子的人更多起来了。有钱的人都想给自己家里弄到一面镜子。人们开始用镜子装饰床铺、餐桌、椅子和橱柜。甚至于在礼服上也缝上小镜子片,使跳舞的时候,在灯光照耀之下闪闪烁烁地发光。这真是美丽呀!

镜子的需要一年比一年增加,但是它的质量还很低劣,玻璃表面不平,照出来的嘴脸歪曲不正,而且镜子都很小,不能照全身。

于是人们渴望着有大玻璃镜的出现。

制造大玻璃镜之功,是属于法国人的。但是,制造大玻璃镜就需要用大玻璃板,而把玻璃板磨平和磨光是一件十分细致和沉重的工作,这种工作既吃力又费时间,结果大玻璃镜的价钱就非常昂贵了。

幸而在今天,人们已经发明一种用机器磨玻璃的方法,而且还能使这种方法自动化。这样就使镜子的价格大跌,一般平民也都买得起。

玻璃镜子的制法越来越完善,它的用途也越广。

人们已经不再用汞合金了,而是在玻璃板上涂了一层薄的银子,在它的上面又涂上一层漆来保护这层银子。这样制成的镜子,照出来的影子非常清楚。

现在人们已经能造出一种新式玻璃,一面看去是镜子;一面看去是透明的玻璃。把这种玻璃装在汽车上,就使你能浏览窗外的风光人物,而过路的人不能望见你,只能看见他自己。

科学技术的进步真令人兴奋。

一九五七年三月二十七日

(刊发于1957年3月30日《人民日报》文艺副刊)

西湖上的三个坟

宋云彬

西湖上有三个埋葬民族英雄遗骨的坟：栖霞岭下的岳坟，三台山下的于坟，南屏山下的张苍水坟。西湖上有这三个坟，是西湖的光荣。

毛主席说："中华民族的各族人民都反对外来民族的压迫，都要用反抗的手段解除这种压迫。他们赞成平等的联合，而不赞成互相压迫。在中华民族的几千年的历史中，产生了很多的民族英雄和革命领袖。"（毛泽东：《中国革命和中国共产党》）很多的民族英雄当中，岳飞和于谦都是抵抗外来民族侵略立下大功而反给奸臣、昏君冤杀了的。然而几百年来，谈到岳飞连六七岁的小孩子都知道，谈到于谦知道的人就不多了。这是可以理解的。岳飞的反抗对象是强大的女真族。女真族后来在中国北部建立了金国，跟北方的汉族地主联合起来，对中国农民进行民族压迫和封建剥削。中国人民反对这种压迫和剥削，对于那位亲领大军，屡次打败金兵，还作出"痛饮黄龙"的豪语的民族英雄岳飞，自然非常敬仰；再经过《说岳全传》一类的文学作品的描写，使得六七岁的小孩子都会讲岳家军打金兵的故事了。至于于谦，他的反抗对象是瓦剌部。瓦剌部原是蒙古族的一支，远不及岳飞时候的女真族那么强大。瓦剌部的也先也万万比不上那女真族的兀术。他们侵扰我国边境，志在掠夺，也没有到中国来建立一个王朝的野心。只因明朝那个皇帝（英宗）昏瞶糊涂，听信太监的话，才酿成所谓"土木之变"。于谦出来支撑危局，作了一系列的紧急措施，又击退了围攻北京的瓦剌兵，迫使也先知难而退，最后索性把俘虏去的皇帝也送回来了。总而言之，瓦剌部的入侵虽然一时形势非常严重，但因于谦的应付得当，很快地把它挡回去了，所以后人对于谦的认识没有像对岳飞的那样深刻，而知道于谦的人也就比知道岳飞的人少得多了。

但是，我们如果就具体情况作具体分析，那么于谦的功勋决不在岳飞之下。当五十万大军在土木堡溃散、皇帝被俘的消息一传到京师，胆小如鼠的侍讲徐珵之流都主张迁都，于谦坚决反对，主张立新君，修战备，表示"丧君有君，群臣辑睦，甲兵益多"，让也先无可要挟，更不能长驱南下。他亲自在北京德胜门外督战，跟也先相持至五日之久，终于把瓦剌兵给击退了。那时候于谦的心目中只有国家和人民，并没有把那给也先俘虏去的皇帝搁在心上。这是有事实可以证明的：也先围攻北京的时候，带了那个倒霉皇帝来，放在自己的兵营里，以为这样可以让于谦有所顾忌，不敢作猛烈的抵抗。但是于谦不管这些，下令用火炮轰击也先的兵营，打死打伤了几千瓦剌兵，也先的弟弟也给打死了。虽然也有人给于谦作辩解，说什么"先已遭谍探知英宗驻驾地距营远，故以火炮击也先营，死者数千人"（《明史考证》引章珏《琬琰录》）云云，但这是冬烘先生的看法和想法，他们不了解于谦是个民族英雄，仅仅把他看作朱明一姓的忠臣。

于谦给英宗冤枉杀死以后，遗骸运归他的故乡（钱塘），葬西湖三台山下。过了两个世纪，清人入关，又出现了许多民族英雄，其中张苍水是抵抗到底，不屈而死的。他写出过这样的诗句："国亡家破欲何之，西子湖头有我师：日月双悬于氏墓，乾坤半壁岳家祠……"结果张苍水求仁得仁，西湖上多了一个民族英雄之墓，跟岳坟、于坟鼎足而三。西湖有了这三个坟，不但为湖山生色，为民族增光，对于爱国主义教育也起了很大的作用。可惜解放以来，负文物管理之责的和负西湖园林管理之责的，只注意了岳坟和岳庙，而不注意于坟和张苍水坟，任其荒废，不加修葺。这是非常不对的。今年是于谦被杀五百周年，我们应该用各种方式来纪念他，写文章、做报告都可以。借纪念于谦来进行具体而深刻的爱国主义教育，并引起一般人学习祖国历史的兴趣；同时我们应该把于坟和张苍水坟整理一下，恢复它的原来样子。

一九五七年三月十四日于杭州

（刊发于1957年4月9日《人民日报》文艺副刊）

杜鹃枝上杜鹃啼

周瘦鹃

鸟类中和我最有缘的,要算是杜鹃了。记得四十五年前,我开始写作哀情小说;有一天偶然看到一部清代词人黄韵珊的《帝女花传奇》,那第一折楔子的满江红词末一句是"鹃啼瘦"三字,于是给自己取了个笔名"瘦鹃",从此东涂西抹,沿用至今,倒变成了正式的名号。杜鹃惯作悲啼,甚至啼出血来,从前诗人词客,称之为"天地间愁种子",鹃而啼瘦,其悲哀可知。可是波兰有支名民歌《小杜鹃》,我虽不知道它的词儿,料想它定然是一片欢愉之声,悦耳动听。

鸟和花虽有连带关系,然而鸟有鸟名,花有花名,几乎没一个是雷同的,唯有杜鹃却是花鸟同名,最为难得。唐代大诗人白乐天诗,曾有"杜鹃花落杜鹃啼"之句;往年亡友马孟容兄给我画杜鹃和杜鹃花,题诗也有"诉尽春愁春不管,杜鹃枝上杜鹃啼"之句,句虽平凡,我却觉得别有情味。

杜鹃有好几个别名,以杜宇、子规、谢豹三个较为习见。据李时珍说:"杜鹃出蜀中,今南方亦有之,状如雀鹞,而色惨黑,赤口有小冠。春暮即鸣,夜啼达旦,鸣必向北,至夏尤甚,昼夜不止,其声哀切。田家候之,以兴农事。惟食虫蠹,不能为巢,居他巢生子,冬月则藏蛰。"关于杜鹃的一切,这里说的很明白,看它能帮助田家兴农事,食虫蠹,分明是一头益鸟。它的啼声哀切,也许是出于至诚,含有"垂涕而道"的意思,好使田家提高积极性,不要耽误了农事。

杜鹃有一个神话,据说是蜀王杜宇称帝,号望帝,那时荆州有一个死而复生的人,名鳖灵,望帝立以为相。恰逢洪水为灾,民不聊生,鳖灵凿巫山,开三峡,给除了水患。隔了几年,望帝因他功高,就让位于他,号开明氏,自己入西山,隐居修道,死了之后,忽然化为杜鹃,到了春天,总要悲啼起来,使人听了心酸。据说,杜鹃的啼声,是在说"不如归去",因此诗词中就有不少以此为题材的，如宋代范仲淹诗云："夜入翠烟啼，昼寻芳树飞；春山无限好，犹道不如归。"康伯可满江红词有云："……镇日叮咛千百遍，只将一句频频说；道不如归去不如归，伤情切。"每逢暮春时节，我的园子里杜鹃花开，常可听得有鸟在叫着"居起，居起"，据说就是杜鹃，"居起"是苏沪人"归去"的方言，大概四川的杜鹃到了苏州，也变此腔，懒得说普通话了。

西方人似乎爱听杜鹃声，所以波兰有《小杜鹃》歌。西欧各国还有一种杜鹃钟，每到一点钟有一头杜鹃跳出来报时，作"克谷"之声，正与杜鹃的英国名称"Cuckoo"相同，十分有趣。我以为杜鹃声并不悲哀，为什么古人听了要心酸，要肠断，多半是一种心理作用吧？

（刊发于 1957 年 6 月 12 日《人民日报》文艺副刊）

我们把春天吵醒了

冰 心

季候上的春天,像一个困倦的孩子,在冬天温暖轻软的绒被下,安稳地合目睡眠。

但是,向大自然索取财富、分秒必争的中国人民,是不肯让他多睡懒觉的!六亿五千万人商量好了,用各种洪大的声音和震天撼地的动作来把他吵醒。

大雪纷飞,砭骨的朔风,扬起大地上尖刀般的沙土……我们心里带着永在的春天,成群结队地在祖国的各个角落里,去吵醒季候上的春天。

我们在矿山里开出了春天,在火炉里炼出了春天,在盐场上晒出了春天,在水坝上砌起了春天,在纺机上织出了春天,在沙漠的铁路上筑起了春天,在汹涌的海洋里捞出了春天,在鲜红的唇上唱出了春天,在挥舞的笔下写出了春天……

春天揉着眼睛坐起来了,脸上充满了惊讶的微笑:"几万年来,都是我睡足了,飞出冬天的洞穴,用青青的草色,用潺潺的解冻的河流,用万紫千红的香花……来触动你们,唤醒你们。如今一切都翻转了,伟大呵,你们这些建设社会主义的人们!"

春天,驾着呼啸的春风,拿起招展的春幡,高高地飞起了。

哗啦啦的春幡吹卷声中,大地上一切都惊醒了。

昆仑山,连绵不断的万丈高峰,载着峨峨的冰雪,插入青天。热海般的春气围绕着它,温暖着它,它微笑地欠伸了,身上的雪衣抖开了,融化了;亿万粒的冰珠松解成万丈的洪流,大声地欢笑着,跳下高耸的危崖,奔涌而下。它流入黄河,流入长江,流入银网般的大大小小的江河。在那里,早有亿万个等得不耐烦的、包着头或是穿着工作服的男女老幼,揎拳掳袖满面春风地在迎接着,把它带到清浅的水库里、水渠里,带到干渴的无边大地里。

这无边的大地,让几千架的隆隆的翻土机,几亿把上下挥动银光闪烁的锄头，把它从严冬冰冷的紧握下，解放出来了。它敞开黝黑的胸膛，喘息着，等待着它的食粮。

亿万担的肥料：从猪圈里，牛棚里，工厂的锅炉里，人家的屋角里……聚集起来了，一车接着一车，一担连着一担地送来了。大地狼吞虎咽地吃饱了，擦一擦流油的嘴角和脸上的汗珠，站了起来，伸出坚强的双臂来接抱千千万万肥肥胖胖的孩子，把他们紧紧地搂在怀里。

这些是米的孩子，麦的孩子，棉花的孩子……笑笑嚷嚷地挤在这松软深阔的胸膛里，泥土的香气，熏得他们有点发昏，他们不住地彼此摇撼呼唤着叫："弟兄们，姊妹们，这里面太挤了，让我们出去疏散疏散吧！"

隐隐地他们听到了高空中春幡招展的声音；从千万扇细小的天窗里，他们看到了金雾般的春天的阳光。

他们乐得一跳多高！他们一个劲地往上钻，好容易钻出几尺深的泥土。他们站住了，深深地吸了一口春天的充满了欢乐的香气，悠然地伸开两片嫩绿的翅叶。

俯在他们上面，用爱怜亲切的眼光注视着他们的，有包着花布头巾笑出酒涡来的大姑娘，也有穿着工作服的眉花眼笑的小伙子，也有举着烟袋在指点夸说的老爷爷……

原来他们又已经等得不耐烦了！

春天在高空中把这一切都看在眼里。他笑着自言自语地说："这些把二十年当作一天来过的人，你们在赶时间，时间也在赶你们！……"

春天捎上春幡赶快又走他的云中的路。他是到祖国的哪一座高山，哪一处平原，或是哪一片海洋上去做他的工作，我们也没有工夫去管他了！

横竖我们已经把春天吵醒了！

一九五九年二月六日

（刊发于 1959 年 2 月 8 日《人民日报》文艺副刊）

泰山极顶

杨 朔

泰山极顶看日出历来被描绘成十分壮观的奇景。有人说：登泰山而看不到日出，就像一出大戏没有戏眼，味儿终究有点寡淡。

我去爬山那天，正赶上个难得的好天，万里长空，云彩丝儿都不见，素常烟雾腾腾的山头，显得眉目分明。同伴们都喜地说："明儿早晨准可以看见日出了。"我也是抱着这种想头，爬上山去。

一路从山脚往上爬，细看山景，我觉得挂在眼前的不是五岳独尊的泰山，却像一幅规模惊人的青绿山水画的长卷，从下面倒展开来。最先露出在画卷的是山根底那座明朝建筑岱宗坊。慢慢地便现出王母池、斗母宫、经石峪……山是一层比一层深，一叠比一叠奇。层层叠叠，不知还会有多深多奇。万山丛中，时而点染着极其工细的人物。王母池旁边吕祖殿里有不少尊明塑，塑着吕洞宾等一些人，姿态神情是那样有生气，你看了，不禁会脱口赞叹说："活啦。"

画卷继续展开，绿荫森森的柏洞露面不太久，便来到对松山。两面奇峰对峙着，满山峰都是奇形怪状的老松，年纪怕不有个千儿八百年，颜色竟那么浓，浓得好像要流下来似的。来到这儿，你不妨权当一次画里的写意人物，坐在路旁的对松亭里，看看山色，听听流水和松涛。也许你会同意乾隆题的"岱宗最佳处"的句子。且慢，不如继续往上看的为是……

一时间，我又觉得自己不仅是在看画卷，却又像是在零零乱乱翻着一卷历史稿本。在山下岱庙里，我曾经抚摸过秦朝李斯小篆的残碑。上得山来，又在"孔子登临处"立过脚，秦始皇封的五大夫松下喝过茶。还看过汉枚乘称道的"泰山穿溜石"，相传是晋朝王羲之或者陶渊明写的斗大的楷书《金刚经》。将要看见的唐玄宗在大观峰峭壁上刻的纪泰山铭自然是珍品，宋元明清历代的遗迹更像奇花异草一样，到处点缀着这座名山。一恍惚，我觉得中国历史的影子仿佛从我眼前飘忽而过。你如果想捉住点历史的影子，尽可以在朝阳洞那家茶店里挑选几件泰山石刻的拓片。除此而外，还可以买到泰山出产的杏叶参、何首乌、黄精、紫草一类名贵药材。我们在这里泡了壶山茶喝，坐着歇乏，看见一堆孩子围着群小鸡，正喂蚂蚱给小鸡吃。小鸡的毛色都发灰，不像平时看见的那样。一问，卖茶的妇女搭言说："是俺孩子他爹上山挖药材，捡回来的一窝小山鸡。"怪不得呢。有两只小山鸡争着饮水，蹬翻了水碗，往青石板上一跑，满石板印着许多小小的"个"字。我不觉望着深山里这户孤零零的人家想："山下正闹大集体，他们还过着这种单个的生活，未免太与世隔绝了吧？"

从朝阳洞再往上爬，渐渐接近十八盘，山路越来越险，累得人发喘。这时我既无心事看画，又无心事翻历史，只觉得像在登天。历来人们也确实把爬泰山看作登天。不信你回头看看来路，就有云步桥、一天门、中天门一类上天的云路。现时悬在我头顶上的正是南天门。幸好还有石磴造成的天梯。顺着天梯慢慢爬，爬几步，歇一歇，累得腰酸腿软，浑身冒汗。忽然有一阵仙风从空中吹来，扑到脸上，顿时觉得浑身上下清爽异常。原来我已经爬上南天门，走上天街。

黄昏早已落到天街上，处处飘散着不知名儿的花草香味。风一吹，朵朵白云从我身边飘浮过去，眼前的景物渐渐都躲到夜色里去。我们在青帝宫寻到个宿处，早早睡下，但愿明天早晨能看到日出。可是急人得很，山头上忽然漫起好大的云雾。又浓又湿，悄悄挤进门缝来，落到枕头边上，我还听见零零星星几滴雨声。我有点焦虑，一位同伴说："不要紧。山上的气候一时晴，一时阴，变化大得很，说不定明儿早晨是个好天，你等着看日出吧。"

等到明儿早晨，山头上的云雾果然消散，只是天空阴沉沉的，谁知道会不会忽然间晴朗起来呢？不管怎样，我们还是冒着早凉，一直爬到玉皇顶，这儿便是泰山的极顶。

一位须髯飘飘的老道人陪我们立在泰山极顶上。指点着远近风景给我们看，最后带着惋惜的口气说："可惜天气不佳，恐怕你们看不见日出了。"

我的心却变得异常晴朗，一点都没有惋惜的情绪。我沉思地望着极远极远的地方，我望见一幅无比壮丽的奇景。瞧那莽莽苍苍的齐鲁大原野，多有气魄。过去，农民各自摆弄着一小块地，弄得祖国的原野像是老和尚的百衲衣，零零碎碎的，不知有多少小方块拼织到一起。眼前呢，好一片大田野，全联到一起，就像公社农民联得一样密切。麦子刚刚熟，南风吹动处，麦浪一起一伏，仿佛大地也漾起绸缎一般的锦纹。再瞧那渺渺茫茫的天边，扬起一带烟尘。那不是什么"齐烟九点"。同伴告诉我说那也许是炼铁厂。铁厂也好，钢厂也好，或者是别的什么工厂也好，反正那里有千千万万只精巧坚强的手，正配合着全国人民一致的节奏，用钢铁铸造着祖国的江山。

你再瞧，那在天边隐约闪亮的不就是黄河，那在山脚缠绕不断的自然是汶河。那拱卫在泰山膝盖下的无数小馒头却是徂徕山等许多著名的山岭。那黄河和汶河又恰似两条飘舞的彩绸，正有两只看不见的大手在耍着；那连绵不断的大小山岭却又像许多条龙灯。一齐滚舞——整个山河都在欢腾着啊。

如果说泰山是一大幅徐徐展开的青绿山水长卷，那么这幅长卷到现在才完全展开，露出画卷最精彩的部分。

如果说我在泰山路上是翻着什么历史稿本，那么现在我才算翻到我们民族真正宏伟的创业史。

我正在静观默想，那个老道人客气地陪着不是，说是别的道士都下山割麦子去了，剩他自己，也顾不上烧水给我们喝。我问他给谁割麦子，老道人说："公社啊。你别看山上东一户，西一户，也都组织到公社里去了。"我记起自己对朝阳洞那家茶店的想法，不觉有点内愧。

有的同伴认为没能看见日出，始终有点美中不足。同志，你还有什么不满意的？其实我们分明看见另一场更加辉煌的日出。这轮晓日从我们民族历史的地平线上一跃而出，闪射着万道红光，照临到这个世界上。

伟大而光明的祖国啊，愿你永远"如日之升"！

（刊发于1959年9月20日《人民日报》文艺副刊）

水 磨

郭 风

　　一条森林中的山溪从山谷中流出来，一路唱着歌。它的岸边生长着一大丛一大丛的，有阔长叶子的羊齿类植物，开着山丹丹花，好像红色的百合花。生长着大丛的野蔷薇，它开花的时候，雪白的花瓣，花蕊上有那么多黄色花粉。我看见有很多小小蜻蜓，在草丛间和水边飞着，一会儿停在叶上休息。它的岸边有一座水磨。清澈的，白练似的水流从草丛间的渠道里冲下来。磨房的水轮，那巨大的木质的水轮，迎着冲下来的水流，不断地旋转着，激情地，勤恳地旋转着。森林小学里的红领巾们，经过这里时，总喜欢站上一会，看那水轮旋转着，好有趣呵。村里的小孩子们，听见妈妈要推着独轮车，推着公共食堂的麦子来磨粉，一直缠着，要跟着妈妈一起到这里来。像那森林铁路的小火车一样，我们的水磨房，也多么逗引着孩子们的心……那水轮迎着哗哗作响的雪白的水流，旋转着，又旋转着。撒开的水花，像珍珠那么灿烂……那水轮旋转着，又旋转着。不断地旋转着。好像一条围裙，一条用珍珠结成的围裙，在舞蹈时，张开着，牵曳着闪亮的风，动人地在飞舞……一条森林中的山溪从深谷中流出来，一路唱着歌。它的岸边有花和大丛的羊齿类植物，有蜻蜓。它的岸边有一座水磨。水磨的水轮，在那里旋转着。我经过这里的时候，也站在旁边看了大一会。我看见磨房的磨盘里，麦粉像奶汁一般地流下来，那是公共食堂的面粉。我看见一位娃娃，牵着她的妈妈的衣角，看那面粉流下来，看得入神呢。

一九五九年八月二十四日，福州

（刊发于1959年9月20日《人民日报》文艺副刊）

荔枝蜜

杨 朔

花鸟草虫,凡是上得画的,那原物往往也叫人喜爱。蜜蜂是画家的爱物,我却总不大喜欢。说起来可笑。孩子时候,有一回上树掐海棠花,不想叫蜜蜂螫了一下,痛得我差点儿跌下来。大人告诉我说:蜜蜂轻易不螫人,准是误以为你要伤害它,才螫。一螫,它自己耗尽生命,也活不久了。我听了,觉得那蜜蜂可怜,原谅它了。可是从此以后,每逢看见蜜蜂,感情上疙疙瘩瘩的,总不怎么舒服。

今年4月,我到广东从化温泉小住了几天。四围是山,怀里抱着一潭春水。那又浓又翠的景色,真是一幅青山绿水画。刚去的当晚,是个阴天,偶尔倚着楼窗一望:奇怪啊,怎么楼前凭空涌起那么多黑黝黝的小山,一重一重的,起伏不断。记得楼前是一片较比平坦的园林,不是山。这到底是什么幻景呢?赶到天明一看,忍不住笑了。原来是满野的荔枝树,一棵连一棵,每棵的叶子都密得不透缝,黑夜看去,可不就像小山似的。

荔枝也许是世上最鲜最美的水果。苏东坡写过这样的诗句:"日啖荔枝三百颗,不辞长作岭南人",可见荔枝的妙处。偏偏我来的不是时候,满树刚开着浅黄色的小花,并不出众。新发的嫩叶,颜色淡红,比花倒还中看些。从开花到果子成熟,大约得三个月,看来我是等不及在从化温泉吃鲜荔枝了。

吃鲜荔枝蜜,倒是时候。有人也许没听说这稀罕物儿吧?从化的荔枝树多得像汪洋大海,开花时节,满野嘤嘤嗡嗡,忙得那蜜蜂忘记早晚,有时趁着月色还采花酿蜜。荔枝蜜的特点是成色纯,养分大。住在温泉的人多半喜欢吃这种蜜,滋养精神。热心肠的同志为我也弄到两瓶。一开瓶子塞儿,就是那么一股甜香;调上半杯一喝,甜香里带着股清气,很有点鲜荔枝的味儿。喝着这样的好蜜,你会觉得生活都是甜的呢。

我不觉动了情。想去看看自己一向不大喜欢的蜜蜂。

荔枝林深处，隐隐露出一角白屋，那是温泉公社的养蜂场，却起了个有趣的名儿。叫"蜜蜂大厦"。正当十分春色，花开得正闹。一走近"大厦"，只见成群结队的蜜蜂出出进进，飞去飞来，那沸沸扬扬的情景，会使你想：说不定蜜蜂也在赶着建设什么新生活呢。

养蜂员老梁领我走进"大厦"。叫他老梁，其实是个青年人，举动很精细。大概是老梁想叫我深入一下蜜蜂的生活，小小心心揭开一个木头蜂箱，箱里隔着一排板，每块板上满是蜜蜂，蠕蠕地爬着。蜂王是黑色的，身量特别细长，每只蜜蜂都愿意用采来的花精供养它。

老梁叹息似的轻轻说："你瞧这群小东西，多听话。"

我就问道："像这样一窝蜂，一年能割多少蜜？"

老梁说："能割几十斤。蜜蜂这物件，最爱劳动。广东天气好。花又多，蜜蜂一年四季都不闲着。酿的蜜多，自己吃的可有限。每回割蜜，给它们留一点点糖，够它们吃的就行了。它们从来不争，也不计较什么，还是继续劳动、继续酿蜜。整日整月不辞辛苦……"

我又问道："这样好蜜，不怕什么东西来糟害么？"

老梁说："怎么不怕？你得提防虫子爬进来，还得提防大黄蜂。大黄蜂这贼最恶。常常落在蜜蜂窝洞口。专干坏事。"

我不觉笑道："噢！自然界也有侵略者。该怎么对付大黄蜂呢？"

老梁说："赶！赶不走就打死它。要让它待在那儿，会咬死蜜蜂的。"

我想起一个问题，就问："可是呢，一只蜜蜂能活多久？"

老梁回答说："蜂王可以活三年，一只工蜂最多能活六个月。"

我说："原来寿命这样短。你不是总得往蜂房外边打扫死蜜蜂么？"

老梁摇一摇头说："从来不用。蜜蜂是很懂事的。活到限数，自己就悄悄死在外边，再也不回来了。"

我的心不禁一颤：多可爱的小生灵啊，对人无所求，给人的却是极好的东西。蜜蜂是在酿蜜，又是在酿造生活；不是为自己，而是在为人类酿造最甜的生活。蜜蜂是渺小的；蜜蜂却又多么高尚啊！

透过荔枝树林，我沉吟地望着远远的田野，那儿正有农民立在水田里，辛辛勤勤地分秧插秧。他们正用劳力建设自己的生活，实际也是在酿蜜——为自己，为别人，也为后世子孙酿造着生活的蜜。

这黑夜，我做了个奇怪的梦，梦见自己变成一只小蜜蜂。

（刊发于1961年7月23日《人民日报》文艺副刊）

忆当年，穿着细事且莫等闲看！

曹靖华

幼年读书，遇"服之不衷，身之灾也"，曾想：衣所以蔽体、御寒而已。怎么穿得不当，还足招祸？遇孔子"微服而过宋"，曾想：像"万世师表"那样方正、古板，连走路都"行不由径"，吃饭也"割不正不食"。一旦人要杀他，为了不使人注意，怎么还把平常的衣服都换了逃走呢？此外还遇到许多有关衣服的话，那时都不求甚解，终以不了了之了。

辛亥革命初年，我满身"土气"，第一次从万山丛中出来，到县城考高小。有位年纪比我约大两倍的同乡说："进城考洋学堂，也该换一身像样的衣服，怎么就穿这一身来了。"

我毫不知天高地厚，一片憨直野气，土铳一样，这么铳了一句："考学问，又不是考衣服！"

这一铳非同小可，把对方的眼睛铳得又大又圆了。他连声说："了不起！了不起！有理！有理！"

我当时不辨这是挖苦，还是正语。不求甚解，仍以不了了之了。

总之，书是书，我是我。不识不知，书本于我何有哉。

"五四"风暴中，作为一个北方省城的中学生，到上海参加第一次全国学生代表会议。这宛如一枚刚出土的土豆，猛然落入金光耀目的十里洋场。

"土气"之重，和当年从深山落入县城的情况比来，真是天上人间。

如此"土气"的穿着，加之满口土腔，甚至问路，十九都遭到白眼。举目所至，多为红红绿绿，油头粉面。不快之感，油然而起。碰壁之余，别有一番从所未尝的涩味在心头。我咀嚼、回味……后来读到鲁迅先生有关文章时，才恍然悟到：甚矣，穿着亦大有文章也！

鲁迅先生在《上海的少女》一文中，曾说过这样一段话："在上海生活，穿时髦衣服的比土气的便宜。如果一身旧衣服，公共电车的车掌会不照你的话停车，公园看守会格外认真的检查入门券，大宅子或大客寓的门丁会不许你走正门。所以，有些人宁可居斗室，喂臭虫，一条洋服裤子却每晚必须压在枕头下，使两面裤腿上的折痕天天有棱角"。(《南腔北调集》，《鲁迅全集》卷4，页431)。

啊，原来如此。不过这只是一个方面。还有鲁迅先生尚未行之于文字的，这姑且放下不表。

且说当年北京，我总觉有所不同。尽管岁月飞逝，人事沧桑，而阴丹士林一类的蓝大褂"江山"，总稳如磐石。男女老幼，富贵贫贱，无不甘为"顺民"。春夏秋冬，时序更迭，蓝大褂却总与其主人形影相随也。溽暑盛夏，儒雅之士，倘嫌它厚，改换纺绸、夏布之类的料子而已。但其实，那也不见得真穿，出门时，多半搭在肘弯上作样子，表示礼貌罢了。短促的酷暑一过，又一元复始了。其他季节，不管"内容"如何随寒暖而变化：由夹而棉，或由棉而皮，也不管怎样的"锦绣其内"，外面却总罩着一件"永恒的"蓝大褂。实在说，蓝大褂在长衣中也确有可取之处：价廉、朴素、耐脏、经磨，宜于御风沙……对终日在粉笔末的尘雾中周旋的穷教书匠说来，更觉相宜：这不仅使他一出教室，轻轻一掸，便故我依然，且在一些富裕的同类和学子面前，代他遮掩了几许寒酸，使他侧身"士林"，也满可无介于怀了。

不仅此也。在豺狼逞霸，猎犬四出的当年，据说蓝大褂的更大功能，在于它的"鱼目混珠"。但其实也不尽然。同样托庇于蓝大褂之下，而竟不知所终者，实大有人在！不过同其他穿着相比，蓝大褂毕竟"吉祥"得多了。这虽然是无可奈何中的聊以自慰的看法。

某年的秋夜，一个朋友把我从一个地方送到北平。另一个朋友相见之下，惊慌地说：

"呀，洋马褂！不行，换掉！换掉！"

我窘态万状，无言以对。殊不知我失掉"民族形式"的装备也久矣。他忽然若有所悟地转身到卧房里取了一件蓝大褂，给我换上，就讲起北平的"穿衣经"来。

实在说，我向来是不喜欢"洋马褂"，喜欢蓝大褂的。不过这之前，此一地，彼一地也。穿着蓝大褂在异邦马路上行走，其引人注目，正不亚于狗熊在广场上表演。而现在和蓝大褂重结不解之缘，恰是"适怀我心"了。

不久，我就穿着这"适怀我心"，而且又能"鱼目混珠"的蓝大褂，到了阔别的十里洋场。

不知怎的，也许因为久别重逢，分外兴奋的缘故吧。我这如此"土气"的蓝大褂，昨天整整半日鲁迅先生仿佛都没有发现。第二天，早饭之后，一同登楼。坐定之后，正不知话题从何开始。窗明几净，鸦雀无声，旭日朗照，满室生辉。我们恬淡闲适，万虑俱无，如此良辰，正大好倾谈境界也。这时鲁迅先生忽然把眉头一扬，就像哥伦布望见新大陆似的，把我这"是非之衣"一打量，惊异地说：

"蓝大褂！不行，不行。还有好的没有？"

我感慨地说："北方之不行也，洋马褂……"

他没待我说完，就接着说：

"南方之不行也，蓝大褂呀！洋马褂倒满行。还有好的没有？"

我一面答有，一面把那顿成"不祥之衣"的下襟往起一撩，露出了皮袍面：这是深蓝色的，本色提花的，我叫不出名字来的丝织品。堪称大方、素雅，而且柔和、舒适。

鲁迅先生一见，好像发现了我的保险单一样，喜不自胜地说：

"好，好！满及格！"

他放心了。面露微笑地喷了一口烟说：

"没事别出门。真要出门时，千万不能穿这蓝大褂。此地不流行。否则易被注意、盯梢，万一被盯上可不得了！"

当时的确是"沪上实危地，杀机甚多，商业之种类又甚多，人头亦系货色之一，贩此为活者，实繁有徒，幸存者大抵偶然耳。"（《鲁迅全集》卷9，页351）

接着他就谈到不但要注意穿着，而且要注意头发梳整齐，皮鞋擦光等等。蓬首垢面、衣冠不整、外表古怪，都足引起注意，闹大乱子。连举止也都要留神……

"这是用牺牲换来的教训呀。"

他结论似的这么来了一句，又点起一支烟，吸了一口。若有所思地沉默了一下，接着说：

"在上海过生活，就是一般人穿着不留心，也处处引起麻烦。我就遇到过。"

他又喷了一口烟，停顿了一下，用说故事的口气，从容不迫地一边回忆，一边说起来：

有一次，我随随便便地穿着平常这一身，到一个相当讲究的饭店，访一个外国朋友。饭店的门丁把我浑身上下一打量，直截了当地说：

"走后门去！"

这样饭店的"后门"，通常只运东西或"下等人"走的。我只得绕了一个圈子，从后门进去，到了电梯跟前，开电梯的把我浑身上下一打量，连手都懒得抬，用脑袋向楼梯摆了一下，直截了当地说：

"走楼梯上去！"

我只得一层又一层地走上去。会见了朋友，聊过一阵天，告辞了。

据说这位外国朋友住在这里，有一种惯例：从来送客，只到自己房门为止，不越雷池一步。这一点，饭店的门丁、开电梯的，以及勤杂人员，都司空见惯了。不料这次可破例了。这位外国人不但非常亲切而恭敬地把我送出房门，送上电梯，陪我下了电梯，一直送到正门口，恭敬而亲切地握手言别，而且望着我的背影，目送着我远去之后，才转身回去。刚才不让我走正门的门丁和让我步行上楼的开电梯的人，都满怀疑惧地闭在闷葫芦中⋯⋯

他喷了一口烟，最后说：

"这样社会，古今中外，易地则皆然。可见穿着也不能等闲视之呀。"

(刊发于1961年9月9日《人民日报》文艺副刊)

可贵的山茶花

邓 拓

我生平最喜欢山茶花。前年冬末春初卧病期间,幸亏有一盆盛开的浅红色的"杨妃山茶"摆在床边,朝夕相对,颇慰寂寥。有一个早上,突然发现一朵鲜艳的花儿被碰掉了,心里觉得很可惜。我把她拾起来,放在原来的花枝上,借着周围的花叶把她托住。经过了二十天的时间,她还没有凋谢。这是多么强烈的生命力啊!当时我写了一首小诗,称颂这朵山茶花:

> 红粉凝霜碧玉丛,
> 淡妆浅笑对东风。
> 此生愿伴春长在,
> 断骨留魂证苦衷。

她的粉红色花瓣,又嫩又润,恍惚是脂粉凝成的;衬着绿油油的叶子,又厚又有光泽,好像是用碧玉雕成的;一株小树能开许多花朵,前后开花的时间,可以连续两三个月。她似乎在严寒的季节,就已经预示了春天的到来;而在东风吹遍大地的时候,她更加不愿离去,即便枝折花落,她仍然不肯凋谢,始终要把她的生命献给美丽的春光。这样坚贞优美的性格,怎能不令人感动啊!

今年春节,我有机会在云南的昆明和大理等地,看到各色各样的山茶花。特别是在大理,不但所有的公共场所都遍栽山茶花,而且许多居民的庭院中也尽是山茶花。在这个古老的小县城里,春节前夕的街头,到处摆满了小摊,出售野生的山茶花。我当时看到这番情景,马上产生一个强烈的印象,觉得这个小巧玲珑的古城,把它叫作"茶花城",一点也不过分。美丽的山茶花,使这里的山水人物,全都变得那么娇艳可爱了。仰望苍山,俯瞰洱海,听着五朵金花公社的歌声,看着金花银花姐妹们热情的笑脸,人们的生活更显得丰富而美满，如诗如画，永不凋谢，永远繁荣！

这样美丽的山茶花乃是我国西南地区的特产，而以云南、四川为最。明代的王世懋，在他的著作《学圃杂疏》的"花疏"中写道：

吾地山茶重宝珠。有一种花大而心繁者，以蜀茶称，然其色类殷红。尝闻人言，滇中绝胜。余官莆中，见士大夫家皆种蜀茶，花数千朵，色鲜红，作密瓣，其大如杯。云：种自林中丞蜀中得来，性特畏寒，又不喜盆栽。余得一株，长七八尺，舁归，植淡园中，作屋幕于隆冬，春时撤去。蕊多辄摘却，仅留二三花，更大绝，为余兄所赏。后当过枝，广传其种，亦花中宝也。

王世懋是江苏太仓人，为明代著名诗人王世贞的弟弟。从他的这一节记载中，我们可以看出，明代嘉靖年间，江苏等地的山茶花，大概都由四川和云南移植过去的。王世懋在书中还介绍了黄山茶、白山茶、红白茶梅、杨妃山茶等许多品种。在他以后，到明代万历年间，王象晋写了一部《群芳谱》，其中对山茶花又作了详细的介绍：

山茶一名曼陀罗，树高者丈余，低者二三尺，枝干交加。叶似木樨，硬有棱，稍厚；中阔寸余，两头尖，长三寸许；面深绿，光滑；背浅绿，经冬不脱。以叶类茶，又可作饮，故得茶名。花有数种，十月开至二月。有鹤顶茶，大如莲，红如血，中心塞满如鹤顶，来自云南，曰滇茶。玛瑙茶，红黄白粉为心，大红为盘，产自温州。宝珠茶，千叶攒簇，色深少态。杨妃茶，单叶，花开早，桃红色，焦萼。白宝珠，似宝珠而蕊白，九月开花，清香可爱。正宫粉、赛宫粉，皆粉红色。石榴茶，中有碎花。海榴茶，青蒂而小。菜榴茶、踯躅茶，类山踯躅。真珠茶、串珠茶，粉红色。又有云茶、磬口茶、茉莉茶、一捻红、照殿红。

作者在这里介绍了许多种山茶花的名目和特点，很有参考价值。但是，他说山茶又叫作曼陀罗，后来其他作者也这么说，这一点我却有另外的解释。曼陀罗显然是梵语的译音，并非我国原有的名称。而山茶花的原产地的确是我们中国，所以介绍她的本名只能用中国原有的名称，而不应该采用外来的名称。

唐代段成式的《酉阳杂俎》，早已肯定了山茶花的名称和基本特征。他说："山茶，叶似茶树，高者丈余，花大盈寸，色如绯，十二月开。"到了宋代，范成大在《桂海虞衡志》中，更把山茶花分为南北两大类，一类是以当时的中原，即所谓中州所产的为代表；另一类则是南山茶，就是我们现在所说的云南四川等地的山茶花。估计自古迄今南北各地山茶花的种类，总在一百种上下。正如明代的李时珍在《本草纲目》中所说的，"山茶之名，不可胜数"。这就好比菊花的名目一样，随着人工栽培技术的不断进步，她们的花色品种也必然会越来越多。李时珍在《本草纲目》中还介绍了山茶花的许多用途和医药价值。这就证明，她不但可供人们欣赏，而且是人们养生祛病的良友啊！

虽然，最珍贵的山茶花品种，目前还只能在南方温暖的地带有繁殖的条件，但是也可以断定，只要培植得法，她同样可以适应北方的气候和土壤，而逐渐繁殖起来。而且只要条件适宜，山茶花的寿命可以延续很久。据明代隆庆年间冯时可写的《滇中茶花记》所说："茶花最甲海内……寿经三四百年，尚如新植。"看来在我国南北各地，如果经过植物学家和园艺技师的共同研究，完全有可能把昆明、大理等处最好的山茶花品种，普遍移植，决无问题。这比起在欧洲、美洲各国种植山茶花，条件要好得多了。人们都知道，法国人加梅尔，在十七世纪的时候，曾将中国的山茶花移植到欧洲，后来又移植到美洲。难道我们要在国内其他地区移植还不比他们更容易吗？

但是，无论天南海北的人，每当欣赏山茶花的时候，都不应该忘记她还有一段动人的传说。这是流传在云南白族人民中的一个神话故事。它告诉我们：古代有个魔王，嫉恨人间美满的生活，他用魔法把大地变成一片惨白的世界，不让有红花绿叶留在人间。但是，人们是爱惜自己的美好生活的。一位白族的少女，毅然决然地献出了不朽的青春，献出了宝贵的生命，用自己的鲜血，重新染红了山茶花，用自己的胆汁重新染绿了花叶。从那以后，山茶花才更加娇艳地出现在大地上。

怪不得历来有无数的诗人，写了无数的诗篇，一致赞赏山茶花的高贵品质。

这里应该首先提到宋代苏东坡歌咏山茶花的一首七绝。他写道：

山茶相对阿谁栽？
细雨无人我独来。
说似与君君不会，
烂红如火雪中开。

宋代另一个著名诗人范成大,也写了许多赞美山茶花的诗,其中有一首绝句是:

> 折得瑶华付与谁?
> 人间铅粉弄妆迟。
> 直须远寄骖鸾客,
> 鬓脚飘飘可一枝!

特别应该记住,爱国诗人陆放翁,因为看到花园里有"山茶一树,自冬至清明后,著花不已",曾经写了两首绝句,大加赞扬:

> 东园三日雨兼风,
> 桃李飘零扫地空。
> 惟有山茶偏耐久,
> 绿丛又放数枝红。

> 雪里开花到春晚,
> 世间耐久孰如君?
> 凭栏叹息无人会,
> 三十年前宴海云。

在宋代的诗人中,就连曾子固素来被认为不会写诗的人,也都写过几首诗,尽情歌唱山茶花的秀艳和高尚的性格。曾子固的诗中有些句子也很动人。比如,他说:"为怜劲意似松柏,欲攀更惜长依依。"他把山茶花和松柏相比,可算得估价极高了。

后来元、明、清各个朝代都有许多著名的诗人和画家,用他们的笔墨和丹青,尽情地描绘这美丽的山茶花。如今,我们生活在东风吹遍大地的新时代,我们要让人民过着日益美满幸福的生活,我们对于如此美丽而高贵的山茶花,怎么能不加倍地珍爱呢!

(刊发于1962年3月25日《人民日报》文艺副刊,署名:左海)

寻春篇

韩少华

迎着早春的轻寒,或野游,或山行,多么好啊。也许,早春景色过于素淡了,可也正因为还没有万紫千红的撩拨,才更宜于漫步、沉思。

乘个假日,我出了城,径自寻春去了。

"山带去年雪,春来何处峰?"眼前,燕山负雪,蓟塞披沙,凭借什么去寻觅春天的第一双足迹?……嗯,春天的影子该是绿色的。如果找见了大地上最初的一小片草地,那就一定是春天刚刚落脚的地方。春天必在那里。

不上田间小路,只朝着旷野走去。微风带着寒意,卷地而来。这大概是朝气的余威了。"燕北地寒生草迟",低眉所见,尽是些衰草,谁知有没有一两株敢于破土而出的;即使有,怕也不易找见。

穿疏林,过小桥,桥下流水无声,慢吞吞的:仿佛刚才融没了最后一片残冰,那满怀凝冻的迟疑还没散尽……我不禁责怪自己:虽是早春之游,也未免过早了。但,既来之,则安之,走吧。

渐渐的,云雾中的燕山越来越清晰了。到了山下,有大石如卧。近前转身坐定了,无意间,向着来路抬眼一望……怎么?远处,小桥头,疏林边,那旷地上,竟是一片新绿!仔细看去,还有几分鹅黄——好嫩,好新鲜。可那旷地,分明是我才经过的,没见一芽新草。莫非不早不迟,正当我才上了小桥那阵儿,就在我背后,春天,悄悄飞落在林边了?……我猛地站起来,朝着那片草色奔去。

小桥下,流水依然迟迟的,林边旷地又在脚下了。仍旧是几株衰草,一带疏林。莫不是春天怕这里寒肃,刚落脚,竟又携着她青青的影子一同飞去了?这不正是"草色遥看近却无"!

重又跑回山下大石跟前,转身再放眼望去,可不,疏林边,草色依稀,似乎比刚才又浓了些,也扩展了些。"草色遥看近却无",这早春草色,为什么只可遥看呢？回想一路所见——是了，说是来寻春，却只低眉顺目，眼界自然仅限于咫尺间了。"燕草如碧丝"，走三步难见一两芽，何况还有衰草杂列呢。但若放眼望去，那萌芽，就算是一个个微绿的质点吧，则十里平川，尽收眼底，那质点，也该是无数个了。无数个微绿的质点横联纵漫，就密了，草色自然也浓了。瞧，好一抹新绿。衰草的憔悴，被欣欣生意淹没了。

我似乎寻到了春天的步履。就连野游，都需要扬眉放眼，才能从无数点刚刚破土的萌芽上面看到无边的春色。对于生活呢……在斗争的历程中，总会有阴云、霜雪；但是，尽管朔气如磐，时间却没有一瞬的凝固。"今朝腊月春意动"，这是诗意，也是万古不灭的规律。而正当风雪弥天的时刻，谁能在胸怀深处寻到那最初的一抹新绿，用自己的心去暖它，催促它，谁就会拥有一个芳草连天、阳光灿烂的内心世界。心里有一个春天，那就往前走吧。哪怕真是"燕山雪花大如席"，砸到热腾腾的胸膛上，也将立刻消融。如果谁的内心的春光与大地上第一抹草色连成一片了，那就把步子迈得再大些。这样的步子，每一落地都会铿锵作响；路旁的花蕾呢，也将应声怒放。

马雅可夫斯基说："最好在冬天写关于'五一'的诗，因为这时候对春天想得要命。"他是在自己的诗里召唤春天、创造春天的。我呢，只愿意望得远些。望远必须登高。"明日岳阳楼上去，岛烟湖雾看春生"。这里，虽没有楼台可以登临，背后却矗立着巍巍燕山，我想，登上极顶，一回头……也许反而要责怪自己：这次野游、山行，动身真的太迟了。其实，探寻春天的讯息何必凭借那绿色的影子呢，只需凭借那可以远望的高处，透过千里平川的轻烟淡霭，透过蒸腾的青阳之气，就会感到，大地在急促地呼吸着，——春天，正在大地的母腹里躁动……

无边春色已从天涯之外漫地涌来。不过，绝不该停下步子。我知道，更引人的春景还需要继续探寻，它，正在前方等待着我。

（刊发于 1962 年 4 月 13 日《人民日报》文艺副刊）

从点戏说起

夏 衍

从广播里听了相声《秦琼打关公》的故事,忽然想起另一件事来。这件事出在《红楼梦》第十八回,同样是点戏,却表现出点戏者与被点者之间的不同的态度,也许可以说是不同的风格。

……贾蔷急将锦册呈上,并十二个花名单子。少时太监出来,只点了四出戏。……刚演完了,一太监执一金盘糕点之属进来,问谁是龄官?贾蔷便知是赐龄官之物,喜得忙接了,命龄官叩头。太监又道,贵妃有谕,龄官极好,再作两出戏,不拘那两出就是了。贾蔷忙答应了,因命龄官作《游园》《惊梦》二出,龄官自为此二出原非本角之戏,执意不作,定要作《相约》《相骂》二出,贾蔷扭她不过,只得依她作了。贾妃甚喜,命不可难为了这女孩子,好生教习,额外赏了……金银锞子食物之类。

在这里,点戏者贾元春,是皇帝的宠妃,地位当然要比韩复榘的老太爷高得多了,贾蔷是戏提调之类,但他也算是贾门子弟,而龄官,却只不过是从苏州"采买"了来的小女伶,论身份,是连人身自由也没有的奴隶,可是,这三个人在这里都表现得很有特点。元春认为龄官的戏演得好,加点两出,但是并不强人之难,只说"再作两出戏,不拘那两出就是了"。贾蔷看来并不内行,而且也还有点主观主义,所以就"命"龄官作《游园》《惊梦》,而龄官却颇有一点艺术家脾气(当然,也可以解释作是对贾蔷的拿腔作势),坚持不演"非本角之戏",贾蔷"扭她不过",也许还有别的原因,但是他并不一朝权在手,便把令来行,总比韩复榘的副官通情达理得多了,龄官很有主见地演了自己的对工戏,而贾妃则不仅"甚喜",而且还给了"不可难为了这女孩子,好生教习"的鼓励。

点戏者、戏提调和演戏者之间的矛盾，看来是很难避免的，问题只在于如何妥善地处理。处理得好，看戏的满意，演戏的高兴，戏提调也可以顺利完成任务，上下两不得罪，处理得不好，那么正如韩复榘的老太爷点《秦琼打关公》一样，不仅演戏者受罪，戏提调为难，而点戏者呢，也适足以暴露出他的狭窄、专横和无知而已。曹雪芹笔下的元春的性格是可爱的。她欣赏龄官的艺术，加点了两出戏，但是她并不下死命令，只是说"不拘那两出就是了"，欣赏演员的艺术而加点两出，又特别指出"不拘"，这中间就不仅有鼓励，而且还有了爱护和尊重的意思，从这里可以看出，这个点戏的人是有气度而又有教养的。贾蔷为了卖好，也许为了表现自己的教习有功，也许是为了要让龄官露一手，可是这一下就表现了他的主观和不了解演员的特长和性格。至于龄官，那就刻划得更可爱了，她敢于在皇帝的宠妃面前"执意不作""非本角之戏"，而"定要"演自己对工的戏，这种有主见而又敢于坚持的风格，是难能可贵的。

贾元春点戏只是《红楼梦》中的一个小小的插曲，但是我觉得这插曲很值得我们深思。

（刊发于 1962 年 5 月 7 日《人民日报》文艺副刊，署名：黄似）

春满燕园

季羡林

燕园花事渐衰。桃花、杏花早已开谢。一度繁花满枝的榆叶梅现在已经长出了绿油油的叶子。连几天前还开得像一团锦绣一样的西府海棠也已落英缤纷,残红满地了。丁香虽然还在盛开,灿烂满园,香飘十里;但已显出疲惫的样子。北京的春天本来就是短的,"雨横风狂三月暮,门掩黄昏,无计留春住"。看来春天就要归去了。

但是人们心头的春天却方在繁荣滋长。这个春天,同在大自然里一样,也是万紫千红、风光旖旎的。但它却比大自然里的春天更美、更可爱、更真实、更持久。郑板桥有两句诗:"闭门只是栽兰竹,留得春光过四时。"我们不栽兰,不种竹;我们就把春天栽种在心中,它不但能过今年的四时,而且能过明年、后年不知道多少年的四时,它要常驻我们心中,成为永恒的春天了。

昨天晚上,我走过校园。四周一片寂静,只有远处的蛙鸣划破深夜的沉寂。黑暗仿佛凝结了起来,能摸得着,捉得住。我走着走着,蓦地看到远处有了灯光,是从一些宿舍的窗子里流出来的。我心里一愣,我的眼睛仿佛有了佛经上叫作天眼通的那种神力,透过墙壁,就看了进去。我看到一位年老的教师在那里伏案苦读。他仿佛正在写文章,想把几十年的研究心得写了下来,丰富我们文化知识的宝库。他又仿佛是在备课,想把第二天要讲的东西整理得更深刻、更生动,让青年学生获得更多的滋养。他也可能是在看青年教师的论文,想给他们提些意见,共同切磋琢磨。他时而低头沉思,时而抬头微笑。对他说来,这时候,除了他自己和眼前的工作以外,宇宙万物都似乎不再存在。他完完全全陶醉于自己的工作中了。

今天早晨,我又走过校园。这时候,晨光初露,晓风未起。浓绿的松柏,淡绿的杨柳,大叶的杨树,小叶的槐树,成行并列,相映成趣。未名湖绿水满盈,不见一条皱纹,宛如一面明镜。还见不到多少人走路,但从绿草湖畔,丁香丛中，杨柳树下，土山高头却传来一阵阵朗诵外语的声音。倾耳细听，俄语、英语、梵语、阿拉伯语等等，依稀可辨。在很多地方，我只是闻声而不见人。但是仅仅从声音里也可以听出那种如饥如渴迫切吸收知识学习技巧的炽热心情。这一群男女大孩子仿佛想把知识像清晨的空气和芬芳的花香那样一口气吸了下去。我走进大图书馆，又看到一群男女青年挤坐在里面，低头做数学或物理化学的习题。也都是全神贯注，鸦雀无声。

　　我很自然地就把昨天夜里的情景同眼前的情景联系了起来。年老的一代是那样，年轻的一代又是这样。还能有比这更动人的情景吗？我心里陡然充满了说不出的喜悦。我仿佛看到春天又回到园中：繁花满枝，一片锦绣。不但已经开过花的桃树和杏树又开出了粉红色的花朵，连根本不开花的榆树和杨柳也是满树红花。未名湖中长出了车轮般的莲花。正在开花的藤萝颜色更显得格外鲜艳。丁香也是精神抖擞，一点也不显得疲惫。总之是万紫千红，春色满园。

　　这难道仅仅是我一个人的幻象吗？不是的。这是我心中那个春天的反映。我相信，住在这个园子里的绝大多数的教师和同学心中都有这样一个春天，眼前也都看到这样一个春天。这个春天是不怕时间的。即使到了金风送爽，霜林染醉的时候，到了大雪漫天，一片琼瑶的时候，它也会永留心中，永留园内，它是一个永恒的春天。

（刊发于 1962 年 5 月 11 日《人民日报》文艺副刊）

郑板桥的两封家书

廖沫沙

《郑板桥集》中除开诗、词、题画之外,还有十六通《家书》。其中有两通是托他的弟弟教育儿子的,很有意思。

郑板桥是"康熙秀才""雍正举人""乾隆进士",作过"七品官耳"的县太爷,又是画、诗、书法"三绝"的艺术家;家有田三百亩,是个不大也不小的地主;五十二岁才得一子。就这几项来说,他的儿子总该算"富贵人家"的"爱子"了。但是郑板桥教儿子的,却同上述的身份和家世不相干,另有他的"爱子之道"。他在山东潍县作知县时写的《潍县署中与舍弟墨第二书》,专门谈他教育儿子的目的:

> 余五十二岁始得一子,岂有不爱之理!然爱之必以其道:虽嬉戏玩耍,务令忠厚悱恻,毋为刻急也。……我不在家,儿子便是你管束。要须长其忠厚之情,驱其残忍之性,不得以为犹子(侄儿)而姑纵惜也。家人(家里的用人)儿女,总是天地间一般人,当一般爱惜,不可使吾儿凌虐他。凡鱼飧果饼,宜均分散给,大家欢嬉跳跃。若吾儿坐食好物,令家人子远立而望,不得一沾唇齿;其父母见而怜之,无可如何,呼之使去,岂非割心剜肉乎!夫读书中举中进士作官,此是小事,第一要明理作个好人。

郑板桥是"扬州八怪"之一,他的这些想法,就很有些怪。他自己是个"七品官",却认为中进士、作官,"此是小事",教育儿子的目的是"第一要明理作个好人"。什么是"好人"呢?是对待家里用人的儿女"当一般爱惜",因为他们"总是天地间一般人"。假如用今天的话来解释,大约就是教他的儿子不要有"优越感",不要有"特殊化",不要以为"高人一等"。他为什

么有这个想法,且不管他。再看他写的《潍县寄舍弟墨第三书》:

> 富贵人家延师傅教子弟,至勤至切,而立学有成者,多出于附从贫贱之家,而己之子弟不与焉。……或百中之一亦有发达者,其为文章,必不能沉着痛快,刻骨镂心,为世所传诵。岂非富贵足以愚人,而贫贱足以立志而浚慧乎!我虽微官,吾儿便是富贵子弟,其成其败,吾已置之不论;但得附从佳子弟(陪着自己儿子念书的好孩子)有成,亦吾所大愿也。

"富贵足以愚人,而贫贱足以立志而浚慧",这想法虽是他的"怪"处,但却道出了一个真理。一个"吾家业地虽有三百亩"而且身为"七品官耳"的人,能看出这个真理来,是颇不容易的。"富贵人家"延师傅、教子弟,而立学有成的往往是附从念书的贫贱之子,不是自己的子弟,这不能不算"富贵人家"的悲剧。这个悲剧,郑板桥大概看得太多了,所以他只好对自己儿子的立学成败,"置之不论",把希望寄托在"附从佳子弟"的身上。这是他的"怪"处,也是他看得远、看得大的地方。

当然,郑板桥所坚持的对儿子的教育目的:"第一要明理作个好人",这是两百多年前的一个县太爷的"好人观"和教子法,毕竟是有限度的。但是除了可以让我们更进一步地认识郑板桥其人以外,只就他这两通《家书》的文字来看,我觉得也是委婉动人,找来读读是没有什么害处的。

(刊发于 1962 年 5 月 26 日《人民日报》文艺副刊,署名:文益谦)

陈老莲学画

孟 超

偶读周亮工的《读画录》，其中有一段关于陈老莲（洪绶）摹习李龙眠（画法）的故事，是很耐人寻味的。

章侯（陈老莲字）儿时学画，便不规规形似。渡江拓杭州府学龙眠（李公麟）七十二贤石刻。闭户摹十日，尽得之。出示人曰："何若？"曰："似矣。"则喜。又摹十日，出示人曰："何若？"曰"勿似也。"则更喜。盖数摹而变其法，易圆以方，易整以散，人勿得辨也。

我的体会"不规规形似"是指的结果，因此两次出示于人要求便不一样。从已"似"而又达到"勿似"的境界，从"喜"进一步达到"更喜"的境界，两个十日的临摹工夫可以从中看出了先后两个阶段，这里既说明了一个艺术学习的过程；也说明先与后在艺术造诣上的高下了。艺术学习其始也固无不同之处，但发展到后来，一则仅止于"似"，而一则跃过"似"，而至于"勿似"，可是，我们也还不要忽略了最后的"勿似"，必须经过"似"的阶段，没有"似"便无法达到"勿似"，陈老莲对前者仅止于"喜"，而对后者则不能不"更喜"了。

第一阶段不容忽视，因为这是基础。别看从开始摹临到"相似"，似乎画来画去，总不脱离李龙眠的勾勒笔画；也许开始毫不相似，好容易使其"形似"，这已经付出了很大的工夫，而渐臻熟练。没有这一步，就没有基本功。作画如此，小学生习字临帖，摹欧、摹柳、摹颜、摹赵，其意亦在于此。杜工部在《丹青引——赠曹将军霸》一诗中，用了一句"学书初学卫夫人"也是引用了大书法家王羲之书法最初出于卫夫人的故实，对卫夫人之摹临也就是王羲之的基本功，如此说来，我们又岂能等闲视之呢？

可是话还得说回来，画来画去，依样葫芦，即使达到一定成就，仍然循规蹈矩，不敢越雷池一步，一切求其"形似"则沾沾自喜，而并不知道在"形似"之外，还有所谓"勿似"——亦即"神似"的更高阶段，还有一个从"似"中脱化而出，这样，其造诣也就仅仅止于李龙眠的境地，那就不会产生陈老莲了。别看"变其法"与"易圆以方""易整以散"这些说法，只是简单几个字，而这中间就包孕了第一阶段的初步功夫和更高阶段的飞跃两者的结合了。没有这点本领，就不能产生大艺术家。

我有感于今之习艺者：有的人，还不会挪步，就想飞翔，无基本功夫，就俨然以个人派别自居，浮夸炫世，而无实学，自然难乎以立。另一种人：底功已深，却依然寄人篱下，标榜别人流派而自诩，那充其量不过成为李龙眠之后代，又哪里能见到艺术之化工呢，艺术家的独创呢？

(刊发于1962年6月24日《人民日报》文艺副刊，署名：陈波)

水乡秋寨

——江南白描之一

菡 子

外出寻秋原是先到山区的,常常看见高耸的银杏树,打下了白果,还披着一身黄衫,天晴以后,不问它站在哪儿,太阳也跟到哪儿,我想把这叫作"秋色"。到了水乡(这次到的是宜兴分水公社),一眼看去,马上觉得自己的见地浅了,这里才留住最浓的秋色,在视野内甚至视野以外,都闪着金光。

是稻子么?不尽是。还有比稻粒更显眼而又面积大的:草堆、稻垛。今年还叫它草堆,只是因循旧例而已。在野场上的可以叫草山;像竹寨那样绕宅而匍的,或者沿着竹林用草把叠的围墙,该给它一个"秋寨"的雅称吧!草山秋寨俱在,使我对最熟悉的地方(去年此时不是沿着太湖七十二渎一个个走去的么?),也分不清原来的天地了。苍空黄啦,河埂高啦,埠头狭啦,房子矮啦,凭那只露出青瓦和树梢的村子、铺满稻草没留下一条线的路,哪能瞧准到了什么地方。照实说,我其实连那草堆本身,也并不相识,我看见过的草堆要比这秀气多呢。但眼前的诸位却也不问我是否认可,却也一个个大模大样地表示:它们就是用稻草堆起来的!有人好不容易绕着它的圆周举步,稍大的一个草堆走满四十九大步,中等个儿的周围也有三十八步。它们形状虽似牛车棚,可车棚哪敌它腰粗身圆的架势!还有陶都龙窑形的草墙;还有干脆堆成一座屋相似;更有的依附大屋,就是一个金色的披棚……还有什么形状的没有?这难道像历古以来或者就是去年才看见过的草堆么?问问堆这些草堆的社员,今年他们肚里原也没有什么程式,只一位调皮的青年告诉我:这叫作形势所逼,不得不如此多样化!你不看见还在轧稻么?这以后等待安置的草个儿,还不知要叠成什么模样。

近看这些草堆,我怎么也觉着它们总是笑眯眯的。笑意在哪?如果你能瞧出它眉眼的所在,那眉眼之间准有笑意;就连它那挺胸凸肚的地方也有。听,还有笑声!原来孩子们在它们当中捉迷藏呢。不过今年捉迷藏也跟去年不同，去年一面捉逗着，一面还能照看鼻梁上架着的一副稻草眼镜，如今在仿佛苏州园林里假山石洞般的草堆丛中钻来钻去，却得十分当心，才不致跌入迷魂阵。两堆之间又大都用草把铺天盖地地做了小窝，有多少童年时代最美丽的幻想，就是在这草窝里产生的呵；今年村上挨个参差不齐的草堆，小窝也跟着多了几倍；或者也区分了谁跟谁们的，我看见一个小窝里坐着两个两三岁的娃娃，把他们放在这样的托儿所里，在轧稻机上工作的年轻的妈妈，不时投过去称心的微笑。在稻场上，别瞧着就是这两个娃娃没事，以人口计算，也就是说包括他们两个小主人在内，这边公社今年每个人都给国家提供七百零四斤商品粮，这与这些颇不寻常的草堆，原是自豪而相称的数字。

晚上进村，看见草堆在月亮的清光下，满身寨气，村子也显得森严起来，附近野场上的草堆，也一个个蒙古包似的，听那偶尔传来还未停工的轧稻声，就像是塞外的音乐了，不过包围这些村子的浓郁的清香和暖意，也还能使人想到身在稻米之乡。

一九六三年十一月二十九日宜兴分水公社

（刊发于1964年1月12日《人民日报》文艺副刊）

天下第一山

吴伯箫

这里说说井冈山。

井冈山是中国无产阶级革命的摇篮，是革命队伍的集合点，立脚点，出发点。在这里，一峰一岭，都长存着革命斗争的史迹；一树一竹，都饱受过革命雨露的滋润；一工一农，都经历过革命风暴的锻炼和考验。在这里，每一步路，都会踏着革命前辈坚实的脚印；每一呼吸，都会感觉出革命的艰苦、乐观、胜利的气息。作井冈山人，战斗在井冈山，建设井冈山，是无上的光荣；访问井冈山，重温革命的历史，接受革命的传统教育，是莫大的幸福。

"这座山是革命的山"。①

井冈山在罗霄山脉中段。"北麓是宁冈的茅坪，南麓是遂川的黄坳，两地相距九十里。东麓是永新的拿山，西麓是酃县的水口，两地相距八十里"。②到处是耸峙的峰峦，险峻的崖壁。满山松、杉、毛竹和知名不知名的杂树，一片接一片，一丛连一丛，葱茏、苍翠，盖地遮天，从山麓一直拥上山顶。站在高处眺望，林海波涛，汹涌起伏，一浪高过一浪，一层叠上一层，那气势壮阔极了。在漫天云雾，伸手不见五指的时候，深厚，迷蒙，天地成为浑然的一体，会使人感到像翱翔在云里，潜游在海里。歌谣说："千山竹，万山木，走路不见天，烧火不见烟。"那还只是描绘了井冈山山高林密的一个方面。

井冈山以茨坪为中心，方圆五百五十里，五大哨口像五尊顶天立地的巨人守卫着雄关要隘。八面山的羊肠小道是湘赣两省的分界线，人们说，走路不小心跌一跤，就会从江西跌进湖南。双马石艰险陡峭，胆小的人不敢从双马石下过。黄洋界，海拔一千六百米，"黄洋界上炮声隆，报道敌军宵遁"。这是一声炮响吓退敌人的地方。另外，一个朱砂口，一个桐木岭，也称得是：一夫当关，万夫莫开。

就是在这样的地方，井冈山，毛泽东同志在三十八年前率领第一支工农革命军亲手建立了第一个红色政权,把这里作为革命根据地,进行武装斗争,土地革命。"天欲堕,赖以拄其间"。大革命失败后,支撑住革命天下的正是这建立在井冈山上的红色政权。广大的工农群众衷心地拥护这个政权,把根据地看作自家的江山,大家歌唱:"行州府,茨坪县,大小五井金銮殿。"歌唱里充满了自豪的感情,表现出工农革命必将席卷天下的气概。

当年,根据地的生活是艰苦的。虽然说井冈山地区,茶、油、木材、毛竹、药材,出产都极丰富,但是"人口不满两千,产谷不满万担",③再加敌人严密封锁,产品运不出去,丰富的资源不容易发挥作用,根据地里食盐、布匹、药品都很缺乏。在井冈山革命博物馆里陈列着一罐老游击队员当时不舍得吃为红军一直保存下来的硝盐,尝一粒,又苦又涩,一点咸味都没有。但是那时的红军,就连这样的硝盐也不是经常能够吃到的。粮食要到几十里以外的宁冈去挑。毛泽东同志在茨坪的旧居里,除了三屉桌,木板床、条凳,几件简单朴素的家具之外,就有斗笠和扁担。去黄洋界的路上,五里横排那里,有一棵槲树,当年毛泽东同志同战士一道挑粮,从小路盘山上来,曾在那棵树下歇肩。现在那棵树依旧叶密荫浓,挺拔旺盛,屹立在宽阔的盘道旁边石垒的平坛上,成为这段光辉历史的见证。艰难困苦并没有难倒革命的战士,当时战士们是乐观的,愉快的。"红米饭,南瓜汤,秋茄子,味好香,餐餐吃得精打光"。简单几句话生动地描写了他们饮食的情况。说到穿衣,《井冈山的斗争》里写着:"这样冷了,许多士兵还是穿两层单衣。"在茅坪,一位姓谢的革命老人也回忆说:"毛委员把棉袄送给我穿,他自己却只穿两层单衣。我不过意地说:'毛委员你冷啊!'毛委员说:'不要紧,习惯了。''解衣衣人,推食食人'。"正是领袖跟战士、群众同甘共苦的这种崇高的感情,亲密的关系,团结了革命队伍,克服了重重的物质困难,战胜了残暴的敌人。

武装起来的工农,进行人民的解放战争,那是必然胜利的。井冈山很多地方就记载着一曲又一曲革命的凯歌。旗锣坳伏击,一战消灭了反动地主武装尹道一,为改造两支旧军队开辟了道路。宁冈的龙市,是一九二八年四月二十八日朱德同志率领的部分南昌起义军跟毛泽东同志胜利会师的地方,横跨龙江的大桥就叫会师桥。这个历史性的会晤,奠定了中国革命胜利的基础。在永新县的新老七圾岭,红军击溃了敌人七个团,消灭了一个团左右,创造了机智和勇敢相结合的战斗范例。直到现在群众还这样传颂着:"不费红军三分力,打垮江西两只羊。"④

在井冈山,红军接二连三地打胜仗,革命根据地的各项军事政策,各种组织形式、战斗形式,都逐渐基本形成。像"分兵以发动群众,集中以应付敌人"的作战原则,像"敌进我退,敌驻我扰,敌疲我打,敌退我追"的十六字诀,像革命军人如何对待人民群众的"三大纪律,六项注意"⑤,都是毛泽东同志在那个时候总结了革命战争的宝贵经验,用最具体、最生动、最简要的语言固定下来的。像军队是战斗队又是工作队;"支部建在连上",党始终是军队的领导者、组织者和鼓舞者,没有党的领导,就没有革命的军队;依靠农村建立革命根据地,借此积蓄和发展革命力量,逐渐包围城市并最后夺取城市;……这些也都是伟大的毛泽东思想的体现。《中国的红色政权为什么能够存在?》是在茅坪的八角楼写的。楼上住室的桌子上现在还保存着圆形辟雍式石砚;《井冈山的斗争》是在茨坪一幢向东的平房里写的,屋里桌子上也还放着一盏生了锈的马灯。当年石砚的墨渍,不是还散发着浓郁的芳香吗?马灯的焰火,不是还闪耀着灼灼的光芒吗?三十八年的历史证明,这些辉煌的文献所指引的井冈山的道路,正是中国革命前进的道路、胜利的道路啊!从井冈山举起来的红旗,曾经沿着这条道路,举到瑞金,举到延安,举到北京。眼看亚洲、非洲、拉丁美洲,凡是要革命、要解放的地方,都将高高地举起这样鲜明的旗帜。

战斗在井冈山的人,用自己大公无私、光明磊落的行动告诉人们什么叫全心全意为革命。他们不为名:多少英勇牺牲的同志,在白色恐怖的环境里闹革命,曾必须隐姓埋名,有的到现在查不出真实的名字;巍然屹立在茨坪中心山上的革命烈士纪念塔,纪念在小井医院被敌人杀害的伤病员,就都是无名英雄。他们不为利:"从军长到伙夫,除粮食外一律吃五分钱的伙食",冬天穿两层单衣,不讲享受,不置私产。他们为什么呢?就是为了世界的革命,为了人类的解放,为了没有人剥削人、没有人压迫人的共产主义。把自己的生命同无产阶级的革命事业结合起来,以此为光荣,以此为幸福,丝毫不计较个人的利害得失,他们怎么能不全心全意!

站在井冈山上,望望寥廓的世界,人们的心里会涌起无限肃穆景仰的感情。世界上有什么山能够跟井冈山比拟呢?珠穆朗玛峰,海拔八千八百八十二米,是世界上最高的山峰了;但是它的意义在于地理、地质和冰川,人只能在那峰顶上作短暂的停留。奥林匹斯,据说是众神所居,古代希腊人视为神山;但是那是神话,谁也没法知道它的奥秘。谈到人间,谈到革命,谈到无产阶级的不朽的事业,人们首先想到的是井冈山。井冈山,在陈旧的地图上,也许没有它的位置,在帝王将相的历史里,它也不会占什么篇幅;

但是，自从毛泽东同志率领中国工农革命军在那里建立了革命根据地的那一天起，井冈山要用耀眼的红星标志在世界的地图上，要用瑰丽的篇章记载在人类的历史里。它将震撼寰宇，长青万古。

通往井冈山的路，当年崎岖狭窄，现在是平坦宽阔的。汽车在山道上迂回盘旋，进山可以到茨坪，大井，茅坪……载送旅客瞻仰各处的革命胜迹；出山更畅行无阻，可以驶向无限广阔辽远的地方。

井冈山是天下第一山。

一九六五年八月十五日

注：

① 朱良才：《这座山，它革命》，记一九二八年毛主席的话。
② 毛泽东：《井冈山的斗争》。
③ 毛泽东：《井冈山的斗争》。
④ 消灭敌人朱培德的杨如轩、杨池生两个主力师。
⑤ 后来是八项注意。

（刊发于 1965 年 10 月 26 日《人民日报》文艺副刊）

临江楼记

何 为

闽西上杭县浮桥门东边的临江楼，是一座革命的小楼。伟大领袖和导师毛主席一生住过的旧居何止千百处，这不过是其中的一处，而且时间只有二十天左右。但是，对每一个衷心景仰的来访者，临江楼却是不同寻常的革命楼。它令人神思飞越，引起了多少人的深切思念！许多人都这样猜测：毛主席在一九二九年十月间写下的《采桑子·重阳》，就是在这江天万里秋风劲吹的临江楼头构思成篇的。

临江楼原是一家名为"广福隆"纸栈的旧址，以后设为酒店而改名。厚实的木门内，一个小小的庭院，迎面一座三层楼的珠灰色楼房。楼的底层和二层走廊前，上下各有石砌藻饰的三个拱形廊檐，远远望去，宛如六个巨大的永不凋落的花环嵌在屋前。楼外近处，一棵威严的百年老榕树，顶着擎天的华盖，昂然挺立，遥相对望。大榕树盘根错节伸出来的根茎，比一般的小树还粗壮。青枝绿叶，俯临江水。这条江就是毛主席著名诗句"红旗跃过汀江，直下龙岩上杭"中提到的汀江。如同一条历史的长河奔腾向前，不由使人回溯到将近半个世纪前的汀江两岸，老红军们，赤卫队们，少先队员们和儿童团员们，用梭标和红缨枪书写的可歌可泣的故事。

一九二七年的大革命在血雨腥风中被断送了。是毛主席挽救了革命，在井冈山披荆斩棘创建了我国第一个农村革命根据地。一九二九年，毛主席又率领红四军相继开辟了赣南、闽西革命根据地，纵横千百里，播下了一片又一片革命的火种：发动土地革命，展开武装斗争，建立红色政权，"星星之火"燃遍了汀江两岸！然而时隔不久，红四军受到了错误路线的干扰和破坏，离开了毛主席正确路线的领导，给中国革命和红军造成了严重损失。

那是第二次国内革命战争时期。毛主席力挽狂澜，同错误路线作斗争，还坚持深入群众，作调查研究，仅到上杭一地就不下十次。一九二九年十月上旬，毛主席又一次来到这里，就住在临江楼二楼一间明朗的前厢房内。戎马倥偬的战争年代，毛主席得了病，由几个赤卫队员护送，进入解放了的小山城。其时，临江楼外暮色渐浓，秋意很深了。毛主席与同来的赤卫队员们一个个握手，感谢他们一路上的细心照顾，热情挽留大家在城里留宿一宵。老乡们却婉言辞谢，怎么也留不住，一问，才知道他们要连夜赶着上路，回家去过重阳节！

据老红军回忆，那时临江楼的楼上楼下，确实种了很多菊花，连小小庭院里都种满了黄菊。霜晨，站在三层楼上，四顾江天空阔，汀江岸边盛开的菊花，经了一夜寒霜，一簇簇，一丛丛，一片片，深深浅浅的黄色，黄灿灿如同遍地耀眼的碎金。就在前不久，红四军和地方武装力量解放上杭县城，战场上硝烟未尽，万里霜天下，战地黄花显得更为娇艳夺目了。在老红军炽热的记忆中，在他们心往神驰指指点点的手势里，将近五十年前一页革命历史的图景历历如在目前。

一九七六年十月上旬，在经历了那些心碎的追思和悲怆的哀悼日子以后，我第一次来到毛主席早年居住过的临江楼头。讲解员低声说，贴着前边走廊，楼上的这间向阳卧室里，外面那间设有天窗的明净楼厅里，毛主席带病日夜操劳，为了拨正中国革命的航向，和机会主义的错误路线进行坚决斗争，对犯了错误的同志进行耐心帮助，毛主席时常工作到深夜。到临江楼来的人也是日夜不断。向毛主席汇报过工作的一个老红军记得，那天他下了楼梯，回首仰望，毛主席身穿朴素的灰布长衫，脚穿黑布鞋，面容清癯，亲切地安详地笑着。他高高的身材，站在楼台上挥手的姿势，永久闪现在老红军心里，正如毛主席每一句令人鼓舞的亲切教导，永久地铭刻在人们的心灵深处一样。

第二次重登临江楼，只不过隔了几天。这一天，门前挂着"上杭县革命纪念馆"的临江楼是一个学习日。可是今天却又不同于平常的学习日，人人脸上都浮现着难以抑制的喜悦。留下过毛主席足迹的临江楼呵，我又来了！登上楼屋最高处，在空旷的平台上临风而立，红军时代遗留的山城旧址，屋瓦接堞，尽收眼底。

一阵秋风把我从往昔的斗争岁月中拉回来。仅仅几天以前，我第一次来到这个纪念楼时，心头还凝结着重重愁云。然而这一回，层层乌云过去了，晴朗的秋空更高更明净了。党中央一举粉碎了"四人帮"篡党夺权的罪恶阴谋，亿万群众用最强烈的声音，最激越的语言，千百遍欢呼人民自己的胜利，欢呼光明的中国的胜利！在这胜利的十月里，我在临江楼上极目远眺，只见与当年毛主席率领的红军血肉相连的汀江秋水，浩渺旷远，流向天际，更觉心潮澎湃，思绪万千。光艳的秋阳下，阵阵秋风吹着我灼热的脸，连同我的燃烧的心。"人生易老天难老，岁岁重阳。今又重阳，战地黄花分外香"。这时，只有在这时，我似乎对这博大精深的词句稍稍懂得多了一些。人生有尽，宇宙无穷，红心永在！中国是有希望的。人类是充满希望的。迎接灿烂辉煌的明天吧，胜利一定属于战斗的无产者！

离开上杭县前，第三次到临江楼，恰是一九七六年的重阳节。连日以来，北京的捷报频传，整个山城都沸腾了。欢庆的游行队伍川流不息，男女老少倾城而出。从爆竹的脆响中，从礼花的纷飞中，从锣鼓的节奏中，从起伏似海涛的口号声中，从纵情欢笑而又热泪盈眶的人群中，从举国上下的一片欢腾中，宣告了中国革命的一个新纪元！

"一年一度秋风劲，不似春光。胜似春光，寥廓江天万里霜"。经受了无产阶级文化大革命锻炼的中国人民，在毛主席革命路线的指引下，在英明领袖华主席领导下，摧枯拉朽，要扫尽一切妖魔鬼怪。随之而来的将是一个社会主义的灿烂春天。人人只感到春意盎然，有如置身于姹紫嫣红的百花园里。而对那些祸国殃民的"四人帮"，历史无情，人民对他们将予以最严厉的审判！

我从临江楼走向深深扎根在汀江水边的老榕树下，凝视着绿荫低垂的水面。这棵生机旺盛的大树，数十年来守望着临江楼，在这个金黄色的秋天，更显得容光焕发，青春长在。秋风吹过，满树繁枝密叶飒飒作响，似乎连这棵大树顿时也感到振奋起来，一遍又一遍随风传播那高亢激越的诗篇……

(刊发于1977年1月31日《人民日报》文艺副刊)

鬣狗的风格

秦 牧

有一种动物,叫作鬣狗,不知道你见过没有?注意过它的模样、行藏和风格吗?

鲁迅第一次以"鲁迅"做笔名发表的小说《狂人日记》,就提到过这种动物。那个被假托为患了被迫害狂的"狂人",感觉到处都有人要吃他,鲁迅借他的口,悲愤地喊出:"我翻开历史一查,这历史没有年代,歪歪斜斜的每叶上都写着'仁义道德'几个字。我横竖睡不着,仔细看了半夜,才从字缝里看出字来,满本都写着两个字是'吃人'!"这篇小说中谈到许许多多吃人的事。其中,就提到鬣狗:"它们是只会吃死肉的!——记得什么书上说,有一种东西,叫'海乙那'的,眼光和样子都很难看;时常吃死肉,连极大的骨头,都细细嚼烂,咽下肚子去,想起来也教人害怕。'海乙那'是狼的亲眷,狼是狗的本家……"这里面的"海乙那",就是鬣狗,也有译作"土狼"的。

从前,我们只是在书本里知道有这种动物罢了。这些年动物园事业发达,因此,我们也就有机会亲睹鬣狗的尊范。

我第一次见到这种"久负盛名"的动物时大吃一惊,它也是食肉兽,但样子却很猥琐,走起路来一颠一踬,皮毛没有光泽,还隐隐有几块大暗斑。它那个模样儿,就好像刚给人打了一顿,或者刚从什么阴暗的角落里被揪了出来,光天化日之下,显得有点狼狈的模样。总之,它是豺狼一类走兽,但比起有点骠悍的豺狼来,样子要猥琐难看一些。

鬣狗的这副难看的模样儿,和它的行径,倒是互为表里,"相得益彰"的。它是这样一种动物:远远跟在最凶猛的食肉兽,例如狮子之类后头,猛兽搏击噬食了长颈鹿、斑马、羚羊以后,继续行进,鬣狗们就一涌上前,嚼食那余下的尸体。它并不需费什么劲,却同样吃到了肉。岂止吃肉而已呢!连骨头也要细细嚼碎，咽下肚子里去。而在狮豹之类搏击未就的时候，它就远远窥伺着，期待那一只只食草兽能够尽快溅血仆地，以便它也能够一膏馋吻。它的"土狼算盘"可打得到家啦，真是又省力，又安全，又可以大吃一顿。说它的长相和它的行径"相得益彰"，你说对吗？

美国作家杰克·伦敦写过一个短篇小说，内容大致是：有一条船被狂风恶浪打坏了机器，在茫茫大洋中漫无目的地漂流。船上的人都饿坏了，船上的小生物都给捕食净尽了，凶恶的人就建议杀一个人来充饥，善良的人坚决反对，宁可饿死也不吃同伴的肉，但是凶恶的家伙却拿起刀子开始追逐刺杀某些身体最衰弱的人。于是，船上就出现了四种人：被迫害者，企图杀人者，坚决宁愿饿死不喝人血不吃人肉者；第四种呢，他们并不像那个想捅第一刀的凶狠家伙，然而却渴望他杀戮成功，好去"分一杯羹"，也吃一点人肉和喝一点人血。故事最后的结局是：海平线上出现了另一艘轮船，这条漂流无定的船有救了，于是操刀的人，渴望分吃一点人肉人血的人，也突然收敛起那副凶相和馋相，装成个"文明人"的样子，"咸与维新"了。

这篇小说是颇好地反映了资本主义社会"人吃人"的状况的。那些凶狠的杀戮者，使人想起狮虎，而其中的"第四种人"呢？就使人想起了鬣狗。这一类人，究竟是鬣狗在人类中的投影呢？或者，反过来说，鬣狗，就是这一部分人类在动物界的投影呢？在万恶的"四人帮"横行中国的日子里，鬣狗式的人物，科学地说，实事求是、毫不夸张地说，是着实出现了一批的。"四人帮"荒谬地抛出"文艺黑线专政"论，就有人奋拳捋袖，执戟前驱，一定要骂臭全中国的老作家。"四人帮"要把某一个人拘禁起来，就有人唯唯诺诺，不但像个传说中的"无常"似的，手持索链前往，不问青红皂白，立刻把那人投入囹圄，而且"加二奉承"，还要拳打脚踢，殴破那人的脑袋，或者打断那人的肋骨，借此"娱乐"一番。"四人帮"要过荒淫无耻的生活么，也一定有人遵命唯谨，"锦上添花"地奉承一场，想出了"主子"原本还没有想出的花样，广搜山珍海味，折磨服务人员……鬣狗式的亦步亦趋，讲穿了也很可怜，不过是为了"分一杯羹"，舔一点人骨头的碎骨肉屑，践踏一切原则，在所不惜罢了。

无产阶级革命导师们，屡次喻旧社会跟希腊神话中三十年没有洗刷过的"奥吉亚斯牛圈"一样脏秽不堪，在它被推翻的时候，它的死尸的臭气自然弥漫于新社会的不少角落，资产阶级仍然存在，岂止存在而已，还有些贪婪卑鄙之徒，削尖脑袋拼命向这个没落的阶级的队伍里钻呢！本着阶级观点来看，虎豹式的人物，鬣狗式的人物，依然存在，也并不奇怪。鲁迅在《狂人日记》中，借"狂人"之口道："要晓得将来容不得吃人的人，活在世上。"这是六十年前的话，到了社会主义社会，这个"将来"，就得改为"现在"了。此所以揭批"四人帮"和清查他们余党的斗争，非步步深入、搞个水落石出不可。

鬣狗式的人物，自然有相当一部分是"四人帮"的亲信和死党，但也未必个个到头来都被算做亲信和死党。因为他们中的一些人的确未亲自操刀杀人，未能下命令胡乱捕人，只是远远地蹲着，看到气候差不多的时候就奔上前来咬点骨头。而当"远方的轮船冒出海平线"的时候，他们也会立刻装成个文明人，没事人的样儿。正因为这样，报纸上奉劝"震派""风派""溜派"人物改恶从善的文章就越发显得语重心长了。我们要向这类具有鬣狗风格的人物（不管他们中的相当一部分，到头来还是人民内部矛盾也罢）大喝一声：这一套是卑鄙的！什么叫作资产阶级思想？你们这一套，就是不折不扣的丑恶的资产阶级思想相当淋漓尽致的体现！

（刊发于1978年3月28日《人民日报》文艺副刊）

长江横渡

菡 子

一九三九年,一个风和日暖的日子。

扬中是长江东流的绿洲,河汊交横,沟渠如网;堤上桑树成林,绿茵茵的秧田,也煞有生气。南方的青纱帐——芦苇已是抽条的时候了,一丛丛挑着小旗,占领着江边的浅滩。看着这番景色的新四军第一支队的司令,原是一个诗人,他吟罢"江阴天堑望无涯",上马到了这里。想不到一年前东征初抵高淳的景象,又呈现在他的眼前。自然,那次是过固城湖泛舟东下,而这里,却是万里长江即将一泻入海,江面辽阔,烟云迷漫,大有沧海横流的气势。他在开拔敌后的途中,登黄山看见的缥缈的云海,是不能与这相比的。这次又是他从皖南军部听周恩来副主席传达中央指示回来,党中央毛主席深谋远虑,为新四军制订了"向南巩固、向东进攻、向北发展"的战略方针。我军在江南地区已经在与敌伪顽三角斗争中,创建了以茅山为中心的游击根据地,完成了东进淞沪和开辟北上通途的战略任务。立马江洲,司令远眺江北,想着今后大江南北的战斗。他长方脸上轮廓分明,秀眉凤眼,眉宇轩昂,柔中带刚,挺直的鼻子和抿住的薄唇,越是显出他坚韧不拔的神情。一套灰色军衣,裹着他颀长而劲健的身材,两条裹着绑腿的腿,还带着戎马千里的风尘,踏破沿途的露珠,他的鞋帮和绑腿的下部,都有明显的湿印。他让警卫员把马牵去隐蔽,傍着芦苇,在浩渺的江面上,壮丽的江南,把他留在画中。

这时从一条狭长的芦苇荡里,摇出一只小船。船家小姑娘的独辫上扎着鲜艳的红头绳,在芦梢中甩来甩去,映在芦丛中的月白色的小褂,增加了芦色的层次。她摇着橹,发出"吱哑,吱哑"轻柔的响声。

"爷爷呀,吃鲥鱼要有酒配,那坛陈酒你怎么还没挖出来呀?"

随着橹声,传来小姑娘清脆的话语。那老爷子只拉长调门"唔——"了一声,轻轻的尾声中带着笑音。司令的心与江南人民原是相通的。那扎着红头绳的辫子，他熟悉，连那老爷爷轻轻的唔声，他也能分辨出既是赞许又有异议。到江南一年多，这样的爷孙两个，帮他赶了多少水程！写过《赣南游击词》的他，也曾以为只有连绵不绝茂林密布的山脉，才是建立抗日根据地的依托，江南的山连茅草也不厚，多的却是纵横交错的水网。可是江南人民对抗日部队的深情厚谊，比山高比水深，军队有了人民的依靠，如鱼得水，虽然地处敌人心脏地带，也可以自由地来去。他举起望远镜又对江北望去，两个参谋也忙着张开地图。根据他几个月前的命令挺进苏北的部队传来的消息，他心里已另有一幅作战图景。船上的小姑娘背着身已把船摇到他们身边，猛一回头，看见了司令。

"你是采霞？"司令先打招呼，把他在摇船姑娘中第一个想起的名字说了出来。

"是霞子呀，司令记性真好！"渔老大喜出望外。

肯定是他们爷孙两个，司令满怀敬意地凝视着他们。小姑娘的爸爸是我们挺进江边时最早发展的交通员，敌人穿着便衣到她家中捉人，没找着大人，就把采霞拉走，她想着爸爸说不定会在路上碰到，临走前，她慢条斯理地把头上鲜红的头绳换成蓝的，还对着镜子琢磨一番，才肯动身。一路上采霞的辫子晃动着，带着警报的信号，让爸爸躲开了逮捕。采霞进了监牢，急坏了从外地赶回来的爷爷，他怕小姑娘经不起拷打，嘴巴说不定漏风，竟自告奋勇要去换她，可是被吊在梁上的小姑娘，就是不肯睁眼，死也不肯认这个多事的老头。后来游击队救了他们，他们又挪了一个地方，还是打鱼抗日！

司令熟悉的这个故事，发生在他们相识而又远离以后，现在这样相见，三个人都觉得格外亲切。司令注意到采霞把着橹的粗大的手腕上，还留着麻绳勒过的伤痕；腿肚以下的伤疤象刚脱了痂，更是显目。老人把孙女指甲还未长好的拇指捧在司令面前："十指连心疼呵，这丫头也炼成铁娃了！"

"长个子了，辫子也长了，本领也高强多了，不过一年光景呵！"司令感到欣慰，赞叹着。

得到称赞的采霞，沉着地掀开仓板，拿出手订的识字本子，摊开，上面抄满了歌词。又接着司令的话语，作她的补充汇报："都是女同志教的！"然后指着盆里两条滚壮的鲫鱼。一股老练劲儿，指挥爷爷快去挖酒！

橹在水里摆动，还是那轻柔的"吱——哑"声，老人吐出的话音，比橹声还要轻柔，温和之中带着自信："会带兵打仗的司令，吃陈酒不过瘾呢！"

果然那天晚上司令喝到的不是陈酒，而是洋河大曲。

乘着酒兴，采霞鼓起勇气，喜不自禁地探问：

"司令就要过江么？"

她那开朗而机智的眼神，使司令惊喜："连她也知道我该过江了！"马上想到在军部的会上，他与副军长之间的争吵，正是由于渡江问题。他奇怪这位坚持了三年游击战争的老将，竟目光短浅只愿困守皖南区区弹丸之地，而其固执更是他们在赣南共事时就领教过的，以他目前的打算，看来就是周副主席也没有把他说服。想到这里，司令更增强了渡江必胜的决心。他对采霞信任地点了点头。她在隐去的时候，还带着刚才的喜悦，对着司令指指自己的鼻子，表示不要忘记了她这个渡江的尖兵。

夜幕在江边挂了下来。习惯于昼伏夜行的人，在这黑沉沉的夜里，过去能分辨山峰、水影、古庙、野林，现在又多了一些本领，能观看江面的风云，捉摸敌舰游弋的踪迹。八九十人的队伍，在湖桑和芦苇里穿行，司令坐的小船，也从小港撑到了江口。江面究竟是江面，在一片漆黑中，它带着潮气和微风迎面扑来，水光也闪现在视野之外。司令抖擞精神踏上堤埂，回头与船上的采霞握手告别："回来再见！"霞子紧握着司令的手，趁势跳到岸上。

前后错落的四五只桅船在江上启航以后，司令才看出老大的小船，原来是领队。他透过夜色，看到小船象水域里的一匹骏马，两双有力的臂膀，正拉着缰绳，凌空奔腾，顺着江中的暗流，船在大江面上曲折前行。此时前哨的老大和立在大船中舱的司令，虽然相隔十几丈远，却好像站在一起似的，斗风搏浪，逆流而上，共抒奋战的豪情。从大小金山之间冲过来的激流，在他们船边呼啸；划破夜空的水鸟，也曾在桅顶扑翅飞翔。江面上只听得哗哗的呼唤，分不清是江涛还是风声，桅杆也挣扎着应和，不时发出吱哑声，有时还加一个拖音。不过水天之间，也有一种神秘莫测的沉静，人们好像在战壕里顶上膛火，瞄准前方。一场战斗似乎一触即发的样子。司令的这支队伍原是在舟中的武装泅渡呵！

这样赶了一个多小时，只渡了江面三分之一的水程。司令觉得江中的金山常在前后左右，连苏东坡的《游金山寺》，也亲切可闻……但他自己却来不及作诗了。上游和下游几乎同时扫过来两道白光，他的眼光也立时向小船射去，看见了采霞辫子上的红头绳。一霎时，小舟即使在亮光下也成了一团黑影，但仍看得出它在顶浪前进，原来老大把一块预先准备好的黑漆布罩在船上，伪装成江猪模样。敌人连江猪也怕，竟不敢接近他们。老大指挥几只桅船落了篷，始终在黑暗中缓缓前行，尽量避开横扫江面的白光。他划到司令的船旁笑着说:"他们是聋子又是瞎子,船上的机器响声叫他们什么也听不见;这白光又不长眼睛!"

过不一会,扑扑扑的马达声由远而近,两只敌舰各自回程之前,都在江面划着弧光,大部分初次过江的同志,特别是在山中打惯游击的,不免拎起驳壳枪来,一挺机枪也从舱里朝外架着。司令微笑着,他高瞻远瞩,不禁念道:

波光荡漾水纹平,
河汊沟渠纵复横。
扁舟容与人如画,
抗战军中味太平。

这是他去年东征初抵高淳的旧作。在战场上,他一向镇静自若,同船就有不少人看到过,并以他为榜样。军中吟诗更成了他指挥作战胜利的前兆了。只听他继续念道:

江东风物未曾谙,
梦寐吴天廿载前。
此日一帆凭顾盼,
重山复水是江南。

大家听着,竟忘记是在敌舰前的舟中了。抗战一年的江南,现在已成了横渡长江向北发展的跳板,这也是司令今夜欣然吟此诗的原因吧!

敌舰走远了,桅船又拉起了篷。司令刚吟罢最后一段,邻船传来了悠扬的歌声。被他一字一句捕捉入耳:

薄雾迷漫着江面,
微风闪起了波纹,
当这黑沉沉的午夜,
我们要渡过长江。
饥寒,饥寒!困苦,困苦!
算得什么?!

> 敌舰上下弋游，敌舰上下弋游，
> 又算得了什么！？
> 长江乃是我们的！
> 我们千百次自由地来去。
> ……

司令一向认为军部战地服务团中有人才，但这不仅是人才呵！这是祖国万里长江的呼声，犹如当时的黄河大合唱一样。他爱这些时代歌手的每一句歌词，爱这些雄伟的曲子里的每一个音符，而此时此景在江面上发出这样的歌声，使他深深地感动了。

> 长江乃是我们的，
> 我们千百次自由地来去！

跟着刚才的音韵，司令自豪地吟唱起来。仿佛就是他自己心里唱出来的。使他更为感动的是，一个清越的女高音，在江面萦回不绝。他熟悉这个年轻而刚毅的女同志。她生于长江三峡之东，而今又在敌后成为大江两岸的主人。在这革命的洪流中，她始终是一只扬帆前进的小舟，他不能忘怀春天在江南前线联欢会上与她第一次的相识，抒情的江西山歌，她都唱得清亮而高亢，在她兴奋而恳切的注视下，唤起他对当初投奔革命的记忆，他曾充满激情用法语唱了一首《马赛曲》。

前面的歌声打断了他的遐思，他继续听到的是以他为代表的新四军战士的誓言，也正是对中央号召最热烈的响应：在一连三句"我们要渡过长江""争取更大的胜利"之后，随着船行，正是有强烈划船节奏的"划呀哟嗬……"一声比一声高昂，仿佛擂鼓的战船，破浪而进。连下去的又是三个"我们要渡过长江"的最强音，充溢江空，使司令置身于千军万马之中，吹响了大进军的号角。渡船也很快地接近了北岸。

五月黎明的阳光，早就洒在林中的叶子上，采霞辫子上的红头绳更加鲜亮，眉清目秀的女同志光映满面。林子里又传扬着使司令激动的渡江之歌，不一会儿，老乡们都看女兵来了。司令忙着去听取先遣部队的汇报，他还要把遍地点燃抗日烽火的游击战士，改编为由共产党领导的三个支队，他看中这个林子倒是很好的会师的地方。采霞老远看见了司令，拉他也去唱歌。人们认出原来是威震长江的新四军的司令，都一齐向他拥来。

从此，用司令的诗词谱曲的《新四军军歌》，就响遍了江淮平原、大别山区，很快与《八路军进行曲》联成一起，无敌于天下。

(刊发于1978年7月6日《人民日报》文艺副刊)

阿诗玛,你在哪里?

荒 煤

好客的主人把正在昆明举行现代文学史、现代汉语和外国文学教材协作会议的代表,邀请到石林,参加撒尼族欢乐的"火把节"。来自全国各地的三百多名代表,畅游了石林,观看了摔跤、歌舞。第二天下午,我们少数人又来到小石林寻找"阿诗玛"。一位青年司机同志热情地引导我们到了一丛石林面前,指着一个好几米高的石块,让我们从一个角度观望。经过他的解说,我们好几个人不约而同地叫道:"看见了,看见了!""真像!"

果然,我们看到了这一块石顶上有一段天然的石头,显然像耸立着阿诗玛的半身雕像。我们看到阿诗玛戴着撒尼族姑娘的头巾,半侧着脸,仰望着远处。这时正好有一簇白云在天边慢慢浮动。于是,我仿佛还看到了阿诗玛大眼窝里蕴藏着怀念和沉思。她背上还背着背篓。她是在去劳动的途中,还是在归家途中思念着阿黑呢?

几个中央人民广播电台、中央电视台的记者忙了起来,拥着我在阿诗玛面前照了相。一个女孩子还尖声笑着叫嚷:你是阿诗玛的支持者,你应该单独照个相作为纪念。

就这样,我们找到了阿诗玛,在她身边度过了一段欢乐的时光。

走出了小石林,已是黄昏时候,我们还不由得回过头看看石顶上的阿诗玛——她依然挺着胸,一丝不动地仰侧着半边脸,眺望着远方;可是白云消逝了,天色渐渐幽暗,我似乎看到她的眼色变得忧伤起来,感到她的胸脯有些颤动,似乎长叹了一声。

这天晚上,我终于没有睡好。我不禁想到在昆明听到的《阿诗玛》的命运。

《阿诗玛》是云南省撒尼族人民的一个民间传说的叙事长诗。撒尼族人民说:"阿诗玛的苦就是我们撒尼族人民的苦。"这个民间传说把阿诗玛表现为一个反抗奴隶主强迫婚姻致死而变成在石林中永生不灭的回声。她英勇地宣告：

> 日灭我不灭，
> 云散我不散，
> 我的灵魂永不散，
> 我的声音永不灭。

这个民间传说经过云南省文艺工作者搜集整理为长篇诗歌出版，先后出版过四种版本。这首长诗最初发表后，撒尼族人民奔走相告，高兴地说："有了毛主席、共产党的领导，我们撒尼族人民的阿诗玛才得出世！"

一九六四年，上海电影制片厂又根据长诗改编摄成彩色宽银幕电影片。但影片受到林彪、"四人帮"的迫害，一直没有上映。我支持过这部影片，但影片摄成后，我已离开电影界，我没有看到这部影片。

扮演阿诗玛的青年彝族女演员，是云南省歌舞团演员杨丽坤，主演过《五朵金花》，曾跟随敬爱的周总理和陈毅副总理出国访问过，也是受到周总理亲切关怀的青年演员。周总理在一次出国途中，发现杨丽坤同志的普通话讲得不好，知道了《五朵金花》是别人代替她配音的，曾经批评了我们这种做法，指出对青年演员要有严格的训练和要求。总理后来听说又选她担任《阿诗玛》的主角时，特地打电话来问，她的讲话是否有进步。周总理这种对青年演员的真挚关怀和爱护，使我深受感动和教育。但是她却受到林彪、"四人帮"的残酷迫害，被打成"黑线人物""黑苗子"，终于神经失常。一个同志告诉我，当她被迫下放思茅地区时，任何人给她两分钱，都可以叫她唱歌跳舞。回到昆明后，她往往把刚领到的全月工资，全部买了食物和日用品，分给街头的孩子们……打倒"四人帮"后，在领导关怀下，把她送到上海积极治疗，至今还没有痊愈。

我国著名的散文家李广田同志是《阿诗玛》长诗的重新修订者，又是这部影片的文学顾问，也因林彪、"四人帮"一伙迫害致死。

林彪、"四人帮"给《阿诗玛》影片强加了两条罪名：一条是宣传"恋爱至上"，一条是选的扮演阿诗玛及其一群年轻女伴的演员，都是年轻美丽的姑娘，就是"选美人"——"资产阶级思想"。然而长诗中确是这样唱的：

千万朵山茶，
你是最美的一朵。
千万个撒尼姑娘，
你是最好的一个。

而又是这个最美丽的姑娘这样宣告：

不管他家多有钱，
休想迷住我的心，
不管我家怎样穷，
都不嫁给有钱人！
清水不愿和浑水在一起，
我绝不嫁给热布巴拉家，
绵羊不愿和豺狼作伙伴，
我绝不嫁给热布巴拉家。

影片描写阿诗玛在成堆的金银珠宝和彩服面前，在遭受毒打监禁时，都始终不屈服，表现了少数民族的劳动妇女的崇高品质。如果这叫作"恋爱至上"，我看今天倒真应该宣传宣传这种"恋爱至上"！

奇怪的是，这部好影片却至今没有公开上映过。我在云南一次教育、文艺工作者会上谈到我很想看看《阿诗玛》影片时，竟得到全场热烈的鼓掌，原来大家都想看看。

当然，影片改编与原作有些不同，它把阿诗玛和阿黑的兄妹关系改为爱人关系，强调了爱情的关系。但是，原整理的同志告诉过我，原始材料中也有把阿诗玛和阿黑的关系表现为爱人关系的。但是并没有改变他们的阶级的关系。而且，从风俗上看，撒尼族人民举行婚礼的时候，老人们常常举着酒杯，歌唱阿诗玛，为新婚夫妇祝福。还说，我们的姑娘都是阿诗玛，小伙子都是阿黑。那么，这一改动丝毫也无损阿诗玛与阿黑的形象。

至于说影片的缺点，那总是难免的，例如影片的艺术表现手法，民间传说的神话色彩还不够浓，特别是歌词没有尽量采用原作，有些歌词失去原作的纯朴和美丽。也有部分创作的歌曲，失去原来民间曲调的优美。

但从总的倾向来看，这还是一部富有民族特色的健康的优美的影片。演阿诗玛与阿黑的两个年轻演员的形象是朴实可爱的，较之现在某些影片的演员的过火表演，也比较真实、自然、朴素。

我为扮演阿诗玛这个演员受到迫害的命运感到痛心。我在看影片过程中不禁流了泪。我至今还不能忘记，在她作为回声，最后出现在石林中的形象时，她那明亮的眼睛里，确实流露着一种欢乐与忧伤交集的眼光。

我简直不能想象，倘若她一旦知道，我到昆明才争取看到影片，并在一千多观众中间，向一些军队干部、教授、文艺工作者、大学生一再征求意见，问这部影片可否上映时，听到了许多惊讶、赞扬和质问声……她将会流露出什么样的表情？当然，我们今天要强调拍摄现代题材的影片。但是这一部少数民族优秀的民间传说，也还可以上映的吧。

特别要看到，《阿诗玛》不过只是一个例子，证明林彪、"四人帮"一伙对少数民族文学的残酷摧残。叫人痛心的事还多得多。从一九五八年开始，云南文艺工作者响应毛主席的号召，搜集了大量少数民族的民歌、民间传说、神话、故事、长诗各种资料达数万件，统统被当作封资修的毒草毁掉了，造成了无法弥补的损失。还有许多进行收集整理工作的同志被打成"反革命"。

西双版纳的傣族人民有句口语："没有赞哈（歌手），等于吃饭没有盐巴。"但大批的赞哈受到林彪、"四人帮"的迫害。自治州最著名的三个老歌手，有两个被迫害致死。原有数百名歌手，到今年召开歌手会议时，却只有两名报到……

白发苍苍的老教授居然会提出以下一些常识性的问题：整理民间传说涉及到国王、王子、公主，是否是宣传帝王将相？整理神话是否宣传封建迷信？大量民歌中的情歌有无价值……对这些问题果真是不了解么？我坚信他懂得，不过是"心有余悸"而已！

我离开昆明时，在机场上，一位年轻的女同志还再三叮嘱我，一定要写篇文章呼吁一下，让《阿诗玛》早日解放吧。

飞机起飞了，没有几分钟就进入了高空。一望无尽的白悠悠的云堆，呈现着奇异的景色，有的似高耸的冰山，有的似翻滚着重重白浪的大海。我不觉回忆起杨丽坤同志十多年前和我的会见。当她谈到周总理对她的关怀，她笑得那么纯真，明亮的眼睛里闪耀着泪花，当她说周总理说她"你说话怎么还是奶声奶气的，像个孩子"的时候，她脸红了，泪珠流在脸颊上，神态十分严肃，一个字一个字地说道："那时候，我心里难过极了，讲不出话来。可是我心里向周总理作了保证，我一定要把普通话说好！"……我不知道周总理是否看过《阿诗玛》，我也不知道杨丽坤同志的普通话是否真的说好了，——即使说好了，她也不能再上银幕了，更不能让周总理再听到她的声音了。

我也回忆起再也见不到的作家刘澍德、李广田同志，回忆起云南少数民族文学遭到的浩劫……我想，英明领袖华主席为首的党中央一再向文艺界发出号召，要坚决肃清林彪、"四人帮"的流毒，贯彻毛主席提出的百花齐放、百家争鸣的方针的时候，《阿诗玛》的长诗已经再版了，我想《阿诗玛》影片的悲惨命运也一定要改变的。

回忆使我感到疲倦，我闭上眼睛，朦胧入睡了，但是，在耳边还似乎听到影片开始时，阿黑焦急的呼喊声：

"阿诗玛，你在哪里？"

同时，却也听见阿诗玛回答我：

"你们来叫我，我就应声回答！"

（刊发于1978年9月3日《人民日报》文艺副刊）

挖荠菜

张 洁

我对荠菜,有着一种特别的感情……

小的时候,我是那么馋!刚抽出嫩条还没打花苞的蔷薇枝,把皮一剥,我就能吃下去;刚割下来的蜂蜜,我会连蜂房一起放进嘴巴里;更别说什么青玉米棒子、青枣、青豌豆啰。所以,只要我一出门儿,碰上财主家的胖儿子,他就总要跟在我身后,拍着手、跳着脚地叫着:"馋丫头!馋丫头!"羞得我连头也不敢回。

我感到又羞恼,又冤屈!七八岁的姑娘家,谁愿意落下这么个名声?可是有什么办法呢?我饿啊!我真不记得什么时候,那种饥饿的感觉曾经离开过我。就是现在,每当我回忆起那个时候的情景,留在我记忆里最鲜明的感觉,也还是一片饥饿……

吃那些没收进主人家仓房里的东西,我还一次也没有被人家抓到过。倒不是因为我的运气格外好,而是人们多半并不想认真地惩罚一个饥饿的孩子。可有一次,我在财主家的地里掰玉米棒子,被他的大管家发现了,他立刻拿着一根又粗又直的木头棒子,毫不留情地紧紧向我追来。

我没命地逃着。我想我一定跑得飞快,因为风在我的耳朵旁边呼呼直响。不知是我被吓昏了头,还是平时很熟悉的那些田间小路有意捉弄我,为什么面前偏偏横着一条小河?追赶我的人越来越近了。我害怕到了极点,便不顾一切地纵身跳进那条河。

河水并不很深,但是足以没过我那矮小的身子。我一声不响地挣扎着、扑腾着,身子失去了平衡。冰凉的河水呛得我好难受,使我几乎背过气去,而河水却依旧在我身边不停地流着、流着……在由于恐怖而变得混乱的意识里,却出奇清晰地反映出岸上那个追赶我的人的残酷的笑声。

我简直不知道我怎么样才爬上对岸的。更使我丧气的是脚上的鞋子不知什么时候掉了一只。我实在没有勇气重新回头去找那只丢失了的鞋子，可我也不敢回家。我怕妈妈知道。不，我并不是怕她打我。我是怕看见她那双被贫困的生活折磨得失去了光彩的、哀愁的眼睛。那双眼睛，会因为我丢失了鞋子而更加暗淡。

我独自一人游荡在田野上。太阳落山了。琥珀色的晚霞渐渐地从天边退去。远处，庙里的钟声在薄暮中响起来。羊儿咩咩地叫着，由放羊的孩子赶着回圈了，乌鸦也呱呱地叫着回巢去了。夜色越来越浓了。村落啦，树林子啦，坑洼啦，沟渠啦，好像一下子全都掉进了神秘的沉寂里。我听见妈妈在村口焦急地呼唤着我的名字，只是不敢答应。一种比饥饿更可怕的东西平生头一次潜入了我那童稚的心……

说过了这些，人们也许会理解我为什么对荠菜有着那么特殊的感情。

经过一个没有什么吃食可以寻觅、因而显得更加饥饿的冬天，大地春回、万木复苏的日子重新来临了！田野里长满了各种野菜：雪蒿、马齿苋、灰灰菜、野葱……最好吃的是荠菜。把它下在玉米糊糊里，再放上点盐花，真是无上的美味啊！而挖荠菜时的那种坦然的心情，更可以称得上是一种享受：提着篮子，迈着轻捷的步子，向广阔无垠的田野里奔去。嫩生生的荠菜，在微风中挥动它们绿色的手掌，招呼我，欢迎我。我再也不必担心有谁会拿着大棒子凶神恶煞似的追赶我，我甚至可以不时地抬头看看天上叽叽喳喳飞过去的小鸟，树上绽开的花儿和蓝天上白色的云朵。那时，我的心里便会不由地升起一个热切的愿望：巴不得这个世界上的一切，都像荠菜一样是属于我们每一个人的。

解放以后，我进了城。偶然，在大菜场里，也可以看到人工培植的荠菜出售。长得肥肥大大的，总有半尺来长，洗得干干净净，水灵灵的。一小扎，一小扎，码得整整齐齐地摆在菜摊子上，价钱也不贵。可我，总还是怀念那长在野地里的荠菜，就像怀念那些与自己共过患难的老朋友一样。

多少年来，每到春天，我总要挑个风和日丽的日子，带上孩子们到郊区的野地里去挖荠菜。我明白，孩子们之所以在我的身旁跳着，跑着，尖声地打着唿哨，多半因为这对他们来说，是一种有趣的游戏——和煦的阳光，绿色的田野，就像一幅优美的风景画似地展现在他们面前，使他们的身心全都感到愉快。他们长大一些之后，陪同我去挖荠菜，似乎就变成了对我的一种迁就了，正像那些恭顺的年轻人，迁就他们那些因为上了年纪而变得有点怪僻的长辈一样。这时，我深感遗憾：他们多半不能体会我当年挖荠菜的心情！

等到我把一盘用精盐、麻油、味精、白糖精心调配好的荠菜放到餐桌上去的时候（小的时候，我可是做梦也没有想到我那可爱的荠菜会享受到今天这样的"荣华富贵"），他们也还是带着那种迁就的微笑，漫不经心地用筷子挑上几根荠菜……看着他们那双懒洋洋的筷子，我的心里就像翻倒了五味瓶，什么滋味都有。因为我知道，这种赏光似的迁就，并不只是表现在对挖荠菜这一桩事情上。它还表现在对我们这一代人的一些见解和行为上。在他们看来，我们的有些见解和行为，都像陈列在博物馆里的出土文物——离他们的现实生活太远了，不顶用了。自然，我也并不认为我们的见解和行为就完全正确。只要他们不觉得厌烦，我甚至愿意跟他们谈谈我们在探索人生方面所曾经走过的弯路，以便他们少付出一些不必要的代价。我真希望我们之间不是各自站在各自的那个圈子里的两代人，而是心心相通的朋友。

孩子，让我们多谈谈心吧，让妈妈多讲讲当"馋丫头"时的故事给你们听吧。想想你们妈妈当年挖荠菜的情景，你们就会珍爱荠菜，珍爱生活。你们就会懂得什么是幸福，怎样才会得到幸福。

（刊发于 1979 年 5 月 16 日《人民日报》文艺副刊）

《三家村札记》序

林默涵

这束《三家村札记》,被林彪、"四人帮"诬为毒草,打入十八层地狱,已经十多个年头。今天,它又重新回到人间,显示出它的倔强的生命,绝不是几个流氓痞子的谎言咒语能将它绞杀的。

现在,这本书摆在我们面前,每一个有头脑的心地正常的读者都可以看到:这里面无非是三位作者用杂文的形式,介绍了一些古人读书、治学、做事做人、从政打仗等各方面的经验得失;针砭了现实生活中一些不良倾向和作风;赞扬了社会主义社会的新人新事;还介绍了一些可供借鉴的各种知识……这样的书,虽然不是巨火熊焰,却有着智慧的闪光,能帮助读者开阔眼界,增长知识,提高识别事物的能力。一句话,使人变得聪明一些而已。但正因此就触怒了黑暗和愚昧的制造者们,他们动员了自己的一伙,施用栽赃、歪曲、断章取义、指白为黑等手法来围攻这本书,而姚文元则集一切鬼蜮伎俩之大成。只有最卑鄙最无耻的文痞恶棍,才有本事把一些毫不相关的东西生拉硬扯在一起,穿凿附会地给这本书扣上那么多莫须有的罪名。从围剿《海瑞罢官》和"三家村"开始,黑暗就笼罩了整个文坛,林彪、"四人帮"制造的文字狱遍于国中,正直的作家和进步的作品几乎无一幸免地被打进了他们张设的网罗。

古人有言:尧舜无权,管不了三户人;桀纣有权,却可以乱天下。林彪、"四人帮"是深得此中三昧的,所以,他们拼命地抓权。他们做梦也喊着:权、权、权,有了权就有一切!围攻《海瑞罢官》和围攻"三家村",正是这伙野心家整个篡党夺权计划中的一个重要步骤。听听姚文元是怎么叫喊的:"不管是'大师',是'权威',是三家村或四家村,不管多么有名,多么有地位,是受到什么人指使,受到什么人支持,受到多么吹捧,全都揭露出来,批判他们,踏倒他们",还要挖出什么"最深的根子"。他们的矛头指向什么人,不是很清楚吗？他们的气焰何等嚣张啊！从此以后，林彪、"四人帮"就展开了全面夺权的疯狂活动，真正大乱了天下，把我们的国家拖到几乎毁灭的边缘。

但是，这些人被野心弄昏了头脑，他们竟不知道权能夺得，也能失掉。要不然，一切专制王朝真可以万世长存，桀纣就用不着"出奔"和"自焚"了；人类社会也永远不会前进了。曾几何时，那些曾在他们制造的黑暗里发出狂笑的鬼蜮们，或者折戟沉沙，或者死有遗臭，或者只落得向隅而泣。这是人民和历史给予他们的应得的"报应"。而被他们打下地狱的《三家村札记》却终于复活，并将长期存在下去，因为它不仅对当时有益处，对今天有益处，对将来也还有益处，为千千万万读者所需要。

《三家村札记》的三位作者，都是我所认识和尊敬的。他们把毕生精力献给了党和人民的事业，他们的功绩是抹煞不了的。在林彪、"四人帮"的残酷迫害下，邓拓、吴晗同志早已饮恨死去，剩下廖沫沙同志也受到严重的摧残。我永远不能忘记，在一九六六年五月的一次会上，宣布邓拓同志的死耗时我心头感到的伤痛，而林彪、陈伯达和那个"顾问"脸上，却露出了冷酷的狞笑。解放以前，我和沫沙同志曾在重庆、香港等地一起工作过，在十分艰难的生活中，他的虽遭严酷打击而坚韧不拔的精神，谁也不能不感动。前几年，我们被"四人帮"放逐到一个地方，相距咫尺，却无法见面，只能在心里暗祝他身体健康。感谢党中央、华主席，粉碎了"四人帮"，我们才有可能活着重逢。令人高兴的，是他刚毅倔强的性格依然如昔。我们相约：要追回被"四人帮"糟踏的光阴，更加勤奋地工作，以报答党和人民对我们的关怀和期望。当然，这也是对"四人帮"的一种报复。

(刊发于1979年6月4日《人民日报》文艺副刊)

只 因
——关于一个女共产党员的断想

朔 望

只因一只彩蝶翩然扑到泥里,诗人眼中的世界再不是灰褐色的。

只因一个弱女子的从容死去,沉重的中国大地飞速地转动起来。

只因当时我没能搭救妈妈,我要学会咬敌人的双手。

只因闺女她是这般死的,老妇人只顾取出长锋毛锥笔,写下几行方正的大字。

只因一个好女子的凄然一笑,使我们身边平凡的妻子都妩媚起来。

只因一株玫瑰多刺,所有假正经的屠夫手心里都捏着汗。

只因你胸前那朵血色的纸花,几千年御赐的红珊瑚顶子登时变得像坏猪肝一般可鄙可笑。

只因你名字里有个"新"字,我们喝道:那厮既提不得,不提也罢,免得污我的口!

只因敌人在你身上拨动了一根琴弦,使九亿人心头不可抵挡地响起了复仇的大音。

只因夜莺的珠喉戛然断了,她的同侣再也不忍在白昼作消闲的饶舌。

只因你的一曲《谁之罪》,使一切有良知的诗人夜半重行审看自己的集子。

只因我们曾眼睁睁容忍你带着钢手铐而去,中国工人将监督社会上每一斤黑色金属的用途。

只因你当日无意乞灵于法律,却为后世中国百姓赢得了第一部社会主义民权大典。

只因你沉思的慧目,中国三代人触电也似的感到革命者的痛苦,美丽和尊严。

只因你是光明,我们痛恨一切黑暗。

只因你的大苦大难,中华民族其将大彻大悟?!

(刊发于 1979 年 7 月 14 日《人民日报》文艺副刊)

等 待

冰 心

我拿起话筒，问，"×楼吗？请你找××来听电话——我是她母亲。"

听到最后的一句话，对方不再犹疑了。这位从未识面的同志，意味深长地带着笑声说："她走了。她留话说，她还是和往日那样，回家去吃晚饭，她还会给您带'好菜'来呢！"

我问："她是一个人去的吗？"

"不，她和她姐姐，还有她们的孩子，都去了，还带了照相机。"

我放下话筒，怔怔地站着，我不知道该怎么想。我不放心……我又放心，说到底，我放心！

昨天晚上，我们最好的朋友老赵来了，说：他的一个在劳动人民文化宫工作的亲戚，得到上头的密令，叫他们准备几十根大木棍，随时听命出动……他问我的女儿："你们还是天天去吧？"我的女儿们点了点头。他紧紧地握了握她们的手说，"你们小心点！"就匆匆地走了。

我们都坐了下来，没有说话。我的小女儿走过来坐在我旁边，扶着我的肩膀说，"娘，您放心，他们不敢怎么样，就是敢怎么样，我们那么多的人，还怕吗？"她又笑着摇着我的手臂说："我知道，您也不怕，您还旁听我们的报告呢。"

我心里翻腾得厉害。没有等到我说什么，她们和她们的孩子已经纷纷地拿起挎包和书包，说，"爷爷，姥姥再见了，明天晚上我们还给您带些'好菜'来！"

老伴走过来问："她们又走了？"我点点头。他坐了下去，说，"我们就等着吧。"

我最怕等待的时光！这时光多么难熬呵！

我说："咱们也出去走走。"老伴看着我，一声不响地站了起来。

我们信步走出了院门，穿过村子的小路，一直向南，到了高粱河边站住了。老伴说:"过河吧,到紫竹院公园坐坐去!"我挽起他的左臂在狭仄的小桥上慢慢地走着。

我忽然地抬头看他,他也正看着我,我们都微笑了,似乎都感觉到多少年来我们没有这样地挽臂徐行了!四十七年前,在黄昏的未名湖畔我们曾这样地散步过,但那时我们想的只是我们自己最近的将来,而今天,我们想的却是我们的孩子和孩子的遥远的将来了!

进了公园,看不到几个游人!春冰已泮,而丛树枝头,除了几棵松柏之外,还看不到一丝绿意!一阵寒冷寂寞之感骤然袭来,我们在水边站了一会,就在长椅上坐下了。谁也没有开口,但是我知道他也和我一样,一颗心已经飞到天安门广场上去了!那里不但有我们的孩子,还有许许多多天下人的孩子,就是这些孩子,给我们画出了一幅幅壮丽庄严的场面,唱出了一首首高亢入云的战歌……

这时忽然听到了学生的铁锤敲在木头上的声音,我吃惊地抬头看时,原来是几个工人,正在水边修理着一排放着的翻过来的游船的底板。春天在望了,游船又将下水了,我安慰地长长地吁了一口气。

老伴站了起来说:"天晚了,我们从前门出去吧,也许可以看见她们回来。"我又挽起他的左臂,慢慢地走到公园门口。

浩浩荡荡的自行车队,正如飞地从广阔的马路上走过,眼光缭乱之中,一个清脆的童音回头向着我们叫:"爷爷,姥姥,回家去吧,我们又给您带了'好菜'来了!"

"万家墨面"之时,"动地歌吟"之后,必然是一声震天撼地的惊雷。这"好菜"我们等到了!

一九七九年七月十二大雨之晨

(刊发于 1979 年 7 月 18 日《人民日报》文艺副刊)

我怀孟超

楼适夷

孟超写了一个昆剧《李慧娘》，预演时送我一张戏票。我因为听不懂，不大看歌剧，但地方戏，昆曲，有时也看看。那天戏场上熟朋友很多，李慧娘鬼魂上场，高歌曼舞，的确看得叫人入迷。严文井同志恰巧坐在我旁边，他一边看戏，一边轻轻对我说："你看孟超，老树开花了。"他把这话对我说，我知道这是对我的好意的鼓励，可是我却惭愧得要命。我和孟超，以前都算是太阳社的人。他写诗，我写些乱七八糟的短篇。大革命之后，大家都是"破落户子弟"，有点"吊儿郎当"，气味相投。他说："你叫建南，我就叫个建北，咱俩结个兄弟吧。"他出了一本小小的诗集，归入总名《辁辘小丛书》中，我爱读诗，虽然内容和书名均已忘记，但的确记得他送了我一本。我很欢喜，他向我提出，要我也编一本，我一口答应。可是轻诺寡信，我是常常打赖皮的，结果没有编成。后来我在上海呆不住，跑到日本去溜了一趟。两年之后，我回上海，"左联"早已结成，可是见不到孟超了。人家告诉我，他"改行"干"实际工作"，（那时我们弄笔杆子的不算实际工作）现在蹲在牢里。从此不知消息。一直到抗战以后，才知道他在桂林写杂文，搞戏剧。解放后，他果然是一个戏剧家了。隔行如隔山，我们往来不多，只有时在一家澡堂子里见面聊天。是他告诉我的：中午上澡堂，人最少，可以避免排队。也是他告诉我的：这澡堂从前是我们地下党的一个据点，有的同志路上被特务盯上了，往这家澡堂一溜，进来换套衣服，打后门溜出去，把尾巴甩掉了。所以我们常在这儿见面。澡堂里的那些服务员都认识他，也知道传诵一时的《李慧娘》出了"毛病"。见我去了，老问我"老孟现在怎么样了？"大家很关心他。我当时也不大懂，为什么反贾似道就算"反党"，难道我们伟大正确光荣的党里还有个贾似道么？这棵开了花的老树，因此几乎被砍了当柴烧。孟超的背越来越驼了，美丽的李慧娘成了"恶鬼"。有人写了一篇《有鬼无害论》，马上被打成了"牛鬼蛇神",一时鬼气幢幢,到处见鬼,大家怕鬼怕得要命。我这个人很浅薄,深自庆幸,觉得自己"懒有懒福""老树"没"开花",总算幸免了。那知不久也变了"牛鬼蛇神",同孟超一起进了"牛棚"。"牛棚"中孟超是个名人,常有外边的"革命小将"闯进来问:"谁是孟超?"孟超只好站起来承认,于是两扇耳光,一顿拳头,还用鸡毛掸子抽他的驼背。孟超一声不作,低着头挨打,看得我心里寒凛凛的。

好了,我们大家都上了干校。"连"里那位专门管我们的同志,对孟超说:"孟超,你是中央专案,不归我管,我只管你的生活。"说着,就把手伸出来:"孟超,来包'红牡丹'!"于是孟超每天得供奉一包红牡丹香烟。因此他可以待在"干校"里,不下地,有时上菜地去赶赶鸡。特别给他一个任务,当"天气预报员",因为他有一只收音机。一到时间,就万事抛开,听取天气预报的广播,然后在食堂门口的小黑板上,用粉笔写上明天天气如何如何。因为干农活嘛,气象预报是很重要的,他对这件事很负责。

在干校里"锻炼"的同志,每年可以回京探亲,但我们是"牛鬼蛇神",不行。我们有时也偷偷地搞点酒喝。一次我喝了几杯,对孟超建议:"你不是有个理论权威的阔同乡,对你很好吗,那天看了预演,还特地向你祝贺,请你吃烤鸭子!你为什么不给他写封信申诉申诉,也许可以早点解放。"孟超不作声,撅着嘴摇了摇头,我也就不再说了。

干校里每天得到井里去吊水,孟超提了半桶水,把腿骨跌断了。治了好久,总算又能披着破棉袄,拄着青竹竿,默默地走来走去,站在菜地边,"呵嘘,呵嘘"地叫着,赶那些老乡们放出来的老母鸡,免得它们糟踏菜苗。后来他家里死了老伴,居然恩准回家一次,可见"红牡丹"是颇有特效的。

好了,干校终于解散了。我和孟超都回了家。孟超只有一个人,只好请了一位胡同里的老大娘给他做饭。我有时去看看他,他就是一个人在读《毛选》。他的书全抄光了,总算留下了这一本。有时他拄着拐杖上我家来借小说看,我问:"孟超,你的事有消息么?"他撅着嘴,摇了摇头,我也不好再问了。几天前刚从我那里借去一本果戈理的短篇集,突然听到孟超死了。没有说他犯了什么大病。胡同里那位给他做饭的老大娘,一清早敲他的门,敲不开,只好开了门进去,一看,孟超躺在床上,鼻子流血,死了。那会儿还是"四人帮"当权,几个朋友只好把他的遗体扛去火化了,他终于见不到"四人帮"倒台,戴着帽子去见马克思了。

现在《李慧娘》又上演了,刚接到组织上的通知,要为孟超同志在八宝

山开追悼会。我想,这回,我得送一副挽联,想了半天,才想出了两句:

人而鬼也,鞭尸三百贾似道;
死犹生乎,悲歌一曲李慧娘。

一九七九年十月

(刊发于 1979 年 10 月 10 日《人民日报》文艺副刊)

你永远和我们同在
——怀念战友李季同志

贺敬之

一九八〇年三月八日下午五时，我国优秀诗人，文学战线热情的组织者和勤劳的园丁，我们的战友李季同志，因病突然逝世了。

——当我把这不幸的消息告诉给各方的战友，当我此刻在这页稿纸上写下开头这几行字，悲痛冲击着我的心，我是怎样地难以平静呵。

哦，老李，我来迟了。医院急诊室的心脏起搏器上，那牵动着战友和亲人一线希望的荧光点，竟终于给了我们无情的回答。老李，仅仅几十分钟，你就这样离我们而去，又去得那样遥远了吗？

你安静地躺在我的面前。微弱的灯光，照射着你那充满倦意的闭合双眼。像以往你几次发病之后一样，我禁不住又想对孩子们和他们的妈妈小为悄悄地说："不要叫醒他。让他睡吧，睡吧。"我是在做梦吗？是的，我应该知道：明天，你不会再起来了。我必须提醒自己：从此在我面前，在以后的任何艰难和顺利的日子里，你那总是急切地呼唤似的叫着"老贺，老贺"的声音，将永远再也听不到了。

这一切难道竟是真的了吗？不，我不愿意相信。莫非从此又要我难以习惯地再一次失去身旁的战友和兄弟吗？不，我不愿意相信。因为，我们已经失去的太多太多了。老李，你记得：我们不久前还在谈起，"幸福"这两个字对于我们具有怎样的意义。我们终于亲眼看到，我们的党和国家已经从十年浩劫中坚强地站立起来。我们这些活着的伤员又整队出发，和大队一起前进在新的长征路上。三年来，我们和人民一起分享了多少胜利的喜悦，我们失去的一切已经得到巨大的补偿。而许多痛心的往事，我们正在说服自己习惯于不再经常提起。但是呵，却有一件使我们感到是这样地艰难，是这样地难于习惯。这就是：不再提起那些本不应失去、但竟然失去了的，我们最信赖的指挥员和身旁的战友。不是吗，每当我们看到又一个胜利消息传向江河大地的时候,每当我们自己被肩上的担子压得疲惫不堪的时候,每当我们被新的问题困扰,感到必须交谈而环视着身边座位的时候……我们总是在想:假若总理还活着,假若陈老总还在……假若……假若此刻在这里、那里还坐着郭小川、闻捷、侯金镜、陈笑雨……那该是多么好,多么好呵。

不是吗,老李!你记得去年四次文代会前夕,我从大会报到处那繁忙而欢乐的房间里走出来找到你,我老半天没有说话。但我终于忍不住问你、又问我自己:"小川他们真的不会来报到了吗?时间好长呵,小川总没有消息……"这时我们不禁侧耳倾听,似乎有熟悉的脚步声走上楼梯,我们不约而同地说:"这……该不就是小川他们?!"

当然,这不是他们。再不会是他们了。我们只能像往常一样,用目光和话语来互相劝慰。是的,我们总是在互相督促着,努力去做这样的难于做到的事,要求我们尽可能在今后的日子里,在紧张或松弛、欢快或烦恼的任何时候,努力去习惯于他们——他们确实已不在我们身旁了。正是这样,直到你逝世前几天,在你主持的讨论会上,当我高兴地谈到优秀短篇小说《小镇上的将军》时,我提醒了自己,不再说出会前我没来及跟你说完的那段话:"小川的《将军三部曲》有了第四部了。今天,如果小川他们还在,我想……我想……"但是,老李呵,我怎么会想到,仅仅几十个小时之后,你——竟成了小川他们之中的一个!我怎么能够忍受,在太多太多的失去之后,我们又突然失去了你呵!

此刻,我不知道,我究竟是只走了一步还是跋涉千里而来到你的面前。我也不知道,模糊了我视线的是雨水还是泪水。老李呵,难道躺在这张病床上,就此匆匆离我们而去的竟是你吗?昨天,我还在电话中和你相约:要跟你说的话又有很多很多。我告诉你:前几天咱们的一位老首长,谈话中提到:"以后在你们的文章里,也在平时,眼泪要少一点才好。多想想过去打仗时候战士们轻伤不下火线、重伤不掉泪的事吧。"你大声地说:"是呵,老司令员说得对。"放下电话,一会儿,我又想再打个电话跟你说:上月二十九号晚上,我们交谈听了五中全会公报广播的振奋心情之后,我一夜没有睡。我看着窗外的春雪夹着春雨向眼前扑来。呵,雪花,终于使我不再总是联想到七六年严冬那漫天而下的泪花了。雨水已不再是泪水。我在新出版的《新中国三十年诗选》压着的一张报纸的空边上,写下了这样一些字:"春雪。春雨。春消息。""桃季。杏季。李季。"在你的名字旁,我第一次以欢乐的心情再写下小川、闻捷他们的名字。我又找出毛笔来,写下了一连串伟大的死者和生者的名字：毛泽东、周恩来、朱德、陈毅……写下了我们长久思念而终于归来的他：刘少奇——同志。我打开窗户，像孩子们做的那样，用笔蘸着雨水，在"春消息"几个字下面，又写下：正在把手交班的我们新、老两位总书记的名字。呵，老李，我多么想告诉你我心中的一切，哪怕只让我在话筒里先说几个字："力——量。前——进。"是的，你一定会同意，因为这一切已经出现。我们已经在怎样地补偿我们失去的一切，又是怎样地预示着，我们将会得到新的一切呵！

而现在，老李，你会责备我吗？因为此刻……此刻，站在你的身边，我的脸上分明又流下止不住的泪水。那么，请你允许我为此而向你倾诉吧，允许我为此而向你分辩。是的，我们流过的泪水确实太多太多了。我们应该止住它，决不能让悲伤泪水的河流把我们淹没。但是，那天我跟咱们的老司令员还这样说过：我们还有胜利的喜泪汇成的长江大河，曾多少次载送我们全速奔向新的航程。而你、我、我们的战友，和人民一起，在一九七六年流过的那些悲痛的眼泪，它却不仅是水，也是火呵。老李，难道不正是这样的泪水，把我们的眼睛洗涤得更加明亮；不正是这样的"泪火"，把我们的意志烧炼得更坚强了吗？呵，老李，此刻我望着你，有多少往事涌上我的心头。我看见：你多少次从病床上挣扎着站起来，出现在我的眼前。我听见：你总是带着激动的那河南口音的话语，一阵阵地响在我的耳边……

"老贺，咱们的总理又瘦多了。我……我昨天怎么也睡不好呵。"——是的，这是七二年。我几次从干校回来，每次我们总是说的那样多，那样晚呵，老李。

"批我是'复辟回潮'！这光是对咱们下手吗？不，老贺。咱们决心准备着'二进宫''三进宫'吧！我先带上药罐子下油田。咱们要顶着，等着！"——是的，这是七四年。这天晚上，你一下子拉着我的手，不许我招呼你马上吃药，你一直在说，在说……

"叫两个'婆婆'都领导我工作吗？我不干。让我归一个'婆婆'领导吗？如果是文化部，我也不干！"——是的，这是七五年。当小平同志恢复工作的时候，为恢复《诗刊》，老李，你当着"四人帮"在文化部的爪牙的面，说得这样响亮，这样坚决！那晚上我从首钢回来悄悄见到你，你再一次对我说："我指的就是于会咏那个文化部，送你监督劳动的那帮家伙……"我听着，我看着：老李呵，你的手在摸我棉衣的厚薄，你的眼里有水，又有火……

是的，是的呵。就是这样的泪水，这样的"泪火"，使我们的心比以往年代更贴近地连在一起，燃烧在一起。当七六年一月八日总理逝世，那个撕裂心肺的日子，我的泪水流到了工人师傅怀里，我倒在冯牧那同样洒满泪水的床头。我又起来呵，奔向你去，老李。我们是这样紧紧地、紧紧地抱在一起……

是的，是的呵。你的、我的、战友们的心，在丙辰清明的天安门广场，和亿万人民的心连在了一起。呵，老李，这时我在医院病床上刚能坐起，我的闪着"泪火"的眼睛，看着窗外被"火山"和"海啸"掀动的夜幕，我想着、想着又一次病倒的你。哦，江树来了："叔叔，爸爸叫我来看你。这几天……这几天我去拍了很多照片，这是'四·五运动'的见证！爸爸说支持我，又说叔叔也支持……"呵，老李，"四·五运动"这个伟大的名称，我就是这样首先从咱们这新一代口里听到，我全身的血液呵，仿佛一下子都向你的心里流去……

哦，老李，现在，你怎么又来了呵，在这强震摇撼大地、暴雨袭击人间的日子里？现在，你又拖着病弱的身体，来到老冯这震裂的小屋里。你催促着："江树，把叔叔阿姨他们家的东西都扛上，走吧，我那里防震棚已经搭起……"

哦，老李，就是在这防震棚里，我们度过了多少生死与共的日子，我们和战友们一起度过多少警觉而期待的日子呵。听，这是你在说，我也在说："管它是多大的天灾人祸，我们的党呵，是搞不垮的。我们这支队伍，也是搞不垮的！"老李，当又一次余震刚过，我把你送到医院抢救的时候，听，你醒来后的第一句话，还是："咱们……搞不垮的……"我双手握住你攥紧的拳头，对你说："是的。我们要坚持……坚持！……"

呵，老李，我亲爱的战友！四年前的一幕幕往事呵，就这样竟在顷刻之间，一起闪现在我的眼前——你的床前？此刻，我们是在哪里？哦，还是这座医院，还是那年这间急救室。老李，我多么想再对你说："坚持……坚持……"而现在，我知道：我们已不能再把你叫醒。在今天，当我们的党在新长征路上正迈开大步，我们这支队伍正需要你这样的坚强战士，我们再不愿失去亲爱战友的时候，而你，竟这样匆匆离去。你……你让我怎么能不悲痛，怎么能强忍住我的泪水呢？

呵，不，不呵，老李，你没有走！我看见你——你还在这里！你——你分明还在我们的队伍中，还在我们那尖刀排里。看吧：那位满身带着太行山的泥土，延河的水珠，三边的风沙……大步走来又大步前去的战士和诗人呵，就是你。那位在我国革命诗歌发展的新时期,用《王贵与李香香》为我们开路的出色的尖兵呵,就是你。那位在解放后新的征途上,用《向昆仑》在召唤我们要像昆仑雪峰一般纯洁、坚强的"老祁"呵,就是你。那位从四九年就患心脏病而不告诉别人,刚从长江岸边的战斗岗位上归来,马上又奔向柴达木盆地的石油歌手呵,就是你。那位多少年来一直用响亮的歌声,用战友的情谊,激励我、催促我前进的,就是你呵,老李!

此刻,我必须擦干眼泪,跑去迎接你!我要踏着这八十年代的头一场春雪、春雨,和数不清的年轻歌手一起,跑去迎接你呵,老李!呵!还不光是你,我分明看见:还有你——小川,你——闻捷,你……你……你们都一齐回来!你们在我的长久思念中回来,在新一代诗人的一代新歌中回来,回来!

呵,老李,请不要再用目光和话语劝慰我吧。我要说:你,你们呵,永远和我们同在——和未来同在!

一九八〇年三月十九日

(刊发于1980年3月20日《人民日报》文艺副刊)

花　雨

王宗仁

花雨？

哪里有？

戈壁滩上。你看，烈日像只火轮子，高悬在头顶，喷射着热流，把个戈壁烤得都"开锅"了。连空气都是滚烫滚烫的，人站着都要大汗直冒。就在这时候突然自晴空降下一阵雨来。那雨丝有绿的、黄的、红的、蓝的、粉的……像朵朵花儿拍抚着戈壁，三拍两拍，就把干巴巴的沙地拍得湿润润，每颗冒火的沙粒都浸出了水珠！

照着太阳下雨本来就够新奇了，又是花雨，真乃奇上加奇。那落地的雨点很快就汇起一个个小窝儿，水窝又串成一条条小溪，小溪呀横流、竖流、斜流，最后归拢在一起，蹦蹦跳跳地跑进了戈壁菜园，去拥抱那饥渴的青苗。

密密的雨丝给戈壁滩编织起一个老大的雨帘，就在这雨帘里面，镶嵌着色彩斑斓的戈壁菜园。啊，那是一幅幅水彩画，那是一幅幅丰收景：白菜已卷心，青椒吊绿钟，茄子棵上结紫桃，西红柿满架挂红彩。还有那萝卜、韭菜、大葱、豆角、丝瓜、菠菜……铺一层银，压一层金，展一层翠，叠一层绿，把昔日贫瘠的戈壁打扮得多么富有！各种各样的蔬菜用它们艳丽的花朵、鲜嫩的叶子、肥壮的果实，把雨帘染成了五色线、七彩帘。啊，花雨就是这样而来！

其实，花雨并非从天降，它攥在治沙人的手心。

一根铁管上插着一长溜人工喷雨器，启开开关，银珠子喷呀金豆子洒。合闭开关，烟消云散，雨过天晴。

铁管通到何处？巧染花雨的人们，你在哪里？

看见了，深山的黑龙潭边，有一间茅屋，一台机器正唱着欢歌，旁边坐着一个军垦战士。正是他操纵着这个降雨机器，把这潭千百年来的死水，变成了戈壁花雨。

　　此刻,他正在聚精会神地作画。面前放着调色盘,一个一个色碗像一排排酒盅,里面盛满了各色水彩,满溢溢的,仿佛随时都会流淌出来。双膝上放着一张未完成的画。他用饱蘸色彩的大笔挥画着,我看见那横的竖的、粗的细的各色线条,像一道道河流,淌进了戈壁,冲毁了东岗的沙丘,淹没了西岭的沙丘,染绿了南坡的沙山……

　　噢,我终于明白了!世上哪有什么花雨?它原来是从战士的调色盘里溢出来的?

　　调色盘,明日你又将给戈壁带来什么新奇的色彩?

　　　　　　　　(刊发于1980年8月28日《人民日报》文艺副刊)

插柳不叫春知道
——写在"赵丹书画遗作展览"揭幕前夕

黄宗英

我不懂绘画和书法。不过,家务事第一桩,常备笔墨、颜色、印泥、纸张。看到阿丹不管什么时候、什么心情;也不管有没有书桌、画案;他可以蹲在地板上、站在门背后,兴致勃勃地、专心致志地,涂黄抹绿,推敲琢磨;一会儿工笔细勾,一会儿泼墨狂草;忘了吃饭,忘了睡觉,通宵达旦。只要他一股劲有地方使——调昔日粉墨,染手中竹笔,集日夜之千念,汇朝夕之万感,聚一生之喜、怒、哀、乐,全托付薄薄宣纸一张,我也就不无宽慰了。如此而已。

几天前,整理遗物。看到他叫我记下的诗句:"亡多不吊灵,愁深不蹙眉,百年难遇此,收拾又迎春。"记得,这是他针对近年来,几乎是不间断地参加老朋友的追悼会而发的感慨。哀悼、缅怀、追忆几乎成了他的"重要日程"。他不惯、不忍,更怎能甘心于此?他爱生命,他盼春天。记得我们常常议论:"文艺的春天来了没有?""来了?""快啦?"……得不出满意的答案。一回,我说:"管它呢!老百姓有句农谚:插柳不叫春知道。管它春天迟来晚到,咱们只管插柳吧。"他挺高兴,说:"这句庄稼话有意思。你替我题在写生簿上。"我说话就手题了。渐渐,这本写生簿的每一页都被他画满了,画稿又变成画幅——春意盎然。

有生命力的种子,总要出芽、伸枝、展叶的,不管压上怎样的石头!有生命力的枝丫,你在这边折断它,它也会在另一边爆出一片新绿。

文艺的春天究竟来了没有?

透过书画,阿丹回答:

春天在我们自己的心头，
春天在我们自己的笔尖，
艺术生命的本身，
就是春天！

（刊发于1980年11月14日《人民日报》文艺副刊）

人之初

子 冈

垂暮之年住进了医院，一句古老的话忽然新鲜起来——这就是"人之初"。

要饮食，要运动，要排泄……总之，要健康地成活——这是人之初的特点。我在此刻，却像回到了人之初——由于某些生理机能发生障碍，使得进饮食都颇困难，成为医生和亲人密切关注的大问题了。事有凑巧，同室的两位病友也在饮食上碰到了麻烦。一位姓爱新觉罗的中学教师（医护人员称她皇姑，因是末代皇帝溥仪先生的侄女），年方四十就有胃病等十二种疾病，正因消化道出血而禁食，床头柜上的精美食品完全变成摆设。另一位是刚退休的22路公共汽车的调度员（皇姑称她李姐，其全家都工作于汽车公司），正艰难地挑起一家9口做饭理家的重担，不料突患胰腺炎而住院。医嘱也要禁食，可素来心宽体健的李姐耐不住饥饿的折磨，趁护士不备溜出医院，饱餐了一顿油饼、炸糕，结果夜里疾病复发，折腾得通宵无眠。

团结友爱，忠诚善良，希望大家都早点恢复健康——这似乎是人之初的另一特点。不是么？在幼儿园的花朵中间，互相映衬、互相扶持是普遍现象，极少有成人间那种尔虞我诈、损人利己的劣根性。这种对比在浩劫后的今天，似乎越发鲜明。然而在成年的病友之间，却多充满和谐友好的孩提气氛，尽管他们有着极不相同的生活趣味，乃至相距甚远的政治观点。李姐是评书迷，每当她当驾驶员的爱人来探视时，必须先用一刻钟把头天的评书内容复述一遍。皇姑酷爱欧洲的古典音乐，对评书一类通俗文学则深恶痛绝。但当家里送来收录两用机和原声录音带时，她却主动把收录机送到李姐床头，让李姐先过足评书瘾，而自己却只在夜深人静、李姐鼾声甚重的时候，用耳机去收听外国的古典音乐……李姐之所以打鼾，却是因白天为皇姑的儿子织毛衣织得太累了！

特定的住院生涯把这些成人带回到人之初，我又由人之初追思到社会之初——在失眠中，伴随着皇姑耳机中那想象的旋律，我缅怀着50年代——那令人怀念的建国之初！那时的我，是一名血气正旺的党员，是一名腿快笔勤的记者，我想不到后来会有那一连串的波折。那时的皇姑，在父亲溥松窗、伯父溥雪斋的教导下，崇拜艺术，能歌善舞，剧照曾刊登于晚报，她也想不到后来因一次不成功的手术使得诸多病魔次第缠身。那时的李姐，刚刚进汽车公司当售票员，领到工资真不知该怎么花，更想不到二十余年之后，自己由于晋升到婆婆高位而背起一家九口的重担！皇姑曾于无意中聊起她的伯父——在"文化大革命"中被抄家的第二天即失踪，十余年来渺无音讯，其五十余间房屋的大宅第被一家工厂和一个托儿所占用至今……听到这，我没敢打听皇姑一家"文化大革命"中的情况，但敢肯定这个家族没少吃苦。我也没问李姐在"文化大革命"中的经历，但确信她的亲属中必有人因打冲锋而成了牺牲品。我在一阵幻觉的朦胧中，仿佛亲眼看到她们所分属的两个阶层间所展开的那场历时多年的厮杀——一方鲜血淋漓甚至身首异地，另一方气喘吁吁也没捞到什么便宜……幸而双方活着的人最后觉醒了，抛弃了多年来强加在他们之间的敌对感，开始悔恨地谴责起自己的无知来，于是派出自己的代表言归于好……

我揉揉眼，思绪回到病房的现实世界——皇姑和李姐都睡在雪白的被子里，都响起了鼾声。一种多么静谧、多么甘甜的气氛啊！愿它能随着钟摆的嘀嗒声而日渐浓郁。我开始向未来飞奔——遥想出院之后，皇姑李姐之间，我们三人之间，能不能保持来往并继续友好相处呢？

不久，李姐第一个出了院。她家就在附近，常乘买菜之便，溜进病房看望我们，因为看守病房大门的老护士是她的街坊，任何时候也不会拦她。

皇姑前几天也出院了，一是惦念两岁的儿子，二是为参加即将举行的伯父溥雪斋老先生的追悼会。行前我们交换了住址。我因半肢已经瘫痪，将来外出的机会不可能多，但总希望不久能在家中招待皇姑和李姐——这两位经历和气质各异的病友！

我期待着这一天！

病床口述，徐城北整理

（刊发于1980年12月6日《人民日报》文艺副刊）

望截流

刘 真

常常有这种时候,我们忽然望见了一种从来没有见过的事物,场景,一下子不懂,不明白它的含意和内容。1月4号的中午,我坐在长江截流上游的轮船上,用望远镜在找,看,远远近近地望,望着。泪水涌上来,我什么也望不见了,不知怎样一转念就想起了已往。

在我刚刚有点记忆的时候,有一次在庙会上,由于人群的拥挤,我和妈妈失散了。我拼命地蹦跳着找,看,尖声哭喊起来:"娘——"我太小了,还不认识回家的路途,我像丢掉了小命一样。当我找到了妈妈,她怀抱着一些刚买的小农具,声声埋怨我没有抓紧她的后衣襟,我还在委屈地哭泣。

1942年精兵简政以后,我刚刚离开部队,无家可归,童年的我,就遇上了敌人的大"扫荡"。我在路面上寻找,寻找我们部队的下落。黄土层中有没有我们同志的脚印?有没有同志丢掉的一颗军衣扣子?有没有我们的战马跑过?我们的队伍在哪里?被敌人打散了还是消灭了?我又像丢掉了自己的生命,虽然没有哭,却尝到了孤独和寂寞的痛苦。当我找到了自己的同志和组织,他们把我收容,安置下来,我像是一头扎进了妈妈的怀抱,我又有了长大成人的依托。

几十年过去了,风风火火。总觉得"四人帮"燃起的烟雾没有散尽,我睁大了眼睛又在寻找,寻找我们祖国四化的队伍。我们的先头部队在哪里?有没有派出侦察班?在作战呢,还是休息?

我抬头再望大江的截流,这宏伟的场面,这凶猛的浪头,双方这拼死搏斗的情景,我忽然明白了自己的泪,它为什么总想往外流。

我身边的同志指着合龙的两个龙头,向我介绍:"看清了吗?左面在最前边指挥倒石头,推石头的,是工程局的党委书记刘书田。他穿着短大衣,没戴帽子,他两天一夜没有休息,没有安静地坐下来吃过一口饭,喝过一口水,他的嗓子喊哑了。右边龙头上的总指挥,是我们的工程局局长老廉,60岁了,看他奔跑得多欢实,眼睛里布满了血丝,累也不知道累了。看,看那一位女同志,是水利部长钱正英,她站在左边的最前面,一分钟也舍不得离去,快60岁了,还干劲冲天呢。那一位,是副部长……"

他向我说出了一大串副部长和科学家们的名字。他们全都直直地站立在前沿上,身边是黄龙似的汽车队和410马力的推土机在冲锋陷阵,他们维持着秩序。左岸龙头后面的工地上,大汽车拉来了午饭,工人们端起碗在喝热汤,一个个大口大口吃着雪白的肉包子。在这里望不见的,各个食堂的炊事员同志们,在日夜做饭、烧汤,都要为截流做出最好的饭菜,那包子当然是最香的,肉馅的。而龙头上那些首长们,望着越变越细的凶猛滚跳的浪涛,都忘记了渴饿。也没有人能够挤上前去,给他们送水,送饭。

我们的老兵,和忠诚无比的科学家们,我祝福,祝福自己望见了这宝贵的时刻。

大江的左右两岸,人民群众的行列,不再是往年奔跑在炮火中的担架队,大人孩子数不尽的眼睛,都是一动不动地望着,盯着,盯着这截流的关口。

一个老农,仰身朝天,躺在右岸斜坡的草丛中,反枕着自己的双手,也是那样一动不动地望着截流的龙口。一个小时过去了,望他,他还是那样。又一个小时过去了,再望他,他还是那样。他跑了多远的路?来自三峡山间哪一座村落?他也忘记了时间,忘记了渴饿。他像一幅油画画面上的人物,似乎是永恒地躺着,望着历史上这样一个时刻。他经历了什么样的生活?在怎样地想?

长江古航道中刚刚跑出三峡的流水,就要当头被卡住脖子了,它流更急,浪更高,好像声声说着:"我在这里走惯了,我就不拐弯到二江去,就要从这里冲、冲。"哗哗哗!它拼命搏斗的声音,越响越高。大汽车拉来的,25吨重的,混凝土预制四面体,那模样像古埃及的金字塔,好威武。但是,当推土机把它推下江去,一个个被浪涛冲跑,抱走了,就别提那些大小石头有多么无足轻重了。围观的千万人都悬着一颗心,那两个龙头——新修的堤堰,不会被浪涛冲垮,卷走吗?龙头上的司机和指挥员们,顾不上想到这一切,只有拼死的搏斗。万众一心,紧张的目光,都集中在他们和浪涛的身上。

黄昏尽,夜来了。三峡的高山在向后退着,大江两岸的人群,变成了黑色的森林,站立在原地,静悄悄,等待,盼望,期待着。

当合龙胜利的鞭炮声一响,新堤堰变成了摇篮,两面的水,像新生婴儿的面容，他闹累了，在夜幕和灯光下睁大了甜静的眼睛，自己笑了。而人群却变成了波涛巨浪，推拥，欢呼，奔跑着。像二江每一个泄水孔里的水，哗、哗、哗！又像是这样地说着："从这里走也可以，好、好！"它一泻千里。身后三江的通航，大江二江的发电，好像都和它没有关系了。十年的战斗，像大山中上上下下，弯弯曲曲的路，风雪，泥泞，这里收下了多少人的脚印，收下了多少人的心血和生命，长江水它不关心，不知道。可我，又像回到了幼儿的时刻，紧拉住了妈妈的衣襟。又像是敌人"扫荡"过后，我把头脸扎进了同志的怀抱。

我们的战马长大了无数倍，能拖动，推动几十、上百吨的东西了。自己造的这巨大的闸门，吊桥，电厂的机器，比我们黄烟洞的梁沟兵工厂造出来的手榴弹，八一步枪，六〇小炮，可大多，大多了。这时再过长江，不用那些炮火中的帆船，也不用修桥。这截流，截出了一条实实在在的，直接通向未来的大道。大人孩子，都能从这里走，跑，去劳动，去上学校。

我们的工人，肩负着最沉重的劳动，完成了一环一环重大的任务，我不认识他们，我要认识。我们的科学家，技术员们，我不认识，要认识。那些老兵，老同志们，虽然他们的脸上都爬满了皱纹，我了解，认识他们。在这里，我看到了他们还在梁沟，在黄烟洞那些大山上爬呢，奔跑着呢。他们的腿脚还算是灵敏，胳膊一指一指的还带劲着呢。

三峡呀！望不尽的高山峻岭，你使我们的队伍更新，更大，更有力量了。我们感谢，永远感谢你，崇高的母亲。

蜀道哇！李白坐在小帆船上，去得更远，更远了。上青天，青天离我们近了。虽然我们还很艰难，但我们有了世界上这最大，最难的截流，就会有更多的截流，工程，桥梁和梯子。我们一支一支的先头部队，在冲，爬，上着呢⋯⋯

（刊发于1981年2月28日《人民日报》文艺副刊）

致巴金
——响应建立"中国现代文学馆"

曹 禺

芾甘：

我回北京，近半年，又恢复我记不上账的紧张生活。你劝我写点东西，甚至多写点，但我总没有认真听进去，还在忙着我并不胜任的事。我秉性懒散，又好热闹，把时间轻易放过去。一到深夜，我常想你的话，我知道你此时正在写文章。你一定也很疲倦，杂事不少，劳累一天。你的永不熄灭的热情和对读者的眷念催促你写，写你心中要说的话。

你是76岁的老人了。上次在沪，眼见你头发全白了，你的举止行动有些老态。我说你必须休息，休息一阵再写。我看出你疲倦的体态。但你的眼神依然那样沉着、倔强。你勤奋，你写作不止。你我的友情将近五十年了，我愧疚，我没有听你多次的劝告。今天，我对你说，我要尽量爱惜自己的光阴，希望在有限的时间里写点戏或者什么，因为我也71岁了。

这封信原是为响应你的号召：建立"中国现代文学馆"。我十分赞同你这个倡议。这是为我们后代留下财富，为全国与全世界的中国文学研究者积攒些有用的资料，也是为今后中国的文化展览做个准备。

中国老一代的文学家的手稿和资料自然应该广为搜罗、研究、珍藏起来。目前，只有为数不多的几位杰出的作家，有专人重视。但在这些前辈作家中，有多少知名或不甚知名的作家的文章，已经流落散失，没有个定处珍藏。好的文学是时代的镜子，是正史不能替代的。好的文学帮助人民扩大眼界、丰富思想、提高修养；帮助我们有个正确的真、善、美的观点，使文学批评也能找到出处和根据。

解放后，出现不少成熟的作家。尤其是近几年，有才能、有思想、爱人民、爱祖国的青年作家更是不少。读了他们的文章，我常想起曹雪芹。我总相信，今天的中国的文学家们是受了时代的磨练与滋养的。他们幸运，他们不会再遭受曹雪芹的命运，不再遭受折磨、压迫、困苦、夭折的命运，不至于如曹雪芹那样不幸，连一部完整的《红楼梦》都没有写成。

前年我在瑞士日内瓦，参观了一个很奇怪的收藏馆。那是一座异常坚固而美丽的地下建筑。在那里我亲眼看到卢梭的手稿，伏尔泰的手稿，歌德的《浮士德》的手稿，还有席勒、拜伦、萧伯纳、托尔斯泰、契诃夫的手稿……时间匆匆，我所看到的仅仅是文豪们手稿的极微少的一部分。但是，我惊异、激动，同时又有着一种深深的亲切之感。

馆长告诉我，这个收藏馆是由一位收藏家用他一生的精力和财富建立起来的。想到这位先生和他所完成的这样一个成就，我为我们在这方面的空缺，万分感慨。

几次出国都感到外国人搜集研究中国作家的资料，比我们还要认真。

现在美国的文科大学，都开了中国当代文学课，中国现代文学已开始被世界所认识，我们也应为人类提供资料。

建立一个"中国现代文学馆"，实在是一项值得我们用心去做的事。它会增强我们的民族自豪感，让我们更加地认识自己。这也将是祖国的一个荣誉。

不知说得当否。

荑甘，最后我还是那句老话，你要千万保重身体，爱护自己，为着可以多留下些好东西。

问全家人好！

家宝　一九八一年三月二十三日

（刊发于 1981 年 4 月 2 日《人民日报》文艺副刊）

诗人应该歌颂您

——献给病中的宋庆龄同志

丁 玲

诗人写过春天，写过盛开的花朵；但春天哪有您对儿童的温暖。任何鲜艳的花朵在您面前，都将低下头去。

诗人写过傲霜的秋菊，秋菊经受的风风雨雨，怎能与您的一生相比。几十年来，您都在风雨中亭亭玉立。

诗人写过白雪，描绘它的清白飘洒，但白雪哪如您的皎洁，晶莹。

迫害您的豺狼，走在您的面前，却停步不敢向前，只能缩头夹尾。

妄图侮辱您的小丑，也不敢敲您的大门，只能卷旗息鼓，暗地诅咒。

您背后站着亿万爱您的人民，

您背后站着中国共产党。

您是属于中华民族的，谁也不敢动您一毫一分！

篡权者夺走了革命的胜利果实的时候，您站了出来，怒斥叛徒。您的文章，全世界，争相传颂。

当反共逆流泛滥成灾的时候，您又站在人民一边，泾渭分明，您维护真理，鄙弃亲情。

然而您手无寸铁，无权、无钱，只是一个柔弱的女性。但您是一个伟大的，坚贞的，圣洁的女性，您的力量，可以摧毁魔窟；您的笔虽然纤细，可是力敌千军。

您的声音虽是吴侬细语，可是却锋利如剑，响彻环宇。

有的英雄，勒马挥刀，叱咤风云；

有的英雄，豪情满怀，才华横溢。

有的能言善辩，八面玲珑；

有的拉帮结派，拍马吹牛。

只有您，幽静细致，一派斯文，温柔中显露刚强，平稳中突出智慧。

有人说上帝造人，但上帝能造出您这样美丽的灵魂吗？

您刚刚走出校门，就站在中国伟大的先驱者的身边，您是真正的革命的三民主义者。

孙中山先生逝世了，您继承他的事业，保护他的旗帜，战斗不歇。

开国以来，您荣居高位，却从不骄矜，您始终虚怀若谷，文质彬彬。

您随着人民的战鼓，走进共产主义者的行列。您是左翼的辩护士。我们老早就把您当着尊敬的同志。

今天，在您的病榻边，党接受您为一个正式党员。

您实践了几十年的宿愿，党也欢迎您这样的党员。

我们鼓掌，我们激动，我们频频呼唤：欢迎您，宋庆龄同志！庆龄同志，我们欢迎您！

听到您病重。我们心痛，神痴。我们深深后悔，为什么不早早把您歌颂？未来还长，您的高风亮节，永远给诗人留下浓郁的芬芳。诗人都会歌颂您的，您会使诗情更加深重，诗意更加隽美，诗文永放异彩；您本身就是一首美丽、动人的诗篇。

我们共产党员，善良的人民，优秀的诗人、作家，天真的儿童，都为您虔诚祝福，祈愿您远离病魔，恢复健康，永远长寿！

一九八一年五月十六日

（刊发于 1981 年 5 月 18 日《人民日报》文艺副刊）

丑　石

贾平凹

我常常遗憾我家门前的那块丑石呢：它黑黝黝地卧在那里，牛似的模样；谁也不知道是什么时候留在这里的，谁也不去理会它。只是麦收时节，门前摊了麦子，奶奶总是要说：这块丑石，多碍地面哟，多时把它搬走吧。

于是，伯父家盖房，想以它垒山墙，但苦于它极不规则，没棱角儿，也没平面儿；用錾破开吧，又懒得花那么大气力，因为河滩并不甚远，随便去掮一块回来，哪一块也比它强。房盖起来，压铺台阶，伯父也没有看上它。有一年，来了一个石匠，为我家洗一台石磨，奶奶又说：用这块丑石吧，省得从远处搬运。石匠看了看，摇着头，嫌它石质太细，也不采用。

它不像汉白玉那样的细腻，可以凿下刻字雕花，也不像大青石那样的光滑，可以供来浣纱捶布；它静静地卧在那里，院边的槐荫没有庇覆它，花儿也不再在它身边生长。荒草便繁衍出来，枝蔓上下，慢慢地，竟锈上了绿苔、黑斑。我们这些做孩子的，也讨厌起它来，曾合伙要搬走它，但力气又不足；虽时时咒骂它，嫌弃它，也无可奈何，只好任它留在那里去了。

稍稍能安慰我们的，是在那石上有一个不大不小的坑凹儿，雨天就盛满了水。常常雨过三天了，地上已经干燥，那石凹里水儿还有，鸡儿便去那里渴饮。每每到了十五的夜晚，我们盼那满月出来，就爬到其上，翘望天边；奶奶总是要骂的，害怕我们摔下来。果然那一次就摔了下来，磕破了我的膝盖呢。

人都骂它是丑石，它真是丑得不能再丑的丑石了。

终有一日，村子里来了一个天文学家。他在我家门前路过，突然发现了这块石头，眼光立即就拉直了。他再没有走去，就住了下来；以后又来了好些人，说这是一块陨石，从天上落下来已经有二三百年了，是一件了不起的东西。不久便来了车，小心翼翼地将它运走了。

这使我们都很惊奇！这又怪又丑的石头，原来是天上的呢！它补过天，在天上发过热，闪过光，我们的先祖或许仰望过它，它给了他们光明，向往，憧憬；而它落下来了，在污土里，荒草里，一躺就是几百年了？！

奶奶说："真看不出！它那么不一般，却怎么连墙也垒不成，台阶也垒不成呢？"

"它是太丑了。"天文学家说。

"真的，是太丑了。"

"可这正是它的美！"天文学家说，"它是以丑为美的。"

"以丑为美？"

"是的，丑到极处，便是美到极处。正因为它不是一般的顽石，当然不能去做墙，做台阶，不能去雕刻，捶布。它不是做这些小玩意儿的，所以常常就遭到一般世俗的讥讽。"

奶奶脸红了，我也脸红了。

我感到自己的可耻，也感到了丑石的伟大；我甚至怨恨它这么多年竟会默默地忍受着这一切？而我又立即深深地感到它那种不屈于误解、寂寞的生存的伟大。

(刊发于1981年7月20日《人民日报》文艺副刊)

绿衣人

宗　璞

近来翻译了一篇小说《信》，其中有一个自私的母亲教育孩子说，你到了一定年龄就不要再拆信，信里都是别人的痛苦，不要让别人的事伤你自己的心。译时觉得纸上一股冷气逼人，暗自庆幸我对信的感受完全相反。

我喜欢信，喜欢读信，书信越过高山，使分隔两地的离人能互诉衷曲，从互相关心中得到滋养。古时把生离死别并列，自从有了邮政，虽生离而能有音信，比起去到那永不会有任何消息回来的天国，自然大不一样。

每个人一生会收到许多信，我也一样。我曾为别人的欢喜而欢喜，为别人的悲哀而悲哀；也曾写过许多信，希望别人为我的欢喜而欢喜，为我的悲哀而悲哀。为了信，我曾盼望，也曾等待。哪怕得到的是难题，是痛苦，我却因世界上不只有我一个自己，而觉得更充实更温暖。

得信的最后一个环节，是送信人了。他们身着绿衣，骑车在一栋栋房屋前停下来，投递着人们期望或不期望的消息。这一带春来樱花如雪，夏日榴花似火，秋时蔷薇类的黄花开得满院皆金，冬天的雪花飘飘扬扬，覆盖了一切。绿衣人总是准时地走过花的曲径或雪的小路，把一封封信送到门前。

今年雪下得早，雪使世界变得纯洁了，柔软了，像一篇正在写的童话，像一个尚未飘逝的梦。在静静地飘落着的雪花中，我看见一点绿色，被地上的雪光照着，移过来，移过来——

这是小展。奇怪的是，以前我们都不曾知道绿衣人的姓，而现在人人知道她是小展。因为她不只送来邮件，还曾带来欠资信，免得我到邮局去取；有朋友的汇款要转到别处，她说代办了罢，不麻烦。邻居在路上遇到她，她会告诉今天有他的信；年底收款，头一天每份报纸都打上醒目的红字："明日收报费"。

也许小展有时不能给人带来人们所期望的消息，但是小展本身，便展示着希望了。她不只骑车又下车，拿出信报放进信箱，她是用了心，一颗充满了希望的心，充满了关切的心，总是想给别人方便的心。医生们说，两个同样的病人，一个受到应有的治疗，一个除了治疗，还有亲人的关心，后者得生的希望要大得多。我们曾伤过元气，我们多么需要千千万万这样宝贵的心，来补养，来恢复，来建设新的一切。

雪地上那一点移过来的绿色，常在眼前拂拭不去。忽然想起不只送信人身着绿衣，整个邮政系统用的俱是绿色。这也许有什么史话罢。我无考据癖，只从常理来想，绿色正是春天的颜色，生命的颜色。人们希望书信能带来春天，带来生命，带来希望。虽然有的信会传来噩耗，但是身着绿衣的人却承担着带来希望的使命。

春天的希望，生命的希望——绿色的希望，不是每一个新年都应该带给我们的么？

一九八一年年底

（刊发于1982年1月7日《人民日报》文艺副刊）

老鞋匠

端木蕻良

在一个墙角上有个鞋摊儿,一位老头儿坐在"马扎儿"上,在为过往的行人和左近住户们修补鞋子。

他的摊儿上,摆着一些不起眼的东西,小钉子、碎皮子、前掌、后掌、鞋油、胶水,还有废旧的自行车、汽车的外带和内胎……

他使用的家什,也是顶普通的工具,切刀、锥子、磨石、剪子、铁锤和钉子……

老头儿长年坐在十字路口的墙角边,好使东南西北的行人都能看到他。他整天不闲地为人修补鞋子。

他的背后,就是一家店铺小货仓的窗子,窗子向南,窗子上摆满了花盆儿。花盆里的花儿长得十分茂实,可说不上有什么名贵的。天门冬、金丝荷叶、榨浆草,还有一盆玻璃翠……

因为是小货仓,两扇玻璃窗子几乎终年都不打开,所以这几盆花都伸长脖子,够着、够着地争取阳光。因此,无冬历夏地开着……它就自然成了老补鞋匠的背景,因为,老头儿也是无冬历夏地在补鞋……

摊子上没有字号,也没有人知道老鞋匠的名字。来修补鞋子的人只是顺口叫他一声老师傅罢了。墙上贴着一张纸条儿,上边写着:"快修,当时可取。"

不停的来人,坐在小凳上,等他把鞋子修好,就好上路。有战士,有工人,也有农民,还有学生们……

鞋有各式各样的,更多的是塑料底的。有的人因为鞋跟磨偏了,有的人鞋子开线了,有的鞋帮裂口子了,有的人因为鞋跟掉了,还有那爱惜新鞋的,没穿就拿来打掌了。还有那矮个子姑娘拿着半高跟鞋来要求老鞋匠再把跟儿加上半寸……

人们把刚修好的鞋子,重新穿在脚上,站起身来,抖擞精神,觉得比以前轻快多了。

有的人，接过鞋匠手里的鞋子穿上，在地上轻轻跺了两下，既合脚，又称心，付了款，说声谢谢，便踏步走在路上了。

这个老头儿，曾经托人写了"快修"字条儿，他是为了人们的方便，因为人都要走路的，穿着鞋的脚才能走得远些快些。老头儿，他大概为了怕人等得心急，才告诉人们，他这鞋摊，能够当时可以修得，马上穿起，立即继续走路。可是，他知道不知道，鞋子修得称心，走路的人，加快速度，要节省多少时间、多做多少事呢！

我重新看了这补鞋匠一眼，又向玻璃窗子里面不谢的花儿看了一眼，感到，他不只是个修补鞋子的人，他倒是一个为人们修补了流去时间漏洞的人。

（刊发于 1982 年 4 月 27 日《人民日报》文艺副刊）

鼎湖山听泉

谢大光

江轮挟着细雨，送我到肇庆。冒雨游了一遭七星岩，走得匆匆，看得蒙蒙。赶到鼎湖山时，已近黄昏。雨倒是歇住了，雾漫得更开。山只露出窄窄的一段绿脚，齐腰以上，宛如轻纱遮面，看不真切。眼不见，耳则愈灵。过了寒翠桥，还没踏上进山的石径，泠泠淙淙的泉声就扑面而来。泉声极清朗，闻声如见山泉活脱迸跳的姿影，引人顿生雀跃之心。身不由己，循声而去，不觉渐高渐幽，已入山中。

进山方知泉水非此一脉，前后左右，草丛石缝，几乎无处不涌，无处不鸣。山间林密，泉隐其中，有时，泉水在林木疏朗处闪过亮亮的一泓，再向前寻，已不可得。那半含半露，欲近故远的娇态，使我想起在家散步时，常常绕我膝下的爱女。每见我伸手欲揽其近前，她必远远地跑开，仰起笑脸逗我；待我佯作冷淡而不顾，她却又悄悄跑近，偎我腰间。好一个调皮的孩子！

山泉作娇儿之态，泉声则是孩子如铃的笑语。受泉声的感染，鼎湖山年轻了许多，山径之幽曲，竹木之青翠，都透着一股童稚的生气。使进山之人如入清澈透明的境界，身心了无杂尘，陡觉轻快。行至半山，有一补山亭。亭已破旧，无可驻目之处，唯亭内一楹联："到此已无尘半点，上来更有碧千寻"，深得此中精神，令人点头会意。

站在亭前望去，满眼确是一片浓碧。远近高低，树木枝缠藤绕，密不分株，沉甸甸的湿绿，犹如大海的波浪，一层一层，直向山顶推去。就连脚下盘旋曲折的石径，也印满苔痕，点点鲜绿。踩着潮润柔滑的石阶，小心翼翼，拾级而上。越向高处，树越密，绿意越浓，泉影越不可寻，而泉声越发悦耳。怅惘间，忽闻云中传来钟声，顿时，山鸣谷应，悠悠扬扬。安详厚重的钟声和欢快清亮的泉声，在雨后宁静的暮色中，相互应答着，像是老人扶杖立于门前，召唤着嬉戏忘返的孩子。

钟声来自半山上的庆云寺。寺院依山而造，嵌于千峰碧翠之中。由补山亭登四百余阶，即可达。庆云寺是岭南著名的佛教第十七福地，始建于明崇祯年间，已有三百多年历史。寺内现存一口"千人锅"，直径近2米，可容1100升，颇为引人注目。古刹当年的盛况，于此可见一斑。

晚饭后，绕寺前庭园漫步。园中繁花似锦，蜂蝶翩飞，生意盎然，与大殿上的肃穆气氛迥然相异。花丛中，两棵高大的古树，枝繁叶茂，绿荫如盖，根部护以石栏，显得与众不同。原来，这是二百多年前，引自锡兰国（今名斯里兰卡）的两棵菩提树。相传佛祖释迦牟尼得道于菩提树下，因而，佛门视菩提为圣树，自然受到特殊的礼遇。

鼎湖山的树，种类实在太多。据说，在地球的同一纬度线上，鼎湖山是现存植物品种最多的一个点，现已辟为自然保护区，并被联合国教科文组织选作生态观测站。当地的同志告诉我，鼎湖山的森林，虽经历代变迁而未遭大的破坏，还有赖于庆云寺的保护。而如今，大约是佛法失灵的缘故吧，同一个庆云寺，却由于引来大批旅游者，反给自然保护区带来潜在的威胁。

入夜，山中万籁俱寂。借宿寺旁客房，如枕泉而眠。深夜听泉，别有一番滋味。泉声浸着月光，听来格外清晰。白日里浑然一片的泉鸣，此时却能分出许多层次：那柔曼如提琴者，是草丛中淌过的小溪；那清脆如弹拨者，是石缝间漏下的滴泉，那厚重如倍司轰响者，应为万道细流汇于空谷；那雄浑如铜管齐鸣者，定是激流直下陡壁，飞瀑落入深潭。至于泉水绕过树根，清流拍打着卵石，则轻重缓急，远近高低，各自发出互不相同的音响。这万般泉声，被一支看不见的指挥棒编织到一起，汇成一曲奇妙的交响乐，在这泉水的交响之中，仿佛能够听到岁月的流逝，历史的变迁，生命在诞生、成长、繁衍、死亡，新陈代谢的声部，由弱到强，渐渐展开，升腾而成为主旋。我俯身倾听着，分辨着，心神犹如隔于水中，随泉而流，游遍鼎湖。又好像泉水汩汩滤过心田，冲走污垢，留下深情，任我品味，引我遐想。啊，我完全陶醉在泉水的唱歌之中。说什么"山不在高，有仙则名"，我却道，"山不在名，有泉则灵"。孕育生机，滋润万木，泉水就是鼎湖山的灵魂。

这一夜，只觉泉鸣不绝于耳，不知是梦？是醒？

梦也罢。醒也罢。我愿清泉永在。我愿清泉常鸣。

（刊发于1982年12月24日《人民日报》文艺副刊）

万户春声里

杨羽仪

珠江岸边的一个小村庄。

仰望连绵不尽的果林,红一树,白一树,金一片,香满园。这时,果林一片寂静,你的耳朵里响着不可捉摸的沙沙的音响,原来在层层叠叠的果林里,尽是蜜蜂的世界。

这是大地的春声。

黎明,透过窗户,一盏盏电灯亮了,接着响起了水桶的轻轻碰击声,往小河汲水的脚步声,奶牛的吆叫声,小艇解缆响着哎呀哎呀的橹声,人们撑艇时的笑语欢声……像风雨中一曲岭南轻音乐。昨晚,刚开过社员大会,宏伟的进军规划摆在前面,撩拨得人人心里痒痒的,谁有闲心等到天大明呢?就在昨晚,五户社员盖了大红印,签订了合同书,要开发一个荒了几千年的河心洲,办一个三百头奶牛的小联合公司,他们买了一艘机船,运载着一批石料,突突突地从小河出发了。另三户社员挑着旗子,把自筹资金买的拖拉机开上一片杂高地,在那里安营扎寨,建一座小砖厂……风稍停,小河里万艇竞发,社员到大河滩上罱泥积肥,河滩上还冒着一层薄薄的冷气,他们觉得罱泥太费事了,干脆脱了衣服跳进河里,把黑泥戽进艇舱。这种拼搏的劲儿为啥?因为开春后,队里要新种十万棵果苗,在这碧绿的村野,建筑一座立体的果树庄园。

这是一幅不可比拟的进军图景!它再也不是"吃大锅饭"年代那种劳民伤财的"大兵团作战"。它是分散的,好像八仙过海,各显神通,看起来有点"小气",可是,它使每一个家庭细胞发生深刻的变化,使社员从心底里焕发出了从未有过的拼搏劲儿。

这是田野的春声。

然而,再仔细想想,春声好像蕴藏在人们的心里。

有一件事，像春幡撩动了千家万户的心。一个满月夜，支书夜巡果园，月色朦胧，黑黝黝的荔枝林落下参差斑驳的黑影，幽暗中，支书看见林中有一间果寮，坐着一个老人，孤灯孓影，心里不免升起薄薄的凄凉。他问："永开伯，你一个人看果园？"老人勉强一笑说："不，一家子都来了。"说着，眼睛直瞪瞪地望着果林原野，默不作声。支书看见四下无人，只有果寮下拴着一只大黄狗。第二天，他叫儿子阿满替老人修了老屋，里外粉刷一新，把零乱的杂物拾掇得整整齐齐；夜里还替老人看果园。后来为了照顾老人，他搬进老人的家。村里人说："永开伯晚年得福，拾到一个好孙子。"阿满带了头，村里的孤寡老人陆续"飞"来了不少儿孙，拂掉了仅存的一丝淡淡的哀愁。

这些都是村间的寻常事，但它像春天的雷在村庄、田野擂响了。春天拂着绿色的翅膀在大地漫游，万户陶醉在春声里……

（刊发于1983年1月21日《人民日报》文艺副刊）

怀念立波

周 扬

人往往总有一两个和自己比较亲近，相知又最深的人，但就是对于这样可以称为知己的人，也不能说自己已经完全了解了他，能够对他作出比别人更正确的评价。真正了解一个人是不容易的。周立波同志的一生，以及他在文学事业上的贡献，虽然已经有许多同志写了文章，说得不少了。但是以我和他相处之深，似乎还有一些话要说一说，以表达我对他蕴藏在内心深处的怀念之情。

由于我和立波长期的历史关系，虽然他离开人世已有三年之久了，但许多往事犹历历在目，不时涌现胸间，使人难以忘怀。我和立波最初相识是在半个多世纪以前，那时他刚刚中学毕业，而我已是个大学生，使我感到惊奇的，他当时已经读完《资治通鉴》，知识并不比我少多少。虽然在宗族辈份上是叔侄关系，但在年龄上相仿，更像亲兄弟。他和我一见如故，结下了数十年如一日的甘苦与共的深交。我永远不能忘记，1928年他和我相识不久之后，就毅然地抛弃家庭，离乡别井跟我到了上海，过着飘荡不定的生活；我也永远不能忘记他为了寻找党的关系，不止一次伤心地暗自流泪。而我当时也正失掉了党的关系。我也听说过他在左倾盲动主义路线的影响下，曾经单枪匹马和外国巡捕搏斗。他好容易考取劳动大学免费读书，不久却因从事革命活动而被开除。随后在神州国光社当了一名小校对，为时不久，又因鼓动工潮而被捕。他的所有这些活动，大多是自发的，带有盲目冲动的性质，但他要求革命的心却比天还高。当他听到正式宣判二年半徒刑后，以及我和好友林通同志后来秘密去探监时，他虽然心情激动，但却神色坦然，安之若素，无所畏惧。两年半的监狱生活对于一个年轻的革命者是最早的考验，他是经受起了这种考验的。他当时当然不会想到要体验什么生活，更没有想到要当什么作家，到延安后他所发表的《麻雀》等五篇作品，却是这段狱中生活的纪实。他刑满释放后，仍继续积极地寻找党的关系，没有半点灰心，半点后悔。这时我已参加了上海中央局文委和中国左翼作家联盟党团的工作，我就把他引进了"左联"的组织。从这时起，他就更自觉地以笔墨为武器，为革命事业而从事文学活动。他写了大量的文艺论文、散文和诗歌，并翻译了肖洛霍夫的《被开垦的处女地》和基希的《秘密的中国》等外国文学作品，积极向读者介绍苏联社会主义文学和世界进步文学。他对鲁迅十分尊敬，并曾有书信往还。1937年"八一三"上海抗日战争爆发，立波即与李初梨、艾思奇、何干之等同志和我一道奔赴延安。途经西安，在留住八路军办事处期间，由党组织分配，他随同史沫特莱去了前方，后来又一度为美国卡尔逊将军任翻译。同行的舒群也和立波一起到了前方。当时我们一行中，数林基路最年轻，到了延安后，即由党分配到新疆工作，不久被盛世才所杀害，成为有名的烈士之一。立波那时在西安给我的信中表示："我打算正式参加到部队去，烽火连天的华北，正待我们去创造新世界，我将抛弃纸笔，去做一名游击队员，我毫无顾虑，也毫无畏惧，我要无挂无碍地参加华北抗日战争。"字里行间燃烧着炽烈的革命热情。作为革命记者，他几乎走遍了华北的革命战场。他写了《晋察冀边区印象记》，最早地向全国人民介绍了以聂荣臻同志为首开辟的第一个抗日根据地。

可以说，立波不论是在国民党反动派的监狱里，还是在枪林弹雨的战场上，或是在后来遭受林彪、江青反革命集团迫害的日子里，都经受了严峻的考验，表现了对党和革命事业的忠贞不二。同时在各个历史阶段中，都可以看出他的创作步伐始终是和中国革命同一步调的。他的作品在一定程度上表现了中国革命发展道路的巨大规模及其所具有的宏伟气势。如果说他的作品还有某些粗犷之处，精雕细刻不够，但整个作品的气势和热情就足以补偿这一切。他的作品中仍然不缺少生动精致、引人入胜的描绘。作者和革命本身在情感和精神上好像就是合为一体的。

立波首先是一个忠诚的无产阶级革命战士，然后才是一个作家。立波从来没有把这个地位摆颠倒过。他说，"我的笔是停不了的，这归根到底也是为了党和人民的利益"。许多同志说立波是一个"真正的好人"，这并非过誉之词。他天真乐观，总是以微笑看待生活，从不为抚摸自己的伤痕而叹息，也很少炫耀自己的才华而表露自满。他不务虚名，不追求名位，扎扎实实地深入生活，勤勤恳恳地埋头写作。他有书生气，而又天真得可爱。他没有半点虚假，从不隐瞒自己的观点和弱点，总是把自己孩子似的坦率纯真表露在别人面前，这是立波最宝贵的品格。立波在他的作品中，曾经一再用亲切的目光去观察并描写过牛，在党和人民面前，立波确实有着俯首甘为孺子牛的精神，他把毕生精力无私地奉献给了革命事业。

毛泽东同志《在延安文艺座谈会上的讲话》给立波创作生涯的影响是十分明显的。可以说，对立波的创作道路起了决定性的作用。虽然，在座谈会之前，立波是延安文艺界最早下乡的少数人之一，但毕竟还缺乏明晰的认识。他自己回忆当时的情形是：与老乡同住一个山坡上，"鸡犬之声相闻"，却"老死不相往来"，这虽然说得有点过分，但也是真话。座谈会后，他从毛泽东同志的讲话中受到启示和教育，认识提到了一个新的高度，前进的方向更明确了。他投身到火热的群众斗争中去，坚决走和工农兵相结合的道路。1944年冬天，以王震同志为首的三五九旅南征，他主动请缨，随军南行。在立波的性格里，已经熔铸了不可战胜的顽强而又无限乐观的精神。他总是以一个普通一兵的战士严格要求自己，自己背上解放军战士的背包，从不骑牲口，他用两只脚徒步走了七个省的广大战场。解放战争时期，他也是以同样的工作精神深入东北农村，参加了轰轰烈烈的土地改革运动。新中国成立后，随着党的工作重点的转移，他又怀着极大的热情，深入农业合作化运动，从北京回到了故乡农村，先后住了十来年。他长期地坚持深入生活，珍视和保持着同人民群众的血肉联系，坚定执着，不加更易，数十年如一日。作为一位三十年代就活跃在文坛上的老作家来说，是多么难能可贵，又是多么值得我们敬佩和学习啊！

立波深入生活，他没有把自己置于一个特殊地位，作生活的旁观者；而是首先以一个普通劳动者，一名战士的身份出现，做到真正与群众在生活上、思想感情上打成一片。在湖南农村，年已半百的立波，和农民一道耕田、锄草、挑泥、晒谷、种树、施肥。他说，"心需要用心换的"，他与劳动人民真正做到了知心、交心。正因为他能投身于群众的生活激流之中，不断地从群众生活中汲取激情和素材，获得创作的源泉，他才能写出气势磅礴的长篇小说《暴风骤雨》和艺术上更臻成熟、风格特异的长篇小说《山乡巨变》以及其他作品。《暴风骤雨》和《山乡巨变》这两部名作，或从正面反映或从侧面抒写了农村的土地改革和农业合作化运动。立波以饱满的热情，描绘了我国民主革命和社会主义革命两个历史阶段农村所进行的两次伟大的历史性社会变革，在某种程度上概括了我国亿万农民，从民主革命到社会主义革命所走的主要战斗历程。第二部作品所表现的时代，虽然还在进行中，在坚持集体所有制的原则下,正在不断改变和丰富自己的内容和形式。但是,这部作品无疑是已经丰富了、增添了我国现代和当代文学史画廊的内容和色彩。

立波的创作力是旺盛的,随军南下后,他原计划要写一部记录那次可称为"新长征"的《南下记》。粉碎江青反革命集团后,他更兴致勃勃地准备动笔,无奈因病魔缠身,未能完成这个壮志。但是,他在病榻上所写的《湘江一夜》,正是这部未完成的大作中的一件珍品,让一些随军手记存留下来。

立波十分赞赏赵树理"朴实无华,言无虚假"的风格。也可以说,这正是他自己正直的人品和文品的写照。五十年代后期,文艺创作和评论越来越受到"左倾"思潮的干扰,在批判所谓"中间人物论"的评论中,立波也多少受到牵连。立波比较了解农村,了解农民。他不满粉饰生活的虚假浪漫主义,坚持从生活实际出发,"从来不搞从无到有的蠢事"。他认为,"人民内部矛盾是大量的,一定要写,不写就不是现实主义"。在中国作协1962年召开的"农村题材短篇小说创作座谈会"上,他赞同邵荃麟等同志从当时实际出发提出的文艺创作要正确反映人民内部矛盾,在写好英雄人物的同时,要写好中间状态人物的正确主张。由此而被说成是宣扬"中间人物"论,是错误的主张。连当时这场论战中的某些正确观点也被一概当作右倾言论加以否定了。

立波一生勤奋努力,好学深思。他常用"闻鸡起舞"的故事自勉规人。他是一位作家,同时也是一位学识渊博而又勤奋的学者。除了小说创作外,在散文、报告文学、文艺理论、翻译、介绍外国文学和研究中国古典文学等方面,都有所贡献。他广博深蕴的中外文化素养,给他的创作影响甚大。应该说,立波在创作中,逐步形成的富有民族特色和地方色彩的,鲜明而独特的艺术风格,既得力于他的生活之源远,也受益于他的文化素养之流长。许多当时在延安鲁艺听过他讲课的同志,无不感受到他的教益。

立波同志与我们人天两隔了,他留下的不仅有着为无产阶级文学事业作出贡献的文集,还有他为革命文艺身体力行的优良品格,更有着可贵的贯穿他一生的共产主义精神。

立波是无产阶级革命作家,他是属于人民、属于无产阶级的。他为无产阶级、为人民的利益奋斗了一生。人民对他将永远怀着深深的尊敬和爱戴!

(刊发于1983年2月7日《人民日报》文艺副刊)

洗桃花水的时节

铁 凝

一场场黄风卷走了北方的严寒,送来了山野的春天。这里的春天不像南方那样明媚、秀丽,融融的阳光只把叠叠重重的灰黄色山峦,把镶嵌在山峦的屋宇、树木,把摆列在山脚下的丘陵、沟壑一股脑都融合起来,甚至连行人、牲畜也融合了进去。放眼四望,一切都显得迷离,仅仅像一张张错落有致、反差极小的彩色照片。但是寻找春天的人,还是能从这迷离的世界里感受到春天的气息。你看,山涧里、岩石下,三两树桃花,四五株杏花,像点燃的火炬,不正在招唤着你、引逗着你,使你不愿收住脚步,继续去寻找吗?再往前走,还能看见那欢笑着的涓涓流水。它们放散着碎银般的光华,奔跑着给人送来了春意。我愿意在溪边停留,静听溪水那热烈的、悄悄的絮语。这时我觉得,春天正从我脚下升起。

这样的小溪我见过不少,却不知有哪一条比温泉镇村边这条溪水更招人喜爱。虽然它流经的地方是那样偏僻,那样贫瘠,每到春天,还是吸引着那么多人。

温泉镇的溪水是条热水,温泉镇也是因此而得名。一座几省闻名的温塘疗养院就设在这里。我就是在春天,去那里看望一位住院的亲人。

一路上我设想过它的容貌。温泉,你是条泼辣的瀑布从高处一泻而下,还是一股柔软的热流从地下缓缓升起?水有多大?温度有多高?那些身患宿疾的人们是怎样接受它的治疗的;对健康人,温泉的意义到底又在哪里?长途汽车跑了一段柏油路,开始进入丘陵地带。冀中平原被抛到车后,一张张反差小的"照片"又扑了过来。拔地而起的灰黄色山峦,像近在咫尺,又像远在天边,叫你怎么也摸不清它们的距离。我凭着对春天的感觉,感觉着它们的所在。很长时间,窗外的景致变化不大。乏味的景色甚至使我产生了倦意。

"别闭眼,别磕着哪儿。"一位老大爷吆喝着小姑娘。

小姑娘抬起头四下望望，有些不好意思地眨着眼睛，脸上泛起一阵阵绯红。这使我又想起了山野里点燃起来的那些桃花、杏花，刚才的倦意也顿时消散。

"去温塘治病？"我问大爷。

"去洗桃花水。"大爷告诉我，一面攥起拳头捶打自己的膝盖。

桃花水？我虽不理解大爷的意思，却骤然感到大爷的话是那么新鲜、怡人，比刚才小姑娘的脸色所给予我的还要浓烈、美好。

我不愿再去追问洗桃花水意味着什么，也许这只是洗温泉澡的一种夸张了的形容吧，难道水里真会掺进什么桃花不成？我从这简单的话语里领略到美的享受已经足够，说穿了，单从自然科学的角度去加以注解，也许反而会失去它美好的韵致。

正午上车，黄昏前到达温泉镇。下车后，果然同车人大都走进了这座有着现代化规模设施的温塘疗养院。办完探视手续，我才想起寻找我的邻座大爷。但拥在住院处窗前的人群中却没有大爷和那位小姑娘，只有"桃花水"的声音越来越清晰地在我耳边"流动"起来……

第二天我概览了这座疗养院的全貌，也懂得了并意外地享受了温泉澡的妙处。原来那是高压水泵把地下含有氡气的温泉抽进高入云霄的水塔，再从水塔内引进各治疗室。细腻、滑爽的温泉水注入洁白的澡盆，清澈见底。入浴时，如果不是耳边那涟涟的水声，你会觉得自己是坐在一团绵软的、暖融融的气体上，你失去了体重，你正无所依托地向一个地方上升……

这就是桃花水吧？它应该是。你看那水中泛起的一朵朵小浪花，恰似桃花开放——人们总是按照自己的臆想，去把那些美好的事物想象、形容得更美好，更理想化。否则，怎么还会有诗、演义和传奇？可我怎么也不相信自己的主观臆想，我又想到了那位同车大爷，他显然不是这座现代化疗养院的病人。桃花水一定还蕴含着别的奥妙。

紧挨疗养院是真正的温泉镇，这是个200来户的山村。一条陷在干燥黄土里的红石板小路顺坡而下，街里几家旧板搭门脸，和门内作为营业标志的幌子，装点了这座旧镇的古风。尤其一家理发店内伸出的白布牙旗，更能使人想到古代那些古道驿站。几家烧饼铺是近两年新开张的，门上大都用店主人的姓氏写着"王记烧饼铺""何记烧饼铺"……有的挂出一只柳条笊篱，意思是店内还兼营炒、焖、烩饼。不论新店老店，门框上都贴着吉祥的对联："生意兴隆通四海，财源茂盛达三江"。这些属于生意经的传统对联，现在不知为什么似也有了新的立意。新店和老店很容易区别：新店的绿油漆、玻璃门窗不仅有别于旧式板搭门，木风箱旁边还接上电动吹风机。顾客进门一坐，只消一拉开关，三两分钟之内你就可以吃上油汪汪的炒饼、味道浓郁的豆腐汤，而那木风箱只是偶尔遇上停电时才有用场。一位姓邢的掌勺大爷，一边提刀切着饼丝，一边告诉我，半小时之内他做过四十份炒饼、四十碗豆腐汤，速度和质量都得到顾客的盛赞。这样好的生意，可惜一个倔儿子不愿接班，愿意买台小拖拉机往附近水库大坝送沙子。一天两个来回，一趟收入五块半。就这样，扔下烧饼炉走啦。

"四十份炒饼，有那么多吗？"我问。

"怎么没有？眼下正洗桃花水。"

"桃花水？在哪儿？是不是疗养院？"我一连串地追问着，虽然早已意识到我理解上的错误。

"那算什么桃花水，把水抽上天再放下来，没劲。你顺街往西走走。"

吃完大爷的炒饼，我出门一直向西走去，不多远已是村口。土山脚下那是什么？似霞，似雾，似流动着的火焰，莫不是一片桃林？我终于又看见了那点燃在北国春天里的嫖红，这才是春的信息。可桃花和水又有什么关系呢？我决定再向前走。不断有三三两两的行人迎面而来，有男有女，但大都是腿脚不利索的老人。老人们边走边用精湿的毛巾擦着脸，拧出毛巾中的水珠。他们腿脚虽欠佳，个个面容却很舒展。水，水，我好像闻到了水的芬芳。

一条坚硬、光明的小路直通桃林，原来桃林的那一边才是温泉的源头。刚才远处所见并非雾，那是温泉源头的蒸汽。那些面容舒展的老人便是从这里走出来的。穿过桃林，那边果然是一片温暖的浅滩，金黄色沙粒上蒸腾着热气。洗桃花水的人们都聚集在这里。人们在浅水里围着一个个涌出地面的泉头，高挽起裤腿，双膝跪入水中，默默地接受着大自然的陶冶。人们没有言语，只有对水的虔诚。

热爱自然，也许是人类的天性。大自然有时热烈，有时冷漠；有时温存，有时残忍。但它带给人的永远是生机，是生命的延续再延续。大自然孕育了人类，在物质文明和精神文明高度发达的今天，人们更加渴求大自然的抚慰。

对于这个温泉的记载是从战国开始的。一年一度的桃花水，千百年来你抚慰过多少黄帝的子孙，又有多少人向往着你的抚爱。但在二十世纪八十年代，几个小小的温泉源头，一片浅浅的温沙滩，已经远远不能满足人们的需求。温泉镇的小伙子和姑娘们，就更愿走出浅滩去享受那淋漓尽致的温泉浴。

那座设备可观的温塘疗养院虽和他们没有缘分,两座温泉浴室却又出现在温泉镇的红石板街上。属于公社的那座规模虽不小,但附近三乡五村、山前山后的农民,还是愿意到一座新建的男女温泉浴室入浴。这里一切免费。连存车处都免费。因为它是靠几家个体户自愿资助兴办的,据说还有卖炒饼的大爷那位"倔儿子"一份。单看浴室门前那黑压压的一片自行车,就知道里面的盛况了。

女浴室里,姑娘们那一阵阵无所顾忌的嬉水声互相碰撞着溢出窗外,吸引我走了进去。我忽然想起格拉西莫夫那幅油画《农庄浴室》。画面上是一群集体农庄的健壮妇女,钻在浴室里,在淋漓尽致地享受热水沐浴。她们的兴致是那样高涨,体态是那样无拘无束。但和这些相比,画面上的小木屋就显得太低矮、太拥挤了。低矮的木屋,狭窄的水池,它好像包容不了这群人体的青春光华……温泉镇的女浴室可不是一座低矮的小木屋,这是一座墙壁镶有洁白瓷砖的水泥建筑。水池足有半个游泳池大,水也是饱满、充裕的。姑娘、媳妇们就在这里脱掉穿了一冬的厚棉衣,潜入水池,尽情享受水的抚爱。对,是抚爱。不然她们的身体为什么会那样丰硕、那样光彩照人;她们的面孔为什么会那样滋润、那样容光焕发?她们走出浴室,大度地走过男浴室门口,信手拨弄着披在肩上的湿漉漉的长发,骄傲地接受着小伙子们远远投来的目光。

温泉镇人用桃花来形容春天。我注意到,他们不仅爱种桃花,剪桃花窗纸、桃花门挂来装点春天,连娶进家门的新娘子也用桃花来形容。新房炕头上,新娘所坐之处都用红纸墨笔写上:桃花女在此。然而,这才是真正的桃花水。是水,是春天的水洗开了一树树面容姣好的桃花。

出浴的姑娘们扬着头走在古镇的红石板街上,走过那些挂着幌子的饭馆、店铺。她们的面容使这座古朴的温泉镇变得滋润了。

(刊发于1983年6月3日《人民日报》文艺副刊)

心的歌

严文井

不管世界多么复杂，各种各样的人有多少想法，总有那么一些人、心跳动着，不是为了自己。这样的人，过去有，现在也有。

将来更会有。他们的心跳动着，不是为了自己。

他们不怕嘲笑，不怕冷遇，甘心做傻瓜。他们不是为了自己。

总有一天，会有更多的人懂得：自己的身体不只是为自己才输送温暖。

你送我以温暖，我报你以体谅和信任，这些东西对你也就是温暖。你和我都同样需要温暖。

大家互相赠送温暖，就会驱走严寒。

有那么样一个时代，差不多每个人都害怕被误解，不受信任，希望一颗心能看清另外一颗心。

那个时代真叫人不好过。心和心之间存在一个神秘的距离。于是有心人就来写心的故事，唱心的歌。

露菲同志就是这样一个有心人。二十几年来她一直为孩子们坚持业余写作，向孩子们讲心的故事，唱心的歌。

她的歌是多种多样的，例如：

十三四年来我从不叫您一声，现在我喊叫："爸爸！"这是一个小姑娘的心，在了解自己爸爸的心以后才敞开的心。

一个母亲把自己的儿子送去当兵。儿子一去不复返，作为祖母，她又把两个孩子送去当兵。

哪个母亲不爱自己的儿女，哪个祖母不疼自己的子孙，慈母心啊，慈母心啊，这是怎么回事。这个仗必须打胜，必须打胜，为了更多人的孩子。更高级的慈母心就是人民的心。

这些史诗既奇特，又真实。历史也许成为过去。是的，他已经走了过去。

新的历史又在走来。有些什么奇特的真实，真实的奇特要出现，可得认真想一想。

我们先得好好听一听前辈们为我们唱的心的歌。

这些心的歌，真正值得我们沉思。过去还没有走远，在未来面前我们又该怎样开始？

我们会有自己的开始。

前辈们把心留给了我们，我们的心刚毅又柔和。

我们开始，不会只为自己。

《我有一个好爸爸》序

（刊发于1983年7月7日《人民日报》文艺副刊）

病 中

巴 金

在病房里我最怕夜晚,我一怕噩梦,二怕失眠。入院初期我多做怪梦,把"牵引架"当作邪恶的化身,叫醒陪夜的儿子、女婿或者亲戚,要他们毁掉它或者把它搬开,我自己没有力量"拿着长矛"跟"牵引架"决斗,只好求助于他们。怪梦起不了作用,我规规矩矩地在牵引架上拴了整整两个月。

这以后牵引给撤销了。梦也少了些,思想倒多起来了。我这人也有点古怪,左腿给拴在架上时,虽然连做梦也要跟牵引架斗,可是我却把希望和信心放在这个"最保守、最保险"的治疗方法上,我很乐观。等到架子自动地搬走,孩子买了蛋糕来为我庆祝之后,希望逐渐变成了疑惑,我开始了胡思乱想,越想越复杂,越想越乱,对所谓"最保险"也有了自己的解释:只要摔断的骨头长好,能够活下去,让八十岁的人平安地度过晚年,即使是躺在床上,即使是坐轮椅活动,已经是很"美好"的事情,很"幸福"的晚年。这个解释使我痛苦,我跟自己暗暗辩论,我反驳自己,最后我感到了疲倦,就望着天花板出神。我的病房里有一盏台灯整夜开着放在地板上。两个月"牵引"的结果使我的脑袋几乎不能转动,躺在床上习惯于仰望一个固定的地方。

我躺在床上望着天明。6点以后医院开始活动起来。值夜班的孩子照料我吃了早饭,服了药。我不由己地闭上了眼睛,动了一整夜的脑筋,我的精力已经耗尽了;而且夜消失了,我也安心了。

打着呼睡了一阵之后,再睁开眼,接班的人来了。我可以知道一些家里的事,可以向他问话,要他读信给我听。下午接班的是我女儿和侄女。她们两个在2点钟护士量过体温后给我揩身,扶我下床,替我写信,陪我见客,在我讲话吃力的时候代我答话,送走索稿和要求题词、题字的人。她们照料我吃过晚饭,扶我上床,等值夜班的人到来才离开病房。不知怎样,看见她们离开，我总感到依依不舍。大概是因为我害怕的黑夜又到来了。

这就是"牵引"撤销后我在病房里一天的生活。当然，护士每天来铺床送药；医生来查病房，鼓励我自己锻炼，因为我年近八十，对我要求不严格，我又有惰性，就采取自由化态度，效果并不好。医生忙，看见我不需要什么，在病房里耽搁的时间越来越短，也不常来查病房，因此我儿子断定我可以出院了。

在这段时期我已经部分地解决了失眠的问题。每晚我服两片"安定"，可以酣睡三四小时。儿子的想法又帮助我放宽了心：既然可以出院，病就不要紧了，情绪又逐渐好起来。不过偶尔也会产生一点疑惑：这样出院，怎样生活、怎样活动呢？但是朋友们不断地安慰我，医生也不断地安慰我："你的进步是已经很快的了"。大家都这样说，我也开始这样相信。

就这样病房里的日子更好过了。

只有一件事使我苦恼：不论是躺在床上或者坐在藤椅上，我都无法看书，看不进去，连报纸上的字也看不清楚，眼前经常有一盏天花板上的大电灯。我甚至把这个习惯带回家中。

因为我"不能"看报、看信，所以发生了以下的事情。

我去年11月7日住进医院时，只知道朋友李健吾高高兴兴地游过四川，又两去西安，身心都不错，说是"练了气功"，得益非小。我也相信这类传说。万想不到半个月后，就在这个月24日他离开了人世。噩耗没有能传到病房，孩子们封锁了消息，他们以为我受不住这样的打击。我一无所知，几个月中间，我从未把健吾同"死"字连在一起。有一本新作出版，我还躺在病床上写上他的名字，叫人寄往北京。后来有一次柯灵来探病，他谈起健吾，问我是否知道健吾的事。我说知道，他去四川跑过不少地方。柯灵又说："他这样去得还是幸福。"我说："他得力于气功。"柯灵感到奇怪，还要谈下去，我女儿打断了他的话，偷偷告诉他，我根本不知道健吾的死讯。我一直以为他活得健康。又过若干时候，一个朋友从北京回来忽然讲起健吾的没有痛苦的死亡，我才恍然大悟。我责备我女儿，但也理解她的心情，讲起来，他们那辈人、连长他们一辈的我的兄弟都担心我受不了这个打击，相信"封锁消息"，不说不听，就可以使我得到保护。这种想法未免有点自私。

再过一些日子，健吾的大女儿维音来上海出差，到医院看我。几年前我还是"不戴帽子的反革命"的时候，她也曾到上海出差，夜晚第一次到我家，给我带来人民币500元，那是汝龙送的款子。汝龙后来在信上说是健吾的主意。不多久健吾的二女儿也出差来上海，带给我健吾的 300 元赠款。在我困难的时候，朋友们默默地送来帮助。在病房中重见维音，我带眼泪结结巴巴地讲她父亲"雪中送炭"的友情，十分激动。曹禺也在病房，他不了解我的心情，却担心我的健康，我的女婿也是这样。听维音谈她父亲的最后情况，我才知道他在沙发上休息时永闭眼睛，似乎并无痛苦，其实他在去世前一两天已经感到不舒服。维音曾"开后门"陪着父亲到两家医院，请专科医生检查。他们都轻易断定心脏没有问题。病人也无话可说，回家一天以后就跟亲人永别了。

维音讲起来很痛苦，我听起来很痛苦，但是我多么需要知道这一切啊！曹禺怕我动了感情，会发生意外；值夜班的女婿担心我支持不下去，他听说维音还要去看健吾的另一个老友陈西禾（住在 2 楼内科病房），便借口探病的时间快结束，催她赶快下楼。维音没有能把话讲完就匆匆地走了。曹禺也放心地离开我。

我一晚上静不下心来。我想的都是健吾的事情。首先我对维音感到抱歉，没有让她讲完她心里的话。关于健吾，我想到的事太多了，他是对我毫无私心，真正把我当作忠实朋友看待的。现在我仰卧在床上，写字吃力，看报困难，关于他，我能够写些什么呢？他五十几年的工作积累、文学成就，人所共睹。我最后一次见他是在他的家里，他要我给他的《剧作选》题封面，我说我的字写得坏，不同意。他一定要我写，我坚决不肯，他说："你当初为什么要把它们介绍给读者呢？"我们两人都不再讲话。最后还是我让了步，答应了他，他才高兴。现在回想起来，我多么后悔，为什么为这点小事同他争论呢？

我想起了汝龙的一封信，这是我在病中读过几遍的少数几封信中的一封。信里有一段令人难忘的话：

> 文化大革命刚开始，我们左邻右舍天天抄家，打人，空气十分紧张，不料有一天他来了。那时我……一家人挤在两间小屋里，很狼狈。……他从提包里拿出一个小包，说，"这是 200 元，你留着过日子吧。"……我自以为有罪，该吃苦，就没要。他默默地走了。那时候我的亲友都断了来往，他的处境，也危在旦夕，他竟不怕风险，特意来拉我一把。

汝龙接着感叹地说："黄金般的心啊！""人能做到这一步不是容易

的啊！"

在病房里想有关健吾的往事，想了几天始终忘不了汝龙的这两句话。对健吾，它们应该是最适当的悼词了。

黄金般的心是不会从人间消失的。在病房不眠的夜里，我不断地念着这个敬爱的名字："健吾！"

七月十九日

编者附记：巴金同志愈后开始写作。这里选刊了他写的《随想录》中的一篇。谨祝他身体健康。

（刊发于 1983 年 9 月 20 日《人民日报》文艺副刊）

太阳的香味

叶文玲

没有去过青海,我却早早有了从古诗中获得的认识:"青海长云暗雪山,孤城遥望玉门关""青海戍头空有月,黄沙碛里本无春"。

青海高原,你难道真是这样春无春,秋非秋,荒漠、苍凉,令人听而生畏的么?

不是亲聆目睹,我总疑信参半,没有去过的地方,又特别想去闯一闯。

我终于去青海了。

沿着青藏线的兵站,我们走了整整一个月,朝行夜宿,四千里路云和月,自以为快走出"界"了呢,细看地图,嘿,只不过沿着柴达木走了多半圈!

但我还是异常兴奋:那变幻着奇光异彩的青海湖,那有着神话般传说的日月山,那有着无穷珍藏的"聚宝盆",那如白银铺地的察尔汗……哦,高原、高原,你绝不像古人咏叹的那般萧索荒凉,更不像我原先揣想的那样单调刻板。

七、八、九三个月是青海高原的黄金季节。这时的高原,风和气爽、万物向荣,金色的太阳日日高悬,光照的时间特别长。这时的高原,天是那么湛蓝湛蓝,云朵是那样雪白雪白,峰巅山峦绵延,湖畔草原无边,天与地的相接处,分不清云似羊群还是羊群如云。这一派景象,这一派风光,在内地,在终日被灰蒙蒙的烟气浓浓笼罩的大城市,你是无论如何也难得想象出这样清朗幽蓝的晴空的。

我向来只知咏叹故乡江南,如处处可观的花红柳绿,如村村都有的小桥流水,也如四季可尝的鲜韭嫩蔬,可我万万没想到:形貌严峻的高原,也有许多称奇称美的事物和风光教人惊叹的哩!

未上高原前,我们都做了"艰苦"上路的思想准备:不是吗,人都说高原寒冷、缺氧,沙漠中除了红柳、骆驼刺,便不见一点绿色,要能吃苦耐劳,还要准备过一过十天半月吃不着一点新鲜蔬菜的生活呢!人都说,西宁以西都是海拔三千三以上，在那片牧草都稀少的高寒地区，你难道还想尝尝青菜黄瓜西红柿吗？收起贪馋的口水吧！细心的同行者老程还揣了几瓶维生素C片，真的，有备无患，到时候说不定就用得着呢！

谁知道，越往西行越往高处走，我们这小心翼翼的"准备"就越发显得多余和可笑了，在江西沟、诺木洪、格尔木，甚至在人烟稀少的那赤台兵站，我们的饭桌上一次又一次地出现了奇迹：芹菜绿、黄瓜脆，红嘟嘟的番茄，两个就切一大盘！快尝一尝呵，唔，好鲜甜！

我们呆了。要知道，诺木洪四周几百里都是滚滚黄沙，沙漠绿洲格尔木，在1954年还只有几顶牧羊人的破帐篷，而那赤台，即使是现在这"黄金季节"，许多人一到这里，只能张嘴喘气，连呼吸都感到困难呢！

是的，这都不假。以前，这些地方光见黄沙不见绿，要吃菜只能从几千里外的兰州往这里运，虽然只能运冬瓜、土豆这些大头货，但到了这里，还是烂掉百分之八十，而青芹白菜呢，连想也不要想！

那么，现在这鲜灵的青菜红番茄，难道是王母娘娘送来的神物么？

"自己动手样样有嘛，我们靠的是蔬菜'大棚'呵！"说话的是一个陕西口音的战士。黧黑的面孔，一排白牙齿扇贝似的闪着光，"开始，我们盖这大棚真叫艰难呵，光那墙基就得掘下几尺深。种菜要有土，这里光有沙，就是没有土，没有，那就动手搬呗！我们挖走一车车沙，运来一筐筐土，那土坷垃全是从几百里外运来的，真是比银豆金蛋蛋还珍贵呵！好不容易铺好了'地'，立好了'墙'，盖好了'棚'，浇了水、撒了种，嘿，还没等大伙儿高兴完呢，一阵大风铺天盖地，一场冰雹子劈里啪啦，好家伙，不到几分钟，我们的'家当'立时就稀里哗啦了！真叫人哭都来不及……你们不知道，这格尔木的老天常犯神经，动不动就刮这样的大风，一抱粗的铁烟囱说倒就倒，那天，我们的排长在棚外被刮出去十几丈远，眼睁睁就在跟前，可就趴着一动也不动，后来大家才知道，原来他怀里抱着一瓦罐菜籽！……"

棚子垮了，不怕，只要大伙儿的决心不垮就从头来，重新干！

这回有教训了，塑料布不行，干脆换成玻璃的，玻璃怕砸，再加上一层厚毡！有志者，事竟成。海拔四千多米的高原上，终于有了一畦畦碧绿的蔬菜！

当他们的饭桌上竟然有香喷喷热气腾腾的青椒炒肉片、豆角烧茄子，当他们干裂的双唇喝上这鲜嫩翠绿的菠菜汤时，又怎不笑逐颜开，饭没进口心自甜哟！

高原的兵站上，一个比一个漂亮的"大棚"星罗棋布，一个比一个有趣的"故事"到处传闻……在西宁兵站部,格尔木指挥所的展室,当一个个重达6斤半的茄子、一根根2斤多重的黄瓜、一根根7厘米粗、77厘米长的莴苣等一大批"展品"赫然出现在我们面前时,我不能不又一次为亲眼所见的高原神话所迷醉!

"吃嘛,快尝尝嘛!这里的瓜是特别特别好吃呐!"热情劝说的是一个四川籍的战士,粗糙的双手、黧黑的脸,和先前那位一样,他也是兵站蔬菜大棚的辛勤栽培者。

我们接了过来,"嘣"的咬了一口……"喂,你吃出有股特别的味了没有?"同行的老程,忽然眯起双眼,饶有兴味地问。

特别的味道?我一愣,马上会意了:是的,是有股特别的味道,高原的蔬菜瓜果哟,不但十分脆甜,而且分外芬芳,因为它融和着高原战士的万千汗水,因为它饱含着太阳的香味哪!

(刊发于1983年10月25日《人民日报》文艺副刊)

也曾闯宴伴梅边
——梅兰芳大师九十诞辰祭

黄宗江

有些事,不大,老忘不了。

某年某日,时间当在一九五四、一九五五年交,黄裳自沪来京,梅兰芳先生请他在恩成居吃饭,记得有阿英、谢蔚明作陪。没请我,黄裳硬把我带去了,我为了遮窘,撇着京腔说:

"我今个儿是闯宴!"自以为很得体,且有梨园风味。

梅先生浅笑轻答:"您说的,要请还请不来哪!"

如此谦虚,如此高抬,如此诚挚,真是梅先生独有的语言风貌。

不禁想起,梅逝世后,梅称为六哥的姜老妙香,为文哭梅,说了这么一段:伴梅赴东京演出,空中过台湾,如消息走漏,当时是有拦击或迫降可能的。梅一手拉着葆玥,一手拉着葆玖,说:"那咱们就殉了!"

好一个"殉"字,又是梅独有的语言,说明了他当时的心理状态,那种不惜为国捐躯的精神。

这些事我久久难忘。"文革"后,家表兄冒效鲁寄来给戈宝权兄的诗一首,内容是昔日他俩在莫斯科曾伴随畹华之忆。诗曰:

刻骨难忘大阮贤,
记曾吹笛伴梅边。
多情北海盈盈月,
曾照朱颜两少年。

我乃和诗一首,平仄不计,黄裳曾代我改过,如今也找不见了;但还记得这样一句,套自效鲁,那就是:

"也曾闯宴伴梅边——"

冒又说他的诗仅第二句,即"伴梅边"那句为佳;我也只记得自己这一句,还是联系个人情怀,出自肺腑的。早就想以此为题,写篇小文,以记小事,或见宏大。

又记得,那天在恩成居饭罢,梅要了两包叉烧包,带回家去,并连夸老师傅的包子做的就是有手艺,不同寻常。

乃又想起,某日和黄裳、黄永玉、潘际坰,在西单"好好食堂"共饭,看这名单,时间当在反右前。只见梅进入食堂,又只见梅径入厨房,向厨师道乏。这位厨师乃是前朝的一位北京市长。梅就是如此谦逊,念旧,能团结一切可以团结的人。其风格生动,洋溢在"好好食堂",真想为之叫好啊!

乃又想起,那时吴老雪常在"青艺"小礼堂,召集同好欣赏他的乡戏川剧。是日,阳友鹤中场演《秋江》,演罢剧场休息,梅步入后台,我跟进,只见梅紧握着阳友鹤的手,似是初见,连声说:"这几位真有功夫,真有功夫啊!"

阳友鹤一句一个"梅老师!"宛如川剧叫板。

可惜文字不能留音,那种京川声腔交错,音容辉映的情境,真叫人为之心醉。俱往矣!可是先辈艺人,艺高而谦逊的风范,是令人永远难以忘怀的。梅在政治上的高风亮节,艺术上的开宗创业,自有高人宏文记之,我只能捕捉点滴,以享同侪。

甲子入秋,京华寒舍

(刊发于1984年10月29日《人民日报》文艺副刊)

昆虫的故事

孙 犁

人的一生,真正的欢乐,在于童年。成年以后的欢乐,则常带有种种限制。例如说:寻欢取乐;强作欢笑;甚至以苦为乐等等。

而童年的欢乐,又在于黄昏。这是因为:一天劳作之后,晚饭未熟之前,孩子们是可以偷一些空闲,尽情玩一会儿的。时间虽短,其欢乐的程度,是大大超过青年人的人约黄昏后的情景的。

黄昏的欢乐,又多在春天和夏天,又常常和昆虫有关。

一是捉黑老婆虫。

这种昆虫,黑色,有硬壳,但下面又有软翅。当村边的柳树初发芽时,它们不知从何处飞来,群集在柳枝上。儿童们用脚一踢树干,它们就纷纷落地装死。儿童们争先恐后地把它们装入瓶子,拿回家去喂鸡。我们的童年,即使是游戏,也常常和衣食紧密相连。

二是摸爬爬儿。

爬爬儿是蝉的幼虫,黄昏时从地里钻出来,爬到附近的树上,或是篱笆上。第二天清晨,脱去一层黄色的皮,就变成了蝉。

摸蝉的幼虫,有两种方式。一是摸洞,每到黄昏,到场边树下去转悠,看到有新挖开的小洞,用手指往里一探,幼虫的前爪,就会钩住你的手指,随即带了出来。这种洞是有特点的,口很小,呈不规则圆形,边缘很薄。我幼年时,是察看这种洞的能手,几乎百无一失。另一种方式是摸树。这时天渐渐黑了,幼虫已经爬到树上,但还停留在树的下部,用手从树的周围去摸。这种方式,有点碰运气,弄不好,还会碰到别的虫子,例如蝎子,那就很倒霉了。而且这时母亲也就要喊我们回家吃饭了。

捉了蝉的幼虫,回家用盐水泡起来,可以煎着吃。

三是抄老道儿。

我们那里，沙地很多，都是白沙，一望无垠，洁白如雪，人们就种上柳子。柳子地，是我童年的一大乐园。玩累了，坐在沙地上，就会看见有很多小酒盅似的坑儿。里面光滑整洁，无声无息，偶尔有一个蚂蚁或是小飞虫，滑落到里面，很快就没有踪迹了。我们一边嘴里念念有词："老道儿，老道儿，我给你送肉吃来了。"一边用手往沙地深处猛一抄，小酒盅就到了手掌，沙土从指缝里流落，最后剩一条灰色软体的，形似书鱼而略大的小爬虫在掌心。这种虫子就叫老道儿。它总是倒着走，把它放在沙地上，它迅速地倒退着，不久就又形成一个窝，它也不见了。

它的头部，有两只很硬的钳子。别的小昆虫一掉进它的陷阱，被它拉进土里吃掉，这就叫无声的死亡，或者叫莫名其妙的死亡。

现在想来：道家以清静无为、玄虚冲淡为教旨。导引吐纳、餐风饮露以延年。虫之所为，甚不类矣。何以千古相传，赐此嘉名？岂农民对诡秘之行，有所讽喻乎？

一九八四年三月二十八日上午

（刊发于 1984 年 12 月 5 日《人民日报》文艺副刊）

微思物语

赵丽宏

睡　莲

你就这样静静地躺在水面打瞌睡吗？

你难道不觉得寂寞？你不想在清凉的风中无拘无束地摇动圆圆的绿叶？也不想欣赏辛勤的蜜蜂在你头顶唱歌跳舞？还有那些红色的蜻蜓，总是在你的身边徘徊，它们一定有一些秘密的悄悄话要告诉你……

唉，你什么也不知道。

也许我陶醉在梦境里了。你梦见过一些什么呢？人间的圆梦术和算命先生是无法描绘你的梦的，他们可以用一些荒诞的巧语骗人，却无法骗你。

我想等你醒来。我等过了一个漫长的黑夜，夜里有风，有雨，有雷电。它们大概吵你了。你能经受住风暴的侵袭吗？

早晨，我来看你时，宁静的水面上开出一朵雪白雪白的花，那些莹洁的花瓣上，缀满了亮晶晶的水珠。

哦，这是你的泪珠呢还是你的汗珠？

鸟　语

笼子里的鸟叫得起劲极了。养鸟人说这是在唱歌。

天上的鸟飞到挂笼子的树枝上，默默无声地看着笼子里的鸟。

我仿佛听到笼中鸟和自由鸟的对话了——

自由鸟：喂，你唱什么？

笼中鸟：你也说我是唱歌！

自由鸟：那你为什么叫个不停？

笼中鸟：主人喜欢听我叫。

自由鸟：我们在森林里唱的歌和你的不一样。出来，跟我飞回森林吧，你应该在那里唱歌。

笼中鸟：不，我的翅膀不行了，不能远走高飞。

自由鸟：告诉你的主人，拆除那笼子吧，我们一样能为他们唱歌。

笼中鸟：在这里挺好，我什么也不愁。

自由鸟：我为你悲哀，朋友。

枝头上的鸟高高地飞走了，留下笼子里的鸟不停地叫着。养鸟人走过来，用手指撮一把小米撒进了笼子……

梧桐的悲哀

在初春的暖风里，满天飘着毛茸茸的黄色的飞花，像天上落下了奇异的雪。

这不是蒲公英，是梧桐的种子。光秃秃的梧桐树枝上那些小铃铛，在严寒中寂寞地度过了冬天，此刻，它们在春风里欢快地解体了，脱落了，变成了漫天飞花。

它们是数不清的小生命呵！它们在春风里飞呵飘呵，像一群群小蝴蝶，像一顶顶小降落伞。它们要找寻自己的土壤，它们要在大地的怀抱里生根，发芽，有朝一日也长成一片亭亭玉立的梧桐树林，要用水灵灵的新绿覆盖大地……

然而在城里，到处是冷冰冰的水泥地，它们终于没有找到自己的土壤，只是在街头墙角无可奈何地积累成一堆堆一团团，心灰意懒地滚动着……

它们本来应该变成森林的！

飞 鱼

在甲板上，我看见一条死去的飞鱼。

它曾经像海燕一般骄傲地在海面飞翔。它曾经使海里所有的鱼儿钦羡……

然而它死了，它在甲板上被晒成了鱼干。

哦，千万不要离开你生活的土壤！

（刊发于1985年2月28日《人民日报》文艺副刊）

樟树赞

茹志鹃

上海宋庆龄故居庭前有两棵树。

有一次,周恩来同志觉着那房子小了一点,就劝宋庆龄同志搬个家。她不肯,说:我舍不得这两棵树。

这是两棵樟树。

广东有种英雄树,它长得很高。如果在它周围有别的树木,它一定要长得比别的树高出一段,方才罢休。据说它的花大,它的花红。仔细想想,即使花红如血,花大如轮,长在那么高的树上,伸着脖子,仰着脑袋,欣赏起来,难保一定有趣。

樟树不高,特别是它的躯干。茂茂盛盛的倒是它的枝丫,生发开来的枝丫,长到一定程度,犹如小树干那么粗壮。粗粗壮壮的枝丫,从同一个母体躯干里生发开来,四面八方,伸得远远地,繁繁密密,荫凉特大。

这是两棵树荫很大的樟树。

别的树木,容易招虫。从同一棵石榴树上,就可以捉到三四种不同的虫。花花绿绿的;屈体前进的;以叶作伪装的;密密麻麻,不易发现的;它们自己寄生在树上,还在那里养儿育女,繁衍后代,并且教唆后代如何寄生。树蛀空了,它们也还不死,而且散开去,另去物色寄生体。

樟树不招虫。这个特点,在它作为树的时候,就表现得十分充分。别的树要喷洒药水,而它却不必。其奥秘也可能是到后来才发现,原来是在树的本身,树的内里,就有一种拒虫的气味。因为这是一种有益的气味,人们就称它为香气。更难得的是,樟树将这种拒虫的香气,永久保持,至死不变。这一点,恐怕世界上任何科学制作的化妆品,都难以做到的。即使当它枝枯叶谢的时候,当它已经作为木料的时候,它的香气也永远不变,永不消失。只要这木质存在一天,虫类就怕它一天。樟树的高就高在这里,贵也贵在这里。

上海宋庆龄故居的庭前,有两棵树。有两棵荫凉大,不招虫的樟树。

(刊发于1985年6月14日《人民日报》文艺副刊)

五台山随感

叶君健

　　因为有好长一段时间缺雨，时令虽然已经进入了五月，而且也过了"立夏"节，但五台山下仍然未曾出现应有的绿色。这里是黄土高原，随着五台山脉的地势逐渐上升，高原也逐渐隆起，成为丘陵地带。一般说来丘陵地带的特点是灌木多，花草多，在这个季节，也应该是色彩多。但展现在我们眼前的却只是一片单调的黄土。在周围一些不毛的山上，附近的农民开辟了一些无规划的梯田，但梯田上也是黄土，只不过比山下要薄得多。

　　汽车在土筑的公路上奔驰，紧跟在后面的是一股一股的黄色的云层。这单一的色调不仅加强了干燥感，也使人觉得荒凉。我记得在印度和非洲某些地区曾经看到过类似的景象：伴随着这景象的总是生活的艰苦，斗争的严酷与大自然不时送来的饥荒。学院派的政治经济学家们大概很难想象，这里曾经是中国人民解放战争历史上起过非常重要作用的摇篮。从理论上讲，无产阶级革命应该是在资本主义发展到了一定程度才发生。从生产力实际情况而言，这里应该说是处于资本主义前期。但也正是在这个阶段，八路军于1937年初开进太岳和太行山区，把它们改变成为革命的根据地——事实上，中国早期的革命根据地没有哪一个不是在贫瘠地带建立起来的；这正是殖民地和半殖民地的人民革命的规律，它成为农村包围城市的起点。

　　一二九师在太行山发动群众，开展游击战争，创造了晋冀豫抗日根据地。五台山这一带便成了一个中心。这里新发展起来的人民自己的武装，以这个中心为基地，又逐渐扩散开来，向察南冀西挺进。在挺进的过程中他们也一面发动群众，一面开展游击战争，又创立了北岳根据地。这里的人民，在自然条件苛刻、生存斗争尖锐、穷得无可奈何的情况下，还得腾出最强壮的劳动力去参加抗日军队，保卫国家；同时又要建立政权，推进革命。这是一种几乎不可能的事，但这里的人民却把它变为真实。他们的努力、决心和所经受的苦难，现代发达国家的人民恐怕做梦也不敢相信。

前些时美国剧作家阿瑟·米勒（我国上演过他的剧作《推销员之死》），在读了我描写1926—1927年大别山区农民革命的小说《山村》后，给我来信说："在那场革命的进程中该是有多少的大动乱啊！人们怎么活过来，这真是一桩奇迹。"当时大别山农民所面临的敌人只是土豪劣绅和反动军队，但五台山下的人民所要对抗的，除了当地的反动势力以外，还有用现代化武器装备起来的日本侵略军。这里的人民不仅奇迹般地活下来了，而且还越战越强，建立起了边区政府和边区银行这类的正规行政设施，还推行了中国历史上从没有过的真正民主制度"三三制"，实行了减租减息，开展了生产运动和经济文化建设。我走过设置在一个小村里的边区政府旧地，又来到五台山麓一个名叫"石咀中学"的处所。教师在介绍到当时山区的情况时说，旧边区银行就在隔壁。这样近，我当然要去看一下。

这是一个比较空旷的农家院子，在一座山的脚下。它现在已经成了附近庄稼人存放粮食和农具的公房。这里有一家作为看守的住户。户主——一个老年农民——告诉我，这里还留下一件银行的遗物，并且主动地领我去参观：就在他住房的上首，立着一扇宽阔的木门——其厚度约有四五寸；门上扛着一条又长又粗的横木，上面挂着两把大锁。主人把锁打开，花了一些气力才把那扇厚门挪动。门下约有一个十级的台阶，引向下面一个约十米见方的地下室。这就是银行的金库，是存放作为边区纸币储备金的地方。现在是空无一物，并没有什么特别引起人的注意的东西，但它坚固的墙壁和干燥的地面却引起我许多联想：在当时那么艰苦的环境下，边区政府却是这样重视金融工作和边区纸币的威信，把储备金就像保护眼珠似的在这样一个安全的处所保护起来。可以想象，当初对这个金库的保卫也一定是很严密，而那时却是一个那么兵荒马乱的时刻！

在边区银行和边区政府之间有一个叫作耿镇的村子。当年曾设立过一个医院，就是"白求恩医院"。事实上它不过是一个村屋，所谓"医院"的设备真是简陋得可怜！——也可以说是根本没有。但许多受了伤的战士却曾不断地从前方被转移到这里来，接受急救的手术，而且大多数战士都是很快地得到恢复，又回返前线。这里的治疗在当时是"现代化"的，因为白求恩是个"现代化"的医生，在美国和加拿大的大医院里负责过医疗工作。但他所使用的"现代化"医疗手段，从附近由一个村屋改装成的"白求恩纪念馆"里所陈列的一些照片看来，大多数是白求恩大夫用当地的木头制成的。所以这位原加拿大蒙特利尔皇家维多利亚医院胸外科医师和圣心医院胸外科主任，一方面在用最新式的近代技术做手术，一方面又使用中国最古老的农村木料制成的医疗器械。我望着这些照片，也禁不住惊叹。

离这个医院不远，一个叫作松岩口的小村里，还有一个"模范病室"。那也是白求恩大夫主持的。他不仅对那里附近的老乡们进行最精心的治疗，还在那里训练成批的、称职的、具有高度责任感的医务人员。这些医务人员都是从参加八路军的、出身于贫困家庭的、文化上原属于半文盲的农家子弟中挑出来的。看了纪念馆里白求恩用以编教材和向八路军领导写汇报时用的英文打字机，再看看他把着手教的那些年轻农民，又向窗外望望那象征着荒凉和贫困的黄土高原，我真不敢相信这就是当时的现实——那抗击现代化的日本军队和在中国土地上进行的、作为国际反法西斯战争一个组成部分的战争。

我的视线从窗外的黄土高原又折回来，落到白求恩在加拿大安大略州故居的那张照片上。那是一幢幽静、漂亮的现代洋房，位置在一个典型的整洁的西方环境里。看来白求恩的家庭条件是比较好的，他一定曾经在那里度过愉快和舒适的童年和少年时代——他后来得以受到高等医学教育也证明了这一点。但在中国河北的完县，当他的生命快要结束、聂荣臻同志站在他所躺着的农家的病榻旁时，他却还在全神贯注地惦记中国和这贫瘠的黄土高原上所进行的斗争：这里的农民战士需要大量的医药，而香港和上海的医药价格太贵，八路军负担不起，他建议设法从美国和加拿大去弄来。他甚至还想自己亲自去完成这个计划。他当然没有能完成，因而他的这个临终前的计划，正像他自己的躯体和心灵一样，只有永恒地留在中国，在这落后和原始的中国土地上——和他出生的地方相比，从物质条件上讲，差距该是多大！

这又使我想起当时战火纷飞的三十年代——世界性的民主与法西斯、文明与野蛮搏斗的三十年代。这场大搏斗是由日本军阀于1931年"九·一八"在我国东北发动的，接着就蔓延到了欧洲，以西班牙战争为焦点。白求恩的首次行动就是参加这场搏斗，地点就正是在西班牙。他接着来到中国，参加八路军的工作，也正是这个行动合乎逻辑的发展。它是由当时在世界知识界中涌起的一股澎湃的浪潮所推动的——一股保卫人类文明、民主和自由的浪潮。具有进步倾向的知识分子，放弃自己优越的生活条件，几乎都投身进去了。在作家中我们所知道的就有美国的海明威、法国的马尔洛、美国的斯本德、印度的安纳德。他们有些名著，如海明威的《战地钟声》和马尔洛的《希望》，就是他们参加这次战争的作品——当然还有许多人没有来得及写出作品就在西班牙前线夭折了，我所知道的就有"意识流"大师佛吉妮娅·吴尔夫的侄子、诗人朱理安·贝尔，生物学家达尔文的曾外甥、诗人康福德，牛津大学的高材生、评论家福克斯。他们都出身于望族，但是当人类文明和正义遭到严重威胁的时候，他们都毫不犹豫地投入战斗，正如拜伦当年奔赴希腊参与那里的独立战争一样。

这些人——当时正处于创造力最旺盛的时期，代表一个知识分子的优良传统：勇于为正义、为人类的进步而斗争，在必要时，宁可付出自己的生命。这个传统，在世界的范围内，当人类文明面临着毁灭的挑战；在一个国家的范围内，当民族的命运到了危急的关头，就爆发成为改变历史进程的行动。这种例子，在我国的近代史上，已经是屡见不鲜：当列强在凡尔赛和约会上拿我们的主权做交易的时候，在我国北京就爆发了"五四运动"；当日本帝国主义正在掐我们脖子的时候，同样在北京就展开了"一二·九"运动；当"四人帮"为非作歹，把我们的国民经济推向崩溃的边缘的时候，再度在北京出现了"天安门事件"。现在，人类文明和世界和平又面临着核超级大国在"竞赛"中所掀起的战争危机。一些具有世界眼光的知识分子，如诺贝尔文学奖的获得者帕得里克·怀特就勇敢地行动起来，大声疾呼，号召世界知识分子为保卫世界和平而奋斗，甚至暂时停止自己的写作也在所不惜（请参看《译林》今年第一期中的《新年祝词》）。

我们现在整个国家也正在致力于保卫世界和平的工作。我们所进行的四个现代化，就是一种从正面加强世界和平所作的努力。我们不称霸，我们在国内需要安定团结，在国际上需要世界和平，因此维护世界和平是我们全体人民的意愿和决心。一个现代化、富强的中国将更是世界和平的一个坚强保证。"现代化"，一个多世纪以来，就一直是我国知识分子所奋斗的目标。经过了许多年的风浪和起伏，这个目标现在终于有了条件实现。对中国的知识界说来，这也是一股浪潮，一股激动人心的浪潮和灵感，它将推动我们向更广阔的天地飞腾。

我想，我现在正在凝望着的这片五台山的黄土高原，在现代化的过程中，也一定会很快改变面貌，换上新的颜色——郁郁葱葱的绿色。但今天的这个局面与当年像八路军这样的革命队伍在这里所展开的艰苦工作分不开——其中当然也有白求恩的一份，因而与国际进步知识界的支援也分不开。所以这个黄土高原，现在看来虽然仍很偏僻，但却是联系着整个世界，与现代世界的历史进程也分不开的。

（刊发于1985年7月24、25日《人民日报》文艺副刊）

埃菲尔铁塔沉思

张抗抗

在印象的底版中,它只是比一座电视塔略高些的大铁架;而在视线所及的图像中,它又淹没在巴黎挤挤撞撞的建筑物中间,只露给你一个纤瘦的顶部。即使是在它对面的人类博物馆广场的喷泉边上眺望它,它也似乎只是一个小摆设,甚至,有那么一点被压抑的冷峻。

我总没有想到它竟会如此之高——当你来到它的面前,站在它的脚下的时候;当你尚未抬头,仅仅只感觉到它笼罩的阴影的时候;当你完全抬起头,却望不到它的全部,而要向后仰着身子,扶住你的帽子或眼镜儿,眯着眼寻找天空的时候,你才会确实地明白它的高度,明白它的气势,明白它的骄傲。

这是一个广场,一块空地。它从一个平凡的基点拔地而起,不需要铺垫和过渡,那么轻易而又无情地甩下了世俗和浮尘,傲慢地兀立云端,俯视全城……

我是要登塔的。上去寻觅它的眼睛、窥视它的灵魂。它太高了,世人的眼,难以与它平行。我是要上去的,默默企望一次没有国界的超越,一次没有阶梯的升华。

我凝视它,仰望它,唯独没有、没有膜拜它。我相信它不是不可企及的。它只是有点儿像一座火箭发射基地,不知要把它的客人们送往哪里。

我听到耳边的风呼呼响,紧张地抽搐着的风,拍打你,推动你,如巨鸟扑翼,直贯长空。你是一记雷声,一道阳光,一束电波,一条飞船,轻轻飐飐却又闪电般地穿过大气层,突破大气层,抛开大气层。我睁开眼,密封的电梯舱内,四周是人。风被隔绝在远远的脚下与上天,只是在鞭笞我的神经。

风在这里变成了速度,变成了眩晕——我只觉得地面迅疾地脱离我的脚跟,向一个无底的深渊坠落。笔直地、赤裸裸地坠落下去,如悬崖上跌落的石块,无遮无拦,无法无天地要去撞击地层深处。地壳在下陷,在沉没。而四处空荡荡，一片汪洋，一个无可攀挂，无可扶靠、无可呼救的绝境。人竟是如此孤立无援，如此微不足道么？我有些惧怕，又有些怜悯自己。我为瞻仰它的伟大与雄奇，才执意汇入登塔的人群，奇怪的是我竟然感觉不到电梯的上升。我只是觉得从我登上铁塔的那一刻起，巴黎便开始庄严地降落。它疯狂地钻入地底。我透不过气来，这透明的铁盒子，快闭上你恶魔般的眼睛，我想出去！

巴黎依然在飞速下沉。我无可逃遁。蓝天在黑色的云缝里闪烁——那些黑色的原始森林一般的钢架，从我的头顶两边炸裂开去。是用那透明的铁盒子撞开的么？就象汽车的窗玻璃掠开路旁的树枝。蓝天忽然近了，又忽然远了，远得更加冷酷。永远被那一双双黑色的手臂阻拦着。时而又是无数根钢缆铁索，缠绕你，勒紧你，使你永远无法到达那个超然于一切之上的境界。

无意间，我抬头仰视怦然心跳——我忽然发现了自己是在上升，那钢缆挣断了，那黑手垂落了，那云朵变得浓亮了，可是，透明的铁匣子还在疯狂地往上升，一个劲地向上升，象是要冲破什么，又象是要挣脱什么，咯咯地向上，象是咬着牙根的声音，象是绷紧骨骼的声音，固执而又痴迷地向上升。它象是永远也升不到头了，永远也不会停下来了。因为它无论升得多高，仍然无法接近它——那个蓝色的梦想。

我曾以为自己象火箭一样被发射出去了呢；我曾以为我离开了地面；我曾以为我离天空很近很近了——当我同隔绝的风在一起的那些瞬间。

我们走出透明的铁匣子，阳光似乎仍然是那么不冷不热。天空仍然是那么不远不近。巴黎城，安然无恙地静卧在绿丛带似的塞纳河两岸。只有小轿车变成了玩具；房屋变成了模型，人呢？可惜我没有带望远镜。

于是我知道铁塔究竟有多高了（虽然我永远也弄不清那个数字）——我有多高铁塔就有多高。那是一座有弹性的铁塔呀。

于是我知道铁塔究竟有多大了，——"那是巴黎圣母院！""那是蓬皮杜艺术中心！""那是蒙马特教堂！""那是小纽约！"

巴黎多大铁塔就有多大。也许还不止。一本书上说过，万里无云时，塔顶上可望到外省……

从神经中解放出来的风，无忌地挑逗着铁塔，摇撼它、敲打它。

我曾以为那历经一百多年风雨的朽铁会呻吟，会晃悠战栗……据说它的最大摆渡是十八厘米，此时它却纹丝不动，不必担心它会断裂倒塌。这在工业革命的辉煌中屹立的巨人，似乎雄心勃勃地要同那天边席卷而来的新浪潮作一番耐力的较量。它不会退出，不会退出的，虽然它已是上一个时代的标记，一百年前它却曾经是作为一个标新立异的怪物，在一片嘘声里，诞生于巴黎城的古迹之中的。

塔顶平台上游人如云，这威严古板的铁塔。我原以来你是拒人之外，高傲无情的——我却发现你是一个不露声色的老父，将那各种肤色各种头发的孩子都拥在你的怀里，一任他们纵情玩乐、观赏，又走散去，天涯海角，只留下一个模糊的影，在你的视野里……

有一对少年在塔顶的窗边接吻，多么高的吻。有一对青年在电梯里接吻，多么快的吻。铁塔是仁慈的，温暖的。假如我不到铁塔来，我将永远对它存有那么无知的偏见和戒心……

我不知我应该怎样下去，或者说，我希望永远也不要再下去。人到达过那样的高处，对地面便有了淡漠；人有过那样的恐惧，对安全便有了蔑视；人走近过那蓝色的梦想，又不得不回到原处，便尝到探险的悲哀。因为那不是山的高度，不是悬崖的恐惧，而是人在一个世纪之前的真实创造，是一个永远矗立的丰碑。你没有接近过它，你便没有权利轻视；有一日它终会化成一堆废铁，但它曾独一无二地存在过。

当它存在的时候，在巴黎城挤挤撞撞的建筑物中，它雄奇，却也孤独。它没有对话者。只有风，只有云，只有飞鸟，是它寂寞的伴侣。无数双温热的手抚摸它冰凉的铁杆，它的内心却依然孤独。

（刊发于1985年10月25日《人民日报》文艺副刊）

三妹，三妹……

武 华

三妹，眼下也不知，不知你仍旧躺在医院的病房里呢？还是已经……也不知我放假回去能不能再见你？前两天，家里来信说：医生赶你出院。在医院住多久也是白花钱……

接到电报，我立即从北京坐夜车回去看你。

我轻轻呼唤你的名字，三妹。你不应我。平静的苍白的面上浮着一个不易觉察的微笑——死神借你的唇显示它胜利的微笑！

我缓缓抬起你的双臂，三妹。你不拥抱我。两条沉重的臂膀如两条枯藤匍匐在身边。

啊！我的聪明、俊秀、活泼泼的三妹哪去啦？！

你有病后，曾多次去医院医治：

第一次，医生诊断为气管炎，叫你吃四环素；第二次，医生说你是神经性头痛，给你开了几片强痛定；第三次，医生把你从内科支到外科，从外科转到神经科，折腾了三四天，带回一盒青霉素。直到你头疼得从西屋蹦到东屋，又从东屋蹦到西屋了，医生才给你做了脊椎穿刺，确诊为结核性脑膜炎，收你住院。三妹，一住院你就昏迷，至今三个月了，你仍没有醒来。

三妹，你不言声。你不能告诉我这一切了。

唉！能告诉我又有什么用？我可怜的三妹！我的温柔敦厚的中国公民……

输液吊杆在你的床头空空的立着，它在向你表示不尽的歉意。窗外的阳光在你的脸上流连，照不活三妹勃勃的生气，也晒不干我的泪水。

你醒来吧，三妹。刚刚是初夏时节，花儿才开，叶儿才绿，黄鹂鸣啭，南雁北归。而你，只度了二十七个春秋的三妹，不能就这样一眠不起。

你降临在这个世界上，满目是饥荒。妈妈用苦菜填塞着乳房。一双柘黄干瘦的小手捧着妈妈的乳,使劲儿吸着,吮着,将妈妈的乳头嘬裂,饮妈妈的血……

背一个军绿色书包,穿一件姐姐穿小了的褂子,你第一次迈进小学校的大门。你却被人当作了"富农羔子……"在同学中间你是孤独的!

从那以后,三妹。你失去往日的欢乐。不唱不跳,紧皱着眉心,如老年般的沉默。你再不喊:"爷爷,我饿!""爷爷,我睡觉!""爷爷,你上山给我刨花根!"

爷爷叫你,你不理他。你拿大眼睛白瞪他。我可爱的三妹啊!你还小,你把这一切都迁怒到爷爷身上了。

夕阳照在田埂。田埂有我俩剜菜的小筐。你灵巧的身子跳上跳下,剜得真快。筐满了,我们的肚子空了。就从筐里挑"羊妈妈""婆婆丁"吃。"三妹,你把嘴都吃绿了!""姐,你的嘴也吃绿了!"我们张开两个绿嘴哈哈大笑。

北风刮在北梁。北梁放我俩拾柴的筐。我抡镐头刨下长在地里的高粱楂,你就砸楂上的土。柴筐满了,我们肚子饿了。啃一块凉红薯,摘一个干酸枣,喝着初冬的寒风,又甜又香。贫穷家的孩子是不娇贵的。姐姐我没肚子疼,三妹你也没肚子疼。

夕阳西下,我把扁担穿在筐上。前边是你,后边是我。抬着我俩苦涩的童年。

你小学毕业,没考上中学。我气坏了,失手打了你一下。父母都没打你,而我打了你。打得你不去吃饭,藏在小屋哭。

三妹,你知道吗?打了你以后,我好悔啊!我本来上班走出好远,又返回来。我要看看你的哭泣停止了没有?

我往家跑,快速地跑。

树荫里,一个梳着两条小辫儿、穿着蓝花夹袄的小人向我跑来。

"姐!姐你带上雨伞!"

三妹不记恨我!我一把将你搂在怀里,眼泪吧嗒吧嗒滴在你的后背上。

"姐,老师说我成绩很好。就是政审不合格。"

啊!那个时代!那个考初中也要政审的时代呀!

三妹,十二岁的你开始到社里劳动了。挑不起筐、抡不动镐:能干些什么呢?收尿!每个清晨,一个穿着蓝花夹袄的小瘦丫从这家那家端出尿盆来,倒在大桶里。全村九十八户人家,三妹一直要端到大半晌啊!可是队长只给你记一分工。十分工合伍角钱,你大半天端尿才收入五分钱。

"队长，从前收尿不是记十分吧？我怎么才一分？"

"你跟人家能比？！"

你明白啦。咱不能跟人家比……

后来，我们长大了，各寻自己的巢。从苦涩的童年走过，你把幸福寄于未来。你说："我们女孩子还是有希望的，找个好成份结婚走了，只是哥永远在家受气。"

那时，你虽瘦小，但也长得玲珑，妩媚，许多人为你提亲。家庭富裕的也有，长得漂亮的也有，可你都不干。

"我宁愿吃苦受累，也不怕，只要找一个贫下中农！"

你的廉价的愿望实现了，到底在一个深山老峪的地方找到一位贫农子弟。你红着脸欢喜地对我说："姐，他还是转业军人呢！"

然而，三妹，你再没有受气吗？你得到了爱情吗？你幸福吗？

人生是一个谜。谜底要在生命终结的时候才能揭晓。可是三妹，二十七岁的你、还没有真正懂得人生呢。

结婚以后，我们各奔东西。因为整天紧张忙碌还没能抽出时间，看看你的家，看看你的生活，看看你的心情。我把你太疏远啦，太冷漠了。我只忙着工作、开会、出差，现在又来北大进修……

原谅我吧！三妹。其实我每时每刻都在焦虑不安中度过，我的心如被揉搓践踏了的一捆青菜，那种难过是无法用言语来表达的！

下课的铃声响了，我走出教室。三妹，你来了。伴我在未名湖畔，从左边跳到右边，从右边跳到左边。

我抓不到你啊——一只多么鲜丽的翠鸟！

饭堂里，我买饭就餐。三妹，你来了。就站在我的对面，咬着银勺嘻嘻笑。"姐，你吃菜。"

倏地飞走了——你这只洁白的鸽子！

深夜，我合上书本。三妹，你又来了……

"三妹——"我大声呼喊。

你不理我，血红的背影在我面前渐渐地消逝了……

(刊发于 1986 年 3 月 5 日《人民日报》文艺副刊)

思念胡风和田间

艾 青

1935年10月我从国民党监狱出来，1936年上半年我在常州女子师范教了半年书，下半年，到上海住在亭子间里过笔墨生涯。

一天，一个穿西装的青年来访，看样子不会超过二十岁，捧了两本诗集，一本《中国牧歌》，一本《中国农村的故事》，用瑞典纸精印，毛边，是当时最阔的。在书的第一页上写着"海澄哥教我"，使我很感动。

这个青年就是田间，光华大学的学生，当时已是出名的诗人。而我虽然发表诗文已三四年了，却还没有出版过诗集呢。

1936年11月，我从在狱中所写的诗选了九首，自费出版了第一本诗集《大堰河》，出书之后当然送田间一本。

不久，田间来告诉我："有人写了一篇评论你的诗的文章，想见见你。"我既不知人家怎么评论的，就回答："等我看了文章再说吧。"

文章发表了，在王统照主编的《文学》上，题目是《吹芦笛的诗人》，作者胡风。我看，文章是田间叫他写的。

从此，胡风和田间成了我的朋友。胡风1902年生，比我大八岁，田间1916年生，比我小六岁，胡风自然是长者。但他不爱发议论，从来没有告诉他的地址，我也没有问过他。

他来，总是静静地坐着，看见我的桌子上有诗稿，就拿起自己读，读完了就带走发表。他在文坛交往比较广。通过田间和胡风，我也认识了聂绀弩，他们也从我这里认识了江丰、李又然。我既然靠写作维持生活，有困难就靠朋友接济。但是创作的确给我以慰安。

胡风主编《工作与学习》丛刊，发表了我一部分诗，这个丛刊有两期的封面是我设计的。丛刊发表了我的诗之后，一天胡风突然告诉我："你的诗已得到最高的评价。"我不好意思问他是谁说的，他也没有进一步说明，后来我猜是冯雪峰说的，因为那时，冯雪峰担负了中央派他主持上海的工作。

1937年7月抗日战争爆发前，我由亲戚介绍到杭州蕙兰中学教书。战事失利，我离开杭州到武汉。当时武汉已成了文化中心，许多作家云集在武汉，胡风、田间、绀弩、萧军、萧红、端木蕻良……后来江丰和李又然也来了。

胡风把人们召集一起，商谈出版刊物的事，大家决定办《七月》，七月是全面抗战开始的日子。

胡风和出版界有关系，他编刊物、写评论、写诗都行，作为诗人，他在1937年8月就写了一篇《为祖国而歌》，歌中唱道：

　　迎着枪声　炮声　炸弹的呼啸声——
　　祖国啊
　　为了你
　　为了你的勇敢的儿女们
　　为明天
　　我要尽情地歌唱
　　用我的感激
　　我的悲愤
　　我的眼泪
　　我的也许迸溅在你的土壤上的活血！

他在1938年8月27日写的长诗《给怯懦者们》，是为了叫大家起来去战胜强暴而不停地呼号的。

田间从一个小旅馆搬到美专和我住在一起。他那年12月24日写了长诗《给战斗者》，这是一首一气呵成的长诗，分很多段，像一串串珍珠似的闪耀在我的心头，他的诗召唤着战斗，像擂鼓似的。

　　在诗篇上
　　战士的坟场
　　会比奴隶的国家，
　　要温暖，
　　要明亮。

我们两人一起送给胡风，胡风当然也喜欢，决定发表在《七月》上。

12月28日，我写了《雪落在中国的土地上》，等我写完了，真的下起雪了。我对李又然说："今天这场雪是为我下的。"他听了说："你这个人自我中心太厉害了，连天也听你指挥的。"我只能笑笑。

这首诗也发表在《七月》上。1938年1月间，田间、绀弩、萧军、萧红、端木蕻良、李又然和我，大家一同到了山西临汾，那里办了一个"民族革命大学"需要人，我们是为了开展工作，为了抗日战争而去的。

当时，丁玲（我在1932年见过面）正率领西北战地服务团在临汾。田间就参加了。其他的人都分散了，有的到西安，有的南下，我到西安。

不久，我离开西安到武汉，我把这次北上所写的诗，都交给胡风，有《风陵渡》《补衣妇》《驴子》《骆驼》《乞丐》等。4月我写了长诗《向太阳》，7月写了《人皮》，都发表在《七月》上。

在战争年代，人们流离失所，到处漂泊，谁也不知道自己将要到哪儿去。同样，这个年代倒也会从匆匆而过的人群里遇到不期而遇的人物。我从武汉南下到湖南衡山，就碰上1929年到法国的同路人孙伏园，他是衡山县的县长，请我吃了一顿饭，在座的有诗人S.M.，他后来也是胡风的朋友，遭受到和胡风同样的命运。在衡山，我也遇到日本的反战的战士鹿地亘和夫人池田幸子，他们当时很狼狈。

我遇见了诗人番草，他是田间的同乡，他约我到广西去，说可以帮助我找到工作。我就到了广西。桂林也形成了战时的文化中心。

我在《广西日报》编副刊，取名《南方》，原定每周一期，后来被别的副刊挤到半月一期，又挤到一月一期，最后成了无期。我曾开玩笑说："这个副刊是个公共厕所。"

1939年秋天，我辞去《南方》编务，到湘西新宁衡山乡村师范教了半年书。陶行知先生办的重庆育才学校要我去，育才受国民党敌视，我就搬到重庆市区住。这时间，又与胡风见面。《七月》已停刊，我们只在各种会上相见。他还是很活跃，在文协负责部分工作。

记得有一次他约我在北碚和周恩来见面，这是我第一次见到周恩来同志。他后来在草街子育才学校讲了话，给我留下深刻的印象。

我在重庆只有一年的时间，直到1941年春天"皖南事变"发生了，我和胡风、田汉、宋之的都收到国民党的要员刘峙、吴国桢、陈立夫、谷正纲四人的请柬，请我们去参加"总理纪念周"。只有宋之的去了，他回来说，陈立夫在会上叫嚷了一通："我们至大至刚，什么也不怕！"

这之后，我的身后就不时有特务跟踪了。

八路军重庆办事处对作家有了安排，分两路撤退：一路到香港，一路到延安。我决定到延安。走前曾问胡风去不去延安，胡风说："不去。"态度很坚决。

我到延安后，曾向当时的党中央总书记张闻天同志谈起胡风不愿意到延安。他说："有什么意见，只要到家里，就一定能说清楚。"

但胡风终于没有到延安。

延安和重庆间的信件来往很不方便，我和田间一同署名给胡风写过一封信。以后他大概到香港去了。

1949年1月北京解放，下半年召开第一次文代会，胡风和田间都参加了。

第一届政协，胡风是委员。但那时他住上海。1950年，我为和平签名运动到全国各大城市，胡乔木同志要我找上海的三个作家谈谈，这三个作家就是冯雪峰、胡风和夏衍。我把谈话记录原封不动地交给了乔木。

田间写了不少诗，《戎冠秀》《赶车传》……《赶车传》是巨著，曾被译成德文和捷克文，我写信鼓励过他，但是，解放以后，见面的机会却比较少了。

1954年7月，听说胡风向党写了三十万言书，对文艺工作提出了很多意见。本来可以通过自由讨论解决，却想不到遭到了严厉的批判，终于夸大成了政治问题给以讨伐。他被当做敌对分子处理，因他受牵连的人数不少。

从此，我们彼此不知死活，音讯隔绝达二十多年之久，直到1980年9月，中央重新审查他的案件，给予平反，他才重见天日。

每逢文艺界开会，他得到通知就来参加，总是坐在远远的地方，我只要看见他就走上去和他坐在一起，只是默默地相对无言，像两块化石。

听他的家属说他还能写东西，记忆力特别强。很多事情，他口述出来，家属帮他记录下来。但是他病了，田间也病了，都住在友谊医院里，我不知道。一天，接到梅志的信说胡风病危，她说不告诉我，我将要埋怨她。我马上叫车到友谊医院，在路上作协的驾驶员说："胡风已在昨天下午四点钟去世了。"我感到茫然。

我们还是到友谊医院去看了田间，田间这一天精神很好，要我们多坐一会儿，我们走，他送我们出病房。我们装做不知胡风已去世，就对他说："想看看胡风。"田间说："胡风患重感冒，医生不让看。"可见他还不知道胡风已经离开人间。

我们只得叫车开到胡风家里。慰问梅志和儿女们，我说："晚了一步，没有赶上，我很悲痛……"他家里充满了悲哀。

胡风是1985年6月8日逝世的，终年八十三岁；同年8月30日，田间也死了，终年六十九岁，他和胡风逝世相隔不到一百天。

可怕的癌症又夺走了我的两个朋友。

一九八六年一月十三日北京

（刊发于1986年4月18日《人民日报》文艺副刊）

野性的湖

柯 蓝

一

　　铁锈般乌漆的云，在等待我。还有无影的痛苦的风，为我吹着口哨。只有那密密的堤岸上一排不透气的小椴木林，拥挤在一块，在小心翼翼地为我担忧受怕。这一望无边际的湖中的海啊，你充满野性，我就这么悄悄地来到了你的身边。

　　此刻，你冲击沙岸的堤涛；此刻，你在原野上颤动的水光，以及你呼啸在广阔湖面的傲慢和粗野，都在我心中引起了难以抑制的思念。

　　是一对恋人粗暴争吵后，双方在任性怨恨，相对沉默么？

　　是一个长途跋涉者在夜宿的小店中，孤寂地沉思么？

　　是在分离的时刻，那无法约束的阵阵难以平息的风暴，在心中撞击着脆弱的堤岸么？

　　你还使我想起，这也许是一群野牛野马居住的所在。只有那远处的一点黑色的归船，在看不见的飘荡中，才令人想起这是一个野性的湖，一个湖中的海。

二

　　黄昏前的一阵暴雨，像是前来问候我的过客，匆匆地来，又匆匆地走了。我接受了湖风的邀请，来到松软寂寞的沙滩。

　　午后那些红男绿女把欢笑带走了，把迪斯科的乐曲带走了，只留下一些杂乱不清的脚印在松软美丽的沙滩。这是一些没有思念，没有依恋的符号。只有那几条深深压下的车辙，才使我想起这野性的湖，有了它自己的生命——这是人赋予它的生命呵。于是，我静静地谛听这不断传来的湖涛声。为什么听不出它的痛苦和欢乐呢？也许是它太广阔难驯，太严峻莫测……难道你的野性，把痛苦和欢乐都吞没了吗？

三

野性的湖，半夜猛然推开我的窗户，抛进一道闪电，和雷声中的雨点。我立即站在窗前，接受你这意外的情意。我知道，这是你对我的呼唤。这是你用刚毅的微笑，在我柔软的土壤中，种下坚强的果实。呵，野性的湖，你也许来得突然，也许我还不习惯你这野性的抚慰。但，我的心却为你颤动了。

四

从湖上走来的野风呵，你要猛烈地横扫你心中的闷郁么？你摇晃着一切树木和整个原野，你吹起寒冷和沙石，袭击着我的手和脸。你掀起了整个湖面的波涛，放出一层一层跳起又倒下的白浪，向我扑来。野性的湖上的野风呵，你的豪迈，你的雄壮，使我忘记了我的渺小，我的脆弱，和我的一切不足。远道南来的游子，知道一个从零下四十度严寒中获得生命的兴凯湖，一个从几千年民族灾难中挣扎的兴凯湖——这野性的湖，这湖中的海，给予我的全部的爱的意义。

(刊发于1986年5月12日《人民日报》文艺副刊)

又是月季芬芳时

周 明

五月的北京,一场夜雨过后,气候分外凉爽,空气格外清新。5月23日上午,已是87岁高龄、但仍在辛勤笔耕的老作家谢冰心正在伏案写作,忽然接到电话,传来邓颖超同志要来她家看望她的消息。

这真是意外的喜讯,却也令冰心老人深感不安。

她想:邓颖超也已年逾八十,又辛苦操劳着国家大事,她的时间那么宝贵,工作那么繁忙,怎么可以来看我呢?

她正在思忖的当儿,邓颖超同志已经到来。因为冰心家住二楼,爬楼阶,邓大姐行吗?冰心自己虽还耳聪目明,思想灵敏,然而行动却大大不便了;即使在房间里走动,也需要借助于助步器。

一听说邓大姐到了,冰心赶忙扶着助步器在门口迎候。一再对正在上楼的邓大姐说:慢点,慢点。

邓大姐一行走进冰心幽雅、安适的客厅,秘书赵炜同志才说:今天上午,大姐同往年一样,是来看月季花的。她见您没有来,听说您在家,她说一定得来看看您。因为去年这个时节,邓大姐和谢冰心两位老人曾愉快地相会在月季丛中。

今天,邓大姐又带来一只鲜花盛开的月季花篮,送给冰心。

冰心非常感动,几天前,邓大姐刚刚让秘书特意将她家院里开放的芍药采撷了一束送给冰心。冰心提起这事,邓大姐反而表示歉意地说:前几天给您送花,我忙得连封信都没来得及写。我知道您非常爱花……

冰心说,喏,这不,我把那束您家院里开的芍药献给总理了。

这是冰心多年来的习惯,她总是要把自己喜爱的鲜花献给终生难忘的周恩来总理——用她那只典雅的花瓶,摆在总理的遗像面前。

邓颖超同志听了缓缓站起身,移步来到总理遗像前,默默地沉思良久。

在场的冰心一家人也都陷入深情的怀念中……

过了片刻，冰心告诉邓大姐，她今天为什么没有去看花？腿脚不灵了是一个原因，主要的因为她正在赶写一篇文章——为中国青年出版社将要出版的一本《中国中学生优秀作文选》写序言。她说，她本来想在匆匆地看过几十篇作文后写点感想出来完稿，没有想到竟把这篇序言写得很长；因为在她阅读这些文章的时候，仿佛回到了半个多世纪以前，她教大学一年级国文的时代。她说，那时候她对每一个学生都有很深的感情，因而现在读到这批作文时无形中看得很细，也批得很多。拿起笔来一直写下去，就自然地写得这么长了。

邓大姐高兴地频频点头，诚挚地说：好！好！您老而弥坚！老而弥坚！并说，您今年比去年健康得多，结实，气色好。我在人民画报上看到你的照片后，我说冰心没老，一片冰心还在玉壶。

大姐的一席话，使得在场的人都爽朗地笑了。

邓大姐又对冰心说：您是个乐观者。我想你大概从青年时候就喜欢和小读者在一起。您的《寄小读者》，我是什么时候读的？我是在20年代在北京当小学教师时就拜读过。一直留下很深刻的印象……

冰心说，那已经是从前的事了。您那么忙，您跑来看我，我真过意不去。

两位老人热烈而又亲切地交谈着；谈花、谈写文章、谈往事、谈家常，谈子女的教育……时间不知不觉已近中午。冰心和家人留邓大姐吃饭，大姐说，我们今天是突然来，下次来吃饭，早一天通知你。

冰心说：今天我们事先就不知道你来。早知道就好了。我是万万没有想到的。

邓大姐说：我怕惊动你。

分别时，两位老人紧紧握手，互相祝福，邓大姐临下楼时，还直念叨说：千言万语说不完，以后再说，咱们下回再叙。

冰心手扶助步器，久久地站立楼道口，一直目送邓颖超同志走下楼，走出楼门口，乘车而去。她回转身走进客厅时，突然涌起一种异样的感觉：

是芬芳的月季散发出花香？

是亲切的话语犹在耳畔？

她期待着和邓颖超再次会见，再次叙谈。

又是月季芬芳时，这是多么有意义的一次会见！

一九八七年六月五日

（刊发于1987年6月23日《人民日报》文艺副刊）

理学的血腥

舒 芜

近年来好像听说程朱理学又有些吃香了,"五四"以来对理学的批判据说也搞错了。我不敢说对这个问题有什么研究,可我是很关心的。理学曾是我的"家学",请不要见笑,十三四岁的时候我还想当理学家,正正经经地写过一本理学家式的语录,还着手编《论语》的新注哩。因为是从那里面出来的,亲身感受到活生生的具体的理学是怎么一回事,大致上就像觉慧、觉民以及鸣凤在高公馆里所感到的(主要并不在爱情婚姻等方面),也像祥林嫂以及鲁四老爷的侄子在鲁四老爷家里所感到的,所以现在我听到学者的议论,总是心不在焉,领略不了,一心只怕冯乐山、高老太爷、鲁四老爷的重来。大概这好比一场人肉筵宴之后,不管那烹调如何高妙,活着的"两脚羊"们决不会盼望盛宴重开。

其实,理学不仅是我一家之学,桐城派的标语是"学行继程朱而后,文章在韩欧之间",我少年时候,整个桐城似乎都弥漫了理学的空气。桐城派初祖方苞,是专讲程朱之学的。现在不少选本都选录了他的《狱中杂记》和《左忠毅公逸事》。这两篇是应该选,可是如果要看他作为理学家的主要面目,还得看看别的文章。这里试举一个小例子,方苞在一篇文章里说:周以前妇女不以改嫁为非,男人也不以为耻。秦始皇开始禁止有儿子的妇女改嫁,效果还不大。

"盖夫妇之义,至程子然后大明。……而'饿死事小,失节事大'之言,则村农市儿皆耳熟焉。自是以后,为男子者率以妇人之失节为羞,而憎且贱之。此妇人之所以自矜奋与"(《岩镇曹氏女妇贞烈传序》,《望溪先生文集》卷四)。这是歌颂秦始皇迫害妇女的首功,而程朱理学在这方面的大功劳又远远超过秦始皇之上,他说:"程子一言,乃震动乎宇宙,而有关于百世以下之人纪若此。"这实际上也批评了孔孟在这方面没有做什么。"饿死事小,失节事大"这个理论，使得"为男子者率以妇人之失节为羞，而憎且贱之"，这个压力才是妇女之所以"自愿"去做节妇烈女的原因，这说得够赤裸裸的了。于是我们可以看到作者以及一切理学家们对于一切"妇人之失节者"的那副"憎且贱之"的面孔，看到古来多少妇女在这副面孔前怎样战栗，怎样吞金、跳井、上吊、绝粒，怎样含辛茹苦地守节……这是什么？这就是具体的活生生的理学。

当然，这只是娘儿们的事，也许无关大体吧。那么，再看方苞另一篇文章。他说：人受命于天，以道受命，倘不遵循天道，便要为天所弃绝。"尚机变，急嗜欲"的人，与禽兽无别，天也不以人道等待之。

"草薙禽狝而莫之悯痛也。……而大乱之兴，必在政法与礼俗尽失之后。盖人之道既无以自立，非芟夷荡涤不可以更新。至于祸乱之成，则无罪而死者，亦不知其几矣"（《原人下》，《望溪先生文集》卷三）。

原来一切大战乱、大屠杀，都是被屠杀的人民群众自己不好，自己先变成了禽兽，活该"草薙禽狝"，而屠杀者倒是替老天爷来"芟夷荡涤"，更新宇宙。当然，无罪而死的也不少，但是只能怪酿成祸乱的那些禽兽，实行"芟夷荡涤"替天行道的救世主是不任其咎的。古书我读得不多，见闻浅陋，真不知道还有没有比这更血腥气的文字。这套刽子手理论有一个哲学基础，就是"人之于天也，以道受命"，这是正宗的程朱理学的命题。从这个命题轻轻一推，便推出了"不若于天者，天绝之也"这个血腥的结论。后来曾国藩解释太平天国起因，说是几十年来应杀而未杀的人太多，流在山林草莽之间，就像一个人久未洗头，头发间生满虱子，咬得人痛痒不堪，非痛加梳洗一番不可，这种刽子手的历史哲学是与方苞一脉相承的。他们都是讲天人通感天人合一的。可是近年来好像也有学者把这种天人合一之说评价得很高，说是这里面早就包含着人与大自然的和谐统一的真理。若如所云，曾国藩替大地关心其头发的净垢，虱子的多少，真是与大自然合为一体，痛痒相关，不枉当时人称"曾剃头"了。

一九八七年十一月二十七日

（刊发于1987年12月17日《人民日报》文艺副刊）

夏衍与宋振庭的通信
——度尽劫波 相逢一笑

夏 衍

夏老如晤：

手术后困居病室，承临探视，内心至感。风烛之年，有许多话要说，但欲言又止者再，后来深夜静思，仍内疚不已，终于写了此信。

庭总角读书，即知有沈端先先生者，后来虽屡在开会时见面，但仍无一叙心曲之机会。1957年反右，庭在吉林省委宣传部工作，分管文教、电影。在长影反右，庭实主其事，整了人，伤了朋友，嗣后历次运动，伤人更多，实为平生一大憾事。三中全会之后，痛定思痛，顿然彻悟。对此往事，庭逢人即讲，逢文即写，我整人，人亦整我，结果是整得两败俱伤，真是一场惨痛教训。对所谓"四条汉子"之事，庭本不知实情，但以人言喝喝，乃轻率应和，盲目放矢。"文革"前庭对周扬同志及我公，亦因浮言障目，轻率行文，伤及长者，午夜思之，怅恨不已。1961年影协开会时，庭在长影小组发言，亦曾伤及荒煤同志，梗梗在心，未知陈兄能宽宥否也。

我公豁达厚朴，肝胆照人，有长者风。此疚此情，本拟登门负荆，一诉衷曲，终以手术后卧床不起，未能如愿，近闻周公亦因病住院，只能遥祝康复矣。我公高龄八十有四，庭亦已六十三矣，病废之余，黄泉在望，唯此一念在怀，吐之而后快，此信上达，庭之心事毕矣。

顿首祝

康健

宋振庭　1984年9月15日

振庭同志：

惠书拜读，沉思了许久。足下大病之余，总以安心静养为好，过去的事，该忘却的可以淡然置之，该引以为戒的也可以暂时搁置一下，康复后再作审慎的研讨。心理要影响生理，病中苛责自己，对康复不利。现在中国的平均寿命已为69岁，60岁不能算老，说"黄泉在望"之类的话，未免太悲观了。

您说上次见面时"欲言又止者再"，这一点，我当时也已感觉到了，我本来也想和你谈谈，但后来也因为你有点激动而没有说。任何一个人不可能不受到时代和社会的制约，我们这一辈人生活在一个大转折的时代，两千年的封建宗法观念和近一百年的驳杂的外来习俗，都在我们身上留下了很难洗刷的斑痕。上下求索，要做到一清二白，不犯一点错误是不可能的。解放之前和明摆着的反动派作战，目标比较明确，可是一旦形势发生突变，书生作吏，成了当权派，问题就复杂了。知人不易，知己更难，对此，我是在60年代初文化部、文联整风时才有了初步的体会。

不久前我在拙著《懒寻旧梦录》的自序中有过一段反思独白："我又想起了五四时期就提过的科学与民主这个口号，为什么在新中国成立后17年，还会遭遇到比法西斯更野蛮、更残暴的浩劫，为什么这场内乱会持续了十年之久？我从痛苦中得到了解答：科学和民主是社会发展的动力这种思想，没有在中国人民的心中扎根。两千多年的封建宗法思想阻碍了民主革命的深入，解放后17年，先是笼统地反对资本主义，连资本主义上升时期的东西也统统反掉，60年代，'以阶级斗争为纲'，又提了'斗私批修'、'兴无灭资'之类的口号，相反，17年中却没有认真地批判过封建主义，我们这些人也真的认为封建主义这座大山早已经推倒了，其结果呢，封建宗法势力，却'我自巍然不动'。……我们这些受过'五四'洗礼的人，也随波逐流，逐渐成了'驯服工具'，而丧失了独立思考的勇气。"

这些话出自内心，并非矫饰，这是由于不尊重辩证法而应该受到的惩罚，当然也可以说是"在劫难逃"。人是社会的细胞，社会剧变，人的思想行动也不能不应顺而变。党走了几十年的曲曲折折的道路，作为一个虔诚的党员，不走弯路，不摔跤子，看来也是不可能的。在激流中游泳，会碰伤自己，也会碰伤别人，我解放后一直被认为"右倾"，但在30年代王明当权时期，我不是没有"左"过，教条主义、宗派主义都有。1958年大跃进，我也一度头脑发热，文化部大炼钢铁的总指挥就是我。吃了苦，长了智，"觉今是而昨非"即可，没有忏悔的必要。我在文化部工作了整整10年，回想起来，对电影、外事，由于比较熟悉，所以犯的错误较少，但对戏曲、文物等等，则处理具体问题时往往由于急于求成，而容易急躁"左"倾。这就是说，"外行领导内行"，一定要特别审慎。从你的来信中我也有一些联想，你对电影是外行，所以犯了错误，伤了人；但你热爱乃至醉心书画、碑帖、考古，所以在1962年那个"阶级斗争要天天讲"的时刻，你竟能担着风险把划了右派的张伯驹夫妇接到长春，给他摘了帽子，并让他当了吉林博物馆馆长。这件事是陈毅同志告诉我的，当时我很佩服你的勇气，当然，没有陈老总的支持，那也是办不到的。

  对于1957年后的事，坦率地说，由于整过我的人不少，所以我认为你只是随风呼喊了几声而已。况且你当时是宣传部长，上面还有文教书记，他上面还有第一书记，再上面还有更大的"左派"，所以单苛责你一个人是不对的。明末清初，有一首流传很广的打油诗："闻道头须剃，而今尽剃头，有头皆要剃，不剃不成头。剃自由他剃，头还是我头，请看剃头者，人亦剃其头。"1974年在狱中偶然想起，把它戏改为："闻道人须整，而今尽整人，有人皆可整，不整不成人。整自由他整，人还是我人，请看整人者，人亦整其人。"往事如烟，录此以供一笑，劫后余生，何必自苦？病中多宜珍摄，顺祝早日康复。

夏衍 1984年国庆前一日

原载《散文世界》一九八八年第一期

（刊发于1988年1月5日《人民日报》文艺副刊）

梦的回声

黄宗英

人，一落生，就想着去做自己力所难及的事情。先是闭着眼睛用小嘴拼命吮妈妈的乳头，没多少日子就试着用小手抱着大奶瓶不放了。才会坐，就想爬；刚能爬，就要走；还没站稳，就迈楼梯了。这就是生命、生长。人，一旦停止了迸发自我潜力的追求，生命原地踏步，青春悄悄陨逝，遗下的只是机械的生理重复。

元亨利贞。春夏秋冬。天时人事。不忒不穷。今年新春，绿衣人送来一张贺卡、一张照片、一页短笺，显示了付邮者生命之新的搏动。那照片上的画面好熟悉。是座小木屋。咦，这不是《小木屋》报告文学电视片摄制组赴西藏拍摄时，赠给森林生态女学者徐凤翔的那座小木屋吗？徐凤翔痴心梦想在西藏建立一座森林生态定位研究站——哪怕只是一座小木屋。她以一弱女子在近半百的年纪，离家别子，七次进藏，七载奔波，不得结果。而我们也力所难及，我们只有一支笔，充其量只能在摄制预算里做点小文章——买了些木料，靠当地驻军的协助，大家动手为她建起一座小木屋。一座象征迎科学之神的小庙。以示诚挚的祝愿，动情的呼吁。当然，并不是只为了一个徐凤翔。是为了千千万万科学工作者们的梦，也为了我们文艺工作者的梦。为死了的，永远带走了的梦。为活着的，多年未圆的梦。为年轻人一天要做三个梦的美梦。梦想、追求，是人的生命、群体的生命，也是一个国家的生命。

呀，这并不是1984年5月摄制组留给徐凤翔的那座小木屋；而是一座新搭的小木屋。在这座木屋的后边，齐刷刷一排白色的两层楼的科学实验室，矗立在西藏自治区林芝地区西藏农牧学院的校园里，"小木屋"是科学楼前区的有纪念意义的装饰性标志。徐凤翔就是从力所难及的小木屋的梦起步，奔走了十来年，如今梦圆了。知识分子圆梦的墒情萌动了。朋友，祝贺你。当你这位被藏族人民尊称为"白衣仙女"的生态学者，有了蓝天托付的雪山般的科学实验楼，凤翔，你又在追求什么呢？你又有什么新的苦恼，新的憧憬……

当一个梦圆了的时候，我们又开始追求另一个梦，渴望去做另一件力所难及的事。梦的回声唤起新的梦，循环不已，生命不息。

　　且喜梦多梦酣，
　　何计梦破梦圆。

(刊发于1988年3月20日《人民日报》文艺副刊)

谈镜花水月

孙 犁

凡是文艺，都要取材。环境有依据，人物也有依据。但一进入作品，即是已经加工过的，不再是原来的环境和人物了。这就像镜和水月一样，多么逼真，也不是原来的花月了。有些读者，不明此义，常常按图索骥，已近于庸俗社会学。而有些人却听信传言，在文艺作品中，去寻找自己，这不只有悖常识，也常常流于庸人自扰的混乱之境。

文学作品，当以公心讽世为目的。以暴露人家的隐私为目的作品，被称为黑幕小说，作品、作者，都不足道。明白人更不必去过多注意它的内容，从中探索自己的影子。

曾孟朴的《孽海花》，人物多有依据。书中有实可指者，近二十人。显宦包括张之洞，名流包括李莼客。但在当时以及后来，没有听说有谁，或是谁的后代，出来抗议，说书中某某人，写的就是他，或是他的祖先。因为谁都知道，人物一进入小说，便是虚构，打破镜子摘采花朵，跳进水中捞取月亮，只有傻瓜才肯那样去干。

当然也有例外，那就是赛金花。她不只承认写的就是自己，而且把作家夸大的部分，虚构的部分，都包了下来。因为，这对她来说，都没有坏处，倒有好处。

老实说，近些年，确有一些熟人、朋友的个别事迹，写入了我的文章，但也只是摘取一枝一叶，并不影响我对他们的全部评价。朋友仍然是朋友，熟人照旧是熟人。当然也有的从此就得罪了，疏远了，我是没有办法挽回的。

过去，当政治风雨突然袭击时，有些人对同志，对朋友，无中生有，造谣污蔑，不只使当事者蒙不白之冤，也使他的家属，有血泪之痛。这称之为乘人之危，投井下石，毫不为过。但这种做法，人们习以为常，他本人也会轻易地忘记。

而在太平盛世，天晴气朗之时，别人偶然描绘了一下类似他的嘴脸，伤不了他的半根毫毛，好官自为之，名人自当之，却忍受不了，以为别人不够朋友，刻薄无情，从此要绝交，要打句号。这可以说是我们的社会生活中，多年来形成的一种奇异现象。

其实，目前的环境，周围的关系，绝不会因为他的某一特点，被某一作者采撷了去，会对他产生什么不利的影响。例如，我曾写入杂文"谈迁"中的那个人物，在后来整党的时候，就竟然当上了领导小组的成员。当时在场的人，都还活着，不以为怪。

我有洁癖，真正的恶人、坏人、小人，我还不愿写进我的作品。鲁迅说，从来没有人愿意去写毛毛虫、痰和字纸篓。一些人进入我的作品，虽然我批评或是讽刺了他的一些方面，我对他们仍然是有感情的，有时还是很依恋的，其中也包括我的亲友、家属和我自己。

我是一个很平庸的人，有很多弱点。一生之中，长期漂流在外，对家庭没有负起应尽的责任。自己的不幸遭遇，以及做过的错事、鲁莽事、傻事，都曾使亲人焦虑、感伤。到了晚年，时常自责并无掩饰地写出来，作为临终前的忏悔。

对于别人，交往也好，得罪也好，我已没有什么希求。我从来不愿得罪人，甚至不愿得罪院里的猫和狗，但我不能不写东西。

我过去所写的小说中，也有坏人吧？现在看起来，都很概念。晚年对世事体会深了，偶一触及，便有入木凿石之感，但确实也不愿再写多少了。

一生之中，我得到过的东西很多，有些过分。当然失去的也不少。现在，我已经进入了无欲望状态，不想再得到什么，也没有什么可以害怕失去的了。有人说，老的一代，必都有一种失落感，那恐怕是一些人的推测之词。

一九八八年春

（刊发于1988年7月26日《人民日报》文艺副刊）

活着的滋味

谌 容

第一个人说：活得太累了。没完没了的解释，无休无止的小心，成年累月为别人活着。为人子、为人夫、为人父、为人同事、为人哥儿们、为人"喽喽"、为人"头头"。看别人的脸色，讨别人的喜欢，避别人的忌讳，给别人以好感。摇旗呐喊，插科打诨，不想笑要笑，哭不出来要哭……累了，太累了。

第二个人说：活腻味了。爱过了，恨过了，哭过了，笑过了，乐过了，苦过了。金银财宝，身外之物。功名利禄，过眼云烟。香酥鸡、肯德鸡、道口烧鸡，大同小异。长城饭店、昆仑饭店、建国饭店，千篇一律。台球、保龄球、高尔夫球，无非是球。人生不过如此，该收场了。游戏人生，我够了。你们爱玩儿玩去吧，别拉扯上我。

第三个人说：怎么能这样对待生活！怎么能说活得太累，怎么能说活得太腻？在这大变革的年代，难道你们就没有一点社会责任感？人生在世难道就为自己活着！我们的国家能有今天，这容易吗？同志们，振兴中华，匹夫有责，开放改革，重担就落在你、我、他身上。我们应该对社会负责，对国家负责，对后代负责。否则就是犯罪。振作起来啊，前进！

第四个人说：你有什么资格教训别人？你是活得有滋有味，轻松活泼。坐着公家的小车，住着公家的小楼，吃着公家的宴会，三天两头上电视，仨月俩月出趟国。你当然可以大谈社会责任感。可你自己呢？你有多少社会责任感？

第五个人说：何必那么激动！你以为当官那么愉快？你以为当官的都活得挺舒坦？没有那事儿。官场不好混。左右逢源，上下照应，按下葫芦起来瓢，没金刚钻还真揽不了这瓷器活儿。别瞧着当官的就有气，别瞧着当官的号令就腻烦，人家也有一本难念的经。就说社会责任感吧，他当官的不说谁说？

第六个人说：算了，都别嚷嚷了。树林子大了，什么鸟都有，人跟人哪能都一样？不把社会责任感挂嘴上的，有的未必没有社会责任感，有的也确实没有社会责任感。把社会责任感挂嘴上的，有的确实有社会责任感，有的也未必有社会责任感。第七个人说：算了，算了，管它呢，反正都得活着。活着就得吃喝，吃喝就得消费，消费就刺激生产。更何况，吃了喝了还得拉还得撒，拉了撒了就为社会增加了肥料。走，喝二两去。

第八个人说：……

(刊发于1988年8月20日《人民日报》文艺副刊)

鄂州市西山记

徐 迟

这一片山水,在帝尧之世,是樊国。夏朝称之为鄂都,商代称之为鄂国。楚名鄂渚,秦汉为鄂县。三国之时,吴王建都后改名为武昌。民国又叫它鄂城。迄1983年它才有了今天的这个美名:鄂州市。市里的吴君和樊君打我的主意,邀请我来游西山,要我给它抒情。这西山高一百七十米,十多年前我来过,那时它是光秃秃的,今来则漫山森林覆盖着它。石门嵯峨,黛翠其色。松风新阁,幽涛有声。步入一只亭子,读了苏辙的《武昌九曲亭记》。四百八十六字绘写出苏轼的潇洒神情,并纪事云,雷雨交加,大风拔去了古木。快哉!妙哉!乃登望江台,朗诵《前赤壁》;直上西山顶,堪笑那碧眼二郎称帝又祭天。见乌云来集,飞车到灵泉古寺。大雨已至,亟避之于吴王避暑宫。才饮灵泉水,又食东坡饼。久久而雨不止,进到广宴厅。在古帝王大宴群臣处,一碟碟美肴、一盘盘凤尾鳊鱼端上桌。而一声声迅雷震耳,一阵阵豪雨瓢泼似的往下浇。林木狂舞,山洪如飞瀑。赏西山之雨景,洵淋漓而尽致。于是心潮汹涌,起伏澎湃:我们多么地尊重历史,修复了多少名胜古迹!昔吴王采武昌之铜铁,铸为刀剑万余,算不得什么;如今鄂钢的高炉平炉,燃烧在鄂东这条冶金长廊上,我们无须背历史的包袱。那古色古香固能发思古幽情,但不能窒息我们的飞跃的心灵。应知当代的多少灾难,几乎没有不是古来的祸殃的重演与再现。这场大雨下得好,拔古木,冲腐蚀,入长江,刷下海洋去,永世不让它们再回来!当然历史的精华也不应丢掉,但是创造未来却更为重要。鄂州市面对着一条黄金的水道,它也是后浪在推着前浪的。曾经是百万雄师的战场,于今是幸福生活的航道。我们要新建一座现代化的鄂州市的西山。要让科技普及馆作它的心脏,以天文宇航博览馆为它的冠冕。我们要大力培养电脑专家,人工智能专家,以自动化控制系统来取代人力。人力则从事于智慧的探索,探隐索微,并穷究有限无边的宇宙动态。然后古老的、愚昧的、贫困的中国将被那个未来的、智慧的、富饶的新中国所替换,直至天下为公,世界大同,公祭毋忘告马翁。那时悠久古老的历史便和远大而光辉的现实结合了。试看明日之域中,竟是赛先生的天下!而在这世纪末的风雨声中,我听到和看到二十一世纪的歌声与笑影。不知不觉,思潮平静,风暴已止,雨过天晴,日暮西山,月出于东山之巅。

(刊发于1988年10月30日《人民日报》文艺副刊)

苏州赋

王 蒙

左边是园,右边是园。

是塔是桥,是寺是河,是诗是画,是石径是帆船是假山。

左边的园修复了,右边的园开放了。有客自海上来,有客自异乡来。塔更挺拔,桥更洗练,寺更幽凝,河更闹热,石径好吟诗,帆船应入画。而重重叠叠的假山,传至今天还要继续传下去的是你的匠心真情。是你的参差坎坷的魅力。

这是苏州。人间天上无双不二的苏州。中国的苏州。

苏州已经建城2500年。它已经老态龙钟。无怪乎七年前初次造访的时候它是那样疲劳,那样忧伤,那样强颜欢笑。失修的名胜与失修的城市,以及市民的失修的心灵似乎都在怀疑苏州自身的存在。苏州,还是苏州吗?

苏州终于起步,苏州终于腾飞。为外乡小儿也熟知的江苏四大名旦香雪海冰箱,春花吸尘器,孔雀电视机,长城电风扇全都来自苏州。人们曾经担心工业的浪潮会把苏州的历史文化与生活情趣淹没。看来,这个问题已经受到了苏州人的关注。还不知道有哪个城市近几年修复了复原了这么多古建筑古园林。在庆祝苏州建城2500年的生日的时候,1986年,苏州迎来了再生的青春。1500年前的盘门修复了,是全国唯一的精美完整的水陆城门。环秀山庄后面盖起的"革文化之命"的楼房拆除了,秀美的山庄复原,应令她的建造者的在天之灵欣慰,更令今天的游客流连忘返,赞叹不已。戏曲博物馆,民俗博物馆,刺绣博物馆……纷纷建成。寒山寺的钟声悠扬,虎丘塔的雄姿牢固,唐伯虎的新坟落成,苏州又回来了!苏州更加苏州!

当我看到观前街、太监巷前熙熙攘攘的人群,辉煌的彩灯装饰的得月楼、松鹤楼的姿影,看到那些办喜事的新人和他们的亲友,听到他们的欢声笑语,闻到闻名海内外的苏州佳肴的清香的时候,不禁为她的太平盛景而万分感动。当然还有许许多多的麻烦、冲撞、紧迫、危机与危机的意识，然而今天的苏州，得来是容易的吗？会有人甘心再失去吗？

不，我不能再在苏州停留。她的小巷使我神往，这样的小巷不应该出现在我的脚下而只能出现在陆文夫的小说里，梦里，弹词开篇的歌声里。弹词、苏昆、苏剧、吴语吴歌的珠圆玉润使我迷失，我真怕听这些听久了便不能再听懂别的方言与别的旋律。也许会因此不再喜欢不再会讲已经法定了推广了许多年的普遍话——国语。那迷人的庭园，每一棵树与它身后的墙都使我倾倒，使我怀疑苏州人究竟是生活在亚洲、中国、硬邦邦的地球上还是生活在自己营造编织的神话里。这神话的世界比真的世界要小也要美得多。她太小巧，太娇嫩，太优雅，她会使见过严酷的世界，手掌和心上都长着老茧的人不忍得去摸她碰她亲近她。

一双饱经忧患的眼睛见到苏州的园林还能保持自己的威严与老练吗？他会不会觉得应该给自己的眼睛换上纯洁的水晶？他会不会因秀美与巨大这两个审美范畴的撕扯而折裂自己的灵魂？他会不会觉得自己和这个世界已经或者正在或者将要可能成为苏州的留园、愚园、拙政园的对立面呢？他会不会产生消灭自己或者消灭苏州这样一种疯狂的奇想呢？

更不要说苏绣乃至苏州的佳肴美点了。看到那一个个刺绣女工的惊人的技艺和耐心，优雅和美丽，我还能写作和滔滔不绝地发言吗？能不感到不好意思吗？还有勇气或者有涵养去倾听那些一知半解的牛皮清谈、草率无涯的胡说八道吗？在苏州呆久了，还能承受那些乏味、枯燥与粗野的事情吗？

苏州的刺绣，沉静的创造。苏州的菜肴，明亮的喜悦。苏州的歌曲，不设防的温柔。苏州的园林，恬美的诗情。苏州的街道，宁静的幻梦。而苏州的企业和企业家，温雅的外表下包含着洋溢的聪明生气。这一切都是怎么发生怎么留存的？她怎么样经历了那大起大落大轰大嗡多灾多难的时代！

苏州是一种诱惑，是一种挑战，是一种补充。在我们的生活里，苏州式的古老、沉静、温柔已经变得越来越陌生。而大言欺世、大闹盗名、大轰趋时的"反苏州"却又太多了。苏州更是一种文化历史现实未来的混合体。苏州是一种珍惜，是一种保护，对于一切美善，对于一切建设创造和生活本身的珍惜与保护。也是一种反抗，是对一切恶的破坏的无声的反抗。虽然，恶也是一种时髦，而破坏又常常披上革命的或忽而又披上现代意识的虎皮。我真高兴，七年以后，我有缘再访苏州。我们终于能够平静下来，保护苏州，复原苏州，欣赏苏州，爱恋苏州了。我们终于能珍重苏州的美，开始懂得不应该去做那些亵渎美毁灭美的事情。在历史的惊涛骇浪和汹涌大潮当中,在一个又一个神圣的豪情与偏狂的争闹之中,在不断时髦转眼更替的巨轮与浪头之中,苏州保留下来了,苏州复原了,苏州在发展。苏州是永远的。比许多雷霆万钧的炮声更永远。

(刊发于 1988 年 11 月 17 日《人民日报》文艺副刊)

吴大和尚和七拳半

汪曾祺

我的家乡有"吃晚茶"的习惯。下午四五点钟,要吃一点点心,一碗面,或两个烧饼或"油端子"。1981年,我回到阔别40余年的家乡,家乡人还保持着这个习惯。一天下午,"晚茶"是烧饼。我问:"这烧饼就是巷口那家的?"我的外甥女说:"是七拳半做的。""七拳半"当然是个外号,形容这人很矮,只有七拳半那样高,这个外号很形象,不知道是哪个尖嘴薄舌而又极其聪明的人给他起的。

我吃着烧饼,烧饼很香,味道跟40多年前的一样,就像吴大和尚做的一样。于是我想起吴大和尚。

我家除了大门,旁门,还有一个后门。这后门即开在吴大和尚住家的后墙上。打开后门,要穿过吴家,才能到巷子里。我们有时抄近,从后门出入,吴大和尚家的情况看得很清楚。

吴大和尚(这是小名,我们那里很多人有大名,但一辈只以小名"行")开烧饼饺面店。

我们那里的烧饼分两种。一种叫作"草炉烧饼",是在砌得高高的炉里用稻草烘熟的。面粗,层少,价廉,是乡下人进城时买了充饥当饭的。一种叫作"桶炉烧饼"。用一只大木桶,里面糊了一层泥,炉底燃煤炭,烧饼贴在炉壁上烤熟。"桶炉烧饼"有碗口大,较薄而多层,饼面芝麻多,带椒盐味。如加钱,还可"插酥",即在擀烧饼时加较多的"油面",烤出,极酥软。如果自己家里拿了猪油渣和霉干菜去,做成霉干菜油渣烧饼,风味独绝。吴大和尚家做的是"桶炉"。

原来,我们那里饺面店卖的面是"跳面"。在墙上挖一个洞,将木杠插在洞内,下置面案,木杠压在和得极硬的一大块面上,人坐在木杠上,反复压这一块面。因为压面时要一步一跳,所以叫作"跳面"。"跳面"可以切得极细极薄,下锅不浑汤,吃起来有韧劲而又甚柔软。汤料只有虾子、熟猪油、酱油、葱花,但是很鲜。如不加汤,只将面下在作料里,谓之"干拌",尤美。我们把馄饨叫作饺子。吴家也卖饺子。但更多的人去,都是吃"饺面",即一半馄饨,一半面。我记得40年前吴大和尚家的饺面是120文一碗,即12个当10铜元。

吴家的格局有点特别。住家在巷东,即我家后门之外,店堂却在对面。店堂里除了烤烧饼的桶炉,有锅台,安了大锅,卖面及饺子用;另有一张(只一张)供顾客吃面的方桌。都收拾得很干净。

吴家人口简单。吴大和尚有一个年轻的老婆,管包饺子、下面。他这个年轻的老婆个子不高,但是身材很苗条。肤色微黑。眼睛狭长,睫毛很重,是所谓"桃花眼"。左眼上眼皮有一小疤,想是小时生疮落下来。这块小疤使她显得很俏。但她从不和顾客眉来眼去,卖弄风骚,只是低头做事,不声不响。穿着也很朴素,只是青布的衣裤。她和吴大和尚生了一个孩子,还在喂奶。吴大和尚有一个妈,整天也不闲着,翻一家的棉袄棉裤,纳鞋底,摇晃睡在摇篮里的孙子。另外,还有个小伙计,"跳"面、烧火。

表面上看起来,这家过得很平静,不争不吵。其实不然。吴大和尚经常在夜里打他的老婆,因为老婆"偷人"。我们那里把和人发生私情叫作"偷人"。打得很重,用劈柴打,我们隔着墙都能听见。这个小个子女人很倔强,不哭,不喊,一声不出。

第二天早起,一切如常,该干什么还干什么。吴大和尚擀烧饼,烙烧饼;他老婆包饺子,下面。

终于有一天吴大和尚的年轻的老婆不见了,跑了,丢下她的奶头上的孩子,不知去向。我们始终不知道她的"孤佬"(我们那里把不正当的情人,野汉子,叫作"孤佬")是谁。

我从小就对这个女人充满了尊敬,并且一直记得她的模样,记得她的桃花眼,记得她左眼上眼皮上的那一小块疤。

吴大和尚和这个桃花眼、小身材的小媳妇大概都已经死了。现在,这条巷口出现了七拳半的烧饼店。我总觉得七拳半和吴大和尚之间有某种关联,引起我一些说不清楚的感慨。

七拳半并不真是矮得出奇,我估量他大概有一米五六。是一个很有精神的小伙子。他是一个名副其实的"个体户",全店只有他一个人。他不难成为万元户,说不定已经是万元户,他的烧饼做得那样好吃,生意那样好。我无端地觉得,他会把本街的一个最漂亮的姑娘娶到手,并且这位姑娘会真心爱他,对他很体贴。我看看七拳半把烧饼贴在炉膛里的样子,觉得他对这点充满信心。

两个做烧饼的人所处的时代不同。我相信七拳半的生活将比吴大和尚的生活更合理一些,更好一些。

也许这只是我的希望。

(刊发于 1988 年 12 月 7 日《人民日报》文艺副刊)

人情似纸

刘心武

不要续上一个"薄"字。不是那意思。

把许多复杂的事物归结为一个简单意思的时代已经过去。

但离开了简单的归结,许多人又不知如何面对复杂。其实,从来都复杂。难道以前不复杂吗?也许,从前无论如何不如今天这般复杂。但细想,从前也复杂。

提心吊胆地说真话那阵,说了那么多。毋庸提心吊胆便可倾吐真话这阵,却什么也懒得说。

我曾到那间小屋子去看他。其实根本不是一间小屋子。只有门,没有窗,甚至没有透气孔,因此,人进去以后便必须把门敞着。那是个储藏室。空间极狭小。气息极窒闷。但我们交流得很畅快。至少在我这方面是这样想。有的话还得压低嗓门。眼波的流动中也有许多的情谊。但现在他有了二十、三十倍大的空间,许多的门许多的窗,门紧闭着,窗半开着,"硬件"好,"软件"更棒,我却不去迈进那门槛。他也不来请我迈进那门槛。似乎也并没有什么过不去的地方。只是不再有那么多的情感了。淡了,薄了,甚至弥散了。

据说人情似纸的"纸"现在不是"秀才人情纸半张"的那"纸",而是赵公元帅笔下的那"纸",即通货。由"官本位"向"金本位"转化,值得欢迎。但我更渴望"人本位""情本位"。社会的物质繁荣据说必须付出精神沦丧的代价。又据说落伍者看来是精神沦丧,而先锋眼中却是可喜的精神瓦解,但先锋们犹未能指出旧精神瓦解后应运诞生的新精神究竟是什么,有的先锋中的先锋则说只需瓦解无需重构:"凤凰涅槃"是可笑的,凤凰只应焚毁,何必重生?

我却仍愿抓住一点自认是永恒的东西,哪怕只有游丝般微弱。那永恒的东西里就有人情,似纸的人情。纸很薄,却可以写情书,写诗,写温情的句子，写必要的问候，当然还可以画画儿，可以折成一只小船，放到小溪里，任其顺细碎的波浪旋转着飘向远方。

转眼一年整了。一年多以前正在美国。记得到纽约的头一天，傍晚时分，曼哈顿万家灯火中，也有了我小小的一盏。在简单而舒适的下榻处，桌上有小小的花瓶，小小的花束，还有小小的卡片，卡片上写着温暖的句子。人情似卡片么？我却自从去冬以后，再没给留下卡片的人寄去哪怕是一张薄薄的纸。我总埋怨着别人的情在淡在薄在弥散，自己呢？从别人的眼中看我，该也吃了一惊吧，怎么会变成了这样？比以前冷，比以前硬，比以前懒，却比以前更会为自己辩解。

以前的时代，人情或许似醍醐，厚重粘稠？如今是人被纷至沓来的信息和事务碾扁熨平的时代，人情随之也轻薄寡淡了，人更多地依靠内心的支撑而更少希冀心外的扶持。人类在进步而人情在萎缩。真的么？

也许是因为现在"移情"的条件好多了，可以移向唱片，移向真古董和假古董，移向需要每天饲食的猫、鸟、鱼、兔，移向需要浇水剪枝施肥换盆的花草，移向小小的邮票，移向书报，总之可以更彻底地从活生生的人面前移开去。最省事的"雅移"法是寄情山水，最省事的"俗移"法则是坐到打开的电视机前剥食着花生米不分节目好赖地一直看到荧屏上现出"再见"的字样。

但心中仍不免时时逸出一丝两丝一缕几缕一片几片的对活生生的人的沟通欲望，化为思念，化为莫可名状的思绪，最后可能就拽过一张纸来，想在上面写一些情，一些别人可能并不呼应并不需要的字、词、句和标点符号……人情确确实实就是一张纸。

当我从淡薄中想起人家时，人家或许正从残存的印象中摆脱出去而正在忘却我。曼哈顿的灯火呵，哪一盏下面尚有关于我的一缕思绪？

（刊发于1989年1月11日《人民日报》文艺副刊）

犁铧，耕耘着宫阙

雷抒雁

我静静地躺在中都古城的断垣上。

这是秋天，又是黄昏，无力的残阳，在断垣残砖上涂抹着血色。那些波光闪闪的水面，曾是这中都紫禁城的护城河，如今被切成一方一方湖泊，暮色中晃动着蓝的、黄的和红的旗帜。

这便是那位乞食和尚做了皇帝之后在凤阳这偏僻穷困的土地上兴建的都城么？人们只知道北京的故宫，岂不知北京故宫只是它的一件极其简陋的复制品！

"那里是东华门，那里是西华门！"我注视着那些坍塌的城门，在心里猜想着。北面那座山该是"万岁山"了，那山的位置差不多就像北京故宫后边的景山。要是当初不迁都北京，那条吊死明朱王朝的绳子也许就会挂在这"万岁山"上。

午门，正在我的脚下，城楼已荡然无存，荒草里，只有一个个被风雨洗得发白的石础。社坛、太庙、承天门、金水河、洪武门以及圜丘，依次从午门向南排去。这些宏伟的建筑，这些曾经神圣得不许百姓涉足的禁地，如今都已成泥，或者堆着粪土，或者翻着泥浪，青青的、针锋般的麦苗正显示着旺盛的生命力。

近处，有农夫斥牛的声音。我循声走下城垣，只见一位农夫正扶着耕犁在耕作。那里曾是太和殿，中和殿，还是宫妃们的寝宫？我猜想着。农夫只低着头认真地看着脚下的犁沟，一声声呵斥着疲惫的耕牛。也许他想趁着傍晚，多犁几垄，然后回家。他知道，妻子和子女已备好香喷喷热腾腾的晚餐，正期待他的归去。

我想，他也许不曾想过他的犁铧是怎样在那里翻动着历史的，那一排排整齐的土浪，便是一页页翻开的史册！他不时地弯腰把一些残砖破瓦捡出来，吃力地扔到路边。我随手拾起一块，擦净泥土，竟是黄灿灿的瓦当。尽管已经残破，但那张牙舞爪的龙纹，却极其生动和优美。算算时间，该是600多年前工匠们的手艺了。当初，军士、工匠、南方的移民、北方的罪犯、各府县的民夫、役夫……足有"百万之众"，在这一片土地上烧砖、琢石、雕木、画栋、砌墙、筑城，为朱元璋构筑"万世根本"的帝王梦！那景况使人联想到古埃及人修建金字塔。你似乎还能听见督军、工头呼啸的皮鞭声，恶毒的斥骂声……

"虎踞龙盘圣祖乡，金城玉垒动秋芳。"御用文人们却不失时机地献上阿谀之辞。然而，就在那些华丽建筑的近旁，堆积着苦役们的尸骸；凤阳花鼓梆梆地敲响着，滴着逃荒者的血泪。一场噩梦在这块土地上延续了多少个世纪！

我久久地望着耕田的农夫。我不知道他是否会唱花鼓，是否也有过逃荒的历史，也不知他的家人有无因饥饿而非正常的死亡者。他只专心耕田，似乎一切希望都在这泥土里。

我轻轻抚摸着手里那块黄龙瓦当，似又看见那位贫困的和尚，当土地使他绝望之后便离开土地去寻找新的命运；终于当了皇帝，在这片土地上盖起如云的宫阙。可是，他忘了正是这贫苦农民的血凝聚而成的建筑，使更多的人对土地绝望！

推倒重来！历史有时也像一场游戏。那些豪华的建筑，如同海市蜃楼，又悄然逝去。焚烧在义军愤怒的烽火里；坍塌在无情的风雨里；然后，覆没在锋利的犁铧下！留下的，依然是生长野草、生长五谷的土地，如同重新构思生活的稿纸铺展在农民的面前。那些宫殿和城垛上的巨砖，都斑驳着杂色，被砌进屋舍，或被砌成猪栏和茅厕。贫困恶毒地嘲弄着古老的文明；文明断裂成我手上残缺的黄龙瓦当以及这些不成条理的思绪。

暮色更深。犁田的农夫不知何时已归家了。我信步走着，随意伸手从路边折一根枯黄的茅草含在嘴里。一种野草的清香苦丝丝的杂成一种奇怪的滋味，随着口水缓缓流进心头。

（刊发于1989年1月20日《人民日报》文艺副刊）

读书苦乐

杨　绛

读书钻研学问,当然得下苦功夫。为应考试、为写论文、为求学位,大概都得苦读。陶渊明好读书。如果他生于当今之世,要去考大学,或考研究院,或考什么"托福儿",难免会有些困难吧?我只愁他政治经济学不能及格呢,这还不是因为他"不求甚解"。

我曾挨过几下"棍子",说我读书"追求精神享受"。我当时只好低头认罪。我也承认自己确实不是苦读。不过,"乐在其中"并不等于追求享受。这话可为知者言,不足为外人道也。

我觉得读书好比串门儿——"隐身"的串门儿。要参见钦佩的老师或拜谒有名的学者,不必事前打招呼求见,也不怕搅扰主人。翻开书面就闯进大门,翻过几页就升堂入室;而且可以经常去,时刻去,如果不得要领,还可以不辞而别,或者另找高明,和他对质。不问我们要拜见的主人住在国内国外,不问他属于现代古代,不问他什么专业,不问他讲正经大道理或聊天说笑,都可以挨近前去听个足够。我们可以恭恭敬敬旁听孔门弟子追述夫子遗言,也不妨淘气地笑问"言必称'亦曰仁义而已矣'的孟夫子",他如果生在我们同一个时代,会不会是一位马列主义老先生呀?我们可以在苏格拉底临刑前守在他身边,听他和一位朋友谈话;也可以对斯多葛派伊匹克悌忒斯(Epictitus)的《金玉良言》思考怀疑。我们可以倾听前朝列代的遗闻逸事,也可以领教当代最奥妙的创新理论或有意惊人的故作高论。反正话不投机或言不入耳,不妨抽身退场,甚至砰一下推上大门——就是说,啪地合上书面——谁也不会嗔怪。这是书以外的世界里难得的自由!

壶公悬挂的一把壶里,别有天地日月。每一本书——不论小说、戏剧、传记、游记、日记,以至散文诗词,都别有天地,别有日月星辰,而且还有生存其间的人物。我们很不必巴巴地赶赴某地,花钱买门票去看些仿造的赝品或"栩栩如生"的替身,只要翻开一页书,走入真境,遇见真人,就可亲亲切切地观赏一番。

说什么"欲穷千里目,更上一层楼"!我们连脚底下地球的那一面都看得见,而且顷刻可到。尽管古人把书说成"浩如烟海",书的世界却是真正的"天涯若比邻",这话绝不是唯心的比拟。世界再大也没有阻隔。佛说"三千大千世界",可算大极了。书的境地呢,"现在界"还加上"过去界",也带上"未来界",实在是包罗万象,贯通三界。而我们却可以足不出户,在这里随意阅历,随时拜师求教。谁说读书人目光短浅,不通人情,不关心世事呢!这里可得到丰富的经历,可认识各时各地、多种多样的人。经常在书里"串门儿",至少也可以脱去几分愚昧,多长几个心眼儿吧?我们看到道貌岸然、满口豪言壮语的大人先生,不必气馁胆怯,因为他们本人家里尽管没开放门户,没让人闯入,他们的亲友家我们总到过,认识他们虚架子后面的真嘴脸。一次我乘汽车驰过巴黎赛纳河上宏伟的大桥,我看到了栖息在大桥底下那群捡垃圾为生、盖报纸取暖的穷苦人。不是我眼睛能拐弯儿,只因为我曾到那个地带去串过门儿啊。

可惜"串门"只能"隐身","隐"而犹存的"身"毕竟只是凡胎俗骨。我们没有如来佛的慧眼,把人世间几千年积累的智慧一览无余,只好时刻记住庄子"生也有涯而知也无涯"的名言。我们只是朝生暮死的虫豸(还不是孙大圣毫毛变成的蟭蟟虫儿),钻入书中世界,这边爬爬,那边停停,有时遇到心仪的人,听到惬意的话,或者对心上悬挂的问题偶有所得,就好比开了心窍,乐以忘言。这个"乐"和"追求享受"该不是一回事吧?

(刊发于1989年1月30日《人民日报》文艺副刊)

花瓣小集

郭 风

花 瓣

我忽地想起纷纷落下的花瓣:玫瑰或是丁香的花瓣,可能意味着花朵的成熟,或且意味着花朵的某些美丽的思想纷纷落入泥土中……

有的花瓣落下来,明确地表达一种思想、或且一种宣告:要结出果实,并在果实中酿造果汁和生出核来。

当我安静地思考时,恍惚间,感到有思想的花瓣纷纷落到我的心灵中间,有浅蓝色的,有浅红色的,有淡白色的;有的像玫瑰的花瓣,有的像梨花或罂粟花的花瓣。

蝴 蝶

蝴蝶的美丽,是否仅仅由于他们的翅上有彩色的图案?我想,还由于他们能够振翅飞行;还由于在振翅飞行中出现一种生命的自由自在感、出现一种自然界存在的生命的美丽。

我忽然想起齐白石画笔下的蜜蜂、小胡蜂、螳螂;他们的翅上没有图案。画中的蜜蜂、胡蜂或者螳螂,有另外一种美丽。这便是画家给予这些昆虫以某种生命和寄托了画家的情感所出现的一种美丽。

斑鸠的声音

有时会闻及斑鸠的啼声,在黎明或是夕暮时分。有时是两只斑鸠?有时似乎只有孤单的一只斑鸠？它们的啼声中，有时似乎能够听到自己年轻时期在故乡郊外野林间所听到的那样（这在今日听来，多么熟稔又多么辽远），传出一种渴求似的呼唤，一种好像是有关爱情的亲昵的呼唤。那啼声里，有时传出一种快乐的情绪；有时听来，感到它们心中也会有烦忧，也会有困恼。

我听着，侧耳而听，在阳台上。这样，有时竟会放下手中所读的书。不过，有时我也会感到寂寞，惆怅。因为闻及斑鸠的啼声，不免要念及幼年时代常常见到的喜鹊和在故乡空中盘旋的苍鹰。

我感谢邻居院中的一棵古老的、高大的芒果树。斑鸠们的呼唤声时时从芒果树间传来，在早晨或在夕暮时分。

(刊发于1989年3月3日《人民日报》文艺副刊)

顽石之歌

管 桦

我在高举着现实并且预言着祖国幸福和庄严未来的时刻,在行进的路途中,曾到曹雪芹隐居过的北京西山,作了片刻停留。

我邀了我的灵魂,在深谷中古老的岩石间荒废的羊肠小径上追寻这位伟大作家心灵的足迹。阵雨刚刚停息。远处横迤着红色枫树的山峦,仍在茫茫烟雨中。近处,只有几片云残存在明亮的天空里。从竹林的梢头,从高大的松柏树,从艳丽如花的红叶和五彩绝岩上降下来的落日的红光,在潺潺清澈的溪流上闪耀。山谷的上空,云雀飞到那遥远的高处流入天际,形骸在漂泊中消失,只有声音留在空中。云雀像是曾经常常在这里闲游的《红楼梦》的作者那样,放怀一切地高歌自己的"顽石之歌"。

啊,曹雪芹,无数学者都在自己的琴弦上,反复寻求同你和鸣的音调。而你的音调包含的是那么复杂那么多样,是不是已经全部为人们领悟?

雨后清凉的湿风里,从石缝中长出又掩盖了石缝的野菊花、藤蔓和杂草,在自己的芬芳中沉醉。我呼吸着这大自然的芬芳气息,不时在寂静中停下来。从游人的轻声细语中,倾听着山坡松林顶端仿佛海涛似的轰响,愈觉幽谷的宁静。整个大自然都在严肃地沉思。

一对对年轻的情侣,身上散发着山野神圣的芳香,偎依着朝山外走去。他们时而举步不前,时而相视一笑,似还在低声谈论着这山谷最深处的那块巨大的顽石,那因无法补救苍天而被遗弃在大荒山下的宝玉。

啊,曹雪芹,我从游人谈话的只言片语,感到这些钦佩你、赞美你的人对你并非深知。或者因为无意的忽略,你所提示过的人们多次猜测都猜不中的那些东西,都变成了无用。这些青年情侣,从我身边走过去的时候,或转回头,或侧着脸,向我凝望。他们回顾的眼神里,隐含着惊讶和嘲笑。因为已经到了游人归家的时候,我却独自一人向深谷跋涉而去。

在这隐藏着荒僻的深谷的最深处，我站在一块浑圆的卓然独立的巨石前，沉思冥想：这就是引出曹雪芹以灵魂的语言震撼世界的那块顽石吗？这就是曾被茫茫大士渺渺真人点幻成一块鲜明莹洁又缩成扇坠大小可以拿手托于掌上的美玉吗？你投生在一度强盛后来渐渐衰微、退步和零乱，沦为末世却仍然显赫富贵的家族！啊，贾宝玉，你一团火焰似的灵魂里，怀着对众多人的祝福和对众多人的爱那个时代的女人和男人中间，你冲破世俗的藩篱，就好像是出了轨道的流星，带着耀眼的亮光掠过繁密的行星间。在那女性为封建的脚步所践踏所侮辱的时代，在那女性为淫邪之徒和凶暴残忍的男人们所任意蹂躏的时代，有谁像你那样大胆地指出男女应该互相平等，指出女人比男人更高尚、更纯洁、更美丽、更聪明、更善良。当人们都匍匐在权势的脚下时，有谁像你那样挺然站在人生的高处，蔑视以灾祸威胁着一切、因途穷而更显罪恶的权势？

道德对于人的心灵是一种无形的支配。它统领着人们忿怒和爱的全部力量。贾宝玉，从你那柔弱的外貌，我看见你内在的使人震惊的强悍、勇敢和坚忍。任何强加于你的光荣、美德、崇高，都不能扭曲你的灵魂。恐吓和棍棒只能使你战栗，却丝毫不能改变你自己心灵的爱和恨。有谁像你那样，轻蔑、嘲笑"文死谏，武死战"的士大夫的崇高信条？你的精魂气魄，胜过世代赞颂的历史人物荆轲。一个是瞬间的勇猛，一个是勇敢无畏地同整个时代对抗。你堪称是末世的英雄，且长久地、泰然自若地承受着自己赖以生存的家族毁伤的痛苦。谁能理解你的胸怀？你的爱比天空海洋还博大深厚，你把你的爱洒向无数的男人和女人。

但是，你并不夸耀你对母亲的爱，对父亲的爱，对老祖母的爱，在林黛玉、薛宝钗、史湘云、王熙凤、元春、迎春、探春、秦钟、柳湘莲、妙玉、袭人、晴雯、北静王、小红以及无数人的身上，你都给予了你的爱。各种性格的风趣都使你赞叹。你认为每一个女性连同那些地位卑下的使女，都是完美的奇迹。啊，贾宝玉，一个与世界同样广阔的清新的男子，从头顶到脚踵都发射着灵光。你的强烈的不可抵抗的吸力，吸引着所有的人。为美丽的、奇异的、充满生气的欢笑的女性包围着，似乎同她们在一起，注视着她们，跟她们接触和交谈，闻着她们身上的气味，你的灵魂就能快乐了。可是，当你赖以生存的庞大显赫的家族，已经沦为末世的时候，你的灵魂中有过快乐吗？

高耸云霄的贵族府邸，好像一只巨大的航船，雄伟地、壮丽地、完美地结合起来的整体已经腐朽了。但它仍然是一个整体。在追逐船只的恐怖的险云下，在风暴的吼声中，在凶险的波涛上，在大船楼阁里人们的欢笑声中，只有你贾宝玉倾听出航船的碎裂声。不管多么英明干练的船长，不管多么富有经验而又勇敢的水手，都不能拯救它的沉没。在这航行到末世的船上，正直与欺诈、忠厚与卑鄙、光明与阴谋、聪明与愚蠢、刚强与懦弱、廉洁与腐败、入世与出世、希望、声名、光荣、黄金、财富，一切都逃不出覆没的命运，任谁都不可能得到他所希求的天赋与她的幸福命运，连人的本性所追求的爱情也不可能。

忠厚善良、为官清正、严守古训的贾政，要使自己继承的祖业昌隆鼎盛是徒然的。你彩绣辉煌、恍若神仙仙子的凤姐，从不相信命运的女中先锋，从不望空凝望，而是用自己才能的强大力量勇敢地去征服，不分昼夜为你庞大的家族操劳，那也是徒然的。在大厦轰然倾倒的巨响里熄灭了你的生命之火，连天衰草遮蔽了你的荒坟。

品格端方、容貌丰美、心胸豁达的宝钗，青春娇艳，才高志远的探春，清心寡欲、平和恬淡，宽厚老实的李纨，你们3人携手共理荣国府时，崇尚节俭，运筹帷幄，齐家安邦之道的超群智慧和匡世之才是徒然的。探春青春少女的娇艳，也只能供恶棍摧残。宝钗的梦幻破灭之后，像一片孤独的叶子，忍受着雪原上迟暮的寒冷。

俊比西施，美貌绝伦，旷达的谈吐，有着超凡拔俗的风骨，并且才华横溢胜过文姬班女的黛玉，为什么怀着忧思，常常在欢笑中闷闷不乐？连你的眼泪都含着万古忧愁的颜色。只有同黄金般春天里相识相知的伴侣宝玉在一起时，用互相知己回答羞怯的心灵的倾诉，燃烧起你少女圣洁的感情，驱散悒郁慵懒的梦，在希望中陶醉。可是当你知道你的梦幻被另一种梦幻欺骗，命运背弃了你的愿望，你这棵绛珠仙草便在无情的风暴里夭折。啊，你死前在病榻上微弱的呻吟中喘息着，把你在新鲜的烦扰和激动里用芬芳的语言写下的那些纯洁、柔情的诗篇，连同你的一切欢乐、希望和爱情抛进火里。你死时身边只有一个使女一盏孤灯。

不但貌美而且妩媚机智的袭人，宝玉最忠实的看护者，崇拜生活规律的女性，追求着长久幸福的陪伴。你对宝玉的忠诚，是在你无眠的忧虑的眼神中。你对自己命运怀着种种的憧憬是徒然的。还有晴雯，正义的不幸的少女。你纯洁而火热的心灵和如花似玉的青春是徒然的。你死前幸得宝玉的探望，也只是对你凄凉命运的惨淡的安慰。怀着一颗高傲的心，隐居幽静寺院的妙玉，诵经于青灯古佛之旁，超然于尘世的一切是徒然的。连保持自己少女的高洁之身，都被盗贼奸污。

在高大的贵族府邸运终数尽的末世，只有你宝玉明白：一切智慧，一切雄才大略，一切圣洁的美德都是无用的。连财富都只是黄金的镣铐和黄金的枷锁。一切的追求，不过只是把希望埋在明天废墟之下的梦幻。于是，在你宽恕那些傲慢的蠢人之后，在你爱抚过那些被侮辱被损伤的婢女之后，在你悲哭过金钏、秦钟、黛玉、晴雯之后，悲哭过溺爱你的无量恩慈的老祖母之后，悲哭过遭到不幸命运的姐妹们之后，你走向无涯无际白雪茫茫空无一切的原野。

当我向山外走去的时候，天空已飞满了霞光。归巢的鸟儿，互相呼唤着，朝那曹雪芹攀登过的最高山峰的丛林飞去。啊，曹雪芹，你就是这样站在人生高处，痛饮掺和着眼泪的苦酒，击剑吟唱你的"顽石之歌"的吗？即使你和宝玉有同样的欢乐，同样的勇敢，同样的痛苦，同样的心灵，你的"顽石之歌"也并非只是你少儿时代的回忆和你走过的足音的悲愁的回声。你寻求人生的幸福和欢乐，因无法补救苍天，收集的却是无尽的痛苦和忧伤。但你无尽的痛苦和忧伤，充满了伟大的英雄气概！

曹雪芹，在你对末世的功名利禄绝望的时候，而仅仅以笔墨倾泻你感情中的一切，却留下不朽的功名。你并没有意识到你的伟大，你的光彩，你的魅力，来自你绝望的悲叹！一切伟大的神圣的创造是幸福的，痛苦也同样是幸福的。因为一切伟大神圣的东西都是从痛苦的母腹里诞生。你以为我意在使人惊奇吗？是我对遥隔不同时代的迷雾谜底的揭示吗？不，我只是在你隐居过的山野，在你歌唱的"顽石"跟前沉思过后，对你歌中包含的众多意义做一个浅浅的领悟。

一九九〇年元月于"大舜书屋"

（刊发于 1990 年 3 月 25 日《人民日报》文艺副刊）

清淡的菜香

王英琦

隔壁院墙内,又飞飘出好闻的炒白菜炖萝卜味儿……中午或晚炊时分,菜农家里的小锅小灶炒着或炖着自家菜地生产的菜蔬,常弄得锅盆霍然,勺铲铮然,令我的听觉味觉大愉悦——这其中,精神的,感情的,伦理的,美学的成分都有。

这种寻常人家的烟火味,于我是很相宜的。它们构成了我的人文背景和自然背景,我生活在其中,与之有着某种干系,感觉到一份生存的真实和厚重。

厕身于菜农的世界,自然短不了蔬菜吃。

对蔬菜,我有一个从认知到感情升华的过程。

我原本是个喜食荤者,自打与菜农毗邻后,便感到有必要修正自己的口味标准。因为这儿的蔬菜实在太便宜了,加之这儿的菜农天生的实在和慷慨,常送我一些免费菜,不一鼓作气地吃完,便要坐观菜烂。久而久之,在饮食上,我终于痛改前"荤",成了一名真正的食素者。

这儿的菜农也基本吃素为主。自家种的菜,除了卖,相当一部分都进了自家的肚子。水灵灵的白菜,脆生生的萝卜,他们随吃随拔,图个方便和新鲜。隔三岔五的,他们也砍些肉,打打牙祭。

他们做菜也很有特点,绝对舍得放佐料。葱、姜、花椒、大料,不放归齐,便算不得做菜——哪怕是最家常的炒白菜。"越浓郁越有滋味",这是他们舍得放佐料的心理基础。起初,我对这种舍得放佐料,太重太冲的菜味儿很是不得意。这么胡乱放一气,本色的菜香味全被佐料夺去。但吃着吃着不知怎地竟也入道了,甚至还吃出了一个大道理:清淡的蔬菜若不浓郁地吃,其味道肯定大打折扣。

随着我对蔬菜的情感日益炽旺,对吃素的个中三昧也体味得越透。调侃点说,食素最大的好处是吃不倒胃口;深层点说,它还包含有一种人生哲学和人生境界。

"咬得菜根，百事可做。"前朝古人早就把食素列为自身修养之一。二十世纪初，一位叫朱湘的人作了《咬菜根》一文，更是把食素捧上了天。

"食素精神"，说白了，就是一种无欲无求、淡泊朴素的人格品质和人生精神。尤其在当前，人们过度追求"超前享受"，整个社会越趋物化的情况下，提倡一点"食素精神"，对防止民族民心的腐化，对群体的人格素质的提高，未必不是一件有益的事情。

如今，我的食素水平又有了提高。不仅在做蔬菜方面表现出一派行家里手的技艺，且在饭食上也有独到用心。精米细面我是一概不吃的，家中大小口袋，各类杂粮总不下十几种。除却中午一顿糙米饭外，早晚皆是"三合一""五合一"的杂粮粥。

岁末天寒的日子，满堂堂地煮上一锅棒子面麦仁豆粥，再羼入些红薯，与儿守着锅，闻着扑鼻的粥香，望着自家的灶烟与人家菜农的炊烟袅袅地乱窜一气，实是人生一大清福。

（刊发于 1993 年 10 月 15 日《人民日报》文艺副刊）

生与死

巴 金

编者的话：署名"巴金"的这篇文章发表于1937年，最近才由史料收集者发现。经编者与巴金先生联系，得到确认。巴老委托女儿回信，信中说："《生与死》是父亲写的。原稿已失落。此类文章，父亲还写过一些，现在要找，恐怕很困难了。只能发现一篇是一篇。前两年，上海图书馆的一位同志在藏书楼找到父亲在"一·二八"后写的一首诗，他复印了一份给父亲，也不知父亲放到哪里了。父亲说题目好像是《上海进行曲》，发表在当时一份抗战的报纸上，他至今还背得出前面几句。如能找到再发表一下，还是很有意思的。"

在这时候提起笔写文章，我真觉得羞愧。别人贡献的是血，我们却用墨水来发泄我们的愤怒，也许有一天我会用我的血来洗去这耻辱吧。

死并不是一件难事。只要几点钟的工夫许多地方就完全改变了面目。建筑毁了，村镇毁了，城市毁了。

大世界前面炸弹爆发的那一天，我在电车里看见两边马路上一群一群的难民，身上带血，手牵着手沉默地往西走去。全是些严肃的面容，没有恐怖或悲痛的表情，好像去赴义、去贡献一个重大的牺牲。

那地方的血迹被雨洗尽了，十几辆炸毁的车子还留在路上，汽车、黄包车、独轮车，各阶层的人同样地为一个目标牺牲了生命。没有一个人在死的面前有过踌躇，活着的人也没有谁发出一声怨言。

我今天走过一个街口，在一块空地上放着一两具死尸，一具一具地整齐地排列着，身上盖着东西，只有头和脚露在外面，卡车刚刚把棺材卸下走了。一些人在工作，把棺材一具一具地放好，然后把尸首一一放进去。这一定是被炸死的人，也许有伤重身死的兵士，由慈善机关来掩埋的。

在这时候每天都有人死。许多人死在一起,死并不是难事。

一个人的生命是容易毁灭的,群体的生命就会永生。把自己的生命寄托在群体的生命上,换句话说,把个人的生命联系在全民族(再进一步则是人类)的生命上面,民族一日存在,个人也不会灭亡。

上海的炮声应该是一个信号。这一次全中国的人真的团结成一个整体了。我们把个人的一切全交出来维持这个"整体"的生存。这个"整体"是一定会生存的。"整体"的存在也就是我们个人的存在。我们为着争我们民族的生存虽至粉身碎骨,我们也不会灭亡,因为我们还活在我们民族的生命里。为大众牺牲生命的人会永为大众所纪念;对于和大众在一起赌生命的人,死并不可怕,也不可悲。

关于这个,这几天来在前线在后方我们已经见到不少的例子了。我们用这精神用这信念和敌人抗战,我们一定会得到最后的胜利。

(刊发于1994年9月19日《人民日报》文艺副刊)

说　梦

臧克家

　　大自然给人以生命，赐予阴阳。阳，是白昼，光天化日，人们得以从事各种活动。阴，是黑夜，使人睡眠，但实际上，身已着床，即入酣甜之乡者少，而被梦骚扰的时候却甚多。夜，是一块肥沃的黑土，梦的花朵盛开，红色的，白色的，黄色的，蓝色的。有的，惹人眉飞色舞；有的，梦回而宿泪仍在；有的身坠悬崖，一睁眼，死里得生而心跳未已；有的身在富贵荣华之中，觉后陡然成空。梦，是个千变万化，离奇古怪，神妙莫测的幻境，其实，它扎根于生活现实。俗话说："梦是心头想"，一言中的。

　　古人说：至人无梦。因为他物我两忘。有的高僧，面壁十年，心如古井之水。这种心高碧霄，决绝物欲的境界，不用说芸芸众生，即使圣哲也难以达到。

　　名震百代的大人物周武王也做梦。据说他父亲周文王问他："汝何梦矣？"他回答："梦帝与我九龄。"意思是说，他可以活到90岁，文王应该活到100岁，父亲让给三岁，文王活到97岁，武王活到93岁。黄山谷的神宗皇帝挽词中有"忧勤损梦龄"之句，因此，"梦龄"与"损梦龄"都成了有名的典故。

　　孔子，是"大圣"，他很崇拜周公，恨生不同时，时常在梦中见到他，足见倾心。孔子到了晚年，梦见他崇敬的对象的时候少了，感慨地自思自叹："甚矣，吾衰也！久矣吾不复梦见周公。"

　　庄周化蝶的故事，富于神秘色彩，百代流传，雅俗共赏。庄子把这个梦描绘得美妙动人，但是他的这个梦，是真是假？《庄子》名著多系寓言，想是他借梦的生动形象，以寓他的"齐物论"，谈"丧我""物化"的哲学思想的。但，他说是梦，就算梦话吧。

　　从圣人、哲人之梦再说说诗人、词家之梦。

苏东坡有篇记梦的名词作，调寄《江城子》，并有小序："乙卯正月二十日记梦。"这首词写于密州太守任上，记亡妻王弗十年祭时。东坡政治上失意，心情苍凉，追念爱侣，也自诉苦衷，回顾往事，生死两伤。生者，"尘满面，鬓如霜"，"无处话凄凉"；梦中的死者则"相顾无言，惟有泪千行"。情真意切，读之如何不泪垂？

我极喜欢清代著名诗人黄仲则的《两当轩集》，其中有梦中悼亡名句："衔恨愿为天上月，年年犹得向郎圆。"我中年读了，永不忘怀，心凄然而动，愁肠为之百转。恩爱的青春爱侣，忽焉而逝，这是人间最令人悲痛的恨事。这两个名句充满了伤心哀怨，但蕴藉婉转，所以感人至深。这名句，明明出于诗人之手，可是，他在小序中，却这么说："余妻素不工诗，不知何以得此耶"，说它出于亡妻心魂，这样一来，诗人的悲伤之情更浓，感人的力量也就更强烈了。

三说现代作家之梦。

首先是从鲁迅先生开始。

最近读了许广平的《最后的一天》，是写鲁迅先生病逝前夕的情况的，写得真实详细。病人受难以忍耐的折磨，双手紧握的死别之痛，读了令人心颤！其中有一段是这样写的："他说出一个梦：'他走出去，看见两旁埋伏着两个人，打算给他攻击，他想：你们要当着我生病的时候攻击我吗？不要紧！我身边还有匕首呢，投出去，掷在敌人身上。'"

鲁迅先生是伟大的战士，终其一生，在形形色色的敌人打击、高压、追捕的情况下，以牙还牙，挺立如山，即使在病中做梦，还与敌人战斗。何等气概，何等精神，它动人，更能励人！

无独有偶，鲁迅先生的朋友曹靖华同志也有个为人熟知的梦中斗特务的故事。靖华同志有梦游症，有一夜，在梦中他与一个特务奋力搏斗，猛地一下子，身子从床上摔到地下，他这才醒了过来。

说古道今，最后，做一条小尾巴，说说我自己。

我到了晚年，爱忆往事，关注现实，胸怀世界，系念之情，如丝如缕，因而梦多。夜里，应该好好休息，实际上，是在乱梦的纠缠之中。惊险的多，舒心的极少。我书柜上贴着两联字，是我从报刊上抄下来的："酒常知节狂言少，心不能清乱梦多。"第一句与我无关，我滴酒不入；第二句好似专为我而作的。一个"乱"字，写活了我的梦境，也道出了我的心魂。我夜间做梦，午睡也做梦。梦的主题是追念黄泉之友，抹煞了生死界限，对坐言欢，双眼一睁,情凄心凉。有一次,舒乙来访,刚刚落座,我对他说,前夜我梦里见到老舍先生。他乍听一惊,我立即把台历拿来说:"你看!"他悄然而沉思。

　　古人说:人生如梦。人生是现实不是梦,一个"如"字已说得很清楚。一个人的一切内心隐秘,幻化成梦,什么样的人,做什么样的梦,从梦中能看到一个个真人。

(刊发于1995年6月6日《人民日报》文艺副刊)

晓来谁染霜林醉

王充闾

已是深秋,水瘦山寒,霜清露冷,一般是没有多少绮思艳意的了。可是,当面对丹枫满坞,绛雪千林,影醉夕阳,光炫远目的奇观丽景,又会觉得秋色撩人,不禁兴薄云霄,飘然神爽。你会带着哲人般的明悟,领略那烦嚣后的萧闲,清寂中的逸趣。作为秋的时令神,红叶包容了春的妖娆,夏的热烈,也承受了风刀霜剑的峻厉,好似糅合着绚烂与平淡、顺畅和蹉跌的七色人生,体现了一种成熟、厚重与超越,是生命的第二个青春。

也许正是为此,古往今来,才有那么多的诗文咏赞它,流传下来许多凄清、隽美的"红叶题诗"的佳话。"莫嫌秋老山容淡,山到秋深红更多",幽怀独抱,寄慨遥深。"乌桕平生老染工,错将铁皂作猩红。小枫一夜偷天酒,却倩孤松掩醉容。"以瑰奇的想象,咏天然的谐趣。同是写醉叶、溪流,"清溪曲逐枫林转,红叶无风落满船",诗中有画,看了觉得意静神闲;而"劳歌一曲送行舟,红叶青山水急流",美则美矣,却令人有别绪苍凉之感。

健全的人生需要不断地发掘美、滋润美,而竞争激烈、变化急遽的现代社会生活,尤其不能离开审美的慰藉。人们已逐渐认识到,应该把技术的物质奇迹同生命的精神补偿统一起来,在更宽广的天地中展开我们民族的生命力。因此,每到九秋佳日,无论是北京的香山、南京的栖霞,还是杭州的西泠、长沙的岳麓,举凡观赏霜林醉叶的佳胜地,总是车似洪流,人如潮涌。这原本是趣味高洁的雅事,可惜由于人满为患,有时一番盛会过去,却加剧了生态环境的失衡,造成自然景观的人为践踏。

回过头来还说红叶。辽东山区有个宽甸,宽甸北部的天桥沟是个观赏红叶的好去处。就人文景观来说,较之前面列举的几处名山胜境,当然甘拜下尘;若论观赏红叶,天桥沟则毫无逊色。一曰壮美。整个景区面积达6万亩,真个是"万山红遍,层林尽染"。霜飞一夜,红透千林,赤叶灼灼,喷焰缀锦,确是最壮观最浓艳的秋色。二曰清幽。跨进山门,就闯入了红枫世界,顿觉高邈的天穹和弥望的林峦全被烈焰烘着了,只把一带寒光留给了喧腾的溪涧。红枫潭里,倒影摇红,上面是赤叶烧天,下面有红潮涌动,煞是迷人。偶尔有一两片醉叶翩翩落下,顺着回曲的山溪款款漂游,我们的神思似乎也随之悠然远引。山坳里稀稀落落地点缀了几户人家,襟山带水,掩映在红云绛雾之间,在静如太古的苍茫中,织结出一幅如烟如梦的桃源仙境。小村的名字,方志中没有记载,地图上也找不到,可是,那种超渺的意境,却似乎在宋元人的画卷里领略过。

过去观赏红叶,常常是驰车路上,望中确也是霜红满眼;可是当停车静睇时,却又往往不见了那种绚烂与辉煌,未免嗒然失望。原来,因为车速很快,入望的景色还没在视界中消失,前面的景色又重叠过来,我把这种反复重合的现象,杜撰为"虚幻的聚焦效应"。天桥沟不存在这个问题。漫山遍坞,塞谷堆崖,红叶触目皆是。无论是走着看还是坐下瞧,效果都不会发生变化。当然,最理想的还是拾级登临400米高的莲花峰。凭高四望,千林红树宛如火伞齐张,把暗壑晴峦都装点成了锦绣世界。在红雾弥漫中,独独凸现出俗称"四面佛"的四个石景:一个酷肖弥勒,一个状似菩萨,一个像孙悟空,一个像噘嘴扛耙的猪八戒。神工鬼斧,石相天成,看后令人拍掌叫绝。还有值得缀上一笔的,是"天桥沟"这个名字的来历。承一位同志告知:这里雨过天晴之后,常常出现一条桥般的彩虹,"桥身"架在南北两座山上,"桥背"顶着浩渺的青天,构成一种独特的景观。

说来也是一件憾事,这般"绝代佳人",却幽藏深谷,无声无息地度过了无涯岁月。同行的一位政协委员说,怨只怨历代的诗人赋客足迹不到,所以,这里就没有留下枫桥夜泊、西林题壁之类的千古名篇,也不见有望岱、登楼的佳作。县委书记笑着接上了话茬儿:"咱们这里虽然没有文豪光顾,却有过万古流芳的名将。"他指的是著名抗日英雄杨靖宇。1934年到1938年,杨靖宇率领东北人民革命军独立师和抗联一军转战东南满北部山区,曾以天桥沟为中心根据地,利用山深林密的有利地形条件,与日寇、伪军展开艰苦卓绝的斗争,并在山下的方家隈子,建立了东北早期的乡级红色政权——四平乡人民政府。解放后,安东市政府在天桥沟树立了抗联遗址纪念碑。至今,深山里还保存着杨将军住过的岩洞——群众亲切地称之为"杨洞",以及战士的密营和简易医院的遗迹。如果红树青山是一排排回音壁和录像机,当会录下60年前抗联战士伏击日军守备队的震耳枪声和少年营血战崔家大院的悲壮场面。这里现已成为爱国主义和革命传统教育的重要基地。古人有"景物因人成胜概"之说，于此进一步得到印证。

在天桥沟，听到一个引人深思的小插曲：前两年，林业局普查山林，两个青年职工历尽艰辛攀上一个峰峦，兴奋之余，自豪地说："我们是历史上第一个登上这座高峰的人。"话刚落音，转身瞥见一根已经锈蚀的步枪通条挂在一棵老树杈上。面对当年抗联战士的遗物，他们为自己对历史的无知而脸红了。

时间老人毕竟是峻厉无情的。一经流逝，便旧影无存，不问金戈铁马还是碧血黄沙，转瞬间都成了背景式的记忆。结果，在许多后人看来，这里似乎什么也没有发生过，从来就是一片乐土。殊不知，中原血沃，劲草方肥；没有先烈们"用骨肉碰钝了锋刃，血液浇灭了烟焰"，又怎会有今朝的红葩硕果！

"晓来谁染霜林醉？"此刻，带着古人的诘问，再看满山的红叶，我觉得对于400多年前抗倭名将戚继光的诗句："繁霜尽是心头血，洒向千峰秋叶丹"，加深了一层理解。

(刊发于1996年12月3日《人民日报》文艺副刊)

安　居

陆文夫

我年轻时对住房的大小好坏几乎是没有注意，大丈夫志在千里，一席之地足矣，何必斤斤计较几个平方米？及至生儿育女，业余创作，才知道这居房的大小好坏可是个厉害的东西！

50年代一家四口，住了大小两个房间，20多个平方米，这在当年也不算是最挤的。可那房间只有西北两面有窗户，朝东朝南都是遮得严严实实的，冬日不见阳光，西北风却能从窗缝里钻进来，那呼呼的尖叫声听了使人心都发抖。晚上伏案写作，没有火炉，更没有暖气，双脚和左手都生了冻疮，只有右手不生冻疮，因为右手写字，不停地动弹，这也和拉黄包车的人一样，拉车的人脚上是不会生冻疮的。当然，防寒还是有些办法的，后来我曾经生过炭火盆，差点儿把地板烧个洞；后来又用一个草焐窝，窝里放一只汤婆子，再盖上棉花，双脚放在棉花上，再用旧棉衣把四面塞严。寒打脚上起，只要脚不冷，心就不颤抖，那炮制出来的小说也就有点热情洋溢。

一到夏天就难了，西晒的太阳是无情的，它把房间晒得像个刚出完砖头的土窑，一进门便是热浪扑面；夜晚的凉风吹不进，到清晨刚有点凉意，那一轮火红的太阳又从东方升起！再加上三年困难之后自家举炊，一个煤球炉子就在房门口，24小时在不停地加热，热得孩子们都是睡在汗水里；热得我也无法炮制小说了，因为燠热会使人心烦意乱，手腕上的汗水会把稿纸湿透，炮制出来的小说不美……我深深地体会到了作家和房子的关系。

80年代我在国内跑来跑去，和我的同时代的同行们相会时，一个个都在为住房的问题而叫苦不迭，他们的书桌都在床头边，原稿和书籍是塞在床底下的。作家作家，他是坐在家里作的，坐在宾馆里作终非长久之计，还得有单位愿意为你付房钱，你一天作出来的几页纸，值不值那点儿钱？所以那年头我和朋友们相见时都要问一句："你的房子解决了没有？"

那一年中国作家协会的主席团开会，讨论作家如何评级。我开始时坚决反对，我觉得作家评级有点儿滑稽，伟大的作家和不大的作家怎么能都评一级？二级作家的作品也许比一级作家写得更好点；他今天是三级作家，明天出了一部作品很伟大，你作家协会能不能及时地加以调整呢？后来有一位年轻的作家对我提意见了："老陆，你不能反对，作家如果没有职称的话，他就分不到房子，长不了工资，你也得为我们考虑考虑。"

我闻此言如雷贯耳，对对，作家要评级，一定要评级，工资还是小事，他们有稿费，这房子可是真家伙，没有级别是分不到的。作家虽说是人类灵魂的工程师，可他又没有工程师的职称；说是可以相当于教授或副教授，高教部却又不承认这一点。不是教授不是工程师，没有职称和级别，你叫人家分给你什么样的房子呢？记得有一年，我的一位老友去为我争取住房，那位管房子的领导问道："他是什么级别？"我那位老友有点支支吾吾："他……他是作家，需要一间书房。""我们只管住房，不管书房，是作家去找作家协会。"我的天，作家协会的和尚自己还没有禅房呐，哪里能顾得上你们这些挂单的。好好，我举双手赞成作家都要评级，而且要尽可能评得高一点，评个一级相当于高级工程师，也许能分到三室一厅，一室作书房，一室给孩子，还有一室住你们患难夫妻，也尝尝这苦尽甘来的甜蜜味。

忽忽又过了十多年，我还在国内跑来跑去，同行们见了面时，再也听不到"房子问题解决了没有？"倒是常听到："你来玩，就住在我家里。"能说"住在我家里"，那可了不起，这句话我以前只听到外国作家对我说过，听到之后羡慕不已，感慨万千，因为能说这句话的人，决不是那种把书籍和原稿都是塞在床底下的。如今却也有中国作家能说这句话了，而且还不是个别的人，据我所知，凡是有了级别的作家目前都已经有了房子，少数人的情况有些特殊，但也在解决之中。所谓的解决也是提高的问题。再也听不到有谁还是把书籍塞在床底下了，书籍也分到了房子，都上了架子，进了柜子。有些人家的房子还令人刮目相看，简直够得上豪华二字。那无房的痛苦和有房的激动好像都已经过去了，记得有些人在初分到房子的时候反而写不出文章来，老是惦记着那楼梯上还要装一盏壁灯，那墙纸是用黄的还是绿的……那……那个穿尖跟皮鞋的女人又来了，柳桉地板要被她踩出麻子来的！这正应了当年农村里的一句老话，叫穷人发财如受罪。当年还有人因此而得出结论，说是作家们还是没有房子的好，许多人都是在艰难困苦之中才写出不朽之作来的，叫"文穷而后工"。文穷而后工恐怕不是说文人要穷得当当响才能写出好文章来吧，中国字一字多义，穷有探索、追求、推敲、彻底之意，不完全是指贫穷而言。如果作家们都要穷得家徒四壁，穷得无立锥之地才能写得出好文章来，那还有谁愿意来干这种痛苦的事业？我们的前辈作家们虽穷，可是他们的故居还是可以供人瞻仰的。

如今我还在国内跑来跑去，怪了，我发现那些过去被我认为是住得较好，被人羡慕的人家，相比之下倒又显得寒碜而逼仄，真是老的不如少的，先来的不如后到的。我想，这也很自然，没有什么可以造成心理不平衡的，如果是一代不如一代的话，那就说明上一代的人出了什么差错，或者是吃干饭的。不过，有时候也有些恍惚，如今坐在明亮的、宽敞的、有着吧台的客厅里闲聊时，老是要纠缠着什么现代主义，后现代主义，想当年在奔走呼号解决房子问题时，谈论的倒都是现实主义……

(刊发于1997年3月6日《人民日报》文艺副刊)

凝望雕像

周大新

当大团的乌云携着冰冷的风雨朝我们乘坐的汽车扑来，氧气的稀薄使得我的呼吸更加困难时，我意识到车子已近唐古拉山口，前边就是我渴望看到的西藏的土地——藏北草原了。

这是1996年的7月，西行中的我正坐在一辆大巴车里。

车子吃力地拨开风雨，在曲折盘旋的青藏公路上艰难地前进着；风声雨雾里，一座巨大的军人雕像渐渐出现在我的眼里。

我的精神一振。

那是一个持枪的战士，在风雨中目不转睛地盯着面前的青藏公路，盯着朝他驶近了的汽车和汽车上的我们，盯着连绵的群山和群山远处的天空。

车在雕像前停下，我下车对他凝望。

他那粗糙的面孔上，浮现着一种柔和的温情，似乎在向每一个走过青藏线最高点的路人表示着亲切的问候。他那奇大的双眸里，有一丝淡淡的笑容，极像是在鼓励着面前的行人：不用担心，你一定会抵达你的目的地！他那紧抿着的双唇间闪现出一缕坚毅，仿佛是在向行人们担保：只要我站在这里，什么危险都不可能发生。我倏然间明白，一座好的雕像，虽然固定的只是人一瞬间的神态，但却可以让看见他的人，生出无数的猜想来，这就像一本好书，会让人产生很多美好的联想。

我注意到他的胳膊上被过往的藏族同胞披上了黄色的经幡。看来，这个战斗在青藏线上的通信兵、汽车兵、管线兵的代表，在藏族同胞眼里，已经是平安的象征；他那花岗岩的躯体，已经变得轻柔可触，成为可以为人们提供保护的"神灵"了。

沉重的石质的雕像，可以转换成一种轻盈的精神的东西。

我忽然意识到，人类学会雕像并不是无缘无故，人类是用这种方法，来提供观察自己的范本,来寄托自己寻求保护的愿望,来记录自己当下的生存境况,来表达自己想要抒发的感情。

雕像是人完成的,但反过来又可以对人自身发生影响。

那一刻,我对这个军人雕像的作者生出了一种深深的敬意。

会雕像的人多么幸运!

当重又上车和雕像挥别时,我忽然想到,作家其实也是一种雕像制作者,只不过作家雕像时不用雕刀而用笔。作家用笔雕出的雕像虽不能立在路边立在庙宇立在殿堂立在广场上,但却可以活在人们的心里。活在人们心里的雕像不是也好?不是可以保存得更加久长?贾宝玉和宋江这些由作家完成的雕像,不是已经在人们心里保存许多个年月了?

既然作家可以雕像,那生活在世纪交替时代的吾辈作家,面对我国人民在改革开放旗帜下建设有中国特色社会主义的伟大实践,面对世界人民在和平发展口号下建设新生活的努力,面对整个人类改善自己生存环境的共同行动,当然应该挥起笔来,去雕塑出崭新的文学形象,以使文学的人物画廊更加五彩缤纷。

去雕塑出一个少女,使她比简·爱、比苔丝、比林黛玉更让人们喜欢。

去雕塑出一个少妇,使她的命运比包法利夫人、比安娜·卡列尼娜、比爱米丽、比窦娥更能拨动人们的心弦。

去雕塑出一个男子汉,使他比加缪笔下的莫尔索、比肖洛霍夫笔下的葛利高里、比加西亚·马尔克斯笔下的霍塞·阿卡迪奥·布恩地亚、比罗贯中笔下的曹操更让人们惊叹。

去雕塑出一个老人,使他比海明威笔下那个打鱼的桑提阿果老汉、比雨果笔下的冉阿让、比巴尔扎克笔下的高老头,更让人们的心灵受到震撼。

许多年后,当人们看到我们这一代作家完成的崭新雕像时,他们一定会惊呼:哦,那是一个多么辉煌而伟大的年代!

汽车继续向西藏的腹地进发,唐古拉山口的那座雕像离我也越来越远,但在那一刻关于雕像的思索,却一直保存在我的记忆里。直到今天,只要一闭上眼睛,我还能在记忆里找到那尊雕像,找到当时涌起的那个愿望:完成一座文学雕像,以不辜负这个伟大的时代!

(刊发于1997年4月3日《人民日报》文艺副刊)

沿着塞纳河

黄永玉

如果是静静地生活，细细地体会，我可能会喜欢巴黎的。

眼前，我生活在巴黎。我每天提着一个在 Chartres 买的简陋的小麻布袋，里头装着一支"小白云"毛笔，一个简易的墨盒（每次到欧洲来都用的是它）跟一卷窄而长的宣纸。再，就是一块厚纸板和两个小铁夹子；我在全巴黎的街头巷尾到处乱跑，随地画画。后来在塞纳河边的一家出名历史悠久的美术用品店里买到一具理想的三角凳，画画的时候不再一整天、一整天地木立着了。没想到坐着画画那么自在……

严复、康有为、梁启超，提到那个巴黎和我那么遥远。他们的"评议"，只给我一种站在大深井边的神秘的惊讶。六十多年前，我毕竟太小，对自己身边的现实尚茫然不得而知；几万里之外的巴黎和我有什么相干？

徐志摩写过英国、意大利和巴黎，他的极限的功绩就是在一些有名的地方取了令人赞叹的好名字："康桥""香榭丽舍""枫丹白露""翡冷翠"……徐志摩笔下的巴黎，不如说是巴黎生活中的徐志摩，让五六十年前的读者眼睁睁地倾听一个在巴黎生活的大少爷宣述典雅的感受。

我倒是从雨果和左拉、巴比塞以及以后的爱伦堡、阿拉贡这些人的文字里认识到巴黎真实的人的生活，那种诗意的广阔，爱情和艰辛。

五十年代初期，香港放映了一部美国歌舞片叫作《巴黎艳影》，为什么四十年后我还记得这个庸俗的名字呢？平心而论，它是一部活泼生动的片子，介绍几位住在阁楼的年轻艺术家（音乐家、舞蹈家、画家……）真实的生活方式。导演一流，舞蹈一流，摄影一流，演技一流。其中采用了后期印象派矮子画家突鲁斯·拉德莱克画作中的人物和色彩，让那些在灯光下的红色、绿色的脸孔闪跃起来。

伟大的电影家，中国人民几十年的老朋友伊文斯拍摄过的纪录片《雨

《塞纳河畔》，精心地给人们一层一层剔开巴黎和巴黎人的原汤原汁的那种心灵中最纯净的美。

我是个"耳顺"的老头子；其实一个人到了"耳顺"的年纪，眼应该也很顺了。

写生的时候，忽然一群罩着五颜六色花衣裙的大屁股和穿着大短裤的毛手毛脚的背影堵在我的面前。我这个人活了这么大把年纪，可真没有见过罐头式的整齐、灿烂、无理的障目之物有这么令人一筹莫展的威力。

法国人、意大利人、日本人、丹麦人、荷兰人有时也会偶然地挡住我的视线，但一经发觉，马上就会说声对不住而闪开。但这些美国人、德国人不会，为什么他们就不会？我至今弄不明白。

我习惯了，"眼顺"了，我放下画笔休息，喝水抽烟，站起来东看西看，舒展心胸。

巴黎人、意大利人历来不挡画家。更是见怪不怪。

爱伦堡在他的《人，岁月，生活》一书中提到巴黎人几十年前一段趣事：一个全裸的中年人斜躺在巴黎街头咖啡馆的椅子上喝咖啡、看街景。人来人往，不以为意。警察走过来了，他也不理，警察问他："先生！你不冷吗？"

他仍然不理，警察只好微笑着离开。

巴黎的大街整齐、名贵、讲究，只是看来看去差不多一个样，一个从近到远的透视景观，缺乏委婉的回荡，招来一群又一群鲁莽的游客，大多麇集在辉煌的宫殿、教堂或是铁塔周围，形成二十世纪的盛景。

有文化教养、有品位的异国人大多是不着痕迹地夹在巴黎人的生活之中，他们懂得巴黎真正的浓郁。

我在卢浮宫亲眼看到两夫妇指着伦布朗画的一幅老头像赞叹地说："啊！蒙娜丽莎！"

而真正的那幅蒙娜丽莎却是既被双层的玻璃罩子罩住，又给围得水泄不通。

"蒙娜丽莎？啊！我知道，那是一首歌！"一个搞美术的香港人对朋友们说。我也在场。

蒙娜丽莎是一种时髦倾向，但不是艺术倾向。

（刊发于1997年7月16日《人民日报》文艺副刊）

我在海上拉响了汽笛

陈祖芬

我上到拖船最高层的右边,趴在栏杆上看海。栏杆宽宽的,我完全可以从栏杆里钻出来"蹦极"。突然,船左右摇晃起来,好像想把人从左边抛向右边,再从右边抛向左边。有人拨拉我一下,我不知怎么在左左右右的晃荡中,就被人轻轻拨拉进驾驶室。他有一个最简明的动作示意我呆在室内。那动作简明到我都没看到,只是感觉到了。我跌向椅子,又跌向墙边。他还站在驾驶室门口。如果我从室内跌出去,他也会轻轻一拨拉把我再拨拉进室内。

我们一队北京人,一起在山东省日照市上了这艘船。我和很多同行还不怎么认识。譬如把着门口的这位大汉。我扶着什么物件站稳了,就对他顽笑:你不会掉下海吧?

我笑笑地望着他。但我吃惊了——他为什么脸红?哦,他不是我们北京人?他就是船上的?我居然还问他会不会掉下海,这叫人怎么回答?他不知怎么回答,就脸红了。后来我看到,他不脸红的时候也是红脸大汉。

我再不敢说什么,只是看着船长开船。我只看到他的背,他那穿着灰上衣的高高大大的背。他正在把自己的拖船顶住一艘巴拿马船,让那船调整到和航道一个方向。我好像觉得他是用自己的灰色大背在顶住巴拿马船,好有力量。

灰色大背身后,有一把高高的木椅,好像饭店里为幼儿准备的高椅。红脸大汉或灰色大背都不会理我,我干站着又有点乏味,干脆坐上这把高椅,坐在驾驶室里唯一的这把椅子上,可以看得很远。我双臂往椅子扶手上一搁,产生一种伟大感——有一次在颐和园,我往慈禧太后坐过的椅子上一坐,双臂往椅子扶手上一搁,在照相机镜头前想作太后状。可是那天我穿一件绿色加白块的T恤,照片出来我一看,整个儿一个青蛙太后。

无论如何,坐在灰色大背身后的高椅上,有一种自得的快乐。这时就见灰色大背用右手拽住屋顶上的木把,拉了两下,拖船响起了两声汽笛。那么响,那么远远地铺开在海面上。我跳下木椅,走到灰色大背身旁,看着屋顶上那个奇妙的木把。我多想多想拉一下。我用手指头轻轻碰一下木把。我用手又摸一下木把。"你拉一下吧。"红脸大汉开口了,每个字都说得硬硬实实的,叫我想起山东的煎饼。吃煎饼长大的人,人也瓷实,心也瓷实。

我怯怯地看一眼灰色大背。他没说话。我也没看见他的脸。只是感觉到,他用沉默的背,表示我可以拉一次。

我伸出右手拉一下,不响。再拉,还是拉不动。我使劲使劲拉,我整个人我全身就吊在右手上,即在那个木把上了。我的身体晃来荡去的。

不不,这只是我的感觉,我想象中夸大了的感觉。我第三下拉响了汽笛。我把很大的声音放在很大的海上。我在很大的海上放上很大的声音。

哦!我一蹦老高。

我忽然想:我的伤怎么好了?来日照前还只能一瘸一拐地走路。今天上船的时候就觉得行走自如了,而且禁不住地老想笑,找茬大笑。要是在房子里,这样的笑对旁人是一种骚扰。但是在海上,面对这么大的大海,还有什么可称大的?如何地笑,也被一阵海风卷去了。

海风卷去的,连同我的病痛。

我多想说:给我一片海。我想,红脸大汉会硬实而简明地说:拿去吧。或许,我已经拿了一片海了,在我拉响汽笛的时候。

(刊发于1997年11月10日《人民日报》文艺副刊)

清塘荷韵

季羡林

楼前有清塘数亩。记得三十多年前初搬来时，池塘里好像是有荷花的，我的记忆里还残留着一些绿叶红花的碎影。后来时移事迁，岁月流逝，池塘里却变得"半亩方塘一鉴开，天光云影共徘徊"，再也不见什么荷花了。

我脑袋里保留的旧的思想意识颇多，每一次望到空荡荡的池塘，总觉得好像缺点什么。这不符合我的审美观念。有池塘就应当有点绿的东西，哪怕是芦苇呢，也比什么都没有强。最好的最理想的当然是荷花。中国旧的诗文中，描写荷花的简直是太多太多了。周敦颐的《爱莲说》读书人不知道的恐怕是绝无仅有的。他那一句有名的"香远益清"是脍炙人口的。几乎可以说，中国没有人不爱荷花的。可我们楼前池塘中独独缺少荷花。每次看到或想到，总觉得是一块心病。

有人从湖北来，带来了洪湖的几颗莲子，外壳呈黑色，极硬。据说，如果埋在淤泥中，能够千年不烂。因此，我用铁锤在莲子上砸开了一条缝，让莲芽能够破壳而出，不至永远埋在泥中。这都是一些主观的愿望，莲芽能不能长出，都是极大的未知数。反正我总算是尽了人事，把五六颗敲破的莲子投入池塘中，下面就是听天由命了。

这样一来，我每天就多了一件工作：到池塘边上去看上几次。心里总是希望，忽然有一天，"小荷才露尖尖角"，有翠绿的莲叶长出水面。可是，事与愿违，投下去的第一年，一直到秋凉落叶，水面上也没有出现什么东西。经过了寂寞的冬天，到了第二年，春水盈塘，绿柳垂丝，一片旖旎的风光。可是，我翘盼的水面上却仍然没有露出什么荷叶。此时我已经完全灰了心，以为那几颗湖北带来的硬壳莲子，由于人力无法解释的原因，大概不会再有长出荷花的希望了。我的目光无法把荷叶从淤泥中吸出。

但是，到了第三年，却忽然出了奇迹。有一天，我忽然发现，在我投莲子的地方长出了几个圆圆的绿叶，虽然颜色极惹人喜爱，但是却细弱单薄，可怜兮兮地平卧在水面上，像水浮莲的叶子一样。而且最初只长出了五六个叶片。我总嫌这有点太少，总希望多长出几片来。于是，我盼星星，盼月亮，天天到池塘边上去观望。有校外的农民来捞水草，我总请求他们手下留情，不要碰断叶片。但是经过了漫漫的长夏，凄清的秋天又降临人间，池塘里浮动的仍然只是孤零零的那五六个叶片。对我来说，这又是一个虽微有希望但究竟仍是令人灰心的一年。

真正的奇迹出现在第四年上。严冬一过，池塘里又溢满了春水。到了一般荷花长叶的时候，在去年飘浮着五六个叶片的地方，一夜之间，突然长出了一大片绿叶，而且看来荷花在严冬的冰下并没有停止行动，因为在离开原有五六个叶片的那块基地比较远的池塘中心，也长出了叶片。叶片扩张的速度，扩张范围的扩大，都是惊人地快。几天之内，池塘内不小一部分，已经全为绿叶所覆盖。而且原来平卧在水面上的像是水浮莲一样的叶片，不知道是从哪里聚集来了力量，有一些竟然跃出了水面，长成了亭亭的荷叶。原来我心中还迟迟疑疑，怕池中长的是水浮莲，而不是真正的荷花。这样一来，我心中的疑云一扫而光：池塘中生长的真正是洪湖莲花的子孙了。我心中狂喜，这几年总算是没有白等。

天地萌生万物，对包括人在内的动、植物等有生命的东西，总是赋予一种极其惊人的求生存的力量和极其惊人的扩展蔓延的力量，这种力量大到无法抗御。只要你肯费力来观察一下，就必然会承认这一点。现在摆在我面前的就是我楼前池塘里的荷花。自从几个勇敢的叶片跃出水面以后，许多叶片接踵而至。一夜之间，就出来了几十枝，而且迅速地扩散、蔓延。不到十几天的工夫，荷叶已经蔓延得遮蔽了半个池塘。从我撒种的地方出发，向东西南北四面扩展。我无法知道，荷花是怎样在深水中淤泥里走动。反正从露出水面的荷叶来看，每天至少要走半尺的距离，才能形成眼前这个局面。

光长荷叶，当然是不能满足的。荷花接踵而至，而且据了解荷花的行家说，我门前池塘里的荷花，同燕园其他池塘里的，都不一样。其他地方的荷花，颜色浅红；而我这里的荷花，不但红色浓，而且花瓣多，每一朵花能开出十六个复瓣，看上去当然就与众不同了。这些红艳耀目的荷花，高高地凌驾于莲叶之上，迎风弄姿，似乎在睥睨一切。幼时读旧诗："毕竟西湖六月中，风光不与四时同。接天莲叶无穷碧，映日荷花别样红。"爱其诗句之美，深恨没有能亲自到杭州西湖去欣赏一番。现在我门前池塘中呈现的就是那一派西湖景象。是我把西湖从杭州搬到燕园里来了。岂不大快人意也哉！前几年才搬到朗润园来的周一良先生赐名为"季荷"。我觉得很有趣，又非常感激。难道我这个人将以荷而传吗？

前年和去年，每当夏月塘荷盛开时，我每天至少有几次徘徊在塘边，坐在石头上，静静地吸吮荷花和荷叶的清香。"蝉噪林逾静，鸟鸣山更幽。"我确实觉得四周静得很。我在一片寂静中，默默地坐在那里，水面上看到的是荷花的绿肥、红肥。倒影映入水中，风乍起，一片莲瓣堕入水中，它从上面向下落，水中的倒影却是从下边向上落，最后一接触到水面，二者合为一，像小船似的漂在那里。我曾在某一本诗话上读到两句诗："池花对影落，沙鸟带声飞。"作者深惜第二句对仗不工。这也难怪，像"池花对影落"这样的境界究竟有几个人能参悟透呢？

晚上，我们一家人也常常坐在塘边石头上纳凉。有一夜，天空中的月亮又明又亮，把一片银光洒在荷花上。我忽听扑通一声。是我的小白波斯猫毛毛扑入水中，她大概是认为水中有白玉盘，想扑上去抓住。她一入水，大概就觉得不对头，连忙矫捷地回到岸上，把月亮的倒影打得支离破碎，好久才恢复了原形。

今年夏天，天气异常闷热，而荷花则开得特欢。绿盖擎天，红花映日，把一个不算小的池塘塞得满而又满，几乎连水面都看不到了。一个喜爱荷花的邻居，天天兴致勃勃地数荷花的朵数。今天告诉我，有四五百朵；明天又告诉我，有六七百朵。但是，我虽然知道他为人细致，却不相信他真能数出确实的朵数。在荷叶底下，石头缝里，旮旮旯旯，不知还隐藏着多少，都是在岸边难以看到的。

连日来，天气突然变寒。池塘里的荷叶虽然仍然是绿油一片，但是看来变成残荷之日也不会太远了。再过一两个月，池水一结冰，连残荷也将消逝得无影无踪。那时荷花大概会在冰下冬眠，做着春天的梦。它们的梦一定能够圆的。"既然冬天到了，春天还会远吗？"

我为我的"季荷"祝福。

（刊发于1997年11月13日《人民日报》文艺副刊）

黄河精魂

刘白羽

在抗日战争的连天烽火中,我曾栉风沐雨,九渡黄河。隆冬寒天,冰川崩裂,步履其上,如临深渊,其峻,其险,令人神魂惊悚;而当初夏,山洪激发,奔腾澎湃,黄河之水天上来,飞流直下千万里,其神魄,其气韵,顿使我心胸为之开阔,禁不住仰天长啸。

你,母亲的河流,啊!中华民族的发祥之地:浩浩然,茫茫然,滂滂然,沛沛然!

你诞生了丰裕富饶的黄河文化,抚育了惊天动地的黄河英灵。近来,随着年事日增,回顾既往,更加深刻地认识到中华民族的博大精深,一往无前。黄河,你不愧是华夏文明的伟大象征。历史上,不论来自国内、国外的民族危难如何严酷,只要黄河母亲一声怒吼,全体人民就会呼啸而起,团结奋斗,扭转乾坤,转危为安。举例说,二次大战中,中国被侵略的时间最长,所遭受的灾难最重,因而,所进行的血战也最为壮烈,无数英雄的热血洒遍大地,壮志凛然千秋。正是在这前赴后继、慷慨悲歌的大背景下,爆发了中华民族历史长河中最为黄钟大吕的交响,最为神奇瑰丽的篇章——抗日战争。而指挥这一交响,抒写这一篇章的,就是伟大的中国共产党。

曾记得,在黄土高原之上,延安凤凰山下,那幽静的小屋里,那烛光闪烁之中,毛主席亲自分派我深入华北敌后。革命导师大气磅礴、奋笔直书的情景,至今想起,犹历历在目。接受任务后,我乘着皮筏,穿越滔滔波浪,强渡黄河。那一刻,我恍然悟到,毛主席的神魄,正是黄河的神魄。出发途中与完成任务后归来,我直观地感觉到了毛主席运筹帷幄、纵横捭阖的从容潇洒和制定游击战、确立持久战的深思熟虑。毛泽东是中国的马克思,他率领我们在血雨腥风中,砸碎旧世界的桎梏,创造一个亮堂堂的新世界。

有一次,我从黄河中游过渡,登上太行诸峰。正是春光明媚,山野里桃李盛开。在山上，我见到了朱德总司令。我和朱总司令，初识于风雪汾河，但在太行山，才相知相熟起来。朱老总宽厚仁德，雄才伟略，雍容大度，扬眉万里，手挥千军。不久，日寇向太行山发动大扫荡，恰逢此时，漳河水势陡然暴涨，咆哮奔腾，摧崖拍岸。前有洪水，后有敌军，形势十分危急。然而，我看到朱总司令镇定地站在悬崖之上，谈笑间，指挥队伍泅渡，心头立刻溢满了自信。果然，当队伍转移到太行深处，眼前顿时浓荫蔽天，清溪潺潺。终于迎来了反扫荡，千山万壑，擂鼓助威，抗日战士如黄河东去，势如破竹，一往无前。

又一次，队伍向黄河下游挺进。平原烈火，红缨枪如林木戟立，地下道似星罗棋布。朗朗的蓝天下，健儿们策马飞驰。在南宫，我见到了邓小平政委。小平同志正与美国人卡尔逊交谈，那是一间古老的厅堂，高大而荫凉。话题是国际形势，小平同志旁征博引，侃侃而谈。他精辟的分析，竟然震撼了卡尔逊的心灵。若干年后，卡尔逊回忆起当年那番谈话，充满敬意地写道："……他矮而胖，身体很结实，头脑像芥末一样灵敏。一天下午，我们讨论了国际政治的整个领域，他掌握的情况之多，使我吃惊。有件材料，弄得我目瞪口呆，茫然不知作答。他说：'去年，美国把从国外购买的武器一半以上提供给了日本。''你能肯定吗？'我问。我知道美国人民不会这么做的，怎么能把战争物资卖给一个侵略国家呢？'是的，'他肯定地说，'消息来源，就是你们美国的新闻电讯。'我很尴尬，说：'恐怕是电讯搞错了，在过去一年中，我亲眼看到了中国人民遭受的屠杀和蹂躏，我不能相信，美国人会有意地介入这场灾难。'但是，事实毕竟是事实，后来我了解到，日本的确是得到了美国的大量武装。"

小平同志眼观六路，耳听八方，他的血脉里，似乎正汩汩流动着黄河的灵慧。

也就是在那以后不久，我们从南宫进入国统区，向黄河前进。路上，国民党负责护送我们的人，嫌天热，躺在了树底下歇凉。谁知不远处就是日军阵地，好险啊！末了，我们机智突围，并顺利渡过黄河。

斗转星移，天翻地覆。一唱雄鸡天下白。黄河依然是母亲河，千秋万载，不改其志。危难时，她发出怒吼，振聋发聩。太平时，她波翻浪舞，一路欢歌。印象最深刻的，是有一天，我乘飞机从乌鲁木齐回京。登机时，半空里还是一片浓云密雨，待穿过云层，升上高空，蓝天顿时一碧如洗，万里无云。凭窗俯瞰，下面是一望无垠的冰峰雪岭，重重叠叠，白纹如网，皑皑耀人眼目。

飞了一程，则君临茫茫无际的黄土高原。纵目处，黄色的沙丘中，蜿蜒盘绕着一条细长细长的飘带，若隐若现，闪闪烁烁。又过了一程，就接着金光汇聚的黄河了。啊，黄河，你在人民的大地上恣肆流淌，纵情欢笑。你是文化，你是文明，你是风华，你是气概。你哺育了中华民族几千年，而今，又鼓舞着亿万人民乘风破浪，激流勇进。长风一拂，万弩齐发啊！黄河，你奔出涌向二十一世纪的气势吧！你唱出迎接二十一世纪的赞歌吧！虽有险阻，虽有暗礁，然而，我们的哲学，我们的信仰，我们的理论，必定成为现实。长歌当啸，黄河，你这壮丽的航程，你这古典而又现代的风范，你这赫赫巍巍的民族精魂！

(刊发于1998年1月23日《人民日报》文艺副刊)

枯立木

高 莽

这是在神农架自然保护区燕子垭停留的最后一天。拂晓我走出陶性居木屋,沿着蜿蜒的山路攀登。我想爬上附近的小山顶,从高处再俯瞰一下这片神奇的世界。

太阳还没有探出头来,东方地平线上却已泛起一抹明亮的桃红。几天的游览相当紧张。今天感到腰酸腿痛,喘气也有些吃力。走走歇歇,歇歇走走。我觉得自己已无力攀上山顶了。我叹了一口气,转过头来,准备下山。突然听到一声呼唤:

"旅人!别泄气,别急着回去……"

路旁只有青翠的树丛树藤和一棵枯死的变得焦黑的冷杉。

我不相信自己会在此地遇上考察队寻找多年的野人,也不相信野人会与我说话。那么,这是谁的声音呢?

我停了下来。环视周围,用眼睛搜寻传来声音的地方。

"旅人!"随着声音我发现枯杉的干枝在摆动。莫非是枯木在唤我?这是多么令人难以相信的奇遇啊!

"你多大年龄了?"声音低沉而威严。

"七十有一。"

"七十一岁当然不是十七岁。"过了片刻:"我可活了三百多年。死后在这儿又伫立了几十个秋冬……"

我立刻顿悟了,就是它——枯杉在与我交谈。我仰起头来,望着黑色的树干与枝杈,坦然地反问道:"你要对我说些什么?"

"我希望你不要轻易放弃自己的追求。"

"我已是离开工作岗位的人。我没有必要强求自己。再说,生活的磨难已使我疲惫了……"

不等我把话说完，枯杉呵呵笑了。

"你可知道我经受了多少年的狂风与暴雨，雷劈与电击？还有烈日的暴晒，蛀虫的侵蚀？我没有求饶，没有倒下去。生死是自然规律，冷杉也不例外。但，活得要正直，即便死了，也要留下正直的影子。"枯杉不语了，大概是在打量我。过了一会儿："爬上这座山顶，只需你再坚持一下，再努一把力。"

在枯杉的激励下，我终于登上了这座小山的山头。我发现山头上留有一些登山者的足迹。也许他们和我一样，也受到了枯杉的鼓舞，才达到了目的。

昨夜，天空墨黑墨黑，只有很多星星熠熠闪闪望着脆弱的人间。现在，天空蔚蓝，流云绮丽。眼前是绿色的森林，隐藏着大自然的神秘。

我感谢枯杉给了我毅力，圆了我的梦。我从山头下来，走向它，鞠躬致敬。我感觉到我的灵魂已匍匐在它傲岸的身姿上，在哭泣。

枯杉啊！你生前向上茁长，给人间带来了秀色与豪气。你挺立着结束了自己的生命。死后你仍然耸立在绿的世界当中，展示着不屈的英姿。你没有下过跪。难怪科学家们把你誉为"枯立木"。

"谢谢你，枯杉！"

我虔诚地轻轻地抚摸着它那表皮剥落的躯干与它告别。

"再见！"它的声音像敲钟一般震荡着我的心。"我的使命已经完成了。你是最后一个得到我鼓励的旅人……"

我走了一段路，忽然听到身后一声巨响。我转过头去，枯杉不见了。我急急忙忙回到它屹立的地方。那儿没有枯杉的任何遗迹。只有几株青嫩的小冷杉在接受晨曦的沐浴。

(刊发于1998年1月23日《人民日报》文艺副刊)

吴宓先生与钱钟书

杨　绛

钱钟书在《论交友》一文中曾说过：他在大学时代，五位最敬爱的老师都是以哲人、导师而更做朋友的。吴宓先生就是其中一位。我常想，假如他有缘选修陈寅恪先生的课，他的哲人、导师而兼做朋友的老师准会增添一人。

我考入清华研究生院在清华当研究生的时候，钱钟书已离开清华。我们经常通信。钟书偶有问题要向吴宓先生请教，因我选修吴先生的课，就央我转一封信或递个条子。我有时在课后传信，有时到他居住的西客厅去。记得有一次我到西客厅，看见吴先生的书房门开着，他正低头来回来去踱步。我在门外等了一会，他也不觉得。我轻轻地敲敲门。他猛抬头，怔一怔，两食指抵住两太阳穴对我说："对不起，我这时候脑袋里全是古人的名字。"这就是说，他叫不出我的名字了。他当然认识我。我递上条子略谈钟书近况，忙就走了。

钟书崇敬的老师，我当然倍加崇敬。但是我对吴宓先生崇敬的同时，觉得他是一位最可欺的老师。我听到同学说他"傻得可爱"，我只觉得他老实得可怜。当时吴先生刚出版了他的《诗集》，同班同学借口研究典故，追问每一首诗的本事。有的他乐意说，有的不愿说。可是他像个不设防城市，一攻就倒，问什么，说什么，连他意中人的小名儿都说出来。吴宓先生有个滑稽的表情。他自觉失言，就像顽童自知干了坏事那样，惶恐地伸伸舌头。他意中人的小名并不雅训，她本人一定是不愿意别人知道的。吴先生说了出来，立即惶恐地伸伸舌头。我代吴先生不安，也代同班同学感到惭愧。作弄一个痴情的老实人是不应该的，尤其他是一位可敬的老师。吴宓先生成了众口谈笑的话柄——他早已是众口谈笑的话柄。他老是受利用，被剥削，上当受骗。吴先生又不是糊涂人，当然能看到世道人心和他的理想并不一致。可是他只感慨而已，他还是坚持自己一贯的为人。

钱钟书和我同在英国牛津的时候，温源宁先生来信要钟书为他《不够知己》一书中专论吴宓的一篇文章写个英文书评。钟书立即遵命写了一篇。文章寄出后，他又嫌写得不够好。他相信自己的英文颇有进境，可以写出更漂亮的好文章。他把原稿细细删改修润，还加入自己的新意，增长了篇幅。他对吴宓先生的容易受愚弄不能理解，对吴先生的恋爱深不以为然，对他钟情的人尤其不满。他自出心裁，给了她一个雅号：superannuated Coquette。Coquette，在我国语言里好像没有发现等同的名称，我们通常译为"卖弄风情的女人"，多少带些轻贱的意思。英语里的这个字，并不一定是贬辞。如果她是妙龄女郎，她可以是个可爱的女子。但是加上了一个形容词 superannuated（过期的，年龄过高的，或陈旧的），这位 Coquette 只能是可笑的了。如译成中文，名称就很不客气，难免人身攻击之嫌。而这两个英文字只是轻巧的讥诮。钟书对此得意非凡，觉得很俏皮。他料想前不久寄给温源宁先生的稿子不会立即刊登。文章是议论吴宓先生的，温先生准会先让吴先生过目。他把这篇修改过的文章直接寄给吴先生，由吴先生转交温先生，这样可以缩短邮程，追回他的第一稿。他生怕吴先生改掉他最得意的 superannuated Coquette 之称，蛮横无理地不让删改一字。他忙忙地寄出后就急切地等待温先生的欣赏和夸奖。

　　温先生的回信来了，是由吴先生转来的。温先生对钟书修改过的文章毫无兴趣，只淡淡说：上次的稿子已经刊登，不便再登了。他把那第二稿寄吴宓先生，请他退回钱钟书，还附上短信，说钟书那篇文章当由作者自己负责。显然他并不赞许，更别说欣赏。

　　钟书很失望，很失望。他写那第二稿，一心要博得温先生的赞赏。不料这番弄笔只招来一场没趣。那时候，温源宁先生是他崇敬的老师中最亲近的一位。温先生宴请过我们新夫妇。我们出国，他来送行，还登上渡船，直送上海轮。钟书是一直感激的。可是温先生只命他如此这般写一篇书评，并没请他发挥高见，还丑诋吴先生爱重的人——讥诮比恶骂更伤人啊，还对吴先生出言不逊。那不是温先生的本意。钟书兴头上竟全没想到自己对吴先生的狂妄。

　　钟书的失望和没趣是淋在他头上的一瓢清凉水。他随后有好多好多天很不自在。我知道他是为了那篇退回的文章。我也知道他的不自在不是失望或没趣，而是内疚。他什么也没说，我也没问，只陪着他心中不安。我至今还能感到那份不安的情味。因为我不安也是内疚。我看到退稿，心上想了想：

温先生和吴先生虽然"不够知己",究竟还是朋友;钟书何物小子,一个虚岁二十七的毛孩子,配和自己崇敬的老师辈论知己吗?我如果稍有头脑,应该提醒他,劝阻他。尽管我比他幼稚,如果二人加在一起,也能充得半个诸葛亮。但是我那时身体不适,心力无多,对他那两篇稿子不感兴趣,只粗粗地看看,跳进眼里的只是那两字的雅号,觉得很妙。我看着他忙忙地改稿寄信,没说什么话。我实在是对他没有关心,而他却没有意识到我的不关心。这使我深深内疚。我们同在内疚,不过缘由不同。

我的了解一点不错。多年后,我知道他到昆明后就为那篇文章向吴宓先生赔罪了。吴先生说:他"早已忘了。"这句话确是真话,吴宓先生不说假话。他就是这样一位真诚而宽恕的长者。

1993年春,钟书住医院动了一个大手术。回家刚不久,我得到吴宓先生的女儿吴学昭女士来信,问我们是否愿意看看她父亲日记中说到我们两人的话。她征得同意,寄来了她摘录的片段。钟书看到后,立即回信向学昭女士自我检讨,谴责自己"少不解事,又好谐戏,同学复怂恿之,逞才行小慧……"等等。这段话似乎不专指一篇文章,也泛指他早年其他类似的文章。信上又说:"内疚于心,补过无从,惟有愧悔。"这显然是为了使吴宓先生伤心的那篇文章。尽管他早已向吴先生当面请罪,并得到宽恕,他始终没有忘怀。他信上还要求把他这封自我检讨的信附入《吴宓日记》公开发表,"俾见老物尚非不知人间有羞耻事者。"按说,多年前《天下》刊登的那篇文章是遵温源宁先生之命而写的,第二稿并未公开发表,读到全文的没几个人。小事一桩,吴先生早已忘了,钟书也不必那么沉重地谴责自己。可是,我过去陪着他默默地内疚,知道他心上多么不好过。他如今能公开自责,是快意的事。他的自责出于至诚,也唯有真诚的人能如此。钟书在这方面和吴宓先生是相同的。吴宓先生是真诚的人,钟书也是真诚的人。

钟书对我说:吴宓先生这部日记,值得他好好儿写一篇序。他读过许多日记,有的是 Rousseau(卢梭)式的忏悔录,有的像曾文正公家书那样旨在训诫。吴先生这部日记却别具风格。可惜他实在没有精力写大文章,而他所看到的日记仅仅是一小部分。他大病之后,只能偷懒了。他就把自己的请罪信作为《代序》。

《代序》中说,他对吴宓先生"尊而不亲"。那是指他在清华当学生的时期。其实,吴宓先生是他交往最长久、交情最亲近的一位老师。其他几位,先后都疏远了。六十年代初,吴先生到了北京,还到我家做客。他在我们家吃过晚饭，三人在灯下娓娓话家常，谈体己，乐也融融。此情此景，一去不复返了。

现在却流传着一则谣言，说钱钟书离开西南联大时公开说："西南联大的外文系根本不行；叶公超太懒，吴宓太笨，陈福田太俗。"自命"钱学专家"的某某等把这话一传再传。谎言传得愈广，愈显得真实。众口一词，还能是假吗？据传，以上这一段话，是根据周榆瑞的某一篇文章。又据传，周榆瑞是根据"外文系同事李赋宁兄"的话。周榆瑞去世已十多年了，可是李赋宁先生还健在啊。他曾是钱钟书的学生。我就问他了。他得知这话很气愤。他说："想不到有人居然会这样损害我的几位恩师。"他也很委屈，因为受了冤枉。他郑重声明："我从未听见钱钟书先生说'叶公超太懒，陈福田太俗，吴宓太笨'或类似的话。我也从未说过我曾听见钱先生这样说。我也不相信钱先生会说这样的话。"他本想登报声明，可是对谁声明、找谁申辩呢？他就亲笔写下他的"郑重声明"，交我保存。我就在这里为他声明一下。高明的读者，看到这类"传记"，可以举一反三。

一九九八年四月

（刊发于1998年5月14日《人民日报》文艺副刊）

怀念曹禺

巴 金

一

家宝逝世后，我给李玉茹、万方发了个电报："请不要悲痛，家宝并没有去，他永远活在观众和读者的心中！"话很平常，不能表达我的痛苦，我想多说一点，可颤抖的手捏不住小小的笔，许许多多的话和着眼泪咽进了肚里。

躺在病床上，我经常想起家宝。六十几年的往事历历在目。

北平三座门大街十四号南屋，故事是从这里开始。靳以把家宝的一部稿子交给我看，那时家宝还是清华大学的一个学生。在南屋客厅旁那间用蓝纸糊壁的阴暗小屋里，我一口气读完了数百页的原稿。一幕人生的大悲剧在我面前展开，我被深深地震动了！就像从前看托尔斯泰的小说《复活》一样，剧本抓住了我的灵魂，我为它落了泪。我曾这样描述过我当时的心情："不错，我流过泪，但是落泪之后我感到一阵舒畅，而且我还感到一种渴望，一种力量在身内产生了，我想做一件事情，一件帮助人的事情，我想找个机会不自私地献出我的精力。《雷雨》是这样地感动过我。"然而，这却是我从靳以手里接过《雷雨》手稿时所未曾料到的。我由衷佩服家宝，他有大的才华，我马上把我的看法告诉靳以，让他分享我的喜悦。《文学季刊》破例一期全文刊载了《雷雨》，引起广大读者的注意。第二年，我旅居日本，在东京看了由中国留学生演出的《雷雨》，那时候，《雷雨》已经轰动，国内也有剧团把它搬上舞台。我连着看了三天戏，我为家宝高兴。

1936年靳以在上海创刊《文学季刊》，家宝在上面连载四幕剧《日出》，同样引起轰动。1937年靳以又创办《文丛》，家宝发表了《原野》。我和家宝一起在上海看了《原野》的演出，这时，抗战爆发了。家宝在南京教书，我在上海搞文化生活出版社，这以后，我们失去了联系。但是我仍然有机会把他的一本本新作编入《文学丛刊》介绍给读者。

1940年，我从上海到昆明，知道家宝的学校已经迁至江安，我可以去看他了。我在江安待了六天，住在家宝家的小楼里。那地方真清静，晚上七点后街上就一片黑暗。我常常和家宝一起聊天，我们隔了一张写字台对面坐着，谈了许多事情，交出了彼此的心。那时他处在创作旺盛时期，接连写出了《蜕变》《北京人》，我们谈起正在上海上演的《家》（由吴天改编、上海剧艺社演出），他表示他也想改编。我鼓励他试一试。他有他的"家"，他有他个人的情感，他完全可以写一部他的《家》。1942年，在泊在重庆附近的一条江轮上，家宝开始写他的《家》。整整一个夏天，他写出了他所有的爱和痛苦。那些充满激情的优美的台词，是从他心底深处流淌出来的，那里面有他的爱，有他的恨，有他的眼泪，有他的灵魂的呼号。他为自己的真实感情奋斗。我在桂林读完他的手稿，不能不赞叹他的才华，他是一位真正的艺术家！我当时就想写封信给他，希望他把心灵中的宝贝都掏出来，可这封信一拖就是很多年，直到1978年，我才把我心里想说的话告诉他。但这时他已经满身创伤，我也伤痕遍体了。

二

1966年夏天，我们参加了亚非作家北京紧急会议。那时"文革"已经爆发。一连两个多月，我和家宝在一起工作，我们去唐山，去武汉，去杭州，最后大会在上海闭幕。送走了外宾，我们的心情并没有轻松，家宝马上要回北京参加运动，我也得回机关学习，我们都不清楚等待我们的将是什么。分手时，两人心里都有很多话，可是却没有机会说出来。这之后不久，我们便都进了"牛棚"。等到我们再见面，已是十二年后了。我失去了萧珊，他失去了方瑞，两个多么善良的人！

在难熬的痛苦的长夜，我也想念过家宝，不知他怎么挨过这段艰难的日子。听说他靠安眠药度日，我很为他担心。我们终于还是挺过来了。相见时没有大悲大喜，几句简简单单的话说尽了千言万语。我们都想向前看，甚至来不及抚平身上的伤痕，就急着要把失去的时间追回来。我有不少东西准备写，他也有许多创作计划。当时他已完成了《王昭君》，我希望他把《桥》写完。《桥》是他在抗战胜利前不久写的，只写了两幕，后来他去美国讲学就搁下了。他也打算续写《桥》，以后几次来上海收集材料。那段时候，我们谈得很多。他时常抱怨，不能做自己想做的事情。我劝他少些顾虑，少开会，少写表态文章，多给后人留一点东西。我至今怀念那些日子：我们两人一起游豫园，走累了便在湖心亭喝茶，到老饭店吃"糟钵头"；我们在北京逛东风市场，买几根棒冰，边走边吃，随心所欲地闲聊。那时我们头上还没有这么多头衔，身边也少有干扰，脚步似乎还算轻松，我们总以为我们还能做许多事情，那感觉就好像是又回到了三十年代北平三座门大街。

但是，我们毕竟老了。被损坏的机体不可能再回复到原貌。眼看着精力一点一点从我们身上消失，病魔又缠住了我们，笔在我们手里一天天重起来，那些美好的计划越来越遥远，最终成了不可触摸的梦。我住进了医院，不久，家宝也离不开医院了。起初我们还有机会住在同一家医院，每天一起在走廊上散步，在病房里倾谈往事。我说话有气无力，他耳朵更加聋了，我用力大声说，他还是听不明白，结果常常是各说各的。但就是这样，我们仍然了解彼此的心。

我的身体越来越差，他的病情也加重了。我去不了北京，他无法来上海，见面成了奢望，我们只能靠通信互相问好。1993年，一些热心的朋友想创造条件让我们在杭州会面，我期待着这次聚会，结果因医生不同意，家宝没能成行。这年的中秋之夜，我在杭州和他通了电话，我清清楚楚地听到他的声音，还是那么响亮，中气十足。我说："我们共有一个月亮。"他说："我们共吃一个月饼。"这是我最后一次听到他的声音。

三

我和家宝都在与疾病斗争。我相信我们还有时间。家宝小我六岁，他会活得比我长久。我太自信了。我心里的一些话，本来都可以讲出来，他不能到杭州，我可以争取去北京，可以和他见一面，和他话别。

消息来得太突然。一屋子严肃的面容，让我透不过气。我无法思索，无法开口，大家说了很多安慰的话，可我脑子里却是一片空白。我不能接受这个事实，前些天北京来的友人还告诉我，家宝健康有好转，他写了发言稿，准备出席六次文代会的开幕式。仅仅只过了几天！李玉茹在电话里说，家宝走得很安详，是在睡梦中平静地离去的。那么他是真的走了。

十多年前家宝在给我的一封信中，写了这样的话："我要死在你的前面，让痛苦留给你……"我想，他把痛苦留给了他的朋友，留给了所有爱他的人，带走了他心灵中的宝贝，他真能走得那样安详吗？

一九九八年三月

（刊发于 1998 年 5 月 15 日《人民日报》文艺副刊）

花　事

柳　萌

我头次走进这家位于胡同口的花店,是在一年春天。那时刚搬来这里不久,有朋友见我家的阳台比较大,劝我不妨养点花儿,我一想可也是,只是不知养什么花好,就走进了这家花店。花店的老板是位南方人,高高大大的个头儿,说话也还算和气,他听完我说的情况,很客气地说:"您不会养花儿,我看还是养点皮实的,像吊兰,像蔓萝,只管到时浇水,别的就不必操心啦。"花店老板的实在,很让我感动,就跟他聊起养花的事,我们也就有了共同的话题。

像我这样年纪的人,竟然不会养花儿,他觉得有点不可思议,就问:"您是城里人,怎么就不会养花儿呢,我真有点不明白。"我笑了笑说:"不明白吧,其实你应该明白,从你的长相猜测,你也就是四十几岁。"他说:"您说对了,我今年四十八岁,是老三届的。"我说:"这就对了吧。那你应该是红卫兵。怎么就忘记了呢?'文化大革命'那会儿,我也才三十几岁,想养花儿让养吗,不让养呵。养花是要挨斗的,只能种庄稼。"他冲我笑了笑,表情上略显沉闷,低声说:"您说的是。那会儿不知怎么啦,人们简直像吃错了药,什么事情好,就糟蹋什么,还美其名曰革命……"于是他跟我讲了一件关于花的往事。

他家在南方一个小县城,那里的人们都喜欢花草,用他的话说"无花不成家,无院没有花",这江南小城美在花丛中。

他的家乡有一户陆姓人家,祖祖辈辈都喜欢花,尤其是这家的大儿子,是个技艺高超的花匠。无论多么难侍弄的花,只要经他的手一摆弄,都会欢欢实实地长,开出鲜鲜艳艳的花,他的花艺在当地很有名,十里八乡的养花人,谁遇到什么难题,都来找他讨教。可是就是这样一个本分的花匠,在"文革"疯狂破坏的年代,却因为有这样的手艺而罹难。

事情的起因是一位远方亲戚，在国民党时期做过小官儿，被当做特务揪斗，实在忍受不了折磨，就开始胡说八道。在造反派的逼供下，他说自己有本名单，放在了陆家的花盆里，于是造反派的大队人马，浩浩荡荡开到陆家，不问青红皂白，进院就砸花盆，没有多久，几百盆花儿便散落在院中。根本不存在的名单，当然不会找到，于是就开始拷问花匠陆家长子。陆家长子本来视花如命，花被糟蹋了且不说，又无端地被加害，连气带吓的大病一场，没过多久便离开了人世。他离世前的一刻，拉着他侄子的手，说的最后一句话是："这样的世道，不会长，将来年月太平了，你还是要养花儿，没有花儿，那还有什么意思。"说完也就闭了眼睛。

说完这件往事，我看见花店老板的眼睛湿润了，声音也略显哽咽，我也就不便再往下询问什么。等待了好长时间，他喝了一口水，然后告诉我说，胡说八道的那个人，得知陆家长子悲愤辞世的消息，他受不住家人的责难也自杀而死。这样一件普通的事情，竟然断送了两条人命，给爱花的人们以震惊，从此养花的人就少了。直到改革开放以后，美好的事物又回到人间，人们才又渐渐养起了花儿，他家乡的花事才重新兴旺。

听了他这一番悲惨的叙述，我的心里很不好受，"文革"中那些可怕的往事，一股脑儿地拥到眼前。可是，我还是想知道陆家后代的情况，就试探着对他说："这陆姓人家太可怜了，爱花的人都是善良人，那么好的一家人，我相信不会永远倒霉。"花老板沉吟了片刻，好像从悲痛中解脱了出来，低声说："是呵，您说的对，他们一家人，这会儿生活得很好，几个弟兄办起了几个花店，每天把花送给别人，他们自己也生活在花中。""那陆师傅的侄子，后来怎么样了？"我急着这样问。只见花店老板快乐的眼神里，流露出诡秘的微笑，只是不说话；好像一说话，什么美好的东西，就要消失了似的……

（刊发于1998年6月5日《人民日报》文艺副刊）

热闹的麦场

周大新

每年的麦收时节，在我的故乡——小麦产区南阳盆地的乡间，最热闹最吸引人的地方，是一个个堆着麦秸垛的麦场。

麦场是种麦人一季忙碌的终点，是乡下人清点劳动果实的场所，是农家展示得意自豪和抛洒欢笑的舞台，它的热闹是该当的。

麦场上的热闹常从早上开始。天刚一发亮，人们便披衣来到麦场上摊场了。所谓摊场，就是在没有脱粒机的情况下，先用雪亮的铡刀把一捆一捆的麦子拦腰铡断，把下半部的麦秆扔开，把上半部的麦穗在场上平摊开以便碾压脱粒。摊场时小伙子们总是手按铡刀，中、老年汉子们则负责把麦捆送到铡刀下。常常是小伙子赤了上身把长长的铡刀从铡槽里哗啦一下拉起来，喊一声：来吧！就有人嗨一声送上麦捆，执铡的小伙此刻先往两个手掌心各吐一口唾沫，再对掌一搓，便嗷地一声抓住铡把按下去，随着嚓啦一声，比人腰还粗的麦捆当腰两断。麦秆被抛扔场边，麦穗则被女人们用桑叉挑起在麦场上摊好。早先有生产队时，队里的麦场很大，摊场时常要十几口铡一齐开铡，那时嚓啦嚓啦的响声此起彼伏极是好听。有些爱开玩笑的媳妇们时不时地会悄步走到按铡的小伙身后，在小伙子咬起牙关用力按铡的那一刻，突然伸手在他的腰眼里一戳，结果痒得按铡小伙扑哧一声散了气，铡刀只铡进麦捆一点点。"吃屎的东西，连一捆麦也铡不动呀？！"她们趁机挖苦嘲弄，结果自然会使一阵大笑在麦场上空盘旋起来。有那爱唱的小伙，也会在掀开铡等待续麦捆的当儿，高声来一句豫剧：老包我把铡猛一推，要铡尽天下陈世美——

摊完场人们回去吃早饭，饭后就开始打麦了。过去是牛拉石磙打麦，通常是男人们牵了牛套上石磙在麦场上转着圈地碾压，女人们则坐在场边的树荫下做针线活。隔上一阵，牵牛打场的男人吆喝一声：翻场了！场边树荫下的女人就扔下手中的针线，拿上桑叉进麦场将碾压过的麦穗翻弄一遍。打场人手中的鞭子在空中的炸响与吆牛的声音，和着石磙在麦场上滚动引发的呼隆声，构成一曲颇耐听的合奏。

　　起场通常是在半后晌。这时场上的麦子多已经过五六遍的碾压，麦粒大多已脱落下来，麦秆也都已变成柔软发白的麦秸草，空气中开始漾着一种新麦的香味。场边附近人家的鸡们，也知道此时场上有美食可吃，开始悄悄地向场边运动，趁人们不注意时忙啄食几口新麦解馋。接着，伴随"起场了"的一声高喊，男男女女开始涌入麦场中，有的拿桑叉挑走麦草，有的拿木锨归拢夹有麦草屑和麦壳的麦粒，一时间场上草屑乱飞，木锨齐响，场尘飘荡，呼喊声此起彼伏，一片忙碌景象。人们会弯腰抓起一把带麦壳、麦草的麦粒在手上看麦子的成色，去感叹今年的收成到底到了手中。也有的小伙子会在此刻搞恶作剧，悄悄抓了一把带有麦草屑的麦粒突然放进哪位嫂子的后领，麦粒顺着脖子向嫂子的脊梁上滚去，麦草屑和断麦芒会扎得那位嫂子呀呀乱叫，这自然会引发一场更加嘹亮的笑声。

　　场起完之后就是扬场了。扬场是男人们干的活儿，女人们这时开始相继撤出麦场回家做晚饭。男人们在测试了风向后，用木锨铲起带有麦草屑、麦壳、麦芒的麦粒向空中扔去，风把麦草屑、麦壳和麦芒吹向一边，只让黄澄澄的麦粒雨一样落到打扫干净的场上。一些光屁股娃娃见到那些澄黄的麦粒，常会嬉笑着扑上去，那麦粒在光滑的场上不住地滚动，偶尔会让一个娃娃摔倒在地，从而使其汗湿了的身子沾满了麦粒。

　　扬完场就是打麦的最后一道工序了：把麦子运回仓房。人们先用木箕把麦子灌进麻袋，然后开始过秤，过完秤便由赤膊的小伙子嗨一声扛走。最后一袋麦扛走之后，人们开始计算斤数，算出今年的总产和亩产，之后才让一个满足的笑容在脸上浮现。月亮也就在这时悄无声息地升起来，让银色的光辉把刚刚变得空旷的麦场一下子铺满。离麦场近些的人家，女主人这时会把做好的晚饭——面条或稀粥、白馍端到场里，一家人席地而坐围在饭盆四周开始响亮地吃喝起来。夏夜，也就在不知不觉间正式开始了。这阵子，有人家会拎了竹席来到麦场上准备露天而睡，同来的孩子们先是聚在一起在光滑的麦场上玩着各种游戏：扯羊逨、踢鞋楼、跳皮筋；末后当困倦袭来时，便个个回到自家的大人身边，一边打着哈欠听大人们笑谈着今年麦子的售价，一边慢慢向渺远而美丽的梦乡沉去。最后，大人们的议论也终于被倦意打断，满场里就都是鼾声了，热闹了一天的麦场这才归于安静。

今后，随着联合收割机的逐渐普及，麦子不需要在场上碾打，打麦场自然会渐渐消失，这当然是一种进步；但我想，农家的后人们也将因此看不到麦场上的热闹景致，会失去不少乐趣。我录下这些场景的目的，便是备忘，供今后的农人们了解过去的种麦人经历过的东西。历史上不是已有许多劳动情景，已经永远脱离了人类的记忆么？

（刊发于1998年7月17日《人民日报》文艺副刊）

饮食的记忆

萧 乾

饮食也是一种教养。可我缺乏这种教养。

对于了解我早年家境的人，这毫不足奇。十岁前，我面临的主要是把我那小肚皮填饱的问题。那时靠典当和妈妈外出佣工为生。一到年下，堂兄就在北新桥摆地摊卖对联，有时还当场挥毫。这样，年三十家里才勉强包上饺子。另外，每逢戚友有红白事，妈妈总把我这小馋鬼带上，借此开开斋。当时我那副狼狈相是不难想象的。

我有过一些喜欢吃并懂得吃的朋友，如已故的荒芜。五十年代我们同住在羊市大街时，一天他老远把我拽到鼓楼附近一家小饭馆，请我吃了一顿炸肥肠——真是肥得满嘴流油。他边自己品味边殷切地问我："咋样？"我的回答倒也还老实。我说："好吃是好吃。可要我为它跑半个北京城，我划不来。"

朋友中，巴金是"爱吃"的。但他总把吃同友情联系在一起。五十年代他每来京，必把他的多年老友——尤其像我那样当时正坐冷板凳的，约在一起，欢聚一下。他对北京的馆子比我熟。有时是沙滩，有时是新开路的康乐。反正总是川菜馆。那时他的饭量也真是惊人！时常我们已善罢甘休之后，他还要独自打扫一番战场，把盘盘都扫荡得一干二净。

五十年代的一天，我们同游北海。我凭着小他六岁这个优势，向他挑战。我们各租了一条小船，从漪澜堂出发，以五龙亭为终点。我满以为会先他到达，就使出吃奶的力气。结果却同时靠的岸，划个平手。

至于文章，他那洋洋二三十卷，我就更望尘莫及了。因而我得出一个老生常谈的结论：能吃才能干！

1945年3月，我从英国横渡大西洋去采访联合国成立大会时，战争还未结束。本来只不过几天的航程，为了一路同依然猖獗的纳粹潜艇玩捉迷藏，我们竟走了十几天。从利物浦上船后，天天上午在船上作遇难弃船演习。生活在死亡线的边缘上,食欲实在旺盛不起来,况且英国食物短缺,严格配给,就连船上也吃不到什么美味。

轮船一驶进加拿大的哈利法克斯港,就安全了,胃口也来啦。上岸后,同船的人都分别进了当地餐馆,并且异口同声地喊着:"要牛排!"印象中,我面前那块简直厚得像是块淌油的"砖",足有两斤重,而一瞬间就被我消灭到肚里去了。

现在回想起来,那样的饕餮既品不出美味,对肠胃也太不仁慈,甚不可取!

英国的绅士淑女是向来不肯露天而食的,在巴黎,就没这么讲究。蔚蓝的天空飘浮着朵朵白云。咖啡馆门前,衣着华丽的男男女女,围桌而坐。一群群鸽子在他们脚下啄食,确实是别一天地。

由于四堂兄娶了位美国嫂子安娜,我从九岁就习惯吃洋餐了。她还教了我一些洋规矩,例如刀叉不能碰出声音,咀嚼也得文文雅雅地。

可是当一位姓孟罗的英国人请四堂兄和我在东单吃大餐时,我怎样也切不动那块烤肉,到头来它竟飞出盘子,蹦到地上了。

有时,吃食会引起乡思。

三十年代初到上海,朋友看出我想北京,就特意把我带到二马路横街一个弄堂去。老远我就闻到熟稔而且久违了的芝麻酱味儿了。原来那是北京人开的烧饼铺。对我,当时可比什么山珍海味都要香。它立刻把我带回到二十年代。那时冬天上学的路上,我口袋里总装着个刚出炉的烧饼或烤白薯。那就相当于贵妇人的暖手炉。快到校门口我才"开吃"。咽下肚里的不仅是烧饼,还有一路上我的体温。

当记者得学会不挑嘴。在全国范围内跑新闻,什么"菜系"都会碰上。好在中国酒席总先上几个冷荤,而且它们总守着阵脚,一般不撤。这样,遇到正菜不好下箸——例如西南的辣子,就可在冷盘上周旋。

(刊发于1998年8月27日《人民日报》文艺副刊)

飞翔的秋千

素 素

在向那个村庄走去的时候,我已在心灵的打稻场上为自己竖起了高高的秋千架。一种欲飞的感觉涨满了我。

我走过许多村庄。它们大都老态龙钟,沉重地匍匐在黑土地上,仿佛害怕雪压,更害怕被风卷起。从那些村庄旁边走过的时候,即使在酷夏,也觉得它们仍在防范着严冬,那根僵硬的神经从未松弛过。就这么向前走着,走到了一个边缘。春天坐在家里的时候,就知道我会在夏天的某一时刻走到那里,那里有一个并不很大的打稻场,场上有女人的秋千。只有我自己明白,走了这么远,其实就为它而来。远方的秋千。

我知道,秋千是个很老的东西,是一件古玩。远古的人类上树采摘野果或爬山猎取野兽,需要攀援和奔跑。于是就抓住一根粗壮的野藤,身体用力一摇一荡,就能从一棵树飞到另一棵树上,就能从这山飞到对面那山。那根野藤,便是最早的秋千。人类那时还正在茹毛饮血,荡秋千不是为了玩耍,而是为了生存。抓紧那根野藤的大多是男人。秋千与女人连缀起来,才有了一种特殊的生动。记得我只是在电视里看见过朝鲜族女人荡秋千的场面,那个场面曾让我激动不已。它似乎触动了我生命里沉睡的那一部分,从此就有秋千带起的风在那里鼓荡不止。

村庄就在眼前。它真的是太远了,一直就躲在长白山北麓那片黑森林里。走到那块打稻场的时候,天阴了起来,四周升起了很大很浓的雾,雾气很快就将房屋和树的轮廓模糊成梦境一般。但我远远就看见了那座熟悉而又陌生的秋千架。雾气从它的空白处穿流而过,它孤单而深情地等待着我这个远方的来客。

那里没人。我就坐在那片空地上仰望。它简单极了。在两根木杆之间垂落两根稻草绳,稻草绳连接着一块木制的踏板。那踏板与地面有一段距离,为的是让站在踏板上的女人悠荡起来。

我想起了那个年轻的朝鲜族姑娘,想起了她那雪白的衣裙,粉红的飘带,漆黑的发髻。秋千越荡越高,她也越升越高,仿佛是在放飞自己。天上人间,在那一刻已分辨不清。我想,美丽的朝鲜族女人呵,古老的秋千,最后被你拥有了,被你悠荡出一个民族的风俗。我还想,女人的使命似乎就是创造风俗,并让那风俗永恒。女人因为拥有秋千,而有了做梦的地方。当秋千将古典的女人托起,她们便风情万种。她们用身体触摸风,触摸云,触摸无限和天空。于是发现了生命最原始的秘密。

古人说,秋千驱邪。女人在飞起来的那一刻,果真就不再觉得压抑和沉重,那铅一样的阴霾,什么时候无影无踪了呢?一悠一荡,便是大起大落,那些脆弱的女人居然可以承受,居然在大起大落之间发出快乐而野性的大笑。她们仿佛在说,如果能飞进天堂,即使落到地狱也心甘。就像为了爱情。在爱的面前,女人是最有宗教感的。女人对爱的虔诚,使任何人也诋毁不了她们。女人因为爱得无私而永远有自己的家园自己的儿孙。

古人还说,秋千释闷。男人有了马之后,便把秋千交给了女人。于是女人就让秋千成了自己的坐骑。男人喝酒消愁,酒能让他们的灵魂起舞。女人在秋千上忘忧,所以女人天生要比男人浪漫。在秋千上放纵情感,张扬生命,是对旧有的超越和反叛。女人从走进父系时代起就总是内敛,总是克制,举案齐眉,胼手胝足!从精神到肉体从未真正地松弛过。女人站在秋千上,才真正有了回归为人的感觉。

那个荡秋千的姑娘或许就住在这个村庄,她或许已经是一个中年妇女,腰身不再那么窈窕,黑发也不再那么稠密。她不会知道,许多年前她在秋千上的表演,曾给远方一个陌生的女人留下多么深的印象,而那女人现在就痴迷地坐在她家乡的秋千下。

雾渐渐消失在黑森林里。周围的景色清晰起来。我没有揭穿一个秘密,就是我并没有坐在打稻场上,面前也没有烟火缭绕的朝鲜族村庄。我在那样的村庄停留过,但那里没有我要找的秋千,我只好走进帽儿山脚下的民俗村。它更像一个大公园。在公园的一角,布景似的有几处古朴的朝鲜族院落,还有一辆木轮的脚踏水车。草坪上,一对老夫妇在跳长鼓舞,两个姑娘在跳跳板,其中一个此刻就以跳的姿态停留在空中。我站在那里等她从空中跳下,但她就那么凝然不动。她永远感觉不到我的心跳。

与秋千一样,跳板也是女人的游戏。古典女人在跳跳板时看见墙外的景色和男子，于是深闺中的女人蜂拥着踏上跳板，将身体探出去远望。

女人无翅，却总是想飞。我曾经想加入进去，但那跳板上已经有两个姑娘在跳，那长鼓也牢牢地挂在老夫妇的腰间。我便试着去踩水车。就在这时，我看见了秋千，我坐在了我的打稻场上。

秋千一直空荡着。我终于从地上站起来走近了它。两手抓住草绳，两只脚先后踏上踏板。屏住呼吸，轻轻一荡，我整个的人便被带走了。一个汉族女人，在朝鲜族的民俗村里荡起了秋千。我发现，虽然我的身体不够灵活，我的心在那一刻却轻盈无比。我在飞。在秋千上，可以看见在民俗村里零零星星走动的人。他们与我一样远道而来，来看与自己完全不同的生活图景。那些人的脸色并不好看，失望里有伤感。飞的快乐突然垂落，他们让荡着秋千的我立刻没了力气。在风俗将要丧失的时候，才用栅栏围起一个民俗村。我突然间想起去海南时也曾走过以这种方式垒成的苗寨和黎寨，那里也叫民俗村，其实是一个旅游项目。它们都一样，是商业操作，而不是那个民族真实的村院。我想，民俗村迟早会被人类淡漠或自己荒芜。我不断地给自己鼓满力气，让我在秋千上呆得长久一些，荡得再高一些。然而我总也荡不到最高处，每一次都觉得快要接近那个高度了，每一次很快就落了下来。

我说过，在看见这个秋千之前，我去过附近的村庄。那个村庄因为曾经来过许多大人物而有一种虚荣的气氛。我在大人物们坐过的火炕上盘腿儿坐过，那铺火炕也似乎沾染了一些虚荣。那家的女人很胖，很忙碌。我曾问她是否荡过秋千，她说那是年轻的时候，如今村庄里已经没有秋千。我问她的女儿荡过秋千吗，她说女儿进城去了。我当时就想，城市也许会让那个朝鲜族女孩忘记秋千。

美的秋千，纯朴的秋千，如今不在打稻场上，而在文物店一样精致的民俗村里。那天，我就一个人在那里荡着古老的秋千，百里千里的寻找，好像就为了有这一次尽兴尽情的荡。终于有个人走过来对我说，想看精彩的秋千表演吗？体校的女学生会荡给你看。我说，那不是我要的秋千。那人说，那么你走得再偏远点，或许能看见你要找的秋千。

那人的话打疼了我心里的一个地方。我悄悄地说，亲爱的朝鲜族女人哪，当这世界有一天果真没有了秋千，你一定要在自己的心里竖起它，让灵魂永不止息地飞。

(刊发于1998年10月9日《人民日报》文艺副刊)

家在辽源

韩静霆

当年我穷困潦倒的外祖父母,率五女一子,走遍东三省打短工和讨饭。行至东辽河的源头,他们眼睛都亮了,说这儿地挺平的,就安家扎寨。彼时,冥冥中为一种缘分驱使,父亲也日夜兼程从山东高唐逃难而来。不久,我的父母亲经人撮合,经营起了一个兼容苦难和温暖的巢,我也有了"投胎落草"的机遇。我的童年就生活在一座透风透雨的老屋里。

老屋在小城城东,龙首山之下。那座龙头似的小山,是俯首吸饮辽河水的样子。小城坐落在龙角上面,很有点诗意。我家老屋可说不上什么诗不诗的,从根儿上说是一座"血碑"。这得追溯到哥哥韩伟廷。他在四平战役的枪林弹雨中背出了负伤的营长。四野南下之前,立了功的哥哥获假回家看看。伟廷回到家,父母均患伤寒,病倒在冷屋凉炕上。他只好下矿井去挖几天煤,换药换饭。不料,哥下去了就没上来。四平战役的连天炮火没伤着他,矿井巷道的瓦斯爆炸要了他的命。父亲领了矿上发的有限的一点抚恤金,盖了两间简陋的房子。我从小就睡在哥哥伟廷带血的抚恤金上。

天知道老屋为什么一直下陷?年深日久,屋地比外面要低下一尺半还多,我每天放学回家都要跳大坑。很难说这与惨死在地下的伟廷有关系,可现在一想,浑身的汗毛还要立起来,童年却不懂胡思乱想。老屋四季阴森森的,门总是关不严。最讨厌的是雨天,无论雨大雨小,家里都是水灾。外面的水破门入"井",棚上滴水如注,鞋子和盆盆罐罐都在水里漂荡,这时候,母亲就率领我们用盆用锅向外泼水……我终于懂得父亲母亲为什么依恋那两间"水窖"了,他们看这破房子的时候,肯定看到的是血肉模糊的伟廷大哥。老屋没时没日地修修补补,墙塌了重砌,窗子散了重钉,纸棚掉了重糊,烟囱倒了扶起来……现在我想起母亲爬上房脊去修房的样子,心里就酸酸的。我的母亲,老人家!两手紧紧抓着摇摇晃晃的破梯子,脚颤抖着去找梯子横木。木梯吱吱乱叫,母亲和梯子一起颤抖。她那一头花白头发,一点一点地升到房脊上去。她太要强,一定要自己去苫草,糊泥,铺瓦,才放心。

故乡辽源,龙角上的小城,从前小到什么程度呢?人说,一家酿酒,满城皆醉;一人打喷嚏,全市流感,这有些夸张。不过,数得上的街道,的确只有三条,顺着的一条,横的两条,最繁华的街面就属"大十字街"与"小十字街"了,这是千真万确的。我在那大小十字街头长大了,到了北京,念了书又当了兵。离家三十余载,小城渐渐膨胀,探家看到的生脸越来越多。到了改革开放的八十年代初,我家老屋不堪修缮,不行了,父亲母亲这才商议搬家。双亲看了许多处房子都不满意,折腾了很久,才搬了家。父亲在离开老屋不久,就撒手人寰,走了,到伟廷那里去了。新搬的家略有改观,一间半低矮的房子,外间漏雨,里间不漏。小房在半坡处,再没有水淹锅灶、浪打鞋子了,下雨天只听"飞瀑"跌落门前,轰然作响。一辈子含辛茹苦的母亲,在这里为我妹妹带孩子,很快就住惯了。我离家在外,夜里,一闭上眼睛就能看到母亲忙里忙外的样子。她老人家佝偻着腰,不停地剁鸡食,或是里里外外搬弄花盆。母亲在小院子里养了金盏草,指甲花,石榴花,茉莉花,还养着几只鸡。只要我探家,就有我爱吃的"小鸡炖蘑菇"上餐桌。

物换星移,龙角上的小城变化很快。立交桥架起来,坦荡的马路开出来,新楼群一不留神就嗞嗞地往外冒。转眼工夫,在家乡做事的同学和老友,都分到了供热的楼房,简陋的平房渐成"古董"了。去年和今年的夏天,我备好款子,两次回家乡,张罗为母亲买一套楼上的房子,同时为父亲扫墓。母亲似乎是依恋那些花草和炕柜什么的,又似乎是不愿意我为她花那么多钱,眼睛红红的,惶惑地望了我半天,嗫嚅地说:"这里住惯了,也挺好。"

我湿漉漉的眼睛里,母亲的白发在跳。我想说,儿子无能,不孝,从前让您到房脊上去修缮老屋,现在还能让您拎了水找不到下水道,在烧煤的炉子前边咳嗽吗?不,不能。您应该端坐在阳光里,您的住房条件应当"步步高"。当年的老屋,是用哥哥伟廷的抚恤金换的,现在用不着那样了,相比之下,何其轻松?刚好,小城的安居工程即将竣工,我就定了光线好的一套二楼房子。安居工程楼群的风水环境很好,门前东辽河的支流蜿蜒流过,窗后是龙山余脉。多大风雨母亲也不用愁了,依凭楼窗,隔着细密的雨,朦朦胧胧的半城风光在眼前铺开,看那些楼房正如春笋般地向天边拓展,很有意思。

终于在这个世纪的末尾,母亲快搬家了。

奇怪的是她老人家对于我和朋友们商议如何装修，定制什么家具，不大感兴趣。她佝偻着腰，只管去浇她的花草，白发在红的花绿的叶之间闪闪熠熠。

离开家乡小城的那天，我多喝了几杯酒，不由得泪眼模糊了。我又想起了哥哥伟廷，想起了用他血肉之躯换得的那两间老屋。老屋早就不在了，那儿是一片居民住宅楼群，楼前有一群孩子在跳橡皮筋。

（刊发于 1998 年 12 月 26 日《人民日报》文艺副刊）

冰心老人遗札

——一个编辑的哀悼和思念

袁 鹰

一位经历了百年风雨的世纪老人安详地远行了。

一位将全部爱心留给人间的伟大母亲离我们而去了。

那天早晨,我们全家人都陷入沉重的哀恸中。冰心是我们家三代人都熟悉和尊敬的名字,三代人先后都是她的小读者和老读者。她以真挚真诚的爱心哺育了一代又一代,还将哺育下一世纪的读者。

我从五十年代中就结识冰心先生,从此常常沐浴在和煦温馨的春风细雨中。近十多年,更时时感受到老人关注国家进步、民族振兴、人民苦乐的博大胸怀。"老当益壮,宁知白首之心?"更使我们感奋不已。我谨捡出老人的几封遗札,用它们穿起一串伴随着泪水的哀悼和思念。

袁鹰同志:

好久不通信了。人民日报约我写我与副刊的关系。我记得这关系是您联系起来的。我不记得什么时候了(大概很早)?第一篇文章是什么?我也忘了。

电话真难打!您的现在住处和电话都请告我,最好写信来。您如能来一谈,更是荣幸!我还好,一时死不了,连我自己也奇怪!很想您。

祝好!

冰心
五、廿三,一九八八

老人这封信引起我许多亲切的回忆。

冰心先生同人民日报的关系确实很早，可以追溯到四十多年前。她在报上发表的第一篇文章是1955年9月27日刊登的《访日观感》。以后两三年里陆续又发表几篇，这是她同人民日报建立联系的开始。我们编辑记得最清楚的是她一点没有大作家的架子，总是诚恳亲切，平易近人，如同她在信上必定用"您"字那样，处处表现老一辈文人的风范。

我同冰心先生来往较多始于1958年。那年初，文艺部讨论副刊应有新面貌，有的同志建议请些老作家撰写一批能吸引读者又能保证质量的稿件，最好设些固定的专栏。我便给冰心先生去信，希望她将三十多年的名作、获得千千万万读者喜爱的《寄小读者》延续下去。很快，就得她欣然同意，随即寄来《再寄小读者》的第一篇。信一开头沿用三十多年的称呼"似曾相识的小朋友"，顿时唤起早已成为父母辈和祖父母辈的当年小读者的亲切感。她在信里激动地写道："如今我再拿起这支笔来，给你们写通讯。不论我走到哪里，我要把热爱你们的心带到那里！我要不断地写，好好地写，把我看到想到听到的事情，只要我觉得你们会感兴趣、会对你们有益的，我都要尽量对你们倾吐。"果然，在这个专栏里，她同三十多年前一样，将满腔的热情和爱意，奉献给五十年代的少年读者，带他们走到祖国的山山水水，走向遥远的亚非拉，让他们像我们少年时代那样，从一封封信里听到慈母心怀的跳动。

陪冰心先生访问长城脚下青龙桥是我一次难忘的事。1922年"双十节"，年轻的女大学生冰心与同学们游长城，写了名篇《到青龙桥去》。三十七年后的1959年9月，为了庆祝建国十周年，我们请冰心先生再去一次青龙桥，去写写那里的新貌。9月的一个清晨，我和文艺部编辑李叔方到冰心先生寓所，接她赶往西直门车站。我们再三致歉，由于汽油紧张，不能用小轿车送她去。她摆摆手说："不用不用，那一年是坐火车去的，这次也得坐火车。"

到青龙桥站下车，按冰心先生的主意，先到派出所打听到生产队长李景祥的家，也没有事先打招呼，进门就坐在炕上，同李景祥一家人娓娓交谈，询问生产队的发展和他家庭妻儿的生活。她一面问，一面不停地记。那位质朴的青年基层干部虽已经听到我们的简单介绍，可能始终也没有弄清眼前这位和蔼可亲的老奶奶是何许人。他老老实实地同我们谈话，回答问题，既不忸怩，更没有夸夸其谈，给冰心先生留下很好的印象。她像走亲戚似的叙家常，看时间不早，就抬头对我们说："我们告辞吧，不要耽误他吃饭，更不要耽误他工作。"离开李景祥家时，她恋恋地一再回头。看到溪水边小桥下一个穿粉红裤子的姑娘正在洗衣服,就笑笑说:"你们看,小桥流水人家,多美的一幅画面!"她那笑声话语,历历在目,恍如昨日。

六十年代初,思想文化战线的气氛渐渐紧张,作家们手中的笔也渐渐枯涩,人人头上似乎都悬着一柄随时会落下的剑。冰心先生也只写了些有关国际题材和文化交流的应时稿件。接着就是十年疯狂混乱的岁月。风雨如晦,使人怗念。后来传来她去"五七干校"劳动的消息,也很难想象她瘦小羸弱的身躯,如何应付沉重的田间劳动和凶神恶煞的呵责批斗。大约1975年,我已从干校回来参加一些编辑工作,有一次去中央民族学院组织什么稿件,接待我的同志谈完正事之后,悄悄地问:"谢冰心回来了,你要不要去看看她?"我心头一热,顿时涌出一阵意外的欣喜,随他走到一间大办公室,只见冰心老人同吴文藻先生伏案相对,正埋头校译一本外文学术著作。她摘下老花眼镜,连忙站起来紧紧抓住我的手,连说:"好,好,好!"许许多多话都在这三个"好"字里了。黯然握别时,她仍然抓住我的手不放。我强忍住泪水,退出那间寂静无声的屋子。

十年动乱结束,为"天安门事件"平反,我们着手《丙辰清明纪事》的征文。我立即想到冰心老人,她也果然很快就寄来一篇《等待》(刊载于1979年7月18日)。细致地叙述女儿带着孩子去天安门广场,她和老伴在紫竹院公园等待孩子们回来的心情。他们俩在长椅上坐下,"谁也没有开口,但是我知道他也和我一样,一颗心已经飞到天安门广场上去了!那里不但有我们的孩子,还有许许多多天下人的孩子。就是这些孩子,给我们画出了一幅幅壮丽庄严的场面,唱出一首首高亢入云的战歌……"读到这里,我感到她的爱心已经同民族的命运融在一起了。

进入历史新时期,冰心老人同许多老作家一样,犹如枯木逢春,重新焕发新的光彩。直到九十年代她因病卧床,仅仅在人民日报上先后就发表了四十多篇文章。那篇为教师请命的《我请求》(1987年11月14日),获得广大教师的热烈反响,许多素不相识的教师从远道来信向这位敬爱的老作家表示由衷的感激。她在我们文艺部编的《万叶散文丛刊》上先后发表的《绿的歌》和《霞》,更成为新时期散文的典范之作。

寄来这封信后不几天,她就写了《我感谢》一文(1988年6月30日发表),向人民日报创刊四十周年"呼唤出最诚挚的感谢","感谢人民日报文艺部的诸位编辑同志,这四十年来,让我在副刊的版面上,印上许多我当时的欢乐和忧思!"

捧着这一纸薄薄的稿笺,我们都像捧着一团火、一颗赤诚的心!敬爱的冰心老人,报纸的编辑和读者,不是更应该深深地感谢您吗?

袁鹰同志:

  得您信,特别想您,有空来谈谈,好不好?

  您让我为《散文世界》写文章,看精神吧。我痊愈后一定写。风、花、雪、月,久已厌闻厌看,而报纸副刊上多是这种东西,真没意思!

  近体复原否?至念。我那七十年的会,不看更好,看了使我愧死。

  祝好!

冰心
九、十九,一九八八

  八十年代后期,老人已到耄耋高龄,身体逐渐衰弱,住在西郊寓所,深居简出,很少参加社会活动,也不大出席文艺界的会。但她绝不是离群索居的隐士,她的心仍如一团烈火,关怀着国家民族的前途和改革大业的得失,关怀着人民群众和下一代的苦乐。她总是希望有人去看她,同她谈谈见闻观感。给我的信上也常写着"真想你来谈谈"。见面晤谈时,她抱着那只宠爱的小白猫咪咪,静静地听着我们说话,不时插问一两句。她并不发表长篇大论,却时而针对时弊说一两句入木三分的话。

  1987年初我离开工作岗位后,参加《散文世界》的编辑工作。《散文世界》请冰心、吴组缃两位老散文家担任顾问,本意主要是借重前辈的声望,但他们两位却都十分认真。开编委会时,组缃先生必从西郊赶来参加,而且必定认真发言。对冰心老人这位顾问我们自然不敢奢望她亲临编委会议,但在事前事后也常去请教,而她也总是说些中肯的意见。她希望《散文世界》多发表些有真情实感、有血有肉的散文,摒弃那些虚情假意、矫揉造作、堆砌辞藻的东西。这次在信上说:"风、花、雪、月,久已厌闻厌看",另一次谈起某一刊物,她直率地说:"我不爱看,尽是些小花小草,没意思!"我领会她批评的"风花雪月",并不是反对讴歌山光水色、赞美大自然,她"厌闻厌看"的是无病呻吟,如旧时文人那样见花落泪、对月伤怀。她常说那是散文的大忌。老人自己晚年所作,以散文随笔居多,朴实自然,娓娓清谈,行文风格同青年时代有所不同,绚烂归于平淡,却充盈着真挚、深沉的爱心和情意：亲情、友情、祖国情、民族情直到对自然万物之情。有时指陈时弊，嫉恶如仇，平和的语调中也使人感受到她对人民疾苦的关切。

1988年7月，北京图书馆为她举行"冰心文学创作七十年展览"，我正因事离京，未能去参观瞻仰，后来看到报道和照片，很觉遗憾，去信问候时顺便表达未能到会场上当面祝贺的歉意。老人一贯谦逊恬淡的品德，永远是我们后辈人的典范。

袁鹰同志：

　　这是《无士则如何？》的三封回响。

　　您让我在《散文世界》上辟一栏的提议，想想现在还没有把握。我最近常常觉得倦得不得了，等过一阵子再说如何？祝好！

冰心
十月十九，一九八八

袁鹰同志：

　　信收到。您要把那三封信整理成稿，我很赞成，不必给我看了。"你办事，我放心。"一笑！

　　附上相片三张和《想到就写》第一篇，随便登在哪里。祝好！

冰心
十、卅一，一九八八

＊您的相片还有不同的好几张，有空来挑。

袁鹰同志：

　　我又有了一篇《想到就写》，并从"政协"又转来一封信，刚要寄出，得您信，极感。看样子《无士则如何？》的信，还有得来，不如先压一压如何？祝好！

冰心
十一、四，一九八八

＊看《灵魂的自白》，我心中又有一篇了。

几十年来，在冰心老人心中占着重要位置的是三类人：教师（或者说知识分子）、妇女、少年儿童。她在报纸刊物上发表文章，在各种会议上讲话，出版书籍，所描述和议论的，大体离不开这三类人。

八十年代中，不少领导人常说：无农不稳，无工不富，无商不活，后来又加了一句：无兵不安。当时流传甚广，也成为安排全面工作的重要指针。冰心先生在一些会上就提出：可惜尚缺一个重要方面——无士怎么样呢？

她说："士，就是知识、文化、科学、教育，就是知识分子、人才。"

有的报刊将她提出的问题公开发表，引起一些有识之士的回响。我们当时正请冰心老人为《散文世界》写一个专栏《想到就写》，于是就想到这么一个题目：《无士则如何？》其实是老人心中酝酿已久的大题目："无士不兴，或者说无士不昌。"她根据三封响应她号召的普通知识分子和工人的来信写成文章，同时在《散文世界》和《人民日报》发表。老人几乎是涕泣陈词："他们三位身在天南地北，却不约而同地说了同一个意思。可见人同此心，心同此理，我也似乎无需再多说什么了。我只希望领导者和领导部门谛听一下普通群众、普通知识分子的心声，更要重视'无士'的严重而深远的后果。'殷鉴不远'，只要回想一下十年大乱中践踏知识、摧残知识分子、大革文化命所造成的灾难，还不清楚吗？"她在这里明确地表达了科教兴国的愿望和见解。这位与世纪同龄的老人，到垂暮之年还念念不忘民族的振兴和国家的富强，拳拳的赤子之心，实在使人感动和感佩。

袁鹰同志：

　　许久未通音问，我想您不在北京，昨捧到《秋水》，开卷即不能释手！真好。我给您打电话，却没有人接，现在写信感谢！

　　我还好，只是我老伴病了，入院已将两月，每天由我儿女三对夫妇和亲戚守护，还请了特护，暂时平稳。心绪不宁，不多书。匆上祝

　　撰安！

冰心
九、十一，一九八五

这封信曾激起我起伏不已的心潮。

倒不是老人对我一本小散文集作了过分的赞誉，过了十天又写一篇文

章后在《文艺报》发表，而是得知文藻先生已住院两月，每天有人守护，还请了特护，病情想必不轻。我去电话问候，冰心老人仍说"暂时平稳"，表示谢意。谁知仅过了几天，9月24日，也就是她写那篇文章的第二天清晨，文藻先生就离开人世。冰心先生在"心绪不宁"的日子，还抽时间为我那本小书写评介。我读到文章时，是在接到噩耗之后。一时感愧交加，竟无语凝噎。

吴文藻先生是我国为数不多的权威社会学家，五十年代初伉俪二人回到祖国，为社会主义建设服务。不料1957年遭逢厄运，从此陷入坎坷险境。冰心先生曾向周恩来总理夫妇诉说冤愤和委屈，"他们当然不能说什么，也只十分诚恳地让我帮他好好地改造，说'这时最能帮助他的人，只能是他最亲近的人了'……"（《我的老伴——吴文藻》，1986年11月作）祸不单行，她心爱的幼弟谢为楫和她的大儿子吴平，也同罹浩劫。好端端的一个家，突然有三个成员被恶风卷下深渊！老人后来回忆当年心境："我头上响起晴天的霹雳，心中的天地一下子旋转了起来！"（《我的三个弟弟》，1987年7月作）除了文藻先生的事以外，她的另两位亲人的遭遇，我们许多人很长时期并不知情。平时只看到她款款细语，笑靥待人，谁能想到她心中埋藏着那么大的痛苦和愤慨、那么多的委屈和无奈呢？

袁鹰同志：

电话知悉。附上一篇《想到就写》，收到请电知。近来又得几封从政协转到的《无士则如何？》的信，我想不必转给您了。

有空来谈谈如何？府上想都安吉？

冰心

五、八，一九八九

袁鹰同志：

得来信，极其高兴！好久不见了，天气太热，我又走不动，也不敢劳动您来，有许多话真想当面谈！

我情绪的确不太好。故旧凋零，几乎天天得到讣告，昨天得一封美国信，也是朋友逝世的消息。死者已矣，生者何堪？

《散文世界》稿附上，长了些。"四十周年"我写了一篇《一饭难忘》

给了《群言》(他们老来约稿),是关于周总理的事。《散文世界》上,我就不凑热闹了,请原谅!祝你好!

冰心
八、十二,一九八九

那一段日子,她的心情确实不好。5月初,她写了悼念被她称为"可爱的年轻的儿童文学作家"刘厚明的文章《又走了一位不该走的人》寄给我。老人哀伤地写道:"厚明,你不该走,更不该不见我一面就悄没声地走了,你对不起我!"

7月,她的老朋友金近和周扬又先后远行。金近去世,使她哀伤落泪。她很器重金近,尤其赞誉金近质朴、扎实,对儿童的了解十分深切而亲切,"是一个不但热爱儿童,而且理解儿童的作家"。金近的家乡浙江上虞为他立墓时,冰心老人特为写了墓碑:"你为小苗洒上泉水"。1990年夏天,在上虞东山的松柏丛中竖起这块用金字镌刻的墓碑时,我和许多在场的朋友和少先队员都忍不住潸然泪落。为小苗洒下泉水的人走了,而小苗很快就会长成大树的。

"死者已矣,生者何堪"!如今老人远去,这难堪的滋味由我们来承受了。

袁鹰同志:

信收到多日,因患伤风,所以迟复为歉。

叶老葬事,至善一家都去了,据说至善说叶老嘱咐一切从简。但我的电报已去了,巴金也去电了,"民进"来人说叶老坟墓附近已辟一花园,十分幽雅,那就好了。

您们对叶老葬事愤愤不平,有何根据?告诉您,我死后是一切都没有的,我已立下遗嘱。我悄悄地来,也将悄悄地去,并且没有墓地!

冰心
十二、八,一九八八

叶圣陶老人归葬苏州,我和几位朋友只是听说有关方面安排得比较简单,因而在信上顺便说了几句。没有料到老人很重视此事,批评我们不该"愤愤不平",附带说了自己的后事安排。读到"我死后……",我先是愕然、凄然，继而释然。老人是一位乐观豁达的仁者，也是一位唯物主义者，将生死大限看得那么淡，那么透彻。

我想起她在那篇《霞》的最后几句：

一个生命到了"只是近黄昏"的时节，落霞也许会使人留恋、惆怅。但人类的生命是永不止息的。地球不停地绕着太阳自转。东方不亮西方亮，我窗前的晚霞，正向美国东岸的慰冰湖上走去……

是的，一个真诚的、善良的、美丽的生命，是永远不会止息的。她在九霄之上俯瞰人间，慈祥的脸上一定依然挂着宁谧的充满爱意的微笑！

一九九九年三月五日

（刊发于1999年3月12日、19日《人民日报》文艺副刊）

姜是老的辣吗？

舒 婷

作家邓刚说：当你发现你所见到的女孩只要是年轻的，都那么漂亮时，你就知道你是老了。

由此延伸：当一个女人目睹满街皆是衣着摩登的新潮女郎，而你却买不到一件合适的时装，你应当明白是自己老了。

一个向来忽视异性的男人（这样的男人简直"纯属虚构"），或者一个不修边幅的女人（这样的女人不是被斥之有病，就是视为雄性化被敬而远之），另有一种测试标准，即：他们的简历是不是越写越长了？

诚然因为他们终于攒够了对私人而言弥足珍贵的历史，同时也痛感时日无多。他们的生存价值罗列于过去，自然决不肯省略最微小的光荣。包括那些注有"接下页"的美衔长篇名片。

一般意义上，我喜欢所有女人。小女孩甜蜜娇美，大女孩青春逼人；被岁月和生活损害了容颜和身段的中年女人，自有一种成熟的风范，其回光返照的神秘魅力虽然不耀眼，却更富于亲和力。女人到后来也许并非个个都那么慈眉善目，但唠叨老头子，强迫年近半百的儿子添饭加衣，被小孙子使唤得乐不可支，使她们获得共同称号叫奶奶或外婆。现在就有小青年直喊我外婆呢。

护犊的女人蛮不讲理，吃醋的女人翘起尾螯虎视眈眈，更年期的女人任性多疑还自怜自艾，这是上帝为了让红尘中的女人生动。

像冰心老人那样的境界，女人不知要修多少辈子，反正八辈子是绝对不够的。

男人相对不怕老。熬到嘴上有毛时却可名正言顺做官，发财，娶少妻。而且不会被斥为男强人。春节前省委统战部下来慰问，召开各界名士座谈会，我一看，全是德高望重的老先生，便自觉退到后排，与唯一的女记者坐在一起。在女权主义高涨的西方，孩子们普遍看好的圣诞老人毫无异议是男的，多少年来都没有下岗的危险。

　　写到上面这段，我其实有点心虚，我知道我在捅马蜂窝。我认识的好老头（对不起！）还真多。曾经"革命小酒天天喝"的林斤澜，现在酒虫可能被家人全面专政了；诙谐潇洒的黄宗江，和他一起笔会旅行永远不感枯燥；把樱桃和小鸡（注意，不是黄莺）画在一起的忆明珠，还强词夺理说是绝配；"老顽童"似的汪曾祺，那次我们在广州花园酒店参加一个长达七小时的宴会，他是西装革履地去，稍待片刻即脱去外衣，接着松开领带，索性解开领口。酒酣时，他已挽起袖子，卷着裤管，蹲坐在椅子上，惹得台湾女作家跑来亲他：汪老，你好可爱哎！

　　然后是绅士风度的邹荻帆。我要去赶清晨的航班，同房间的女伴半睡半醒在被窝里和我道别，毕竟大家时聚时散都已习惯。我拉开房门，看见老先生穿戴笔挺，在走廊等着帮我拎沉重的衣箱，送我上出租车。只有他记得我的近视太深，眼底大出血过，医生严禁我提重物。

　　这些心地极其干净的好老头，让我知道什么是"炉火纯青"。

　　人老了，唯一的好处不是可以公然握着年轻姑娘的纤手良久不放；也不是可以四出追啄稚嫩的鸡冠，因为自己已下不了蛋，且毛羽褴褛，且一味发胖。人老了，扬去记忆中那些鸡毛蒜皮，如果能留下稍具分量的经验给别人，无论是创造，是忏悔，是失败，哪怕是一颗通情达理的爱心和一份洞悉世事的睿智，都算不虚此行。

　　只要平心静气知达天命，不必非要做块辣姜。

（刊发于1999年5月14日《人民日报》文艺副刊）

绝版的周庄

王剑冰

你可以说不算太美,你是以自然朴实动人的。粗布的灰色上衣,白色的裙裾,缀以些许红色白色的小花及绿色的柳枝。清凌的流水柔成你的肌肤,双桥的钥匙恰到好处地挂在腰间,最紧要的还在于眼睛的窗子,仲春时节半开半闭,掩不住招人的妩媚。仍是明代的晨阳吧,斜斜地照在你的肩头,将你半晦半明地写意出来。

我真的不知道,你在那里等我,等我好久好久。我今天才来,我来晚了,以致使你这样沧桑。而你依然很美,周身透着迷人的韵致。真的,你还是那样纯秀、古典。只是不再含羞,大方地看着每一位来人。周庄,我呼唤着你的名字,呼唤好久了,却不知你在这里。周庄,我叫着你的名字,你比我想象的还要动人。我真想揽你入怀。只是扑向你的人太多太多,你有些猝不及防,你本来已习惯的清静与孤寂被打破了。我看得出来,你已经有些厌倦与无奈。周庄,我来晚了。

有人说,周庄是以苏州的毁灭为代价的。眼前即刻闪现出古苏州的模样。是的,苏州脱掉了罗衫长裙,苏州现代得多了。尽管手里还拿着丝绣的团扇,已远不是躲在深闺的旧模样。这样,周庄这位江南的古典秀女便名播四海了。然而,霓虹闪烁的舞厅和酒楼正在周庄四周崛起,周庄的操守能持久吗?

参加"富贵茶庄"奠基仪式。颇负盛名的富贵企业与颇负盛名的周庄联姻。而周庄的代表人物沈万三也名富,真是巧合。代表富贵茶庄讲话的,是一位长发飘逸的女郎,周庄的首席则是位短发女子,又是巧合。富贵、茶、周庄、女子,几个字词在春雨中格外亮丽。回头望去,白蚬湖正闪着粼粼波光。

想起了台湾作家三毛,三毛爱浪游,三毛的足迹遍布全世界,三毛的长发沾得什么风都有。三毛一来到周庄就哭了,三毛搂着周庄像搂着久别的祖国。三毛心里其实很孤独。三毛没日没夜地跟周庄唠叨,吃着周庄做的小吃。

三毛说，我还会来的，我一定会来的。三毛是哭着离去的，三毛离去时最后亲了亲黄黄的油菜花，那是周庄递给她的黄手帕。周庄的遗憾在于没让三毛久久留下，三毛一离开周庄便陷入了更大的孤独，终于把自己交给了一双袜子。三毛临死时还念叨了一声周庄，周庄知道，周庄总这么说。

入夜，乘一只小船，让桨轻轻划拨。时间刚过九点，周庄就早早睡了，是从没有电的明清时代养成的习惯？没有喧闹的声音，没有电视的声音，没有狗吠的声音。

周庄睡在水上。水便是周庄的床。床很柔软，有时轻微地晃荡两下，那是周庄变换了一下姿势。周庄睡得很沉实。一只只船儿，是周庄摆放的鞋子。鞋子多半旧了，沾满了岁月的征尘。我为周庄守夜，守夜的还有桥头一株灿然的樱花。这花原本不是周庄的，如同我。我知道，打着鼾息的周庄，民族味儿很浓。

忽就闻到了一股股沁心润肺的芳香。幽幽长长的经过斜风细雨的过滤，纯净而湿润。这是油菜花。早上来时，一片一片的黄花浓浓地包裹了古老的周庄。远远望去，色彩的反差那般强烈。现在这种香气正氤氲着周庄的梦境，那梦必也是有颜色的。

坐在桥上，我就这么定定地看着周庄，从一块石板、一株小树、一只灯笼，到一幢老屋、一道流水。这么看着的时候，就慢慢沉入进去，感到时间的走动。感到水巷深处，哪家屋门开启，走出一位苍髯老者或纤秀女子，那是沈万三还是迷楼的阿金姑娘？周庄的夜，太容易让人生出幻觉。

（刊发于1999年5月22日《人民日报》文艺副刊）

西湖知多少

李国文

中国有多少个名叫西湖的湖，很难说得出准数。有人作过统计，大约有十七个，或者还要多一些。凡大小城市，只要城西有一片水者，无不以西湖名之。仅加进一个字，如西丽湖，西林湖，西下湖，或瘦西湖，遂弄到西湖处处有，真假莫能辨的地步。而这也表明，在中国人的心目中，西湖风光通常都被视作美的所在。形成这样一个看法，很大程度上是受杭州西湖的影响。不管有多少西湖，杭州西湖永远是湖中之冠。但这一片湖光山色，为什么独占鳌头，享誉不衰千百年？很大程度上得益于文人的鼓吹。近人郁达夫先生有诗："江山也要文人捧"，大概就是这份意思了。

唐宋以来，究竟有多少诗人，写了多少首杭州西湖的诗，若是统计出来，那数量一定相当惊人。但其中，最出色，最有名，莫过于宋代苏东坡。他写西湖的名篇《饮湖上，初晴后雨》，"水光潋滟晴方好，山色空蒙雨亦奇。欲把西湖比西子，淡妆浓抹总相宜。"仅仅二十八个字，就把西湖永远定格在这种至美的境界之中。只要一提西湖，就必然会想到这几句诗。这与他写庐山的名篇《题西林壁》一样："横看成岭侧成峰，远近高低各不同。不识庐山真面目，只缘身在此山中。"也是二十八个字，也达到了同样的艺术效果，游庐山者，稍有一点文化的，心里面都会有这首诗的。所以，走在杭州西湖苏堤上，赏玩景色之余，淡妆浓抹之句，就会从心中油然而出。

杭州的西湖，与苏东坡这位大师的名字，紧紧相连，不知是西湖使苏轼名垂万世呢？还是苏轼使西湖更加风光呢？真是难下判断。更不知是西湖与他有缘呢，还是他与西湖有缘，凡他出仕过的州县，都有西湖，除了这个大名鼎鼎的杭州西湖外。广东惠州的西湖，安徽颍州的西湖，都是苏东坡流连忘返过的地方。因此，古人诗云："东坡原是西湖长"，就是这个出典了。

也许钟灵毓秀的湖光山色，给了诗人灵感，写出名诗名句；也许由于脍炙人口的佳作，而使这一碧万顷的绿水青山，与那些名不见经传的西湖区分开来，而闻名遐迩。于是，大师笔下的西湖，便成为游客心向往之的去处。这就是山水以文人名，文人以山水存的中国文化特色了。谁来到这些西湖，能不对这位中国文学史上的大家巨匠肃然起敬呢？

从苏东坡对这三个西湖的咏哦，几乎能隐隐约约地看出他生命的全部。《陪欧阳公燕西湖》："城上乌栖暮霭生，银釭画烛照船明。不辞歌诗劝公饮，坐无桓伊能抚筝。"这个西湖是颍州西湖，此时，王安石实行新法，将欧阳修排斥，诗中所引用的"桓伊抚筝"一典，一方面表明了他与欧阳修的同声共气的政治态度，一方面也表现了他那不苟时不阿附的人格力量。正因如此，仕途险恶、多次流放的命运，伴随了他的大半生。

随后，苏东坡来到了杭州的西湖，这个杭州太守的职务，倒是他自己的一再申请去的。他之所以选择离开都城开封，到外省做官，是厌倦了朝廷里那种倾轧险恶的政治环境。而江浙一带，在北宋时期，是离战乱较远的富饶地区，他也早已属意这风光秀丽人文荟萃的杭州，希望在这里安顿下来。所以，在平静如愿的心态下来描绘西湖，自然是诗情从容自如的展露。

再以后，他终于逃脱不了小人的算计，连续谪贬，远放岭南，落脚在惠州。他写惠州西湖的诗："花曾识面香仍好，鸟不知名声自呼。梦想平生消未尽，满林烟月到西湖。"诗前的序中说："惠州近城数小山，类蜀道。春与进士许毅野步，会意处饮之且醉，作诗以记。适参寥专使欲归，使持此以示西湖之上诸友，庶使知余未尝一日忘湖山也。"那时的惠州，可不像今天这样生气勃勃，是道路不通，人迹罕至，闭塞偏鄙，隔绝阻难的不毛之地。被放逐到这里，绝对是一种政治迫害。但大师即使在这样艰窘的条件下，仍充满着乐山乐水的乐观主义，自然也是山美水美给予他的灵感了，尽管那时他活得并不是很开心的。那首著名的《食荔枝》："罗浮山下四时春，卢橘杨梅次第新。日啖荔枝三百颗，不辞长作岭南人"，也是在惠州所作。从这首赞美南国的诗中，从那"长作岭南人"的自负情态中，不也令后人读出来对他的政敌的轻蔑和抗争吗？

如今，时过而境不迁，人去而景长存，哲人其萎，西湖依旧，无论走在哪个西湖的长长堤岸上，望着那莺飞草长，杂花生树，绿水凝碧，青山苍翠的景色；无论是在夕阳西坠，渔舟唱晚，鸦噪归林，行客稀落，独享清静的时刻；无论是在春雨飘忽，雾淞扑面，水天一色，孤舟湖上，于似乎无垠的空间之中；无论那波光粼粼的水，草木葱茏的山，绿柳夹道的堤，红墙绿瓦的屋，在在令人生发出思古的幽情……那些属于历史上众说纷纭的攘争，烦恼，长短，是非，统统在时间的长河里沉淀下来，于是便只有山水的美，文人的魂，以及那像璎珞串似的晶莹剔透的诗句，长存在记忆之中。

这大概就是永恒，就是真正的不朽。

（刊发于 2000 年 7 月 15 日《人民日报》文艺副刊）

龙隐洞纪游

蒋子龙

世人尽知"桂林山水甲天下",去了才知道桂林的山水已经被游人覆盖。旅游似乎就是凑热闹,赶大流,人家都去的地方你也去了就不遗憾。因此我深深地为绝大多数游桂林的人感到惋惜,甚至悲哀,于是就提出一个问题:桂林最值得看的景点——也就是不看它等于没有到桂林来的地方是哪儿?并请当地朋友随意向游客征集答案。

临离开桂林前,反馈回来的结论是一致的:漓江。

我想起了游漓江的情景,买票要排队,上船要排队,游船要排着队出发,到了江上还要排着队行进。阵势颇为壮观,就像海军的舰艇编队。这不足为奇,人们从世界各地涌向桂林,就是朝着漓江来的,乘船游漓江就把桂林山水的精华都看了,确实美不胜收。只是,光看漓江和几个大溶洞则有些可惜,叫只知道"山水甲天下",不晓"周南太子书"——被南宋才子陈谠誉为可与《诗经》《史记》比肩的地方,是桂林的龙隐洞。

那才是桂林的灵魂,或者说是整个广西文化的灵魂。可是,我在龙隐洞里看了大半天,只碰到两三拨游客,总共不会超过五十人,对比别的景点上的人山人海,未免显得冷清了。

龙隐洞坐落在七星山瑶光峰山脚,洞分两部分,上部叫龙隐岩,其实也是洞,状如螺蛳,洞顶呈穹隆形,四季滴乳不绝,若琴声琮琮。宋人谭藁赞曰:"天下洞穴类多幽阴,或远水清韵不足。龙隐岩高而明,虚而有容,复临深溪……"下面的龙隐洞则又是另一番气象,一端吞日吸风,一端插入小东江,舒展通透,碧水悠悠,洞内永远都是清风徐徐。洞顶有一石槽,槽内岩石呈龙鳞状,层层叠叠,让人想到"雷嗔斧山开,龙怒裂而出"之后留下的痕迹。重要的还不是洞本身的奇特,而是洞里的"内容"——那二百多件石刻,几乎可以说是一部中国古代的"贬谪史",它记录了宋、元、明、清四个朝代共八九百年的政治斗争、军事征战、农耕和宗教传说……这是独一无二的,在中国再找不到第二座山、第二个洞具有这样的内涵。

现在被誉为"山水甲天下"的桂林,过去曾是令人畏惧的"瘴乡"。《桂海碑林》一书引用古文献记载,称广西"天气炎热,地气卑湿,结为瘴疠,瘴气弥盛……其瘴春曰青草,夏曰黄梅,秋曰新禾,冬曰黄茅。又有曰桂花、菊花者,四时不绝,而春冬尤甚。唐人谚云:青草黄茅瘴,不死成和尚。"因此,广西成了遭贬谪官员的流放地,这些来自京城或中原地区的人,常会碰上"蒸郁为疠"的岚烟氛雾而致病,能侥幸不死的也脱一层皮,毛发掉光。于是广西就被士大夫们指为杀人如麻的"大法场",谈起来无不色变。越是如此,朝廷就越要把历次政治斗争的失败者贬到这里来,无意中造成了广西的"开放",反让人们逐渐地见识了桂林的真实面貌。

与谢灵运齐名于江南的颜延之,性情孤直,恃才傲物,屡犯权要,于南朝宋少帝元年被黜于始安(今桂林)任郡太守,闲暇便常在独秀峰下的岩洞内读书,并留下了最早歌颂桂林的诗句:"未若独秀者,峨峨郭邑间。"北宋书画大家米芾的朋友李彦弼"被朝廷贬至桂林,永不起用,心生怨气"。米芾赠诗劝慰,称桂林是"骖鸾碧玉林,琢句白琼瑶"。安徽人朱希颜在任广西经略使兼转运使期间,干脆就直截批驳了"瘴乡"之说,"人言五岭地皆热,谁折一枝寒欲冰","浪道湘南是瘴乡,玉壶银阙四时凉"……"湘南"即桂林。就这样,广西,当然也包括桂林,渐渐地摘掉了"瘴乡"的帽子,才使桂林有今日的观光旅游之盛。这个过程全部记录在龙隐洞里。

最为惊世骇俗的,当数龙隐洞里的《龙图梅公瘴说》碑。"梅公"即梅挚,北宋著名的政治家,官至右谏议大夫,在任广西昭川(今平乐县)知府期间,有感于当时的官场腐败写了《五瘴说》一文:"仕有五瘴。急征暴敛,剥下奉上,此租赋之瘴也。深文以逞,良恶不白,此刑狱之瘴也。昏晨醉宴,弛废王事,此饮食之瘴也。侵牟民利,以实私储,此货财之瘴也。盛陈姬妾,以娱声色,此帷薄之瘴也。有一于此,民怨神怒,安者必病,病者必殒。虽在毂下,亦不可免,何但远方而已。仕者或不自知,乃归咎于土瘴,不亦谬乎?"明明是贪官污吏们在制造瘴气,是"人自为瘴",反诬赖是大自然在"瘴人"!

梅挚列举的宋朝官员的腐败行径竟可以和今天社会上的某些腐败现象对上号,原来腐败也遗传!

我突发怪想,是不是因为有了这块警世之碑,有些官员不敢或不愿到龙隐洞来，便影响了对它的宣传，致使许多游客不知道有此洞，更不了解它的价值，才造成这里如此冷清？既想到这儿了就按捺不住要请教讲解者：古代的官员，不论遭贬的还是春风得意的，到广西来必看龙隐洞，现在的领导干部们到这儿来得多吗？如成克杰？

讲解者诧异地打量着我，缓缓说道：谈不上多，但确有来的。他们只是默默地听，默默地看，不置一词。像您这样抑制不住地对这块碑大加赞赏，几乎可以断定您不是领导干部，身上也没有沾染五瘴之毒。

我向她深深一躬，感谢她的恭维。这位讲解者的眼睛真厉害——不是指她看我，而是指她对当今领导干部的观察。我很庆幸没有像许多到桂林来的游客那样漏掉了龙隐洞，和龙隐洞相比，别的地方即便都不去也不虚此行。

（刊发于2001年2月3日《人民日报》文艺副刊）

豆汁记

赵大年

豆汁是北京人喜爱的传统饮料。把豆腐磨成浆,发酵后煮沸,大碗盛,趁热喝,就着吃炸焦圈和辣咸菜丝儿,别有风味。春秋提神,寒冬暖胃,尤其是盛夏喝豆汁,越烫越辣,越辣越烫,出汗凉身,清热祛暑,妙不可言。它不含兴奋剂,却也能上瘾。您若离开北京,喝不着啦,定会时常想念。梁实秋先生就是如此。他去台湾多年,北京情结难以释怀,听说家乡变了,高楼林立,汽车满街,便在散文里问道:"要是没有豆汁和大冰糖葫芦,那还是北京吗?"

也有外来客人初次喝豆汁吓一跳的笑话。某君初尝这带酸味的绿豆浆,吓得赶紧吐掉,还悄声告诉老板:"你这豆浆馊了,别卖啦。"日本教授日下恒夫是个"中国通",曾在复旦大学攻读中文,能用流利的北京话和上海话演讲,有研究老舍作品和生平的专著。他曾问我,怎样才算个"北京通"?我说,那你就先去喝豆汁吧。两年后他高兴地说,第一口差点没吐,后来一次能喝三大碗。只可惜东京没有卖豆汁的。

京剧《豆汁记》描写一位穷书生饿倒在叫花子门外,被叫花子的女儿金玉奴用豆汁救活一命。后来他与金玉奴结为夫妻,考中进士,当官变了心,将金玉奴推落河里……故事很曲折,不必细说。然而豆汁能入戏,叫花子家里也有豆汁,足以说明它是一种大众化的食品。

《城南旧事》记叙了童年林海音的生活环境和许多真实的故事,同名影片使它家喻户晓。前几年林海音女士回到北京,故地重游,现代文学馆馆长舒乙请她吃饭,吃什么呢?去喝豆汁!兴奋之余,林女士还给店家提了三点意见:豆汁不烫,碗小,辣咸菜应该是丝儿而不该是丁。舒乙哈哈大笑:您真是行家呀!她沉吟半晌,说:喝豆汁是我童年的梦啊……

(刊发于2001年5月24日《人民日报》文艺副刊)

心中的乌镇

叶文玲

阳春三月，我再次来到乌镇。

秋光如金时想起乌镇，是桐乡乌镇那一片铺天漫地的菊海，承载着我情思的小船；春雨如酥时想起乌镇，是乌镇古戏台旁的每一块街石，令我遥想它那逝去年代的缩影；想起乌镇，我仿佛总在听它叙说上一个世纪的衷肠，想起乌镇，最令我缅怀的亲切而又具体的一个名字就是茅盾先生。

记得是1977年，一封融和着《人民文学》编辑部美好心意的请柬，在灿烂秋光中飞到了郑州，飞到了当时还是"工人业余作者"的我手中。揣着这真正来自文学的召唤的平生第一份请柬，惊喜莫名的我，在被喻为"春回大地"的当时，尽管心潮激荡，却根本不可能想象将要出席的是一场怎样的盛典，也根本不可能想象我将在这个会上遇到什么人。

开这个短篇小说座谈会的地点在北京的远东饭店。小小的饭厅，自始至终的清淡伙食，两人一间的住舍；作为会场的房子，好像也是饭店临时归整出来的而非正规的会议室，一切的一切，都带着"劫后"初复的匆忙和简朴，但这一切，都没妨碍与会者那种"解放"的欢欣，没妨碍在听说将要与会的那些名字时所生的再度震惊和惊喜莫名。

我的同室茹志鹃，是当时与会的另一个女作家。我对《百合花》和其作者的钦仰由来已久，而茹志鹃对茅公的由衷的敬仰和感佩，自然也与《百合花》以及它后来所遭遇的一切相关。故而，当她讲这个会将由光未然——当时出任《人民文学》主编的张光年主持，文坛大师茅盾先生可能也与会祝贺时，我简直有点不大相信自己的耳朵了。

要知道，在五十年代的初中语文课本中，我曾经像仰望天上星宿一样仰视鲁迅茅盾这两位文坛泰斗的名字，我从未敢设想过能够亲见和亲聆茅盾先生教诲这样的荣幸，如果说那历时三天的会议中有什么"花絮"的话，那么，我与另一位同样幸运的青年业余作者（陕西的邹志安——可惜他已在九十年代初英年早逝）因激动而失眠、因紧张而发言口吃，便都是最真实的"花絮"之一。

会议开始第一天，主持人宣布茅盾先生因为目疾和健康的原因，来不了会上，但茅盾先生非常重视和关注这个会议，他向与会的作家亲切问候，并撰写了稿子作书面发言……果然，而后报道这个具有特殊意义的会议消息时，《人民日报》《光明日报》都以显著的版面和篇幅隆重推出，而茅盾先生亲笔撰写的《老兵的希望》更似炽热的火把，点燃了人们对新时期繁荣文学创作的热烈希望和信心百倍的期待。

没曾想，会议结束时又有消息传来：茅盾先生要来与会议的参加者合影！

那是又一个兴奋和匆忙的时刻，那天，所有的与会作家和《人民文学》编辑部及会议工作人员全体到场，当穿着深灰色对襟布衫拄着一柄手杖的茅盾先生在大家中间坐下时，站在他身后的我，虽然感受着梦境般的幸遇，却丝毫没有那种参见巨人的紧张，倒像过年节时和大家庭的家长照一张"全家福"似的，十分温馨平静。

这种"常态"式的心情，自然是由于茅盾先生和大家招呼时那平和亲切的声调，那极其家常而又慈和的态度，还有那身家常的对襟布衫和那柄普通的手杖，都使我有如见父辈的自然和亲切。就在那一刻，我分外感知了什么是大师风范，长者胸襟；什么是秋月澹面，温风如酒……

这张窄长的有着五十余人合影的照片，和过去岁月的珍撷一样，从此为我特别珍藏。

1977年10月在脑海中的"珍撷"自然还有许多：在会议中聆听的那些声泪俱下的发言；在会终游览香山时一位老编辑送我而被夹藏在日记本中的那片红叶……如今，多数发言者和送红叶者都已作古，我们敬仰的茅公也早已英灵在天，但是，那天照相的人和情景，却成为不凋的风景，永远鲜活在我的记忆中。

1977年10月的这些日子，成为我文学创作旅程中的祝福和祥瑞。此后我的创作一发而不可收。次年冬天，当全国性的儿童文学创作会议召开时，我又有幸成为参加者，而会议中的又一次令人兴奋的"高潮"是：我们被获允去茅公府上探望。

当众多的儿童文学作家们喜悦而又急切地来到茅公所居的院门时，带队者怕人数过多而太惊扰茅公，便特地让金近先生、陈模同志，还有湖南的金振林和我,代表大家去问候茅公。

就这样,我们四人来到茅公的小客厅,因为谨记着"时间要抓紧,别累着老人"的告诫,我心里又一次紧张起来,那小小的客厅是什么布置什么模样都没有看仔细,只记得茅盾先生依然是一身中式棉布裤褂,一口听来语调轻轻而又十分亲切的乡音,虽然彼时我并没有到过桐乡,但我认定那是融和着绵绵的吴侬软语的桐乡口音……

时至今日,我无法忆起茅公当时的原话,但仍旧记得他所讲的大意。他以十分抱歉的神情说自己患白内障多年,目力已经很差了(知情者事先就告诉我们说茅公戴了眼镜的视力也只有零点几……),所以尽管看你们来了很高兴,但我却看不清你们的模样,得知你们开这个会很高兴,但我也无法看你们发表的文章,真是抱歉……

最后,当然是语意深长的勉励,茅公勉励大家要常写多写,为全国儿童多写好文章,最后,又让我们将他的问候传递给大家……

当我们四人按照安排依在茅公身边照了相后,我这才注意到,在我们身后的那面墙上,有一帧尺幅不小的油画;而墙角窗后的一张小小书案上,撂着一沓先生在看的书刊和文稿,最上边,放着新近的一期《人民文学》……

此时,原先在院子里静候的众多作家们,竟一窝蜂地涌入室内,连这次会见的安排者也无奈地被挤在一边,而被大家蜂拥在中间的茅公,虽然被热情得忘却礼貌的作家们拥挤得几无回身之隙,却一点没有责怪的意思而依然宽容地向大家微笑。

若干年后,当我回归浙江并能有幸去乌镇拜谒先生的故居时,当一同参观的友人偶尔认出了1978年的这张照片时,短暂而荣幸的往事联翩来至心头,记忆的涟漪犹似桐乡的菊海,如雪似浪地涌起,在凝视着"目力不好"的先生的双瞳时,我总觉得先生仍是那样慈爱地注视着我们,耳畔就会缭绕起他那乡音温和的话语。

是的,因为那话语不仅有乡音的魅力,对我们这一代更有着感召的魅力;因为那话语蕴含无穷,因为那话语,永远嘹亮着中国文坛这位赤诚的"老兵的希望"……

(刊发于2001年5月24日《人民日报》文艺副刊)

家有斑鸠

陈忠实

住到乡下老屋的第一个早晨,刚睁开眼,便听到咕咕——咕咕的鸟叫声。这是斑鸠。虽然久违这种鸟叫声,却不陌生,第一声入耳,我便断定是斑鸠,不由得惊喜。

披上衣服,竟有点迫不及待,悄声静气地靠近窗户,透过玻璃望出去,后屋的前檐上,果然有两只斑鸠。一只站在瓦楞上,另一只围着它转着;一边转着,一边点头,发出咕咕咕咕的叫声。显然是雄斑鸠在向雌斑鸠求爱,颇为绅士,像西方男子向所爱的女子鞠躬致礼,咕咕咕的叫声类似"我爱你"的表白。

这是我回到乡下老屋的第一个早晨看见的情景。一个始料不及的美妙的早晨。

六年前的大约这个时节,我和文学评论家王仲生教授住在波士顿城郊他的胞弟家里。尽管这座三层小洋楼宽敞舒适,我和王教授还是更喜欢站着或坐在后院里。后院是一片绿茸茸的草坪,有几种疏于管理的花木。这一排房子的后院连着后面一排小楼房的后院,中间有一排粗大高耸的树木分隔。树木的枝杈上,栖息着毋宁说侍立着一群鸟儿。一种通体黑色的梭子形状的鸟,在人刚一开开后门走到草坪边的时候,梭子黑鸟便从树枝上飞下来,落在草坪上,期待着人撒出面包屑或什么吃食。你撒了吃剩的面包屑或米粒儿,它们就在你面前的草地上争食,甚至大胆地跳到人的脚前来。偶尔,还会有一只两只松鼠不知从哪棵树上窜下来,和梭子鸟儿在草地上抢夺食物。

我在那个令人忘情的人与鸟兽共处的草坪上,曾经想过在我家的小院里,如若能有这样一群敢于光顾的鸟儿就好了。我们近年来的经济成就令世人瞩目,然而要赶上人家的年生产总值和人均收入的水平,尚需一个较长的时日;然而我们的鸟儿和诸如松鼠的小兽敢于到居民的阳台和农民的小院来觅食，却是不需花费财力物力的事，只需给鸟儿和兽儿一点人道和爱心就行了。然而实际想来，实现这样人鸟人兽共存共荣的和谐景象，恐怕也不是短时间的事。

飞翔在我们天空的鸟儿和奔驰在我们山川里的兽儿，对人的恐惧和绝对的不信任是一个基本的事实。我们把爱鸟爱兽作为一个普遍的社会意识来提倡，不过是十来年间的事。我们把鸟儿兽儿作为美食作为美裳作为玩物作为发财的对象而心狠手狠的年月，却无法算计。我能记得和看到的，一是1958年对麻雀发动的全民战争，麻雀虽未绝种，倒是把所有飞翔在天空的各色鸟儿吓得肝胆欲裂，它们肯定会把对人的恐惧和防范以生存戒律传递给子子孙孙。再是种种药剂和化肥，杀了害虫长了庄稼，却把许多食虫食草的鸟儿整得种族灭绝。更不要说那些利欲熏心丧尽良知的捕杀濒临灭绝的珍禽异兽者。我曾瞎猜过，能够存活到今天的鸟类兽类，肯定具备一组特别优秀的专司提防警惕人类伤害的基因。不然，早该在明枪暗弓以及五花八门的机关和陷阱里灭绝了。

还是说我家的斑鸠。

我有记事能力的时候就认识并记住了斑鸠，像辨识家乡的各种鸟儿一样，不足为奇。斑鸠在我的滋水家乡的鸟类中，是最朴拙最不显眼近乎丑陋的一种鸟。灰褐色的羽毛，比不得任何一种鸟儿，连麻雀的羽翅上的暗纹也比不得。没有长喙和高足，比不得啄木鸟和鹭鸶。没有动人的叫声，从早到晚都是粗浑单调的咕咕咕——咕咕咕的声音。它的巢也是我所见过的鸟窝中最简单最不成型的一种，简单到仅有可以数清的几十根柴枝，横竖搭置成一个浅浅的潦草的窝。小时候我站在树下，可以从窝的底部的缝隙透见窝里有几枚蛋。我曾经在六十年代的小学课本上看到过以斑鸠为题编写的课文，说斑鸠是最懒惰的鸟，懒得连窝也不认真搭建，冬天便冻死在这种既不遮风亦不挡雨的窝里。

然而，整个八十年代到九十年代初，我住在祖居的老屋读书写字，没有看见过一只斑鸠。尽管我搞不清斑鸠消亡的原因，却肯定不会是如童话所阐述的陋窝所致，倒是倾向于某种农药或化肥的种类性绝杀。这种普通的毫不起眼的鸟儿的绝踪，没有引起任何村人的注意。我以为在家院的周围再也看不到斑鸠了。

斑鸠却在我重返家乡的第一个清晨出现了，就在我的房檐上。

我便轻手开门，怕惊吓了它。它还是飞走了。

我朝院中的空地上撒一把小米，或一把玉米糁子，诱使它到小院里来啄食。

起始，无论我怎样轻手蹑足开门走路，它一发现我从屋内走到院中，扑棱一声就从屋脊或围墙上起飞了，飞入高高的村树上去了。我仍然往小院里撒抛米谷。直到某一日，我开开门出来，两只斑鸠突然从院中飞起，落到房檐上，还在探头探脑瞅着院中尚未吃完的谷米。我的心里一动，它终于有胆子到院内落脚啄食了，这是一次突破性的进展。

我和斑鸠的关系获得令人振奋的突破之后，随之便是持久的停滞不前。斑鸠在房檐在房脊在院墙上栖息追逐，似乎已经放心无虞。然而有我在场的时候，它们绝不飞落到院里来啄食，无论我抛撒的米谷多么富于诱惑。有几次我从室内的窗玻璃前窥视到斑鸠在院中啄食米谷的情景，一当我出门，它们便惊慌地飞上房顶。这一刻，我就清醒地意识到，它还不完全是我家的斑鸠。

要让斑鸠随心无虞地落到小院里，心地踏实地啄食，在我的眼下，在我的脚前，尚需一些时日。

我将等待。

（刊发于2001年6月14日《人民日报》文艺副刊）

索 字

邓友梅

5月10日在《人民日报》上看到叶延滨的雅文《劝酒》。他说劝酒之风是一些中国人用"将己之欲，施于他人；将己不欲，亦施于人"的无礼做法取代了"己所不欲，勿施于人"的中国古训。我不仅赞同，并悲哀地认为这作风不只限于"劝酒"，还有索字。

劝酒近俗，索字趋雅。劝酒属旧习，索字乃新风。酒席宴前强行劝酒半个世纪前就常见，劝酒之后又逼人写字却是近年才发明。这大概跟中国人物质需要日渐满足，转而注重精神生活有关。但索字之风似比劝酒更恐怖。宴会上劝酒已成惯例，惧酒者能有思想准备。可以谢绝宴会，也可以饭前宣布自己有酒精过敏症，滴酒不沾，多少会获得宽恕。索字却是突然袭击！不定时间，不定场合，防不胜防。宴会上拟有此一举，请柬决不写明。待你在饭桌前坐好，酒菜摆齐，甚至喝过一轮酒后，才告诉你正有人在隔壁屋里铺毡垫，展宣纸，摆笔墨……一切准备好了，主人站起身把手一伸说："请各位留个墨宝吧！这位先生德高望重，您带个头，谁也别推，都写，都写！"

板上钉钉，谁也跑不了。你说："对不起，我不会写毛笔字。"他说："太客气了，我久闻大名，知道您落笔就是宝。"你说："我真的从来没写过。"他说："那就更珍贵了，我们真荣幸，头一回写字就赏给我们！"你说："我没准备，不知写什么。"他马上掏出纸张来说："我这儿倒准备了几条，您随便选一条写就行。"事已至此，令你进退两难：不写，主人马上把脸一耷拉，说出些不中听的话来；写吧，上小学写红模子就没及格过，到了这个岁数来当众挥毫，不是哪壶不开提哪壶吗？写出字来自己看着都恶心，别人看了当然有"客观反应"。果然，不久就传出了话声："这毛笔字也敢到处写！这就叫光着屁股撵狼——胆大不知道害臊！""只要能出风头，就豁得出去散德行嘛！"

里外不是人，不管写不写，这顿饭都难消化。

因此，我就希望能有机会向明白人请教，如何能使爱看字的人、爱写字的人和不懂书法也不会写字的人各按各的意思活，叫大家活得自在。我坚信写、看、收藏书法都是好事。书法是最有民族特色的艺术，洋人再讲排场，他们总统府墙上也只会挂画，不会挂字。中国人爱好书法是有文化教养有艺术品位的表现。中国人找谁求字是抬举谁。有人爱写字还愿有人来要字，这也是勇者之风范，值得学习。在承认这些事实的前提下，能否探讨一下求字之风应怎样刮才更有趣有益呢？这对我这种门外汉，定会有启蒙作用。比如说：我就不大清楚一个书法收藏家水平高低，是看他收藏品质量高低还是数量多少？欣赏书法作品主要是看作品本身还是看落款题名？近日听说某地某城，以前大部分商店招牌上落款都跟当地政府布告上首长签名相同。近日政府布告上的签名换人了，报上登原来那位因贪污罪进了监狱。只见整条街都在忙着换招牌。对当地招牌制造业和装修业起了好大推动作用。这是否可以证明书法也有经济价值？类似这样的小儿科问题，都是我想弄明白又不知问谁好的。如有明白人给以指点，我打心眼儿里感谢。

（刊发于2001年7月28日《人民日报》文艺副刊）

画　意

吴冠中

世纪新雪

新世纪之初，一场新雪。新雪掩盖了旧世纪，旧世纪的脏与丑。新世纪一片洁白，一片茫茫，全是希望，幻想。

雪很快就消融，许多乌黑的枝枝点点又冒出地面，是树木、什物、房屋……红日照常显现，她根本感不到世纪之交有什么异样，她听不到人类的吵嚷与鞭炮。于是雪洗过的旧世纪又呈现在我眼前，我用画笔记下这千年一遇的人间瞬间。

荷　花

这季节，早市菜场上能碰上鲜亮的红荷花和青绿的嫩莲蓬，红的娇艳，绿的水灵，凭其美丽仿佛是市场中的公主与王子。一日晨，有人送来两大束这样的花与莲，我将之插入高大的玻璃花瓶里，置于高高案头，这小小客厅于是幻化为荷塘，我似乎置身于莫奈绘画的睡莲池中了。玻璃花瓶里的清泉涓涓流入客室，流入主人的心头，心头的泉孕育了红莲，红莲成了自己的创造。

翌日，不意红花灰暗了，紫褐的灰色近乎失血的死尸的脸，满地残瓣撒下了丧亡的悲哀，不忍睹。人说必须每天换清水，并不断剪去茎部，才能保住鲜艳。我想，即便那样费力维护，也延续不过三五天，断绝了母乳的婴儿，毕竟不会有生路了，只怪她自己的美貌惑人，自引杀身之祸。

花已亡，瓶里的水倒掉，倒剩水时我记起了家乡的池塘。那池塘里有荷花、浮萍，更多的是野草和水藻，鲜活的野草和水藻其实同荷花一样好看，而且她们的生命力更强。美诞生于活的生命，她随生命的死亡而死亡。我真切地面对了生命的死亡与美的死亡，就在我家的案头。

我这个硕大漂亮的玻璃瓶曾插养过各种花卉：玫瑰、芍药、兰花、腊梅……有时丰满得像一小丛彩色灌木；有时只三两长枝，像一幅八大山人的水墨画。我将这些从母体上剪断下来的花枝花朵组成美的画幅，供自己欣赏，欣赏的时日都不会太长，我的享受是以她们的短命与夭折为代价的。但死亡得最快的要算这红荷了，荷花出于污泥而不染，她也许过于重视自己的尊贵身份，一离开自家水源便宁死不活，毫不苟且，柔美的花却独具烈性的风骨，易折。

妻收拾花之残骸时说，画下这些花吧！我也觉得应画下一时天骄、傲视群芳者的透红风貌。画面展开通幅红艳，"映日荷花别样红"，显得有些狂放、醉意，不知是歌是哭，本意确是悼念转瞬即逝于我案头的美人的身世，愿她不再消失。

香山红叶

红叶季节，香山游人如织，道路阻塞。人们拍照，照那绿树间红树，照人在红树下留念。但从绘画视角看，总难找到"红树青山白马湖"式的秀丽景色。树杂，红树也分散得杂，从山巅遥望红浪、红潮，也并非理想的画面，只采得几片红枫与黄栌，夹入书中留念。

忽一日，想捕香山红叶之景，之魂：红叶独占香山，摆开赤红八阵图，俨然香山之王，香山之魔，引天下众生尽来匍匐朝拜，而红叶自身，永远扎根本土，叶红叶落，只在香山。

山海关

关者，关卡，用以保卫自己，同时起了阻隔交流的实质作用。在中华大地上不知有多少关卡，是长期封建分裂的实证，今天成了文物遗址，被人们欣赏、瞻仰。山海关当是关中魁首，它高踞长城之上，又东临大海，雄关真如铁，是帝王将相和贩夫走卒出入关内外的必经之口。这里被誉为天下第一关，名副其实，因所谓天下者，中国之天下也。"天下第一关"偌大的五个大字，系一位萧老先生所书，据说书写时有一番周折，那个"一"字还是从酒店伙计用湿布抹桌之痕迹中获得的启示。我几次到山海关,跟别人一样,也总关注这五个端庄而有镇压力的黑体字,五六百年来一直是雄关的眼目。登楼近视,已布有裂纹及斑点,但依然具纪念碑的骨架。虽然雄关早已失去高昂之尊位,而黑体大字似乎永远在维护着辉煌的时代,不闻不问沧桑已变,关上关下游人如织,彩色缤纷。

依 附

依附,或者说是攀附。

藤无脊椎,自己站不直,幸而臂长,手指尖尖,善于抓住一切可攀到的有力靠山。她们攀上山墙,爬上太湖石,遇石洞便钻进钻出。于是她们长成枝叶缠绵,姿态绰约的诱人风韵。我有意虚写太湖石之实体,突出了依附者的音容笑貌,便于观众欣赏其体态之美,或感喟其生涯之哀。

硕 果

门前手植向日葵,秋结实,大如小箩筐,采之,细读硕果,密密麻麻的籽粒排列复杂而有序,错综而具轨迹,比之蜂房,更胜精微,克利等人的画面似亦曾追逐如此天工而未能夺。我竭力刻画此微观中之宏观,有形中之无形,千军万马之奔腾却未超越黑、白、灰之罗网。近年李政道教授与我谈及物理学中最简单因子构成最复杂现象,欲求证于艺术,今忽忆及这幅硕果,应属一例。

桃

桃,有人见桃花,有人想桃子。桃花与桃子很普及,属最平民化的花与果。桃花艳而俗,但不损其美,其美根植于村姑、老妪,沁入古典诗词。名篇《桃花源记》不取高雅的梅花源或桂花源,作者着眼于土地和人民的历史。

朱自清说桃花谢了,有再开的时候,他运用了艺术的错觉,因谢了的桃花永不再开,明年的桃花不是今年的桃花,明年的桃子也不是今年的桃子。太匆匆,于是人民想借助西王母,种出三千年结实之桃,寓意于天长地久。我作这幅桃,用横向的流动灰色表现云雾,其根本需要是占尽画面空白的背景,消灭不了了之的空无。题词透露了作者的意向:结实无端三千年,娇红嫩绿,云雾深处,不染人间污浊。二千年终了,为贺新世纪,另加一句:桃熟还待一千年。

忘却的记忆

忘却吧!然而不容易,无论悲痛与欣喜。于是人们创造了美丽的神话,说死后的道路中必经一条河,过河时口渴,喝一口水,生前之事便统统忘光。我想画这条遗忘之河,无形状无阴晴无方向的河,近乎忘却的境界了,却又洒落几个彩点,终于还是留下了忘却的记忆。

孕

人们盼望孕,大自然为孕而运转,孕是新生命之始。

孕悠然而至,孕难于刻意追求。

最是艺术之孕,带来大喜与剧痛。孕是偶然,必然,其消失无影无踪。

孕赐予欢乐,却又播下了悲剧的种子。

补 天

为阐释人类之始,西方创造了"诺亚方舟"的神话,东方雕塑了补天的伟人女娲。

我亦曾画过女娲,一个裸女的背影,张开双臂作托天状。太具象了,大象无形,一个人能补得了天吗?这是谎言,或者说只是美丽的童话。

一种朦胧的感觉,一种顶天立地的愿望,在黑暗的沉沦中的不屈……我在黑、白、灰的原始宇宙中彷徨,想独力支撑这无边无方向的天宇。画成,感到是我自己在指挥苍穹,我补天,我是女娲。

洪 荒

宇宙洪荒,其实是地面洪荒,谁也没有见过盘古氏开天辟地。太阳远比地球存在得早,洪荒时代的大地,被太阳照射着,太阳格外分明,其他一切物象，均融于虚无。墨染这样的宇宙，往往落得单调或肮脏，但我久久追求这种浩渺、苍凉、悲壮而深邃的境界，而且充满着人类的希望。

我曾经用油彩和墨彩表现过美国西部的荒漠，新疆的大漠，想抒写苦涩中的隽永。大象无形，空漠中潜藏着人间万象，悲欢离合。我画过《夕阳兮晨曦》及《天问》，与这幅《洪荒》缘于同一构思，或缘于夕阳无限好的感悟。

(刊发于2001年9月13日、12月15日《人民日报》文艺副刊)

美之折腾

邓 刚

古人云"郎才女貌",也就是说男人要聪明,女人要漂亮。漂亮可不是件简单事,爹妈生就成的模样,想改变那简直就是和上帝作对。为了漂亮,女人可真是倒了大霉,从古至今就对她们反复折腾。远古时期《诗经》就浪漫地唱道:"窈窕淑女,君子好逑。""窈窕"本意为"美好貌",诗意即为容貌美好、举止温良谦恭的女子,就是男人喜欢的好对象。但不知从何时起,追求"窈窕"的时尚,变成了追求"苗条"的时尚,以致发展到皇帝爱女人细腰,弄得宫女不敢吃饭,几乎就要饿死。后来,也许女人的腰越来越细得像个精怪或是妖怪,男人们大概有些怕了,于是到了唐朝,女人开始以胖为美,例如杨贵妃的丰满就是出了名的,皇帝爱得都忘掉了江山。那时要是选美,冠军肯定是丰乳肥臀。再后来,可能是男人对女人的丰满欣赏得时间太久,有些腻烦了,于是女人又不得不重新瘦下去,瘦成麻秆才为美的楷模,甚至瘦得"恍若无骨,弱不经裳",用现在的话说,是瘦得像患了软骨症,连衣服的那点重量都承受不了。这还远远不够,最好能继续瘦下去,一直瘦到躺倒在病床上爬不起来,"病态之美"可就是美的极品了。然而,瘦成麻秆之美继续风行,即使是瘦成极品也还不合男人的口味,不知谁发明了更精确的瘦法——光瘦身子不行,要瘦脚,即包小脚,最佳的小脚称"三寸金莲",像现在小巧的坤式手机那么大才够标准。要是达不到三寸,就用绳捆布缠棒子砸,不把女人弄成半残废绝不罢休。瘦成那样,走起路来摇摇晃晃颠颠倒倒,男人渐渐也就觉得没什么意思,也可能不好意思了。在封建时代崩溃的末期,妇女开始了前所未有的反抗,于是健康之美又成为新的时尚。广大的妇女们打碎封建枷锁,争取男女平等,她们像男人一样走向社会,像男人一样工作和学习,成千上万的现代花木兰雄赳赳气昂昂,扛枪杀敌闹革命。革命的劲头太猛太足有些刹不住车,到了六七十年代,健康之美已经不够用的了，女人干脆就成了比健康还健康的"铁姑娘"，她们手握钢钎铁锤或是什么吓人的工具或武器，个个横眉竖目，昂首挺胸，钢牙紧咬，满脸喷火，摆出一副要和一切阶级敌人拼命的架势，美其名曰："半边天"。如果那时要是出现一个披肩发的靓女，在人们的眼中绝对是妖怪。

  历史的长河确实在不停地奔腾，"铁姑娘"时代很快过去了，现在女人又窈窕温柔了，又开始为苗条而绝食而尽全力地瘦下去，并且瘦到皮包骨头为荣，所谓是"骨感美"。更令你惊讶和惊叹的是，更新的时尚对女人要求得更为残酷，上帝造的夏娃只能是自然美，什么窈窕、苗条、丰满等已达不到现代美的档次，科技手段之美应运而生，陶瓷牙、硅胶胸、塑料睫毛、聚乙烯鼻梁，各种化学溶液从头到脚涂满全身；而且女人个个美心靓志，宁死不丑，俨然是临危不惧的革命志士走向刑场，电烫、刀割、针刺、吸脂、整形，只要是为了美，削肉剔骨全不怕。如此美下去男人们可惨了，他们充满激情拥抱着的只能是塑料、硅胶、聚乙烯或不锈钢等金属化学物质，却还以为是拥抱着爱情呢！

（刊发于 2002 年 4 月 11 日《人民日报》文艺副刊）

乡 音

王充闾

  乡音,是人人都有的,而且,它很难改变。不管人生的旅途怎么走,飞黄腾达,还是穷困潦倒,也任凭你飘流到异域他乡什么地方,纵然昔日的惨绿少年变成了白头翁媪,可总有一样东西依然不改,那就是由声调、方言、语词习惯等成分构成的乡音。离散多年的儿时旧侣偶然遇合,一口独具地方特色的乡音,会在顷刻间打开你的记忆之门,引领你到灵魂的根部,返回早已飞逝的岁月。即使彼此并不相识,只要一缕浓重的乡音飘过耳际,也会迅速拉近心灵的距离,带来一阵惊喜,一种温馨,一丝感动。不是说"老乡见老乡,两眼泪汪汪"吗?

  可是,从前对此我却未尝留心。离别家乡之后,南北东西,五方杂处,自己的乡音究竟有什么特色,似乎完全忽略了。忽然有一次,它突兀地显现出来,竟然使我惊异莫名。那是1993年4月,在沈阳参加东北大学恢复校名的纪念活动,见到了当年东大的代校长、现已定居美国加州的宁恩承老先生。接谈数语,他就已辨知我的故乡所在。他说:"听口音,你和少帅是同乡。"我说,我们的老家现在都属盘锦。张将军的出生地,离我家不过十几公里,有一年桑林子乡办秧歌会,我还到那里去转过。宁老听了很动情,不禁感慨丛生,随口吟出两句诗来:"河原大野高歌调,自别乡关久不闻。""高歌调"指的是我们家乡那种音韵圆润、调门高爽的"地秧歌"曲调。原来,老人祖籍辽中,离盘锦很近,所以也属同乡。他与少帅同庚,少帅兼任东北大学校长时,他被委任为秘书长,彼此交谊甚深,汉公到美国后更是常相过从。

  老人当时很兴奋,讲了许多有关少帅办学的往事。除了为东北大学捐款两百万元,以重金从全国延聘来章士钊、梁漱溟、刘仙洲、梁思成、黄侃等著名专家、学者外,汉公主政东北期间,还以私资创办了几十所各种学校。宁老虽已九十三高龄,思维却依然敏捷。他从名片上看到我的名字里有个"闾"字，便联想到与我故乡著名景区医巫闾山有关。老人说，可惜这次时间太紧了，不然，真应该再游游闾山，重温旧梦，回去也好向汉公作个交代——他对医巫闾山有深厚的感情啊！他和于凤至生了三个儿子，分别取名闾珣、闾玗、闾琪，都以闾山美玉为名，语出《淮南子》："东方之美者有医毋闾之珣玗琪焉。"闾山东麓有张氏家庙，他父亲——"大帅"的墓园就在闾山南麓。

这一天，我们谈得十分投机，分手时宁老还叮嘱，日后如果到了旧金山，一定要和他打个招呼，届时可以联床夜话，樽酒论文。

事有凑巧，第二年7月我即有访美之行，第一站就是旧金山。电话刚刚过去，宁老就派车来接。他的客厅里悬挂着两幅国画：清代著名画家任伯年的山水人物真迹和当代京剧艺术家张君秋画的《桃红又是一年春》，对面还有一轴行书条幅，是一位美籍华裔的法书，写的是明人杨升庵所作、后来被用作《三国演义》开篇的那首《临江仙》词。记得那天的话题就是从"三国"说起的。宁老说，一个朝代给予人们的印象是否深刻，往往同当时事件的密集程度、有没有震撼人心的角色有直接关系。比如，三国纷争不过五十几年，可是，人们却觉得无尽无休，热闹非凡，就因为英雄、奸雄辈出，各色人等应有尽有。同样，张氏父子的"连台好戏"，从1916年老帅被"袁大头"任命为盛武将军，管理奉天事务，到1936年少帅"临潼捉蒋"，也只有二十年，可是，在人们心目中却成了一个说不尽的历史话题。听说有人写了《关东演义》，有好多本。我接上说，这是理所当然的，一个"西安事变"就足够中华民族说上千年，记怀万代。

我们此行的最后一站是夏威夷，知道张将军正在那里度假，出于对世纪老人的衷心景仰和无限思念，出于浓烈的乡情，席间，我们询及有没有可能见他一面。宁老说，思乡怀土，是他终生难以解开的情结。他曾多次对我说，最想见的是家乡那些老少爷们儿。同乡亲叙叙旧，应该说是他暮年一乐。但是，毕竟已经到了风烛残年，一点点的感情冲击也承受不起了，每当从电视上看到家乡的场景，他都会激动得通夜不眠，更不要说直接叙谈了。因此，"赵四"拼力阻止他同乡亲见面，甚至连有关资料都收藏起来，不使他见到。

看到我们失望的神情，老人突然问了一句："你们在夏威夷能住几天？"我答说计划是三天。"时间也许还够用。"说着，宁老引我注目窗外，"汉公的寓所前面，也有这样的草坪，他早晨常常出来呼吸新鲜空气，说不定凑巧就会碰上；不然，你们在下面大声说话，楼上也能够听见，——夏天窗户都是敞开的。你的乡音很重,就由你来唱主角,几个人大声嚷嚷,随便说些什么。估计不用多长时间,汉公就会把手杖伸出窗外,问是'什么人在外面吵吵?'你就可以回答:'我们是中国辽宁的,没事在这里转转。'他立刻就会问:'辽宁哪疙瘩的?'你就说是盘山高平街(高升镇旧称,'街'读音为gāi)的。他马上会说:'噢,我们是乡亲哩!'紧接着就会请你们上楼,唠唠家乡的嗑儿。"

我们顿时活跃进来,齐声称赞宁老定计高明。老人却若无其事地说:"吃饭,到外面吃饭,我来买单。"

带上宁老提供的张家住址,我们继续上路,我反复思考着会面时同将军谈些什么。首先,自然要说说家乡盘锦的巨大变化:二十世纪七十年代这里发现了大油田,产量占全国第三位,一个崭新的化工新城在"南大荒"崛起;在全省十四个地级市中,它的人口最少,面积最小,GDP总值却占第四位,人说是"小丫扛大旗";过去的荒片子于今变成了稻海粮仓;苇田也有了新的发展,总面积位居世界第一;全国首批公布进入小康社会的三十六个城市,其中就有盘锦。我还要告诉他,医巫闾山翠秀依然,先人的庐墓已修葺一新,旧居门前那棵老柳树,虽已老态龙钟,风姿却不减当年,旁边的水井完好如初,屋后那棵百多年的老枣树,至今还是枝繁叶茂,果实累累。我要告诉张将军,家乡父老盼哪,盼哪,天天都盼望着他能回去看看。

十天后,我们取道旧金山,准备转乘飞机飞往夏威夷。行前,同宁老先生握别。老人说,前天同汉公通过电话,近日他稍感不适,晚间偶有微热,看来三五天内会见不了客人。失之交臂,自然是抱憾终天,但以将军的健康为重,又只能作罢。

回来以后,我给宁老写了一封信,深情感谢他的热诚接待,并附寄一张标有汉公故里和出生地的辽宁省图,还在上面题写了一首调寄《鹧鸪天》的词:"风雨鸡鸣际世艰,西京义烈震宇寰。胸藏海岳居无地,卧似江河立是山。今古恨,几千般,功臣囚犯竟同兼!英雄晚岁伤情事,锦绣家乡纸上看。"请他在方便时候一并转致张将军。于今,将军已经驾鹤西去,归乡的宿愿终未得偿。呜呼,尚飨!

(刊发于2002年7月25日《人民日报》文艺副刊)

遗 忘

吴冠中

除了"文革"期段,二十世纪七十年代以前我几乎天天作油画,每天必将当天用过的油画笔洗得干干净净,用肥皂洗,用手指甲使劲捏笔毛根部的残余颜料,务必洗得像新笔一样,保持笔毛的柔软与弹性,工欲善其事,第二天用的是利器。每次洗大大小小一把脏笔,至少要花三四十分钟以上,我的手指永远是那么粗糙,且从不擦任何润肤剂,保留了老树根的本色。画得精疲力竭了,还必须干这种苦事,如果哪天因故不洗笔,便感到分外的轻松。人家介绍用煤油等等溶剂代替肥皂,但我这个手工艺人还是保守着手工方法,只是将洗衣粉先粗粗洗一遍,最后还得用肥皂和手指甲擦捏。七十年代中期后,兼作水墨,作油画的光阴被分去一半,不再天天洗笔了,而将用过的油画笔泡在小水桶里,保持不干,以便随时取用,泡坏了的就扔掉,换新的,似乎我阔气了。

有时几个月断了油画,那一桶笔被遗忘了,发硬变形了,泡的水虽也换,亦发臭了。拣能用的使劲清洗,不行的便只好淘汰,故再作油画时,有重操旧业之感。过一时期,当我又回头作水墨,墨汁和颜料有的亦干涸了,尘封的工具、宣纸等需打扫清理一番,其间不少有关材料找不见,遗忘了。

没有画意时,也偶然写些文章,吐露情思。有些发表了,有些不满意的,搁置一边,当我又投入绘画时,这些文稿就被遗忘了。数十年来积累的画作不少,油画、墨彩、速写,较佳的拍了反转片,大堆反转片无人整理,往往为找几件反转片翻遍书柜书架,而在无意中却发现一些难得的照片、信件及文稿,"遗忘"成了我生活中的障碍和内容。这大概也是衰老的迹象了。

数十年江湖生涯,不采珠宝,我也取过一些喜爱的什物,如西藏的牦牛角、高山溪流中纹样别致的石头、印尼的民间木雕、鱼化石、鹰的标本、树根……这些从远地带回的被宠之物早都遗忘在角角落落,屋里无余地,它们便被遗弃在阳台上。其实阳台也不是它们的归宿，书籍、画册都往阳台挤，一些盆花也只是过客，阳台的正业不变：晾晒衣裳。

是食物，是垃圾，很分明，但有时也不分明，有些宝贝往往被遗弃在垃圾里。而且随着时间的推移，有用之物与无用的垃圾还往往相互转化，许多事物该遗忘，但遗忘中也偏偏遗忘了不该遗忘的重大事物。十七世纪荷兰画家弗尔美（1632—1675）只留下三十余件作品，而且尺幅均甚小，属今日世界珍品，但他曾被长期遗忘，今被誉为被遗忘而被重新发现的画家。

奔忙、欢乐、苦难、遗憾、恩怨……随着生命的发展发生一轮又一轮新的转变，往事日渐被遗忘。年轻时精力旺，欲望盛，什么都想抓，现在进入老年，像爬上遗忘之岭，回顾来路，是一片茫茫的远景，不辨哪里遗留着油彩、墨汁、文稿……曾为遗忘而苦，而遗忘其实倒是一种解脱。缘此，我作了一幅抽象水墨《遗忘之河》，是依据传说，认为人死后必经一道河，口渴，喝一口水，于是生前之事统统忘光，此即遗忘之河。我的画面表现无形状无阴晴无方向的河，近乎忘却的境界了，却又洒落几个彩点，终于还是留下了忘却的记忆。

日月如梭，新陈代谢，岁月如像人一样会老，她将遗忘的事真是浩如烟海，但不会的，她永远年轻，她铭记着古往今来一切的一切，"折戟沉沙铁未销，自将磨洗认前朝"，随着科学的发展，历史老人将返老还童。

方生方死，看来庄子是不怕死，不怕被遗忘的。但该被遗忘的却不肯被遗忘。曾经自己为自己建造纪念碑的为数当不少，毕竟大都还是被推倒了，被遗忘了。而倒掉了的雷峰塔却并未被遗忘，因那个美丽的故事反映了人间真情，雷峰塔今日又被重建于山色湖光间。推倒的贞节牌坊绝不会重建，即使不被完全遗忘，但将永远被诅咒。儿女为父母竖墓碑，缘于家庭孝心，但儿女的儿女的儿女的墓碑都竖起来时，将是什么景象呢？该遗忘的遗忘掉吧，因有永不会被遗忘的：屈原、居里夫人、孙中山、鲁迅……谁必被遗忘，谁绝不会被遗忘，其实都毋须自己操心。

（刊发于 2003 年 1 月 9 日《人民日报》文艺副刊）

乌江的诉说

张雨生

乌江的流响,是高昂的歌唱,也是低沉的呜咽。乌江的江风,是呼啸的雄风,也是萧瑟的悲风。如歌如泣,亦壮亦悲,皆为着两千年前楚汉相争的那场风云。

这里是西楚霸王项羽的自刎之地。

后人走近乌江,凭吊这位末路英雄,听流响,听江风,一种豪壮与悲怆交织着的复杂情感,便在胸中强烈涌动,久久激荡。这种情感之所以强烈,往往与凭吊者自身的命运相关联。是英雄,是曾经称霸诸侯的大英雄,但却是失败的,穷途末路的,从这里走进黄泉的。这种壮烈的悲剧最能引发联想和感叹。

脚下的这座山岗,叫凤凰山,是个很平缓的小山包。后人围住山包修起了祠庙,成了项羽的祭奠之地。

歪斜着几棵柏树,显得很苍老。也许,山包上曾有过茂盛的林子,历经毁坏,只剩下这几棵,可谓劫后余生。近年绿化,新栽下的还是些小树棵子,不足让凤凰山葱郁起来。秃山包上,祠庙依然显得孤独而苍凉。

来这里凭吊的人们,见到这位失败的大英雄,都会油然生出一番感慨。胸无墨水的,只是口头说说,议论一番了事;略通文墨的,便是吟诵几句,乃至挥毫弄墨。项羽是个武人,喜好在战场上卷起风云。死后,却让他静静地坐在祠庙里,倾听这等没完没了的诉说。这是他根本不会想到的,也未必是他乐意的。不过,悼念项羽的诗词联,挂满了殿堂和展厅,如此泱泱大观,可以说是一种特殊的文化现象。

拜读之后,我觉得,颂的,唯有李清照颂出了英雄的灵魂;哀的,唯有杜牧哀出了英雄的眼泪。"生当作人杰,死亦为鬼雄。至今思项羽,不肯过江东。"句句落地有声。李清照不顾及成功与失败,只顾及人物的内在气质。

政权得失放到一边，突出的是英雄本色。渡江躲避一时，那还算得上是楚霸王吗？应该说，诗人写出了一个真实的项羽，一个洋溢着大丈夫气魄的霸王。什么叫不以成败论英雄。李诗之论算得上经典。

极力赞扬项羽不肯过江，诗人有着鲜明的现实目的。她所处的那个时代，金兵入侵，高宗赵构带着臣僚逃到江南，把江北的大好河山统统丢掉了。诗人的家在山东济南，不得不夹在落难的人群中逃到江南。背井离乡的悲痛里，充满了对北宋政权的强烈愤恨。宁死不肯过江的项羽，在她的心目中也就更为崇高。诗人的高歌，实际是当哭的。

"胜败兵家事不期，包羞忍耻是男儿。江东子弟多才俊，卷土重来未可知。"这首名为《题乌江亭》的诗，是杜牧出任池州刺史的时候，路过乌江，想到霸王而写下的。杜牧认为，胜败乃兵家常事，问题在于如何对待。若真正的男儿，应该忍辱负重，不争一时之豪，不赌一口之气。项羽英雄盖世，却是匹夫之勇。

过江与不过江之争，透过李清照与杜牧的诗，可以看出，完全是争者各取所需。

毛泽东对项羽的自刎显然有过思索。他将自己的思索注入神采飞扬的毛体书法中，书写了杜牧的《题乌江亭》。如今，这幅挥洒自如、气韵贯通的书法作品，高高地挂在项羽祠里，使这位失败的英雄更显悲壮。上个世纪四十年代末，蒋介石见大势已去，仍然想保住半壁江山，提出划江而治。毛泽东一句"不可沽名学霸王"，鲜明地表达了他对项羽的看法和态度。

怀古和评说，总要掺入个人的影子。面对不舍昼夜的江流，悲凉寂寞的古庙，兔走雉飞的荒冢，想到末日英雄，就以为找到了最好的倾诉场所，遇上了知己的倾诉对象，便将一腔感慨喷发出来。我揣摩，怆然泪下的，仰天长叹的，沉思低吟的，说是凭吊末路英雄，莫如说是凭吊自己的灵魂。

进入享殿，当中是西楚霸王的高大神像。抬头仰视，他真的有举鼎之威势，拔山之气概。然而，这威势，这气概，又让人感觉出他的另一面，那么悲凉，那么萧瑟。神像面部，是哭是笑，是悲是乐，是怒是喜，我看不出来，仔细观察，似乎样样都有。他的内心在思索什么，没有人能猜得透吧。

如今的霸王祠很兴旺。悼念建筑物建在山岗上，商业建筑物建在山岗下，越建越多，还大有发展之势。从外地赶来的同胞，从地球那边赶来的异胞，摩肩接踵，络绎不绝。凤凰山热闹了，乌江镇也热闹了。这得益于市场经济时代的到来。

豪壮与悲壮之气，在渗入过项羽的鲜血的土地上，永不消失地回荡着。

（刊发于 2003 年 4 月 17 日《人民日报》文艺副刊）

树叶上的童话

金 波

问

一棵老树站在小河边,注视着水面的光波,谛听着它喁喁的细语,禁不住弯下腰来,掬一口清冽的甘泉,一饮而尽。

他目送着小河无声地流去,无法名状的依恋之情,便从心底涌起。他问小河:请你告诉我,为了感谢你,我该变幻成什么呢?

如果我是一片秋叶,我落在你的河面上,我会变成一片浮萍,随你而去。

如果我是一只蝴蝶,我落在你的河面上,我会变成一叶白帆,跟你远行。

如果我是一首诗,我相信,我的每一个字落进水里,都会变成游动的鱼。

如果我的泪珠滴进小河里,能变成珍珠,我会微笑着为你哭泣。

其实,我只能是一棵老树,我站在小河边,默默地吸吮着你的流水,你给我春华秋实,我给你一片绿荫。

花一样的烛光

在花园里,我们点亮了红烛。园里的玫瑰、星星草、水杉和草地上的青蛙、树上的小鸟,都在烛光里显现了。它们闪动着发光的身影。那一夜,我们过得很快活,快活得忘记了烛光的存在。

突然,红烛熄灭了。它是在我们狂欢的时候燃尽了自己的生命的。当它消失的时候,我们才想起那花一样的烛光。

我们惋惜它短促的生命。

然而,就在这时候,那曾被烛光照耀过的一切,又都显现了。它们像一个个闪光的小精灵，那玫瑰、星星草、水杉、青蛙、小鸟，连我们的爸爸、妈妈、爷爷、奶奶，都跳起了舞，闪动着他们发光的身影。

烛光没有消失。烛光留在了大家的身上。每个人都像烛光一样美丽。

会走动的红玛瑙

在我家小小的花园里，玫瑰花盛开了。微风阵阵，送来甜甜的香味。还有许多含苞待放的花蕾，预示着它姹紫嫣红的花期。

这一天，阳光明媚。我发现，在玫瑰的花蕾上，有好几只淡绿色的蚜虫。爷爷眼花，他看不见那些比米粒儿还小的蚜虫。但是，他却发现了一只红艳艳的七星瓢虫。我凑过去，也发现了一只。我看见一只只瓢虫，沿着花茎移动着，就像一颗颗会走动的红玛瑙，它们辛勤地吞噬着蚜虫，像吃着小小的面包。

爷爷拉着我走开了。他说，咱们别打扰了瓢虫们的美餐。

蝴蝶的小饭桌

蓝蝴蝶从草坪上飞过。它飞得很慢，有时候，一阵微风吹来，好像在助它一臂之力，让它飞得轻松些。蓝蝴蝶也很领情，张开翅膀，任风吹着它滑翔。

蓝蝴蝶饿了。它俯降下来，看见不远处，已经摆上了小饭桌。小饭桌圆圆的，有的是红色的、有的是黄色的、有的是蓝色的……已经有不少蝴蝶和蜜蜂在小饭桌上开始用餐了。

它们很谦让，见蓝蝴蝶飞来，就给它让开座位，飞到另一张小饭桌上去用餐。

蓝蝴蝶很不好意思，它觉得不该抢占别人的座位。但那些蝴蝶、蜜蜂却说："别客气，你看这里开满了花朵，都是我们大家的小饭桌啊！"于是，蓝蝴蝶飞向一朵蓝色的矢车菊，在这张漂亮的小饭桌上，它吃到了甜甜的花蜜。

闪闪发光的话

夏天的夜晚，从树林里吹来一阵阵晚风，吹在身上清清爽爽的。四周很安静，鸟儿睡了，虫儿也睡了。只有树叶在微风里窃窃私语。谁也听不懂它们在谈着什么。

夜晚是萤火虫的快乐时光。它们在天上飞着。有的闪着翠绿的光,有的闪着幽蓝的光,有的闪着橙黄的光。它们一闪一闪的,是在用光的语言交谈着。我听不懂它们的话,但我知道它们彼此在说着高兴的话、温暖的话。

那一夜,我们望着天上的萤火虫,变得很安静,谁也不愿意大声喧哗。

有萤火虫的夜晚,我们在静静地倾听它们闪光的话语。我们的心似乎已听懂了。

(刊发于2003年6月5日《人民日报》文艺副刊)

诗人犹醉药酒情

——梁宗岱印象追记

柳鸣九

今年是梁宗岱先生诞辰一百周年。

他是我的老前辈,比我长三十多岁。建国后,他在广州当教授,而我上完北大后一直在北京工作,按说,我是无缘与他相见相识的,但由于一次特别的机遇,我却有幸与他有过一点交往。

1978年11月,全国外国文学研究工作规划会议在广州召开。那不仅是"四人帮"垮台后全国第一次这种性质这种主题的会议,而且,建国后就从无先例。会议的议题重大而激动人心:总结建国后近三十年的外国文学工作,讨论今后的发展大计,并成立全国外国文学学会。

作为盛会,它聚集了半个世纪以来中国学术文化界中从事外国文化工作的名家、"大儒":冯至、朱光潜、季羡林、杨宪益、叶君健、卞之琳、李健吾、罗大冈、伍蠡甫、赵萝蕤、金克木、戈宝权、杨周翰、李赋宁、草婴,等等。还有一些文化出版界的权威人士与人文学科学研究有关的大学校长,名流云集,竟有二百多人。周扬、梅益、姜椿芳等人也参加了。

在这一片繁星闪烁之中,梁宗岱先生是其中格外引人注目的一个,尽管他从建国后在学术文化上就没有什么"大动作""大声响",甚至可以说是相当沉寂。但大家都知道早在上世纪三十年代,他就已经留下了不可磨灭的业绩,他精湛的译诗技艺、他才华横溢的文学评论,他雅美而灵致的诗章早已享誉中国文化界。

那时,我四十多岁,在学术权威如云、延安鲁艺老革命战士成班成排的本单位,我们这种年纪都被称为"年轻人"。

但我发现梁宗岱很好接近。他不摆出文化名家的派头,他不端着学者闻人的架子,更不像那种以学界霸主自命的人满脸威严逼人,不像那种自认学才盖世的人,全身傲气,叫人感到骨子里发冷。他长得人高马大,嗓门粗,像个豪爽的东北佬,大大咧咧的,平易近人。按说,他跟我这样一个学界晚辈素不相识,差距甚大,广州会议期间两人又不同在一个小组,且更无人向他引见我,是我主动"凑上去"的,他却非常亲切,平和,非常热情,主动营造出一种"一见如故"甚至是"自来熟"的氛围,使你感到自在。他谈兴很高,说起话来似乎毫无遮拦,饮食、起居、健康之道、生活常识……无所不谈,特别是关于他的制药技艺与他的"药酒"更是谈个没完没了,有时会议间隙在过道碰见时,他还主动跟你说道说道。

他如此善谈,可是,他偏偏不谈文化与学术,不谈会上讨论的那些外国文学问题:经验与现状,前景与道路等等,总之,言不及义,言不及这个学界、这个行当的"义"。

说实话,像我这样的后学,之所以怀着景仰之情接近他,是想从他那里闻一点本专业治学之道,在评研与译介的真谛上获若干启迪,拾些许牙慧,还想得知一些学界、文坛过去的珍贵逸事。然而他却绝口不谈这些。当你问及请教时,他也予以回避,似乎已经横下了这样一个决心:好汉不提当年勇。因此,在广州会议期间,我虽然走近了梁宗岱,直面了梁宗岱,真可谓近在咫尺,但实际上他却隔我很远很远,他大讲的药剂与药酒,我不大懂,实在也不感兴趣,而我想谈的、想知道的,他又绝对没有兴趣去谈。于是,在学子后进的面前,那个在文化学术领域里实实在在的梁宗岱不见了,面前只有一个乐呵呵、和蔼可亲的制药老汉,一个陌生的梁老头,从他身上,你看不见当年他游学欧洲的潇洒身影,看不见他与罗曼·罗兰、瓦莱里等法兰西文化大师"称兄道弟"、平等交往的痕迹,察觉不到他译象征主义名篇《水仙辞》的那种出神入化的功力,以及他把文学评论文章写得那样潇洒而富于文采的本领……

那次盛会,全体大会上的学术发言,只安排了三个,将近一周的会议都是以小组讨论的形式进行,我和梁先生不是同一个小组,一直未听到他的发言,但听其他组的人说,梁先生在小组会上也几乎不发言,绝不对文学问题、文化问题发表意见。后来我理解了,梁先生在"文化大革命"中不止一次遭到毒打,他辛辛苦苦译出的莎士比亚十四行诗与《浮士德》第一部的译稿,竟被毁于一旦。一个身心遭此沉重打击的七旬老人,伤痛哪能迅速痊愈?

在药酒问题上,虽然我在天真的梁老头面前应声附和与表示钦佩的话,都是言不由衷的,但他却以一片赤诚待我,他见我有些"少白头",就主动询问我的睡眠情况,着重介绍了他的药酒对神经衰弱有奇效,还曾邀我去他家中去看他的"制药作坊",但我没有想办法抽出时间去看,会议结束告别时,他又送了我一大瓶"药酒",叮嘱我服完后还可以写信去要。那其实是一瓶咖啡色的汤药,但放了酒,据他说是为了保鲜防腐。我尝的时候,觉得其味甘甜,口感很好。

据说,梁宗岱的药剂药酒研究始于四十年代中期,这似乎是他偶尔为之的"采菊东篱下",他专心致力于斯,显然是在"文化大革命"后的晚年。他在广州会议后五年就去世了,因此,我见到的可说是"药酒时期"的梁宗岱。

最近,中央编译出版社出版了多卷本《梁宗岱文集》,收入的作品都是常绿常青的,具有持久文化价值与艺术生命。虽然梁宗岱在晚年绝口不谈论自己的文学作为,但世人还是要谈论他的,长久地、长久地谈论他的业绩,后人无法取代的业绩。

(刊发于2003年11月8日《人民日报》文艺副刊)

文坛的节日

冯骥才

中国文坛终于盼到一个灿烂的节日的到来——巴金百岁。古今有几位作家能够享受百岁寿辰？又有哪位作家的生日被文坛和文学视为一个节日？而文坛的节日不只属于作家，也属于读者。百岁的巴金有几代读者？今天，起码有四世读者，同贺作家金子一般的生命超越了一个世纪。

我们为巴金的祝寿是一种由衷的感激。因为由《家》到《随想录》，他一直是社会良心的象征。作家是生活的良心。它纯洁、正直、敏感、悲悯，且具先觉性。在封建迷雾笼罩世人时，他呼唤着觉醒的青年一代从令人窒息的封建之"家"冲出去；当"文革"暴力刚刚灰飞烟灭时，他不只是跳出苦难开怀大笑，而是紧皱眉头，拿起世界上最沉重的器具——笔，写出心底思之最切的两个字：忏悔。他不饶恕"文革"，也不饶恕自己。因为他希望心灵的工作首先是修复，包括道德和人格的修复。他知道只有人的健全，社会的发展才可能健全。

真正的作家总是忧患的。他们的工作更接近于医生而不是美容师。他们的目光盯在生活的病兆、人性的缺欠与社会的痼疾，然后痛下针砭。他们不会在真理面前对自己折扣，因为他们心中怀着崇高的社会理想。

由于这样的作家的存在，使我们觉得生活和文学中一直有一种良心可以实实在在地触摸到。这种良心是忠于生活和忠于文学的。它使我们相信生活，紧拥不弃；也信任文学，牢牢捏紧自己手中的笔。那就不必搭理那嘈杂的商品文字和花拳绣腿的文本游戏。

作家的良心是文学的魂。魂是一种精神生命。我们从巴金的作品一直可以摸到这生命的脉搏。它始终如一、强劲有力地跳动着。

为此，我们尤其在乎巴老的长寿。在他九十岁以来的每一个生日里，我们都默默为他祈福，祝他健康，与他结伴，一路而来，终于今天与他一起度过这整个文坛都感到欢乐的百岁诞辰。并且又一次感受到他的真诚的灵魂和对大地与人民不竭的激情。我们感激巴金。他至今还在影响着我们。

(刊发于 2003 年 11 月 25 日《人民日报》文艺副刊)

远 山

严 阵

在我的窗口的远方，有一片远山。

晴朗的日子，当我在晨光澄明间第一次打开窗子，我会发现，它是在一片无边的浅蓝中的一缕静悄无声的黛青，而在黄昏，当我最后一次把窗子关上以前，映入我眼帘的它，却是一道朦胧的神秘的金紫。

当风雨如晦云飞雾涌时，我虽然看不见它的影子，但我知道，此时此刻，它依旧守在那儿，默默地静静地无怨无悔地守在那儿，因此在看不到它的时候，从一直涌到我窗口的风云的气息中，我却能感受到它的另一种美，那种既无黛青又无金紫而却是不用任何一种颜色表达的看起来并不存在而实际上却分明存在着的令人只能无穷的意会到的那种美，那种并不为人发现的美。

我惊异于初冬季节的一个早晨，当一夜小雪过后，在片云不见的蓝空的边际出现一弧柔美的银色曲线的时候，我真的惊愕于它的绝妙，那在万花纷谢千树凋零的季节显现出的那种无与伦比的淡薄和不可思议的清远。

我曾到过黄山。我曾不止一次地领略过它的奇松，怪石，云海，温泉。但当我在天都峰上远眺的时候，我只感觉到它的高峻；当我在百步云梯上攀援的时候，我只感觉到它的险峭；当我在散花坞前徘徊的时候，我只感觉到它的秀奇；当我在桃花溪畔漫步的时候，我也只能感觉到它的晶莹而又婉转的匆匆。

我曾到过泰山。我曾膜拜过它的古老和庄严。但当我进入经石峪的时候，我只感觉到它的至尊。当我看到壶天阁历代刻石的时候，我只感觉到它的至显。在我很小的时候，我就记得，在我出生的那个小山村里，人们筑屋，必定要在一块泰山石上刻上"泰山石敢当"几个大字，并将它砌在新屋的石墙上，因而当我穿过中天门看到那组成泰山的每一座巨大的石壁时，我只能很自然的感觉到它的至贵。而当我登上日观峰一览众山的时候，我也只能感觉到它在千古冥冥之中的那种至高。

我曾到过庐山。我曾欣赏过牯岭的亦山亦市。我曾流连过花径的亦画亦诗。我曾在它的仙人洞纵览云飞，倾听那来自锦绣谷的悠悠天籁之音。我也曾登上含鄱亭，看鄱阳湖光苍茫秋水。

我曾到过峨眉。我曾在清音阁的月光下凭栏静听那泉水的如泣如诉。我曾在万年祠的秋林中看那白云的忽近忽远。我曾在洗象池的山道上看山花的自开自落。我也曾直薄峨眉金顶，观蜀汉之浩荡烟云。

可是，我所有见到的，却只能是见到，我所有登临的却只能是登临。于是我在兴高采烈过后，渐渐感悟到：人生的一览无余是多么地让人追索永世，而又是多么令人感到可怕，那种终会演变为幻灭的可怕。

而远山却不。

它永远不会让那一抹黛青变成真实的绿树芳草，它永远不会让那一道金紫变成具体的茅屋桑田，它也不会让那迷蒙的烟雨变成可以听得到可以看得见的小溪和池塘，它同样也不会让那一弧银白变为崚嶒岩石和凋落的园林。

那是你吗？我从我的打开的窗口远远地望着它。没有握手。没有面对面的看清脸上的每一条深深纹络。它给予我的，只是一个遥远的模糊的微笑，只能靠朝思暮想去补充的微笑。

那是你吗？它有时只是蓦然一现随之便销声匿迹。我知道它是在它在的地方，但我希望那云，那雨，那雾，那雪，一直笼罩着它，只给我留下一个第六感觉的空间。

那是你吗？只和我隔着一扇门，只和我隔着一条路，只和我隔着一个季节，只和我隔着一片云也似的流年。我依稀地看到你。没有点头，没有摇头。没有承袭，也没有许诺。那是永远的不缺陷的缺陷。那是永远的不圆满的圆满。

我曾经试图走近你，可是我又不能走近你，因为，当我真的走近你，真的走进你的你，我便会失去你留给我的那一缕黛青，那一缕永远无法解释的黛青。我也会失去你展示在我视觉里的那一抹金紫，那一抹永远无法猜测的金紫。同时，我也会永远失去你隐入轻云薄雾中留给我的那种感觉，那种虚虚的无比神秘的，仿佛在初雪轻掩的荒原上留下的一行似曾相识的时而消失时而复现的脚印的感觉。我也会失去你出现在天际线上的那一弧银白，那永远也无法代替的至纯至圣的梦影。

我曾经试图走近你，可是我又不能走近你，因为，当我真的走近你，你那远山的所有的魅力，便会在了无距离了无界限之间顷刻消失，而与此同时，你便不再是我的远山，而却是别人的远山了。

距离是什么？距离是一个空间。距离是什么？距离是一个时间。因此，人只有在一定的时空之外，才有可能领略到某种真正的完美，并有可能将它永远收入你终生的美丽的珍藏之中。

不要攫取。攫取会使你失落。失落你要攫取的东西和你的自我。不要占有。占有会使你虚无。你得到的将不再是你所需要的，而你也不再是过去的你。

永远可望而不可即。永远可想而不可依。永远可疏而不可密。永远可寄而不可系。

在我的窗口的远方，有一片远山。

尽管流年似水，世事沧桑，各种各样的时尚的追求，穿梭于朝朝暮暮的红灯绿酒之间，我却越来越感到，我那一片远山的美丽和我那一片远山的富有。

（刊发于 2003 年 12 月 6 日《人民日报》文艺副刊）

鲁南的月光

孙继泉

月亮一出,深色的天幕就淡去了,就像主角的出场让我们忽略了背景。

这是一个满月。它穿透夜晚凉凉的空气直抵地面,我们便沐浴在如水的月光里了。山、树也如清水浸润般的朦胧了。很静。却有响声。静似乎成了声音的出处,声音却也成了静的参照。声音怪得让你无法辨别。它源自哪里?大约是大树上枯掉的树枝白天被风掀得翘起来,现在,风停了,它试着重新躺好,却将下面的一根细枝压断。一只夜行的刺猬踏翻了一块石片。一只鸟惆怅或兴奋地哼叫了一声。一片刚刚在夜露中舒展开的莴笋叶子轻轻地和它旁边的一片摩挲了一下。昆虫推动土块的声音,它们噬咬食物的声音……这些声响给人带来种种幻觉,因为自然中的天籁和人类的声音有时简直难以辨别。空气清新、爽洁,因为它混含着大地的呼吸,因为大地苏醒了——白天,你再到这片野地里来,就会看到河溪欢快流淌,青草绿蔓沟崖,野花开遍山岗,路边的梧桐树正开着一树紫色的花朵,在微风中播散甜甜的香气。

营养学家说,你想吃什么的时候,说明你身上正缺少含有这种元素的物质。我们翻过十几座山头,来到这个荒僻的山村,走进这片照彻心灵的月光,在月光下欣喜和感动,我想正是因为我们久违了这样的月光。城市里没有月光。我们就是从那个嘈杂的地方出来寻找月光的。

村子就在这个山岭下边,它静卧在一个山坳里,如山间湿地里冒出来的一朵灰色的蘑菇。这是鲁南山地中的一个普普通通的村庄。此刻,几扇窗子染上蜡黄的灯光,隐隐地透着人间生息。我们从村里出来的时候,就经过这样的几户人家,隔着矮墙,我们听到什么木质器具碰撞牛槽的声响,甚至还能听到牛的咀嚼。一股浓烈的混合了草料、牛粪的气味荡溢过来。这个村子里,几乎家家养牛。在这样的山村,牛最有用处。牛在他们心中的地位仅次于土地。牛在院子里吃草，人在屋里说话，白天要做的事情，得在晚上定好。从墙外听着，他们说话的声音就像他们家的低功率灯泡透过不常擦拭的蒙尘的玻璃送过来的灯光一样轻柔。什么样的语气这么滤出来之后，都会失去硬度和躁性。因此，多么冰冷的吩咐、多么尖锐的争吵我们听起来都有了几分韵致。在一个窄巷里，我们迎面碰上一个小女孩，她去串门，或者去送还邻居的一样什么家什，她在离我们几步远的地方犹犹豫豫，躲躲闪闪，似乎她已经感觉到我们不是村里的人。我想我们一定让她有点拘谨和惊慌。事实上，我们的到来定然使这个平静的村庄出现一丝混乱，就像从一方清澈的水塘里舀起一瓢水，整个塘面都荡起波纹。

村里的人没有专门出来在月光下散步的，因为他们就生活在月光里。阿凡提面对智慧和财富不假思索就拿起了财富，因为他最不缺的就是智慧。月光对于他们，仅仅就是照明的作用。他们能够就着月光，找回白天丢在地里的一张铁锨，或者拽一把明早引火的烧柴，免得被露水打湿。在月光里，他们有一种不事张扬的满足。不满足的或许是一个山中少年，他正在那方有灯的窗下发奋苦读，梦想着走出这个被山岭环绕的村子，走向灯光闪烁的城市。直到被飘荡在柏油路面上的浮尘遮蒙了心肺，被城市霓虹灼伤了眼睛，直到自己如一条游荡在水源被污染的河流里的鱼，再回头寻找许多年前的月光。

而我们，也许已经不知不觉地将自己像一根人参续进了药酒里，在窨制一种新物质的同时失去了自己，而且苦于找不到还原的办法。其实，任何干裂的东西都要在雨中滋润。任何破碎的东西都要让飞鸟缝合。那脏污了的，非得在月光中浸泡，在蛙声里揉搓，在菊香里熏染，在秋风里吹晾，在雪野里漂洗……

（刊发于2004年4月8日《人民日报》文艺副刊）

弱 水

严 阵

你知道水吗？

你也许曾在鹳雀楼畔看黄河自天而下，你也许曾在采石矶头望大江滚滚东去，你也许曾在春花初绽时，静观过太湖那一汪深碧，你也许曾在秋叶新红处，纵览过滇池那山影嵯峨。多少人曾在童年的记忆里留有自己门前的小溪，村边的荷塘，山中的深潭，巉岩的瀑布；多少人曾在人生的旅途上，难忘那黄土下的深井，那荒漠中的甘泉，那高山上的清池，那雪原上的冰川。

可是，你知道水吗？

要知道，水并不仅仅在这些地方呈现出它的魅力。

水是温柔的。柔情若水。你看到春天的那些花吗，那些在残冬的边沿第一次在枝头为人间送来一阵惊喜的白花，到那一片卷过山野的姹紫嫣红，从宫苑里大放异彩的名卉，到野地里默默开放的草花，无一不是受到水的无声的爱抚。

水是妩媚的。秋波流盼。你看到莲花瓣上那莹莹滚动的露珠吗？还有草叶上的一片濡湿的露水，以及白杨枝头的那每一片闪闪发光的拂动着的深绿中的一条条细微但却十分清晰的脉络和柳树那千丝万缕悠悠垂下的金色的枝条。那在最高峻的山崖上雄立着的古松上的那片青翠，那在最荒凉的边地上迎风招展着的古槐上的那些银花，无一不是受到水的青睐。

水是一往情深的。流水有意。从那千顷青青的麦穗，到那万里溢香的稻花，还有那挂满枝头的累累果实，以及那满山遍野的芳香和成熟，无一不是因为有了水的无私的眷恋和默默的深爱。

水是始终不渝的。水滴石穿。水是柔软的，但又是坚贞的。你注意到所有屋檐下的那些石阶吗？它上面那一排排圆润的深陷石窝中，都铭镌着水的无休无止的追求。你注意到所有大海岸边那些礁石吗？它上面那一道道深深沟壑里，都喧腾着水的不屈不挠的风采。你注意到所有山涧中的那些峭壁吗？它的或方或圆或险或奇，都记载着水的不停不息的开拓。

当你看到一片粉红时，当你看到那一片新绿时，当你看到那一片淡紫时，当你看到一片金黄时，你是否会想到那就是水呢？

当你面对在千仞峭壁上迎风而立的古松，你首先要赞美的，肯定是松的坚毅，松的顽强；可是松的所有的雄美，是来自一直渗透进岩石的那些水，那些使人无法看到甚至无法感觉到的水，那些无声无息甚至无形无影的弱水。

当你面对茫茫沙漠中一丛红柳，你首先要感叹的，当然是红柳的高尚和红柳的姿质；可是红柳所有的孤美，是来自一直潜流于无边沙漠的水，不管沙漠对它掩埋得多么深，不管沙漠对它掩埋得多么久，它依旧在沙漠深处。那些一直被沙漠掩埋的河流，沙漠无边无际，它也无边无际，在沙漠的深处，无处不在地脉动着，永远永远地为那些敢于跋涉又勇于挖掘的人带来生存的勇气和希望。

当你面对一塘青莲时，你会讴歌它的清奇和艳丽。荷花娇如语。你会感觉到它是你面前许多活动着的生命中的生命。它是那么真切，那么纯洁，那么超越人生而又贴近人生。可是当你惊奇于它那一枝碧绿在风中摇曳，当你凝眸于它那一团艳红在水下静立，当你目睹它那含满莲子的莲蓬在暴风雨的漩涡里求索，当你感觉它那一颗小小的莲心中间正有一芽绿脉在速递着季节的讯息，你会想到所有这一切都是水吗？

水会呼吸。在大海之滨的深夜或者黎明，你会感觉到，它正在你的枕边轻轻地均匀地编织着一个又一个无言的永远可以解释而又永远无法解释的童话。当你在大江岸边蒙眬入睡时，你会感觉到它那神秘的涛音，正无时不在地飘忽而又难以捉摸地爱抚着你。你在小溪之畔灯下夜读，你也会感觉到它就坐在你的身边，为你默译着那些遥远年代的遥远得已经相当模糊的诗句。

你认识我吗？那声音有几分陌生。她的呼吸使她额前的发丝微微拂动。你记不起来了？其实我一直都在你的身边，我在你每一处立足的土壤里微微搏动，不管那是莺燕纷飞的暮春，还是那千里雪封的隆冬，也不管那是杳无人迹的穷乡僻壤，还是那灯红酒绿的繁华闹市。当你渴了的时候，你喝下的那杯茶里，便有我的影子。当你累了的时候，你面前的那盆水里，便有我的声音。

你认识我吗？那是一种呼吸。一种不戴任何奖章的呼吸。

水会微笑。人世间有许许多多的笑。因为没有水而最终枯萎。只有水的微笑才是最美的微笑。水是美丽的,当你伫立于大河之侧,你会看到它层出不穷的波纹,久久地缠绕着你那孑然一身的孤影,给你送来万千柔情和无数笑涡。当雁阵望断云影难寻的时候,只要你不离开水,水便会永远地厮守着你,并始终如一地给予你无尽的柔婉和含满深情微笑的注视。

你还记得我吗?我回头看着,可是什么也看不见,蒙蒙的沙尘中,只有那条在无边无际的崇山峻岭中迂回曲折的在雨云的涌动中时而现出时而隐没的路的影子。你真的不记得我了吗?她笑得那么柔润,仿佛一整个平静无波的湖,在彩色的晨雾中绽开。我想起了过去那些硝烟弥漫的日子里,被子弹洞穿的水壶里滴出来的几滴水。我想起了那条渡船,在被炮火映红的波浪的簇拥下徐徐抵达彼岸。我想起了杏花天的雨夜里,轻轻敲着我的窗户,却又跑着远去,给荒瘠的原野留下一犁春雨的那道青蓝。

你还记得我吗?那是一种微笑,一种没有任何掌声的微笑。

你知道水吗?普普通通的,但又是博大精深的。熟视无睹的,但又是息息相关的。

不要忘了你故乡的那条小河。不要忘了你船下的那一江春水。不要忘了荒漠深处那系着你艰苦跋涉的驼铃的那泓甘泉。永远不要忘了你面前书桌上的那杯清茶。

(刊发于2004年6月5日《人民日报》文艺副刊)

阳光与手

雷抒雁

每到今天,我的眼前,总会浮现出一幅画:

一轮太阳,鲜红的、巨大的太阳,喷薄而出。迎着太阳,正有千百双手高高地举起来,挥动着。

那手,使你想起森林。无数株树木沐浴着阳光,在晨风中轻轻摇曳。期盼、欢呼与拥戴,都洋溢在那些手臂中。这画面使人感受到力量与坚定!一种恒久不变的忠诚,幻化成让人心动的旋律。

那手,还使你想起海浪。无数推涌着的浪涌,向初升的太阳滚动过去。在阳光的照耀下,那浪涌又像鲜红的彩带,炽烈的铁水,同样使人感到力量,但却是前进的、动态的,展示着一种不可阻挡的趋势。

多么让人兴奋、让人激动的图画啊!

自然,这是一幅充满了象征意味的图画。你可以将那太阳想象成光荣的党、伟大的领袖、崇高的事业,甚至一个正确的、英明的决策。总之,它可以代表着光明、信心、希望和未来。

也许,正因为如此,许多年前,又有人将这画意命名了"托起未来的太阳"。让千百双手以同样的姿态伸向同一颗太阳。那太阳叫"孩子",当然是未来的象征。那手,是在召唤全社会的支援与扶持。是的,我们同样把手伸出来,因为我们是伸向希望的。希望,便是我们的未来,我们的理想,寄托着我们全部的热情与信念。

我得回到文章的开头,再说那阳光与手。那些海浪一般滚动着的手,那些树林一般摇曳着的手,其实并非全是象征。那手就是一种代表!代表着:千百双握着枪杆的士兵的手,千百双握着笔杆的知识分子的手,千百双握着铁锤或锄头的工人与农民的手;甚至,还代表着一些软弱的,并未投入革命,但却真心实意拥护新制度、新事业的人们的手。

我想起我的父亲，一个饱受过苦难与贫困的农民，一个曾经目睹了新旧生活发生变化的文盲。他的一双手，除了劳动，对于政治永远是一种"举手拥护"的姿态。他不曾对任何一项政策与法令怀疑过、抵制过或不满过。有些政策事实证明对他有过伤害，他仍然不曾改变过举手拥护的姿态。他固执地认为，希望在前边，光明在前边，太阳会喷薄而出。这是一种信念，也是一种安慰。他的手是粗糙的，但却是明亮的、干净的；是一双简单的，却让人永远信任的手。把手举在阳光下，他敢！

我们重读这一幅太阳与手的画或许会有一些新的感想：仍然是那一轮太阳，一轮鲜红的喷薄而出的太阳；仍然是千百双手，千百双海浪一般涌动或森林一般摇曳的手。

如果，那太阳象征的是共产党人"为人民服务"的信念，是共产党人不变的宗旨；那千百双手是你是我是他，是数以千万计的共产党员的代表。让我们真心实意地举起手来，拷问心灵，在这明亮的阳光下，我们会不会汗颜？我们曾经举起过手，在加入共产党时，在鲜艳的党旗下，那时，我们感受的是光荣和骄傲！但是，此后，对于责任和使命，我们的意识会不会有如森林一般坚定？对于前进和奋斗，我们会不会有如海浪一般有力？

还有，如果，那太阳是人民，是包括像我的父亲在内的那样一些盲目生活着的人，你该怎样举起自己的手，共产党员们！事实上，他们灼灼的目光，亦如一轮太阳，每时每刻都照耀着我们，温暖着我们，鼓舞着我们，同时也在监督着我们。面对这阳光一样的目光，已是伟人的共产党员说：我是中国人民的儿子。他以一种恭敬和谦诚，展示了自己品格的高尚和纯净。

面对人民的目光，这一轮灼热的太阳，共产党人伸出手来吧！让人民检验：这是一双干净的手，一双真心实意为人民奉献劳作的手。正像人民坦诚地把手伸出来，面对太阳，挥动着拥护和爱戴，表达着真诚！

太阳和手，一幅画，一幅多么生动而又意味深长的画！

(刊发于2004年7月1日《人民日报》文艺副刊)

耳读偶记

宗 璞

前两年写过一篇文章《乐书》,即读书之乐。其实我现在是读不了书的,只能听书,是曰耳读。耳读感受不到字形的美,偶然用放大镜看到几句文章真觉舒畅极了,只是这机会越来越少。因为同音字多,听力也不是很好,便要常常追问到底是什么字,费时费力,也只能大体知道个意思。但我幸亏还有这点听的本事,能有耳读之乐。

那大概已是前年的事了,仲为我读《朱自清日记》,从头到尾。日记从1924年7月28日开始,到1948年8月2日为止。记叙简略,一般是记下了书信、人际往来,自己做了什么事,读了什么书,间或也有感想。文字极平淡,读后掩卷之余,我们似乎觉得朱先生就在面前。

这是一本真正的日记——照日记本来的意思,都是为自己看的,不必给别人看。现在有些日记,在写时尤其在整理时都是想到有个读者在,若以为日记所记都是真实的,就未免太老实了(我本想说那就是大傻瓜)。《朱自清日记》是真正的日记。朱先生怕别人看,有一部分用英文和日文杂写,他绝没有想要通过日记来炫耀什么,或掩饰什么。而我们就从这些文字中看到了一个真正的人和一段真正的历史。

我曾有过这样的问题:朱先生这样怕别人看他的日记,事先还做了防备,现在出版他的日记是否违反本人的意愿。但我又想,能够提供一段珍贵的史料,朱先生可能是会同意的。

我们在日记中看到的是一个平凡的普通人。他常常借钱借米,他自谦得有时甚至有些自卑,总觉得自己的学术地位不如人。但是他勤奋、宽容,常常为别人着想。最使我感动的是闻一多先生殉难后,朱先生在成都讲演募捐,做了很多工作。那是需要勇气的,有些人避之唯恐不及。他本不是一个热心斗争的人,但是出于最普通的同情心,他要做他所能做的事情。一直在他胃病很严重的时候,他仍勉力编撰《闻一多全集》。闻朱之交可能不像有些人以为的那样深,但是却达到了一种高致。我并不否认朱先生的觉悟、认识、热情,但总以为他的本性不是英雄人物。正是他作为一个平常人的朴素的感情,使得他的人格发出光辉。这种光辉也许不是很强烈,却能沁透人心。

日记多次记述了和冯友兰先生的交往,1933年2月11日记载:"晚赴王了一宴……多一时俊彦。芝生述张荫麟所举柏拉图派主仆故事,谓共相不足恃,渠亦将举学童解'吾日三省吾身'之'吾'字故事以证共相之作用。又述辜鸿铭论'改良'及'法律'二词及陈独秀与梁漱溟照相事。又绍虞误认杨今甫为白崇禧事。皆隽永可喜。归金宅,转述芝生笑谈,殊无反应。殆环境既异,才能亦差也"。又一则日记,1935年2月28日,"对霍士休进行考试的口试委员会今天下午开会。进展颇顺利。冯友兰先生指出唐代以后大量传奇故事的渊源。唐代的传奇故事是霍的研究题目,而这正是他论文中的大弱点,但我们却没有发现。"

日记还记下了在某家遇好饭食,一口气吃了七个馒头;也曾告诫别人冯家的炸酱面虽好,切不可多吃,不然涨得难受。读来觉得朱先生真可爱。他的胃病持续了很多年。抗战中没有好的医疗条件,复员以后,似乎也没有认真地医治,也没有认真地休息。从最后几天日记中可以看到,他仍在读书写作,料理公事。日记忽然中断了。他再也不能写了。十天以后,他离去了。记得他去世前数日,父母到医院看望,也带着我。我站在母亲身后,朱先生低声问了一句:"你还写诗吗?"我嗫嚅着,不敢大声说话。他躺在那里,比平时更加瘦小,脸色几乎透明。那时我对死亡没有什么概念,只觉得父母亲的脸色都很严肃。五十余年过去了,我还记得那个院子和病榻上朱先生几乎透明的脸色。

1948年我到清华上学,那时常写一点小诗,都是偶感之类,不合潮流。一次曾随几个同学到朱先生家,同学们拿出自己的诗作请朱先生看,我也拿出一首凑热闹。朱先生认真看了,还说了几句话,可惜不记得说的什么了。

我上中学时,课本里有朱先生的文章,几十年以后的中学课本里还是有朱先生的文章。大家都记得《背影》《匆匆》,而且都会背,"燕子去了,有再来的时候;杨柳枯了,有再青的时候;桃花谢了,有再开的时候。但是,聪明的,你告诉我,我们的日子为什么一去不复返呢?"真的,我们的日子为什么一去不复返呢?这是我和我的同龄人常常发出的慨叹。一天,一位老友打电话,说他极想再读一读《匆匆》这篇文章,想着我这里总会有的,能否查一查。那时我查书比较方便,只需要和我的图书馆长说一声。文章找到了,我先在电话里念给老友听,念完了,我们都沉默了半晌。

时光如河水般地流去了,在荷塘月色中漫步的朱先生已化成一座塑像伫立在荷塘月色之中。老实说,现在经过修整的这座荷塘远不如旧时,那时颇有些荒凉的荷塘要自然得多,美得多。不过,朱先生的文字中凝聚着的美,那是朱先生的精魂,是不会改变的。

这部日记是朱先生之子乔森在化疗期间骑自行车送来的。读完全书,他已又住进医院。我说我要写一点感想,真写下来时,乔森已然作古。这一道门槛,是每个人都要跨越的。

朱先生并不需要我来为他添加什么,现在也不是某种纪念日,只是读过他的书和日记,我在心底升起一种情感,便写出来。

时间继续流逝,"去的尽管去了,来的尽管来着;去来的中间,又怎样地匆匆呢?"在这去来之间,在时间的匆匆里,有了多少变化,不能预防,不可改变。人,只有忍受。

聪明的,你告诉我,日子为什么一去不复返呢?

(刊发于 2004 年 9 月 9 日《人民日报》文艺副刊)

秋之声

从维熙

黄昏时分，上街散步，遇到一个肩挑蝈蝈笼子的老汉，串街走巷在叫卖蝈蝈。蝈蝈笼子是竹条编成的，有灯笼形，有菱角形，有喇叭形，有酒瓶形，这已然吸引了城市人目光的聚焦；加上笼子里此起彼伏的蝈蝈鸣叫声，顿时给京城送来了乡野的浓浓秋意。一群城市的娃儿，伸直脖子在好奇地围观，我则走上去买了两只提回家里，把灯笼形的蝈笼挂在了阳台上。

蝉鸣是苦夏的象征，蝈蝈是秋天的歌手——在窗外蝉鸣之声，流露出凄惶之时，蝈蝈以一曲曲高亢的秋歌，取代苦蝉单调的噪音，实在是一种享受。特别是今夏京城闷热如洗"桑拿"，它的歌声不仅给我带来秋声秋韵，还带来秋风秋雨——9月初旬，一场密集如网的雨丝，清洗过京城之后，汗迹斑斑的城市，仿佛升腾起生命的活力。我的童年是在冀东农村度过的，记忆中曾留下蝈蝈的鸣秋声声；因而我的认知中，蝈蝈是人类生活的知音，是秋天写意的自然画师。此时我将这个秋天的歌王，高悬于我的窗外，它的声声秋歌，能让我有一次童心之旅，让我在黄昏斜阳的年纪，回眸人生只有一次的童真，那是人生中难以寻觅到的一种痴醉。

记得，蝈蝈在万顷青纱中间，是最喜欢高粱地的。童年时的我，每到秋天来临之时，都要钻进红高粱地里，与小伙伴一起去逮铜镜蝈蝈。当时，因为个儿太矮，高粱秆子太高；而且蝈蝈都喜欢栖息在顶端红红的穗子上，我们只能靠摇动高粱秆子，把它摇晃下来，然后将其装进蝈蝈笼子。青绿的高粱叶片锋利如刀，当我们从高粱地里钻出来，赤裸的胳膊被划得一道道血迹，但听蝈蝈一叫，就好像贴上了止疼药似的，而把在高粱地里钻来钻去的艰辛忘得一干二净了。此外，还要拔来青草为它絮窝，摘来它爱吃的南瓜花供它食用，然后就躺在土炕上，静听它一曲曲"声声蛮"和"声声乐"的秋歌了。蝈蝈是个非常不错的歌手，不像夏天的苦蝉，吐出来的都是刺耳的噪音；它是喜剧演员，歌声不仅高昂而亢奋，而且底气足得一口气能唱上一袋烟的光景；因而家乡的女娃，给它起了个人性化的别名：哥哥。之所以如此，因为蝈蝈中的雄性，才具有吟唱的生理本能；但东北民俗中流传，满人中"格格"之得名，来源于蝈蝈的歌，这是否意味着那些公主，都崇尚男性的阳刚？抑或是家族老人，希望公主能够找一个充满血性的阳刚男儿，一同走过漫长的人生？

不知道。

我把这一对来自乡野的青绿色的尤物，挂在了阳台之角。白天打开电脑行文时，它为我手指在键盘上的舞蹈伴奏；夜晚它不知疲惫的歌声，进入我的梦乡。有一天，高悬于天空的一轮秋月，把清冷的月光洒进我的床前，正当我入梦之际，那两只蝈蝈忽然停止了歌唱。我觉得有点怪异，因为白天散步时我特意到菜市买来毛豆、胡萝卜和南瓜花，为它提供了美食，此时月光如水，正是它俩大展歌喉的时候，何以会一齐哑了嗓子？我走到阳台一看，吓了我一跳——一只毛色黑白相间的家猫，不知何时从开着的窗子，跃上了我家的阳台，它两眼闪烁出绿色的幽光，一动不动地盯着悬于空中的那只蝈蝈笼子。我走出来，那只野猫虽然立刻跑了，我还是摘下笼子，以示对它们受惊后的安慰。

但是当我回到床上以后，它们像是被惊吓住了似的，再也不开口吟唱这秋天的银色月光了。这个场景，让我顿时想起了一件几乎被岁月遗忘了的遥远往事：上个世纪饥饿的六十年代初期，我正在海滨一个劳改队接受惩罚性的劳役，那儿是一片湿地，因而到了秋天高粱红了之后，蝈蝈不知人间的饥饿，便在青纱帐里，撒欢地叫个不停。这真是绿色天使们的厄运到了，囚徒们循声而去，先脱下脚上的鞋，用鞋底子搓高粱穗子，把搓下来的高粱粒当充饥的主食；把那些大肚子蝈蝈逮着，当成副食一块吞下肚子。那是十分原始并非常惨烈的生存镜头。一些耐不住饥饿的大肚汉，把蝈蝈的翅膀揪下来，再把带刺的腿拔下来，然后便将整个蝈蝈塞进嘴里，囫囵个儿吃下去。在那些年头里，我觉得蝈蝈的叫声和饥饿的劳改犯呻吟合二为一，音符里似乎死了"声声蛮"和"声声乐"的豪气，而变成"声声哀"和"声声怨"的一曲曲哀鸣了。在社会不同层次的群落中，也许只有经历我这样的"马拉松"式的苦难部族，才能从它们的歌声中，倾听到大自然之外的另一种人生旋律。

蝈蝈终于又开始歌唱了。由于我记起了历史的昨天之故，辗转反侧，久久难以成眠。我想：我能活到人生四季中的秋季，实属是不幸群落中的一个幸运儿，多少与我同命运的同类，生命都在苦难中化为宇宙之间的灰尘了，而我却能在银色的月光下，像我的童年时光那样，倾听来自大自然的秋声，简直是一种超期服役的可贵享受。不是吗？记得，在中央电视台《夕阳红》的节目序曲中，形神若同老顽童的歌词作家乔羽，曾写下如是的歌词：

  夕阳是迟来的爱，
  夕阳是未了的情。

  蝈蝈虽然不知人间事，听不懂这支歌儿的含意，但它是痴迷于秋天的歌手，在秋风叶落中夕阳唱晚，撩逗起人生悲欢离合的回忆和对明天深远的情思……

（刊发于 2004 年 11 月 4 日《人民日报》文艺副刊）

暖冬与寒冬

何 申

尽管气象专家一再坚持今冬是暖冬,但从各地商场冬装热销以及经营者的笑脸上看,起码天气的实际情况与专家的预测有一定的距离。话说回来,其实当今冬季的暖与冷对人们生活已无太大影响。可在我们年轻时,那却是个极大的难题。

二十年前塞北的冬天显得格外漫长难熬。热河城的老房年久失修,很难抵御呼啸的寒风。我住单位家属院平房,倒是新盖的,但隔着瓦能看见星星。因此,过冬前除了要备足煤柴,甚至还要从生存空间想一些办法,比如在大屋里再隔出个小屋,里面垒个小炕,晚间一家三口就躲进去,以使那点热量能集中使用。当时我最发愁的是鼓捣炉子,数个寒冬,我记得很清楚,只有一夜把地炉子压住了。其余就是天天掏炉灰生炉子,生炉子掏炉灰。整个一个冬季,不光我,好像男同事的手总是黑着,脸上则挂着灰。有一天我上了讲台,有个熟悉的学员冲我指脸,我忙掏手帕,幸亏看一眼没擦,掏出来的是孩子丢在托儿所的袜子。没法,索性猛擦黑板,让脸上落些白粉。那时星期天也难休息,只要单位不开会,在家除了洗衣服就是劈柴砸煤。也不能怪我笨,还是煤不好。好煤烧成灰,赖煤变成石,那煤是进去多少,拉出多少。春天到了,院里堆出小山,看看小草发芽,长叹一口气,说这一冬是怎么熬过来的呀。不过大家都这么熬,再加上年轻,又下过乡,也就不觉得苦。但心中还是希望冬天别那么冷,咱又不卖炭,没必要"可怜身上衣正单,心忧炭贱愿天寒"。

突然有一年到了腊月中旬天气变暖,山庄湖冰开化,阳坡的什么树要发芽。刚说这天头可不错呀,忽然有人上班来就大叫不好,原来他千辛万苦搞来的年货中的精华——肉和鱼都化了。众人回家一看,亦纷纷叫苦不迭。须知那年月物资都匮乏,弄点年货不大容易。而一年到头孝敬老人关爱妻小答谢亲朋，又都要集中表现在过年的几顿饭上。没有冰箱，北方人又不习惯做腊肉咸鱼，一着急只好趁着还没变味儿赶紧吃。那几天我们科室同事相互争请，把谁排后面都不愿意，支部书记说还是党员带头吧，结果轮到书记家那顿饭味道就有些不大对头，全靠葱姜蒜胡椒粉遮着，转天就有俩肠胃功能差的请假不上班了。更气人的是，到了大年三十，天又大冷了，冻得邦邦的，可除了白菜土豆，却又没什么可冻的了。还好，妻子有心计腌了块咸肉，剁成馅照样包饺子，也欢欢喜喜过了个年。

　　说改革开放二十多年的变化似沧海桑田，实不为过。方今给小孩子讲这些，他们不理解甚至不信。大城市不必言，就我所在的这小山城，全城集中供暖，孩子们就不明白烟囱炉子为何物。今冬因为一开始讲暖冬，年轻人便做好打算要俏上一冬，买薄冬衣单皮靴。连我这半大老头也赶时髦，买了件新样式棉上衣，不料来了一场雪，薄的不行了，逼得大家又买半厚。结果半厚的也不行了，又买最厚的。这让那些个商家乐得，直说老天爷真是好样的，帮着把压了好几年的冬装全给卖了，还得赶紧进货。其实，谁家都有冬衣，都只为生活好，心气高，年轻人爱美，中年人怕老，老年人不服老，结果就纷纷争先着新装。我女儿今冬光长大衣就买了两件。邻居一女子的新冬装由白变红变黄最近又变黑了，据说黑色是最新流行色。她还谦虚地说冷得都不知道穿什么好了。我夫人看天气预报承德市区夜间零下二十多摄氏度，出去就买了一个厚被一个厚褥。不料暖气太热，睡到半夜我先跑了，后来她也热得受不了，嗖地把被子拽一边去了。

　　近日去乡下看"村村通"工程，天气着实冷，下车一小会就冻透了。但村民却乐得脸上发红，围着我们说个不停。原来，这项工程使许多偏远的村子都通了水泥路。虽然修路款国家补一半，另一半需乡村自筹，但村民们深明道路的重要，都争着抢着集资要把自己这段修上。修得早的，秋果下来时就用上了。如今不光孩子上学骑车方便，连娶媳妇的小车队，也风风光光地开进深山沟。看了村村通，我们又看了建设中的京承高速路，当走进从万里长城身下穿过的隧道，又看了一座座横跨山谷间的高桥，再听到未来从承德到北京只需一个半钟头，在回来的车上，大家兴奋得直喊热，让司机把空调关了。你说，这叫暖冬还是寒冬？忽然就想起一句歌词："这就是爱，说也说不清楚。"没错，只要国家富强了，人民生活水平提高了，甭管是暖冬还是寒冬，我们都爱！

（刊发于2005年2月8日《人民日报》文艺副刊）

三线老屋

张　炜

现在的年轻人已经没有多少知道什么是"三线"了。我也难以准确地解释，只知道这是三十年前那段特殊时期的产物，是修在山地或偏远地区的一些重要工程，它们可能会应付一些不时之需，也许关系到未来的国计民生。几十年过去，时局形势以及思想都松弛下来，这些工程也就没有了用场，再加上管理和维护费用巨大，所以如今大部放弃不用，呈现半废状态。

然而那是多少人的血汗，并且是智慧的结晶，力量和意志的结晶。有些工程极其完美，至今让人叹为观止。还由于当年的选址都是荒远僻静之地，所以今天看往往免不了山清水秀。我在城东的山隙里就找到了这样一处不小规模的建筑，它在一个山谷中开垦整理出一处大大的院落，盖了一大排宽敞结实的房子，院子里还有三个大水池，其中的一个有标准的游泳池那么大。如今这一切都被一扇大铁门给锁在里面，当然是荒废不用，所以空地上已是丛林茂密，一片蓊郁，合抱粗的梧桐和苦楝树槐树榆树不少于二十株。更壮观的是四周山坡上的大树，它们呈合围之势挤向这个山谷中的院落，看去就像齐心守护一个山里的珍奇一样。这里一片沉寂，只有几条铺得极为讲究的甬道在诉说当年的繁华。我一直搞不明白的是那几个奢侈的大水池，它们是真的泳池还是养鱼池、防火水池？都不像。

这是我在山里游荡时的发现。从此我不再忘记，并且时不时地就要转到那儿，从山坡，从大门，从不同的角度去看它。无论是择址还是建筑，它都是一个了不起的山中杰作。有一条弯曲的道路通向山外，现在大部都被葛藤覆盖，就像一场绿雪封了山路一样。这里可能已被遗忘，尽管它无论从哪个角度看都称得上是一笔了不起的财富。我当时就在心里想象，一个人如果得以在此安居，哪怕仅仅是短期的借住或一段时间的滞留，那都将是怎样的一份福气。当然，这又是一个现代人的梦想，它切近而又遥远，只是不近情理。

可是我开始把它挂在心上，常常为它的美丽惊叹，为它的闲置抱屈。是的，它这会儿只好在山中冷寂，因为它与灯红酒绿的现代城市显得太隔膜了。然而它毕竟近在咫尺，它真正安静的时间也许不会留下太多了，因为说不定什么时候有人就会把它记起，适时派上一个时髦的用场。我后来了解到它属于"三线"时期的一处工程，早在十几年前就放弃了，当年是一处特殊的电力设施，至今还归属电业系统。我多想躲到这个闲置的地方，如果如愿，将获得一段多么好的工作时间和工作环境。从此我的心里就有了一个放不下的念头。

我于是想努力争取一下。结果当然是颇费周折。令我大喜过望的是，半年之后真的成功入住了。

一番折腾开始了，劳累然而超出了一般的快乐。我与几位朋友动手整过了年久失修的屋顶，挖出了大小水池中的淤泥和腐殖，又把院内的甬道清理出来，再从荒地上开出两块菜园。从入住大院的第一天开始，我们就没有间断地迎接起林中的野物，它们是拖着长尾的大鸟，窜来窜去的野兔，还有站在一角注视的草獾。野鸽子的声音就在头顶的大榆树上响起，它们与远处山隙传来的啼鸣呼叫应答。

一切都收拾停当，有了被褥和炊具之类，有了越冬的火炉，有了书籍和笔墨纸张。这里旷敞得可以住得下一个连队，于是几乎每个星期天都有一些朋友来到这里，他们总是携来一些吃物。大家都说，如果能在这儿安安稳稳住上一年，那真是值得庆幸的事了。是的，对于一个来自闹市的人来说，这里真是过于奢侈了。

可当时怎么也想不到的是，我竟然能够在此一住两年多。于是即便在很久以后，我都为曾经拥有这样的一段幸运时光而心怀感激，并一直记住了这种赐予。

山中的夜晚对我来说是不陌生的。然而这里空旷清寂得出奇，半夜时分总会有一声凄然长啼，让人分不清这是何方何兆。勤劳的野物整夜都在院里忙碌，它们掘土、寻索，从东到西，又从西到东地翻开一溜溜湿土。有时我睡不着，就在凌晨起来工作，遥对窗外的星星，陪伴屋外那些不眠的生灵。

菜地的南瓜和芹菜、萝卜都长势喜人，水池里的鱼也肥胖欢腾。鸡群待在院角的一片沙地上，它们总是在阳光下做着惬意的沙浴，并时不时把蛋下在粗砂粒上。我和朋友们点种的花脸豇豆大获丰收，芝麻和芋头也繁茂可期。春夏的布谷鸟一整夜深情长啼，勾起人的阵阵怀想再也不能止息。下半夜两三点钟动手煮一碗方便面即是美餐，它突然冒出的香味往往会让窗外的一些生灵屏息静气许久。

这就是难忘的两年，大山的恩惠默不做声。不止一次有人询问：这么久你到底去了哪里？出国了？我幸福无言。是的，凡是巨大的幸福，它的结果往往会带来长时间的沉默。

(刊发于2005年4月12日《人民日报》文艺副刊)

地质局长和一顶帐篷

梁晓声

二十五六年前,我曾改写过一部上下两集的电视剧本《荒原》,内容反映的是两名年轻的地质工作者艰苦的野外工作——它由中央电视台影视部直接组稿,形成初稿以后,请我再给"影视化"一下。导演叫黄群学,我的一位后来在广告拍摄业很有成就的朋友。而女主角,则是当年因主演电视连续剧《外来妹》而深受电视观众喜爱的陈小艺。

《荒原》是在甘肃省境内拍摄的。

剧名既然叫《荒原》,所选当然是很荒凉的外景地。它的拍摄,受到了从地质部到甘肃省地质局的热情支持。

地质局长专程从某驻扎野外的地质队赶回兰州会见了摄制组的主创人员,亲切地对他们说——你们就把地质局当成自己的家吧!遇到什么困难,只管开口。地质局能直接帮助你们解决的,我们义不容辞。不能直接帮助你们解决的,我们一定替你们尽力协调,争取顺利和方便。

这位地质局的局长,给摄制组的主创人员们留下了很深的印象。

导演黄群学在长途电话里向我大谈他们的好印象,而我忍不住问:"简短点儿,概括一下,那局长究竟是一个怎样的人?"

导演说:"真诚。一个真诚的人!还是一个特别注意细节的人。"

我在电话这一端笑了,说你的话像剧本台词啊!一个人真诚不真诚,不能仅凭初步印象得出结论;一个人是否特别注意细节,那也要由具体的例子来证明。

导演在电话那一端说:他们将需要向地质局租借的东西列了一份清单。那位局长当着他们的面让秘书立刻找出来,亲自过目。清单上所列的东西中,包括一台发报机、一套野外炊具、几身地质工作服、一盏马灯、地质劳动工具和一顶帐篷等。

局长边看边说：这些东西，都是我们地质局有的，完全可以无偿提供给同志们。省下点儿钱用在保证艺术质量方面，不是更好吗？为什么只列了一盏马灯呢？玻璃罩子的东西，一不小心就容易碰坏。一旦坏了，那不就得派人驱车赶回兰州来再取一盏吗？耽误时间、分散精力、浪费汽油，还会影响你们的拍摄情绪，是不是呢同志们？有备无患，我们为你们提供两盏灯吧。再为你们无偿提供柴油。你们只不过是拍电影，不是真正的野外驻扎，无须多少柴油燃料，对吧？至于发报机，就不必借用一台真正能用的了吧？我们为你们提供一台报废的行不行？反正你们也不是真的用来发报，是吧同志们？能用的万一搞的不能用了，不是就造成不必要的损失了吗？现在已经是11月份了，西部地区的野外很寒冷了。你们还要在野外的夜间拍摄，一顶单帐篷不行。帐篷也可以无偿借给你们，但应该改为一顶棉帐篷。你们在野外拍摄时冷了，可以在棉帐篷里暖和暖和嘛……

于是那位地质局的局长，亲自动笔，将他认为应该提供的东西，都一概批为无偿提供了。

一位在场的处长低声对局长说：后勤仓库里只剩一顶帐篷了，而且是崭新的，还没用过的——那样子，分明是有点儿舍不得。

局长沉吟片刻，以决定的口吻说："崭新的帐篷那也要有人来开始用它。就让摄制组的同志们成为开始用它的人们吧！"

…………

听了导演在电话那一端告诉的情况，我对甘肃省地质局的局长，也顿时心生出一片感激了。

之后，在整个野外拍摄过程中，那一顶由地质局长特批的崭新的棉帐篷，在西部地区的野外，确确实实起到了为摄制组遮挡寒冷保障温暖的不可替代的作用。

但也正是因为那一顶崭新的棉帐篷，导演黄群学受到了甘肃省地质局长的批评。而我，是间接受教育的人——剧中有一段很重要的情节，就是帐篷失火了，在夜里被烧成了一堆灰烬。制片人员的拍摄计划表考虑得很合理，安排那一场戏在最后一天夜里拍摄。拍毕，全组当夜返回兰州。

拍摄顺利，导演兴奋，全组愉快。

导演忍不住给局长拨通电话，预报讯息。

不料局长一听就急了，在电话里断然地说："那一顶帐篷绝对不允许烧掉！我想一定还有另外的办法可以避免一顶只不过才用了半个多月的帐篷被一把火烧掉。"

导演说那是根本没有别的办法可想的事。因为帐篷失火那一场戏，如果不拍，全剧在情节上就没法成立了。

导演还说："我们已经预留了一笔资金，足够补偿地质局一顶棉帐篷的损失。"

局长却说："不是钱不钱的问题，是另外的办法究竟想过没想过的问题。"

最后，局长紧急约见导演。

导演赶回兰州前，又与在北京的我通了一次电话，发愁地说："如果就是不允许烧帐篷，那可怎么办？那可怎么办？"

我说："我也没办法啊！那么现在你对这个人有何感想了呀？"

导演说："难以理解。说不定我此一去，就会因一顶帐篷和他闹僵了。反正帐篷是必须烧的，这一点我是没法不坚持到底的。"

然而，导演并没有和局长闹僵；他反而又一次被局长感动了。

局长对导演的态度依然真诚又亲切。

在局长简陋的办公室里，局长说出了如下一番话：我相信你们已经预留了一笔资金，足够补偿地质局的一顶新帐篷被一把火烧掉的损失。此前，我没看过剧本，替剧组预先考虑得不周到，使你们的拍摄遇到难题了，我向你们道歉。但是和你通话以后，我将剧本读了一遍。烧帐篷的情节不是发生在夜晚吗？既然是在夜晚，那么烧掉的究竟是一顶什么样的帐篷，其实从电视里是看不出来的。为什么不可以用一顶旧帐篷代替一顶新帐篷呢？

导演嘟哝：看不出来是看不出来，用一顶旧帐篷代替一顶新帐篷当然可以。但，临时上哪儿去找到一顶烧了也不至于令您心疼的旧帐篷？找到它需要多少天呢？我们剧组不能在野外干等着啊！……

局长说：放下你们的剧本，我就开始亲自打电话联系。现在，一顶一把火烧了也不至于让人心疼的旧帐篷已经找到了，就在离你们的外景地不远的一支地质队的仓库里。我嘱咐他们：将破了的地方尽快修补好，及时给你们摄制组送过去，保证不会耽误你们拍摄今天夜里的戏……

这是导演没有料到的，他怔怔地望着地质局长，一时不知说什么好。

局长又说出一番话是——我们地质工作者的职业性质决定了我们不是物质产品的直接生产者。我们在野外工作时，所用一切东西，无一不是别人生产出来的。他们保障了我们从事野外工作的必备条件，直接改善了我们所经常面临的艰苦环境，这就使我们对于一切物质产品养成了特别珍惜的习惯。

你们也可以想象,在野外,有时一根火柴,一节电池,一双鞋垫都是宝贵的。何况,我们是身在西部的地质工作者,西部的老百姓,太穷,太苦了啊!你们若烧掉一顶好端端的帐篷,跟直接烧钱有什么两样呢?那笔钱,等于是一户贫穷的西部人家一年的生活费还绰绰有余。这笔钱由你们节省下来了,不是可以在别的社会经济活动中起到更有意义和价值的作用吗?我们中国目前还是一个经济欠发达的国家。我们应该长期树立这样的一种意识——物质之物一旦成了生产品,那就一定要物尽其用。不要轻易一把火把它烧掉了。而我们中国人做事情,尤其是做文化之事的时候,能省一笔钱那就一定要省一笔钱。中国的文化之事,理应启示我们——对于中国,物质的浪费现象那无疑是罪过的……

当导演后来在电话里将地质局长的话复述给我听时,远在北京的我,握着话筒,心生出诸多感慨。

感慨之一那就是——中国委实需要一大批像那位地质局长一样的人民公仆。

这位当年的地质局长,便是我们国家一位令人尊敬的领导人……

(刊发于2006年5月9日《人民日报》文艺副刊)

怀念母亲

迟浩田

转眼我已年过古稀，真是时光如流水，母亲已离去38个年头了。这些年来，每当我一个人的时候，母亲的身影便时常萦绕在眼前。尤其过了75岁生日后，脑海中更是波涛起伏，思绪万千，思念母亲之情经常如潮奔涌，无休止地叩打着我记忆的闸门。

我出生在胶东一个贫穷落后的小山村。母亲一共生了11个孩子，其中4个夭折。我在男性中排行老三。家里人多物薄，我小时候的记忆就是穷，"家徒四壁"的矮屋和"糠菜半年粮"的日子。我家孩子那么多，一人一张嘴就是无底洞。父母每天日出而作，日落方息，只求能勉强糊住十余张嘴，就是最大的满足。母亲是位身材弱小的缠足妇女，没读过一天书。但母亲的的确确是我们家的顶梁柱。她就是凭着那双小脚、那副弱小的身躯和如柴的双手，跟父亲一起担负着繁重的农务劳作，还要整天为全家人的吃饭穿衣精打细算。为困苦的事情费尽心思，这就是母亲生活的全部内容。然而就在我长到7岁时，妈妈竟下定决心，把全家人召集在一起，宣布要送我去学堂念书。记得那次妈妈说："我想了想，只有念书，学到文化，才能改变咱们一辈子在地里刨食的命运。不念书就没有出路，一辈子让人家看不起。我看小三挺机灵的，是块当先生的料，让他去念书吧。"

后来，妈妈又专门叮嘱我："妈妈供你上学，就是希望你能做一个有出息、有志气的孩子，而不是像你爸、妈一样，一辈子都是睁眼瞎，累死累活连顿饱饭也吃不上。你上了学，一定得努力，争取多学点文化，长大了去当先生。"那时的我是懵懵懂懂，对妈妈的话理解并不深刻，就问妈妈为什么要让我当先生呢？妈妈充满憧憬地对我说："当先生好呀！先生不但是不干庄稼活的文化人，还能到各家去吃'派饭'，谁家上学一年轮上个一两次呢！能吃到一块咸鱼，一块饼子，有时候运气好，还能吃上个鸡大腿！"

在我的记忆中,那时家里一年到头糠菜为伴,吃的尽是谷糠、地瓜叶子,偶尔能吃上顿带点五谷杂粮的"干饭",那不是过年就是过节。在妈妈眼里,先生一年到头都有饭吃,先生了不起。这使妈妈羡慕先生,更希望我能当先生。正是在妈妈的坚持下,我离开了整天赤着脚、光着屁股在村头玩耍的小伙伴,背着妈妈用旧衣裳改做的小书包,迈进了学堂,迈向了从此改变我一生的一个全新的世界。

为了妈妈的笑容,我拼命吸吮知识的雨露。一份汗水,一份收获。每次的成绩都会让妈妈笑得像孩子一样开心。我让妈妈深信,这条路她为我选对了,一直走下去,我一定能当先生。在妈妈的支持下,我断断续续地读到高小。就在我继续求学信心百倍的时候,国家和民族的灾难现实改变了妈妈,也改变了我。但直至今日,尽管"当先生"早已不再是我的一个明确的追求目标,但因之而来自于妈妈的鞭策,却成了一直铭记我左右的警句,激励着我踏实做事,老实做人。

1941年的一天,日本鬼子"大扫荡"到我们那里。过去耀武扬威的国民党兵跑得不见踪影了。我们村子西边大庙,是八路军用土翻砂试制手榴弹、地雷的"兵工厂",被鬼子一把火烧成一片火海。乡亲们到处躲避。当时,妈妈什么东西也顾不上带,拉上我们几个孩子就往外跑。妈妈心惊胆战地喊着这个叫着那个,拽着我们的手拼命地跑,想尽快冲出鬼子的包围圈。一双小脚、几个孩子哪能跑得快?在村头的河畔遇上了鬼子,一拳把我打倒在地,用穿着铁掌皮鞋的脚把瘦小的妈妈踢到了沟里,也正是这一次,我们和妈妈第一次看到了真实的杀人场面,看到鬼子的野兽暴行。凶残的日军杀害了一个刚结婚不久的新郎,又在光天化日之下轮奸了新娘。目睹这惨不忍睹的一幕,我们感到妈妈那攥紧我们的双手在颤抖。乡亲们也都个个咬紧牙关,攥紧双拳,但也只能强压怒火,用仇恨的目光进行着无声的反抗,心灵挣扎在痛苦的无底深渊。

也正是这一次血的经历,震撼着妈妈那颗慈软的心,和家人商量后,妈妈毅然做出了送我当兵的决定。妈妈那天对我说:"小三,你要和二哥一样去当八路,不打走鬼子,日子没法过!"我听到这为之一震,在这战火愈演愈烈的时候,妈妈做出这样的决定,难道不怕我有个三长两短吗?是妈妈看到日军暴行后的一时冲动吗?不,不是的!妈妈是经过深思熟虑后的抉择,是妈妈又明白了一个道理。哪个妈妈不爱惜自己的儿子,她知道仅凭自己的儿子亦是沧海一粟,可是八路的队伍里不正是千千万万个母亲的孩子吗?她后来对我说:"我们祖祖辈辈在这里过安稳的日子,这些孬种、坏蛋为什么欺负我们这些老实巴交的老百姓?看来,光靠当一个先生,挣几顿饱饭,改变不了我们穷人的命运!"

几十年后每当想起妈妈从"好男不当兵"到送儿子当八路这一思想转变过程,总是感慨万千。作为一个目不识丁的农村妇女,妈妈的这一转变就她本人而言是再朴素不过了。她也许没有抗击外敌、翻身解放的智慧和胆略,当然那时更不会期盼儿子通过从军征战,走上仕途,成名成将。她的想法只是,当日本鬼子逼得我们一名普通百姓连成为一名"先生"、过上能吃顿饱饭的日子都不可能的时候,就只有去抗争,去反抗,去拿起枪打击敌人。从对鱼肉百姓的国民党军队的厌恶,到送又一个读过书的十几岁的儿子参加八路军,投身革命队伍,从与世无争到奋起抗日,妈妈以及千千万万的妈妈这一朴素转变中,又包含着怎样的伟大啊!

离开家后,我先是在县大队里当通信员、文书。因为我喜欢写写画画,穷人的孩子又不怕苦,所以部队领导对我印象都不错,很快推荐我到当时的"抗大"一分校学习。到达后,我被编入三支队教二团二大队9连,成了一名真正的"学兵"。连队在选人当机枪手时,我被看中,经过两个月的艰苦训练,考核成绩合格。在抗日战争最后一仗打响的时候,我在全连第一个报名参战。被批准后,我又被编到胶东主力团——13团,即后来的"济南第一团",在这支能打能拼的荣誉团队,从当文书,直到当团政委,这一干就是20年。"烽火连三月,家书抵万金",随部队南征北战,已几年没有与家里联系了。行军途中,战斗间隙,妈妈送我的那一幕时常浮现在我眼前。

1947年在孟良崮以北的南麻战役中,我的左小腿被打断了,由于失血过多,人近昏迷。在生死边缘的我,真想和小时候一样依偎在妈妈的怀里尽享幸福。这个时候外面谣言四起,传我已经牺牲了。转到莱阳后,巧遇邻村学友,我便迫不及待地让他给家里带了口信:"我还活着。"家人知道我没有死的确切消息后,妈妈并没有完全从担心中解脱出来,她老人家已知道从没离开过家的孩子,现在正忍受着战火摧残的痛苦,忍受着伤痛的煎熬。骄阳似火,再加上医疗条件有限,我的伤口逐渐恶化,化脓生蛆,恶臭难闻。在崎岖不平的小路上,我和一个腹部受伤的战友坐在一辆沂蒙老大爷推着的独轮车上,向战地医院赶。当时医疗条件极差,没有消炎药品,医生将热盐水晾一晾,用小扫帚蘸着盐水扫扫蛆,仔细清洗伤口时,就像用利刀在我身上割肉一样,豆粒大的汗珠落地有声。医生们在商议对我的治疗方案,南方口音我不全懂，大概是担心恶化到这样会造成破伤风，只见他们在我膝盖上方划了一个杠后，就把我推到开刀房。到了门口我才明白过来，是要截肢。我那股拗脾气一上来，什么都不顾，只顾死死用手把住门框，坚决不同意，并斩钉截铁地对他们说："要截腿，先截头，我还要打仗，我还要回前方，死也要死在战场上！"医生说我是条汉子，是硬骨头，就没有截肢。在医生的精心救护下，总算保住了我完整的身体，做完手术后我在想，可以上战场了，可以自己走回去见妈妈了。

我于1953年抗美援朝战争快结束时回国，并作为志愿军观礼代表团的一员，去首都参加了当年的"五一"劳动节观礼。不久，才回到了已阔别12年的家乡。听说我要回家的消息后，妈妈高兴得像换了个人似的，专门叮嘱几个儿女，把家里的几间老房子扫了又扫，又修又补，然后便是每天颠着一双小脚，早早就到村口看着，等着儿子归来。

一看见我，妈妈一句话不说上下打量着我，布满皱纹的脸上露出了可掬的笑容，无声胜有声！12年未见，这12年我在枪林弹雨中穿行，妈妈无时无刻不在提心吊胆中度过，再见到妈妈已是满头银丝，岁月的风霜刻满了脸庞。全家人相见兴奋不已，爸爸说："我们家从来没杀过老牛（指没做过坏良心的事），我儿子会平安归来的。"弟弟说："妈妈半夜睡觉都经常叫你的名字。"到家的当天晚上，妈妈在锅台上又熬又炒，亲手为凯旋的儿子做了满满一桌子好菜，其中还不忘了给我熬了一碗咸鱼，烙了一张金黄的玉米饼子。

吃过饭后，妈妈执意要给我洗洗脚。我理解妈妈的心思，顺从地按妈妈的意思，坐到了一把高椅上。我正准备脱掉鞋袜，老人执意不肯，她把我的两只脚全揽在怀里，放在膝盖上，细心地帮我脱鞋、脱袜，挽起裤脚，也就在那一刻，妈妈看到了我腿上的累累伤痕。妈妈吃惊地叫了一声，赶忙又抱紧了我的双腿，把裤筒挽了又挽，一双粗糙、长满老茧的手在疤痕处抚摸着、停留着、颤颤巍巍的。我感到有水滴掉到了我的双腿上，凉凉的，又重重的。我听到了妈妈极力控制又难以抑制的抽咽声，妈妈哭了，苍老而又瘦弱的肩头剧烈抖动着，银白的头发显得那么凌乱。

年轻时在地里刨食，吃糠咽菜的时候，妈妈没有哭过。含辛茹苦地把一大群孩子拉扯成人，妈妈没有哭过。面对日本鬼子的烧杀抢掳，妈妈有过愤怒和仇恨，但也未曾哭过。送儿子上战场，刚强的妈妈同样也没有哭。可今天，年迈的老人面对儿子的伤痕，她流泪了，而且哭得是那样的伤痛。那一刻，我忍不住也掉了泪。"醉卧沙场君莫笑，古来征战几人回"。想着与我一同征战南北的战友一个又一个地倒下去就再也没有起来，想着无数母亲已经失去了为征战回来的儿子再洗一次脚的享受，革命的成功，共和国的成立是多么的来之不易啊。我一边用手细心地为妈妈梳理着稀疏的银发，一边和老人讲着这个道理。年迈的妈妈听懂了儿子的话，不住地含泪点头，用她那颤颤巍巍的满是青筋的双手摸着儿子腿上的一处处伤痕，眼泪却仍旧不断线地涌出。

临走时，妈妈为我新做了一双土布鞋。我提出不让大家送了，自己一个人走就行了。可妈妈坚决不同意。她在我的搀扶下，送了一段又一段路，最后还是我硬阻止她老人家停住了步子。然而，走出好远，我一回头，再回头，妈妈瘦弱的身躯却一直伫立在村边石碾盘上，向我挥着手。就在这依依不舍中，我几步一回头地离开了妈妈，离开了家乡。

1968年10月，我在北京接到妈妈病危的电话。当时正是"文革"比较乱的时期，部队有任务不能请假，只好让11岁的儿子代我回去看望。我没有来得及赶回去，妈妈就离开了人世，儿子替我给妈妈送了终。及至我到家，妈妈已经下葬。儿子告诉我，奶奶临走的时候还问："三儿哪去了？"我顿时泪如泉涌。妈妈一生为我操碎了心，可我没有为妈妈做点什么，就连妈妈走的时候，也没能见她一面。看着地上的一堆黄土，想着操劳一生却没享一天福的妈妈，无尽愧疚都化成伤心的放声痛哭。

回顾她老人家的一生，可谓普普通通，平平凡凡，没有任何可以夸耀的地方，也没有任何可值得记载的历史。然而，在儿子的眼里，盛满的却是妈妈的伟大。妈妈是最无私的，为了孩子的成长，妈妈犹如一头躬耕乡田的老牛，从年轻力壮到岁月染白双鬓，妈妈像千千万万的妈妈一样，无怨无悔地付出着，透支着，流尽了汗水，淘尽了青春，皱纹布满了曾经年轻的脸，重担压弯了曾经挺拔的腰。孩子们一个个长大了，成家立业了，妈妈也老了。但老了的妈妈心中装满的，仍然是远行的孩子，哪怕是在临终前的一刻，她依然想着我。

妈妈没有文化，也不懂得什么大道理，但却懂得国家兴亡，匹夫有责。所以在国家危难之时，她能放弃自家利益，冲破封建思想的束缚，送两个爱子奔赴革命的最前方。妈妈是平凡的，是伟大的，是值得我们永远学习的。作为她的儿子，我引以为荣。

一个经过炮火硝烟洗礼，经过生与死考验的老兵，一个战争的幸存者，一个在妈妈百般呵护下成长起来的热血男儿，多年来，没有在妈妈的床前、膝下尽孝，这种愧疚是难以言表的。但几十年来我没有辜负妈妈对我的希望，为党、国家和人民尽了自己最大的努力，做了些工作。使自己能在忠孝的天平上寻求点平衡，这也算是对妈妈的养育之恩做点滴的报答吧！妈妈对我的教育和影响改变了我的一生。从妈妈最初对我的希望，到经过激烈地思想斗争后做出送儿参军的选择，以及多年后妈妈见到带有多处伤痛的儿子的悲与喜，这一切都淋漓尽致地透露着母亲的平凡、伟大与对我的无限疼爱。"树欲静而风不止，子欲养而亲不待"，这种爱只能化作永久的回忆和无尽的思念了。

不知道有过多少次，每当夜深人静时，妈妈那忙碌的身影、殷切的教诲，常常浮现在我眼前，一觉醒来总是老泪纵横。

妈妈，我永远想念您！

(刊发于2006年5月13日《人民日报》文艺副刊)

家乡耍活

郑彦英

耍活是陕西关中的方言。关中是我的家乡，家乡人把一切玩耍的活动都用这两个字表达了，就像城里人把一切游乐活动统称为娱乐一样。

童年时，我和小伙伴们的耍活大都是从玩土耍泥开始的。再长几岁，就会学着大人丢方。我19岁离开村庄的时候，是上世纪70年代初期，那时还不知道我们村里谁会下象棋，因为我从来没见人下过。到90年代初期，我应邀到西安电影制片厂写剧本，其间和西影厂编剧竹子去了一趟我的家乡，才知道村里已经下象棋成风了，而下得最好的，就是我的父亲，竹子就和我父亲在我家的院子门前摆开象棋盘下起来，竹子下棋的水平在西影厂也就一般，但和我父亲在一个小时内下了三盘，我父亲都输了，父亲深有感触地说，看来，下棋也有大学问！

有一句流传至全国的顺口溜："八百里秦川尘土飞扬，三千万老陕齐吼秦腔，吃一碗面条喜气洋洋，没有辣子嘟嘟囔囔。"我们老家人确实爱吼秦腔，我印象最深的是夏天打麦碾场的时候，大人们在大太阳底下，戴着草帽，牵着拉碌碡的牲口缰绳，一边扬着鞭子一边唱秦腔，往往是此伏彼起，有男的唱，也有女的唱，更有几人合唱的。那耀眼的阳光、流淌的汗水和高亢的秦腔合在一起，形成了麦场上令人难忘的情景。

我们村里唱秦腔唱得最好的是一个瞎子，他还会弹三弦，他一张口唱，其他人就立即闭了嘴。他天生一副好嗓子，提着三弦走村串巷，用乐器和嗓音挣钱挣物养家糊口。我们知道他方游回来的消息几乎都源于他喊他儿子犬的吃饭声，他站在自家院子里，大叫一声："犬"，周围几个村庄的人都知道他家开饭了。

改革开放后不久，村里通了电，有了脱粒机，打麦的场景从此消失了，也就没了秦腔，自然成了麦收时节乡村人很大的遗憾。

但是社会毕竟往前走着,新的耍活不断出现,比如有了电影,逢年过节,或者谁家有了红白喜事,就会请一场电影来,让一个村庄的人看。前几年我回家乡,父亲告诉我,如今看电影也很少了,因为每家都有电视机,在家里都把电影看了,还跑到外面弄啥?!

我知道父亲爱吼几声秦腔,就问父亲这几年有吼戏的场合没有,父亲笑笑说,过去大家在一块儿做活,说唱就唱起来了,有个互相比的心,如今单个做活办事,唱不起来。想想又说,有一次你弟开着拖拉机拉着我去赶集,路上高兴了,忍不住吼了两句秦腔,但吼了两句也就停了,一个人唱,寡气,没意思。

去年9月,和我一起上初中的一个同学来到郑州,他的儿子考上了郑州这边的大学。"你把书念成了,我没念成,我得让我儿子念成。"他这样说,话语中渗透着自豪和满足。我发现他的头发已经白了许多,胡子也没有刮,看上去很苍老,就问他家的经济情况,因为目前在我去过的一些农村,最穷的是两种家庭,一是家里有大病号,另一种是有孩子上大学。他低头一笑说紧是紧一些,但也不至于像我们小时候那样受穷,他说他家承包的土地全都栽了苹果树,每年能卖两万多块钱,而且不用交农业税了,供一个大学生没问题。这就让我放心了,中午请他喝酒。他酒量小,两杯酒下肚,脸就红了,指着自己的脸问我,"你看我像不像杜甫?"我一愣,心里想,你咋能像杜甫?嘴里说:"你比他胖。"他却说:"重要的不是形似,而是神似!"说着立起来,做了个捋胡子的姿势,并戏曲亮相一般地定住格:"这下你看像不?"我看着更不像,就笑起来。这一笑,他也笑了,坐下来说,"自古到今,咱那的人有了钱就置地盖房子娶媳妇。眼下呢,这些都不在话下了,村里一伙人就想在今冬把钱凑到一块儿,排个新秦腔,剧名叫《杜甫》。我就在争这个角儿呢!我把台词全部背过了,唱腔不但背过,而且琢磨着唱了不下50遍,应该说每一个唱腔都能达到西安来的导演的要求。我给你唱一段吧?"我连忙摆手,心里想这儿是饭店,不是乡村,能说唱就唱?嘴上却说:"你一准能唱好,你从小就嗓子好,凡是耍活你都比我强,来来碰杯。"

前几天郑州下大雨,他冒着雨来到我的办公室,我几乎没认出来,因为他的胡子垂到了胸口。他说这是为戏留的胡子,因为去年冬天他们的《杜甫》演得很成功,他现在一有时间,就琢磨《杜甫》的事,他是跟儿子一起来的,儿子去学校了,他来跟我商量《杜甫》。

"不是很成功吗?"我问。

"成功归成功。"他捋捋胡子说:"导演还是不满意,说我演的唱的都成,就是气质不成。我就是来请教你,咋个把气质弄成?"

我看着他,心想诗圣的气质是一般人能修炼出来的?但我不能给他泼冷水,毕竟,当普通农民都开始琢磨怎么弄成杜甫的气质时,他们的耍活就要成气候了。我把茶端到他面前:"不就是个耍活嘛,放开弄!"

(刊发于 2006 年 10 月 1 日《人民日报》文艺副刊)

长征：我的生命之歌

贺捷生

1935年11月19日，红二、六军团从湖南桑植县刘家坪出发长征。那时，我刚刚出生19天。

红二、六军团将要离开湘鄂西的行动，从九、十月份就开始准备了。我母亲蹇先任正怀着我临产在即。当时，父亲贺龙和任弼时、萧克、王震等军团领导人都在为母亲的临产而焦急万分。如果长征出发时母亲还没有分娩，那母亲就必须留下来。留下来，意味着什么呢？覆巢之下焉有完卵，敌人会用百倍的疯狂来报复，苏区将面临一场浩劫。因此，在前线指挥作战的父亲贺龙不断通过电报关切询问我母亲的信息。

部队出发的日期越来越近了，母亲更加焦急，她恨不得我快快出生。11月1日，照顾她的卫生员因事外出，屋里只剩下她一人的时候，我突然出世了。因为屋内无人，母亲只好自己用剪刀剪断脐带。当我来到人世发出第一声啼哭的时候，母亲笑了。因为我终于赶在长征之前出生，她可以随队长征了！父亲在前线听到我出生的消息，极为高兴。刚好前线打了大胜仗，真是喜上加喜。他风风火火地快马赶回洪家关的贺家老屋，一进房门就把正在熟睡的我抱了起来。我一下被他的胡须扎醒了，可能那时候的我，把他的爱当作对我的侵犯，哇哇地大哭起来。父亲喊着："哭吧！哭吧！我天天盼着听你这小毛毛的哭声呢！这一下可好了！你哭出来了！喊出来了！好哇！"

为了祝贺我的出生和刚刚取得的一场胜利，父亲、任弼时、关向应、萧克、王震等伯伯、叔叔一起喝起酒来。父亲说："小毛毛出生了，还没有起个名字呢？"

萧克说："小毛毛一出生部队就打胜仗，好兆头，就叫捷生吧。"

这就是我名字的由来。

我哭着来到了这个世界，可难为了戎马倥偬的母亲。部队长征在即，我这刚出生的婴儿是随行,还是忍痛割舍?父亲把一位最忠厚、最亲近的亲戚找来,对他说:"部队这次走得很远,要越过千山万水,越往前走,气候会越冷。毛毛刚刚出生,实在是没法带起走,留给你抚养,好吧?!"亲戚满口答应,说,回去找个奶妈,过两天来接。分手时,父亲还给了他一些钱,可是左等、右等,那位亲戚没来接。父亲着急了,亲自去登门拜访,却一头撞在门环上。邻居说,全家人几天前就都搬起走了。父亲当然明白人家有顾虑,也理解人家的顾虑。回来对母亲说:"他是怕我们连累他。"他沉默了一会又说:"这么亲近的亲戚都躲起走了,看来没人敢要这孩子。罢了,我们干革命,就是为了下一代,这孩子我们带走。只是你要多多辛苦些了。"这时候,我正在哭,母亲把我抱起说:"别哭了,再辛苦我也要把你这小毛毛带走。无论路有多远!无论……"

当时,部队为了长征,进行了轻装精简,把老弱病残人员都留了下来。我这个刚刚出生的婴儿能带吗?为此,红二、六军团总指挥部党委专门开会进行了一次研究,最后的决议是:先把娃娃带起走,路上遇到合适的人家再送人吧。母亲很伤心,她知道这个决议意味着随时都可能和自己的初生女儿生生别离。就这样我跟着红二、六军团长征了。为了照顾母亲和我,指挥部让我们随着军团的卫生部走,部长是贺彪。行军第一天,在乘船过一条河的时候,母亲要其他人先过,她抱着我在河边等。当贺彪划船来接妈妈和我时,突然敌机来了,在船的周围扔起了炸弹,船像一片树叶在波浪上摇晃,涌起的水柱几次都险些把船掀翻。

因为卫生部是行军队伍的后卫,母亲和我都休息不好。指挥部就让母亲和我跟先遣队走。每天行军时,母亲怕树枝划了我,就用布袋子兜着我,她把布袋挂在胸前,这样她可以时时照看着我。出生刚一个月的我,随着母亲行军时的摇晃,天上飞机的轰鸣,地上的枪炮声,就是在这种奇特的摇篮曲伴奏下活下来的!

母亲生下我就没奶,每到一个宿营地,她就抱着我四处找奶。我的哭声把老乡们都引来了,老乡见红军中还有婴儿,都感到稀奇。母亲就给他们讲革命道理,讲红军是穷人的队伍。那些正在喂奶的年轻妇女就把饥肠辘辘、大哭大叫的我抱进她们的怀里。可以说,长征二万五千里,有无数位妈妈给过我奶水。爸爸妈妈说我吃过千家奶,这是名副其实的千家奶啊!

那时怪不怪,父母和任弼时、萧克、王震、卢冬生、贺炳炎、贺彪这些叔叔、伯伯、阿姨们,对我的哭泣不仅不厌烦,反而都愿意听。一旦我不哭了，他们反倒担心。有一次，我病得很重，不吃不哭不睁眼，长征路上又没有药。当地老百姓告诉了妈妈一个偏方，用百年老灶的土和蛋清和泥糊在我的肚脐上。偏方还真管用，两三天不哭的我又哭起来，父母听到我的哭声才舒心地笑了。

父母盼我哭，可有时他们又怕我哭。每次过敌人封锁线时，母亲都用奶头堵住我的嘴。一次，急行军，母亲很紧张，紧紧地用奶头堵了我的嘴。当队伍冲过敌人封锁线后，母亲拉出奶头，我却没有声音，母亲以为我被奶头堵得没气了，仔细一看，我在母亲胸前的布兜里酣睡呢。

还有一次过敌人封锁线时，父亲把我放进他穿的羊皮大衣的怀里。他骑马冲过敌人封锁线后，却把我丢了，我的哭声让红军战士们发现了我，他们见我用军衣包着，猜想是红军的孩子，就抱着我行军，后来，辗转地把我送到父母手里。但这个故事父母都不承认，都说没把我丢过，而贺炳炎却一口咬定是真的。我想，这故事可能是真的，父母不想承认是觉得我这娃儿一出生就历经了世人都难以经受的磨难，他们不想让我知道得太多吧！

过雪山时，母亲背着我，当她千辛万苦翻过雪山之后，又听见我的哭声，她也激动得哭了。毛毛！小毛毛还活着啊！雪山没夺走你！我的命大啊！在那次，我15岁的舅舅蹇先超就牺牲在寒冷的雪山上。

过草地的时候，母亲把干粮分给了丢了干粮的女战士马忆湘（当时她才十二三岁），身为总指挥的父亲也断了粮，我饿得哇哇直哭。一个警卫员把干粮袋抖了一阵，抖出一小撮面粉，搅成糊糊，抹在我嘴里，我的哭声才慢慢地止住。

红二方面军团过草地时，由于行走在红四方面军的后面，野菜都被前面部队挖光了，许多人因为吃了不知名的野菜都中了毒。为此，父亲下令成立"试吃组"，成员都是共产党员。母亲就把试吃过的野菜，捣成菜泥喂我。野菜又苦又涩，我哭着不肯吃，一次次吐出来，母亲就一次次再喂。

长征路上，父母几次想把我送人，可我不断生病，他们见我病着，总也不忍心丢下，只好带着走。看来我是因祸得福呀！如果我是个健健康康的婴儿，我会流落在哪里呢？也许早已是长征路边上一小堆白骨了，真是难以设想。

我这个小毛毛跟着长征，可以说无时不牵动着大家的心。每到宿营时，大家都安排我和母亲住能遮风挡雨的房子。指战员经过我们居住的屋外，都要侧耳倾听，怕我没了声息。有一次我病得非常重，两三天没有哭声了，大家认为我真的活不下去了。陈希云找了块花布，递给我母亲说："娃儿走的时候用这块花布包着吧,她到底是个女孩。"

也许真的是我命大,三天后,我又哭了,我的哭声,使大家悬着的心都放下了。我又哭了!几乎给了全军一个惊奇。像传达一个总部的口令一样,队伍里都在传递着这句话:捷生又哭了!捷生又哭了!建国后,许多叔叔阿姨们都对我说:"长征路上,我们都愿听到你的哭声,你的哭声,就是平安,就是欣慰啊!就怕听不到你的哭声!"真荣幸!我的哭声在那条漫长的饥饿征途上,竟然成了一种象征,它象征着生命在继续,它象征着前途有光明,它象征着革命有希望。

红二、六军团长征到陕北后,我和母亲就住在延安。一天,林伯渠去看母亲,他见我又黄又瘦,还不会站立,连哭声都没气力,就对母亲说:"这娃儿一岁多了,哭得还不如猫的叫声大呢。"当天,他给母亲送来了一只羊腿。母亲就用搪瓷缸炖羊肉汤,喂我。慢慢地,我能站起来了。

1950年,当我在重庆和阔别多年的父亲重逢时,我已经是14岁的少女了。父亲拉着我的手说:"捷生啊,这么多年,我记住的,就是你的哭声……"

是的,我的长征,留下的是一路哭声,也是我的生命之歌。

(刊发于2006年10月10日《人民日报》文艺副刊)

胖瘦趣谈

阎 纲

我是瘦子,又属猴,端的瘦猴。

胖好,还是瘦好?我不知道,不过在人们为减肥而伤透脑筋的时候,我窃窃自喜。可是瘦猴一个,电线杆子一根,又自惭形秽。

萝卜青菜,各有所爱,"环肥燕瘦"!不论胖子、瘦子,都有可能变成美人。

赵飞燕,汉成帝皇后,体轻如燕,能歌善舞,可见相当瘦了;平帝即位,废为庶人,后来自杀。杨贵妃,体态丰腴,"可怜飞燕倚新妆",比赵飞燕还要美,深得玄宗宠爱;安禄山乱,咎在杨家,被士兵缢死在马嵬驿,比赵飞燕死得还惨。当然,历史上两位绝代佳人的死,和胖瘦没有关系。

胖子劲大能负重、会摔跤,瘦子灵活善弹跳、行如飞;胖子开朗有气势,瘦子变通讲韬略。也不尽然。

胖好,还是瘦好?要作具体分析。

从生理健康上讲,胖子膘厚耐寒,瘦子单薄耐热;胖子食大劲大,瘦子精干灵活;胖子脂肪过剩心脏负担沉重,瘦子缺肉少油五脏六腑下垂。可是,常言说得好:"有钱难买老来瘦",说明在保健问题上瘦人占了便宜。也不尽然。外国医生近年有言:瘦而老未必长寿。

从审美观感看,胖子富态,瘦子苗条;胖子有领导架势学者风度,瘦子有谋者的睿智灵活的作风;胖子大腹便便大班大款,瘦子风度翩翩飘飘欲仙;胖子气宇轩昂威风凛凛稳如泰山,瘦子轻巧利落风姿绰约卓尔不群。

胖瘦要适度,适度者美,所谓增之一分则太长太胖,减之一分则太短太瘦。但也难,肥瘦合体、身材匀称、宽窄轻重恰到好处者,天下少有,所以选美活动大行其道。降格以求,或者略胖、略瘦,或者丰满、清俊,像当年的郭启儒和侯宝林,像后来有些发福的孙毓敏和早就有些老俏的吴素秋。殷秀岑太胖，韩南根太瘦。帕瓦罗蒂奇胖但胖得敦实，马三立奇瘦却瘦得滑稽。

"心广体胖"之说似乎对于"抑瘦"论者有利，这是误会。"心广体胖"之"胖"，乃"安泰舒适"之谓也，与胖瘦不大沾边。

仅凭胖瘦很难构成人体综合美。

我是瘦人，74年来，一米七八的个头，体重却在60公斤上下浮动。李商隐说："瘦尽东阳姓沈人。"又强调说："余虽无东阳之才，而有东阳之瘦矣。"沈约也说他自己"革带常应移孔。"李、沈二师的尊容余不得见，但像我一样时不时地给皮带打眼儿却是有之，瘦子无疑。

我是瘦人，美不美暂且不论，起码，瘦没有亏待过我。干校期间，不管插秧、拉车、脱坯、盖房、挑大粪、人拉犁、人海战术，统统干得麻利。我们的假小子班长早就成了泥猴，也没有把我落下。改革开放，日新月异，我住上高楼大厦，有时停电，有时晚归，七十郎当，独上高楼，一十七层，不带喘气，非功夫也，老来瘦也。

我敢于追赶到站的汽车，敢跟小伙子拼骨头往车上死挤，结果，忘乎所以，左腿髌骨粉碎性骨折。但是，我不后悔，爱瘦不爱胖，爱轻捷不爱笨重，爱小目标不爱众目睽睽，爱轻装简服不爱花团锦簇。60多公斤一贯制我不嫌，挺不起西服打不紧领带拖不稳革履我不吝，只要运动来了顶得住地震来了跑得动瘦不干瘪瘦不卑贱就成。瘦了一辈子，瘦带给我的好处多于坏处。瘦比胖好，我于今不悔。

（刊发于2007年1月23日《人民日报》文艺副刊）

仙境般的丹巴藏寨

陈世旭

四川甘孜藏族自治州丹巴县的嘉绒藏区，据说是历史上神秘消亡的东女国，"嘉绒"即"女王的河谷"。这里依旧保留着许多女国文化遗风。比如，以女性为中心的婚姻形式和家庭组成，女子服饰传承的古典的"尚青"，至今还保存完好的女国时期古碉建筑以及作为女性生殖崇拜象征的碉房楼顶的"煨桑"塔，等等。

所有到过丹巴的人都会惊叹丹巴的"三绝"：甲居藏寨；碉楼群；美女。最让外部世界惊奇的是美女：一个只有7万人的县，竟有3000多女子在成都乃至京城从事歌舞演艺职业。多年来，学者们从神话、传说、民俗、历史、地理、生态、文化、现实各个方面进行了认真的探究，前提是：嘉绒是美人谷；结论是：嘉绒的确是美人谷。

嘉绒藏族自古至今崇拜墨尔多神山，"墨"在藏语中一般指女性，也就是说，墨尔多是女神山，是女权崇拜的象征。东女国是由女人全面管理的国家。直到今天，每年5月，人们都会在古寨碉下，为年满17岁的女孩举行盛大隆重的成人礼，全寨男女老幼献上哈达，载歌载舞。而男孩是没有这种待遇的。

从藏史《贤者喜宴》《西藏王臣记》《敦煌本吐蕃历史文书》可以查找到吐蕃以前子从母姓的历史记述。在西藏，喜马拉雅山诸峰全是女神，遍布藏区的大地之神十二丹玛也是女神。一首藏族民歌向春季女神发出了这样的请求："春季的庄稼女神啊／请赐给我们土水风火吧／我这藏红花呀／正要扎下根啦"。人们拜倒在女神足下，透露出藏民族对史前母系时代的集体追忆。这也让人对逝去不见踪影的"东女国"浮想联翩。

传说，许多年前，一只凤凰飞到墨尔多神山，化作万千迷人的美女，墨尔多神山下便成了美女如云的地方。传说，东女国女王爱泡温泉，爱吃温泉香熏的高山香梨，因此天姿国色，民间女子皆仿效，由是美女遍国中，以至因美色亡国。

我是将近傍晚来到大金川西岸上的甲居藏寨的，星罗棋布的藏房铺满了海拔两三千米的山坡。山脊三面悬空的巨石上矗立着碉楼，整座藏寨都处在它的威仪之下。触摸着它粗糙的肌肤，仿佛触摸一个久远的符号。神灵已经在雪山上生活了无数世纪，一个民族原始的思维构架倚山而立，暗示着时间的悠远。它们是生命和美丽的保佑者，一种执着的坚守，守望灵魂永恒的驿站。

仰慕已久的丹巴美女，花头帕，红长裙，古韵悠然，优雅端庄，一如从远古款款而来。风中飘动的鲜艳裙摆，如同对面绵延的山势此起彼伏；灿烂的微笑，被满山鲜嫩的黄栌和火爆的枫树所装饰。历史的流风遗韵与眼前的现实交织成迷幻的梦境。

埋藏得太久的美人谷，揭开羞涩的面纱，以娇艳的盛装，捧出撩人的风情，给世界一个惊艳的姿势。藏房的烟囱袅袅炊烟升起，寺庙苏醒的法号低沉而悠远，格桑花、羊角花烂漫开放，倾听背水女孩胸前清脆的铃铛。

美人谷，从禁锢的古堡吹奏世外的天音。山脚下翻腾的河水，看上去异常平静，流淌在太阳、月亮、白云、雪山、土地、青稞、劳作、酒碗以及睡梦中，只有仔细谛听，才能得到时间深处的消息。美人谷不是来自想象，而是时间与空间的某种神异的结合。美人谷蛰伏于雪山深处，延续着古老的民俗。地方政府兴建的盘山路，让世界走进了世外桃源。叠翠的山峦，湍急的河流，黑色的碉楼，洁白的藏房，头帕与长袖，藏戏与锅庄，演绎着嘉绒儿女仙境般的生活。

那个傍晚最让我动容的是晚饭时见到的那个端酥油茶的卓玛。在那间斑斓的藏房里，她带着幽谷的清香缓缓从客人身边走过，给所有人上过酥油茶，便静静地把铜壶搁在窗台，然后倚窗而立。窗外，刚回来的父亲和哥哥跑运输的小货车和摩托车在院子里闪闪发亮。坡下的房顶上，今夜就在藏房投宿的一帮外国游客兴高采烈地踱来踱去。

黄昏也寂静也灿烂也冷清也温暖，不知从哪里传来琴弦的拨动，弦韵为酥油茶的暖烟滋润。卓玛高高的鼻梁上的大大的眼睛迷离而潮湿，她的心一定在轻轻跳动，仿佛初恋的震颤从月色中传来，而情歌就在手上的铜壶里翻滚。柔润的小手无端拂拭已经铮亮的铜壶，似乎在翻阅渐渐成长的情怀。轮回重复的安宁与恬淡的岁月，填满了希望的华年。一行行来自远古的歌谣，一阵阵行云流水般涌进鼓胀的心房。

离开美人谷里的丹巴藏寨有些日子了，直到今天，我觉得自己依然留在那里，留在那个仙境里，沉醉在最初的花香泛滥的黄昏。我希望自己每天傍晚依然能够在那间斑斓的木屋里啜饮卓玛端来的酥油茶，然后看她在窗边默默地伫立，像飘在云朵上的一个遥远的花的剪影。

（刊发于2007年1月23日《人民日报》文艺副刊）

猜想井上靖的笔记本

铁 凝

2005年初秋的一天,我收到日本中国文化交流协会寄自东京的新一期《日中文化交流》会刊。时值抗日战争暨世界人民反法西斯战争胜利60周年之际,随刊寄来的还有一本关于日本著名作家井上靖文学生平的纪念册。册内有一张井上靖旧时的照片十分引人注意。照片上的井上靖30岁左右,站在一面表砖与卧砖混合垒起的高墙前,头戴顶部略窄的日军战斗帽,身穿配有帽兜的日军黄呢大衣。人虽然蓄着上髭,但面貌并不精神,眼部有些浮肿,那缩进宽而长的大衣袖子的双手似乎还加剧了他的寒冷感。照片下方注有拍摄时间:1937年11月25日,地点是石家庄野战预备医院。那么,以热爱中国历史文化而闻名,并大量取材中国历史进行创作的著名作家井上靖,原来曾是当年侵华日军的一员。这是我以前没有听说过的一个事实,也是很多喜欢井上靖的中国读者并不了解的一段历史。

井上靖(1907—1991)的名字在日本影响深远,在中国也拥有很多读者。特别当他写于1959年的历史小说《敦煌》在上世纪70年代被介绍到中国,他本人也自此连续访问中国27次之多。1980年,73岁高龄的井上靖,又应邀担任大型系列电视片《丝绸之路》的艺术顾问,与日本广播协会、中国中央电视台的摄制人员一起探访丝路古道,追寻历史足迹,实现了自己向世界观众介绍丝绸之路历史变迁的愿望。《敦煌》被德间康快拍成电影,在世界20多个国家放映,掀起了一阵"敦煌热"。无数观众从《敦煌》的故事中惊奇地注目中国西部,更有大批游人拿着井上靖的西域小说,走上去往敦煌的漫长征程。而他的一批以中国历史为线索创作的小说《天平之甍》《楼兰》《苍狼之争》《孔子》等,均获各种日本文学大奖。有评论家称,在日本近现代文学史上,像井上靖这样大量取材中国历史进行创作的作家,在世界文坛都是少见的。在这类艺术实践中,作家寄予了对人生对历史的独特思考,对中国史传文学的叙事模式亦有所秉承和借鉴。在涉及这种题材时严谨的治学态度亦深得史学家的称道。井上靖不仅是日本当代影响极大的著名作家、评论家和诗人，还是日中文化交流史和中国古代史研究家，日中友好社会活动家，曾任日本艺术院委员，日本文艺家协会理事长，日本近代文学馆名誉馆长以及日本笔会会长等，1980年起担任日本中国文化交流协会会长达10年，并被北京大学授予名誉博士称号……但是，在这里我要打住详述文学的井上靖，我想说的是，越是了解井上靖的文学地位和文学成就，便越是不由自主想到他那张摄于1937年的照片。

我无意用那张1937年的照片来抵消一位日本著名作家不可替代的文学史地位，也并不仅仅因为那张照片拍摄于我生活多年的城市石家庄，更使我有一种异样的情绪。我想探究的是，井上靖先生在1977年初次见到敦煌时曾经感叹说"我与中国太相通了"！他浓厚的中国情结使他把中国历史变成毕生的重要写作资源。那么他对1937年自己的那段中国经历有过讲述和记录吗？如果有，是以何种方式，又在哪里呢？我尽自己所能开始查阅资料，发现就我的目力所及，井上靖鲜有——或者从未有文字公开表述过1937年自己的那段经历。在他逝世后有关他的简历写至30年代中期时也很简单：1936年3月毕业于京都大学哲学科。8月，就职大阪每日新闻社编辑局学艺部《星期天每日》课。1937年8月，作为"中日战争"后备兵入伍。9月，编入名古屋第三师团野炮兵第三连队辎重兵中队，开往中国北部。11月，因脚气（软脚病）入石家庄野战医院治疗。1938年1月，返回日本内地后退役。从简历推算，井上靖作为"日中战争后备兵"在中国的时间是4个月，且是因病退役。4个月时间，他在石家庄都做了些什么呢？一个如此热爱中国、书写中国的作家该不会真的对那段历史采取虚无主义态度吧？我希望进一步了解，却暂时一无所获。

去年10月，我应邀在东京参加日中文化交流协会成立50周年庆祝活动，时间虽短，但内容丰富：演讲，论坛，和我所钦佩的日本电影导演讨论小说和电影，和普通市民听众对话，喜庆的酒会，欢宴。这是我第三次访问日本，与新朋老友的见面令人愉悦。日中文化交流协会现任会长辻井乔先生，理事长黑井千次先生，专务理事佐藤纯子女士，常任理事横川健先生和木村女士……他们是半个世纪风雨中既艰难又美好的日中友谊的推动者和见证人，是真正值得尊敬的两国间的民间文化大使，我定期收阅的《日中文化交流》便是他们的会刊。和他们的见面，使我又想到纪念册上井上靖那张旧时的照片,而井上靖是日中文交会曾经的会长。于是,在一个晚上和文交会几位老朋友聚会时,借着温热的清酒,我向坐在餐桌对面的佐藤纯子女士提起了那张照片。我的这个提及让一直开朗地笑着的佐藤女士立刻严肃起来,素有"豪饮"之称的她还放下了手中的酒杯。她直视着我的眼睛,目光里没有躲闪,使我预感到,她是那照片背后的故事的"知情人"。果然她对我说:"谢谢你提起这个话题。即使你不问,我也想寻找一个合适的时间告诉你的。特别还因为石家庄是你生活的城市。"

我由此知道了1937年井上靖的确在石家庄住过4个月。

据佐藤女士讲,1936年井上靖在日本被征兵入伍后,于1937年秋作为二等兵到达石家庄,在石家庄度过了不愉快的冬天。因为日本军队里的二等兵大多文化不高,所以被视为低等,标志之一就是可以遭受长官随意训斥并挨打。二等兵井上靖就经常遭长官训斥。这并非因为他文化不高——他在入伍前已经发表了戏剧剧本。他不受赏识是因为他动作的迟缓和精神的散漫。比如行军时常常掉队,又比如有一次他弄丢了枪上的刺刀。日本士兵被告知刺刀是天皇所赠,是不可以丢的,井上靖为此可能挨过打。很快他便患病——脚气病吧(但佐藤女士说是受伤),接着被送入日军在石家庄的野战预备医院治疗。那张照片应该就是在住院期间所拍。从作为背景的井上靖身后那面临时拼凑的高墙上看,这医院本身也是临时拼凑的。石家庄的医院没有治好井上靖的脚气,他又被转往天津的日本陆军医院。在天津的医院里,井上靖逐渐受人欢迎。因为他经常替周围的伤员写家信,并且在一次收听日本电台的广播中,意外地听到由他的作品改编的电影《明治之月》主题歌。这使他激动不已,可以猜测文学又一次固执地召唤了他,而他真的在不久之后就回到日本退役,此后终其一生从事写作。

我想,从某种意义上讲,井上靖可能是幸运的。假如我们设想1937年的井上靖是被迫入伍,他本人对那场侵略战争是消极的躲避态度,那么并不是每一个持这种态度的日本军人都能够从战场顺利逃脱。我曾经在上海档案馆读到过当年《申报》上的一则新闻:某日军士兵因厌恶在华作战,在中国北方某镇上的一口井边,当众脱光身上的军装,连同枪和子弹全部扔进井中,然后裸体扬长而去,立刻被他的长官当场击毙在街上。我于是又和佐藤女士展开探讨。我说,从井上靖先生的履历看,他父亲是一名少将衔的军医,井上靖的因病退役是否有父子间的默契并且靠了父亲的暗中活动呢?

佐藤女士婉转地否认了我的揣测,她说井上靖的父亲1931年已经退役。

当我问及佐藤女士她掌握的这些史实的来源时，佐藤女士说，是井上靖在世时讲给她和几个友人的。

那么他通常在什么情形下会讲起这些呢？

喝酒喝多的时候。佐藤女士告诉我。井上靖也是善饮之士吧，晚年的时候他经常会喝多酒，每逢喝多，他就会讲起1937年石家庄的那4个月。佐藤女士回忆说，有一次他讲到离开石家庄转往天津陆军医院时，他独自对着石家庄方向敬了一个礼说："石家庄人民，我对不起你们！"讲到这里佐藤女士突然哭了，她模仿井上靖敬礼的姿势，抬起右手放在额边，也对着我敬个礼说："当时他就是这样对中国的石家庄说对不起的。"

我无言以对，只是感受着佐藤女士那一瞬间代表着井上靖传递出的深远的愧疚，感受着佐藤女士的这个敬礼其实已远不是模仿，这里也有她本人心中的诚意。这时我想起井上靖80年代以来对中国频繁的访问，他又去过石家庄吗？我询问日本友人，得到的回答是否定的。佐藤女士告诉我，井上靖1937年之后从来没有再去过石家庄。记得80年代有一次她陪同井上靖在中国旅行，飞机临时降落在石家庄机场，她问他说您不想出去看看这个城市吗？井上靖摇头说"不"，他坚持不出机场。这件事留给佐藤深刻印象。

1937年石家庄的4个月，井上靖究竟还做了什么呢？他必须看见他从不愿看见的吧，他必须相信他从不敢相信的吧，或者，他也做过他最不愿做的……关于这些，他没有向包括佐藤女士在内的友人讲述，佐藤女士也向我证实了，井上靖的确没有关于这段经历的公开的文字。在井上靖的晚年，几位朋友只是不断听井上靖说，他有一个笔记本，记录了当时的一切。

作为一个写作的人，我深知笔记本对于有些作家的重要。即使在网络时代的今天，作家的纸质笔记本仍然有着某种古老而确凿的物质价值，更有着蕴含作家体温的可以触摸的精神线索。而井上靖那特殊的4个月经历使他的笔记本在我看来显得尤为重要。那么，它在哪儿呢？

佐藤女士告诉我，井上靖反复讲过的那个笔记本据说在他家人手中。但当他逝世后，文交会的友人询问那个笔记本的去向时，家人说已经找不到了。

在去年秋天和日本友人那晚的聚会上，我曾经提议文交会的朋友们设法再与井上靖先生的亲属联系，寻找他的那个笔记本，这原本也是佐藤女士他们的愿望。

今年适逢日中文化交流年，3月，佐藤女士一行访问北京时我们再次相遇。她主动向我提起井上靖的笔记本，遗憾的是，它确实不见了。

这个结果的确叫人遗憾，可这个结果，又仿佛是我早已料到的。我只是感叹，一位能够走火入魔地研究中国历史，并有能力以此为出发点挥洒才情，展开宏大叙事的文学大家，却最终无法面对自己那几个月的中国经历。而当我们不断猜想着井上靖那失踪的笔记本时，井上靖不也一直在猜想着世人吗，猜想当笔记本公开后世人将对他如何评价。相比之下，也许井上靖心灵的镣铐更加沉重。这是一个作家良知的尴尬，也是一个人永世的道德挣扎。由此我甚至可以开始新的揣测：那个笔记本，它当真存在过吗？也许作为一个作家的井上靖，只是假想着它应该存在吧；而作为当年日军一名辎重兵团的二等兵，它实在又"不便"存在。井上靖在晚年不断向友人的讲述，似乎也印证了这两者间激烈的冲突。我尝试着把他的讲述理解成避免灵魂爆炸的一种小心而又痛苦的释放。

在春意盎然的北京，我望着又一次相逢的佐藤女士和木村女士，望着总是温和微笑的横川健先生，他们是日本中国文化交流协会"元老级"人物，当他们还是青年和少女的时候就决定把一生奉献给推动日中友好的事业。如今他们已经进入"日历年龄"中的老年，但他们典雅、庄重的衣饰，乐观爽朗的谈吐，一丝不苟的敬业态度和对中国始终不渝的爱，总是令我肃然起敬。也因为日本中国文化交流协会在面对历史时勇敢和正义的作为，才使他们能够在井上靖的文学纪念册上刊印出他那张旧时的照片。我想，长眠地下的井上靖有知，也许会稍感灵魂的解脱。毕竟，他的友人们在他多年的口述中窥见了他的情感深处，最终代他公开了他始终犹豫着怯懦着无力公开的一段历史形象。

我不打算再去追问井上靖的笔记本，眼前只闪现着年轻的、眼睛浮肿的井上靖70年前面对石家庄这座城市的那个歉疚的敬礼。我更愿意相信，井上靖本人也已经用一生的时光，反省那几乎是永远无法告之于人的4个月，并且用他的文学他的影响力呼吁和实践着日本中国世代友好，直至生命的最后一息。

（刊发于2007年6月12日《人民日报》文艺副刊）

母 亲

莫 言

我出生于山东省高密县一个偏僻落后的乡村。5岁的时候,正是中国历史上一个艰难的岁月。生活留给我最初的记忆是母亲坐在一棵白花盛开的梨树下,用一根洗衣用的紫红色的棒槌,在一块白色的石头上,捶打野菜的情景。绿色的汁液流到地上,溅到母亲的胸前,空气中弥漫着野菜汁液苦涩的气味。那棒槌敲打野菜发出的声音,沉闷而潮湿,让我的心感到一阵阵地紧缩。

这是一个有声音、有颜色、有气味的画面,是我人生记忆的起点,也是我文学道路的起点。我用耳朵、鼻子、眼睛、身体来把握生活,来感受事物。储存在我脑海里的记忆,都是这样的有声音、有颜色、有气味、有形状的立体记忆,活生生的综合性形象。这种感受生活和记忆事物的方式,在某种程度上决定了我小说的面貌和特质。这个记忆的画面中更让我难以忘却的是,愁容满面的母亲,在辛苦地劳作时,嘴里竟然哼唱着一支小曲!当时,在我们这个人口众多的大家庭中,劳作最辛苦的是母亲,饥饿最严重的也是母亲。她一边捶打野菜一边哭泣才符合常理,但她不是哭泣而是歌唱,这一细节,直到今天,我也不能很好地理解它所包含的意义。

我母亲没读过书,不认识文字,她一生中遭受的苦难,真是难以尽述。战争、饥饿、疾病,在那样的苦难中,是什么样的力量支撑她活下来,是什么样的力量使她在饥肠辘辘、疾病缠身时还能歌唱?我在母亲生前,一直想跟她谈谈这个问题,但每次我都感到没有资格向母亲提问。有一段时间,村子里连续自杀了几个女人,我莫名其妙地感到了一种巨大的恐惧。那时候我们家正是最艰难的时刻,父亲被人诬陷,家里存粮无多,母亲旧病复发,无钱医治。我总是担心母亲走上自寻短见的绝路。每当我下工归来时,一进门就要大声喊叫,只有听到母亲的回答时,心中才感到一块石头落了地。有一次下工回来已是傍晚,母亲没有回答我的呼喊,我急忙跑到牛栏、磨房、厕所里去寻找，都没有母亲的踪影。我感到最可怕的事情发生了，不由地大声哭起来。这时，母亲从外边走了进来。母亲对我的哭泣非常不满，她认为一个人尤其是男人不应该随便哭泣。她追问我为什么哭。我含糊其词，不敢对她说出我的担忧。母亲理解了我的意思，她对我说：孩子，放心吧，阎王爷不叫我是不会去的！

母亲的话虽然腔调不高，但使我陡然获得了一种安全感和对于未来的希望。多少年后，当我回忆起母亲这句话时，心中更是充满了感动，这是一个母亲对她的忧心忡忡的儿子做出的庄严承诺。活下去，无论多么艰难也要活下去！现在，尽管母亲已经被阎王爷叫去了，但母亲这句话里所包含着的面对苦难挣扎着活下去的勇气，将永远伴随着我，激励着我。

我曾经从电视上看到过一个让我终生难忘的画面：以色列重炮轰击贝鲁特后，滚滚的硝烟尚未散去，一个面容憔悴、身上沾满泥土的老太太便从屋子里搬出一个小箱子，箱子里盛着几根碧绿的黄瓜和几根碧绿的芹菜。她站在路边叫卖蔬菜。当记者把摄像机对准她时，她高高地举起拳头，嗓音嘶哑但异常坚定地说：我们世世代代生活在这块土地上，即使吃这里的沙土，我们也能活下去！

老太太的话让我感到惊心动魄，女人、母亲、土地、生命，这些伟大的概念在我脑海中翻腾着，使我感到了一种不可消灭的精神力量，这种即使吃着沙土也要活下去的信念，正是人类历尽劫难而生生不息的根本保证。这种对生命的珍惜和尊重，也正是文学的灵魂。

在那些饥饿的岁月里，我看到了许多因为饥饿而丧失了人格尊严的情景，譬如为了得到一块豆饼，一群孩子围着村里的粮食保管员学狗叫。保管员说，谁学得最像，豆饼就赏赐给谁。我也是那些学狗叫的孩子中的一个。大家都学得很像。保管员便把那块豆饼远远地掷了出去，孩子们蜂拥而上抢夺那块豆饼。这情景被我父亲看到眼里。回家后，父亲严厉地批评了我。爷爷也严厉地批评了我。爷爷对我说：嘴巴就是一个过道，无论是山珍海味，还是草根树皮，吃到肚子里都是一样的，何必为了一块豆饼而学狗叫呢？人应该有骨气！他们的话，当时并不能说服我，因为我知道山珍海味和草根树皮吃到肚子里并不一样！但我也感到了他们的话里有一种尊严，这是人的尊严，也是人的风度。人，不能像狗一样活着。

我的母亲教育我，人要忍受苦难，不屈不挠地活下去；我的父亲和爷爷又教育我人要有尊严地活着。他们的教育，尽管我当时并不能很好地理解，但也使我获得了一种面临重大事件时做出判断的价值标准。

饥饿的岁月使我体验和洞察了人性的复杂和单纯，使我认识到了人性的最低标准，使我看透了人的本质的某些方面，许多年后，当我拿起笔来写作的时候，这些体验，就成了我的宝贵资源，我的小说里之所以有那么多严酷的现实描写和对人性的黑暗毫不留情的剖析，是与过去的生活经验密不可分的。当然，在揭示社会黑暗和剖析人性残忍时，我也没有忘记人性中高贵的有尊严的一面，因为我的父母、祖父母和许多像他们一样的人，为我树立了光辉的榜样。这些普通人身上的宝贵品质，是一个民族能够在苦难中不堕落的根本保障。

（刊发于2008年1月14日《人民日报》文艺副刊）

托翁的动手能力（外一章）

蒋子龙

一个谈笑风生的场合，有人话赶话地调侃托尔斯泰：你除去会写小说还能干什么？

当时在场的人都觉得这句玩笑话说得有点过分，而且也不是事实。大家都知道偌大一个雅司纳亚·波良纳庄园里的每一项农活，托尔斯泰都能拿得起来，不然他怎么管理近百名农奴，并为他们指派活计？俄国绘画大师列宾曾画过一幅闻名世界的《托翁犁地》的油画，列宾为这幅画准备了3个月，每天躲在一条壕沟里，靠沟沿上的灌木遮挡着偷看托尔斯泰犁地。因为托翁不喜欢别人为他画像。

托尔斯泰一向都教导家人自己的生活自己打理，凡是自己能干的都要自己动手，他每天早晨都要自己拖着雪橇为楼里送水。他家的桌布、沙发垫也是他同为贵族出身的妻子索菲娅·安德烈耶芙娜亲手织的。托尔斯泰还曾经是一名出色的军官，指挥一个连队"英勇地参加了塞纳斯托尔保卫战，并获得了四级安娜勋章"，以及"1853—1856 战争纪念奖章"……

可当时已年近花甲的托尔斯泰，并没有对朋友的嘲讽还嘴，未吭一声地回到家里，回到家就忙起来了。他的"车间"紧挨着他的书房，当中一张大木台子上摆放着榔头、钳子、钢锯、锉刀等工具，墙上挂着干活时戴的围裙……他为回应朋友的调侃，亲手制作了一双漂亮而结实的高勒牛皮靴，郑重地送给了大女婿苏霍京。苏霍京哪舍得将老岳丈这么珍贵的礼物穿在脚上，便将皮靴摆上了书架。当时《托尔斯泰文集》已经出版了12卷，他给这双皮靴贴上标签："第十三卷"。此举在文化圈里立刻传为佳话，托翁知道后哈哈大笑，并说："那是我自己最喜欢的一卷。"

托翁乘兴又做了一双半高勒牛皮靴，送给了好友、诗人费特。费特灵机一动，当即付给托尔斯泰6卢布，并开了一张收据："《战争与和平》的作者列夫·尼古拉耶维奇·托尔斯泰伯爵，按鄙人订货，制成皮靴一双，厚底，矮跟，圆鞠。今年1月8日他将此靴送来我家，为此收到鄙人付费6卢布。从翌日起鄙人即开始穿用，足以说明此靴手工之佳。空口无凭，立字为证。1885年1月15日。"后面还有费特的亲笔签名，并加盖了印章。

手艺是精神的标记，行为体现了一个人的思想面貌。现代年轻人厌恶体力劳动，拒绝学习和掌握一门手艺，不管喜欢不喜欢读书，读得好和读不好书的人，都一窝蜂地往上大学一条道上挤，正应了俄罗斯的另一位大作家契诃夫的话："大学培养各种才能，包括愚蠢在内。"

而托尔斯泰，被誉为"全人类的骄傲"。他的全集出版了90卷，是"每一个作家必读的百科全书""文学艺术中的世界性学校"，其精神之丰富、深邃和博大，为世人所叹服。况且又是出身贵族，可以顺理成章地当个令现代人无比羡慕的"精神贵族"。

而最让托翁深恶痛绝的也正是这个。

列宁称"在这位伯爵以前的文学里，就没有一个真正的农民"。

他比国家废除农奴制早4年就解放了自己庄园里的农奴，还一直想把属于自己的土地转赠给农民，让自己的作品自由地无报偿地任由想出版它们的人去出版，为此不惜跟家人一次次闹僵。到82岁时还离家出走，想去当个农民，过一种自食其力的生活，在普通的劳动者中间度过残年。他到临死都信奉："劳动，只有在劳动中才包含着真正的幸福。"

有一次托翁路过码头，被一位贵妇人当做搬运工，叫过去扛箱子。他为贵妇人搬运完箱子还得到了5戈比的奖赏。这时码头上有人认出了托尔斯泰，许多人围过来向他问好，那位贵妇人无地自容，想讨回那让她含羞的5戈比，却被托尔斯泰拒绝了："这是我的劳动所得，我很看重这个钱，不在乎有多少。"

伟大的精神导致伟大的劳动，强有力的劳作培养强有力的精神，正如钻石研磨钻石。本是伟大作家的托尔斯泰，却用自己的一生证实：体力劳动是高贵而有益的。轻视体力劳动和手艺，只说明精神贫弱，思想空虚。

"托尔斯泰灯"

最早这是一盏大号的煤油灯，吊挂在图拉州托尔斯泰故居的屋顶上。灯罩巨大，比灯罩更大的是下方一张直径近两米的圆桌，桌面上等距离地立着十几块隔板，隔板直接与灯罩连接，均匀地平分了灯光。

——这就是矗立在19世纪俄罗斯文学高峰上的巨人列夫·托尔斯泰的发明。

孩子长到三四岁就要开始识字读书,怎样培养孩子阅读的习惯,并从阅读中发现快乐?当了父亲的托尔斯泰就构思这盏"连桌灯",或者叫"桌连灯"。最初这张大桌子上只有3块隔板,宽宽敞敞地坐着他们夫妇和一个孩子。后来他的夫人陆续地为他生下了13个孩子,其中有两个夭折,到最后这张大桌子上均匀地分布了13块隔板。

每到晚上,全家人必须都坐到这同一盏灯下开始阅读,可以读《圣经》,读课文或其它自己喜欢的书,找不到书读的孩子就得读托尔斯泰的手稿。教育的意义不全在内容,而是教育的手段。这捎带着也是一种测试,看哪些孩子或哪个年龄段的孩子,喜欢或不喜欢他的手稿,他的哪部小说的手稿受到了孩子们的欢迎,或者相反。

这一习惯一直延续下来,煤油灯曾改成汽油灯,再后来有了电,灯就更亮了。即使托尔斯泰不在家的时候,孩子围着他们的母亲阅读,父母都不在的时候自己读,他们"常常是充满期待地等着晚上的全家共同阅读"。

每个人心里都有一盏灯,人不是由于决心才有毅力,应该是由于习惯而有毅力。一个人的精神成长史,取决于他的阅读史。只有阅读能最有效地培养精神生活习惯,而好的习惯又培养性格,性格决定人生。教育孩子的目的就在于性格的培养。

这需要有"长性"。而托尔斯泰正好是个有"长性"的人,他从12岁开始写日记,直到82岁去世,没有一天中断过。他的后人因得益于他的教育,至今还兴旺发达地生活在俄罗斯和欧洲。

(刊发于2008年1月21日《人民日报》文艺副刊)

我的母亲河

赵丽宏

人们聚集在江河畔,靠水为生,以水为路。水的流淌,犹如生命繁衍和律动,水的波光,映照着人间哀乐疾苦。江河,犹如母亲哺养了城市。

上海有两条母亲河,一条是黄浦江,一条是苏州河。黄浦江雄浑宽阔,穿过城市,流向长江,汇入海洋,这是上海的象征。而苏州河,虽是黄浦江的一条支流,但她和上海的关系却似乎更为密切。她曲折蜿蜒地流过来,流过月光铺地的沉睡原野,流过炊烟缭绕的宁静乡村,流过兵荒马乱,流过饥馑贫困,流过晚霞和晨雾,流过渔灯和萤火,从荒凉缓缓流向繁华,从远古悠悠流到今天……

一百多年前,人们就在苏州河畔聚集、居住、谋生,大大小小的工厂作坊,犹如蘑菇,在河畔争先恐后滋生。苏州河就像流动的乳汁,滋润着两岸香烟旺盛的市民。在我童年的记忆中,苏州河是一条变幻不定的河。她清澈时,河水黄中泛青,看得见河里的水草,数得清浪中的游鱼。江南的柔美,江北的旷达,都在她沉着的涛声里交汇融和。这样的苏州河,犹如一匹绿色锦缎,飘拂缠绕在城市的胸脯。

我无法忘记苏州河给我的童年带来的快乐,我曾在苏州河里游泳,站在高高的桥头跳水,跳出了我的大胆无畏;投入无声的急流中游泳,游出了我的自信沉着。我还记得河上的樯桅和桨橹,船娘摇橹的姿态仪态万方,把艰辛的生计,美化成舞蹈和歌。我还记得离我家不远的苏州河桥头的"天后宫",一扇圆形的洞门里,隐藏着神秘,隐藏着往日的刀光剑影。据说那里曾是"小刀会"的指挥部,草莽英雄的故事,淹没了妖魔鬼怪的传说。我还记得河边的堆货场,那是孩子们的迷宫和堡垒,热闹紧张的"官兵捉强盗",将历史风云浓缩成了孩子的漫画。

少年时,我常常在苏州河畔散步。我曾经幻想自己变成了那些曾在这里名扬天下的海派画家，任伯年、虚谷、吴昌硕，和他们一样，踩着青草覆盖的小路，在鸟语花香中寻找诗情画意，用流动的河水洗笔，蘸涟涟清波研墨，绘树绘花，绘自由自在的鱼鸟，画山画河，画依山傍水的人物……然而幻想过去，眼帘中的现实，却是浊流汹涌，河上传来小火轮的喧哗，还有弥漫在空气里的腥浊……

苏州河哺养了上海人，而上海人却将大量污浊之物排入河道。我记忆中的苏州河，更多的是混浊。她的清澈，渐渐离人们远去，涨潮时偶尔的清澈，犹如昙花一现，越来越难得。苏州河退潮时，浑黄的河水便渐渐变色，最后竟变成了墨汁一般的黑色，散发着腥臭，污染了城市的空气。这条被污染的母亲河，就像一条不堪入目的黑腰带，束缚着上海，使这座东方的大都市为之失色。人们无休无止地吸吮她，没完没了地奴役她，却没有想到如何把她爱护。她的黑色浊浪，是上海脸上的污点。

我曾经以为，苏州河的清澈，将永难恢复。20年多前，我在一首诗中为母亲河哀叹，并一厢情愿地以苏州河的口吻，无奈地呐喊："把我填没吧，把我填没／我不愿意用甩不脱的污浊／破坏上海的容颜／我不愿意用扑不灭的腥臭／污染上海的天廓／哪怕，为我装上盖子／让我成为一条地下之河"。

20多年过去，再看我的这首诗，我发现，我的呐喊，可笑之极，我的悲观，幼稚而浅薄。苏州河没有被填没，也没有成为地下之河。这些年，我一直在各种传媒报道中看到关于苏州河改造的各种消息。我怀疑过，认为要使一条混浊的河流变清，谈何容易。然而为使被污染的苏州河重返清澈，上海人想尽了一切办法，疏清河道，切断污染源，改造两岸的环境。轻诺寡信的时代，早已过去，无数人在默默地为此行动。这些年，常常经过苏州河，河岸的变化很明显，破旧的棚屋早已不见踪影，河畔的垃圾码头和杂乱的吊车也已绝迹，河岸已经被改建成花园，绿荫夹道，草坪青翠，绿荫缝隙中水光斑斓。我甚至不知道，这些变化，发生在什么时候。这两年过端午节时，在电视上看到苏州河里举办龙舟竞赛，波光粼粼的河面上，鼓声震天，万桨挥动，两岸是欢声雷动的人群。电视里看不清河水的清澈度，但是给人的联想是：在一条污浊的河流中，怎么能举办这样有诗意的活动呢？

终于有了像童年时一样亲近苏州河的机会。前不久，上海举办一个讴歌母亲河的诗会，请我当评委。组织诗会的朋友说，请你从近处看看今天的苏州河吧。昔日的杂货堆场，成了一个现代化的游船码头，踏着木质的阶梯登上快艇，河上的风景扑面而来。先看水，水是黄色的，黄中泛绿，有透明度。

远处水面忽然溅起小小的浪花,浪花中银光一闪,竟然是鱼!没有看清楚是什么鱼,但却是活蹦乱跳的水中精灵。童年在河里游泳的景象,突然又浮现在眼前,40多年前,我在苏州河里游泳,常有小鱼撞击我的身体。现在,这些水中精灵又回来了。河道曲曲折折在闹市中蜿蜒穿行,两岸的新鲜风光,也使我惊奇。花圃和树林,为苏州河镶上了绿色花边。河畔那些不知何时造起来的楼房,高高低低,形形色色,在绿荫中争奇斗艳,它们成了上海人向往的住宅区,因为,有一条古老而年轻的河从它们中间静静流过。

生活中有一条江河多么好,没有江河,土地就会变成沙漠。江河里有清澈的流水多么好,江河污染,生活也会变得浑浊。苏州河,我亲爱的母亲河,我为她正在恢复青春的容颜而欣慰。一条污浊的河流重新恢复清澈,是一个梦想、一个童话,然而这却是发生在我故乡之城的真实故事。

一个能把梦想变成现实的时代,是令人神往的时代。

(刊发于2009年6月6日《人民日报》文艺副刊)

怀念丁聪

方 成

93岁的丁聪老大哥5月26日走了！不胜怀念。

丁聪就是很令人怀念，尤其是令漫画界和漫画爱好者们怀念的朋友。1946年我到上海从事漫画工作，他是我最早认识的老漫画家。他只长我两岁，可他在漫画界出道早，还是他和米谷、张文元的漫画把我从四川引到上海去画漫画的，在那里和他相识。后来我和他又同在香港、北京两地，60多年来，一直在艺术创作中共事与交往。我敬佩他的人品和他的艺术，从20年前我就开始写过文章向报刊广大读者介绍他和他的艺术，其中一篇题为《好人丁聪》。

谁和丁聪先生见过，就会感觉到他那平和的性格与对人友善的风度。他和夫人沈峻在一起时，向朋友介绍，昵称她"家长"。他走在哪里，这位家长也总在哪里。

漫画是画家们用作评议的画，又是用夸张技法画出，寓庄于谐，滑稽动人的。一般画法多偏于粗放，而丁聪画得十分精细。因为他随父亲从小就画，又勤作速写，即使在恶劣条件下也一样，画笔是不肯停的。他作画又极用心，凡白描、水彩，都是一笔一画，一丝不苟，处处精细，而且看来都带有漫画特色。漫画主要是为作社会评议的。在国民党统治下的旧时代，丁聪是位民主斗士，对那时存在种种反动和腐败现象进行尖刻的抨击。到现在，对仍存在的陈腐思想作风，依然加以讽刺。他精于作速写肖像，画得个个神似，也同样画得一丝不苟。社会生活丰富多彩，他所作那些描绘生活情趣的幽默画也极多。他为《读书》杂志每期作画，后来仍与作家陈四益不断合作，陈家评议的幽默诗文与丁家漫画相配合，更引读者瞩目。

丁聪生活上有他的爱好：爱吃肉，不爱水果蔬菜，鱼刺多他不爱。平时不爱动，体胖，可乌云黑发满头，行动稳健。我只听说他病过一回，就减肥了。

正直严肃的漫画艺术家，总是和人民大众立场一致的，也会是作为大众的代言人，为维护社会进步与大众权益说话，并为此而对反动势力进行斗争的。丁聪正是这样的艺术家。

丁聪先生以耄耋高龄逝世，虽是自然规律所致，难以违抗，但人们念及与他多年神交和友好之情，自然深为惋惜！

我深切怀念可敬可爱的丁聪大哥！

（刊发于2009年6月6日《人民日报》文艺副刊）

"奏捷之驿"

迟子建

40年前，母亲只有27岁。那时的母亲在我们小镇人的眼里，是个不会过日子的女人。因为每隔一两年，她就要领着孩子，回娘家去。旅行在那个年代，费钱又费时。由于交通工具的单一、稀缺，加上路况和天气等因素所造成的车船的运营时间的不确定性，从我们小镇到外婆所在的漠河乡，虽然不过300来公里的路程，可是一旦走起来，少则三四天，多则六七天，煞是曲折。做小学校长的父亲爱开玩笑，他将路途的艰难，算到地球身上去。说是人在一个球上走，这个球还转着，当然走着走着就要滑下来，哪儿那么容易到老家呢。我一想蚂蚁有时在圆石头上爬，也有栽跟头的时候，便觉得父亲说得在理。

母亲大约不太放心父亲吧，她回娘家，总是带上两个孩子，留一个在家中。弟弟年幼无知，每次都要被带走，而我和姐姐呢，轮流在家。我们的角色，跟密探差不多。记得40年前母亲回外婆家的那次，她出发的前夜，先是许诺回来时给我买件花衣裳，然后反复叮嘱我，让我晚上时跟着父亲，他去哪儿串门，我就去哪儿。我忠于职守，天一黑，父亲前脚出门，我后脚就跟上。我就像牧羊人一样，握着无形的鞭子，看着月亮升得高了，赶紧把父亲赶回老窝。这个时刻的父亲，只能乖顺地做我的羊。其实父亲对母亲是非常忠诚的，他每天总要念叨她几句，猜测母亲他们到没到，路上遇没遇见麻烦，到了又是怎样一番情形。由于我们小镇和漠河乡都不通电话电报，到的人无法报平安，所以这种牵肠挂肚的念叨，一直要持续到母亲风尘仆仆地返回。

从我们小镇去漠河乡，如果是夏天，通常是先坐长途客车，沿着坑坑洼洼的砂石路到三合站，然后再换乘轮船，逆水而上。如果是大轮船，到漠河乡的码头要航行三四天，小轮船呢，也得两三天。船长是一条船的皇帝，若是碰到性情随和而又富有浪漫情怀的人，除了规定的停靠站，中途若遇可人的风景了，比如说发现岸上有一片艳红的山丁子果，大家垂涎欲滴的，他就会让船停靠一刻，放下浮桥，让旅客下去采摘。当然，大多的船长是一丝不苟的。比如我6岁时跟着母亲和弟弟去外婆家，因为乘坐的大客车中途坏了，修车耗蚀了时间，客车到了三合站的码头时，船已开了。我们眼见着一条白轮船缓缓地离岸而去，母亲哭倒在沙滩上。因为这条船错过了，等下一趟，要三天以后。那一刻我恨那条船，为什么它就不能折回来接上我们呢？看来船不是风筝，说拉就能拉回来。我们滞留在一家大客店里，睡着分上下两层的光板通铺。这个意外无疑削弱了母亲并不丰裕的钱袋，她整天气咻咻的。我还记得她带了一罐豆腐乳，放在了上铺。住在下铺的我，常常趁母亲不备，小老鼠一样地爬上去，用手指头偷着抠腐乳吃。下一趟船终于等来了，那是我第一次乘船。由于船航行在中苏界河上，白天站在甲板的时候，常能看见被我们称为"江兔子"的苏联巡逻艇在江面上突突地跑。艇上那些大鼻子的巡逻兵，喜欢摘下帽子，朝我们挥舞，像嬉皮士。我喜欢看自己船上的船员站在船尾用挂网打鱼，喜欢看环绕着轮船左右翻飞的雪白的江鸥。当然，我也爱看火烧云，它们把西边天镶嵌成了一张又宽又长的年画，那么的鲜艳、热闹。等到船终于停靠在漠河乡的码头，母亲向前来接船的亲人委屈地哭诉着这一路的艰辛时，我撇着嘴，心想有什么好哭的，在三合站等船的日子，过得多有意思啊。

冬天封江了，船停了，母亲归乡的路，只赖汽车轮子了。汽车不像轮船坚如钢铁，它的轮子是凡身肉胎，说坏就坏。轮胎一旦破了，汽车抛锚了，罪也就跟着来了。因为汽车行驶时散发着热量，车内虽然不很温暖，但不至于把人冻着。可它一停下来，如同一个人挺了尸，立刻变得冰凉，我们只得下车，在冰河上奔跑，以免被冻伤。而冰河时常有大面积的冰包出现，这时汽车只能绕道而行。如果绕不好，汽车轮子轧到了苏联疆域，麻烦就大了，双方还得照会。所以开客车的师傅，在拣好路走的时候，还得留意着边界。

即便这样，那些年，无论冬夏，都没有阻断母亲回娘家的路。大概我十三四岁的时候吧，铁路开始往漠河延伸，有了火车，汽车和轮船就面临着退役了。火车是森林小火车，只有一列，每小时五六十公里的速度吧。它虽然逢站必停，还常常晚点，但坐火车稳当便捷，母亲再回家，就选择火车了。

如今从我们小镇到漠河乡，不仅有新修起的光滑如镜的水泥路，还有提速的火车。以前三四天的路程，现在半天就走下来了。前年漠河又开通了机场,从北京飞往那里,三个小时就够了。你想饱览北极风光,不过是一盘棋的工夫。

我还记得读大兴安岭师范时,每逢寒暑假,因为县城的火车站离我们小镇还有十几公里的路程,而那儿又不通汽车,我在返校时,常常要搭生产队进城的马车。由于火车是夜间的,而我往往中午或下午就到火车站了,所以候车室里,常常只有我一个人。坐困了,我也不敢睡,怕万一进来坏人,把我的包给偷了。因为旅行包里,装着书本、炒面和咸菜。那个年代,它们都是我的宝贝啊。

父亲 1986 年冬季在故乡突发脑溢血,由于没有及时找到车辆,他被送到城里的医院时,耽搁了近三个小时,错过了最佳抢救时机,终遭不治。那条十几公里的坎坷的故乡路,在我眼里就像一把长长的尖刀,深深地刺痛了我的心。我总想,如果换做今天,父亲肯定能逃过劫难。因为现在从县城通往那里的车辆,不计其数。

前年我在翻阅大兴安岭地方志的时候,看到一段有趣的史料,清军第一次雅克萨自卫反击战胜利后,有三个兵丁从雅克萨出发,飞马奏捷。他们 5 月 25 日出发,穿越我故乡的莽莽林海,直达关内,6 月 6 日巡幸在古北口外的康熙帝收到了此报。5000 余里的路程仅用了 11 天,堪称奇迹。从此后,这条驿路就被称为"奏捷之驿"。我在想,11 天,5000 里路,会留下了多少湿漉漉的马的蹄印呢?康熙帝大约不会想到,300 年后,这样的喜报,瞬息可闻。

但母亲还怀恋着她年轻时代的归乡路。去年冬天,她意外摔伤骨折,卧床养病的时候,有一天忽然惆怅地对我说,现在往漠河乡也不通船了,要不坐一趟船儿回去多好啊。我说乘船有什么好,跟牛车一样慢。母亲望着我,满怀忧伤地淡淡回了句:风凉啊。

(刊发于 2009 年 7 月 15 日《人民日报》文艺副刊)

学贯中西一寿翁

冯其庸

今天早上9时20分,我接到电话,说季羡林先生去世了。我当时直觉的反应是"不可能",一定是搞错了。我要他们核实,但5分钟后又来电话说核实过了,确是季羡林先生。这一下我几乎懵了。

我已经记不清是哪一年与季老有交往的了,反正几十年了,在我的脑子里都是一连串的往事:有一年我带着雕塑家纪峰到未名湖畔季老家里,告诉他这是青年雕塑家纪峰,来给你做一个像。季老只是微微点头,仍旧与我说话。在旁边的李玉洁老师却心里犯嘀咕,这么年轻的人,能行吗?这是她的心里话,没有说出来。我与季老随便说着,大约有半小时过去了,却见到纪峰手里一个活生生的季老的头像,季老说还没有看到他塑呢,怎么就出来了,真像啊!这时李老师就说出了上面这段心里话。然后说想不到真能,像极了,比以前别人塑的都好。之后,季老一连要纪峰为他做了三个像,一个是与真人一样大的坐在门外未名湖边的像,一个是比真人还要大一点的站像,我为这个站像题了一首诗,刻在像后,诗云:

学贯东西一寿翁,文章道德警顽聋。
昆仑北海漫相拟,毕竟何如此真龙。

隔了好几年,季老要我将此诗写成小幅,装在镜框里,这就是直到现在还放在他病房里的那首诗。

2005年9月中,我到医院看季老,告诉他人民大学创建了"国学院",要我回去任院长,我说我想在国学院里增设"西域历史语言研究所",从事中国西部文化历史语言民俗艺术方面的研究,其中特别是西域中古时期的多种语言,急需培养人才继承下去,以应国家将来不时之需,因为西部是西方敌对势力觊觎的地方，不会永久安静的，我们得有所准备。为此我写了一封信给胡总书记和温总理，我说希望季老能支持这件事，我们一起签名。季老说，这是他多年的愿望，但一直没有能实现。这时，李玉洁老师就说，那你就签名罢，不是现在有机会实现了吗。于是李老师就把我打印好的信放在季老的面前，季老大体看了一遍，就在信上签了名。等到李老师拿给我看时，却发现季老把名字签在我的后边，明明在我的名字前面空了很多，是留给他签名的，他却偏签在我的后面。我对季老说，这样不好罢。季老说，你是国学院院长，你带头，我支持你。

这封信是9月20日左右送上去的，9月24日我就到了乌鲁木齐，26日我与中央台的同志一起从米兰进入罗布泊去楼兰，10月1日，我们到达罗布泊，我在营帐里利用卫星电话给北京通话，家里告诉我，胡总书记和温总理已经批示了，并要求高教部和财政部大力支持，这样我们的"西域历史语言研究所"在党中央的大力支持下就正式成立了。我在大沙漠里停留了17天，历经罗布泊、楼兰、龙城、白龙堆、三陇沙直到进玉门关到敦煌，我此行的目的，是为了确证玄奘取经东归入长安前在西域的最后一段路程，是经罗布泊、楼兰然后入玉门关的。调查的结果是确证了这一点。回到北京后我急忙去看季老，把胡总书记、温总理的批示告诉了他，他也非常高兴。我还把我去罗布泊、楼兰调查玄奘的归路，证实与玄奘《大唐西域记》里所记一致，他尤为高兴，说到当年校注《大唐西域记》时，就是无法去西域实地调查，这次总算完了这个宿愿。

还有一次我去看季老时，是与纪峰、海英一起去的，我们还带了一个小型的摄像机，当季老见到我时，非常高兴，他告诉我，他在医院里是"假冒伪劣"，因为他没有病，却冒充病人，岂非假冒伪劣！他还说，他在医院里已完成了一部80万字的《糖史》，详细地记述了糖传入中国的历史过程。他告诉我，他的书都已捐出去了，现在全凭记忆，他的脑子还好，还能做点事，否则在医院里就不好过了。

我问到他的身体时，他十分有信心地说，活过100岁再多一点，看来没有什么问题。他说他没有病，就是腿不能走路，其他都无问题。我看他的身体和精神状态，也觉得活过100岁是不成问题的。

我每次去医院时，谈话的时间总要超过规定的时间，这次超过得更多了，所以医院就来干预了，但季老却非常不高兴地说，他想多谈一些时间，希望他们不要管得太死。

所以在我的脑子里，认为季老总要活 100 多岁，根本没有想到会有什么意外。哪知天总是不能遂人愿的，传来了这个不幸的消息了。据说，他走得很平稳，就像睡着一样。

也许，季老真是睡着了，愿季老睡得安安稳稳，别再打扰他了。

二〇〇九年七月十一日夜 11 时于瓜饭楼

（刊发于 2009 年 7 月 20 日《人民日报》文艺副刊）

文学随想录

张 炜

文学的预言

许多人反复预言文学的死亡，这既不正常又很好理解，因为有许多人在好意地忧虑和担心，还有许多人是纯粹的外行——不熟悉文学，站在很远的界外，于是就会有一些不着边际的话说出来。雨果和左拉当年都回答过这类问题，看来几百年前就有人这样预言了。可见事实并非如此，这个问题从来都没有成立过，是一个假问题。文学就是人，人存在，文学怎么会死亡？

人的存在方式不同，文学存在的方式就不同。这都是正常的。英国文学老太太莱辛说了一段话：那些不停地宣告文学要死亡的人，都是一些不会写作的人，他们不会写，于是也就认为写作无用、写作活动早晚要结束。老太太这句话说得有趣而通俗，这里可以参考一下。

文学就是人。文学是一个很大很遥远的客观存在，就像山脉和空气，可以谈论它，而且它从绝对意义上看也有个寿命的问题，但它对比我们个体的生命，那种存在是不必天天讨论的，因为以个体之小与山脉之大是不成比例的。许多人一天到晚在讨论一些不成比例的事情，除了滑稽还有什么？

有的文学少年一开始学习写作，就不断地谈论文学死亡的问题，浪费了时间。文学是那么大的事，像日出日落一样大的事，大可不必天天谈论和忧虑。他所要做的，就是好好写作或不写作。

作家与潮流

托尔斯泰一族在我们许多人眼里是高不可攀的，事实上也是如此。他们那一批俄罗斯作家直到如今仍然站在了文学和精神的高巅上，让人仰望。如果去过俄罗斯，可能会有助于对那些作品和作家的理解。那是一片世界上最开阔的土地，横跨欧亚大陆，孕育出了一些伟大的文学人物、思想人物。他们作为一个作家，是精神的探求者，一生拥有、并始终坚信强大的人道力量。这是今天的文学写作中特别稀少的。比起他们存在的那个时期，我们21世纪的文学版图是非常可怜的，因为如今已经没有了那样的巨人。

回顾那个世纪，比较一下，尽可以藐视今天的文学潮流。无论这样的潮流多么汹汹滔滔，都不必害怕更不必依从。个人应该有独立的见解，即便以一个人的单薄之躯，也仍然可以抵御和反抗这样的潮流。其实当年的俄罗斯文学家也并非在适合自己生存的潮流里畅游，而是相反，他们一生都在反抗，在逆流搏击。

现在往往相反，写作变成了尽力适应：适应市场，这种跟随和妥协多起来，潮流就会形成，人们将不再相信人道的力量。那时候的生活里将交织着利益和盘算，攀附和追逐，人活得不会更加顺心，而只会格外痛苦。

时代的阅读

阅读不一定要有什么严格周到的计划。阅读不过是一场寻找，是渴望与另一些人、一些灵魂的相遇。百年一遇的伟大艺术和思想保存在书页中，这就是我们活着的幸运。人生如果说还有比这个更幸运的事情，大概也不会太多了吧。不过，名著形成的原因也有很多，有时并不一定因为伟大和卓越。一种稀有的特色可以使一部书变得著名，尖叫也可以让它著名，但我们知道，这样的书可不一定卓越，更不一定伟大。当然，一个读者也不必非伟大而不读，他完全可以阅读趣味。这又是另一个问题了。

当代写作也是历史上的作家所不能取代的，因为我们活在同一个时期，遇到的是相似或相同的问题，看看他们是如何理解这些问题、并在多大程度上解决和面对这些问题，这绝不是一件小事。所以说阅读当代作家是必须的，无论这个当代有多么"渺小"、作家有多么令人失望。说到底任何时代都会拥有自己的杰出人物，关键要看我们能不能辨认他们。否定一个庞大的集体或一个时代中杰出的精神个体，都会是非常危险的。

平时所说的"小时代"，就是垃圾淹没和遮挡了巨人的时代。

我们的阅读，就是寻找，就是拨开一道道眼障，以便望到古代和当代的巨人。我们喜欢的就可以读,但我们喜欢的,也不一定全是巨人写的伟大作品。

阅读是一次感动

任何一个作家都有不足之处。但有的作家首先给予的是巨大的感动,这使我们根本来不及也不可能去谈什么"不足"。因为这毕竟不是一次冷静的作家研究,而只是文学阅读,是一个作家对另一个作家作出的感性评判。热爱和热情,钦敬和折服,这极有可能就是全部。阅读说到底是一次慨叹、一次被感动。

事实上世界上任何地方的人,无论他离我们多么遥远,人性都是极其接近的,只是外部的一些生活习惯与我们相差较大罢了。不同民族间那种深刻的文化联系,在阅读中每时每刻都发生着,但它们大多数时候是潜隐的,而不是明晰条理的。比如说阅读的欣悦,这种欣悦有时恰恰就来自文化冲突的结果——你好奇你才觉得有趣,你比较它们也才向往它们。

我们一些浅薄的时尚追逐者总以为自己是最解放最时髦的,总是为经济发达地区的一切去叫好,实际上正是老土的特征和表现。钱和享乐,物欲的极端例子,从来不是什么新东西。思想和艺术,这才是最为宝贵的。我们古代圣贤的一些表述和思维方式,经常在今天一些西方大师那儿找到对照和呼应。可见最本质的人性的力量和美,放到全世界、放到古今中外都会理解,它们甚至无须翻译——我们的思考和阅读建立在这样一个基点上,就会有吸收的自信和坚持的自信。

对人的敬畏

说到中国文学未来的希望,不能不说到人口众多这个事实。人多的地方当然比人少的地方更容易产生杰出的作品。13亿人口是一个真实存在,而不是虚拟。这么大的一片土地,这么多的人在苦斗、在磨砺,精神和艺术上产生巨人的可能性比较起来当然还是最大。小国寡民也有机会,但不能说机会更大。

我们民族的历史上出了多少文学巨人。这就是历史的经验和依据。

有的省份就接近一亿或一亿多人口,这是多么庞大的人群。这么大的人群里又蕴藏了多大的秘密,有着多么巨大的挖掘力和表现力,都是难以预料的。

这种设想不是什么简单的民族自豪感,而是源于对人、对生命的敬畏。

主人公与作家

人有理由经常为自己的软弱而不安,不能对自身的魅力和力量太过自信。读者或其他方面会有所鼓励,但只可存个感谢。软弱,却不能随波逐流,还要尽可能朴素真实地思我所思、言我所言。可以没有崇高大蠹,但基本的文学理想、生活理想还须具备。我们特别不能认为一切的崇高都是假的,特别不能认为一切的牺牲都是傻的。自己做不到的伟举,却要相信人世间是存在的,因为总会有人做到。

主人公不必是作者自己,或自己的经历和经验。但作者一定对其有过长期的、深入的体味,这是自然的。创作出的人物与作家的关系不能不说是神秘的。现在有将写作者与作品截然分开、或紧紧相系的做法,这种两极的理解都不对。

作为一个写作者,比较苛刻地生活着,作品才能有一点点不同吧?这个问题从来都是很难回答的。人如果想松弛无忌地生活,又能有独特的写作,这只会是一种奢望吧?

当然人是自由的。可是读者对作家的厌恶和轻视以至于藐视,也都是自由的。

认真生活着

作家不是招摇得起来的那种所谓的"名人"。那是可怕的一种人。作家是沉默工作的人,就像农民一样劳作。农民的土地,别人走过来看到庄稼,就知道这儿有个耕种者。大概理想的作家和他的工作,就应该是这样吧。

好的作家不太在意自己的声音巨大或者微小,也不特别在乎效果,只是觉得应该发声了,就自然地说出来。这样的一生既是一种生活,也是一种成就。

我们关注生活,关心人的生存。我们只对人类的不平等耿耿于怀。这是无法掩饰的。我们写作,因为我们无法掩饰。我们爱着生活中的许多,所以我们的写作才会有不同的色彩。只有认真地生活着,才有写作的内容和技巧。

心灵之业

评论家对作品的理解自有他们的道理，这会让作家琢磨着。但写作活动是自然朴素的，有更多的感性。理性一旦压迫了感性，这个作家就危险了。理性并没有压迫感性才是正常的，作家长时间沉浸在性情之中，并不说明这个作家是傻乎乎的。相反，过于精明熟透，倒有可能藏下了创作的危机。

好的作家变化再大，大致还是沿着一条自己的路径往前。这条路径是必然的，而不是刻意追求的。思想和艺术之路如果给人跳来跳去的感觉，那一定是不祥的。

那些非常自信的作家，才敢于写同一种人物和生活，并且一直写下去；他们敢于写同一片土地，一直地写下去。这也许需要更大的力气。这是通俗作家所不具备的一种力气。比如美国的索尔·贝娄，一生尽写犹太知识分子的困境与尴尬，离婚，司法困境，还有纠缠不休的思索，有人就说他重复自己。他可能觉得没法解释清楚吧，只好调侃说：我重复自己总比重复别人好吧。

贝娄的话要解释起来的确是非常复杂的。他的原创力太强大了，而不是相反。有人恰恰不理解这些。写作，这是并不通俗的心灵之业，有时候要说清一个道理，写上一本书都不够。

(刊发于2009年7月29日《人民日报》文艺副刊)

窗外的大树

周有光

我在 85 岁那年,离开办公室,回到家中一间小书室,看报、看书,写杂文。

小书室只有 9 平方米,放了一顶上接天花板的大书架,一张小书桌,两把椅子和一个茶几,所余空间就很少了。

两椅一几,我同老伴每天并坐,红茶咖啡,举杯齐眉,如此度过了我们的恬静晚年。小辈戏说我们是两老无猜。老伴去世后,两椅一几换成一个沙发,我每晚在沙发上屈腿过夜,不再回到卧室去。

人家都说我的书室太小。我说,够了,心宽室自大,室小心乃宽。

有人要我写"我的书斋"。我有书而无斋,我写了一篇《有书无斋记》。

我的坐椅旁边有一个放文件的小红木柜,是旧家偶然保存下来的遗产。

我的小书桌面已经风化,有时刺痛了我的手心;我用透明胶贴补,光滑无刺,修补成功。古人顽石补天,我用透明胶贴补书桌,这是顽石补天的现代翻版。

一位女客来临,见到这个情景就说,精致的红木小柜,陪衬着破烂的小书桌,古今相映,记录了你家的百年沧桑。

顽石补天是我的得意之作。我下放宁夏平罗"五七干校",劳动改造,裤子破了无法补,急中生智,用橡皮胶布贴补,非常实用。

林彪死后,我们"五七战士"全都回北京了。我把橡皮胶布贴补的裤子给我老伴看,引得一家老小哈哈大笑!

聂绀弩在一次开会时候见到我的裤子,作诗曰:"人讥后补无完裤,此示先生少俗情"!

我的小室窗户只有一米多见方。窗户向北,"亮光"能进来,"太阳"进不来。

窗外有一棵泡桐树，20多年前只是普通大小，由于不作截枝整修，听其自然生长，年年横向蔓延，长成荫蔽对面楼房十几间宽广的蓬松大树。

我向窗外抬头观望，它不像是一棵大树，倒像是一处平广的林木村落，一棵大树竟然自成天地，独创一个大树世界。

它年年落叶发芽，春华秋实，反映季节变化；摇头晃脑，报告阴晴风信，它是天然气象台。

我室内天地小，室外天地大，仰望窗外，大树世界开辟了我的广阔视野。

许多鸟群聚居在这个林木村落上。

每天清晨，一群群鸟儿出巢，集结远飞，分头四向觅食。

鸟儿们分为两个阶级。贵族大鸟，喜鹊为主，骄据大树上层。群氓小鸟，麻雀为主，屈居大树下层。它们白天飞到哪里去觅食，我无法知道。一到傍晚，一群群鸟儿先后归来了。

它们先在树梢休息，漫天站着鸟儿，好像广寒宫在开群英大会，大树世界展示了天堂之美。

天天看鸟，我渐渐知道，人类远不如鸟类。鸟能飞，天地宽广无垠。人不能飞，两腿笨拙得可笑，只能局促于斗室之中。

奇特的是，时有客鸟来访。每群大约一二十头，不知叫什么鸟名，转了两三个圈，就匆匆飞走了。你去我来，好像轮番来此观光旅游。

有时鸽子飞来，在上空盘旋，带着响铃。

春天的燕子是常客，一队一队，在我窗外低空飞舞，几乎触及窗子，丝毫不怕窗内的人。

我真幸福，天天神游于窗外的大树宇宙、鸟群世界。其乐无穷！

不幸，天道好变，物极必反。大树的枝叶，扩张无度，挡蔽了对面大楼的窗户；根枝伸展，威胁着他们大楼的安全，终于招来了大祸。一个大动干戈的砍伐行动开始了。大树被分尸断骨，浩浩荡荡，搬离远走。

天空更加大了，可是无树无鸟，声息全无！

我的窗外天地，大树宇宙，鸟群世界，乃至春华秋实、阴晴风雨，从此消失！

二○○九年三月十一日，时年104岁

（刊发于2009年8月24日《人民日报》文艺副刊）

父亲的足迹

范 稳

我的父亲在铁路上工作，退休时的身份是"范师傅"。而在共和国成立伊始，父亲是大地主家的阔少爷。

父亲去世于上世纪 90 年代中期，因为癌症。我大学毕业后去云南工作，那些年每次回去看望父母，都看得见死亡的阴影在父亲的身前身后徘徊，他本来就瘦削的身子日益孱弱，最后的一两年连挪步都困难了。

可是父亲对归家的我，却总是有很多温情的话要说。忆旧大约是生命快走到终点的人唯一的精神财产。一个晚上，我和父亲对坐孤灯下，父亲忽然向我提起了他的往昔。在过去，因为家庭成分问题，我们从小没少吃苦头。"地主"是一顶无形的帽子，像块厚重的乌云，永远罩在我们这个家庭里，让我们幼小的心灵没有阳光。我上小学、中学时，最怕填各种表格，因为上面有一栏"家庭成分"，你不得不屈辱地填上"地主"一词。我恨自己出生在这样的一个家庭。

父亲说，过去我们家有良田千亩，可惜的是，他并不惜福。你想想，这种家庭的孩子，有几个是读得出书来的？在成都，他和一些有钱人家的阔少，不是推牌九打麻将，就是到梨园去追捧戏子，滋事惹祸。父亲苦笑道，要是那时懂事些，好生读书，怎么会像今天？

解放了，父亲回到老家，被农会命令去修铁路。那时成渝铁路刚开工，需要大量民工。父亲说，他是很不服气的，瘦死的骆驼比马大，一帮农民叫花子怎么可以对一个少爷指手画脚？他叫了一乘轿子，四川叫滑竿，坐着那滑竿耀武扬威地去工地报到。工地上的干部见这个少爷如此摆谱，当即气得大骂，你这个地主狗崽子，还以为是旧社会吗？给我挖土方去！父亲讲到此处时，哑然失笑。少年时干的糊涂事，吃的苦头，两鬓斑白后，都付与笑谈中了。

就这样随着铁路工程队转战四方。父亲修过成渝铁路、宝成铁路、成昆铁路、贵昆铁路，大西南几条重要的铁路都有父亲工作过的经历。地主家的阔少爷在共和国铁路的翻山越岭中，逐步被改造成了一个真正自食其力的劳动者。母亲曾经对我回忆说，当年她第一次去父亲的工地上看望他，看到的是个叫花子，身上全是泥浆，没有一块布是干净的。

但在我的印象中，父亲从来没有讲过自己修铁路有多苦。他只是说过在修成昆铁路时，山洞里塌方得厉害，他们拿不下来的工程，就交给铁道兵了。那些当兵的不怕死，人被埋里面了，挖出来后照样玩命上。我探亲时经常坐火车走成昆线，这条铁路几乎除了山洞就是桥梁。有时就会想：哪个山洞、哪条山梁，留下过我的父亲曾经的足迹呢？

父亲去世后，我们整理他的遗物，发现了一本上世纪50年代的笔记本。其中一页是父亲的一篇学习体会。大意是工程队的书记对他说，你年轻有文化，要好好向老革命学习，努力改造自己，国家会重用一切有志青年。父亲在最后说，他要认真工作，争取加入共青团。

"文革"前父亲已经从工程队转到管理部门做财会工作了，并且在贵州落了脚，与母亲两地分居。"文革"时像他这种成分的人当然要受到冲击，被发配到一个煤矿接受改造。这一改造就是10年。"文革"后父亲平反，继续回原单位效力。那是父亲工作生涯的一段黄金时间，他的业务过硬，被任命为一个部门的负责人。他总是很忙，人们叫他"范师傅"。

父亲以"范师傅"的称谓退休、荣归故里。这个前地主家的阔少爷，少小离家老大还，从一个浪荡子转变成为对国家社会有所贡献的人。

一个人的命运总是和国家民族的命运紧密相连，国盛家事兴；一个人的足迹也总是和历史前进的车轮步步相随，峰回路转，百折不挠。我庆幸父亲命运的转折，他的一生纵然吃了不少苦，但也不乏精彩和灿烂。他只是一个在旧时代出生，在新时代里成长起来的普通人。在父亲的身上，我们可以看到历史的痕迹、时代的变迁。

是啊，我们每个人都在共和国的成长中成长。

(刊发于2009年10月14日《人民日报》文艺副刊)

大地血脉

王跃文

汽车飞驶于湘南山水间，望见大地被高速公路重新分割，山峦起伏，江河奔流，田畴葱绿，万物生机，仿佛创世之初神显奇迹那样。走在高速公路上，我往往醉心于两旁的绿树、花圃和各色景观。刘鹗的《老残游记》，写老残去济南，"一路秋山红叶，老圃黄花，颇不寂寞。"我读过这段便不能忘记，只因喜欢那路上的景致。似乎叫音乐家激情澎湃的并不是五线谱上的线条，而是线条间忽上忽下跳跃的音符。人们奔驰在坦途时总会不自觉地忘记道路，正像脚上最舒适的鞋也会叫人完全忘记。实则却是有了路才有路边无穷变幻的景致，有了五线谱上的线条，音符才会各安其位澎湃激荡。

我多次去过湘南，都会去拜谒柳宗元和秦观遗迹。这回又去了。柳宗元贬谪永州是1200年前，他那首妇幼皆知的《江雪》便是在潇水边上写的："千山鸟飞绝，万径人踪灭。孤舟蓑笠翁，独钓寒江雪。"从这首诗的字缝里，后人读出它藏头四字：千万孤独。永州去京师长安，去故里山西，都太遥远了，岂能不孤独！但柳子是位哲人，独与天地共往来。他不但能把孤独生吞到肚子里去，诗文中还常见闲适与放达。柳子的"永州八记"是散淡优容的，他的诗作也不喜作悲苦之声。他在《溪居》中写道："久为簪组束，幸此南夷谪。闲依农圃邻，偶似山林客。晓耕翻露草，夜榜响溪石。来往不逢人，长歌楚天碧。"诗人说自己久为朝廷官职所累，幸而被贬到南夷之地来了。永州人烟稀少，仰天放歌，多么惬意！我想柳宗元骨子里应是充满骚怨的，只是刻意叫自己忘情于山水罢了。

柳宗元之后近300年，秦观贬谪永州邻地郴州。秦观与柳宗元性情迥异，柳子偏于沉潜，秦氏则情形于言。秦观到了郴州，便悲叹"人共楚天俱远"，"衡阳犹有雁传书，郴阳和雁无！"人到郴州，想"驿寄梅花，鱼传尺素"都很难了。他的名句"郴江幸自绕郴山，为谁流下潇湘去"，亦是愁肠万种。古人流寓客乡的孤独虽各有遭逢际遇,然山高路远会令孤独雪上加霜。辛弃疾站在赣州郁孤台上,一句"西北望长安,可怜无数山",只是说了遥远,孤独便油然而生。

千百年来,先人们都梦想化天涯为咫尺。与日逐行的夸父走得最快,河渭之间在他脚下不过三两步。《水浒传》中的神行太保戴宗也颇能行走,虽豪迈不及夸父,也能日行八百里。然而,这都只是千古沉梦。古人写快的诗句,想得起的真是寥寥。"万里赴戎机,关山度若飞",所写飞马之快,只是文学夸张。"两岸猿声啼不住,轻舟已过万重山",同样也是诗人的浪漫。"即从巴峡穿巫峡,便下襄阳向洛阳",与其说是旅程之快,毋宁说是思乡之切。

慢而愈远,远而愈慢。古人对遥远的喟叹,却俯拾即是。晏殊有词说:"欲寄彩笺兼尺素,山长水阔知何处!"固然离人无处寻觅,更奈何大地太辽阔了。张若虚想着北方到南国,远得叫人断肠:"斜月沉沉藏海雾,碣石潇湘无限路!"天高地远而行道迟迟,万端愁绪便随地而生。故而欧阳修说"离愁渐远渐无穷,迢迢不断如春水";陆机说"悠悠行迈远,戚戚忧思深"。

我有时在高速公路上风驰电掣,常常会想象先人的旅途之苦。当年柳宗元古道瘦马从京师赴永州,入湘后也许就是沿着今天高速公路的线路走的。我们车轮此刻躐过的地方,说不定印有柳宗元那匹瘦马的蹄痕。他在路上走了几近一年,风餐露宿,车马颠簸,困苦劳顿。想到爱因斯坦的相对论,我突然感觉到某种荒诞。今日高速公路上的电光石火,当年柳宗元的车马辚辚,这是两种完全不同的时间体验。假若我以超光速飞奔在超车道,柳宗元慢吞吞走在行车道,我会因时间倒流而同他相遇。那一刹那,他还来不及瞥我一眼,我已像幻影般一闪而逝了。

我这回往湘南去,随身背着一本《圣经》。我非圣徒,倒是喜欢《圣经》文字的简洁和叙事的古拙。《圣经》开篇写神创世纪:"神说要有光,就有了光。神看光是好的,就把光暗分开了。神称光为昼,称暗为夜。有晚上,有早晨,这是头一日。"神开天辟地,成就万物,然而神创的世纪里并没有道路。日月星辰之下是山川与野地,神的初民不停地迁徙于荒原。西方且不去说,东土自秦始皇起,五尺官道才逐渐遍布九州,同辙之车吱吱呀呀开辟了新的纪元。

今天,人类又在再创世纪。人说,要有高速公路,就有了高速公路。高速公路把东西南北贯通起来,天堑变了通途。从地球的这端到那端,就像村东头到村西头。人称高速公路为动脉,大地便血脉充盈了。

(刊发于2009年10月24日《人民日报》文艺副刊)

可诵的诗
——悼宪益老友

黄苗子

著名翻译家杨宪益先生,不但肚子里有地地道道的洋墨水,并且学富五车,还有一肚皮诗词歌赋,经史文章的土学问。他的旧诗不但很有功力,而且出奇制胜,读来忍俊不禁。

他家二小姐为了给病中的老妈解闷,送来一头白猫,老先生日对此猫,诗兴大发,写出"欲慰慈怀解寂寥,女儿携赠白狸猫;只尝美国鲜虾粒,不顾燕京土蛋糕……"之句,把娇养宠物性格,描写入妙。"物"一旦受"宠",自然贪图高级享受,土蛋糕嘛,不屑一顾了。

老先生看见一只冬眠的乌龟,意有所感,便即兴写了一首七绝:

冬龟不动不呜呼,免触霉头体自舒;
或竟被人当废物,一朝扫进化灰炉。

乌龟藏头缩尾,不敢乱说乱动,原以为可以韬光养晦,过个安静日子,但人事不常,一朝被人认做"废物",送进了化灰炉,原来"不呜呼"的,也就从此呜呼了。

杨宪益原住在北京西区百万庄,1993年,他写过《百万庄路景诗》七律一首:

马尾沟西百万庄,几家歇业几家忙;
菜摊整顿先开路,书贩巡查怕扫黄。
起哄争看猴演戏,美容生怕鬼梳妆;
花农生意偏清淡,闲坐街边看夕阳。

写街景，却反映了在演变中的都市风貌，既有景，亦有情，这样的诗作，可谓白描高手。

前几年，香港大学授予杨宪益名誉文学博士学位，他写了一首诗，答谢港大给他寄来的博士衣帽，后两句是："而今模特方时髦，潇洒何妨走一回。"荣誉当前，他只愿做一个穿时髦衣服的模特儿。这和他的《自题画像》那头四句"少小欠风流，而今糟老头，学成半瓶醋，诗打一缸油"同其洒脱，读之可以下酒。

杨诗还有许多妙句："好汉最长窝里斗，老夫怕吃眼前亏"（《开会偶成》）；"卅载辛勤真译匠，半生漂泊假洋人"（《自嘲》）；"待我闭门装隐士，看人下海耍英雄"（《迁居》）；"穷摸屁股撩狂虎，大闹天宫笑孽猴"（《昏夜》）……这些句子不但对仗工整，而且情文并茂。

清初傅青主的朋友，大学者李天生被皇帝叫去考博学鸿词科（朝廷给知识分子安排的功名），辞未受官，回到山西给青主讲，有人写打油诗嘲笑"举鸿博"的事，他说：只是"叶公懵懂遭龙吓，冯妇痴呆被虎欺"两句，最巧毒可笑，青主说："天生，忘了你也是被录取中的？"天生讷讷地说："此诗实有可诵处也。"

杨宪益的诗，不知怎的，读来读去，也都觉得大"有可诵处"。

乃迭仙逝，我曾写一《鹧鸪天——慰宪益》："万里姻缘梦亦诗，今生了却爱和痴；明知此恨人人有，倘记《浮生》字字奇。撄虎吻，泣牛衣，百年多事几多时。相同君体他朝化，且唱庄周扣钵词。"

宪益夫人戴乃迭女士，英国籍，万里情深，终生相守，暮年永诀，痴爱同归幻天。"明知此恨人人有"，是元稹《遣悲怀》句。清沈复的名著《浮生六记》，记与夫人生平恩爱。"牛衣对泣"汉王章夫妇故事；宪益夫妇曾遭"浩劫"，故以"虎吻"对之。"百年"句，用同上元稹诗句。香港一坟场门联："今日吾躯归故土；它朝君体也相同"，语虽怪却坦率。

翻捡出这首词，以纪念宪益、乃迭老友。

（刊发于2009年12月2日《人民日报》文艺副刊）

醉在丙中洛

丹 增

在巨大的印度板块和欧亚板块碰撞隆起的高山峡谷间，奔腾咆哮的怒江激流的稍缓处，有块小小的坝子（山间平地）叫"丙中洛"。丙中洛的名字很普通，它就是藏语"有寨子的地方"。

樱花怒放时节，我行走在丙中洛的小街上。来自异域的樱花，一树树地站在那儿，巧笑倩兮，美目盼兮，对陌生的丙中洛不疏离，不拒绝；恰如我这个异乡游子，踏上丙中洛便有宾至如归的感觉。

而这一刻，我忽然听见一片笑声，似樱花瓣漫天飞舞、摇曳生辉。我一时愣住了：难道树会笑？

当然，在有十座神山相拥、被十道神瀑洗涤的丙中洛，如果有一棵会笑的树，也许并不新奇！可我偏有疑惑；循声而去，走进一家小商店，"嘻嘻嘻嘻——"一阵舒怀的笑声又扑面而来。五个女孩，围坐在一张矮矮的方桌前，正在叮叮当当地干杯，笑得前仰后合。

我也无法判断这些女孩子是藏族、怒族，还是傈僳族、汉族。因为即便是在丙中洛，所有的少数民族在日常起居中都一副汉人打扮，所有的少数民族在"公众场合"都能讲一口流利的汉语。我的目光扫去，看见小方桌上有红有白有黄——不折不扣地放着五瓶酒。

"姑娘们，你们有什么喜事啊？太阳还没有露脸，就喝起酒来了？"

"嘻嘻，喝早餐酒嘛！"分不清楚是谁回答的，只见一个个又花枝乱颤地笑做了一堆。

"你们店铺……几点开门营业？"

"随便！"一个女孩豪爽地一挥手，一副指挥千军万马的派头。我被惊住，踌躇了一下，又问："一个月能赚多少钱？"

"随便。"回答得利索。

我瞪着她们暗暗在想：这么做生意，能赚钱才怪呢。

"哈哈哈哈！"笑声冲天而起，似在释我心中疑窦。"大哥，你也来喝一杯嘛！"又一个爽快的女子竟殷殷地倒了一杯酒端起来，拍拍身边的小板凳，要我坐下来，"大哥是从很远的地方来的吧？一定辛苦了，喝杯酒解解乏，心里高兴就不累了。"

我见女孩子们个个都笑靥如花地望着我，眼里流露的是一脉纯纯的暖意，我的心被深深地撼动了。我似乎已经嗅到了我长久以来一直梦里依稀的乡情。

怀揣这样的暖意和乡情，我又来到了丁大妈家。

丁大妈是开旅馆的。她开的是丙中洛的第一家旅店。那时候，丙中洛是怒江边上高黎贡山和碧罗雪山拥抱着的娇女儿，还藏在深闺人未识。改革开放了，这雄奇、神秘和美丽得让人失语的地方便来了游人。游人要问路，丁大妈便带着他们走；走一圈累了，要住宿，丁大妈又将他们带回了自己的家里。

丁大妈对那些身背行囊、又疲惫又高兴的游人充满了同情。

住下了，要吃喝，丁大妈也招待。可想喝啤酒，没有！但我家有咕嘟酒。咕嘟酒是苞谷发酵做出来的，有点甜，有点酸，好喝。烤了石板粑粑，宰了大公鸡，做了琵琶肉，一样一样端上来，咕嘟酒就一杯接一杯"咕嘟"到客人的肚子里去了。咕嘟醉了的人，围着火塘跳舞，跳得七荤八素倒下，丁大妈夫妇俩就把他们一个个弄到床上去。

客人一觉醒来，梦里不知身是客，朝丁大妈笑笑，洗把脸又上路了。

一拨走了，一拨又来了。丁大妈觉得，这些行色匆匆的人们好可怜啊，就想，干脆办个旅馆吧，让他们来了有地方住，有东西吃，吃好睡好才能出去尽兴地玩嘛。

旅馆办起来了，住过的人喜欢丁大妈，就在网上发布了消息。

网络时代，信息像光速，来的人就更多了。人多住不下，丁大妈只好把女儿女婿赶到仓房里去睡。可总不能让儿女天天睡仓房，丁大妈决定扩建。现在这长长的一排石片房就是这么建起来了。丁大妈院里的果子，客人来了随便摘。吃不完就落地上，烂了，种子会在泥土里发芽。

丁大妈是藏族，汉名俞秀兰，老伴是怒族，汉名丁四方。于是人们便按汉族习惯叫她丁大妈了。丁大妈夫妇养育了五个子女，子女自然都随父亲姓丁。而五个子女已各自婚嫁，对象也是不同民族。一个家里便有了藏、怒、白、汉、独龙、纳西六个民族。

丁大妈的子女各有信仰。大女儿是领导干部共产党员；可另有两个女儿信天主教，丁大妈自己也是虔诚的天主教徒，而她的老伴则信仰藏传佛教。她家旁边有座天主教堂，钥匙就在丁大妈手里。教堂里的活动，丁大妈都要去操心。离她家几公里，便是藏传佛教普化寺，丁四方逢五、十六，都要去烧香点灯。

这天，丁大妈兴冲冲地带我去参观重丁天主教堂，还在圣母玛利亚的神坛前唱起了圣诗。丁大妈歌喉嘹亮，神态虔诚，圣经是藏文，唱的是藏语！丁大妈的藏语圣诗，如一条高贵洁白的哈达，在怒江峡谷间飘荡。

我问丁四方："为什么你们生活得如此快乐满足？"他说因为他和老伴都有信仰。他还对我说，信仰是人的灵魂安放的地方，人有了信仰就有了主心骨。没信仰的人是可怕的，就像我们家的花豹（狗名）：它嫌贫爱富，看见穿得漂亮的游客摇尾巴，看见穿得破烂的人汪汪叫；现在它竟也与时俱进了，看见丰田小车里出来的人就上去摇尾乞怜，见开手扶拖拉机的就上去叫……

听了丁四方的话，我感叹和赞美这里人的精神没有被商品社会污染。我十分赞同他们关于信仰的朴素理念。我说，是啊，有了信仰，人才会有宽容和爱心，有节制与和谐。

游丙中洛，原为观景，却写起了人。其实，丙中洛的景色雄奇美丽，刚柔相间；从山间坝子到巍巍山巅，自然景观跨越四季，植被从亚热带直至寒带，蔚为壮观。春天，梨花似雪，桃花灿烂；夏天绿水青山，一尘不染；秋天层林尽染，稻谷飘香；冬日银装素裹，雾锁怒江。高黎贡山和碧罗雪山在这里挺直了陡峭伟岸的身躯，紧紧相偎形成了一条世界著名的大峡谷。它们似要联手将自己的野蛮女友怒江截住，可怒江却轻盈地从它们的夹缝里钻了出去，还不忘留下一串清脆透明的哗哗笑声。

事实上，在丙中洛观景，只要随随便便那么一走，凝神一发呆，马上就会看到一幅极美的山水画：或巉岩峭壁，鬼斧神工；或索桥横空，水光映雪；或山花烂漫，姹紫嫣红……即便是雨中，那奔来眼底的山水泼墨，也是大师级的国画杰作。

丙中洛年轻的大山血脉通畅，碧罗雪山靠近怒江的这一边，郁郁葱葱，毛茸茸的植被像富有质感的漂亮的怒族织毯，覆盖在群山之上；而向西靠近澜沧江的那一边则就只见光秃秃的山峰了，据说那是文明过度侵入的结果。

我要离开丙中洛了，我在这里住了七天。这里充满荒情野趣，全无雕琢痕迹，这里空气清新甜美，全无浮尘雾霾，这里天空蔚蓝如拭，全无碳酸污染,这里充盈着质朴的美,粗犷的美,宁静的美。要说一句发自内心而又精炼的感言,我要说,大自然的感动创造了民族,这里悠闲地居住着8个民族,是不同民族和睦相处的典范;大自然的神奇创造了宗教,这里和平地延续着六种信仰,是不同宗教和谐并存的典范;大自然的美景创造了文化,这里见到原生多样的个性文化,是不同文化各美其美的典范;大自然的威力,创造了一山有四季,十里不同天,是不同生态争奇斗艳的典范。

(刊发于2010年6月26日《人民日报》文艺副刊)

北疆四杰

周 涛

绿洲白杨

有绿洲必有白杨,白杨似乎是绿洲的指示牌。"高高的白杨哎排成行,美丽的白云在飞翔。"这是王洛宾唱过的白杨。还有茅盾写过的《白杨礼赞》,那是一篇妙文,写出了新疆白杨独具的品格。

它是团结的象征。

在它笔直的主干上,所有的枝条紧密围绕,纷纷向上,绝无一枝斜逸旁出。它紧密围绕主干的目的,是为了抵御风沙,它懂得,不团结就不能生存。

它只能横站成排,像边防线上的士兵;竖立成行,像出征的队伍;腰杆挺直,像伟岸的勇士;枝臂收拢,像欲飞的大鹰。它没有办法去"疏影横斜"呀,因为绿洲是危地;它没有条件去"暗香浮动",因为风沙常袭来。

在沙漠的边缘,绿洲是这样一种存在:它脆如花蕾,薄如蝉翼,美如梦幻,坚如围城。

围绕并保护它的,就是白杨。白杨如不具备这种团结向上的品格,行吗?

有白杨才有绿洲。

戈壁红柳

在植物的族谱上,红柳的确是太不名贵。它是既不名,也不贵,地道的草根一族。草木中的最普通、最低微的劳动者。

然而所谓的"名"和"贵"是植物原有的吗?不是,是人类社会根据自己的判断制定的。"名""贵"是人眼里的,不是自然本色。

但是红柳却是奉献精神的实证。

你看，在草不能绿的戈壁，它生根；在花不肯开的戈壁，它成长。它不祈求雨，也不巴结风，它相信自己的适应性和坚韧性。红柳简直可以称得上是一个伟大的无神论者，它说："从来就没有什么神仙皇帝，一切全靠我们自己！"

正是这样，在茫茫戈壁，红柳与风较量，狂风把一团红柳连根拔起，吹得团团旋转，像一只满地翻滚的刺猬。后来风停了，红柳落在哪里，就在哪里重新扎下根。它等待一场雨。

不管多久，只需一阵雨，红柳就能长成一头骆驼！多么高大，多么漂亮，这是红柳吗？没错，正是它，一棵，两棵，一万棵，一百万棵，正是它们把戈壁变成了绿色海洋。

当它死了，人们挖出了它的根——巨蟒一般深深扎入土地的深褐色块茎，非常结实，非常耐烧，人们看到了它的骨头。

它用自己的骨头在戈壁上写下了格言：地球上没有应该遗弃的地方，只有可能被淘汰的物种。

天山雪松

"一池浓墨盛砚底，万木长毫挺笔端。"这是郭沫若先生当年留在天池的诗句，以小喻大，以近喻远，诗之技法。

天山雪松确实是高大的，遮天蔽日，苍茫无际。只有它，配得上绵亘1600公里的大天山，然而它也只能算是天山身上的丛丛汗毛。

雪松是高贵化身。

生在山的怀抱，长在雪的沿线，看哪，挺拔，傲岸，雄健，有型！这些群峰间的美男子，风雪中的伟丈夫，站得高，所以挺拔；境界大，所以壮美。

远离了尘世，但并非为了当隐士。隐士是孤独的，而雪松却是站满峡谷阴坡，如同列阵待命出击的长矛骑兵。在山谷间，它们聆听着风的脚步，有献身精神，不时为尘世输送上好的木材。

冬日大雪之下，雪松银装素裹，连睫毛上都挑着雪花。这时候，那才叫庄严肃穆，仿佛这些高大的骑士一瞬间变成了沉思的哲人。静静地，没有一丝风，一声不小心的咳嗽，都可能引发雪崩。

它们在思考什么？这些伟岸的思想家。思想在雪线上应该更纯净，更浑远，更包容。

它是不是应该成为一种表率呢？是不是未来这块地域上人的典范呢？新疆人应该长成雪松那样才好。

沙漠胡杨

从某种视觉效果上看，沙漠和大海差别不大——都一望无际，都波浪起伏，如此，在沙漠之海上，那些密如进港船桅的，是它们；还有那倾斜如欲沉没的船只的，也是它。

胡杨胡杨，宇宙洪荒；

胡杨胡杨，千古流芳。

它就住在"死亡之海"里，结果奇怪的是，它比谁都活得久长。可以说它是在死亡的怀抱里获得了永生，这真是一个伟大的逻辑。

这些大片的胡杨正在这块无人问津的荒原上空度岁月，纵有千姿百态，无人观赏。时光的足迹留在它们身上，不少高大的胡杨中心已成空洞，但伸展向四方的枝叶依然绿意蓬勃。

它死了，它活着。

在它一身之上也许叠合了祖孙数十代，数百代，上一代的尸体就成了下一代的土壤。它这样延续，它这样存在，它这样与漫长的时间对抗，以求不朽。

终于，人们认识了它，仿佛重新认识了生命的刻度。它在时间里的刻度是这样："活一千年，死而不倒一千年，倒而不朽一千年。"

（刊发于2010年9月29日《人民日报》文艺副刊）

哈萨克人的翅膀

艾克拜尔·米吉提

歌和马是哈萨克人的两只翅膀。

马对于哈萨克人，既是浪漫的象征，又是生活的依托。

每当夏日里，骑手们十分潇洒地跃上自己心爱的坐骑，翻山越岭，逍遥自在地游历草原，引来那些牧人们的啧啧称叹，博得穿红戴绿的少女们的情意缠绵的一瞥，甭提那骑手心头的惬意劲儿有多滋润了。倘若巧逢喜庆佳节，在赛马会上拔得头筹，姑娘追时令，姑娘们只恨鞭长莫及，从刁羊的汉子堆里争得羊儿夺路而去，让众人望尘莫及，那真是莫大的快慰与荣耀。他会为他的坐骑而到处炫耀。

当然也是在这夏日里，每一座牧人帐前都拴着一溜儿的小马驹，一群乳房丰硕的骒马在不远处颔首扫尾，驱赶着讨厌的马蝇子和燠热，还要忍受乳汁的饱胀。主妇们隔一个时辰总要去挤上一次马奶，注入皮桶里发酵，制成美味佳酿——马奶酒——胡木兹。这是哈萨克人传统的饮料。于是，远近的牧人，过路客商都要品尝这些巧手主妇们的杰作。如果哪一个夏天没有胡木兹——马奶酒，那除非发生了天灾人祸。在哈萨克人心目中，就如同这一年草原不曾绿过一样。

到了初冬，家家户户都要宰马熏肉，以度寒冬。马肉便成了哈萨克人冬季的最佳食品。倘使谁家没有冬宰马肉，那就得看看是否他家栏里无畜，还是手头拮据。那将是一个十分寒冷、尴尬、无奈的冬天。

记得我幼时，每当夏末秋初，从内地前来购马的人，带着兽医，带着防疫人员来到草原上，精心挑选马匹。他们交口称赞伊犁马个儿大，力大，耐粗饲，对气候适应性强，买回内地是为了耕地套车驭使用的，一个村一个生产队要是能分上一两匹马，那就了不起了。牧人们听到这些，个个都将自己最好的马匹送来让他们挑选，若是谁家的马匹被选中了或选得最多，那自然会成为一段草原佳话。

马匹购齐了，那些外省人便会在草原上就地招募一批骑手赶送马匹。这是一个让人羡慕的美差，尤其对于那些土生土长在草原的年轻人来说，莫不如此。于是，个个争相报名，巴望着能被录取，借此机会好去看看草原以外的世界。

那时，公路运输尚不发达，这些赶马的队伍要从伊犁出发，沿着天山东行，直将喀什河源头走尽，才翻越天山北坡，到达沙湾县境，再从这里沿着戈壁荒滩来到乌鲁木齐，乘上火车——是闷罐车，一路为马匹添草加水，精心照料，把一匹匹神气十足的伊犁马一直送到河南、河北、山东农村，方才一路坐着火车、汽车返回草原。

自打他们回到草原，个个口若悬河，一路耳闻目睹，无奇不有。是的，他们见多识广，几乎横穿中原大地，去过无数城市，是一些开过眼界的人了。人们总喜欢聚拢在他们身边，听他们神吹海聊入了迷。那时，我曾多次遐想，有朝一日，我长大了定要和这些骑手们一道赶着马群远游内地。

赶马的骑手们叙说一路最苦的，莫过于走出喀什河源头的一条山谷。那条谷里遍地毒草丛生，马群吃了就会中毒而亡。行至此谷丝毫也不敢懈怠，一天之内不吃不喝也得要赶着马群平安出谷，方才松下一口气来。虽然后来我多次去过尼勒克，去过喀什河源头，但迄今搞不清楚这条毒草丛生的山谷究竟在何处。

斗转星移，这条山谷显然多年已经没人再走了。而如今内地农村不再需要购伊犁马套车拉犁了。马的位置早已被多种中小型农用拖拉机取代。公路交通也大有发展，即使购马，也不再需要长途驱赶了。于是，也不再有骄傲的赶马人了。如今，草原上的马已是一种纯粹的富贵象征。真正富裕起来的人家才养得起骏马进行各类马术竞赛与体育活动。

伊犁人也似乎忽然间重新发现了这块土地的灵魂，开始办起了一年一度的"天马节"。我因远在京都尚无缘亲临其境参加一次盛况空前的"天马节"，但我衷心祝愿"天马节"经久不衰，越办越红火。我想天马定会驮起家乡各族人民，展开神奇的双翼，高歌飞向新世纪。

（刊发于2010年10月4日《人民日报》文艺副刊）

母亲与照片

祝 勇

透过母亲的斑斑白发和满面病容,已找不出这张照片的痕迹。所以我对这家照相馆充满感激。应该是一架老式双反相机,一位戴眼镜的老摄影师,微笑着,钻在黑布里面,看母亲年轻的倒影。快门开合的声音十分轻微,未曾惊动母亲的笑容。

然后,母亲骑着单车回家。

应该是一个下午,有细腻的风和阳光——从衣着上看,我相信那是春天。新的季节正通过它的每一个细节一点点展开它的叙事。母亲是春天叙事的一部分。

12岁,或者14岁的她,穿着干净的学生装,从春天下午的阳光中穿过。

那个下午后来被层层叠叠的下午湮没了。很多年后,不再有人能够察觉它的存在。不可能把它从无数的下午中捡选出来。时间粘连在一起,像雨季的阁楼上粘成纸饼的书简。

我却从成摞的照片中捡选出这一张。我闻到了那家小照相馆陈旧的气息。我听到母亲和摄影师的轻声交谈。然后是轻轻的"咔嚓"一响,我在这一响中进入那个下午,见证了我出生以前的时光。

青春,曾经牢牢地攥在母亲手里。

母亲患上骨癌,在病床上辗转反侧,通过表情来掩饰痛苦。她的骨骼X光片被医生办公室的灯板照亮,我面对着它,呆若木鸡。这可能是她一生的最后照片。那张恐怖的照片像一扇漆黑的大门封锁了她的未来。X光片上,癌细胞正在策划对她脆弱骨骼的攻势。疾病使身体成为负面的存在,每一寸肌肉都是对痛苦的证明。

医生告诉我,再发展下去,癌细胞的侵蚀可能使她的脊柱折断。那样,她将截瘫。

我没有流泪。只希望她离去的道路平坦，不要穿越一片荆丛和沼泽。

时间是流动的，但它有时会给人造成停滞的错觉。照片加深了这种错觉，因为它具有截取时间的能力——它把某个时刻单独截取下来，就像从一辆滑车上取下一个零件，使它脱离时间的轨迹。这样，当我们面对照片的时候，我们就可以无须中转，直接抵达某一具体的时刻，某年某月某日几点几分几秒。仿佛时间的证据，照片证实了那一时刻的存在，我们可以在那个时刻驻足、停顿，并且对流逝的时间展开想象。照片试图告诉我们，时间的每一个"点"都是具体而实在的，是精神，也是物质，可以观看和抚摸。它们永远存在，并在我们寻找的时候呈现出鲜明的质感和纹路。

但是停滞毕竟是错觉，当我们把所有的照片放在一起的时候，我们才意识到自己受到了照片的蒙蔽。时间并没有因照片的努力而停止脚步，相反，照片凸显了它的速度。这使照片的努力适得其反。时间的停滞是照片虚拟出来的现实，在照片之外，每个人都在日益衰老。作为生命最大的敌人，时间从未放松对我们的生命进行蚕食。当人们企图用照片来鼓舞自己的时候，往往对照片的嘲弄没有丝毫防范。

母亲的少女时代并不顺利。过早丧母，我外公长期在部队服役，注定了她成长期里亲情的缺席。她很美，她的照片早就向我们透露了这一点，但没有透露的，是她的痛苦与艰辛。这种家庭的艰辛使她15岁就参军，开始了漫长的服役生涯。而她所有的痛楚，都被照片掩瞒了。"生活并不只是一个瞬间，生活是历史和现场、是延续不断在空间中的各种事情、状态"（于坚：《暗盒笔记》）时间的延续性在照片中丧失了，对于前一天或者后一天的事情，我一无所知——是什么使经济拮据的她决定去照相馆，她是否会因这张照片而引起什么麻烦？我无从得知。我只对她不幸的过往略有耳闻，却从来不愿碰触她的伤痛记忆。这张照片一直挂在我家老屋的墙上，每当我面对它，我都会被她的笑容所感染。在笑容里，她好像看见了自己的未来。人们喜欢在拍照时微笑，但是，人的一生中，微笑的时间总量不会超过生命的百分之一。它只是片刻的事实，沉闷的现实很难因这短暂的笑意而有所改观。但是人们仍然喜欢在镜头前微笑，仿佛试图以此来扭转现实的局面。照片掩饰了生命中的不堪与挫折，并唤发我们对于已逝岁月的美好想象。

在那一时刻，青春不是追忆，而是可以触摸的现实。青春藏在她的笑容、发辫和血液里，对她许下了若干关于将来的诺言。

我用轮椅把母亲推到院子里。秋天午后的阳光已经含蓄了许多。门口的许多老人坐在轮椅里，围着花坛聊天。我把母亲推到树阴下，我想和她静静呆一会儿。我知道，这样的机会，不多了。

　　我想给她拍一张照片。（母亲不知多久没有拍过照片了）但我不忍。疾病已经扭曲了她的面容，她目光浑浊，表情死板，口水不时从呆滞的唇边无意识地流下。更重要的，她的记忆正在一点一点丧失，也许过不了多久，她就不再记得我是谁了。想到这里，我心里很难过。她和当初那个年轻而有活力的少女已经被分隔在时间的两岸，再也不能相聚。她们是同一个人吗？我时常会发出这样的疑问。照片试图证明过去某一时间的存在，但却没有什么能够为它作出证明。它从时间中独立出来以后，便陷入了孤立无援的境地。在时间被抽空之后，再也没有什么能够证明这两个女人的联系。

　　如果有一天母亲离开我，我会想她。但我放弃了为最后时刻的她拍照的想法。我们对照片的依赖是因为它具有不可比拟的真实性，但有些时候，这种真实性，恰恰是我们希望回避的。我更愿意面对母亲少女时代的笑容。如果说，所谓的永葆青春只是一种假想，那么，我心甘情愿地接受它的欺骗。

　　从医院出来，穿越纷乱的城市街景，回到母亲不可能再回来的家。当年那家小照相馆，或许正隐身于某一条小巷里，在我的身后，一闪而过。

（刊发于 2010 年 10 月 27 日《人民日报》文艺副刊）

他步入了自己建造的天堂
——悼史铁生

叶廷芳

2010年的最后一个早晨,接到的第一个电话却是一个意想不到的噩耗:我的年轻朋友史铁生因患脑溢血突然病故!我一时懵了,半天说不出话来!自从结识铁生的近20年来,几乎每年春节前后都要去看望他。鉴于再过4天(1月4日)就是他的花甲大寿了,拟在元旦期间前去祝贺。真没想到他这样匆匆地就离开了我们!怎能不令人格外悲痛和遗憾。

铁生这一生过得很沉重,但也活得很尊严,很充实。他曾不止一次遭到命运的残酷袭击,一再被命运推入了地狱,他也一再奋起和命运进行了勇猛的搏斗,一再把命运击退,最后成了我们时代的强者,成了一名优秀的作家和作家队伍中少有的思想者,从而受到广大读者的喜爱和崇敬。

铁生原本有壮实的体格,很高的天赋,却生不逢时,在清华附中还没有读完初中,就被那股"接受再教育"的浪潮席卷到延安农村"插队"。凭着青少年的单纯与时代氛围,他并不拒绝这样的"教育"。谁想到正当他青春焕发的年龄会祸从天降:一场病魔的突袭使他的下肢截瘫了!这时他才21岁,从此他终身与轮椅为伴!就像当年贝多芬发生耳聋时一度情绪低沉,甚至给亲属写下遗书那样,还没有掌握任何职业手段的史铁生也避免不了这一心路历程,就在他与地坛相依相伴、忧伤、落寞的那些岁月里,死神就曾企图靠近他。但恰恰是这一时刻,成为史铁生命运的转捩点,就是说他在与死神的对话中,对生与死的问题进行了深层次的哲学思考,并且得出结论:人生的价值在于超越那种低层次的生物欲望,升华到高层次的精神追求。这时我们从史铁生那里仿佛听到当年贝多芬那一声惊天动地的怒吼:"我要扼住命运的咽喉,不让他毁灭我!"于是残疾"知青"史铁生遁入历史的帷幕,而作家史铁生则呱呱坠地了!从此书写成了他的职业,不,使命!他让书写忠实记录着他的每一个难忘的记忆和严肃的思考。由于当年他插队的真诚,

"使后来的写作获益匪浅","那些艰苦而欢乐的插队生活却总是萦绕在我心中",使他所写的内容总是那些"从心中流出来的东西",因而具有格外感人的力量。无怪乎他的早期作品诸如《我与地坛》《我那遥远的清平湾》等一问世,马上就引起热烈的反响,使他一举成名。

然而命运一直对他穷追不舍,用他自己的话说:"恶浪一直在他脑际咆哮"。就在他顺利地写出第一批出色的散文和短篇小说以后不久,一个更大的浪头打了过来:令人骇然的尿毒症!且不说医生的那句咒语:此病若治疗得当最多可活20年!而所谓治疗,每三天一次的透析,只是手术后的第一天身体稍感轻松,可以写写东西。可第二、第三天则越来越难受。然而就在这样恶劣的境遇中,铁生依然顽强地坚持写作,至2006和2007年先后出版了两部重要的长篇小说,即《我的丁一之旅》和《务虚笔记》。而这两部著作都是思考型的、较抽象的作品。它们没有像前面提及的他的散文和短篇小说那样好评如潮,但这并不说明它们不够档次,恰恰相反,是评论家普遍够不上它们的档次,人们只能望而却步,或浅尝即止,或且战且退。这不奇怪,试想,我们队伍中有谁像书中的"我"那样,对于当代人的生存境况,对于生命的真谛尤其是"生"与"死"这个永恒的命题,进行过这样锲而不舍的追问?有谁像此书的作者那样,在形而下的地狱深处滚了一次又一次,在死亡的边缘走了一圈又一圈,从而在形而上的境界跃上一层又一层?难怪铁生批评"中国文坛的悲哀常在于……作家的危机感多停留在社会层面上,对人本的困境太少觉察",他们"从不问灵魂在黑夜里怎样号啕"。这里涉及的实际上是现代哲人们,首先是存在哲学的思想家们所关注的主题,即个体生命的存在形式和过程。

但与致力于"阐述"这个过程的存在哲学家的书写方式不同,史铁生的书写特点是"描述"这个过程。而在描述他的思考过程方面,他追求一种"有意味的形式",一种可意会而不可言传的况味。因此他不把他的思考过程写得一清二楚,明白无误,而是躲躲闪闪、似有若无、似是而非,造成一种猜谜式的审美效应。用他自己的话说:"叙事的浑浊,况味的甜美。"怪不得他抱怨有的爱揭谜底的心理分析评论家,"这样发展下去人还有什么谜可猜呢?而无谜可猜的世界才真正是一个可怕的世界呢"。就像存在哲学家们大多善于将玄奥的哲学思考化为书写的审美游戏,史铁生也热心于将他的生命伦理的思辨编织成猜谜式的"好玩"。可以说,谜语效应乃是史铁生长篇小说的主要美学特征和艺术魅力之所在。有的读者甚至批评家一见"晦涩"就不肯细心琢磨，弃书而去，不免可惜了！

纵观史铁生的一生，用得着尼采的那句名言：只有经历过地狱磨难的人才有建造天堂的力量。这句话在卡夫卡那里也引起回响：只有那来自地狱深处的声音才是最美妙的歌声。史铁生在创作上取得的非同凡响的成就，正是他用生命建造成的天堂。让我们列队护送他步入这庄严的、象征精神财富的天堂吧。

（刊发于2011年1月12日《人民日报》文艺副刊）

北京的门联

肖复兴

我一直以为，门联最见老北京的特色。这种特色，成为了北京的一种别致的文化。国外的城市里，即便有古老宏伟的建筑，建筑有沧桑浑厚的门庭，但它们没有门联。就像它们的门庭内外有可以彰显它们荣耀的族徽一样，北京的门联，就是这样的族徽一般醒目而别具风格。有据可考，北京最早的门联出现在元代之初，元世祖忽必烈请大书法家赵孟頫写了这样一副门联：日月光天德，山河壮帝居。可见门联在北京的历史之久了。当然，这样的帝王门联，是悬挂在元大都的城门之上的。我这里所说的门联，是指一般人们居住的院子大门上的那种。但我相信彼此只有地位的不同，其形态与意义，是相似的，也可以说，是一脉相承的。北京院落大门之上的门联，是忽必烈门联的变种，衍化而已，就像皇家园林变成了四合院里的盆景。

说起北京的门联能够兴起，和老北京城的建筑格局有关。老北京的建筑格局是有自己的一套整体规划的。从紫禁城到左祖右社、四城九门，一直辐射到密如蛛网的街道胡同，再到胡同里的大宅门四合院，再到四合院的门楼影壁屏门庭院走廊，一直到栽种的花草树木，都是非常讲究的，是配套一体的。而作为老北京最具有代表性特征的四合院，大门是给人的第一印象，就像给人看的一张脸，所以叫作门脸儿，自然格外重视。老北京四合院大门，皇帝在时，是不允许涂红色，都是漆成黑色的，只有到了民国之后，大门才有了红色。所以，现在如果看到那种古旧破损的黑漆大门，年头是足够老的了，而那种鲜亮的红漆大门，大多是后起的暴发户。

老北京四合院的大门，一般都是双开门，这不仅是为了大门的宽敞，而是讲究中国传统的对称，这就为门联的出现和普及提供了方便，门联便也就成为了大门的一种独特的组成部分。这种最讲究词语和词义对仗的门联，和左右开关的对称大门，正好剑鞘相配，一拍即合。在老北京，这样的四合院大门上，是不能没有门联的，门联内容与书写水平的高低，体现着主人的文化，哪怕是为了附庸风雅呢，也得请高手来为自己增点儿门面——你看，提到了这个门面的词儿，北京人，一贯是把门和脸放在一起等同看待的。

现在，外地人外国人看北京，看什么呢？胡同越来越少了，四合院越来越少了，大门上的门联，一般都得有百年左右的历史，随着岁月风霜的剥蚀，本来就已经所剩不多，这样的胡同和四合院大批量的拆迁，自然也就越发难以见到了。我还发现，前几年曾经亲眼看见的门联，现在，有的已经看不清楚了，有的索性连门带院都夷为平地了，许多你认为美好有价值的事物，被当成废土垃圾一起清除，好像一切以新建大楼的建筑面积来计算价钱了，而且还能够翻着跟头一样连年翻番。

我只能把我这几年跑街穿巷所看到的一些门联，赶紧介绍给大家，有兴趣者，可以前往一观，兴许过不了多久，它们便再也看不见了——

　　诗书修德业，麟凤振家声；
　　读书使佳，好善最乐；
　　多文为富，和神当春；
　　绵世泽不如为善，振家业还是读书；
　　芳草瑶林新几席，玉杯珠柱旧琴书；
　　忠厚培元气，诗书发异香。

这几副门联，都是讲究读书的，我们的祖先是崇尚万般皆下品，唯有读书高的。所以，老北京的门联里，这类居多，最多的是"忠厚传家久，诗书继世长"。这几副门联，写的意思是一样的，但特色不一样，要我来看，"多文为富，和神当春"，写得最好。如今，讲究一个"和"字，但谁能够把"和"字当作神和春一样虔诚地看待呢？又有谁能够把文化的多少决定着你未来富有的基础来对待呢？再看"忠厚培元气，诗书发异香"，以前院子的主人是一个卖姜的，你想想，一个卖姜的，都讲究诗书，多少让现在我们的大小商人脸红。

　　经营昭世界，事业震寰球；
　　及时雷雨舒龙甲，得意春风快马蹄；
　　恒占大有经纶展，庆洽同人事业昌。

这三户主人都是商家，但三副门联写得直白而坦率。老北京，这类门联也颇多，最有代表性的莫过于"生意兴隆通四海，财源茂盛达三江"了。

同为商家，"吉占有五福，庆集恒三多"，写得略好，吉庆也是商家的字号，嵌在联里面；五福即寿、富、康、德和善终；三多即多福多寿多子孙；都是吉利话，但具体了一些。

"源头得活水，顺风凌羽翰""源深叶茂无疆业，兴远流长有道财""道因时立，理自天开"，这三副，前两副都说到了经商之"源"，后两副都说到了经商之"道"，第一副比第二副说得要好，好在含蓄而有形象；第三副比第一、二副说得也好，这是一家当铺，后来当过派出所，不管干什么，都得讲究个道和理，好就好在把道和理说得与时世和天理相关，让人心服口服，有敬畏之感，不敢造次。

再看，"定平准书，考货殖传""平准"和"货殖"均用典，货殖即是经商；平准，则是在汉朝时就讲究的经商价格的公平合理，那时专门设立了平准官；虽然显得有些深奥，但讲的是经商的道德。

"生财从大道，经营守中和"，说得朴素，一看就懂，讲究的同样是经商的一个道德，前后对比，却是一雅一俗，古朴兼备，见得不同的风格。

能够将门联既作得有学问，又能够一语双关，道出自身的职业特点的，是这类门联的上乘，也是更为常见的。"义气相投裘臻狐腋，声名可创衣赞羔羊"，一看就是经营皮货买卖的，是户叫义盛号的皮货商。"恒足有道木似水，立市泽长松如海"，一看就是经营木材生意的，而且将自己的商号含在门联的前一个字中，叫恒立。能够让人驻足多看两眼，门联就是他们的漂亮而别致的名片。

将门联作为自己的名片，让人一眼看到就知道院子主人是干什么的，也是北京门联的一个特点，一种功能。比如卖酒的：杜康造酒，太白遗风；看病的：杏林春暖，橘井泉香；洗澡的：金鸡未唱汤先热，玉板轻敲客远来；剃头的：虽为微末生意，却是顶上功夫……可惜的是，这里好多在小时候还曾经看到过的门联，如今已经难得再见。我见到的，只有北大吉巷43号的：杏林春暖人登寿，橘井宗和道有神。那是老中医樊寿延先生的老宅。还有钱市胡同里几副：增得山川千倍利，茂如松柏四时春；全球互市翰琛书，聚宝为堂裕货泉；万寿无疆逢泰运，聚财有道庆丰盈；聚宝多流川不息，泰阶平如日之升。都是当年铸造银锭的小作坊。

当然，在门联中，一般住户，不在意那些的一语双关，着意家庭的更多，或祝福家声远播，家业发达——

  河内家声远，山阴世泽长；
  世远家声旧，春深奇气新；
  子孙贤族将大，兄弟睦家之肥。

或祝福合家吉祥，太平和睦——

  居安享天平，家吉征祥瑞；
  家祥人寿，国富年丰；
  瑞霞笼仁里，祥云护德门。

或期冀水光山色，朋友众多，陶冶性情——

  山光呈瑞泉，秀气毓祥晖；
  圣代即今多雨露，人文从此会风云；
  林花经雨香犹在，芳草留人意自闲。

但更多的还是讲究传统的道德情操——

"惟善为宝，则笃其人"，讲的是一个善字。"恩泽北阙，庆洽南陔"，诗经里有"南陔"篇，讲的是一个孝字。

"文章利造化，忠孝作良园"，讲了一个孝字，又讲了一个忠字。

"门前清且吉，家道泰而康"，讲的则是做人的清白。"芝兰君子性，松柏古人心"，讲的则是心地品性。只不过，前者说得直截了当，后者用了比兴的古老笔法。而"古国文明盛，新民进化多"，则可以看出完全是紧跟民国时期的新潮步伐了。

最有意思的是，草厂五条27号，它原来是湖南宝庆会馆，很深的左右两层大院，高台阶，黑大门，那副门联不是在大门上，而是刻在门两旁的塞余板上，很特殊。"惟善为宝，则笃其人"。

遗憾的是，我所看到的，仅仅是老北京门联的一小部分了，不知还有多少精彩的，已经和我们失之交臂。仅就我听说的，原广渠门袁崇焕故居就有：自坏长城慨古今，永留毅魄壮山河。大外廊营谭鑫培英秀堂老宅有：英杰腰间三尺剑，秀士腹内五车书。烂漫胡同东莞会馆有：奥峤显辰钟故里，蓟门风雨引灵旗。海柏胡同朱彝尊故居的古藤书屋有：一庭芳草围新绿，十亩藤花落古香。粉房琉璃街的新会会馆有：新诗日下推新彦，会客花间话早朝……当然，再往前数，在曾朴的《孽海花》里，还记录着保安寺街曾经有过的一副有名的门联：保安寺街藏书十万卷，户部员外补阙一千年。此门联民国时还在，曾经让朱自清先生流连颇久。自然，那都是前尘往事，显得离我那样的遥远了。

　　我最喜欢的是在东珠市口大街的冰窖厂胡同曾经有过的一副门联：地连珠市口，人在玉壶心。以玉壶雅喻冰窖厂，地名对仗得如此工整和古趣，实在难得。我一连去冰窖厂胡同多次，都没有找到这副门联；也曾多方向老街坊打听，也没有打听到这副门联曾经出现在哪一家院落的大门上。

　　有一阵子，我迷上了门联，胡同串子似的到处乱串，像寻宝一样地寻觅门联。因为我心里隐隐地感觉，这样的门联，也许快要成为"夏季里最后一朵玫瑰"了。有一次听人告诉我，在宣武门外校场口头条47号有一副门联，格外难认，却保存完好，我立刻赶过去，一看，像小篆字，又像钟鼎文，古色古香，其中几个字，我也认不得。一打听，才知道门联是：宏文世无匹，大器善为诗。再一打听，此院原住的是我汇文老校友、前辈学者吴晓玲先生，这样的门联只有他这样学富五车的人才匹配。去的时候，正是夏天，院子里有两棵大合欢树，绯红色的绒花探出大门，与门联相映成趣，很是难忘。

　　还应该补充这样几个门联，都是独眼一般半副。一在南柳巷林海音故居对面51号，右边半扇门上，"香光随笔是为画禅"。一在杨梅竹斜街90号，左边半扇门上，"合力经营晏子风"。后者，大院里新搬来一户，就住在大门的右边，为了把房子往外扩大一些，人家和房管局的人认识，就把右边的大门给卸了，换上了一扇小门，便只剩下了这半副门联，这么多年来，让晏子一人孤胆英雄一般独挡风雨。

　　另一在长巷五条路东一个小院，只剩下半扇门，摇摇欲坠，破裂得木纹纵横，但暗红色漆皮隐隐还在，凸刻着"荆楚家风"。过了几天，我路过那里，门联没有了，换上了两扇新门，涂着鲜红的油漆，像张着涂抹劣质口红的两瓣嘴唇。

　　真的，在越来越多的四合院和胡同的拆迁下，在越来越多的高楼挤压下，我觉得这样的门联快看不见了，或者说要看以后得去博物馆看了。在唯新是举的城市建设思维模式下，大片的老街巷被地产商所蚕食，拔地而起的高楼大厦，似乎要比四合院更有价值，却不知道没有四合院的依托，北京城还是北京城吗？没有了四合院，那些存活了近百年的门联，上哪儿去看呢？那些同欧洲房子前的雕塑和族徽一样，是北京自己身份的证明呀。我们就像狗熊掰棒子，为了伸手摘取自以为是的东西，轻而易举地丢弃了最可宝贵的东西。

前两天，我陪来自美国的宝拉教授去大栅栏，特意去了一趟钱市胡同，窄窄的胡同里，静无一人，那几副老门联还在，只是有的已经字迹模糊了。其实我才两三年没去那里，日月风霜的剥蚀，比想象的要快。

老北京的门联啊！

（刊发于2011年6月8日《人民日报》文艺副刊）

回望延安

王巨才

一

那是一个奋发的年代，一个朝气蓬勃的年代。一个党和人民、领袖和群众同甘共苦，相濡以沫，共同创造英雄史诗的年代。

多少次了，当我徜徉在延安革命纪念馆的陈列大厅，脑海里总会回旋起这些炽热的意绪，心底总会涌动强烈的、难以遏止的感动。

不只是因为气壮山河的战争风云，也不只是大智大勇的雄韬伟略。让我感动并引以遐思的，往往是那些并不奇崛的寻常故事。那些飘落在岁月风尘中的历史散叶，和历经时间淘洗总不磨损的民间记忆。

二

说起延安，人们自然会想到那幅"自己动手，丰衣足食"的题词。那几个遒劲的大字，是一个时代的传神之笔，一个古老民族的精神图腾。

苍茫的陕北高原，沟壑纵横，地瘠民贫，由于国民党的经济封锁和自然灾荒，边区军民一度陷于几乎没有衣穿，没有油吃，没有纸，没有菜，战士没有鞋袜，工作人员冬天没有被盖的地步。毛泽东说：我们的困难真是大极了！解散呢，还是自己动手呢？这一严峻的问题提给全党。

朱德总司令则以愤慨的言辞痛切陈述抗日将士的处境："有一枪仅余四发五发子弹者，有一伤仅敷一次两次药物者，于是作战时专凭肉搏，负伤则听凭自然"。与此相印证的，是他那首气壮山河的诗篇：伫马太行侧，十月雪飞白；战士仍衣单，夜夜杀倭贼。

艰难困苦，玉汝于成。巨大的困难没有吓倒"特殊材料制成的人"，一场轰轰烈烈的大生产运动和随之实行的精兵简政，使革命再次转危为安，"创造了中国历史上从未有过的奇迹"（毛泽东）。艰苦的条件也没有阻止一批批热血青年冲破层层封锁，从四面八方奔赴延安。宝塔山下，延河岸边，集合了中华民族最优秀的儿女。延安的窑洞里，有人类最睿智、最深刻、最有远见的头脑。延安的山川间歌声不断，响彻乐观向上的旋律。

梁漱溟，这位新中国成立后曾同毛泽东发生过激烈争论的著名学者，1938年和1946年曾两次访问延安。头一次，与毛泽东有过八次亲切交谈。他在所写文章中对此次所见所闻记述颇详，欣悦之情溢于言辞：在极苦的物质环境中，那里的气氛确是活跃，精神确是发扬。政府、党部、机关、学校都是散在城外四郊，傍山掘洞穴以成。满街满谷，除乡下人以外，男男女女皆穿制服，稀见长袍与洋装。人都很忙！他对延安人际关系的平等、融洽倍加赞赏：一般看去，各项人等，生活水准都差不多。没有享受优厚的人。是一种好风气。人人喜欢研究，喜欢学习，不仅学生，或者说人人都像学生，这又是一种好风气。爱唱歌，爱开会，亦是他们的一种风气。天色微明，从被窝中坐起，便口中哼啊抑扬，此唱彼和，仿佛一切劳苦都由此而忘却！人与人之间情趣增加，精神上互为感召。

穷且益坚，不坠青云之志。清贫的物质生活并不导致精神的矮化；豪车华屋，灯红酒绿，也无法疗补内心的颓废与空虚。

三

自力更生，艰苦奋斗，原本就是中华民族的优良品格，它的发扬光大，则是老一辈无产阶级革命家极力倡导，率先垂范，精心培育的结果。

毛泽东那张站在黄土院子里，面容清癯，目光凝聚，身穿补丁裤，双手前伸，向席地而坐的学员演讲的照片，早已珍藏在中国共产党的光荣史册里，见者无不动容。但另一些故事也许并不为人们熟知。

一天下午，延安留守兵团的司令员萧劲光到毛泽东住处汇报工作，见他围着被子斜躺在床上办公，以为是病了，正要询问，毛抬起头来指指地下的火盆笑说，棉裤洗了，还没烤干，起不了床，起来就要光屁股了！萧劲光鼻子一酸，指示警卫员赶快到兵团去领一床被子和一套棉衣。毛泽东一听，连说不行不行，领来我也不要，现在大家都困难，我若要搞特殊，讲的话就等于放屁，没人听，他们会说你不是真革命，是蒋介石，是封建皇帝！过了会儿，又说，劲光啊，我不能搞特殊，你也不能搞，任何时候，任何人都不能搞。你要记住这句话：我们共产党人绝不能搞特殊！

绝不能搞特殊，毛泽东不仅以身作则，同时也严格要求自己的亲属。电视剧《毛岸英》的播出，已让这位年轻人热情似火、英姿勃发的光彩形象深入人心；舐犊情深，毛泽东失去爱子后痛哭失声的画面也使多少人潸然落泪。未被剧本采用的尚有另外的情节。毛岸英回到延安，先被安排住在陕甘宁晋绥联防司令部，部队考虑到他在苏联呆的时间长，吃不惯小米、烩菜，便让他上了干部中灶，每顿两菜一汤，还有细粮。毛泽东知道后很快把岸英叫来，说：岸英啊，你妹妹李讷一直就在大灶吃饭，你这么大了，还要提醒吗？于是毛岸英谢绝了领导上的好意，坚持与战士们一起在大灶用餐。

另有一次，美联社记者访问岸英，要他对抗战胜利后的形势谈谈看法。稿子写成，岸英拿过来请父亲审看，不料毛泽东还没看完，便一把撕掉，严厉批评说：你小小年纪，刚从国外回来，情况不了解，有什么资格对外国记者发表意见！声色俱厉，不容置辩，看似无情，却命意深长，堪为镜鉴。至于岸英后来去农村锻炼，去工厂工作，去前线作战，显然都与父亲的教育、培养分不开，现在已经成为广为传诵的佳话。

四

曹靖华先生写过一篇散文，标题叫《忆当年，穿着细事切莫等闲看》，内容大抵是说旧时代在"衣帽取人"的上海等大城市里，穿时髦衣服的较之穿着土气的，往往要占许多便宜。而此时想到这个标题，则是因为我在纪念馆里得到的对这个标题的另外一种注解。

1940年，66岁的爱国侨领陈嘉庚回国考察抗战。蒋介石对此十分重视，仅重庆的接待费用就安排了8万元，其中一次宴会花了800大洋。前线将士浴血奋战，后方如此铺张，陈嘉庚对这种奢侈十分反感。后来他到延安，看到干部群众衣着简朴，情绪饱满，印象甚好。毛泽东在杨家岭宴请他，用的是从老乡家借来的小方桌，因太旧，上面铺了几张报纸。饭菜是用自种的西红柿、豆角等做的，另外上了一例鸡汤，整顿饭算下来不到两块钱。毛泽东说，我是没钱买鸡的，这只鸡，是邻居老大娘听说我有贵客要招待，特地送来的。两相对照，清者自清，浊者自浊，陈嘉庚不禁叹道："得天下者，共产党也！"回到南洋，他在第二届南洋华侨大会上还激情洋溢地欢呼："中国的希望在延安！"

那次访问，让陈嘉庚"衷心无限兴奋，梦寐神驰，为我大中华民族庆幸"。为了表达对毛泽东等领导人的敬意和拥护，他给延安送了两辆小汽车。而这两辆小车的使用，说来也耐人深思，对我们看待和处理一个时期以来屡禁不止的公车私用，公款消费，讲排场，摆阔气等恶劣风气或许有所启示。

小车送到延安，中央办公厅"理所当然"地要分配给毛主席一辆，却遭到毛的拒绝，他提出的原则是，一要考虑军事工作的需要，二要照顾年纪大的同志。在他一再坚持下，两辆车分别分给了朱德和徐特立、董必武、林伯渠、吴玉章、谢觉哉"五老"使用。一次，毛泽东去枣园开会，回来时马突然受惊，把他从马背上摔下来，跌伤了手臂，朱总司令和"五老"知道后一定要把车子让给毛主席，他仍"坚不从命"。毛后来也有了一辆"专车"，是华侨捐赠的救护车，但也只是在接送客人时才偶一使用。

这也许就蕴含了那个年代全党全军坚强团结、战无不胜的确切信息，却是离开大陆后的"委员长"痛定思痛时未必能想到的。

五

当时去延安，正是这样一个充满团结友爱气氛的大家庭。同时，又是政治清明，法纪严明，"实行民主真行宪，只见公仆不见官"（朱德诗句）的民主圣地。

人们都知道作为诗人和政治家的毛泽东，有着常人一样的丰富感情，但在违法乱纪、侵害人民利益的行为面前，他同时也有一般人少有的"毒蛇在手，壮士断腕"的霹雳手段和决绝气概。

1937年10月，曾经参加长征的26岁的抗大第六队队长黄克功，因爱情纠葛枪杀了女学员刘茜。审讯时，黄亮出浑身伤疤，请求法庭免于一死，准其戴罪立功，战死疆场。毛泽东接到报告，给审判长雷经天复信："黄克功过去斗争历史是光荣的，今天处以极刑，我及中央的同志都是为之惋惜的，但他触犯了不容赦免的大罪……如为赦免，便无以教育党，无以教育红军，无以教育革命者，并无以教育做一个普通人，正因为他是一个多年的共产党员，是一个多年的红军，所以不能不这样办。共产党和红军，对于自己的党员与红军成员不能不执行比较一般平民更严格的纪律。"

与这个事件相辅相成的,是毛泽东的"挨骂"。1941年6月,边区政府召开各县县长联席会,讨论公粮征收工作。会议进行中,天气骤变,一个炸雷击中礼堂梁柱,延川县代县长不幸触电身亡。消息传开,议论纷纷,有位老乡借机发泄对公粮负担过重的不满,指名道姓地责骂了毛泽东。边区保安部门闻讯,认为这是一起严重反革命事件,要严肃追查,公开处理。毛泽东从警卫员口中知道了这件事,立即进行制止。他对保卫部门的同志说,群众发牢骚,有意见,说明我们的政策和工作有毛病,不要一听群众有议论,尤其是尖锐点儿的议论就去追查,就要立案,进行打击压制。这种做法实际上是软弱的表现,我们共产党人无论如何不要造成同群众的对立面。对清涧群众负担过重的问题,要边区政府认真调查研究,该免的免,该减的减,不能不管老百姓的死活。

1945年7月,毛泽东在回答黄炎培那个关于历史周期律的著名提问时说,我们已找到新路,我们能跳出这周期律。这条新路,就是民主。只有让人民来监督政府,政府才不敢松懈。只有人人起来负责,才不会人亡政息。

世界学联代表团成员当年访问延安后曾这样由衷赞叹:"边区司法充满了平等和正义的精神!"

60多年过去,这些激情的言说,仍如晨钟暮鼓,穿透时空,悠然回响。

六

关心群众生活。密切联系群众。全心全意为人民服务。和人民打成一片。这些屡屡见诸党的文献的论述,毛泽东是首倡者,他和他的战友又是模范的实践者。

到过杨家岭的参观者,都会见到那条由毛泽东和中央书记处的同志、中央机关干部战士与当地群众一起修建的"幸福渠"。这条全长五公里、灌地1200亩的水渠,几十年来波光粼粼,一直滋润着乡亲们的心田。

据当年枣园乡乡长杨成福回忆,中央机关驻在杨家岭和枣园时,每年都要给老乡们拜年。有一年春节,毛泽东、周恩来、任弼时同工作人员带着糖果、春联等年礼来到乡政府,一见面,毛主席亲切地问,杨乡长,你们辛苦一年了,年过得好吗?杨一边应答,一边忙着递烟,沏茶,高兴得不知如何是好。周恩来见状,说杨乡长你就别忙了,毛主席要给乡亲们拜年,你就引我们到各家走走吧!杨成福一想,全村几十户人家,山上山下,住得很分散,哪能让首长们到处去跑。就说，你们都忙，挨家挨户就不必了，我一定把主席和首长们的心意转告给大家。毛主席一听，连连摆手，说拜年找人代理，杨乡长你这个主意可出得不好，还是我们去吧！一句话把众人逗笑了。但商量的结果，还是采纳了杨成福的意见：把每家的家长都请到乡政府，一来主席都见上了，二来也更热闹。乡亲们来了，主席和其他首长拉着老年人的手，热情地递烟，敬酒，给孩子们抓瓜子，散花生，并详细征询对中央机关的意见，了解村民的生活状况和来年的生产安排，促膝交谈，亲如一家。上世纪七八十年代，我多次陪同客人参观，听过杨成福的介绍，这些其乐融融、亲密无间的生动画面，几十年来一直活跃在脑海里，历久弥新。

毛泽东关心群众生产，也关注他们的精神生活。著名的延安文艺运动，开辟了文艺为人民服务的广阔道路。同毛泽东一样，每到春节，延安的文艺团体都要组织秧歌队，走上街头，拿出各自的拿手好戏，与群众共庆新年。1943年春节，正是毛泽东《在延安文艺座谈会上的讲话》发表的第二年，延安南门外人山人海，两万多军民聚集在广场上观看鲁艺等单位的演出，王大化、李波合演的《兄妹开荒》大受欢迎。颇有意思的是，在成千上万的观众中，有一位就是毛泽东。那天天气不大好，空中尘土飞扬。李波回忆说，她见毛主席在大风中坐在那里，身上也落了一层黄土，但他并不在意，身边有人给他一个口罩，马上被他用手扒拉开，只是兴味盎然地看着，不时张嘴哈哈大笑。这一年4月25日，《解放日报》发表社论，充分肯定那次演出是坚持为工农兵服务方向的成功实践。1944年春节，各单位组织的秧歌队就达到27家，上演节目150多个，延安群众文化生活的丰富多彩，由此可见一斑。

群众利益无小事。这句话我最早是从张汉武同志嘴里听到的。这位党中央在延安时的延安市市长，"文革"时从省上下放回延安，为了研究解决黄龙山区严重的克山病问题，他不顾年老体弱，多次深入病区，翻山越岭，奔波不息。他这种急群众所急的作风，或许与他的一次特殊经历有关。1944年的一天，毛主席把张汉武找来，问，听说西川侯家沟的妇女大都生不下孩子，群众很着急，有各种议论，市上知道不知道？张汉武答，是有这回事，但不知道什么原因。毛主席说，那么多人不生孩子，会不会是水的问题，可以派人去化验一下。张汉武知道，在生产落后的陕北，没有孩子将来就没有劳动力，主席为此操心，看似小事，实是大事。化验的结果，果然是村子里的水含有导致妇女不孕的物质，经过改水处理，问题得以解决。

在延安纪念馆陈列厅，我还看到毛泽东写的一张便笺，按时下的说法，是一张"条子"。讲解员介绍说，那一年，边区政府工作人员吴吉清的孩子得了重病，找了几位医生都束手无策，毛主席知道后，便写了这张条子给中央医院小儿科主任侯建存，请他"费心医治"。

一张"条子"，几多叩问，引人思索。

七

1948年3月23日，为了迎接中国革命在全国的胜利，毛泽东率领中央机关东渡黄河，前往华北。他登上黄河东岸，回望陕北高原，情不自禁地说道："陕北是个好地方"。

人们明白，毛主席讲这句话的时候，想到的不只是作为中国革命新的立足点和出发点，正是在这个地方，成就了他本人和他领导的中国共产党翻天覆地、前无古人的辉煌业绩，同时他还会想到那些13年来与他同甘共苦，心心相印，正直、善良、坚毅的人民，那些高唱《东方红》《绣金匾》，高唱"共产党毛主席天心顺，普天下的老百姓都随了红军"，"哪怕人头挂高杆，一心要共产"的人民。

他会想起谢子长和刘志丹。正是这两位群众领袖、民族英雄从大革命时期就开辟的红色根据地，在危急关头迎接了自己的中央。

是的，他怎能忘记，这些可亲可敬的干部群众，为支援战争、争取全国胜利，曾承担了多大的牺牲！这个只有200万人口、20多万劳力的地方，1947年到1948年，就有两万多名青壮年参军，一万多名参加游击队。在生产受严重破坏的情况下，老百姓节衣缩食，为部队提供公粮56.8万石（每石300斤），军鞋30万双，到1949年的两年零五个月中，支前民工200多万人次，担架6.7万副，牲口250万头次，缴送的公草，仅1948年的粗略统计，就有3223万斤。无怪乎彭德怀感慨：边区的劳动人民，是我看到的政治上最有觉悟，对革命最有认识的人民！

得人心者得天下。民为邦本，自古而然。

八

日月如梭，岁月不居。岁月深处，有一个民族迅速崛起的精神宝藏，有昭示未来、导引前行的智慧密码。

1949年9月29日，为祝贺新中国成立，延安各界给党中央和毛主席发去贺函。毛泽东接到贺函，"十分愉快和感谢"，他在复电中称，延安和陕甘宁边区的人民对于全国人民是有伟大贡献的。他"并且希望，全国一切革命工作人员永远保持过去十余年间在延安和陕甘宁边区工作人员中所具有的艰苦奋斗的作风"。

1980年，邓小平在中央工作会议上号召全党：一定要宣传、恢复和发扬延安精神，并且强调"要大声疾呼和以身作则地把这些精神推广到全体人民、全体青少年中间去，使之成为中华人民共和国精神文明的主要支柱"。

新世纪以来，江泽民、胡锦涛同志多次去延安看望老区人民，指出无论过去、现在、未来，延安精神都是我们战胜困难、取得胜利的法宝；任何时候，延安精神都不能丢！

毋忘延安。毋忘老区。毋忘那些卓励奋发的红色岁月。忘记，就意味着背叛！

话虽旧，真理不会老。

（刊发于2011年6月22日《人民日报》文艺副刊）

原上原下樱桃红

陈忠实

白鹿原的樱桃红了。

这个时候的白鹿原,便进入一年里最红火的时月。原上原下和原坡,新修的水泥大道和田间小径,便呈现着车水马龙熙熙攘攘的车流和人群,这是西安城里的男人女人或搭伙结伴或扶老携幼摘樱桃来了。他们散漫在樱桃园里,伸手攀下缀满或紫红或金黄的樱桃的树枝,摘下一串一串熟透的樱桃,填到嘴里,便发出舒心的赞叹,好鲜好甜咂。更有男孩或女孩,攀爬到树上,从树梢上摘下最大也熟透的樱桃极品,下树来送到情侣手里,会心的微笑里荡漾着别具一格的浪漫。喧哗声嬉笑声和呼朋唤友的声浪,此起彼伏在樱桃园里。原上原下通往樱桃园的大道和小路两边,摆满了盛着樱桃的筐篮和纸箱,叫卖声议价声糟糟一片,交易活跃。我看着那些抱着一箱箱樱桃乘车离去的男人和女人欣慰的脸色,无疑是北方这种鲜果独有的滋味带来的。我更感兴趣的是那些出售樱桃的卖方收款装钱的动作,无论农夫农妇抑或小伙姑娘,从买方手里接过钱来数一数,尽管数钱的手指的动作有灵巧和笨拙的差别,而脸上的表情却无多大差异,不见惊喜,更不见得意,多是数过之后塞入挂在胸前的布兜,无论三十五十乃至三百五百,都是以习惯性的动作塞入布兜了事,又忙着招呼围过来的新的顾客了。他们一把一把往布兜里塞着钱时所显示的平静而又平常的表情,可以透见原上原下乡民的心理气象了。

这里的樱桃,在我已形成难以化释的情结。

我至今依旧清楚地记得,46年前的1965年,我在《西安晚报》发表过散文《樱桃红了》,是歌颂一位立志建设新农村带领青年团员栽植樱桃树的模范青年。这是我初学写作发表的第二篇散文,无论怎样幼稚,却铸成永久的记忆,樱桃也就情结于心了。樱桃在我生活的白鹿原地区,是当地乡民种植的诸如桃、杏、沙果等果类中的一种,多在原坡不能种植庄稼的坡地上生长，没有资料显示何朝何代开始栽植这种水果；村子里年龄最大的长者也说不清，只记得自己穿开裆裤的幼稚年纪，就吃樱桃，吃着自家园里的樱桃还嫌不够味儿，常常结伙偷摘品尝别家的樱桃。当地人自古以来不称樱桃，称作玛瑙。如果依这种水果的果形和色彩而论，玛瑙远比樱桃更为恰切也更富诗意，那缀满树枝的一嘟噜一嘟噜或鲜红或金黄的小颗粒，活脱就是一串串珍珠玛瑙。

加深且加重这种樱桃情结的另一种因素，说来就缺失浪漫诗性了。我在白鹿原地区生活和工作大半生，沉积在心底的记忆便是穷困的种种世相。不单是我和我的家庭，整个白鹿原的乡民，从年头到年尾都纠结在碗里吃食的稀了稠了有了空了。尤其是我在公社（现称乡或镇）工作的十年时间里，体味尤深。每年交上5月，即民间俗说的青黄不接的时月，一些生产队（即今村民小组）的干部便三天两头赶到公社来，堵住分管粮食的干部，百般申述缺粮的困境，要求多给他们分配救济粮食。这些求助的生产队干部，多是来自白鹿原北坡上或大或小的村庄。坡上沟道里有小股泉水，仅供人畜饮用，"学大寨"大潮中修建过一些蓄水池，效益甚微；北坡上的田地，多为跑水跑肥不蓄墒的薄田，仅种一料庄稼的小麦产量，顶好的年份不过200斤，遇到干旱缺雨的灾年，稀疏矮小的麦秆儿搭不住镰刀，只好用手撅拔，俗称"猴拔毛"，产量就可想而知了。上级调拨下来的救济粮可以说是杯水车薪，分管粮食的专干即使慈心软肠也只能撒胡椒面儿。那时候的樱桃虽然依旧开花结果，却当不得饭吃。尤其在"学大寨"学得几乎发疯的"文革"后几年，许多生长在坡地上的樱桃树，因为修造梯田而砍掉了。有幸存留的樱桃树，在青黄不接的5月初成熟的樱桃，由社员摘下再送到指定的国营商店，换回的有限的钱款，成为生产队空乏已久的钱柜里的库存，首先作为头等合理开销的项目，便是给发生疫情的牲畜作疗治费用，弥足珍贵。

在西安郊区辖属的26个公社里，地处坡、原和山岭地区的公社不过两三家，与那些占据渭河平原腹地的公社相比，难以望其项背。这两三家自然环境较差的公社干部遇合到一起，便自我调侃定位为"第三世界"；在"第三世界"里，我工作的原坡地区当属垫底的一家，走到处似乎都有矮人半截的感觉。所谓人穷气短不单说个人，工作单位似乎也应此话，我有双重体验。

彻底扭转以至完全改换那种不良感觉的卓绝一笔，便是樱桃。我约略知道，自上世纪80年代中期起始，灞桥区的领头人，既得改革开放之"天时"，更度白鹿原地理特质之"地利"，确定该地区以樱桃种植为主业，为乡民开创一条脱贫致富的途径。我尤为赞赏尤为敬重的一点，20余年来，灞桥区的领头人调换过一茬又一茬，而一茬又一茬的新继任的领头人，都一如既往地瞅住樱桃园的建设和发展，终于形成气候，形成产业化的规模。单是白鹿原原上原下和原坡，现已种植樱桃2.4万亩，结果的樱桃树有1.5万亩。3000余户乡民现在年均收入超过4万元，人均超过万元，竟然比本区那些过去的盛产粮食的平川地区的人均收入超出近两成。尽管我知道读者逆反文章里引用数字，仍然忍不住要把这些数字摆列出来；这些数字牵涉我的情感。甚至颠覆了情感记忆里最软最短的那一脉。我确凿相信这些数字，尽管没有必要挨家逐户去询问谁个收入了多少，因为你随便走进原上原下和原坡的或大或小的村庄，一街两行全部都是新建的房子，有平房也有二层小楼，三合院司空见惯，迎着大门的正面几乎全部都用白色瓷片包装，一派崭新气象。这里的乡民积习已久善于门楼的建筑，却几乎很少见到老祖宗们用青砖刻着神鹿白鹤的图案，而是用现代建筑材料或白色或紫红颜色的瓷砖，给人直观的感觉是清爽和温暖。每每看到这些宽敞漂亮的农家小院，我便想起高晓声的小说《李顺大造屋》来，如果说李顺大是上世纪80年代以前的中国农民生活形态和心理形态的一个典型，那么白鹿原上下一幢幢新房小楼的主人，便是对李顺大的终结。

　　有朋自远方来，恰逢樱桃成熟的5月，我便领他们上原摘樱桃。站在白鹿原头，原上平地里是蓬勃着的樱桃树，一眼难尽；原坡上随着坡势和浅沟起伏错落着一派绿色，自然都是樱桃树了，几乎看不到裸露的地皮；原下的川道，灞河自东而西蜿蜒过来，几乎被满川的樱桃树遮掩住了。朋友无论男女，也不论长幼，站在原头观赏这一方自然景致的时候，无不发出由衷的慨叹，你老兄（或老弟）竟独得这一方活水绿山！我便凑兴纠正，这不是山，是原和原下的坡。

　　进入5月，便进入这座古原最红火的季节。果农们选择了早熟和晚熟的多种樱桃品种，采摘的时间可以延续月余。这座雄踞于西安东南方位的开阔的古原，距离西安不过十来公里，工余假日，人们呼朋唤友引妻携子，驾车不过半个多小时便进入樱桃园了，或上原或上坡或到原下的河川，尽都是缀满红色金黄色珍珠玛瑙的樱桃树，诸种烦恼和疲倦顿然消解了。当各种媒体大呼急叫着西安城区应该形成"低碳"的健康空间的时候，这里的樱桃园无疑是一方天然氧吧，从城里赶来的男女老幼，从树枝上摘下一颗颗樱桃填到嘴里嚼咂品尝的时候，或在樱桃园里逸情漫步的时候，获得一种神清气爽的生命活力。即使在樱桃清园以后的夏天和秋天，原上原下和原坡的果园和小路上，仍有不少城里人观光散心，迷恋这个天然氧吧的洁净的空气。

每到清明，樱桃花开，原上原下和原坡，尽皆是粉白的樱花，香气弥漫。树叶刚刚吐芽，花儿却灿烂了，这原这川这原坡，望去是纯一色的樱桃花的世界。果农们忙着种种技术性管护，只企盼樱桃开花时不要下雨，雨水灌花就结不出樱桃。城里人搭帮结伙来赏花了，散漫在樱桃花的海洋里，留几张以樱桃花为背景的照片，在农民开办的"农家乐"饭馆吃一顿地道的农家饭菜，不仅释放了胸中积存的废气，缓解了办公室或工作台上的紧张的神经，把粉白的樱桃花储入胸间，当属滋养精神心理的氧。

(刊发于 2011 年 7 月 9 日《人民日报》文艺副刊)

迁徙的故乡

梅 洁

前些年在故乡湖北郧县、丹江口、十堰等地采访时,已看到各级政府官员和父老乡亲们为送汉水进京而日夜奔忙着、焦灼着。他们最最焦灼的是移民!是啊,几十万移民要在三两年内迁徙完毕,谈何容易?

常听到汉江两岸的乡亲们说:要搬快搬吧,我们都等老了,房子都等得快塌了,媳妇都等没了……望着他们近乎乞求的眼神和风雨飘摇的土屋,我总是别过脸,望着远处的山,无以回应。

半个世纪了,这块土地上的人们从来没有安生过。今年调水呀,明年调水呀,一说就是十几年、几十年,一纸"停建令"下来,他们不能修路、不能建厂、不能盖房!他们在等待中贻误了发展,在等待中老去了生命!在等待中40多万人已别离故乡,沿江几千个村镇、古城都已沉没江底。

50年了,故乡一直走在迁徙的路上……

2010年,老家终于开始二期移民了!终于开始搬迁了!消息从不同渠道传来,远在京城的我,和老家人一样振奋。

背井离乡——一个原本有着深重悲怆意绪的事,对于故乡来说,竟是一种解脱般的快事!是熬白了头发要一洗沧桑的快感!是前途未卜、翻过山就能明白的期盼!是漫长的没有结果的一个结果啊!

真的开始上路啦,我迁徙的故乡!

5月5日,我在湖北郧西采风,接到故乡县委书记柳长毅发来的短信:"梅老师,你在哪儿?家乡已开始移民了,你什么时候回来看看?家乡的樱桃熟了,我们接你回家吃樱桃吧!"看完短信心中好一阵温暖。

回到郧县,县委宣传部长金菊一见面就告诉我:"安阳镇已迁走两批移民了,这几天若不下雨,还会有一次千人大移民!县里领导分批带队,这次有我……"年轻的女部长还是那样爽朗,那样快言快语,一双大眼睛扑闪着,有平静，有庄重，有责任在肩、义不容辞的坚毅。

广电局播放室，正播安阳镇移民到达湖北团风县移民新区的录像，片子没剪辑，全是原始素材。我一气竟看了两个半小时：

满载着移民和家什的大客车、运输车，长龙般在山间公路缓缓前行；

一朵朵鲜艳的大红花挂在移民胸前；

走了千里之路后大红花又挂到了移民新区的房子里；

一排排、一栋栋含有欧式建筑元素的黄瓦白墙的移民新区，矗立在穿街而过的河渠两边；别墅般的房屋里全部装有自来水、管道煤气，还有卫生间。

移民新区将入住874户、3782位来自安阳镇的移民；

团风人为每户移民送来了一份午餐、一袋米、一个开水瓶、一提挂面、一桶油、一筐青菜、一部电话机、一副对联、一挂鞭炮……移民进屋就能开伙；

移民新村已有粮油、蔬菜供应点，已有超市、学校、图书室、卫生医疗室……

啊，乡亲们毕竟等到了一个全新的时代！

"移民不是泼出去的水，而是嫁出去的女，为了国家利益，移民牺牲了自己的利益。作为娘家人，我们有责任帮助他们，让他们迁出后尽快融入当地，安居乐业。郧县永远是移民的家，欢迎你们常回家看看……"送别仪式上，县委书记柳长毅讲着话就落下了眼泪。

"移民工作无小事儿，移民利益大于天！"县长胡玖明操着武汉话到处讲。

常务副县长邵际军把办公室搬到了柳陂移民村，他天天挨家挨户地走访、做工作，移民们脸难看、话难听、门难进。是呀，柳陂人已是第三次迁徙了！几十年、几代人在荒沙滩上创造了一片国家级无公害蔬菜基地，现在又要全部沉没了，柳陂的牺牲有多大？邵际军同情他们，他贴着心窝和移民说话。长时间的说话，他的声音完全嘶哑了。

县移民局局长邓兴忠来了，长年在乡村移民中走呀走呀，他显得格外清瘦而黝黑。人们告诉我他的手机上存了1000多个移民的电话号码，他每天与移民通话的次数多达120次。

县移民指挥部，设在移民局很旧的小院里。副总指挥周吉礼的办公室门开着，人不在。环视周吉礼简朴的办公室我在想：那个相貌英气、说话幽默、做事果决、极富判断力的周吉礼，两年前我认识了他。如今，政法委书记兼起了移民指挥部常务副总指挥的职务，看来，特殊时刻，县里在紧急调兵遣将。

正想呢，周吉礼进来了。他左小臂上有隆起的一块肉包。他说感冒不好，咳嗽不止，打了18天针也不痊愈。医生做结核试验，说他肺部深处有结核菌感染。我担心地说那你一定要注意休息啊。周吉礼说，移民的关键时刻，怎么休息？

是啊，移民的关键时刻，成千上万的乡亲每天都在等待着启程的号令，千里迢迢的迁徙长路，数万个家庭的安家落户……每天都要做重要决策的指挥部，"休息""保重""注意身体"这些关切的话，对于周吉礼们已是奢侈了。

周吉礼很快说起了"包保"工作队。

"包保"！？这是今天这个时代、调水源头人民创造的一个崭新的词汇，我开始竟没有听懂。周吉礼拿给我一张红纸，那纸上密密麻麻印着"包保"的内容，周吉礼说，他们印了一万份，"包保"队员人手一份。我粗略地看了一眼那张纸，那是个严密且严厉的责任体系——

我细读了"十包"责任制：包移民搬迁户的思想政治工作，包移民政策宣传，包移民身份和指标核查，包各类矛盾纠纷排查，包上访移民劝返稳定，包搬迁户协议签订，包督办移民搬迁户建房，包腾空并拆除旧房，包顺利搬迁，包善后处理相关工作。

我突感一阵沉重：在"包保"这个词汇后面，有着多少艰辛、汗水和生命律动？

周吉礼还告诉我，为了更好地做通移民思想工作，他们曾组织全县开展"我回家乡帮移民"活动。全县1000多名公务人员回到家乡化解了5000多移民的心事……

等着吃水的北京人知道调水源头人在这样生死鏖战吗？

天在下着小雨。中午，我来到安阳镇龙门堂移民村。村主任刘继武向我走来。当我和一双粗糙的、结实的中年男子的手相握的刹那，刘继武怆然的泪水夺眶而出。我的泪水也滚滚而出。这个坚强的男人，多少天、多少月、多少年他都在鼓励自己的村民：为了国家的工程，为了北方人能喝上汉江水，我们到别的地方重建新的家园吧，我们不哭。可他在我面前，却再也无法忍住。他用一双粗糙大手胡乱地抹着脸上的泪水，然后指着村前广阔、肥沃的田地说："今年地里没种一棵庄稼，去年都说搬呀搬呀，结果也没搬，地都撂荒了……"我顺着他手指的方向看去，往日的千亩稻田里长满了杂草，刘继武心疼这来之不易的土地。

安阳镇在半个世纪里因调水工程两次被水逼上山岭，这次要全部消失了！千年的汉水码头"小汉口"要全部消失了！一代哲人杨献珍的故乡要最后消失了!

中午了,县里的"包保"单位开始给移民送饭。每家按人口计算:每人两碗方便面,两根火腿肠,一袋榨菜,一瓶矿泉水。移民们已经没有了锅碗,许多人家的房子已拆了。

看哪,坡上坡下,坎上坎下,大路小路上,都奔走着送饭的"包保"队员。他们挨家挨户地送,他们一盒盒、一根根、一包包地把饭送到移民手上。这也许是他们的"包保"内容之一吧。

送饭完毕,"包保"队员们或站在树下、或蹲在地上吃方便面……

午后,天开始下雨,好在49辆货车已装载完毕,盖好了苫布,编号列队,卧龙般静静地停在公路边,只等出发的命令。下午4时,一声令下,货车徐徐驶动,离开安阳镇,向广阔的江汉平原驶去。

雨越下越大,我来到安阳镇青龙村。

青龙村数百人已冒雨集结在青龙小学。小学校的教室里、走廊里、屋檐下都蹲着、坐着、站着一堆堆来自各村组的移民。他们在那里等着上车的命令。

天气很冷,移民们大多穿得很单薄,很多人光脚穿着草鞋。如果按上级规定的出发时间——明天凌晨4点——他们还要在这里等十几个小时。那只有一个月的小移民刘心雨、只有两个月的小移民陈从园怎么受得了?那个70多岁的、坐在轮椅上的偏瘫老人怎么受得了?她大小便失禁啊!那个等待生产的孕妇怎么受得了!那个癫痫病人怎么受得了……

许多移民几天前房子都扒了、锅灶已拆了,他们已好几天没吃上热饭、没喝上热水了!

22时零5分,常务副总指挥周吉礼终于"违规"下令:移民车队提前启程!

我和故乡的朋友兴明、萍清迅即来到沿江大道,我们想在那里送送移民。

雨,在昏黄的路灯下扯着斜斜的银线,雨点打在伞布上发出嘭嘭的声音。

夜,静极了。江风吹过来,凉飕飕的。街上没有一个行人。我们仨人站在雨里等待。等待乡亲们从这里走过。

23时15分。一辆警车驶过。一辆指挥车驶过。一辆医务救护车驶过。啊,满载移民的豪华大轿车驶过,一辆又一辆……25辆啊!

我们向车子挥手,向父老乡亲们挥手。

故乡的人们呀,你们就这样在这寂静的雨夜悄悄地告别了故乡!

永远的告别呀!

父老乡亲们，祝你们一路平安！

我任泪水和着雨水，在脸上奔涌……

突然，手机铃响了，是金菊发来的："梅老师，辛苦您了！我代表220户、946名移民群众向您致敬！我看到您深夜站立在风雨中的形象，我万分感动！保重，再会！"啊，金菊在护送移民的汽车里看见了我！

又一声手机铃响，是护送移民到安置地的周吉礼发来的："梅洁大姐：我没能力、没条件为人民干大事，但无论干什么事我都要无愧人民，个人安危实在是太小的事！这次您回来太仓促了，没能陪您。希望下次回家时，时间备足点好吗？"

读着周吉礼的短信，我已泪流满面！多好的故乡！多好的人民！多好的执政者啊！

抬头仰望雨夜的天空，我双手合十，为我迁徙的故乡祈祷平安……

(刊发于2011年8月15日《人民日报》文艺副刊)

宏美国博

张首映

人们常说，天安门广场是中国的"心脏"。国博处于"心脏"左边，相当于人的左心房。

人们常说，北京是中国政治和文化中心。天安门和大会堂主要是政治的，国博主要是文化的。因为国博，因为这个极具重量级的文化殿堂，天安门广场成了这两个中心的"中心"。

世界上，没有任何一家别的博物馆处于如此核心地区，占据如此显赫地位。

中国地大物博，国博"地大物博"，占地7万平方米。它是一个庞然大物，一间300多米长、100多米宽的大屋，或一间占地110多亩的大屋。故宫院子比它大10倍多，有不少独立大屋子，却没有一间这样的庞然"大屋"。馆内也有不少屋子，它们共一个墙体，同一个屋顶，这样的庞然"大屋"，世所罕见。

国博展的后母戊鼎，重832.84公斤，是迄今出土的最重青铜器，享誉"镇国之宝"。伫立广场，凝视国博，方方正正，齐齐整整，几十根方柱顶天立地，屋檐有节奏和韵律地向外伸展，气势如虹，多像一座大鼎，似可称为"中华现代巨鼎"，或"中华当代豪鼎"，宏阔，庄重，华贵，典雅。

这世界第一巨鼎，伫立在世界第一长街和世界第一大广场上，成为举世唯一！

这举世唯一，与举世唯一的中华源远流长的文明相适应，相得益彰，相映生辉！

国博门厅长约300米、宽30米、高28米，无一根立柱，无一丝阻碍，"一马平川"。千人集会，不会拥挤；仪仗队临时举行仪式，与在大会堂内一样，雄赳赳，气昂昂，正步迈得噌噌响。

如此畅通，来自打通。国博由中国历史博物馆、中国革命历史博物馆组建而成。2003年2月，两馆合并，国博挂牌成立，规划设计改扩建，2007年3月动工，历时4年，投资25亿，2011年3月竣工开放，由此造就国博成为世界第一大博物馆，这门厅成为世界博物馆第一大厅。

门厅似客厅，观众聚散地，又是交通枢纽，四通八达，通过楼梯、扶梯和电梯，可进入地上地下的任何展厅。

国博展厅49个，最大的2000平方米，最小的800平方米，总面积6.5万平方米。位于西大厅中部、2000平方米的一号大厅，高阔，明亮，只有董希文《开国大典》那样的巨幅国画或油画、雕塑、书法作品，才匹配；小巧的、袖珍的，陈列在这高朗大厅，如同小舟摇曳在大海。

倘徉于"古代中国陈列"，如同翻阅一幅幅历史长卷。8个展厅，远古、夏商西周、春秋战国、秦汉、三国两晋南北朝、隋唐五代、辽宋夏金元、明清8个时期，几万件文物，书写着悠远、绵延、深邃、雄浑、壮丽的文明史诗。元谋人牙齿，古人类化石，后母戊鼎、甲骨文、铜编钟，一直到铜器、陶器、瓷器、玉器、石器、漆器、金银器、兵器、乐器，无论古籍、书画、印章、碑拓、文房用品、佛教造像、画像砖石，还是度量衡、货币、家具、服装服饰和车马工具，都"炫"出中华民族的璀璨辉煌，中国对人类文明的卓越贡献。

缓步于"复兴之路"，走在"之"字路上，守望"复兴"二字。鸦片战争，中国挨打。中国人打不垮。林则徐向清廷报告销烟经过的奏折，虎门炮台大炮，三元里人民抗英的旗帜，透露出悲愤的中国人民抵抗侵略者的坚强意志。严复翻译《天演论》手稿，孙中山学医用的显微镜，《共产党宣言》第一个中译本，开国大典升起的第一面五星红旗，生动再现中华民族凤凰涅槃、浴火重生的艰难历程。第一颗原子弹、氢弹爆炸成功，第一颗人造卫星发射成功的场面，"神舟"5号飞船返回舱，北京申办奥运会时的合同用笔，使我们沉郁的心情顿时激越、澎湃、亢奋起来。1280多件套珍贵文物，870多张历史照片，多个模拟场景、数码幻象剧场，多幅油画、雕塑，尤其陈列的5部分标题——中国沦为半殖民地半封建社会，探求救亡图存的道路，中国共产党肩负起民族独立人民解放的历史重任，建设社会主义新中国，走中国特色社会主义道路，让我们刻骨铭心，永篆于怀。

漫步于"中国古代青铜艺术""中国古代瓷器艺术""中国古代佛造像艺术"诸"专题馆"，美轮美奂，价值连城，释放的历史和艺术魅力，令人陶醉。与"后母戊鼎""大盂鼎"齐名的"子龙鼎"，商代最大青铜圆鼎，古代三大名鼎之一，想到它2006年才回归，多么来之不易；想到还有那么多奇珍异宝流落他乡，多么渴望它们能与"子龙鼎"一样，尽早回到祖国，回到国博。

进入"蜡像艺术馆"，抬头一看，那不是毛泽东、邓小平吗？那不是李四光、华罗庚、张大千、雷锋吗？声、光、电中，多位历史人物出现了。蜡像不愧为"立体的摄影"，岂止是"形似"，有的"酷似"乃至"神似"，惟妙惟肖表现独特精神气质。这样跨时空、零距离接触历史人物，别有意义，别有趣味，感到国博"活了"！

国博古董，十天十夜看不完。遥想1926年双十节"历博"在故宫开馆时，仅20多万件文物，让许多人魂牵梦绕。1959年"国庆"开馆时，"历博"也只30多万件文物，众多文人墨客认为它是集美场所，美不胜收。两馆合并时，达60多万件，尚未达到国际大博物馆"超百万"要求，业内人士欢呼雀跃。而今，国家调拨40多万件套文物给国博，使国博文物达106万件套，成为名副其实的世界十大博物馆之一。

国博的展陈方式，以人为本，与时俱进。让文物说话，让事实说话，让文献和图表说话，让场景情景说话，让大事件、大人物、大思潮、大作品演绎历史和诠释主题，体现历史与艺术、人文与科技、传统与现代审美的结合，吸引越来越多的人体验"文物的体温""文化的温度"，来进行"美学散步""审美凝聚""审美体验"。

展览布置，高度"美学"。部分、单元、子单元，好像著述的章、节、题，条分缕析，十分明晰。一扇扇薄薄隔板，像诗词的逗号、分号、句号，把展品隔开，供人专赏；一个个玻璃框，像文章的段落，把一件件国宝"供奉"起来，让人品味。一盏盏灯，或悬挂于展厅顶上，或设立在展板间，或内置于玻璃框内，或聚焦于名贵作品处，各显其美，十分考究。

登上顶层，2万平方米绿地跳入眼帘。坐上藤椅，看水龙头渐渐滴流，浇灌绿草和鲜花，秋阳照耀、秋风吹拂，"天人合一"！站在这首都最大的屋顶花园，或世界博物馆最大的屋顶花园上，可触摸"顶层设计"的仿琉璃瓦色泽的铝板斗拱，可平视天安门、故宫、大会堂的屋顶及其飞檐，鸟瞰天安门广场全景，长安街奔驰的车流，恰似"风景这边独好"！

天上人间啦！

从"天上"或宏观看，说国博是五千年中华文明的圣殿艺坛，海内外炎黄子孙的祖庙家园，不为过；它积累了历朝历代众多"镇国之宝"，说它是当代"镇国之馆"，不为过；说它代表中国博物馆最高水平，是当代铸造的首屈一指的历史宗庙、艺术殿堂、科学殿堂，亦不为过；说它代表新世纪世界博物馆建设的最新成果，是当今国际一流的博物馆，不为过吧！

从"天上"回到"人间"，回到西大厅，看到工农商学兵各色人等流连忘返，回望6米长、12米宽、将徐悲鸿原作放大的"愚公移山"浮雕，日均8000人驻足瞻仰，深切感受到，国博是国家的，更是人民的；看到青年学子、少先队员惊叹的几近震撼的目光，能体会到他们油然而生的爱国激情，到达文明源头升华的归属感，作为复兴大国子孙的自豪自信。

国博之重，重在贯通历史、现在和未来！

国博之重，重在中国人心中！

（刊发于2011年10月5日《人民日报》文艺副刊）

亲历了七次作代会

袁 鹰

1953年9月,我作为记者第一次列席参加作代会,此后,作为代表参加了历次作代会。今年是"第八次作代会"。此次参会,距离第一次参加作代会已经58年了。心潮起伏,百感交集。首先想到的,就是很多前辈、同辈,甚至比我年轻的先后都走了。

上世纪50年代,许多作家来北京开会虽然都很兴奋,实际上心情却比较压抑。50年代初,就开始遇到接连不断的政治运动。"作代会"后一年,就遇到批判俞平伯的《红楼梦》研究,紧接着就是大规模的反对"胡风反革命集团"斗争,接着又是全国规模的"反右派运动",对作家的影响很大。很多作家已经被戴上"帽子",不知道到哪里"劳动"了。1959年到1964年,曾为知识分子"摘帽",也不可能从根本上解决问题。

1979年第三届作代会,是在隔了20多年之后召开的。经过十年浩劫,有些人早已经不在了。不少老作家,都是以伤残之身赴会,比如夏衍同志,就是拄着拐棍来的。"文革"结束,平反冤假错案,很多作家终于又能拿起笔写作,邓小平同志代表党中央致祝词,对作家队伍作高度热情的评价。他希望文艺工作者成为名副其实的"人类灵魂工程师",他说:"人民是文艺工作者的母亲。一切进步文艺工作者的艺术生命,就在于他们同人民之间的血肉联系。忘记、忽略或是割断这种联系,艺术生命就会枯竭。人民需要艺术,艺术更需要人民","写什么和怎样写,只能由文艺家在艺术实践中去探索和逐步求得解决。在这方面,不要横加干涉。"这些话引起全场热烈鼓掌。与会代表听了,都有又一次翻身解放的感觉。

但是,人们的思想被禁锢得太久,不可能因为领导人的一次讲话就彻底放开手脚。特别是一些主管思想文化工作的负责人,积重难返。因为一首歌、一部电影就被戴帽子的事情还时有发生。某些领导不"横"加干涉,却会

"竖"加干涉,而且振振有词。不时会有一些作品引起一些风波和非议。作家们从桎梏中刚刚解放出来,还有"下笔如有绳"的感觉。

1984年12月第四次作代会,作家们印象比较深刻。会议是在摒弃"左"的干扰,进一步解放思想、倡导创作自由,真正贯彻"双百"方针的气氛中举行的。党中央领导胡耀邦、万里、习仲勋、胡启立等同志出席了开幕式。胡启立代表中央书记处致贺词,热情洋溢地称赞"我们的作家队伍是一支好队伍,是完全可以信赖的。"他恳切地谈到党对文艺的领导存在一些缺点,指出文学创作是一种精神劳动,强调要尊重作家的创作自由。在文学创作中出现的失误和问题,只要不违反法律,都只能经过文艺批评、讨论和争论来解决。

那次作代会开得比较欢畅。会议闭幕时,《人民日报》刊登了闭幕消息和新选出的理事会名单,与以往不同的是,这个名单是按得票多少为序而不是按姓氏笔划为序。报社领导和作协领导都同意这样安排。当天上午,报纸送到京西宾馆,在代表们中引起不小的轰动,因为已经很少见到这样地公布选举结果了。我在会场上、走廊上和饭厅里遇到不少熟识的代表,都笑逐颜开地称赞报纸做得对。广东老作家陈残云说:这虽然是一件小事,却有突破陈规的意义,更重要的是真实地反映了文学界大多数人的民心民意。上海老诗人辛笛说:"这才有点民主的味道。"按得票多少排列当选人次序,本是最正常的事,属于最起码的民主常识和民主权利。党的"七大""八大"公布当选的中央委员及候补委员,都是"按得票多少为序,得票相同的按姓氏笔画为序"。不知什么时候起改变了,人们头脑中旧观念、旧意识根深蒂固,要做这么一点小小的改革,也并不容易。

1996年、2001年、2006年的三次作代会,都是五年一届如期举行的。与前几次作代会相比,这几次作代会上,新面孔越来越多。新陈代谢是自然的,新人辈出,更是可喜的现象。这一次"八代会"必然也会出现新面孔,他们代表着文坛的新军,预示着无限生机,我作为一名老兵,满眼春光,更充满了欣喜。

在这次盛会召开之际,我特别怀念许多已远行的前辈。他们对社会主义文学的丰功伟绩,都已载入史册,就说他们对《人民日报》的支持,对我个人的教诲和帮助,也是终生难忘的。老一辈作家们都有很强烈的"党报观念",对报纸几乎有求必应。郭沫若、茅盾、冰心、巴金、艾青、严文井、刘白羽等前辈作家对报纸的热情支持,我们一些老编辑都记忆犹新。像郭老,编辑部向他约稿，上午打电话，下午稿子就拿回来了。老舍先生的稿子都是用毛笔写的，他只有一个要求：不能改。他的语言讲究，稿子也不用我们改。1958年"大跃进"年代，有一次副刊要出一期表扬幼儿园老师的版面，约请作曲家瞿希贤同志写一首歌曲，第二天就得见报。下午快下班时，她打电话过来说写好了，立刻去取也来不及了，只好在电话里传来，她在电话里一句一句唱，我们的编辑一句一句记下来，校正后立即发稿。

面对文坛呈现一片繁荣的同时，我也有一些杞忧，就是有些作家的作品与读者距离远了。在思想上、感情上已经和老百姓疏远了，作家离开了老百姓，光彩就暗淡了。我很希望年轻的作家不要太满足于早早成名，要真正沉下心来，真正接触老百姓，反映他们的希望、要求和苦闷。不要眼睛只看到鲁迅文学奖、茅盾文学奖、诺贝尔文学奖，开个研讨会，听赞美歌，签名售书，拥有一批"粉丝"，这些东西容易吸引人，但也容易害人。听说现在每年出版一两千部长篇小说，不知道真正为老百姓喜爱、真正留下来的能有几部？这个时代太容易出名，太容易浮躁。像赵树理、柳青、孙犁那样沉入基层，低调生活的作家已经不多了。诱惑太多，不容易守住自己清静纯洁的灵魂。

（刊发于2011年11月23日《人民日报》文艺副刊）

眷念与忧思

王　蒙

如果让我选一首我最喜爱的唐诗，我想，我会毫不犹豫地选李白的《将进酒》。只"君不见，黄河之水天上来……"就已经让人醍醐灌顶了。

但最近一批搞接受美学的专家，根据古往今来被刊印、被评点、被收入诗选或文学史、成为论文的主题与出现在网上的频率，进行精确的数学与统计学的计算的结果，被选择为"唐诗排行榜"第一名的是崔颢的《黄鹤楼》（见《唐诗排行榜》，中华书局2011年9月版）。

这很有个思考头。

昔人已乘黄鹤去，此地空余黄鹤楼。
黄鹤一去不复返，白云千载空悠悠。

开头这四句，写得平顺，像口语，不吃力，不像作者闹了什么炼字炼句的功夫。但它有点纵深感，沧桑感。不是中国这样的古老文明国家的诗人，是不会有这样的四句诗的。黄鹤不返的故事里包含着许多不可考的往事，许多怀念与记忆。中华民族是一个富有记忆的民族，是一个往事千姿百态、魅力无穷的民族。失去了记忆的浅薄的信口开河的中国人，很难像是个真正的中国人。

晴川历历汉阳树，芳草萋萋鹦鹉洲。

这是最最关节的两句诗。晴川历历，历历在目，晴空下的大江即长江，这说的是中华长江流域的亲切地貌，大地与诗人的距离如同零。芳草萋萋，是草木繁盛，说的是此地的植被葱茏，好田好土。短短两句诗充分表达了对中华大地的眷恋、亲近、温暖的感受，是诗人对于中华怀抱的投入。这样的描写催人泪下。

　　日暮乡关何处是？烟波江上使人愁。

　　这两句又有些不同了。晴川历历，本来一切看得清清楚楚，可能是近看很清晰吧，远望呢？波浪如烟，看不到故乡了，崔颢有游子之叹了。除了对于中华大地的眷恋之外，诗人表现了某种忧思。眷之深，恋之诚，也就会忧之弥漫而思之牵心动情了。能不为之感动吗？

　　我年轻时常读俄苏文学作品，常常看到苏联文学评论家讲述的俄苏作家对于俄罗斯大地的忧思，例如契诃夫的《草原》，例如高尔基的某些作品，例如列昂诺夫的《俄罗斯森林》。我很感动。

　　我们的长篇小说中对于大地的描写可能不是特别多，但我们更是一个诗歌的民族。我们的诗里充满了对于中华大地的眷恋与忧思："卿云烂兮，纠缦缦兮……日月光华，旦复旦兮"是这样的。杜甫的"岱宗夫如何，齐鲁青未了"，还有他的"无边落木萧萧下，不尽长江滚滚来"；李白的"五岳寻仙不辞远，一生好入名山游"与"明月出天山，苍茫云海间"；王维的"大漠孤烟直，长河落日圆"与"明月松间照，清泉石上流"……多着呢。其中，气魄大，用语自然，特别动人的，不能不想到崔颢的《黄鹤楼》。

　　诗之外，我们的一些辞赋名篇，也有许多这方面的内容。

　　从这个角度检视中国的古典文学，也许我们能有新的发现与感悟。

（刊发于2012年1月9日《人民日报》文艺副刊）

天 香

刘醒龙

一座山从云缝里落下来,是否因为在天边浪荡太久,像那总是忘了家的男人,突然怀念藏在肋骨间的温柔?

一条河从山那边窜过来,抑或缘于野地风情太多,像那时常向往旷世姻缘的女子,终于明白一块石头的浪漫?

山与水的汇合,没有不是天设地造的。

在怡情的二郎小城,山野雄壮,水纯长远,黑夜里天空星月对照,大白天地上花露互映。每一草,每一木,或落叶飘然,或嫩芽初上,来得自然,去得自然,欲走还留的前后顾盼同样自然。

小雨打湿青瓦人家,晨曦润透石径小街。都十二月了,北方冰雪的气息,早已悬在高高的后山上,只需心里轻轻一个哆嗦,就会崩塌而下。小街用一棵树来表达自身的散漫和不经意,毫不理睬南边的前山,挡住了在更南边驻足不前的温情。

一棵树的情怀,不必说春时夏日秋季,即便是瑟瑟隆冬,也能尽量长久地留下这身后岁月的清清扬扬,袅袅婷婷。细小的岩燕,贴着树梢飘然而过,也要惊心一动,被那翅膀下的玲珑风,摇摇晃晃好一阵。当一匹驮马或者一头耕牛重重地走近,树叶树枝和裸露在地表外的树根,全都怔住了!深感惊诧的反而是鼻息轰隆的壮牛,以及将尾巴上下左右摇摆不定的马儿。

山水有情处,天地对饮时。一棵树为什么要将那尊沧桑青石独拥怀中?若非美人暗自饮了半盏,趁那男人半立之际,碎步上前,将云水般的腰肢与胸脯,悄然粘贴身后,临街诉说心中苦情,有谁敢如此放肆?乾坤颠倒,阴阳转折,将万种柔情之躯暂且化为一段金刚木,做了亿万年才练就强硬之石的依靠!一如江湖汉子走失了雄心,望灯火而迷茫,将离家最近的青石街,当成天涯不归之路,饮尽了腰间酒囊,与数年沉重一起凝结街头,在渴求中得幸久违之柔情，再铸琴心剑胆。

树已微醺，石也微醺。

微醺的还有那泉，那水，那云，那雾……

所谓赤水，正是那种醉到骨头，还将一份红颜招摇于市。只是做了一条河，便一步三摇，撞上高入云端的绝壁，再三弯九绕，好不容易找到大岭雄峰的某个断裂之缝，抱头闭眼撞将进去，倾情一泄。有轰鸣，但无浑浊，很清静，却不寂寥。狂放过后是沉潜，激越之下有灵动。在天性的挥霍之下，桃花源一样的平淡无奇，忽然有了古盐道，以及古盐道上车马舟楫载来的醉生梦死，萧萧骊歌。

所谓郎泉，无外乎将人生陶醉，暂借给潜藏在亿万年的岩层中，那些无从打扰的比普通水还要普通之水。这样的泉水，看得见红茅草和白茅草的根须，年复一年，竭尽所能地向最深处，送去一颗颗针鼻大小的水滴。只是不知这些年，又有了多少草根的汗珠！相同道理，这泉水少不了清瘦黄花，冷艳梅花在爱恋与伤情中，反复落下的泪珠。任谁都会记得其中多少，只是无人愿意再忆伤情抑或残梦重温。在有诗性的白垩纪窖藏过，再苦的东西，也会香醇动人。

流眉懒画，吟眸半醒。

临水泛觞，与天同醉。

似轻薄低浅的云，竟然千万年不离不弃！

分明貌合神离的雾，却这般千万年有情有义！

云在最高的山顶苔藓上挂着，雾在最低的河谷沙粒上歇着。一缕轻烟，上拉着云，下牵着雾，一时间淡淡地掩蔽所有山水草木，仿佛是那把盏交杯之性情羞涩。还是一缕轻烟，上挥舞着云，下鞭挞着雾，顷刻间酽酽然翻滚全部悬崖深壑，宛若那鸿门舞剑之酒肉虎狼。淡淡的是淡淡的醇香，酽酽的是酽酽的醇香。淡淡之时，一朵梅花张开两片花瓣，如同云的翅膀，酽酽之时，两朵梅花张开一片花瓣，仿佛雾的羽翼。偶尔，还能听到一块石头尖叫着，从梅的花蕾花瓣堆成山，也高攀不上的地方跳出来，夸张了一通，然后半梦半醒地躺在野地里。让人实难相信，世上真有不胜酒力的石头？

是往日珊瑚石，还是今日珊瑚花？映着幽幽意，从山那边古典地穿越过来，又穿越到山那边的二郎小城。

是一只岩燕，还是一群岩燕？带着剪剪风，从云缝里丝绸般落下来，又落在云缝里的二郎小城中。

山水酿青郎，云雾藏红花。山和水的殊途同归，云与雾的天作之合，注定要成就一场人间美妙。舒展如云，神秘像雾，醇厚比山，绵长似水。谁能解得这使人心醉的万种风情、一样天香？

(刊发于2012年2月1日《人民日报》文艺副刊)

故乡的气息

柳 萌

阔别故乡半个多世纪，怀着急切兴奋的心情，回到那个梦寐已久的小镇，想找寻那些记忆中的景物，还有那生我养我的老宅子，未想到如今一切都不在了，除了名字依然那么叫，呈现我眼前的景物，完全是陌生的新奇的，说实在的，此刻的我，连承认故乡的勇气都没有，眼前幻化的依然是童年景象。回来后我就一直处于困惑的状态，不断地在心中默问："故乡是什么？"是出生的老宅？是独特的餐食？是童年的伙伴？是玩耍的街道？是识字的学校？是爬过的大树？是戏水的河沟？……是，好像又不是。忽然想起那首唐诗，只是此刻让我在心中改成："少小离家老大回，乡音未改鬓毛衰，笑问故乡哪里去，乡亲摇头说不知。"

我的家乡在冀东平原，一个叫宁河的老县城，三面环水如同城池，围护着她的宁静风光。据说：宁河镇约始建于东汉末年，当时的功用大致为储粮。明人《梁城（宁河镇）怀古》记载："巍势今天迹尚存，当年曾为备粮屯。"清代《储粮城》一诗中也说："今之宁河县，古之储粮城。"宁河镇数面由水环绕，县城以水为墙，登高四望，水光潋滟，拍打堤岸，实为一处胜景。清人邵兰谱诗云："碧流如带绕为城……潮来激荡静闻声……活水源头无限意，文心时向素波生。"把我的家乡宁河誉为北方美丽水乡，我想再为恰当不过。可是现在呢？什么都不在了，留给我的只是怀念。

先是"文革"浩劫毁掉了她不多的古迹，后来唐山大地震又毁了她的容颜，再后来水路船运挂帆消失，我记忆中的模样和景物，如今荡然无存踪影不见。面对着眼前的衰败景象，我真不知道说什么好，甚至于有些后悔重返故乡，不然，记忆中的这座北方小县城，不是依然那么古朴温馨吗？不是依然那么热闹闲适吗？古老的宁河县衙门，苍凉的杜阁老墓地，老军阀的齐督军府，荒野上的石人石马，鳞次栉比的店铺，不断走过的车辆，熙熙攘攘的行人，酒店茶馆的招幌，水铺茶炉的笛声，码头船家的吆喝声，家院中茂盛的花木，如此等等，岂不是成为我永远的心中画卷？噢，那是一派多么迷人的景色啊。

多少年哪，我一直企盼着有朝一日，回到熟悉的童年故乡，重温那纯真美好的梦。现在真的回来了，回家的感觉却没有，故乡成了另种模样，一种难以言说的惆怅顿时袭上我的心头。倘若不是有乡亲在旁，我真想大声地叫喊哭闹："故乡，你去哪里啦？"一个曾经的北方古老县城，怎么竟像是个破落的小村庄？！这就是古书上讲的"沧海桑田"吗？我不相信，我真的不相信。只要我的记忆不消弥，故乡就是记忆的模样，谁也夺不走我的记忆。

然而，眼前的陌生景象，却又让我不能不相信，童年的故乡真的消失了。唯一不变的是那些小河，在岸边茂密芦苇的目送下，流汇到故乡的母亲河——蓟运河，而后走向更远的水域。想到这里总算有了些许满足感。因为水是我故乡的标志，我的童年生活跟水密不可分，只要水在，这块土地就有我的故乡。站在静静的河边，我深深地吸口气，那芦苇的清新气味，那田野的潮润气味，我是那么熟悉呀，这时我就不能不承认，这气息是我故乡的气息，我就是闻着这气息长大的。这气息犹如母亲的乳汁味儿，这气息犹如祖母的手掌味儿，这气息犹如我吃过的稻米味儿。这是我故乡的真实气息呵，闻着这气息我就沉醉了。

是的，土地跟人一样，岁月的淘洗，世事的折磨，都可能让她容颜变老变丑。唯有那特有的气息，是永远不会改变的。这时我才真切地懂得，每代人有每代人的生活方式，由于时代的变迁和需要，许多固有的东西都会变化，谁也无权力要求别人坚守或更迭古今的事物。比如我的家乡宁河，在我小时候，由于陆路运输不方便和不顺畅，自然要利用水系运输，我多河流的故乡就成了船只集散地，她自然会有当年的繁华兴旺。而现在高速公路如此发达，再没有人用船只搞水路运输，家乡必然就失去往日的光彩。这跟起落的人生一样，总是无法抗拒的规律。

这样一想，对于久别故乡的游子，只要闻到故乡气息，就完全心满意足了。葡萄美酒再怎么醉人，都比不过故乡的气息，无论走多么远多么久，只要回味一下故乡气息，心灵的风筝飞得再高，都会觉得有种依靠和踏实。我这次回到久别的故乡，景物全变了，乡亲陌生了，想起来难免有些遗憾；可是闻闻故乡的气息，储存在我的胸肺里，就如同吸足了水的树，相信我生命的根须会更茁壮。故乡呵，你的气息，就是我生命的活水。

（刊发于2012年2月13日《人民日报》文艺副刊）

所谓爱

池 莉

先从植物说起。

我生来爱花草,一直渴望拥有却一直无有。直至进大学,才得一个机会:我有钱了!作为上世纪70年代末进校的工农兵大学生,我忽然知道自己每月享有政府发放的18元津贴。领到津贴,即刻奔去买花。扛回盆花,放在宿舍廊前。每天清晨,起床开门,就与我的花草见面,并时常情不自禁,对它们喃喃夸赞。从来没有养花经验的我,意外顺利地把花草养得精神抖擞健壮娇艳。学期末,年终评比,同学背靠背,我的成绩单上赫然出现了严重缺点。班主任写道"同学普遍反映你在宿舍养花弄草,小资情调严重,要警惕玩物丧志,脱离集体,影响进步"。当然,事实上已经影响了我的进步:大会小会,学校负责人与班主任,讲话时候都会提到"某些个别同学小资情调严重",我的个人先进没有评上,奖金也没了,据说还有可能在个人档案上记一笔,将来毕业分配就惨了。我幡然梦醒,好不自责:一贯夹着尾巴做人的我,怎么一时糊涂如此大意,不是时时刻刻和广大同学在一起,而是与两盆花草亲密相处。顿时,花草在我眼中变异了,它们也就是两盆路边花草而已,无足轻重。每天清晨的面对,尴尬又心酸:我实不忍丢弃它们却也不敢再去抚弄喜爱。只是某些深夜,见四下无人,我会偷偷摸摸慌慌张张去浇一点水。奇怪状况发生了:花草逐渐萎靡,慢慢死去。

10年以后,婚姻给我带来了一间住房。又一次机会来了!首先就是奔去买花草。房间有一扇窗户,窗户外面焊了一只花架。当我终于把一盆盆花草妥当摆放,抱肘端详,只觉得当头尽是灿烂阳光、和煦微风,事就成了:10年来潜藏内心的歉意与缺憾,终得平复。自此至今20多年,我与我的花草亲密生活在一起。常绿植物总是那么葳蕤青葱,花卉总是那么茂盛鲜艳。我并不专业,也不偏好名贵品种或流行时尚,就是一些适合街巷人家的普通植物，我养什么，什么都旺。前些年躲外地写长篇，一呆几个月，每坐火车就是十几个小时，我都随身带着我书桌前的一盆兰草。不为什么，唯是我爱。爱就是几十年来南征北战东西出差赶写稿子通宵彻夜，也不可能忘掉花草的浇水、上肥、松土和换盆。所谓爱，花草有知，我坚信。

再来看看人的生命。

从前我憎恶自己生命。出生不久，因年轻父母忙于革命工作无暇照料婴儿，我被送到外地的外公家。按风俗，未满月婴儿身带血光，又是外戚，不可大门进，只能悄然入后屋。人世对我就是这样一个冷漠开端，随后更是一连串冷酷政治运动。每次运动我倒霉的父亲都会让我无法躲避地沦为时代弃儿。"为什么还不死？"成为我对自己经常性的嘲讽。终于我24岁病倒，腹部肿瘤，层层包裹慢慢长大，是积郁多年对自己生命的厌弃。主刀教授并不认为我能够支撑几年。

爱的启蒙是从我怀孕生子开始的。母爱仿佛一道强烈的光芒自天庭降临我身。我会好好吃东西了。我会笑了。我会不由自主调整自己，交朋结友，努力打开这个世界对我的封锁之窗。孩子一出生，我简直是那么无条件地心甘情愿，没日没夜做所有事情：抱啊、摇啊、抚摸啊、跑医院啊，喂奶把尿，缝补浆洗。爱是这样的具体。具体到孩子的每一口、每一步，每一夜、每一天、每一年。在年复一年的过程中，蓦然，我发现了自身。我蒙昧已久。我明白很晚。40岁以后才有意识。45岁以后才明确反省。50岁以后才看清自己生命所来，才尝试与自己从前对生命的厌弃之感进行和解。奇怪状况再次发生：首先我还是没死。其次我缠身40多年的怪病自然消失。我身体变得比年轻时候更健康。近年我身高还增长了3厘米。

我坚信，爱是一种神秘的强大力量。爱可以在暗中移动和改变物质。如果持之以恒，爱会使事物发生根本性转变：向着好的方向，向着成事的程序，生机勃勃地循序渐进。爱不是抽象感情。爱不是主观宣称。爱是一种具体。爱是做，不是说。爱会具体到个人行为的每一个举手投足之中。爱是不肯依附于大话、空话和形式主义的，只有可能被大话、空话和形式主义借用爱的名义。借用爱的名义坑蒙拐骗者大有人在，但是爱本身是如此警醒警觉，连草率与忽略，都非真爱。比如我，对自己母语的爱，是爱到写每一个字都不愿意含糊，看每一个字也不愿意含糊。因此，去年底，我在伦敦英国国家博物馆，一看见中文介绍册，当下就被狠狠刺痛。我们介绍册翻译为"大英博物馆"，而大厅出售的其他各语种介绍册，大都客观翻译为"英国国家博物馆"。此类图册解说文字，应有基本的客观性，应有国家无论大小的平等性，应有种族的不可歧视性。这是原则，也是爱，是每一个中国人对自己应有的爱。爱就是这么具体和敏感，具体到一个字，敏感到一个字。"大英"也许是清朝遗留的自卑自贱，但是这个百年前的原因很难解释今天。就这本册子来说，它经过了翻译、审稿、印刷、校对、出版、发行，长年累月展示在英国伦敦国家博物馆，该有多少中国眼睛从这里扫过去。所以很遗憾，我很难不怀疑我们是否在真正有效地爱自己，这怀疑仍然包括我，我仍然在摸索。

（刊发于2012年2月15日《人民日报》文艺副刊）

从心里走过

裘山山

第一次感受到文字的神奇，是在少年时代。记得是12岁那年的夏天，有一天我突然很想去游泳，可是妈妈规定不能一个人去，要有伴儿。去约我们班一个女生偏偏不在家，她妈妈告诉我，她下午要去舅舅家，可能去不了。我抱着一线希望给她留了个纸条，大意是说，这么热的天，一头扎进凉凉的泳池里多好啊，听着知了在树上叫，比赛谁憋气的时间长，痛痛快快地玩儿一下午……刚吃过午饭，女同学就带着泳衣兴冲冲来找我。我喜出望外，说你不是要去舅舅家吗？她说，我看了你写的纸条马上就动心了，明天再去舅舅家。

这是我第一次体会到文字的神奇。原来文字是可以改变人想法的。

后来上了大学，又做了文学编辑，日日与文字纠缠，并开始写作，越是接近文字便越是敬畏。虽然常常感到"词不达意"，恨自己没有"力透纸背"的功力，写不出那种振聋发聩直击灵魂的大作，但有一点我始终坚持着，就是诚恳的写作态度，不哗众取宠，不故弄玄虚，也不为赋新诗强说愁。因为我相信，老老实实地写，用心写，那文字，总会与某一颗心相遇。

忘了是哪一年，我写了一篇随笔《城里的树》，对城里人不但不爱护自己的树，还把乡村大树移进城里的做法深感不满。当然写过便放下了。不想前年去部队采访，一位曾与我同在机关工作的少将对我说，你知道吗，那一年胡主任看了你写的《城里的树》，马上打电话把我叫去（他当时是管理处长），他说，你看看，作家都写文章批评我们了，说我们不爱惜树，你们还不赶快改正？

胡主任说的是这段文字：

在我上班的路上，有一棵树，是香樟。它的脚下不知何时被人们抹上了水泥，可能是为了平整路面。但抹水泥的人竟一直把水泥抹到了它的脚底下，紧贴着树干，一点空隙也不给它留，好像它是根电杆。每次我从那里过，都感到呼吸困难，很想拿把镐头把它脚下的水泥凿开，让它脚下的泥土能见到阳光，能吸收水分。不过让我钦佩的是，这棵香樟树竟然没有被憋死，一年四季都绿在路上。也许它知道它是那条路上唯一的树，责任重大。每每看到它，我都内疚不安，我帮不了它，却享受着它的绿荫。

让我意外的是，这位胡主任从来不是个细腻柔情的人，作为一位曾经驻守西藏边关几十年的军人，他刚硬甚至有些粗暴。但却被这么一篇小小的文章打动。这位当年的管理处长接了指示，立即派人去找到那棵树，把那树下的水泥凿开，给它以通畅的呼吸和雨露。而我因为搬出了大院，没再去关注这棵树。时隔多年听到这个故事，心里半是欣慰半是惊异。原来这篇小文章，竟救了一棵树。

同样发生在我们政治部的，还有另一件有意思的事。大约四年前，我写了一篇《会议合影》，对时下所有会议都要合影这样一个做法感到不满，觉得它既劳民伤财又毫无意义。在文章里我对此事冷嘲热讽一番。文章发出后被我们政治部吴主任看到了，让我意外的是，他不但没恼，反而很欣赏。也许他虽贵为将军，也与我有同样体会？

三年之后他调走了，机关欢送他，照例要合影。当大家站到架子上等更大的领导来合影时，吴主任笑说，你们先下来吧，站在上面又累又晒，裘山山早就替你们发过牢骚了。有同事把这事告诉我，我很开心。只有千把字的小文又发挥作用了。虽然作用很小，但至少，它替很多人说了心里话。敢于说出不满，也许是改变不满的开始。

但有些读者与我作品之间的故事，不但不能让我欣慰，反会让我紧张不安。一个女友看了我的《拉萨童话》而决定去盲童学校做志愿者，一位军校生因为看了《我在天堂等你》而选择进藏，等等。我怕他们在作出决定后后悔，在遇到挫折后后悔，或者现实让他们失望他们却无力回头。每每这种时候我就扪心自问，在写这些作品时，是否真诚？回答是肯定的。我的每一部每一篇作品，都是以诚恳之态度写出。遂心安。

每一位作家都能说出很多自己的作品与读者之间的故事。我不知道他们是怎样的感受。在我，每每得知有人因为我的作品受到启发，我都会在感受到文字的神奇的同时,更加敬畏文字,或者说,更加谨慎地对待文字。

如今,网络的普及,QQ、论坛、短信以及微博的兴盛,让文字的表达变得越来越便捷了。只要认识个三两千字,都可以用文字来表达自己的心情和看法,并借助媒体平台传播开来,或者与人沟通。文字不再是少数人的表达工具。这时你会发现,不管写作者是专业人士还是非专业人士,能真正被人们喜爱乃至能四下里流传的,依然是那些真诚的文字。

于是我再次告诫自己,永远都不要肆意挥霍你认识的那些字,永远都不要随意处置你熟悉的那些字,永远都先让文字从心里过一遍,再问世。

(刊发于2012年3月13日《人民日报》文艺副刊)

"大师"与文化

卢新华

《庄子·齐物论》中说:"大知闲闲,小知间间;大言炎炎,小言詹詹。其寐也魂交,其觉也形开……"大意是"大知太过宽泛,小知又很琐碎,大话'盛气凌人',碎语'喋喋不休',睡时'神魂交错',醒时'四肢不宁'……"读了总觉得是在描述当下的世态民情,尤其是议论文化和文化人的。

于是想到新近所读到的史中兴先生的新作《才子》,内中主人公卜晓得教授穿行于妻子、情人、师友、权贵之间,如鱼得水,而一场所谓的"大师赛",竟将他推到"天下无人不识君"的峰巅。然而,为了这顶"大师赛"的桂冠,卜晓得毕竟劳心劳力,处心积虑,机关算尽,耗费了许多心神,最后却落了个"妻离'妾'去,独守空房,孤芳自赏"的境地。

大师原本是一种独到的文化和思想内涵的界定,但正如"快餐"已然成为我们生活中的一种时尚一样,在一个"大师"辈出的时代里,"大师"们所体现的文化不仅越来越具备了"快餐"的特点,就是"大师"们自身,也越来越成了时尚文化和娱乐文化酒桌上的一道道"佳肴美味"。

那么,身处一个越来越"急功近利""浮华虚荣"的时代,我们身边究竟还有没有大师?如果有,是否又确实如"雨后春笋"般不断涌现,甚至还不得不令我们去费心选出其中的"大师冠军"呢?

其实,要弄清楚这些,可以有两个简单的判定方法。

其一,是看我们的文化土壤。如果这片土壤本来就很贫瘠,同时又不幸被倒了许多"建筑"或"电子垃圾",甚至还被"矿渣"或"毒水"污染过,相信这片土壤上是很难生长出丰收的"庄稼"并结出丰硕的"文化成果"——"大师"的,即便有,也可能是"凤毛麟角"。

其二,所有自称的"大师"和被当做"明星"一样追捧和崇拜的"大师",多半也是些"媚俗"的"大师"。因为真正的大师通常都有其精神和文化上特立独行的性格特征，是不肯也绝不会和世俗浮躁的文化、沉沦的精神同流合污的。鲁迅先生的"横眉冷对千夫指，俯首甘为孺子牛"，庄子的"我宁游戏污渎之中自快，无为有国者所羁"，孔子的"道不行，乘桴浮于海"反映的就是这样一种真正的大师的品格。

当然，我们也不能否认，当今中国许多通过几本书或几次演讲就被众多"粉丝"追捧，或者人为精心炒作而成的"大师"们，多少还是有些文化底蕴的。他们中有些人，在对某段历史和某本书、某个人的研究和阐释上，甚至还很有一些自己独到的心得和体悟。但不甘寂寞，将出镜率、见报率看得和生命一样重要，而且不失时机地将学术和"官、商"勾结，以此捞名，捞钱，捞房，捞股票……却也将他们的精神永远限制在真正的大师门外，而无可挽回地堕入"伪大师"或所谓"学术明星"的一群。

卜晓得应该就是这样一个伪"大师赛冠军"了。

这一点，书中一位商界大亨范开渠和他手下一位叫小单的一段对话，已经说得很明白了。

单："这个卜（晓得）教授也很有名，是丘陵还是大山？"

范："一座假山吧。"

单："董事长，您赞助大师赛，是不是想推出几个像昆仑一样的大师？"

范："推出几座假山还差不多，大山是自生的，假山可以堆可以垒……"

这里，也就道出了一个天机——就是在我们这个似乎"无所不能"的"商业化"时代里，原来"大师"也是可以通过"财团"或"商界精英"们的"银子"造假山一样"再造"出来的。

但既然是用银子造出来的"伪大师"——就像用金粉涂抹过的金光灿灿的泥塑菩萨一样——就一定还要不断地用银子（或金粉）来维护。而精于利益算计的"商界精英"们，也一定不会作赔本的买卖。于是，反观现实，我们可以看到：所有通过炒作而诞生的伪"大师"们，后来无一不成了企业或产品的代言人，有些据此不仅获得了企业的"赠房"或"赠车"，甚至还持有了企业上市的原始股票，终于"学界"与"商界"，"大师"与"大亨"形成了一个"利益共同体"，以至于一荣俱荣，一损俱损……

可是，这样的"大师"如"雨后春笋"一样冒出来，于国，于家，于民，于文化，于时代精神，于社会道德伦理……到底是幸还是不幸呢？

从来的文化，就本质而言，大致也就三种。一种是属于"生存技能"的文化，一种是属于"娱乐享受"的文化，一种是属于"生存智慧"的文化。

我们的教育，我们的学校，如今所作的基本上都是"生存技能"文化的普及和提高，学生们到学校来读书的一个最直接的目的，就是为了将来毕业后可以找到一份赖以生存的"好工作"。

我们电视的"娱乐频道"，我们报纸的"娱乐版面"，我们神州大地上"灿若群星"的"洗脚店""夜总会""卡拉OK""按摩院"等等，所作的基本上也都是"娱乐享受"文化的传承和发扬。

那么，作为"生存智慧"的文化，除了报纸的官样文章，电视、电台的偶尔插播外，又有一些什么样的组织和个人在推动呢？如果我们不再"瞒和骗"的话，应该承认在那些最积极的践行者中，就有如常年默默从事生态环境保护和在民间普及传统文化的组织和个人。而如果我们再细加观察，又可发现：那些践行者多是一些具有信仰和社会责任感的人。

于是，这就出现了一种很怪异的现象：在有越来越多的"专业人士"关注"生存技能"和"娱乐享受"文化的普及时，"生存智慧"文化的传播却越来越带有"业余"的性质了。而且，这已经不是一国，或者一个民族才有的现象，而成了人类整体精神的一种司空见惯的景观。

这也难怪，如果不是这样，怎么会有地球资源的日渐匮乏，气候的变暖，海平面的升高，假药、假酒、毒奶粉、地沟油等等的丧心病狂呢？

故而，只有"生存技能"和"娱乐享受"文化的滥觞，而没有"生存智慧"的文化作为铺垫，人生或人类是很难看清自己的方向的，同时还会因为自己的"短视"和"急功近利"而引致无可挽回的"短命"。

同样，如果我们的文化总还只是在"生存技能"和"娱乐享受"中打转转，而不对于"生存智慧"投以更多的注意力，那么，相信我们这块土地上充其量也只能永远生长出些"大匠""大亨""大腕"什么的，而想要"大师"辈出，这念头本身就不靠谱。

庄子曾有一句名言，叫作："大道不称，大辩不言"。相信他老人家如果还能活到今天，看到或听到我们今天的"大师赛"，大约也还会说——"大师不争"吧。

感谢史中兴先生的《才子》，它激发了我有关"大师"和文化这样一些也许不合时宜的感想！

（刊发于2012年4月11日《人民日报》文艺副刊）

每一个春天都是改革元年

熊召政

又到了金秋十月,看到院子里的鸟不落树上,结满了玛瑙一样的小红果,忽然便生了乡情,眼前浮现出一重重岚气氤氲的云山。

我的故乡英山,是湖北最东的一个县。气势雄浑的大别山主峰天堂寨就在其境内,这里不但是中国四大发明之一的活字印刷术发明人毕昇的故里,也是湖北为数不多的红军县之一。大革命时期,这个不足17万人的小县,有名有姓的红军烈士就有7000多人。黄埔军校1至4期,英山籍的学员有48人,如果以县为单位来计算,这个数字为全国之最。这些学员大部分都参加了北伐战争、南昌起义以及大别山区的秋收暴动,并大都牺牲在各个不同的战场上。我的家族中,有一个黄埔四期的学生熊受暄,他81年前牺牲于河南白雀园,职务是红四方面军政治部主任。

在我的童年,滋养我心灵的是两种颜色:红色与绿色。红色指的是红军烈士鲜血浸染的土地,绿色指的是泉水澄澈山花纷披林木葱茏的家园。去年,当湖北省委提出战略规划要重建"红色大别山,绿色大别山,生态大别山"时,我的心中充满温暖,也生出感慨。

美国的罗威廉与日本的森正夫两位学者,都曾数次深入大别山鄂东地区实地调查。他们认为这个地区存在一个独特的文化现象:即不但产生大将军,也产生大学者。文与武,是人中的两极,应该是风马牛不相及的两类人,为什么他们都在同一片土地上诞生呢?这一现象放在全世界所有国家与地区来考量,也是绝无仅有的。

我3岁时,母亲教会我唱的第一首歌是《八月桂花遍地开》,这是上世纪30年代初在大别山苏区流行的红色歌曲,没想到成为我生命中的第一首儿歌。稍长,外祖父教我写毛笔字,最初写下的4个字是"耕读传家"。那个时候我才5岁,并不知道这4个字不仅仅是农耕时代最正确的选择,也是我的家乡代代延续的传统。多少年后，当我成为家乡乃至鄂东地区无数文人中的一个，当我明白手中这支笔的分量并能够用它来回报家乡服务时代的时候，我才意识到，我生命中文化的历程，在3岁时就已开始了。记得1980年，我因政治抒情诗《请举起森林一般的手，制止！》而获得全国首届新诗奖时，时任湖北省委书记的老一辈无产阶级革命家陈丕显同志接见我，语重心长地对我说："你的老家英山，我去过，是革命老区，山水又很秀丽，你老家7000名烈士换回你一支笔杆子，你要珍惜啊！"

陈丕显书记说这话的时候，中国的改革才刚刚起步。如今30多年过去了。走过珠三角、长三角、环渤海等发达地区，心中真有了"洞中方七日，世上已千年"的感觉。即便到了大西北、大西南的偏远山区，也能让人感到眼底山河已非旧日景象。这些年我到过很多历史故事发生的现场，也亲临不少正在创造史诗的工地。我由衷地感到，中国人载欣载奔，面对诸多社会问题不离不弃，拧成一股绳谋求发展，这种巨大的凝聚力，决定了中国改革的洪流将会澎湃向前。

曾几何时，看我的家乡会有一些惆怅，因为御改革之长风尽得其利者，一是有人才优势，二是有交通优势，三是有资源优势，而这三者我的家乡都没有，有的仅仅是英山。全国各地的偏远乡村多是人才的真空地带。一切的路都通向城市，一切的人才都向城市集中，这是世界性的不可逆转的规律。再说交通与资源，这两种优势英山也没有。所以在30年改革开放中，这个山区小县似乎被时代所忽略。前年，武汉至英山的高速公路终于建成通车，往日到省城需要半天的车程，现在一个多小时就够了。交通的改变，让这一方被清代大戏剧家李渔赞赏为"处处水从千涧落，家家人在数峰间"的中国最美乡村，才一下子凸显出它的价值。中国经济发展的高速列车持续奔驰了20多年后，一些有识之士就指出：以破坏生态、污染环境为特征的经济发展模式不应该提倡。针对这样一个严峻的现实，党中央提出科学发展观，这既是对过往经济增长方式的一个纠正，也是以一个负责任的态度，为中国的当下以及后代子孙留下一个可持续发展的空间。正是因为增长方式的转变，有着丰富的人文与旅游资源的英山，近些年才一下子获得了经济与社会协调发展的战略机遇。

今年春节，一个40岁的年轻人调入英山担任县委书记。他曾来拜访我，谈到了发展英山的打算，言语中流露出希望英山加快脚步尽快发展的心愿。我对他说："改革并不是齐步走，因地而异、因时而异、因人而异是正常的。

但对于一个有志于为老百姓谋求福祉的人来说，每一个春天都是改革元年的开始。"讲这句话的用意，原是我为了鼓励他，转而一想，这又何尝不是激励我自己？我们总是在讲养心，我认为养心的最高境界就是将生命归零的能力。昨日的生命，不管是顺境还是逆境，都不要带进新的一天。我们的未来每一天都应该是崭新的。对于在改革开放的路上走了30多个春夏秋冬的中国来说，每一个春天都应该是改革元年……

(刊发于2012年11月2日《人民日报》)

那一片春光

葛水平

戏台，是一个村庄最重要的场所。在家族中，在村子里，戏台总是很显赫地坐落在村子中央。它每年一度的繁华，更是与四周简陋的房屋形成鲜明对比。在这里，很多很多的欢乐都让时间的浮尘，一下一下地拂淡了。走上戏台，我惊讶地发现，一些恍若锣鼓的家伙，一派高亢的梆子腔，都被封在它的木板和廊柱的木纹里了，一起风，咿呀呀似有回放。

纵观戏曲的发展史，戏台总是与戏曲的产生和发展同步的。戏曲萌生的北宋之前，尚为歌舞伎乐表演，这种表演只是划一块地方，撂地为场，有天性活跃的人在场地中央手舞足蹈。后来出现了露台，把艺人抬高，看个人展示自己。有史记载，这种舞台始于汉，普及于宋，到11世纪的北宋中叶，在北方的农村庙宇内开始出现了专供乐伎与贡品之用的建筑——舞亭。

一年中最值得记忆的喜庆是从秋收后的锣鼓家什开始的。倘若村庄里没有戏台，"不惟戏无以演，神无以奉，为一村之羞也。"一座戏台的出现可以让村庄的天空改变分量，戏台是村庄伸出的手臂，它向神表达敬意。一个村庄凡有神庙，几乎必有戏台，甚至戏台都能与庙宇的主殿相媲美。戏台是人类为自己创造的一个快乐的场所。

我始终不能忘记，阳光总是很鲜艳地照在戏台上，如后来舞台上的灯光。历史被搁到舞台上，人们开始娱乐历史，享乐历史，笑话历史。历史上帝王也有守不住江山的那一天，上天总会让他遭逢对手，于是就有各路英雄死在舞台上，死在锣鼓声里。看他们的人生曲曲折折，坐着，说笑着，看谁有能耐活到今天，天底下还是俺们老百姓有活头啊。看戏的人笑舞台上的人一生都过的是啥日子，心里受的是啥委屈，担的是啥惊慌。当热闹、张扬、放肆、喧哗过后，这时候，神也变得人性化了。于是，明白自己才是人世间最人性的神，是人操控着神的心力。

山里人对戏台真是太热爱了，热爱入了血液里。每一年村子里都要开台唱戏，他们把开台唱戏看作是村庄的脸面，村庄的荣耀。一年能开上两台戏，村庄里的人外出走动都恨不得仰着脸，所以，台上锣鼓家什一响，台下黑糊糊清一色核桃皮般的脸上，会漾开一片几十八岁春光。

戏台，拢着几千年中国的影子。纸上的东西对于老百姓来说总是不太踏实。一台戏，短促的热闹，闲月闹天的阶段，庄稼人看回头，看得情趣盎然那才叫好。这不，天才麻麻亮，汉子就扛着板凳占位置了。女人们傍晚等不及吃饭叽喳喳早已在戏台下闹开了，男人允许女人在唱戏期间放松几天。那样的时光，是村庄人潮喧闹的季节。

四方步伴着梆子板眼敲打的节奏，一脸油彩似乎就穿行在了写实与象征的两重世界。人生如果是一场梦，演员演到极致便仿佛回到了自己的前世，而前世演过的跌宕起伏的大戏，今生却不知是戏还是依旧在演绎自己。人不知舞台上萧何月下追韩信，为何要义无反顾？为何？刘邦说："母死不能葬，乃无能也；寄居长亭，乞食漂母，乃无耻也；受胯下辱，一市皆笑，乃无勇也；仕楚三年，官止执戟，乃无用也！"有谁知，又有谁知？追来的人到最后落下一段唱："到如今一统山河富贵安享，人头会把我诓，前功尽弃被困在未央，这才是敌国破谋臣亡，狡兔死走狗烹，飞鸟尽良弓藏！"人生苦哇。

那样的舞台上，那样的大英雄悲歌。

我看见过山西省万荣县孤山脚下北宋石碑，碑上记录着民间集资建造的最早中国戏曲舞台。北宋叫"舞亭""乐楼"，在大都市汴京还被称作"勾栏""瓦舍""乐棚"。"山乡庙会流水板整日不息，村镇戏场梆子腔至晚犹敲"。这是一幅来自民间旧戏台上的楹联，当今人想要和历史对话，能找到唯一的活物实际就是舞台了。其他还有什么呢？得天时之利于一世，扬个性通达于舞台，时风时雨造就了读书人两种出路，一在庙堂，一在江湖，江湖多出编剧才子，身价不涨，只混个江湖受人追捧，那样的才子虽死犹生。

沁河岸边的古戏楼旧了，肉眼寻见它时，它已经失去了俗世快乐，它赤裸在天地间，我感到了悲伤。无人救我。只有那戏台上重檐歇山顶、青灰筒瓦，正脊鸱尾艰难涌动直刺青天；只有那左右垂脊立瓦、靠旗长枪，等待着大锣亮声好腾空远望。然而都安慰不了我，天地间只活跃着我的喘气声，我清醒地知道：修补是必须的，不修补就是毁灭，但往往修补就是另一种毁灭。一个注定与岁月无法抗衡的建筑，它生或者说它死，真希望有人多问几句！

那是一座由斗拱组成放射状的戏台藻井，覆斗式八卦形，盘龙圆心结顶，周边复套小八卦，并由八条游龙镶嵌其间，一座富丽纤巧的舞楼。改革开放后它的挑角塌落了，匠人修复时看到一条椽上写着："比我工匠好的少上一根椽，不如我的多上一根椽，再好的工匠也有多少之差。"拆卸时是编了号的，修复时现代的工匠多上了两根椽。手艺消失得如此快速。

宋金时期，沁河流域的神庙中，除了专门用于神仙仪典的祭台和献台以外，普遍出现了专门用于乐舞戏曲表演的乐台、舞亭和戏楼。殿前的广场上，设置两座露天的方台，一座是摆设供品的献台，一座是用于乐舞戏曲表演的露台，当时在露天舞台上，表演的乐舞戏曲演员叫作"露台弟子"，演绎到民间便有了"露水夫妻"。露台的分离意味着乐舞演出与祭祀供奉的分工，乐舞百戏表演作为精神文化需要在庙会中越来越显得重要。金元之交，戏曲在乐舞百戏的摇篮里脱颖而出。庙会期间，除了社火以外，人们更喜欢雇请专业的戏班。露台和舞亭逐渐演变为殿阁的形式，戏楼和神庙之间又留出了开阔的观众场地。自从杂剧出现之后，戏楼跟戏曲之间，有一个互相适应，互相磨合的过程。从沁河两岸古戏台的形式上看，有歇山顶，有单檐歇山顶，还有重檐歇山顶，还有十字歇山顶。特别是金元戏台，作为建筑的一种遗存，古戏楼本身除了演戏之外，戏楼本身又是一个综合的艺术品。再有一个，就是它的楹联，比如："六七步九州四海，三五人万马千军"。四个龙套，一个主将，舞台上转一个圈从长安一下就北上进入了胡儿小国。楹联对戏曲的虚拟性，也有涉及：舞台小社会，社会大舞台。到宋金元时期，从"惟有露台阙焉""既有舞基，自来不曾兴盖"等神庙碑文所记来看，露台或舞亭已经成为当时许多神庙必备的建筑之一。

清代舞台最活跃的是春秋二祭，即春种时来祷告许愿，祈神降雨，盼望春耕顺利，秋祭时杀猪献五谷请戏班子唱大戏，是村庄对自然敬畏的象征，为酬神而建。神庙大都坐北朝南，正中间叫正殿，正殿代表着一个"礼"的概念。要在那儿举行仪式，对面的戏台，则代表着"乐"的概念。古老的礼乐，礼以兴之，乐以成之。礼乐不是一种技艺，不是任何训练，是一切，是一个人从生到死与自己相关苦难的敬畏。

眼下，我们还需要敬畏什么？！敬畏，本是人体肺腑最健康的拥有，如今，可能缺失在了浮躁狂妄散乱之下。好在许多美好变成了戏剧财富，成为萧何月下追韩信，成为徐策跑城，成为霸王别姬，成为杨门女将，成为贵妃醉酒，成为王宝钏守寒窑……于是，世界不再是奔跑速度而是一种慢下来的享受。

（刊发于2013年1月7日《人民日报》文艺副刊）

澳门的云淡风轻

徐 坤

晚到澳门许多年。

已经是新世纪的第十三个年头了。2013年，早春时节，我才有幸到澳门。此时，离1999年的澳门回归已经有14年，离2005年澳门"申遗"成功也已过去了8年，离16世纪葡萄牙人上岛并逐步侵占澳门更有400多年了。沧海桑田，时空飞转，多少岁月都已封入历史。澳门，你今天要呈现给世人的，会是什么呢？

下榻在澳门渔人码头。急急卸去北京臃肿的冬装，换一身春天装扮，站在观景阳台上举目远眺。皓月当空，水波潋滟，南中国海温润的春意扑面而来，风中似乎有桂树和兰花的香气。远处，一幢高大建筑上几个金色大字在江水里映出几团金块的倒影，另一幢则更像是金色的游轮夜泊于江中。跨江大桥上的一串串橘黄色灯火扇面状荡漾开去，勾勒出桥身清晰的轮廓，宛若一道彩虹横跨珠海澳门两岸。大地阒寂，万物内敛。夜晚的澳门，一点也看不出臆想中的偾张，却处处盈满画意与诗情。"滟滟随波千万里，何处春江无月明"，"江流宛转绕芳甸，月照花林皆似霰"。这是澳门自己的春江花月夜，它不是怀离人，悼时空，而是歌盛世，咏太平。

当一轮旭日升起，澳门又换了新姿，呈现出另一种美妙。早上起来再到阳台观望，顿觉眼前明净疏朗。从持续20多天的北京雾霾里走来，走到现在，澳门明亮的阳光下，眼睛就仿佛被撕去一层翳子，"唰"地就亮了。

全世界都跟着亮了！

风和日丽，云淡风轻。澳门在2013年的南中国海端，呈现一派明媚疏朗的天青色。那是人间烟火春常在的颜色，自由，自在，仪态万千，落落大方。热情好客的主人领我们徒步"澳门世遗城区"，东方基金会会址、基督教墓地、圣安多尼教堂、哪吒庙、大三巴、大炮台、耶稣会纪念广场、大堂、玫瑰堂、议事亭前地、民政总署大楼……这些保存完好的历史建筑群，巴洛克与阿拉伯风格杂糅，哥特式建筑与庙宇大屋顶相交，在阳光的拥拂揽照里熠熠生辉。走遍世界各地，看过各个国家的建筑精粹，再来看澳门的各族群建筑大集聚，虽不会叹为观止，却也会感慨澳门的"兼收并蓄"。

令人感慨的是这个"世遗城区"所映照出的本地人的历史观。他们对自己的历史有一种充满温情的回望姿态，别也是依依惜别。反观一些城市，有的也身为历史文化名城，却是义无反顾的，大步向前的，破旧立新的，整个建筑是前瞻的，像一个脚上蒙着征尘的疲惫旅人，风尘仆仆一头撞向21世纪的钢筋玻璃幕墙。或许因为我们曾经落后太多，所以有着奋起直追瞻前不顾后的焦灼。

在天青色的云淡风轻里，又接着走向妈阁庙、亚婆井前地、郑家大屋、路环市区、凼仔市区、官也街。看到一幢幢传统的汉屋，令人顿生亲切之感，恍然发觉这里原先住着的就是自家的"借壁儿"（邻居）。盈盈一水间，迢迢共潮生。有了这些地标式纪念物，澳门人就明晰了自己的来处和往生。他们不会改变中华民族身份的认同，也不会割断与母体文化的联系。

犹记1999年，澳门回归祖国那个难忘的日子，举世瞩目的交接仪式，在澳门新口岸刚刚建成的澳门文化中心花园馆隆重举行。深夜，北京城里每个关心国家大事的市民都在观看电视直播，并为之振奋与激动。那时的我也是其中一员，不仅流着眼泪看完了电视直播，而且彻夜未眠。不仅仅是因为澳门回归的激动，就在同一天，我也正面临着人生的变动。历史往往是很奇妙的。家国情怀与个人记忆，有时往往会以一种意想不到的方式交融到一起，让人刻骨铭心，终生难忘。所以，澳门和澳门回归之日，之于我，都添了一份别样的意义。这十几年来有许多次机会都可以到澳门，我却都躲着，绕着，仿佛是抗拒与一段历史相会。

直到等来它的云淡风轻，直到等来我自己的云淡风轻。我才敢走来见澳门。我才敢走进澳门。

哦，澳门！

谁说这里只是面积不过32.8平方公里的弹丸之地？谁说即便是填海扩充之后，它的面积也比不上北京的一个回龙观社区？它贯通中西的建筑文化如此深广，不是用平方米可以计算，不是用脚步可以轻易丈量得完。譬如，说它是历史建筑博物馆，完全是实至名归，已经有了"世遗城区"可以佐证；说它是"新式中西合璧建筑聚集地"，肯定也不为过。徜徉街头，看着一座座拔地而起、富丽堂皇的建筑，不禁要为之叹服。澳门后来居上，精心养育了当地的建筑文化，使其蔚为大观。我对着各式各样不重复的建筑外观产生了兴趣，一路走来流连难舍。那是浅粉红一面瓦式的，这是伦敦雾似的，还有如水滴石穿形的……建筑，把人对财富的渴望，人心的无止境的悸动、贪婪，都一眼看穿。而人们在能望穿自己心事的建筑面前，却反而变得服气，散淡。人和建筑就这样互相说服，形成了澳门的独特气质。

此方的夜晚，香风扑面。古街小巷里的一个个手信店和鱼丸粥店是不能不进去的。主人们都不紧不慢笑脸相迎，有礼有信地做着古老的生意。此方的白天，安闲如是。商业街上一个个免税首饰店、时装店、化妆品店也是不能不去的。这些时刻的澳门，是惬意，是休闲，是不着急不着慌的"慢"生活，是《英雄》和《命运》过后的一曲《田园》。

澳门是人间的春光灿烂。如诗人所说，面朝大海，春暖花开。

(刊发于2013年10月26日《人民日报》文艺副刊)

一次拥抱

黄咏梅

17岁离开家乡读大学，就注定成为这个车站的常客。20多年来，我对家乡的回忆，出现最多的便是这个车站。因为，它是我归来时第一眼看到父母的地方，也是我离开时最后一眼看到父母的地方。也因为，这个车站是家乡唯一通向远方的出发地——这些年，我一直在远方。我习惯了在这个小车站里找父母。父母也习惯了迎接那个一脚跨下车门，拖着旅行箱的女儿。尽管，岁月让这三个人一点点地变老，可是，这些习惯却没有变老，相反，一次比一次让人感到心跳。

父亲曾经跟我说过这个车站，不过，跟我没有关系。那时候，我还不懂得什么是别离，什么是团聚，那时候，"你还必须闻着母亲的一件旧毛衣才肯睡觉"。我父亲这么说着，脸上露出怜爱的笑容，仿佛相比起现在，他跟那个时候的我更近。父亲说就是在这个车站第一次见到了他的父亲，也就是我的爷爷。

我的爷爷在我父亲还不满一周岁的时候，就跟随乡里人辗转到泰国扎下了根。他跟当时很多"金山客"一样，在国外打工，然后寄钱回家，一去几十年，有的甚至到死都没回来过。我很小的时候就知道，父亲有一个很黄很旧的"三五牌"香烟罐子，里边装着满满的毛主席像章。香烟是爷爷从泰国寄给奶奶的，烟抽光后奶奶就用它来装首饰——金耳环、金戒指等贵重的东西，那也是爷爷从泰国寄回来的。后来，罐子里的东西被抄家的人全抄走了。"华侨成分"这顶帽子盖在奶奶家的屋顶，奶奶隔三差五地被游街、批斗，而我的父亲也因为这个从没见过面的父亲，历史系大学毕业后被分配到地质队，满山遍野跑。奶奶到去世也没等到爷爷回来。直到上世纪70年代末，我爸爸才敢跟爷爷通信，最终等到了80岁踏上返乡之路的爷爷。"在车站，我举着一块写着我父亲名字的牌子，接到了我的父亲。这是我第一次见到父亲。"尽管那历史性的一刻已经过去 30 多年了，父亲依旧心绪难平。"当他拄着拐杖，朝我举着的牌子走来的时候，我又害怕又激动。当他站在我面前，跟我相认的时候，我真想一把抱住这个陌生的老人，这个——我的父亲。"可是，那是上世纪 80 年代，人们的嘴巴不会像现在动不动就说"亲爱的"，除了握手之外还不好意思拥抱。在人来人往的车站里，父亲只是久久、久久地握住爷爷的手，身体并没有贴上去。

如果说，一个正常人的童年记忆里都必须出现一个父亲，那么父亲在车站接爷爷的记忆，就算是他的童年记忆吧，那一年，父亲 40 岁。

几十年来，这个车站还是有些变化的，扩充了地盘，加高了楼层，开发了长途路线，候车大厅装了冷气，也增加了各种商铺，人变得越来越多。父母一直在这里履行着迎接和送别的仪式。是的，这是一种不可取代的仪式，即使他们如今已经进入老年，行动已经失去了敏捷和弹性，他们依旧迟缓地在人群中，坚持地完成这仪式，等候或者目送。直到某一天，我忽然想起来，其实我从来没有很好地完成过这些仪式，我从来没有在车站给过他们一个拥抱，就像电影里看到的那些场面一样。

这些年，人们相见或相送逐渐喜欢拥抱。在各种活动、会议的场合，我跟那些人拥抱，刚认识的、久别重逢的，真真假假、半真半假，拥抱跟握手一样来得轻易。可是，我觉得，跟父母拥抱并不容易。我的确想过在告别的时候，跟父母拥抱一下。可是，站在吵闹的人群中，父母总是装作很轻快地嘱咐我这这那那的，尤其是我的母亲，总在细细碎碎地说着那些不知道说了多少遍的话，父亲则在一边微笑着颔首附和。不知道是不是故意，他们不让我插入一句话，我只有点头听命的份。很多次，我在想，我是否可以用一个拥抱打断他们的话？他们是否会被这突如其来的隆重给吓住？要知道，他们都是老派人，一贯内敛。

最近一次回家乡看望父母，因为父亲身体不适，我多待了一段时间。离开的时候，父母不听我劝告，依旧固执地要到车站送我。站在陆续上客的那辆大巴前，父母跟过去不太一样，话少了许多。没有话，我只好一眼一眼地看着他们。他们真的是老了。人也矮小了一些。想到我一次次从这里出发到远方，扔下他们在这里，每天看着我所在那个城市的天气预报过日子，或者在报纸杂志里寻找我的名字。比起不舍，我的歉疚更多。就在这些复杂的沉默中，我终于伸出手，抱住了我的父亲，然后又抱住了我的母亲。我不知道我有没有说什么，如果说了，也只能是个别的单词，因为我已经哽咽得忘记了一切。果然,父亲和母亲被我的拥抱吓了一跳。父亲尽管眼睛红红的,但还是难为情地说了一句:"傻孩子。"母亲则顾不得难为情了,她跟我一样,用手背擦着眼泪。

我在泪眼中,还是看到了那些奇怪地看我们的人。在我们这个小地方,在这个小车站,人们会自然地将眼前这场景归为"戏剧性",电视上才会出现的,或者,按照自己的常识,他们将这样的举动理解为一个小孩子向父母撒娇。要知道,一个成年女人,众目睽睽下向一对老年人撒娇,拥抱,哭泣,实在有些怪怪的。

我很快转身登上了车,找到靠窗位置坐了下来。再望向窗外的时候,发现只剩下父亲一人了。他不知所措地朝我这边看看,又朝不远处的一根柱子后边看看,犹豫着是要继续站在这里,还是朝柱子那边走去。我猜,我那一贯粗线条的母亲,正躲在那根柱子背后抹眼泪。我哭得更厉害了,将自己的身体慢慢地滑了下去,一直滑到窗子底下,直到父亲看不见我。我边哭边在心里哀求,快开车,快开车。然而,这车久久都没有开动,乘务员几次跑上来清点人数,告诉大家刚才跑下车买饮料的乘客还没回来。我只好一动不动地将身体窝在座位里,再也不敢将脑袋露出窗口。这过程漫长而难过。好不容易等到那个乘客上车了,车门即将关闭的时候,我听到一声熟悉的叫喊,我本能地站了起来,只见我母亲迅速地跨进了车,她看到我了,她麻利地向我走来,将手上一袋东西塞到我手上:"路上吃,别饿着。"她又麻利地返回到车下。她那矮小的身体表现出了一种奇怪的敏捷,就像一个年轻的女人。

几乎在我母亲跨下车的同时,我就听到了汽车发动的声音。整个车子抖起来了,它跟我的身体一样。那个袋子里装着热乎乎的几只茶叶蛋和熟玉米,是母亲刚才趁等乘客的时候,急急忙忙跑到候车大厅买的。

车子开出了一些距离,我才敢看出窗外。在我模糊的视线里,父母已经小得像两个儿童的影子。

作为一个写小说的人,我在笔下虚构了许多的人物和情节,然而,我知道,有些东西是难以虚构的,它们是真实的存在,或者是真实的情感,它们在预言或者印证着读者的现实,一次又一次。比方说,在车站里我跟父母的那一次拥抱。

(刊发于2013年10月28日《人民日报》文艺副刊)

小康梦
——翻书杂记

叶延滨

闲住京郊密云。

在密云闲住，原因简单，一是有了闲暇时间，脱去了早九晚五的公务，便能住到远郊清闲陪书；二是密云上风上水，空气好，净心还净肺。闲了静了，便翻书，也不认真地捧着大部头啃。读过的书，翻到哪里读哪里。多读的是早先读时折了页角的，还有用笔在文字旁边写了一两句话的。这不，记了一句：老者安之，朋友信之，少者怀之。《论语》老夫子的话。孔夫子与弟子谈人生理想。子路说，车马衣裘与朋友共享有。这是务实的人说的话。颜渊说，做个谦谦君子，不张扬。是个追求精神的人。孔老夫子比弟子心宽，要求"老者安之，朋友信之，少者怀之"，低调地展示了其入世的抱负和理想。看来，谈理想，说人生，讲追求，早在两千多年前就是个常说常新的话题。

在我求学时代，关于这个话题，好像年年讲天天说，印象最深的是高中毕业那年。那年，我在大凉山的一所高中，"文化大革命"取消了高考，也就断了所有高中生"上进"的可能。进驻学校的"军代表"还有"工人宣传队"，还要叫大家开会，开会不是上课，一是由他们来讲"大好形势"，二是学生来谈"革命理想"。学生谈"革命理想"，虽也有套路，但还是有人说真话。记得最真的一句话，是金沙江边会理县农村考上来的一个男生说的，他说："我做梦都想当一个北京郊区的农民！能吃饱，穿干净衣服，还有机会看天安门。"他话音刚落，全班人都哄堂大笑。笑声刚起，张开的嘴立马合上，全场又悄无声息。这句话扎在我的记忆里，每次想起，都好像锈迹斑斑的钉子，扎得生疼！在那个时候，断了大学上进路的农村孩子，能做的美梦只能如此。一辈子只能当农民，那就当个北京郊区的吧。京郊的农民比金沙江畔的有三点好：一能吃饱饭。二是穿干净衣服，能体面见人。三还想看天安门，说明政治上有追求。其实，他真的用心想了，想他可能梦想达到的生活。他做梦都没敢想离开农村,他在所有的可能中,给自己选了最好的可能——京郊农民。

孔老夫子说了:"三军可夺帅也,匹夫不可夺志也。"我头一次听到这句《论语》中的话,是在秦岭大山一座工厂里。高中同学的这个梦,在今天可能让人不好理解,买一张车票,你就上北京嘛。可那时候,农民进县城都要生产队开证明,他是在白日做梦。农民不行,城里人行吗?城里毕业的大学生如何?我在秦岭工厂里结识了厂里技术科的一个工程师,姓张,我叫他张工。张工四十来岁,北京密云人。读完大学分配到西安,妻子北京人,结了婚,一直两地分居。他到我们厂,算借调下派,长住招待所。他从西安到秦岭山区的工厂工作,与领导有协议:支援山区两年以后可以"放人"调回北京。他到我们厂是为了取得"放人"的资格。他住在厂招待所,业余时间专注一件事,北京哪个单位接收他?接收一个大学毕业多年的科技人员,这样的单位会找到。接收的同时,还要找到另一个条件——"对调",就是说还要找到一个在北京工作却想调回西安的人。一个萝卜一个坑,出一个进一个,这就难于"上青天"了。张工苦闷时,常找我打牌聊天,我劝张工:"西安也挺好,让你老婆到西安吧,都四十好几了!"张工来一句:"匹夫不可夺志也!"我后来查一下,知道是孔夫子说的。那时批"孔老二",张工冒出这句话,让我又惊又怕。可见此事,他有愚公移山的决心。经过"文革"的人都知道什么叫"对调"。那时候,北京的电线杆上都贴满了"对调"小广告,"北京——上海""北京——银川""北京——西安""天津——成都""大连——四川"……(这个"大连——四川"好像说是我老岳父当年贴的,他们一家,成功地从大连"对调"回了四川,调到乐山一家工厂。到工厂头一天,还没有打开行李,美美地煮了一锅大米饭,炒了一盆回锅肉。说起这事,那个香啊。)可怜的张工,在我离开这家工厂时,还住在招待所里,天天坚持抄写"对调"小广告。

翻《论语》翻出这么些往事。早些年,中国人活得够辛苦,就那么一点念想:一个农民孩子就想吃饱饭,一个知识分子就想夫妻在一起,愣是可望而不可得。

合上手中书,想孔夫子的"老者安之,朋友信之,少者怀之",其实就是我们挂在嘴上的小康啊。

不易得之,且望珍惜……

(刊发于2015年3月18日《人民日报》文艺副刊)

一张老报纸

高洪波

从小就喜欢过生日，理由很简单：两个煮鸡蛋的诱惑。母亲喜欢用这种简朴而又有营养的方式提醒我又长了一岁，剥开烫手的蛋壳之际，仿佛也剥开了某种岁月和时光的装饰。大口吞吃着煮鸡蛋蘸芝麻盐，端的芳香无比，然后盼着下一个生日。

童年时光就这样在企盼中消逝。然后是青年、中年、壮年，直到五十六岁的那一天。

这一天我和一批作家到达四川成都附近的建川博物馆，建立一个生活基地。建川博物馆馆长樊建川，神秘地说要送我一件生日礼物，因为他从身份证上知道12月2日是我的生日，就这样，我收到了一件极为有趣的生日礼物——1951年12月2日的《人民日报》。

这是一份竖排版的纸色发黄的老报纸，似有水渍洇染着，一共四版，全是繁体字，报眼上内容提要十二条，由十二枚五星标着，第一条是"西北军政委员会举行第四次全体会议，决定了增产节约的主要方面和办法"，然后是中南军政委员会召开增产节约大会、上海市捐献武器运动和丰富收获，此外还有一批朝鲜战场上的消息。顶有趣的我认为是"全国足球比赛大会在天津开幕"一则，因为这是新中国成立以来第一次全国性的足球比赛，共有解放军、铁路、东北、华北、西北、华东、中南、西南八个足球队参赛，队员一百六十四人。位于《人民日报》头版这则要闻里说："队员中包括维吾尔、乌兹别克等五个兄弟民族的选手。队员中有生产劳动战线上的模范，也有在朝鲜前线立过功的医务工作者。选手们都是经过多次的比赛后选拔出来的。"这个大会由于是在天津举办，所以先由全国足球比赛大会筹备委员会主任委员黄敬致开幕词，接着由中国新民主主义青年团中央委员会书记、中华全国体育总会筹备委员会主任冯文彬讲话。随后附了一个比赛结果：解放军3∶0

胜铁路；华东4∶2胜华北；东北居然8∶0大胜西南；中南也凶悍，6∶0胜西北。看到这则消息，想起自己和足球的渊源，那种没来由的喜爱，以及一个同名人高洪波成为国脚的故事。心想，没准真和生日有某种神秘的关联呢！

翻到四版"文化生活简评"专栏，又乐了。有篇严厉批评老作家白刃的文章《〈血战天门顶〉诬蔑了我军的英雄品质》，原来是《人民文学》三卷五期发表的小说，被点名批评，文章没署名，但真的很严厉，其中上纲道："白刃愚蠢地歪曲了人民解放军的无产阶级品质，也严重地歪曲了毛主席英明伟大的战略战术思想。"《血战天门顶》是白刃长篇小说《战斗到明天》中的四章，写的是一个被敌人包围的连队"假投降"的故事。遂出现了前面的批评，最后一段涉及白刃整体创作，说他"一贯地从概念出发、制造一些离奇故事来吸引读者，暴露了他的小资产阶级的思想倾向。白刃的创作思想显然是有着严重的错误，应该迅速加以纠正，并对于他所已经发表的作品进行认真的检讨"。

白刃先生是我的父执辈，抗战时与我的岳父朱明同在八路军115师宣传队。这几年我常在春节期间代表中国作协去探望他，所说的均为陈年往事，但以我的经历，最陈年的也无过于上世纪六十年代对《兵临城下》影片的批判，绝对想不到在自己出生那一天正是白刃挨批时，且是不署名的乱棍狠批，将心比心，白刃先生能挺过来，多亏良好的心态支撑。

这一天是星期日，农历是初十，节气大雪，四版除了毛主席手书"抗美援朝专刊"外，有一栏窄条的广告其中有上演的电影《刘胡兰》，有中国青年艺术剧院在青年宫上演的话剧《在新事物面前》，还有李万春的京剧《水油七雄》《收大鹏》，最后是各种食品的行情。包括北京通粉、伏地小麦、小站大米、门煤（估计是门头沟的煤）中块及上海、汉口、西安等城市一些生活必需品的价格，虽然全是旧币，动辄成百上千万元（注：这张报纸价格六百元），可让我感觉到刚刚执政两年的人民政府和执政党对国计民生的关注，信息是公开透明的，在艰辛中有一缕朝气和锐气。

1951年12月2日实在是个普通的日子，一份留存五十六年的报纸，传递给我恁多的感慨和信息，更有趣的是樊建川送一附件："历史上的今天发生的十件大事"，仔细一看，有的还真算得上大事，譬如朱可夫元帅与我同天生日；再譬如末代皇帝溥仪在1908年12月2日登基，成为短命的宣统；北京猿人头盖骨在这一天面世于周口店；原子裂变成功于1942年12月2日；往近处说，1981年12月2日世界最古老的神庙被发现；1996年12月2日更妙绝：超级计算机问世！这可是改变世界的大事。

  人生在世，生日是生命的原始记录，其实是再偶然不过的一件事。几十亿的人有几十亿的生日，几十亿个生日为偶然诞生的生命奉献必然的、后天带来的欢欣与快乐，而人类正是在这样的无数个链节中延续着种族、宗族和家族，从血脉到精神，从生理基因到心理基因，所以生命值得敬畏，生日值得礼赞。最值得歌颂的是为你的生日承担最大风险的母亲。

  祝福母亲，应是最贴切的生日礼物。这份发黄的《人民日报》，当年在冰天雪地的北方草原"坐月子"的母亲，料定没有及时看到，所以择一个日子，把这份生日礼物让她过目，肯定是一件很有趣的事。

（刊发于 2016 年 3 月 26 日《人民日报》文艺副刊）

白鹿原下樱桃红

刘兆林

天还没大亮,就惊闻陈忠实先生去世的噩耗。一瞬间,我的心之鸟一下飞回了几年前,他那一句浓浓陕西味儿的"哎呀"声仿佛就在耳边。

这声"哎呀",是十年前走在江西赣南红军长征路上,听陈忠实先生发出的。前面的"哎"字要比后面的"呀"字重得多,是被浓醋啊烈酒啊老辣子啊羊肉泡馍的老汤啊,日久天长混合浸泡而成的陕西味儿,那绝对是经白鹿原的长风与灞河劲水熏染而成的陈忠实的口音,与我听过的别的陕西文人如贾平凹、白烨、白描、邢小利等都不同。那次重走长征路采风,陈忠实先生是采风团团长之一,我是他手下一名团员,过后我曾在《过梵净山》一文中把他独特的"哎呀"译为相当于古汉语的"呜呼",一激动了,大家便学他口音呜呼几声,以示对他"哎呀"的呼应。

因了共走过这一段长征路,才得以近距离细细端详这块白鹿原上的"文学之碑"。他抽的烟是格外粗壮的雪茄,还随身带一个装了浓茶的大水杯,这两样提神的东西使他眼睛总是亮亮地在深思,却很少有话,会上也很少有。一旦忽然有了感触,通常也是前面所说那样"哎呀"一声了事,其余都留着力透纸背,或者说给确能听懂的人了。至今清晰记得,过梵净山时,当地政府安排了滑竿抬我们翻山,大家都不好意思让人抬,但都没办法拒绝,人家说这是为了拉动经济,好让当地农民挣几个钱。陈忠实没坐,他说那天身体不舒服,不能和大家一起翻山了,就从山下绕到对面和我们会合。当我们和他会合时,我和山西的葛水平请他坐到放在路边的滑竿上休息一会儿。他刚一坐下,我和葛水平却趁其不备抬他在大家面前走起来,他急得连连叫停,还是被我们抬了好几圈,惹得大家齐声呜呼了一阵子。其实他这个农民的后代,是最不好意思"压迫"农民的,才没和我们一块坐着滑竿翻山,我们却非让他"压迫"了我们一会儿,心思当然是出于对他的尊敬。那一路上说了太多兴高采烈的话，但我却没单独和他说多少话。一是行程很累，二是我自觉不配浪费他的宝贵时间。但从那以后，每次中国作协开会，我都要和陈世旭一同到他房间坐坐，陪他喝几杯啤酒或茶，就是表示一下对文学老大哥的尊敬，绝无其他妄念，但也因此逐渐有了感情。记得有一回陈世旭到得很晚，我便自己先去他屋里坐，他一口一口抽雪茄，我陪着一口一口喝浓茶，却没几句虚话。后来他忽然对我说，你该好好写一部长篇。我知道这话的分量，他是指垫棺当枕头那种长篇，我何尝没想过？我已有个长篇稿子在手里放着，只是一想到他那砖头样厚重石碑样高大的《白鹿原》，便丑媳妇不敢见公婆了。后来他说他自己也打算再写部长篇小说，我却表示了不赞同，说不如多写些散文随笔更好，再写那么沉重的东西，会把他自己压垮的。后来，我还是悄悄把放在手里好一阵子的长篇跟他说了，就是上海文艺出版社已看过的《不悔录》。之所以跟他说，是因责任编辑和总编辑看后都很感兴趣，想出版但有顾虑，建议我找位著名评论家写个序，再找位著名作家写段评语。《不悔录》应不是他希望我写的那部长篇，不想他却满口答应，并很快写了一段至今让我感念不已的话："刘兆林是位经遭过生活磨难，阅历丰富的真诚作家，却又永远有着乐观襟怀和幽默情调。他曾以小说《啊，索伦河谷的枪声》《雪国热闹镇》和长散文《父亲祭》震撼过文坛，也震撼过我的心。他的长篇小说《不悔录》，又使我受到一次更深刻的感动和震撼。"不用说，这段评语，我既感动不已，又羞愧难当。我不会大言不惭地认为他真就受到那么深刻的感动和震撼，其中总会有点感情因素吧？但我敬重他的感情，我觉得他的感情很纯粹。

  几年后的一个 5 月中旬，老大哥在电话那头说："白鹿原樱桃熟了，你和世旭来原上摘樱桃吧！"我们就很实在地去了。到了之后他问我们除了摘樱桃，还想看看啥。我和世旭不约而同说最想看白鹿书院和他乡下旧居。旧居我在他自传式的创作谈《寻找属于自己的句子》里已反复领略过，如能亲眼看看则最为如意了。他却又是一声"哎呀"后说："我的旧屋子没什么好看嘛，看看书院就去原上摘樱桃吧！"第二天他就带我们上了白鹿原。一同上原的，还有他邀来的人民文学出版社原副总编辑何启治，他是《白鹿原》的责任编辑，还有来西安参会的评论家白烨。人多了，想法仍不谋而合，还是都想看看白鹿书院和陈忠实的乡下旧屋。陈忠实仍是那一声"哎呀"说："我的旧屋子有什么好看嘛，先看看书院就去原上摘樱桃！"这便是陈忠实，人越多，话越少，越执著。

陈忠实老大哥把我们引进乡间古朴风格的白鹿书院，领我们挨间屋子看了看，便叫我们坐到庭院的凉棚下喝茶，吃黄瓜、西瓜、瓜子、小西红柿和樱桃。那樱桃颗颗如山杏子大小，紫的叫"紫玛瑙"，红的叫"红珊瑚"。我以为就是白鹿书院种的呢，环顾一番才明白，环抱着书院的大园子，种有芍药、月季、西番莲、毛桃和矮松树等等，这就等于书院是建在花园里了。对怎么办书院，身为院长的陈忠实只字未提，倒是主持书院学术研究的《小说评论》副主编邢小利热情向我们介绍说："白鹿原上办白鹿书院，实至名归。陈老师在《白鹿原》里写的白鹿书院和主持人朱长山先生，都是有原型的，其原型是蓝田县清末举人牛兆濂主持的蓝田'芸阁学舍'。而这个蓝田县，自秦设县以来一直沿用至今，芸阁学舍是在为宋代著名的吕氏四兄弟状元学者吕大忠、吕大防、吕大钧、吕大临修的'四献祠'基础上拓修而成。四兄弟中，吕大临创造的哲学'合二而一'论，曾被新中国哲学家杨献珍发掘并推崇，受到毛泽东主席的点名批判，在全国形成一次'一分为二'与'合二而一'的哲学大辩论。由'四献祠'到'芸阁学舍'，再到小说中的'白鹿书院'，到现在白鹿原上的白鹿书院，历时千余年，而神脉不断，这就是对中国文化精神的薪火传承，薪尽而火传，灵魂不灭。《白鹿原》中的白鹿终于回到了白鹿原上，实现了陈老师的心愿。"对邢小利这些说法我们频频点头，陈忠实却不时"哎呀"一声，以示这些美好想法能实现多少，还不一定。

临要离开书院时，擅长书画的邢小利执意让我们每人都留下一点墨迹。我写的是"寻句白鹿，不亦乐乎""白鹿谁云不还童，原下灞水尚能西"。我这两句，虽不大气，但都是如实说给陈忠实老大哥的我的心迹。他曾写过一本专门谈《白鹿原》创作始末和感想的书，就是前面我说到的自传式心血创作谈《寻找属于自己的句子》，那可真如割破血管从身上放血一样珍贵的经验，读后感到这部书才是打开陈忠实人生密码与写作密码的最佳钥匙。此时能坐在白鹿书院和陈忠实先生一块喝茶聊天，怎能不再次想起"寻找属于自己的句子"的新意。

在原上的白鹿碑前只站了一小会儿，就有个年轻人跑上前说，陈老师有事我帮你跑腿啊。陈忠实问他是谁，他说是原下的乡亲，见过好几次面的。看来，原上原下许多人都认得陈忠实，没见过的，也家喻户晓他的名字了。他谢了人家好意，说你忙你的吧，就陪我们碑前碑后转起来。

明媚的阳光把我们几个人的影子投映在坚实的土地上，使我更加感到脚下自己的身影的单薄。而细看阳光下的陈忠实，苍硬的头发衬着饱经沧桑的脸上炯亮如炬的双眼，我不禁想起何启治先生讲的一件事。有位青年作家读过《白鹿原》后不知陈忠实是否还在世，便给何启治写信谈感想说："五十多万字的《白鹿原》，简直字字都是蘸血写出来的，即使作者活着，也该累吐几次血吧？"此事让我想了许多。在长篇小说年以千计的时下，作家们实在应该写得慢点再慢点。

因为我们在白鹿书院和白鹿原碑流连时间过长，陈忠实反复说的摘樱桃的事儿却没时间了。他只好在樱桃园为我们每人买上摘好的两大盒樱桃，叫带回去品尝了。古话说，樱桃好吃树难栽，我却一直以为，应该是樱桃好吃果难摘才对。虽然现在的改良樱桃比老品种大了许多倍，已大如毛桃了，但一斤也得上百颗，仍是不好摘的。我们千里迢迢来摘樱桃，却没亲手摘上一颗。

离开西安前的清早，我抽空到古长安城下的菜市场闲逛，远远听见有壮年男子扯嗓子喊：白鹿原大樱桃，好吃不贵！我赶过去，竟见青青古城墙下，卖主的驴车上，还插着一枝硕果累累当幌儿用的樱桃。听我说认识白鹿原下的陈忠实先生，那男子二话没说便允许我摘了，我不由得心下又是一声"哎呀"。

没想到，那一"哎呀"，竟成了今日我沉痛的哭声！

（刊发于 2016 年 4 月 30 日《人民日报》文艺副刊）

母亲是一种岁月

张建星

少年的时候,对母亲只是一种依赖。青年的时候,对母亲也许只是一种盲目的爱。只有当生命的太阳走向正午,人生有了春也有了夏,对母亲才有了深刻的理解、深刻的爱。

我们也许突然感悟,母亲其实是一种岁月,从绿地流向一片森林的岁月,从小溪流向一池深湖的岁月,从明月流向一座冰山的岁月。

随着生命的脚步,当我们也以一角尾纹、一缕白发在感受母亲额头的皱纹、母亲满头白发的时候,我们有时竟难以分辨:老了的,究竟是我们的母亲,还是我们的岁月?我们希望留下的究竟是那铭心刻骨的母爱,还是那点点滴滴、风尘仆仆、有血有泪的岁月?

岁月的流逝是无言的,当我们对岁月有所感觉时,一定是在非常深沉的回忆中;而对母亲的牺牲真正有所体会时,我们也一定进入了付出和牺牲的季节。

有时我在想,母亲仅仅是养育了我们吗?倘若没有母亲的付出、母亲的牺牲、母亲巨大无私的爱,这个世界还会有温暖、有阳光、有沉甸甸的泪水吗?

我们终于长大了,从一个男孩变成一个男人;从一个女儿变成一个母亲。当我们以为肩头挑起责任也挑起命运的时候,当我们似乎可以傲视人生的时候,也许有一天,我们会突然发现,我们白发苍苍的母亲正以一种充满无限怜爱、无限关怀、无限牵挂的目光从背后注视着我们。我们会在刹那间感到,在母亲的眼里,我们其实永远没有摆脱婴儿的感觉,我们永远是母亲怀里那个不懂事的孩子。

往往是在回首的片刻,在远行之前,在离别之中,蓦然发现我们从未离开过母亲的视线,从未离开过母亲的牵挂。谁言寸草心,报得三春晖。我总在想,我们又能回报母亲什么呢?

母亲是一种岁月。无论是我个人的也许平庸也许单纯的人生体验，还是整个社会前进给我的教诲和印证，在绝无平坦而言的人生旅途上，担负最多痛苦、背着最多压力、咽下最多泪水，但仍以爱、以温情、以慈悲、以善良、以微笑，对着人生、对着我们的，只有母亲，永远的母亲！

于是我便理解了，为什么这么多哲人志士，将伤痕累累的民族视为母亲，将滔滔不断的江河视为母亲，将广阔无垠的大地视为母亲。

因为能承受的，母亲都承受了；该付出的，母亲都付出了。而作为一种岁月，母亲既是民族的象征，也是爱的象征。

也许因为我无法回报流淌的岁月所赐予我的，所以，我无时无刻不在爱着我的母亲，我的老母亲。在我的眼里，母亲是一种永远值得洒泪感怀的岁月，是一篇总也读不完的美好故事。

(刊发于2016年5月9日《人民日报》)

大匠无名

单霁翔

前清时期，宫廷中曾有"行走"一职，值守于上书房的称"上书房行走"，服务于皇帝左右的称为"御前行走"，但似乎没有一个人可以走遍故宫的角角落落。2012年受命担任故宫博物院的院长以来，我就开始一间房屋一间房屋地察看，一个角落一个角落地行走。只要是不出差的日子，都会在故宫里行走。几年过去了，我可以自豪地说，我是个最勤奋的"行走"。

正是在这样的行走中，你自然而然就和这里的沉沉殿阁、一草一木产生了深厚的感情，你也自然而然地会体悟到蕴藏在那些精巧的斗拱、严密的榫卯、高耸的龙吻走兽背后的大匠精神。无论何时穿梭在那高墙内，总能感受到这座紫禁城的灵魂。

一

故宫的北门是神武门，向北正对着巍峨秀丽的景山。一年四季，都有摄影爱好者站在景山的万春亭看故宫的重重殿宇万户千门。一般的游客从朝南的正门午门进来，一直向北走，先是三大殿——太和殿、中和殿和保和殿，次经乾清宫、交泰殿、坤宁宫，直通御花园，这构成了全部宫殿的中轴。这中轴恰恰安坐在北京的中轴线上。

只要想想那三大殿的基石，都是高达数米的汉白玉石，想一想一个太和殿，宽11间，进深5间，就是一座由55间房子组成的大殿堂，就不由得感叹这背后凝聚了多少工匠的心血……当年修建紫禁城的木料，都是从四川、贵州、广西、湖南、云南各地采伐而来，大树在山中砍倒后，要等待雨季利用山洪从山上冲下来，然后经由江河水运一路运到北京。还有笨重的石料，冬季严寒季节，需要在通往北京的道路上泼上水，铺成一条条冰道，为了铺冰道，还要每隔一里打一口水井……

雄伟壮丽的紫禁城古建筑，其设计通常由皇帝钦派亲王及内阁重臣组建工程处，下设样式房，派最优秀的样子匠及建筑师供役。明代工匠有严格的匠籍制度约束，并要求匠户世代为匠，以保证工匠的数量及技艺的传承。清顺治二年（1645）匠籍制度废除，但清廷对紫禁城的维护、修缮、改建十分频繁，依然需要大量的工匠，家传及广泛存在于民间的师徒制成为优秀工匠的主要来源。

我们熟知的"样式雷"家族就是家传的代表。从康熙朝直至清末民初，样式房的主持人主要出自雷姓世家。雷姓家族从第一代雷发达算起，前后7代传承不辍，延续200多年，都是清廷样式房（相当于皇家建筑院）的掌案头目人，其设计涵盖了都城、宫殿、坛庙、园林等多种皇家建筑。除了故宫，"万园之园"的圆明园、承德的避暑山庄、天坛、颐和园、北海、清东陵等，这些技艺卓绝的不朽杰作构成了中国五分之一的世界遗产，不但在中国，就是在世界建筑史上，都堪称无与伦比的奇迹。除了宏伟的建筑，雷氏家族为我们留下了不计其数、极为珍贵的"样式雷图档"，现分别收存于北京故宫博物院、中国国家图书馆、清华大学建筑学院等，也有一部分流失到海外。在这些图档中有一部分是烫样，相当于今天的立体模式，它是用纸张、秫秸和木头加工制作的模型图，最后用特制的小型烙铁熨烫而成，故而称为烫样。根据这些烫样，我们既可以了解单体建筑的形式、色彩、材料和建筑物内部的梁架结构，也可以欣赏组群建筑的布局和环境布置，匠人的匠心独运让你叹为观止。

据《大明会典》载，洪武时期定制的官式古建筑营造所涉及的专业工种约20种，并各有定数，如"木匠三万三千九百二十八名，锯匠九千六百七十九名，瓦匠七千五百九十名，油漆匠五千一百二十七名……"随着清顺治、康熙、雍正各朝对紫禁城的不断重建、重修，到了清代晚期，形成了沿用至今的八大作：瓦作、木作、石作、搭材作、土作、油漆作、彩画作和裱糊作，简称为"瓦木扎石土、油漆彩画糊"。

以瓦作工艺为例，古建筑的地面、墙面、屋顶这三个部分都离不开它。故宫最令人称道和迷惑的是金砖铺地。金砖，并非由黄金制成，明清时主要产自苏州，通常铺墁在等级较高的殿宇内，民间不得使用。由于其质地坚硬，敲击有金属之声，并且制作程序复杂，要经过选土、掘、运、晒、推、舂、磨、筛7道工序；经三级水池澄清、沉淀、过滤、晾干；经人足踩踏，使其成泥；

再用托板、木框、石轮等工具使其成形；再置于阴凉处阴干，每日搅动，8个月后始得其泥；还要经过长途运输，其价值昂贵堪比黄金，史称金砖。

官式古建筑营造技艺内涵丰富，程序严整，技法精细，是中国传统手工业中集大成者。由于掌握技艺的匠人文化很低，著书立说者寥寥，多少年来只能手手相传口口相传。

随着辛亥革命的爆发，清朝的灭亡，昔日的紫禁城一度辉煌不再、人去楼空、疏于管理，官式古建筑营造技艺也随着匠人们失落民间。直至新中国成立后，故宫才重新建立自己的古建筑修缮队伍，重拾失落已久的官式古建筑营造技艺。

二

历史上故宫曾有过三次大修，正是这三次大修分别成就了三代工匠，也造就了故宫的大匠精神。

故宫的角楼，无疑是紫禁城的象征。你只要从那里经过，都会忍不住停下脚步来欣赏它。《清式营造则例》中将大木建筑分成庑殿、硬山、悬山和歇山4种样式，角楼是不同于任何一个门类的杂式。一般人形容角楼是9梁18柱72条脊，其实它远比这要繁复。3层屋檐共计有28个翼角，16个窝角，28个窝角沟，10面山花，72条脊之外还有背后掩断的10条脊。屋顶上的吻兽共有230只，比太和殿的吻兽多出一倍以上。

故宫的第一次大修，最引人注目的便是西北角楼落架的大修。1949年新中国成立后，针对紫禁城存在的问题，提出了故宫古建筑修缮史上的第一个五年治理与抢险规划，完成了清运多年积存的大量垃圾废料，疏浚故宫河道，修缮内金水河两岸的河墙，治理紫禁城范围内的地下水道，抢修大量年久失修的古建筑，以及重新油饰三大殿的外檐彩画等等。1956年，启动了西北角楼落架大修。

由于角楼复杂的结构，故宫力邀有"哲匠世家"之誉的原兴隆木厂的大木匠马进考、杜伯堂等为木结构施工指导，保证角楼原样顺利恢复。彩画则邀请了何文奎、张连卿等京城名匠，还有其他工种的匠师，他们都身怀绝技，人称故宫"十老"。正是以这十位为代表的匠师们成就了故宫博物院的第一代工匠，同时，也是在这次大修中，孕育了第二代匠师。

当年戴季秋、赵崇茂、翁克良跟随马进考、杜伯堂等师傅维修西北角楼，维修结束后，继续学习制作模型，一做就是十年。至今故宫古建部仍保留着西北角楼一角的四分之一模型和御花园四柱八角盝顶井亭模型。朴学林、邓九安、王友兰跟随周凤山、张国安师傅苫背、瓦瓦；张德恒、张德才、王仲杰则跟随张连卿、何文奎师傅重做了三大殿的彩画，并按比例将故宫大部分彩画进行描摹，共计300幅，后制成《故宫建筑彩画图录》。

故宫的第二次大修从1973年开始。为了完成这次大修，故宫工程队（修缮技艺部的前身）对外招聘了300名青年。他们跟着赵崇茂、戴季秋师傅，相继参加了午门正楼、东西燕翅楼、太和门东西朝房、钟粹宫、景仁宫、养心殿、慈宁花园、东南角楼等施工工程。瓦工学徒跟随师傅去故宫小石桥宿舍工地参加新楼建设的施工，油画工学徒跟随师傅在神武门等处油饰彩画工地练习实际操作，木工学徒则由师傅定尺寸掌线，教练操作方法，进行一般性的大木制作安装。到了冬季来临不适合室外作业的时刻，第二代工匠会为新来的年轻人讲授业务。以木作的李永革、黄有芳、翁国强，瓦作的吴生茂、李增林、白福春，油饰的刘增玉、张世荣，彩画的张志全等为代表的第三代工匠崭露头角。

2005年12月，中断近半个世纪的传统拜师在故宫博物院再次兴起。瓦作的白福春拜故宫古建专家朴学林先生为师，木作的黄有芳和焦宝健拜故宫古建专家翁克良先生为师，彩画的张志全拜故宫古建专家王仲杰先生为师。这些徒弟在技艺方面已经是故宫第三代工匠中的佼佼者，通过拜师，有了向大师学习更多更精技艺的机会。从而顺利地展开对太和殿以及其他建筑的大修工作，并且通过拜师更好地延续和传承故宫古建筑营造技艺。

第三次大修，是在本世纪初故宫制定保护总体规划大纲后开启的100年来最大规模的维修保护工作，包括了武英殿试点工程、太和殿挑顶大修工程、慈宁宫落架大修工程、建福宫复建工程等重大项目。

2012年，为了培养故宫自己的官式古建筑营造技艺传承人，故宫博物院面向社会招收了14名传承人。经过一年的学习后，2013年，这14名传承人进行了集体拜师。张世荣、丁永利、吴生茂、白福春、白强、翁国强、黄有芳、张吉年、刘增玉、张志全等10位古建修缮专业的老师傅，接受了张奉兵、梁利军、薛永东等年轻学员的拜师礼，我们终于看到了古建修缮事业的未来，也期待着"工匠精神"的世代传承。

三

去过故宫大修现场的人，就会发现这里和外面工地的劳作景象有个明显的区别：这里没有起重机，建筑材料都是以手推车的形式送往工地，遇到人力无法运送的木料时，工人们会使用百年不变的工具——滑轮组。故宫修缮，尊重着"四原"原则，即原材料、原工艺、原结构、原型制。在不影响体现传统工艺技术手法特点的地方，工匠可以用电动工具，比如开荒料、截头。大多数时候工匠都用传统工具：木匠画线用的是墨斗、画签、毛笔、方尺、杖竿、五尺；加工制作木构件使用的工具有锛、凿、斧、锯、刨等等。

最能体现大修难度的便是瓦作中"苫背"的环节。"苫背"是指在房顶做灰背的过程，它相当于为木建筑添上防水层。有句口诀是三浆三压，也就是上三遍石灰浆，然后再压上三遍。但这是个虚数。今天是晴天，干得快，三浆三压硬度就能符合要求，要是赶上阴天，说不定就要六浆六压。任何一个环节的疏漏都可能导致漏雨，而这对建筑的损坏是致命的。

"工"字早在殷墟甲骨卜辞中就已经出现过。《周官》与《春秋左传》记载周王朝与诸侯都设有掌管营造的机构。无数的名工巧匠为我们留下了那么多宏伟的建筑，但却很少被列入史籍，扬名于后世。

匠人之所以称之为"匠"，其实不仅仅是因为他们拥有了某种娴熟的技能，毕竟技能还可以通过时间的累积"熟能生巧"，但蕴藏在"手艺"之上的那种对建筑本身的敬畏和热爱却需要从历史的长河中去寻觅。

将壮丽的紫禁城完好地交给未来，最能仰仗的便是这些默默奉献的匠人。故宫的修护注定是一场没有终点的接力，而他们就是最好的接力者。

(刊发于 2016 年 5 月 12 日《人民日报》文艺副刊)

去成都看红军哥哥

贺捷生

人老了珍惜亲情，犹如寒冬到来珍惜阳光。这种感觉在我进入垂暮之年，身体江河日下，一天不如一天时越来越强烈。

我想四哥也一样。父辈们健在的时候，有他们的荣耀和恩威庇护着，我们常有书信往来，见面时亲如手足，但那时并不觉得多了什么，或少了什么。后来不同了，父辈们陆续离世了，去了另外一个世界，不知不觉中，我们自己也成了父辈。到这时才发现，做父辈并不像过去想象的那么美好，那么轻松。因为当你开始成为父辈时，你也老了，生命开始枯萎和凋谢。伴随而来的是孤独，冷清，渐渐被人遗忘；身体也如被洪水围困的堤坝，不断出现险情。时下流行抱团取暖一说，依我的看法，这种现象更多反映了老人的渴求。就像多年未曾出川的四哥，近些年就经常传来信息，说捷妹，什么时候还能见到你？想不想回成都看看？有意思的是，他7岁参军，9岁参加长征，经历过枪林弹雨，虽然官没有当多大，但仍不失铁血情怀；到老了，如同变了一个人，把自己弄得儿女情长，文绉绉的，像个知识分子。

去年开春，四哥在电视台工作的儿子国荣来北京出差，特意到家里来看我。临别时，忽然认真地对我说，姑姑，是爸爸要我来看你的。他说他马上90岁了，没多长时间好活了，这辈子还想再见到你。

听见这话，我的心里一阵战栗：可不是吗？岁月无情，1935年11月跟随我父亲贺龙从故乡湖南桑植刘家坪长征，十四年后进军大西南时，又被他带到四川的那些亲人，比如跟随父亲两把菜刀闹革命和南昌起义的贺勋成爷爷，新中国成立后担任省检察院检察长的贺文岱堂叔，还有在红二、六军团战斗剧社拉二胡的我小姑贺满姑的大儿子向楚生，以及在红二、六军团警卫连当警卫员的我二姑贺戊妹的儿子萧庆云等几个红军哥哥，都去世了。现在活着的，只剩下长征时只有9岁的四哥向轩了，可他也到了风雨飘摇的年纪。

说话间清明节到了，听说四哥住院了，而我刚好要去成都看望一个身患重病的亲戚，同时给我父亲的爱将、成都军区第一任司令员贺炳炎上将扫墓，想到还能看看他，于是千里迢迢，我踏上了去蓉城的旅途。

到了成都，堂叔贺文岱的女儿贺南南、贺锦南、贺蓉南，父亲的爱将贺炳炎之子贺雷生、贺陵生等红二代，还有许多我叫得出名字和叫不出名字的红三代，早聚在一起迎接我，个个笑逐颜开。

去军区总医院看四哥那天，我悄然而至，既没有通知他的家人，也没有跟医院打招呼，甚至忘了他正经使用的名字。因为在我们家族中，提起他，从来不用真名实姓，而是直呼他简陋粗糙得上不了台面的绰号。在护士站查阅他的病房，我描述了半天，说来看望一个老红军，他姓向，向前进的向，值班护士才如梦初醒，说你们是来看望向轩老首长的吧？他住在走廊最里面那个套间，刚看见他下楼遛弯去了。

快90岁的人住院，还能下楼遛弯？！我悬着的心终于放了下来。

突然从住院部大楼下的花坛边被叫回来，看见我坐他的病房里，四哥有些蒙，有些不知所措，喉咙里发出咕噜咕噜的声音。几年不见，我发现他老多了，圆溜溜的脑袋上长出一块块老年斑，油亮的额头上冒出一片细密的汗珠。坐下后，放在膝盖上的两只手在不停地抖。看得出，对于我的到来，他是高兴的，脸上露出心满意足的微笑。

我没有叫他四哥，他也没有叫我捷妹，当面我们都没有这种习惯。相隔两三米远，因陪同我的人和陪护他的人都是转着弯的亲戚，见面相互喊喊喳喳地说着什么，我和他反倒被晾在一边。而且他耳朵背，别人说什么他都当同他说话，不时含含糊糊地应和着。这期间，我看见他不时偏过头来看我，对着我笑，那意味深长的眼神，好像执意要从我的目光里，我的身上，找回我的过去和他的过去。

朋友们可能沉不住气了：我为什么叫他四哥？他为什么7岁参加红军，9岁参加长征？这诸多的疑问，我知道，我必须做交代了。

是这样：他是我父亲的亲妹妹——我牺牲的小姑贺满姑的儿子。相信湘西的人都听说过，当年在我们的故乡桑植洪家关，面对各种各样的黑势力、恶势力，不仅我父亲贺龙，而且在他之前和之后的整个贺氏家族，有一个算一个，都充满血性，嫉恶如仇，与黑暗统治不共戴天，从不怕被赶尽杀绝，亡命天涯。比父亲小12岁的贺满姑当然也是这样一个人。我父亲跟定共产党，在南昌发动八一起义后，为防止反动派疯狂报复，她跟着比她还强势的我大姑贺英，取出北伐时我父亲从武汉捎给他们的枪，上了桑植鱼鳞寨。我父亲1927年冬天又一次回到湘西拉队伍，她们帮着他征兵筹粮，看家护院，俨然把父亲创建的红四军当成贺家的子弟兵。可她是五个孩子的母亲，丈夫向生辉是个老实巴交的农民，凡事都由她出面并担当。她的两个大些的儿子向楚生、向楚明，早年被我父亲送到上海保护起来，后来回到湘西当了红军。家里还有三个较小的，三儿子向楚才只有5岁，四儿子向楚汉只有3岁，五女儿生下来八个月，名字还没有取，家人叫她"门丫头"。上了鱼鳞寨后，她把三个孩子变换着交给不同村落的亲友看管，时常下山来看他们，和他们同床共枕地住几天，尽一个母亲的职责。

1928年5月，我父亲率领部队在石首、监利一带作战，面对白军的猖狂反扑，贺满姑带着三个孩子转移到邻县永顺周家峪一个叫段家台的村子里，桃子溪团防头子张恒如打听到后，立刻派兵包围他们藏身的地方。经过激烈抵抗，双手挥枪的贺满姑子弹打光了，连同三个孩子一起被抓走了。团防把她和三个孩子押回桑植，交给了驻桑植省军处置。被我父亲和贺家人逼得急红了眼的敌人，不放过这个炫耀功绩的机会，一面大肆宣扬逮住了共匪头子贺龙的亲妹妹，一面用尽酷刑，逼迫贺满姑引诱大姐贺英带领队伍下山。满姑宁死不屈，在三个孩子被贺英通过堂嫂陈桂如用重金赎出去后，不惜上断头台。

贺满姑死得很惨，是被凌迟而死的，这种死法在民国早已绝迹了。桑植县档案馆至今仍保存着贺满姑被凌迟的照片，其中一幅定格在她的双乳和大腿上的肌肉被割去的瞬间，惨不忍睹。我在电脑上查阅资料，无意中发现有人把这张照片放在了网上。

贺满姑牺牲后，贺英接回她的三个孩子，把最结实又最淘气的向楚汉放在自己身边。贺英没有后代，3岁的贺楚汉在失去母亲的怀抱后，投入大姨的怀抱，失声叫她妈妈，贺英紧紧把他搂在怀里。

向楚汉就是几十年后坐在我面前的向轩，我没问过他什么时候改的名字，为什么改名字。可我知道，他还在他满姑肚子里的时候，就随母亲打游击，风餐露宿，出生入死；3岁时，敢抽出母亲腰里的枪，由满姑手把手教射击。因为在满姑四个儿子中他最小，所以我们都叫他四哥；又因为他小时候胆大过人，调皮捣蛋，常有出格行为，湖南人又爱又恨地称这种孩子为痞子。几年后，他来到我父亲身边时，我父亲觉得叫他的大名太生分了，随口叫他"四痞子"。

1933年，是湘鄂西斗争最残酷的年份。我父亲创建的红四军，在夏曦到来后的肃反中元气大伤，同时遭到敌人重重围困，被迫撤出湘鄂西，退到黔东南印江、沿河一带，重新开辟根据地。部队的番号也一改再改。父亲的部队离开后，大姑贺英的游击队也转移到湖北鹤峰太平镇一带的深山里。5月6日拂晓，在太平镇洞柘湾，因当地农会出了叛徒，游击队营地突然被敌人包围了，贺英和我二姑贺戊妹，贺戊妹的女儿肖盈盈、儿子萧庆云、女婿廖汉生，还有7岁的向轩等亲人，都处在危险中。敌人发现了贺英的身影，无数支枪对着她和向轩所在的屋子猛烈射击，子弹像瓢泼大雨，密不透风。贺英多年带兵，是名震湘西的神枪手，双手出枪比贺满姑还快。她以窗台为掩体，毅然掩护队员们突围，敌人久久攻不进那栋房子。战斗到弹尽粮绝，贺英腿部中一枪，腹部中两枪，因为其中一颗是炸子，她的下腹部被炸得血肉横飞，鲜血奔涌。贺英自知生命走到了尽头，在敌人扑上来之前，忍痛把流出来的肠子塞回破烂的肚子里，然后解下长年系在腰里的小包袱，递给向楚汉，里面有两个戒指、五块银元、一把小手枪，让他翻过后窗，从后山的小路追赶廖汉生、萧庆云等游击队的大哥哥、大姐姐。7岁的孩子意识到失去了妈妈，又要失去大姨，边跑边哭，贺英冲着他的背影喊：四佬，莫哭，快去找红军，找你大舅……

这天大姑贺英牺牲了，二姑贺戊妹因打摆子，脚下无力，跑不动，也被敌人追上杀害了，然后割下两姐妹的脑袋，挂在桑植城门示众。

现在的孩子难以想象，长到7岁的向轩，已经看到了如此血腥和惨烈的杀戮，经历了如此悲壮的生离死别。从洞柘湾迸溅的血光中逃出来的那个日子，从此成了四哥履历上参加革命的日子。现在的孩子同样难以想象，一个7岁的孩子从枪林弹雨中跑出来，伤痕累累，连他自己也说不清是枪伤还是沿路跌跌爬爬的损伤，但最终，他真找到了他的大舅、我的父亲贺龙，而且是在贵州边地的大山里找到的，而且我父亲居无定所，不是在战斗就是在跋涉中。打开地图看看吧，从湖北鹤峰到黔东，中间隔着好几个县，那得翻过多少山，涉过多少水！

妹妹贺满姑的死让我父亲痛心疾首，现在大姐贺英、二姐贺戊妹又战死了，他只能仰天长叹。但他选择了共产党，并成了共产党领导下的一方红军的统帅，只能接受这个残酷的现实，咽下这枚难以下咽的苦果。此时，他唯一能做到的，就是把大姐贺英、二姐贺戊妹和妹妹贺满姑留下的向轩，一个又淘又倔，当时只有7岁的孩子，放在司令部警卫连，做他身边的一个勤务兵。父亲想,他的亲人被反动派杀得太多了,绝不能让他们对孩子斩草除根。当时还叫向楚汉的向轩不听话,又淘又倔,父亲决定亲自管教他,不然对不起三个牺牲的亲姐妹。

向轩最崇拜我父亲,也最怕我父亲。到了我父亲身边,加上部队纪律的约束,他开始慢慢学习做一个红军战士。1934年10月,我父亲率领几天后由红三军改编的红二军团,在贵州印江县的木黄镇与萧克率领的红六军团胜利会师,之后,带领这支由中央决定改番号为红二、六军团的部队,杀回湘西,展开中革军委在长征路上为他们命名的"湘西攻势"。

1935年11月19日,红二、六军团比中央红军整整晚一年,从桑植刘家坪开始长征,当时我才生下来十八天,尚在襁褓里,父母把我放在小骡马驮着的摇篮里,带我走上这条伟大的征途。提到9岁的向轩,父亲对母亲说,把他继续放在警卫连,跟队伍一起走。还叮嘱母亲在照应我的同时,也照应他一下,得空教他识几个字。他虽然比较顽皮,但有一股蛮劲,过不了几年就是一个好兵。

母亲知道贺英三姐妹的死,是父亲心中永远的疼。他要带9岁的向轩去长征,是把三个姐妹给他留下的疼转移到这个孩子身上,于是对父亲说,应该把他带走,但能不能活下来,就看他的造化了。

毕竟还是个孩子,长征过澧水、沅水、赤水河,穿越乌蒙山、横渡金沙江……战士们苦不堪言,他却一路蹦蹦跳跳,不觉得有多苦。当然沾了我父亲的光,部队为我准备了一匹小骡马,也给他弄来一匹。刚上路的时候,南方多田野和水洼地,他骑着那匹小骡马,随兴所至,时不时猛抽一鞭,马蹄踏起的泥水沿路溅了战士们一身。父亲得知此事,雷霆大怒,说那还了得,他小小年纪就忘记自己是谁了,把他的马收了。他拽着缰绳痛哭流涕,说大舅,饶我一回,我再也不敢了。

长征翻山越岭,忍饥挨饿,日夜兼程,考验着每个人的耐力和生存能力。四哥凭着年龄小,故乡桑植的长辈多,经常游走在他们中间,蹭点吃的。当然,他打搅最多的,是我母亲。因为我那时太小了,许多叔叔阿姨都宁愿自己饿肚子,也要给我省一口。他来了,有我一口,就有他一口。到十分难走的路段,比如爬雪山,过草地,他累了或饿得走不动了,我母亲背上背着我这个出生才几个月的婴儿,手上牵着他,咬紧牙关,一步一步向前挪。三个人始终相依为命,不离不弃。

到了宿营地,母亲除去做宣传工作,还要及时把我换下的衣服和尿片洗好烘干,要是他来了,就让他搭把手,抱着我在屋子里转几圈。

1936年10月,由红二、六军团改编的红二方面军与红一方面军在甘肃会宁胜利会师,同年12月在山城堡与胡宗南的部队打完最后一仗,移驻陕西富平县庄里镇,等待改编成八路军第120师。到达陕北后,我母亲留在红军总政治部工作,他也留在延安。但这时,他已经是个颇具有丰富人生阅历的小大人了,虽然还只是一个小小的通讯员。

在延安,他还闹过一个笑话,那是去给某机关送信,当地站岗放哨的儿童团拦住他,对他的身份表示怀疑。他蛮劲儿上来了,说怎么着?不相信哥哥是队伍上的人?我不仅上过战场,还是红军出身呢!儿童团员们更不信了,说他吹牛,拦住刚好路过的毛泽东给他们评理。毛泽东饶有兴致地问,你说你是红军,有什么证据?他说他参加了长征,爬过雪山,过过草地。毛泽东非常惊奇,说你这么小就参加了长征?如果真是这样,当然是红军,但谁能证明呢?他理直气壮地说,我大舅和舅妈。毛泽东说,哦?你大舅是谁呀?他说:贺龙!毛泽东这时笑了,说你这犟伢子,是贺胡子家的人啊,现在我信了。

时间一晃过了八十年!当年跟随红军长征的我们这两个孩子,不知不觉,我年至八旬,他也将过90岁生日,都到了朝不保夕的时候。在我父亲带到四川的亲人中,别说比我父亲还高一辈,在红二、六军团以最大年龄参加长征的贺勋成爷爷,还有我堂叔贺文岱,就连比我大不了多少的几个哥哥,也就只剩下四哥向轩还活着。我很庆幸能在他的90岁生日到来前夕,来成都看望他,很庆幸他即使患病住院也无大碍。人间重晚晴,说什么他也是我哥哥,我仅剩的红军哥哥啊!

回到北京几个月后,他寄来了孩子们给他过90岁生日的照片。那是一场别出心裁的聚会,赶来庆贺他生日的人,都穿着灰色的红军服,唱红军歌,跳红军舞,其乐融融。同样也穿着红军服的他,头戴随生日蛋糕送来的那种纸皇冠,笑得像一个孩子。

(刊发于2016年8月3日《人民日报》文艺副刊)

索布日嘎之夜

——我听到了谁的歌声

鲍尔吉·原野

我的心是一块顽石,在泥泞雾霾中泡过好多年。这样的心常常听不到草叶在微风里细碎的摩擦音。我来牧区,进入蒙古语的言说里面,感觉蒙古语把我的脑子拆了,露出天光,蒙古语的单词、句子和比喻好像是树条,泥巴和梁柁,像盖房子一样重新给我搭建了一个脑子。这个脑子有泥土气息和草香,适合感受马、盐、泉水和歌声,不适合算计,虚伪的功能完全被屏蔽了。我的心仿佛在蒙古语里融化了,剥落掉核桃一样坚硬的外壳,露出粉红色血管密布的心,一跳一跳,回到童年。

我们坐在蒙古包里喝奶茶,外面响起雷声。牧民说:天说话了。其他人附和:天说话呢。是的,蒙古语管打雷叫天说话,也可译为"天作声"。天这个词,牧民常常尊称为"腾格里阿爸"——天爸爸。他们说出这个词自然亲切,像说自己家里的长辈。在牧民心里,一生都接受着天之父的目光,他的目光严厉而又仁慈,无处不在。

在巴林右旗索布日嘎镇,牧民说,他如果需要一块木料,上山选树。砍树的人心里忐忑不安,斧子藏在后腰衣服里。牧民们不砍草原上孤独的树,那是树里的独生子。他到树林里找一棵与他需要的木料相似的树。比如勒勒车的木辐条坏了,就找一棵弯度与辐条接近的树。准备砍树的人下跪、奉酒,摆上奶食糕点,说"山神啊,我是谁谁谁,我的什么东西坏了,需要这棵树,请把这棵树恩赐给我吧,并宽恕我砍树的罪孽。"然后拔出斧子砍树,砍完拖树一溜烟跑下山了。对了,砍树前,他还要掰下几根树杈示警,说:我要砍树了,住在树上的神灵起驾吧!

我跟别人讲到这件事,对方笑了,说蒙古牧民挺幼稚,不懂科学。我想人类从远古走到今天,并非依靠科学,科学也不应该是巧取豪夺之学。人幼稚是说此人尚处在童蒙阶段,如果民族仍然幼稚,它该多么天真纯洁,归它走的路还有很远，这该是多大的幸运呢？

蒙古民族对其信赖尊崇的事物赋予拟人化的代称，比如把加工五谷的碾子叫"察干欧布根"——白色的、吉祥的老翁，管拉盐车队的首领叫"噶林阿哈"——火的兄长，管接生婆叫"沃登格"——大地的母亲。在蒙古语里面，一切都是生灵，彼此是具有亲属关系的父亲、母亲、兄弟姐妹，尽管这些生灵的外形是空气、云彩、土壤、水或结为晶体的盐。人只是这个大家庭中间叫作"人"的小兄弟而已。不同的语言里暗含着不同的价值观，顺着每一条语言的路都会走向不同的终点，清洁的生活产生清洁的语言。

在索布日嘎，我看见一个男人拥抱一个女人，身旁一人赞叹："乃波乃仁恩特贝日乎"。直译为"细细地拥抱。"也可译为"温柔地拥抱。"实际说的是"细致珍惜地抱住她"。我感叹于世界仍有这么体贴人心的语言，如果心与心拥抱，能不细致吗？我感觉人们现在使用语言太粗率了，无所敬畏，也无所怜惜，我们失去了好多用心描摹生活的机会和能力。

蒙古牧民称走马为"蛟若"，最好的走马是"蛟若聂蛟若"——走马中的走马。他们形容马走起来"像流水一样，"这一种步态寓意着马和马倌的智慧。水跟火是蒙古牧民心中的圣物，他们至今恪守着成吉思汗规定的戒律：不许往河水里扔脏东西，不许在河水里洗衣服与撒尿。河是母亲，河水就是母亲的身体。牧民们告诉我：每一座火里都住着一位火神，他们虔诚的神情表示这是不可怀疑的，"火神是一位女性神灵。"火婀娜地伸展腰身，让黑暗退隐，黑暗在远处注视女火神怎样为牧人煮好每一餐饭食。火的纹理没有杂质，如缎子一般细腻。它飘扬的样子正如母亲小声哼唱一首长调。直到现在，牧民们用干净的木柴和纸张引火，不许往火里吐唾沫，不许泼水。火最好的燃料是干牛粪。牧民说，小时候，父亲把他拣回的牛粪里的羊粪、狗粪和狼粪拣出来，烧这些粪是对火神的不敬。水啊火啊，山川大地，人们用清洁的、没有伪饰的语言吸纳你的回音，存在心里。大自然当中所有原初的事物都有浑朴的本质，即使我们闭上眼睛，用手摸一摸它们，也感觉得出这些事物亘古以来未变的质感。闭上眼睛摸摸并捻一捻河水，水的柔软活泼与清澈是一回事。摸一摸石头就摸到了时间的皱纹和古代。摸摸马，你想象马正用长睫毛的、黑水晶一般的眼睛看你，它光滑的脊背有汗，说明刚刚跑完。有一句蒙古民歌的歌词尤其让我感动——"马驹在羊水里就记住了自己的故乡。"牧民们喜欢传诵一个故事，说一匹马被卖到了长江以南的地方，它不知怎样翻山渡河回到了内蒙古故乡。牧民们说到这里，交换眼神，唏嘘赞叹，并用眼神征求我的看法。我心里想这不可能，马固然会泅水也能登山，但它路过地方的人是不会放过它的。我还是跟着牧民一起赞叹，一起惊讶。既然我们会相信网络上天天都有的谣传，为什么不相信马也有返乡的美德？为什么不信火里和水里住着清洁的神灵呢？我宁愿把自己脑子里贮存的所谓知识清除掉，它们也许早过时了，让更多的民间传说和神话进入心灵。索布日嘎的猎人说猞猁聪明，它平时不留下任何痕迹。下雪天，所有野兽在大地上留下脚印，猞猁等大动物出来觅食之后，爪子踩在大动物的脚窝里行走。我眼前浮现出八十多岁的猎人苏达纳木手脚并用模仿猞猁跨越大步的情形，这多好啊！多幼稚，我喜欢这些还没有摆脱童年的幼稚的人们！

今年七月二十二日，农历六月十九。我被邀请参加索布日嘎镇吉布吐村祭拜村庄敖包的仪式。祭敖包何其神圣，村虽小，但越小越纯粹，我被邀请参加祭祀，深感荣幸。晚上，我甚至在镇政府的宿舍里来回踱步，享受这份荣幸。巴林右旗要在天亮之前祭敖包。古人称，约略看清自己的掌纹曰天亮，而天亮前依然伸手不见五指。我们凌晨三点钟起床，三点半出发。开车的司机甚神奇，他在漆黑的夜里瞪大双眼看前方，左右转动方向盘，仿佛他是一只夜视的猫，在夜色稠密的草原上看清一条路。车停了，可能停在山脚下，抬头却辨不清山峰与夜空的分割处。我被扶上一台摩托的后座，抱住驾驶员的腰。摩托突突行进，我听到黑暗中有许多摩托轰鸣前进。摩托驮着我们爬上跃下高低起伏的丘陵，我听到水声，摩托冲过浅浅的河流之后停下来。这时影影绰绰看见许多人，却看不清面孔和衣服。我们登上一座不太高的小山。山虽然不高，但登上去周围却清晰了。一座敖包矗立眼前，上面系着飘动的哈达。全村的男人环立敖包前，他们穿着整齐的蒙古袍，戴帽子，脸膛肃穆坚毅。他们的面色好像比夜色还要黑，只有眼睛和鼻梁反光。驮我的摩托车手竟然穿着陆军作战服，他刚从部队复员。村里的敖包长宣读祭文，祈求敖包神灵庇佑村子人畜平安，风调雨顺。吾等全体俯身跪拜，起身献上自己所带祭品。我献上了酒、袋装牛奶、糕点和奶豆腐。拜过我取一点奶豆腐带给父母吃，用我爸的话说"山神吃剩下的东西，人吃了最好。"

站在山上转身看，仿佛就在转身的一瞬间。天亮了许多。天和地像轻云和浓云分开了，沉黑的大地伸向远方。我身边的村民笑眯眯地互致问候，这时能看清他们的年龄和老年人的皱纹了。他们变得轻松而欣慰，相信自兹日起，直到来年，吉布吐村风调雨顺，国家康泰平安，那是必须的。下了山，略多的光线让我看到吉布吐村牧民身穿的蒙古袍有多华丽。这些光让我看清他们海蓝色蒙古袍上的银白团花和橙色的腰带,灰色蒙古袍大襟的橘红滚边。他们比演员更漂亮,他们的英武气质和服饰在大自然中更显出恰当。而我想到一个村的男人们穿着华丽的衣着在夜色里穿行,该有多么诚恳,携带着他们自己才知道的美,让敖包神多么欢喜。大地啊,你有多少我所看不到的美,坚定地、默默地发生,它们发生在事物的肌理内部,而不是表演。

我们又坐摩托又过河,碾过晨曦铺就的地毯之前我们还按巴林人的习惯祭拜了清澈可爱的沃森花泉水。大地亮了,曦光下的大地多么可爱。光线以它刹那千里的怀抱告诉人们草原的辽阔,比长调唱的、骏马跑的还辽阔。如瓷器般青白色的天空刚刚醒来,而大地比天空更宁静,灌木和草毛茸茸地等待苏醒。远处的山峦如同画家的初稿,还差六遍敷色。而我们在飞驰,身旁还有人骑马,他们显出比骑摩托的人高大,手挽缰绳也比手把摩托好看。骑手在马背上跃跃然,瞻顾四方。东方正好有太阳倾泻的红光,如洪水决堤(这些光每天早上决堤一次)。这时看出平坦的草原并不平啊,每一处隆起泥土都被红光刷了漆,像千万座雕塑面东沉思。前方是吉布吐村,光线早于我们赶到那里。"吉布"是箭头的意思,也是古代的名字。村里的彩钢瓦像在屋顶铺了一片片红毡。这个村好漂亮,户户有同样的黄栅栏和带"乌力吉江嘎"(吉祥图案)的大门,街路硬化,新栽的小树排列成行。太阳把鲜艳的红光照在吉布吐村里一点都没糟蹋,这里像一处童话外景地。而我自从祭祀敖包后成了村民中的一员,混迹在摩托车和马队里,与晨风冲撞。我们相互微笑,如同赞美这个时刻,领取大地天空赐予吉布吐村民和我本人的这个美好的早晨。

也是在索布日嘎,几天前,镇里的蒙古族职员组织了一场野餐会,地点在这个镇临近西乌珠穆沁旗的景区"荣升十八景。"他们在一棵枝叶繁盛的黑桦树下面等我,地上铺着防雨车衣,摆着食品,他们大多三四十岁,带着家属孩子。他们并不说什么,却用眼光亲切地注视我,仿佛眼光是一块布,轻轻擦去我脸上的尘埃。蒙古族人口少,同胞为他们自己民族能出一个作家而高兴,这是这么多双目光交织的眼睛送给我的信息。我很惭愧,我还没达到让这些纯真的目光褒奖的程度,但又没法解释,只好看周围景物。那一边山峦俊秀,这一边草场宽广。蒙古黄榆沿河边生长,如同河流的卫士,保护着它的清澈。黑桦树下面歌声响起来了——《诺思吉雅》,所有的人都在唱,他们的眼睛看着树,看着山,看着虚空,仿佛那里写着歌词——"海青河水长又长……"一遍唱完,再唱一遍。他们用嗓音不断往歌的火堆里添柴,不让它熄灭。这情形特别像海浪一遍遍冲刷堤岸,洗刷着我的心。他们怎么知道我需要洗礼？"吾欲仁，斯仁近矣。"歌罢，一个小女孩用蒙古语朗诵了一首诗，诗中说"这座山哪管只有牛粪那么大，也值得跪拜，因为这是我们的土地。"她以稚嫩的嗓音念出这么诚恳的诗句，态度却坚定，竟使我老泪纵横。我怕在别人面前流泪，可在这样的旷野里，我能躲到哪里流泪呢？谁让你遇到这样的歌声和这样的诗呢？

高林艾里是一个村的名字，意谓河的村——这真是一个好名字，我参加了一场牧民为我举办的篝火晚会。什么人值得让村里的乡亲为他办篝火晚会？我闻所未闻。听说这是为我办的，我真是惭愧至极。那是在山坡上，村民几乎从山的各个方向走向篝火，他们好奇地看我。一些孩子大胆地与我交谈，他们读过内教版蒙汉文课本收录的我的作品。我觉得更值得一说的是这里的夜色——珐琅色深蓝的夜空下，山坡上卧满牧归的羊，如石羊。篝火烧起来，有一人高，众多火星往更高处蹦跳。村民们用胸膛迎着火歌唱，高音冲向旷野回不来了，低音被火吸走。我走到山坡看篝火和火边的人群，远处有山的暗影，被搅碎的月色在白白的河水里流淌。我忽然问自己，这是哪里？我是谁？我真忘了自己是谁，忽然感到写作跟做一个淳朴的人相比真是微不足道，到牧区来找写作资源更是卑俗至极。人不写作也能活着，而活着值得做的事是清洗自己，我不想当我了，想变成牧民，放牧、接羔、打草，在篝火边和黑桦树下唱歌，变成脸色黝黑、鼻梁和眼睛反光的人。长生天保佑所有诚实和善良的人。

（刊发于 2016 年 11 月 28 日《人民日报》文艺副刊）

何处是乡愁（外一章）

梁 衡

乡愁，这个词有几分凄美。原先我不懂，故乡或儿时的事很多，可喜可乐的也不少，为什么不说乡喜乡乐，而说乡愁呢？最近回了一趟阔别六十年的故乡，才解开这个人生之谜。

故乡在霍山脚下。一个古老美丽的小山村，水多，树多。村中两庙、一阁、一塔，有很深的文化积淀。我家院子里长着两棵大树。一棵是核桃，一棵是香椿，直翻到窑顶上遮住了半个院子。核桃，不用说了，收获时，挂满一树翠绿滚圆的小球。大人站到窑顶上用木杆子打，孩子们就在树下冒着"枪林弹雨"去拾，虽然头上砸出几个包也喜滋滋的，此中乐趣无法为外人道。香椿炒鸡蛋是一道最普通的家常菜，但我吃的那道不普通。老香椿树的根不知何时，从地下钻到我家的窑洞里，又从炕边的砖缝里伸出几枝嫩芽。我们就这样无心去栽花，终日伴香眠。每当我有小病，或有什么不快要发一下小脾气时，母亲安慰的办法是，到外面鸡窝里收一颗还发热的鸡蛋，回来在炕沿边掐几根香椿芽，咫尺之近，就在锅台上翻手做一个香椿炒鸡蛋。那种清香，那种童话式、魔术般的乐趣，永生难忘。当然炕头上的记忆还有很多，如在油灯下，枕着母亲的膝盖，看纺车的转动，听远处深巷里的犬吠和小河流水的叮咚。这次回村，我站在老炕前叙说往事，直惊得随行的人张大嘴合不拢。而村里的侄孙辈也如听古。因为那两棵大树早已被砍掉，河已不再。只有旧窑在，寂寞忆香椿。

出了院子，大门外还有两棵树，一棵是槐树，另一棵也是槐树。大的那棵特别大，五六个人也搂不住，在孩子们眼中就是一座绿山，一座树塔。长记小树下总是拴着一头牛或一匹马。主干以上枝叶重重叠叠，浓得化不开。上面有鸟窝、蛇洞，还寄生有其他的小树、枯藤，像一座古旧的王宫。而爬小槐树，则是我们每天必修的功课。隐身于树顶的浓阴中，做着空中迷藏。

槐树枝极有韧性，遇热可以变形。秋天大人们会在树下生一堆火，砍下适用的枝条，在火堆里煨烤，制作扁担、镰把、担钩、木杈等农具，而孩子们则兴奋地挤在火堆旁，求做一副精巧的弹弓架或一个小镰把。有树必有动物。现在，野生动物事业，就归国家林业局来管。村里的野物当然也不离古树。各种鸟就不用说了，松鼠、黄鼠狼、獾子、狐狸的造访是家常便饭。夏天的一个中午，正日长人欲眠，突然老槐树上掉下一条蛇，足有五尺多长，直挺挺地躺在树荫中。一群鸡，虽以食虫为天职，但还从未见过这么大的虫子，一时惊得没有了主意，就分列于蛇的两旁，圆瞪鸡眼，死死地盯着它。双方相持了足有半个时辰。这时有人吃完饭在河边洗碗，就随手将半碗水泼向蛇身。那蛇一惊，嗖地一下窜入草丛，蛇鸡对阵才算收场。现在，就是到动物园里，也看不到这样的好戏。

还有一天的晚上，我一个叔叔串门回来，见树下卧着一个黑影，便上去踢了一脚，说："这狗，怎么卧在当道上！"不想那"狗"嗖地翻身逃去。星光下分明是一条狼。大约是来河边喝水，顺便在树下小憩片刻。第二天听了这故事，很令人神往，我们决心去找这只狼。长期在农村，早得了关于狼知识的秘传：铜头、铁身、麻秆腿。腿是它的最弱项。傍晚时分，四五个孩子结伴向村外走去。随身带上镰刀、斧头、绳子，这都是平时帮大人打柴的家什。大家七嘴八舌，说见了狼，我先用镰刀搂腿，你用斧砍，他用绳捆。正说得热闹，碰见一个大人，问去干什么？答，去找狼。大人厉声训斥道："天快黑了，你们还不都喂了狼？给我回去！"我们永远怀念那次未遂的捕狼壮举。

出大门外几十步即一条小河。流水潺潺，不舍昼夜。河边最热闹的场景是洗衣。在没有自来水和洗衣机之前，这是北方农村一道最美丽的风景。是家务劳动，也是社交活动，还是一种行为艺术。女人和孩子们是主角，欢声笑语，热闹非凡。许多著名的文艺作品都喜欢借用洗衣这个题材。如藏族舞蹈《洗衣歌》，歌剧《小二黑结婚》等。我们山西还有一首原汁原味的民歌就叫《亲圪蛋下河洗衣裳》。印象最深的是河边的洗衣石，有黑、红、青各色，大如案板，溜光圆润。这是多少女子柔嫩白净的双手，蘸着清清的河水，经多少代的打磨而成的呀。河边总是笑声、歌声、捶衣声，声声入耳。偶尔有一两个来担水的男子，便成了女人们围攻的目标。现在想来，那洗衣阵中肯定有小二黑、小青、亲圪蛋等。洗好的衣服就晒在岸边的草地上，五颜六色，天然图画。

我们常在河边的青草窝里放羊，高兴时就推开羊羔，钻到羊肚子下吸几口鲜奶，很是享受。那时也不懂什么过滤、消毒。清明前后，暖风吹软了柳枝，可退下一截完整树皮管，做成柳笛，呜哇，呜哇地乱吹。大人不洗衣时我们就在这洗衣石上玩泥，或坐上去感受它的光润。那时洗衣用皂角，村里一棵硕大的皂角树，一季收获，够全村人用上一年。皂角在洗衣石上捶碎后，它的种子会随河水漂落到岸边的泥土里，春天就长出新的皂角苗。小村庄，大自然，草木之命生生不息，孩子们的心里阳光满地。大家比赛，看谁发现了一株最大的皂角苗，然后连泥捧起种到自家的院子里。可惜，这情景永不会再有了，前几年开煤矿破坏了地下水，村里的三条河全部干涸，连河床都已荡平，树也没了踪影。洗衣歌、柳笛声都已成了历史的回声。

忆童年，最忆是黄土。我的老乡，前辈诗人牛汉，就曾以敬畏的心情写过一篇散文《绵绵土》。村里人土炕上生，土窑里长，土堆里爬。家家院里有一个神龛供着土地爷。我能认字就记住了这副对联"土能生万物，地可载山川"。黄土是我的襁褓，我的摇篮。农村孩子穿开裆裤时，就会撒尿和泥。这几年城里因为环保，不许放鞭炮，遇有喜事就踩气球，都市式的浪费。且看当年我们怎样制造声响。一群孩子，将胶泥揉匀，捏成窝头状，窝要深，皮要薄。口朝下，猛地往石上一摔，泥点飞溅，声震四野，名"摔响窝"。以声响大小定输赢，以炸洞的大小要补偿。输者就补对方一块泥，就像战败国割让土地，直到把手中的泥土输光，俯首称臣。这大概源于古老的战争，是对土地的争夺。孩子们虽个个溅成了泥花脸，仍乐此不疲。这场景现在也没有了，村子成了空壳村，新盖的小学都没有了学生。空空新教室，来回燕穿梭。村庄没有了孩子，就没有了笑声，也没有人再会去让泥巴炸出声了。

农家的孩子没有城里人吃的点心，但他们有自己的土饼干。不是"洋"与"土"的土，是黄土地的"土"。在半山处取净土一筐，砸碎，细筛，炒热。将发好的面拌入茴香、芝麻，切成条节状，与土混在一起，上火慢炒至熟，名"炒节子"。然后再筛去细土，挂于篮中，随时食用。这在城里人看来，未免有点脏，怎么能吃土呢？但我们就是吃这种零食长大的。一种淡淡的土味裹着清纯的麦香，香脆可口。天人合一，五行对五脏，土配脾，可健脾养胃，村里世代相传的育儿秘方。

从春到夏，蝉儿叫了，山坡上的杏子熟了，嫩绿的麦苗已长成金色的麦穗，该打场了。场，就是一块被碾得瓷实平整，圆形的土地。是粮食从地里收到家里的最后一道程序，再往下就该磨成面，吃到嘴里了。割倒的麦子被车拉人挑，铺到场上，像一层厚厚的棉被，用牲口拉着碌碡，一圈一圈地碾压。孩子们终于盼到一年最高兴的游戏季,跟在碌碡后面,一圈一圈地翻跟斗。我们贪婪地亲吻着土地,享受着燥热空气中新麦的甜香。一次我不小心,一个跟斗翻在场边的铁耙子上,耙齿刺破小腿,鲜血直流。大人说:"不碍,不碍。"顺手抓起一把黄土按在伤口上,就算是止血了。至今还有一块疤痕,留作了永久的纪念。也许就是这次与土地最亲密的接触,土分子进入了我的血液,一生不管走到哪里,总忘不了北方的黄土。现在机器收割,场是彻底没有了,牲口也几乎不见了,碌碡被可怜地遗弃在路旁或沟渠里。有点"九里山前古战场,牧童拾得旧刀枪"的凄凉。

没有了,没有了。凡值得凭吊的美好记忆都没有了。只能到梦中去吃一次香椿炒鸡蛋,去摔一回泥巴、翻一回跟斗了。我问自己,既知消失何必来寻呢?这就是矛盾,矛盾于心成乡愁。去了旧事,添了新愁。历史总在前进,失去的不一定是坏事。但上天偏教这物的逝去与情的割舍,同时作用在一个人身上,搅动你心底深处自以为已经忘掉了的秘密。于是岁月的双手,就当着你的面将最美丽的东西撕裂。这就有了几分悲剧的凄美。但它还不是大悲、大恸,还不至于呼天抢地,只是一种温馨的淡淡的哀伤。是在古老悠长的雨巷里"逢着一个丁香一样的结着愁怨的姑娘。"乡愁是留不住的回声,捕捉不到的美丽。

那天回到县里,主人问此行的感想。我随手写了四句小诗:

何处是乡愁,云在霍山头。儿时常入梦,杏黄麦子熟。

南潭泉记

霍州之下马洼村,因唐李世民过此下马而得名。儿时记忆中是一个极美丽的山村。两山一沟,东西走向。窑洞顺北坡而下,高低错落,掩映于黄土绿树之间。鸡犬相闻,炊烟袅袅,有如仙境。南山为翠柏所覆,村民推窗见绿,天生画屏。沟里有三条小河穿村而过。我家院子临近沟底,前后各有一河,朝洗青菜门前溪,夜闻窑后水淙淙。南山之顶不知何年修了文昌阁、文笔塔各一座,倒映于山下池中,取"巨笔砚影"之意。而沟底的杨、柳、椿、槐,为追探阳光,与两山比高,千树如帆,一沟绿风,为远近闻名之奇景。

村中多泉,大小十余处,最美数南潭泉。泉贴南山之根,有一老杏树护于泉上,青枝绿叶,如华盖之张。环泉一片杏林,杏林之上是连绵的古柏,堆绿叠翠,直接蓝天。泉不大,仅一席之地,甘洌沁脾,无论雨旱,涌流如常。

水极清，沙粒颗颗、鱼虾往来，清晰可见。杏叶筛落一池阳光，水波陆离万变，宛若龙宫之穴。水极静，如鱼吐泡，从沙中轻轻泛出，细流漫淌，汇于数十步外的一个大池中，蓄以灌田。池上一大沙果树，偶有鸟啄果落，叮咚有声。杏熟时，孩童攀缘于树，如猿之影。

南潭泉在村人心中是神泉、药泉，可去灾、可保命。天有大旱，于此求雨，屡屡有应。人有病，来提水一罐，涤肠洗心。家父三十一岁时得大病，一年不起，高烧不退，渐至垂危。有老者说，人临走也须还一个清凉。遂到南潭取水一罐，缓缓灌下，未想竟起死回生。遇有山洪暴发，数日内河水不清，而密林中的南潭泉则神清气定，清澈如镜，为全村最后之备用水源。每到夏日，割麦打场，酷日当头。人嗓子里冒烟，牲畜顺毛流汗。大人抢夏，孩子们的任务就是到南潭提水。人喝畜饮，暑气顿消。取水多用孩子，合童贞之纯；必用瓷罐，表质朴之心。不怕头上三尺火，一片冰心在罐中。南潭泉永是村人心中一道清凉的风景。

我是上世纪五十年代离开故乡的，南潭美景时在梦中。本世纪初某日，有村干部来京，说因开煤矿，全村已河断泉枯，水声不再，杏林不存。我心中怅然有失，断了相思，碎了旧梦。2017年春节回乡，忽闻喜讯，县里发展旅游，将重修南潭泉，追回旧时景。

凡村不可无水，或河或井，最好是泉。才从地心来，又在人心上流。顾盼其影，叮咚其声，一村之魂。我八岁离乡七十回，真正够得上少小离家老大还了，故乡已几经沧桑。六十年一甲子，风水今又转了回来。

南潭归来，山水之幸，吾乡之幸。

（刊发于2017年3月29日《人民日报》文艺副刊）

他乡遇故知

肖克凡

途经怀化境内洪江古商城,以前不知有这样一个所在,便匆匆拜访了。丽日当空,白云在天,我们沿着坡道来到高悬"洪江古商城"金字横匾的门楼前,只觉得古风扑面。说古城就是了,为何强调古商城呢?顺着并不宽敞的石板路走进城去,渐渐品味出当年"行商坐贾"的韵味。

这座因通商贸易而形成的古商城,坐落于沅水与巫水汇合处,拥水运之利,得区位之便,自古即为沟通滇黔桂湘蜀五省的物资集散地,明清两季获得"西南大都会"之美称,很是发达。

平时多见国内古迹,有修旧如旧者难以尽除浮躁之气,有的像拍摄电视剧的假景。洪江古商城则不然,依旧完整保留明清建筑的原貌与格局,有商号、钱庄、青楼、烟馆、酒家、作坊、客栈、寺院、报馆、戏院、学堂等古代建筑近四百座,蔚为大观。

走过"高家大院"和"同华昌布庄",我来到这家经营油料的商行,只见几只饱经风霜的木桶蹲在天井角落里,其辈分不亚于曾祖父。主人介绍这是早年装运桐油的器皿。桐油——顿时唤醒我儿时记忆:雨天的油纸伞、洗衣的大木盆、塑料布问世前的桐油布,还有塘沽造渔船……它们都是离不开桐油的。尽管洪江古商城不复昔日繁华,它对当下"文化健忘症"具有唤醒作用,堪称"实物版清明上河图"。

洪江古商城自然拥有不可替代的旅游景区价值,却没有过度商业化开发,当地从保持历史文化内涵入手,恢复明清古建真实身份,再现昔日古商城独特景观,足可称为中国内陆资本主义萌芽时期的"活化石"。

无论走进钱庄票号酒家客栈,还是走进报馆学堂民宅寺院,你都会感觉数百年间的商埠生活从未间断。走进镖局大院,恰逢"客户"与"镖头"洽谈镖银事宜;来到税务衙门,可巧官员正在对当事人问案;半路遇到客栈，那"原装店小二"已然迎将出来；即使参观当年轻楼和烟馆，也有历史活剧上演：一个富家公子狎妓落魄的悲剧，以及吸食鸦片者面容枯槁处境惨然……这幕幕活剧告诫今人，珍惜生命，端正三观……

时值正午，从巷道里飘出阵阵饭菜香气，原来这座古商城仍然生活着原住民，使得处处充满人间烟火，令人顿生亲近感。是啊，这座保留完好的古商城如果缺了日常生活气息，我们等同流连于整洁清静的博物馆里，只见到照片与展品。我们在鲜花与塑料花之间选择，当然心仪前者。

于是心生感慨。洪江古商城之所以完好如初，或许因为坐落邻近湘西雪峰山边远地区，"养在深闺人未识"。倘若成为地处通衢举世皆知的热门景区，恐怕就会面临过度开发的商业化挑战吧。

出于对古商城原汁原味的珍爱，不免暗生几分担忧——洪江古商城千万不要成为某某旅游景区那样，失掉骨子里的历史文化内涵。关心这座距自己生活尚远的明清古建筑群落，也算是我的心情吧。

沿着石板路下坡而行，宽巷左侧有"天钧戏院"引人驻足。我详细阅读"天钧戏院"的文字介绍，颇为惊喜。

"天钧戏院为天津人所建，此处除演出戏曲外还上演话剧和放映无声电影。当时在洪江的京戏班有闻名黔东南享誉三湘的美猴王陈俊伦、刀马旦云丽霞、名丑郭少亭等名角，演出经久不衰。抗战时期著名话剧演员殷秀芩也曾来此献艺。"

我是土生土长的天津人。此时身在洪江古商城，"他乡遇故知"之感油然而生。此前不知陈俊伦、云丽霞、郭少亭等名伶大名，却知道与民国喜剧演员"瘦猴儿"韩兰根搭档的"头号胖子"殷秀芩，俩人胖瘦搭配曾经合拍电影《难兄难弟》。

依据上演话剧和无声电影判断，我以为"天钧戏院"应当始建于清末民初，也就是说百年前这里依然繁荣昌盛。果然得知洪江古商城衰落于抗战胜利之后。

我急于了解"天钧戏院"始建者姓甚名谁，询问戏院工作人员，皆遇拨浪鼓也。看来是无从考证了。这是此行留下的小小遗憾。

天钧戏院为天津人所建。为何取名"天钧戏院"而不叫"天津戏院"呢？告别洪江古商城时我忽发奇想：举凡国内诸省方言口音，只有吉林长春说"天津"而发音"天钧"，莫非是吉林籍天津人远道洪江始建这座"天钧戏院"？

沅江奔流，不舍昼夜。我带着这近乎孩子气的猜想，离开让我"他乡遇故知"的洪江古商城，却牢牢记住这方水土。

(刊发于2017年6月12日《人民日报》文艺副刊)

到佛子岭去

叶 辛

国庆十周年的时候，1959年10月1日，哥哥送了上小学三年级的我一本红封面的硬壳笔记本，装帧十分漂亮，里面还有彩色的照片，都拍的是祖国大地上新的建设成就和风光。

其中一张彩照，下面标明的文字是：佛子岭水库。

只见巍峨的大坝后面，是一泓碧水，煞是漂亮。

那时候我不知道佛子岭在哪里，只因喜欢那张彩照，喜欢漂亮的笔记本，我记住了佛子岭水库这个地名。

上了中学，课本里有一篇"到佛子岭去"的散文，是和巴金一起创办《收获》杂志的老作家章靳以写的。课文不长，老师要求背诵，故而加深了对佛子岭的印象。

课文里提到好几个地名：官亭、梁家滩、霍山、淠河……一些小地名，就是没有明确提到佛子岭水库在什么位置、什么地方。课文中也讲到很多从湖南、山东、成都到佛子岭去的客人，通过人们的对话，我感觉到，全国各地各行各业的人都在往佛子岭的工地上赶，去看热火朝天的工地，去仰望建设中的连拱坝。这让我更增添了对佛子岭的向往和憧憬。

再后来，爱上了文学，从国庆十周年的散文集中，又读到了"到佛子岭去"的散文，这才知道，哦，原来中学课本里的，只是整篇散文的节选，原文要长得多。于是不由自主又读了一遍。

读了整篇散文，仍然不知道佛子岭在什么地方，只是感觉是在安徽省山区的某个角落里。

乍到佛子岭

说是乍到，是因为人已经到了那座六十年前开始建造的巍然大坝跟前，这才恍然大悟，原来这就是佛子岭，这就是青少年时期留在记忆中的、课文里背过的、散文集中读过的佛子岭水库。

哎呀，我使劲地回想，昨天坐着大客车，雨雾朦胧之中，从省会城市合肥出发，经过六安市，再到了六安市下面的霍山县，不知不觉间就到了佛子岭。车窗玻璃上蒙满了水汽，必须用手抹拭一下，才能看清外面的景致。章靳以当年写到的茅草棚，路边的小吃摊，都不曾看到。实在是有点遗憾。

我睁大了双眼看，有雨，雾很浓，唯有散文里写到的那条淠河，清朗而又澄净，显得十分温顺。雨雾之中，湿气很重，空气却很清新。同行的作家蒋子龙说："这地方有雾，没有霾，空气中的负氧离子高，不但夜间睡得好，午睡都睡得很沉。"来自山东的作家张炜则说："这地方好就好在不可复制的生态之美。"

可见他们的心情和我的一样，虽然碰到了朦朦胧胧看不甚分明的雾天雨地，还是发现了佛子岭独特的生态。同行的张炜私底下还对我们人手一瓶的水发出疑惑的议论："为什么取名'剐水'？这个剐字……"

于是我仔细端详佛子岭出的这一款口感清冽的水，哦，原来佛子岭上雨雾茫茫之中，有漫坡漫岭的竹海，这水从竹根下流过，经过根须的层层过滤，佛子岭山上的老百姓世代饮用，俗称"剐水"。这水汇聚到山坡下的河谷之中，就是淠河。怪不得当年章靳以写到的"水又清又浅"的淠河，六十年过去了，现在还是那么清碧呢！

我呢，说不清是一种青少年时的情结，还是望着眼前细雨中透光的水波、一湾涟涟碧水，也写下了一首小诗：雨中佛子岭，雾纱漫山林；溪色酿美酒，剐水无弦琴。

最后这一句，是从古诗"青山不墨千秋画，江河无弦万古琴"化过来的。清澄碧透的水色让我想到能酿美酒，是当地老乡告诉我，这地方古来确有酿酒的糟坊，出的酒就以地名相称。是叫霍山酒还是佛子岭，老乡也讲不清了。

我心里说，这无关紧要，只要有依据就行。

回到上海，多少还是有点遗憾，虽然知道了佛子岭的大致方位，是在安徽六安的霍山县境内，但是一路之上，究竟有些什么见闻，具体路径怎么走，还是不甚了了。不过，总算是看见了童年时代在照片上看了又看的佛子岭水库，这可是"共和国第一坝"啊！可以说是不虚此行。

这是两年之前，2015年初夏的事。

又到佛子岭

正是怀有这一心理，今年春夏之交，说又有一次去往佛子岭的机会，你愿意去吗？

我欣然而往。这一次去，内心里有了准备，暗自说，得把如何到佛子岭去，该怎么去，细细地摸个透。

第一站自然是到六安。

知道六安，是因为两个缘故，一个是六安瓜片，一种名茶，在上海名声很大。周总理生前喜爱喝六安瓜片，邓大姐在上世纪九十年代，还让办公室的同志下去代购六安瓜片。另一个原因是，高铁通了，六安到上海才三个多小时，大量出自六安的农副产品运进了上海，六安的朋友说我们是上海的后花园，茶叶、红桃、冬笋、香菇、木耳、石斛、小鱼干都运出来卖给青睐生态农副产品的上海人。

吃到六安的农副产品，喝到六安的瓜片茶，六安在上海的知名度大大提高。

这一趟走进六安，又一次到佛子岭去，我这才知道，六安还是更为响亮的大别山区的核心区域，六安不仅仅是一片产农副产品的绿色山区，还是一片红色的土地，有悠久的革命传统和历史，晚年的周总理在1975年病中想着喝一口六安瓜片，是因为他怀念已逝的战友叶挺，叶挺将军转战鄂豫皖时，曾给周总理送过一筒六安瓜片茶。新中国成立后，修建的共和国第一坝，筑起的佛子岭水库，就是根治淮河的重要水利工程。佛子岭水库建好了，才把当年时不时危害百姓的水害变成了水利。

望着那条清澈碧透的淠河，引发我诗性一湾流水，我想起了小时候背过的课文："……这阵它的水又清又浅，发起水来可吓死人……"说的原来就是千军万马修建佛子岭水库的意义。

因为当知青时种过茶，年年春天采过茶，又喜喝茶，懂一点茶，贵州省人民政府聘我为茶文化大使。这一回走进六安茶谷，我很快发现，六安的茶，和别处的全国名茶，确有不同之处，比如西湖龙井、都匀毛尖、信阳毛尖、君山银针一类名茶，都讲究喝个明前茶，清明前后采摘的茶叶，价格大不一样。六安瓜片则讲究采摘谷雨前后的茶，况且采下来加工制作的方式也不一样，甚而至于卖出去的对象也不同，走进一碧万顷的茶谷，会看见路边书一条醒目的口号：中蒙俄万里茶道，六安五百里茶谷。

哦，原来五百里六安茶谷的茶，还远销到蒙古国和俄罗斯。

这是啥原因呢，走久了，在茶谷里喝一杯六安瓜片，品了几口，我顿时明白了，这茶喝来的最大特点是浓醇馥郁，其他的名茶在这一点上不能和它相比。怪不得它从晋朝流传至今，怪不得它曾是贡品，怪不得蒙古国、俄罗斯人都喜喝它，那些地方冷啊！喝来就感觉舒爽有回味。

走车看花，一路绕着弯弯拐拐的山路到佛子岭去，只见群山环抱的层峦之间，碧水缭绕，竹海茶坡连绵无尽，淡绿浓绿深翠，瞅得人眼也醉了。

一路同去佛子岭的作家苏童说："我知道佛子岭，是小时候集香烟牌子，有一张印着佛子岭水库。"

我听了不由笑起来，这和我从笔记本上看到彩色照片，是同样的童年记忆。

泛舟佛子岭水库的碧水间，站在船头，仰望那巍然耸立的大坝，已然有了六十三年的岁月痕迹，我不由问：

"这地方产酒吗？"

闻者"哈哈"大笑："怎么不产酒？产。"

"是霍山酒还是佛子岭大曲？"

"那是半个世纪前的老黄历了"，闻者继续笑道："那时候用过你说的这两个名字，三四十个人，一个小酒厂，一年到头才出产一百万产值的酒。"

"现在呢？"我追着问。

"现在这酒厂，每天交给国家的利税，三百多万。"

我骇然，心算了一下，一年足有十亿。

船仍在碧水间疾行，拐弯了，我眺望着佛子岭的远近山水，随着初夏时节的风，吟出一首小诗："船行碧水间，风轻一帆悬；雾尽群山艳，万岭露笑颜。"

是佛子岭的笑颜。

是祖国的笑颜。

（刊发于2017年7月17日《人民日报》文艺副刊）

井下新宫

刘庆邦

如同人的生命有限，矿井的生命也有限。矿井的生命似乎对应着人类的生命，一座矿井的煤炭储量所规定的开采年限，也就是五六十年，或七八十年，极少有超过百年的。一个人的生命结束之日，即烟消云散之时。一座矿井下的煤采完了呢，这座矿井就会报废，关闭。随着全球能源结构的调整和我国煤炭去产能政策的出台，被关闭的矿井越来越多。

我曾到一座破产关闭的矿井井口和井口工业广场看过。天轮被抽去了灵魂似的无极钢索，凝固不动。锅炉房早已熄火，人去房空。偌大的工业广场空旷寂静，只有一种灰鸟在不知名的地方叫上几声，像是在为报废的矿井唱挽歌。通往井口的铁轨还在，铁轨两侧和道心内，煤尘上面是灰尘，几乎把铁轨淹没了。我怀着一种追寻的心情，踏着积尘，向斜井的井口走去。粗钢管焊成的栅栏把井口封死了，透过栅栏的缝隙，我使劲往里看。里面黑洞洞的，什么都看不见，只有我所熟悉的、矿井共有的气息正徐徐地从井底涌出来。不难想象，曾几何时，井下是一派龙腾虎跃的生动景象，有多少矿工在这里献出了他们的汗水、青春乃至生命。然而转眼工夫，这里就成了废墟。我看见了残留在井口两侧墙壁上用红漆写成的大字对联，上联是"汗水洒煤海深处"，下联是"乌金献祖国母亲"。这不禁使我的双眼突然涌满热泪。

让人欣慰的是，有的矿井虽然不再出煤了，却没有废弃，没有封井，而是因地制宜，成功转型。他们在地面建起了丰富多彩的矿山公园，把井下的巷道和工作面变成了供人们探秘游览的场所，在转型中获得了新生。这样的矿井，山西大同煤业集团的晋华宫矿就是一例。我以前长期在煤炭系统工作，曾去过晋华宫矿，对该矿的情况略知一二。晋华宫矿于1956年1月建成投产，出产的优质动力煤以低硫、低灰、高发热量广受欢迎。到2012年7月12日，晋华宫矿南山井送走最后一列车煤炭，这个矿累计为国家贡献了一点五亿吨煤炭。由于管理有方，成绩突出，这个矿还获得过诸如"全国煤炭工业双十佳煤矿""全国煤炭系统文明煤矿"等十多项荣誉称号。然而煤作为不可再生的一次性化石能源，挖一块，少一块，总有被挖完的那一天。每座煤矿作为一个产煤单元，资源也有枯竭的时候。资源枯竭以后怎么办？这是每座煤矿都必然面临的问题。晋华宫南山井的完美收官，华丽转身，对这个问题给出了很好的答案。

转变后的晋华宫矿，我听朋友们说起过，也看过一些的报道，但没有去实地踏看。全国各地的矿井我下过无数，包括一些开采条件十分落后的小煤窑。只不过我以前下过的所有矿井，都是煤浪涌动正在生产的矿井。把井下变成静态的展览馆的矿井，我从来没有看见过。一个愿望从心底升起，有机会一定去晋华宫井下看看。

得到机会是2017年的8月中旬，"发现新山西"作家采风活动的其中一站，就安排在晋华宫。行前我还以为不会安排去晋华宫，因为大同是历史文化名城，可看的名胜古迹太多太多，而晋华宫还鲜为人知。我甚至打算，如果此次活动内容不包括去看晋华宫，我宁可自己单独行动也要去。活动日程的安排，可说正合吾意，也表明活动主办方对晋华宫由工业文明转向生态文明的重视。

青山之上，"晋华宫国家矿山公园"九个红色的大字标牌格外醒目，我们远远地就看见了。据介绍，公园总面积四十多万平方米，拥有煤炭博物馆、工业遗址、仰佛台、晋阳潭、石头村、井下探秘、棚户遗址区七大园区，是发展矿山旅游、为世人留下矿业完整记忆的文化创意园，也是集环境治理与绿色矿山为一体的生态示范园。我们首先来到由过去的矸石山改建的仰佛台。矸石是煤的伴生物，有煤必有矸石，矸石山是矿山的组成部分。矸石山作为工业废渣的堆积山，上面寸草不生，只产生灰尘和毒烟，是影响空气质量的污染源之一。矿山公园的建设者们，拿出敢让黑山变绿山的劲头，对矸石山加以平整，整成一个平台，然后从别处拉来熟土，对矸石山进行全覆盖。创造好了种植条件，他们就开始在土壤层里栽种油松、国槐、银杏、桃树、山楂树、紫荆、刺梅、扶桑、月季等乔木、果木、灌木和花草。只四五年工夫，原来光秃秃的矸石山就变成了林木葱茏、鲜花盛开、莺歌燕舞的花果山。这个由矸石山建成的园林式平台，之所以被命名为仰佛台，因为站在观景台上，即可隔河眺望一处驰名中外的佛教圣地，那就是世界文化遗产云冈石窟。

看完了仰佛台，接下来面临两个选择，是下井？还是在地面参观煤炭博物馆？作为一个1970年到煤矿参加工作的"老矿工"，我当然要下井。我历来认为，煤在井下，采煤工作面在井下，井下才是煤矿的核心。只有下到幽深的井底，才能嗅到来自远古的煤香，才能进入暖湿而危机四伏的特殊氛围，体会迥异于太阳下面的生存况味。到了煤矿如果不下井，跟没到煤矿也差不多。可活动的组织者考虑到作家们大都已年过六旬，担心下井会给他们带来不适，并不主张作家们下井。在征求作家们的意见时，我生怕错过下井机会似的，第一个高高举起手臂，大声说："我下！"在我的鼓动下，好几位从未下过井的作家跟我一块儿下了井。

我们跟下井挖煤一样，穿上工作服，蹬上深勒胶靴，佩上自救器，戴上安全帽和矿灯，全副武装起来。南山井是一座斜井，我们沿着巷道一侧的石头台阶，一步一步往矿井深处走。走过一千多个台阶，四百多米长的斜坡，才下到了井底。我见同行的作家们个个神情新奇，还有那么一点紧张。而我如同回到阔别已久的青春岁月，一种久违的亲切感油然而生。井下巷道纵横，灯火通明，还是一座地下不夜城的样子。然而这里已不再生产原煤，它摇身一变，变成了冬暖夏凉的地下展览馆。展览共分特种设备、矸石、地质、历史遗迹、化石、支护、五大地质灾害、古代采煤、近代采煤、现代采煤、通风十一个展示区。我们在每一个展示区都看得兴致勃勃。在支护展示区，我看到两位用塑钢塑成的年轻矿工，正用一根木头支柱在支护顶板。这让我想到，当年我在井下挖煤的时候，也是通过打眼放炮落煤，而后用木头支柱支护顶板。我不禁走上前去，轻轻拍了拍其中一位矿工的肩膀，打招呼说："哥们儿你好啊，忙着呢！"那位矿工正忙着干活儿，没有搭理我。但我仿佛看见，他像认识我似的，对我微笑了一下。

我曾在河南的新密矿区工作生活了九年，原以为对煤矿的一切都已经很熟悉。这次看了展览我才认识到，熟悉背后往往隐藏着陌生，越是自以为熟悉的东西，越要重新学习。比如在古代采煤展示区，我看到古代的矿工横躺在底板上，用镐头在煤层最下方掏槽，槽坑掏到一定深度，矿工就用镐头奋力击打悬空的煤层上部，使煤层脱落下来。这种原始的、被称为"刨根凿垛"采煤法，我以前就没听说过。古代矿工的智慧，启示了当代"厚煤层综合机械化掏底放顶一次采全高"采煤新工艺的产生，使采煤效率、资源回收率和安全系数大大提高。也是在古代采煤展示区，我看到采煤窝头上方挂着一只鸟笼子，笼子里有一只小鸟标本。这样的设置，当然不是出于矿工的闲情逸致。我猜想，矿工可能是利用小鸟的敏感嗅觉测量瓦斯的浓度。当瓦斯聚集到一定浓度，小鸟不堪忍受，会变得焦躁不安，在笼子里乱飞乱扑，急于逃走。如果出现这样的情况，矿工就得随着小鸟的意志为转移，赶紧从采煤窝头撤离。我的猜想还没说出来，讲解员却说了出来，讲解员的讲解跟我的判断是一样的。可讲解员接着提了一个问题，让我一时不能作答。讲解员问："矿工为什么用小鸟测量瓦斯，而不是用小兔小猫等其他小动物测量瓦斯呢？"这个这个，我脑子里没有转过弯来，没敢贸然抢答。我们得到的解释是，瓦斯是很轻的有害气体，生出来会浮在高处，瓦斯一旦在高处聚集，同样被安置在高处的小鸟会及时察觉。而其他小动物习惯生活在低处，难以收到及时报警的效果。原来如此，我又长了一个见识。

更让人过目难忘的是，我们在化石展示区巷道的顶板上看到一段树木化石。那段化石如一根树干横卧在顶板上，年轮可辨，纹路清晰，有着立体般的视觉效果。顺着这根树木化石展开想象，我仿佛看见，亿万年前这里是大面积的湖泊，沼泽，茂密的森林，活跃的恐龙。在地面和沼泽中堆积的腐殖物，由于地壳的不断沉降而埋入地下，长期与空气隔绝，并在高温、高压、缺氧的环境下，经过一系列复杂的物理、化学变化，便形成了煤。

总之，到晋华宫井下走了一趟，给我的突出感觉是，这里并没有停产，而是在继续生产。只不过他们不再生产煤，而是在生产煤文化、煤精神。比起物质性的煤炭来，煤文化和煤精神的力量也许更强大，更久远，更无限。

"山重水复疑无路，柳暗花明又一村。"把废旧的煤矿建成国家矿山公园，无论在我国，还是在亚洲，晋华宫矿都是具有开创意义的一家。开园五年来，到公园旅游的游客越来越多。目前，晋华宫国家矿山公园被国家旅游局评为4A级旅游景区，井下探秘游被中国科协命名为"全国科普教育基地"。

（刊发于2017年9月11日《人民日报》文艺副刊）

一起去看山

阿 来

有好些年没有去四姑娘山了。汶川地震前两年去过，地震后就没有去过了。加起来，是超过十个年头了。

但这座雪山，以及周围地方却常在念想之中。

这座藏语里叫作斯古拉的山，汉语对音成四姑娘。这对得实在巧妙。因为那终年积雪美丽的山确实是有着四座逸世出尘的山峰，在逶迤的山脊上并肩而立，依次而起，互相瞩望。后来又有了关于四个姑娘如何化身为晶莹雪峰的传说，以至于人们会认为这座山自有名字那天，就叫作四姑娘了。却少有人会去想想，一座生在嘉绒藏人语言里的山，怎么可能生来就是个汉语的名字呢？在这里，我不想就山名作语言学考证。而是想到一个问题，当我们来到一座如四姑娘山这般的美丽雪山面前时，我们仅仅是只打算到此一游——因为别人来过，我也要来上一趟，这确实是当下很多人出门旅游的一个重要原因——还是希望从长长短短的游历中增加些见识，丰富些体验？

有一句话在爱去看山登山的人中间流传广泛。那句话是："因为山就在那里。"

这句话是上世纪二十年代一位名叫马洛里的英国人说的。这个人是个登山家，登上过世界好几座著名的高峰。然后决定向世界最高山峰珠穆朗玛挑战，如果成功了，他就是全世界第一个登上珠峰的人。那时，随队采访的记者老问他一个问题，为什么要登山？就像今天旅游的人要反问，我去一个地方为什么就该懂得一个地方？马洛里面对记者的问题总是觉得无从回答。一个人面对一座雄伟的山峰，面对奥秘无穷的大自然，感受是多么复杂，怎么可能只有一个简单的答案。一个内心里对着某种事物怀着强烈迷恋冲动的人怎么只有一个简单的答案。唯目的论者才有这种简单的答案。终于有一天，面对记者的老问题，他不耐烦了，就用不耐烦的口吻回答："因为山在那里。"

确实，山就在那里。那样美丽，沉默不言，总是吸引人去到它跟前。看它，读它，体味它，如果能力允许，甚至希望登上山顶去看看那里是什么样子，从那样的高度眺望一下世界。杜甫诗说"荡胸生层云，决眦入归鸟"，追求的就是这样一种雄阔的体验。四姑娘山最高峰海拔六千多米。我没有那么好的身体去追求这种极致的体验。但从低处凝视，想象，也是一种美妙的体验。想象自己如果化成一座山，或者如一座山一样沉稳，宠辱不惊，那是什么境界。

山有自己的历史。山的地质史。山化身为神的历史。如果要为这后一种历史勉强命名，不妨叫作地方精神史。山神的存在，在藏区是一个普遍现象。为什么每座山都是一个神？这当然是一部地方史的精神部分。没有精神参与，一座山就不会变成一个神。四姑娘山就是这样。本是一座山，在历史空间中，生活在周围的人因为它庄严，毫不动摇的姿态，软弱的人因此为它附丽了与其姿态相似的人格，并为这样的人格编织了故事。某个人为了保卫美丽的自然，保卫家园，自愿化身成一个地方性的保护神，担负起神圣的职责。四姑娘山的故事也是这样，但突破了故事模式的是，这座山是四个美丽姑娘所化。创造这个故事的人当然是受了自然的启发，因为四个山峰就在那里。那四个姑娘当然美丽，因为雪山本身就那么美丽。那四个姑娘当然也善良。美就是善，这是哲学家说过的话。

多山的四川有两座特别有名的山。一座是贡嘎山，一座是四姑娘山。一座是男性的，一座是女性的。一座是蜀山之王，一座就是蜀山皇后。这两座山我都去过多次。我在年轻时代的诗里就写过："传说那座山有神喻的山崖，我背着两本心爱的诗集前去瞻仰。"亲近瞻仰贡嘎的历程略过不谈。这里只想谈谈四姑娘山。

上世纪八十年代，二十多岁的时候，一次从小金县城去成都。一大早起来，长途客车摇晃到日隆镇上吃早饭。冬天滴水成冰，石灰墙都冻得更加惨白。一车人围着饭馆里一只火炉跺脚搓手，再吃些东西，身体总算慢慢暖和过来。这才有了闲心四处打量。留给我深刻印象的是墙上好多面旗子，都是日本旅行团留下的。上面好多字，"四姑娘山花之旅""白色圣山之旅"等等，下面还有全体团员的签名。那时的想法是日本人跟我们也太不一样了。我们还在为坐汽车怎么不受冻而焦虑，他们却跑这么远，就为看一眼我们山里的花。那也是中国经济高速发展刚刚启动的年代。如今，我们也一天天过上了未曾梦想到的生活。从生下来那一天起，我生活经验里的出门远行的理由很少，机会更少。我一直到了二十岁，还没有去过离家一百公里以远的地方。

1985年，我出公差，先从马尔康到小金县城，然后再经省城去苏东坡的老家眉山开会，已经是很远很丰富的一次旅行了。算算四姑娘山离我的老家距离不到两百公里，但我在小金县城出差这回，才第一次听说这座山的名字。记得是在县文化馆看一位画家写生的风景画，说画中的山是四姑娘山。那些雪峰，山谷，溪流，树，对我这双看惯了山野景色的眼睛也有很强的冲击力。那时，当地专门要到某地去看看特别美景的，也就是画画或摄影的人。所以，过两天经过四姑娘山下的日隆镇，在唯一国营饭馆里看见满墙日本旅行团的旗帜以及那些赞美雪山与花的留言时，心里想的还是，这些日本人出这么远的门，就为来看几朵花，也实在是太过奢侈了。虽然那些花肯定是非常漂亮，也是值得一看的。也是在那一时期，才知道有一种出门方式叫旅游。我们这一代人就是这么过来的。很多东西，刚听说时还是一个抽象的概念，不久也就成为我们的生活方式了。

很快，中国人也开始了初级旅游，大巴车拉着，导游旗子摇着，把一群群人送到那些正在开发中的景点。四姑娘山也成了一个边建设边开放的景区。过几年再去，日隆镇上那个人民食堂已经消失不见。有了些为接待游客而起的新建筑。我自己就在一座临着溪涧的木楼里住了几宿，听了几夜溪流的喧哗。坐车去双桥沟，骑马去长坪沟。那是晚秋时节了。蓝天下参差雪峰美轮美奂。但四姑娘山的美其实远比这丰富多了：森林环抱的草地，蜿蜒清澈的溪流，临溪而立的老树，尤其是点缀在岩壁与树林间的一树树落叶松，那么纯净的金色光芒，都使人流连忘返。

去长坪沟的那天早晨，太阳从背后升起，把我骑在马上的身影，长长地投射在收割后的青稞地里，鸟们在马头前飞起来，又在马身后落下去。云雀的姿态最有意思。它们不像是飞起来的，而是从地面上弹射起来，到了半空中，就悬浮在头顶，等马和马上的人过去了，又几乎垂直地落下来，落到那些麦茬参差的地里，继续觅食了。麦茬中间，有好多饱满的青稞粒和秋天里肥美的昆虫，鸟们正在为此而奔忙。附近的村庄，连枷声声。这是长坪沟之行一个美好的序篇。山路转一个弯，道路进入森林，背后的一切就都消失不见了。落尽了叶子的阔叶林如此疏朗，阳光落下来，光影斑驳，四周一片寂静。而森林的寂静是充满声音的。那是很多很多细密的声音。岩石上树上的冷霜融化的时候，会发出声音。一缕一簇的苔藓在阳光下舒张时也会发出声音。起一丝风，枯草和落叶会立即回应。还有林梢的云与鸟，沟里的水，甚至一两粒滑下光滑岩壁的砂粒都会发出声音。寂静的世界其实是一个充满了更多声音的世界。都是平时我们不曾听过的声音。是让我们在尘世中迟钝的感官重新变得敏锐的声音。早晨太阳初升的那一刻，只要峡谷里的风还没有起来，那些声音就全都能听见。太阳再升高一些，风就要起来了，那时充满峡谷的就是另外的声音了。

这一天风起得晚，中午，我们在一块林中草地上吃干粮时，风才从林梢上掠过，用潮水般的喧哗掩去了四野的寂静。

那是我第一次去到四姑娘山下。

一个朋友带一个摄制组，来为刚辟为景区不久的四姑娘山拍一部风光片子，我与他们同行。山谷看起来开阔平缓，但海拔高度一直上升。阔叶林带渐渐落在了身后。下午，我们就是在那些挺拔的云杉与落叶松间行走了。还是有阔叶树四散在林间。那是高山杜鹃灌丛，绿叶表面的蜡质层被漏到林下的阳光照得发亮。

夕阳西下时分，一个现成的营地出现了。那是一间低矮的牧人小屋。石垒的墙，木板的顶。在小屋里生起火，低矮的屋子很快就变得很温暖了。天气晴朗，烟气很快上升，从屋顶那些木板的缝隙中飘散在空中。若是阴天，情形就两样了。气压低，烟难以上升，会弥漫在屋子中，熏得人涕泪交流。但今天是一个好天气。同伴们做饭的时候，我就在木屋四周行走。去看小溪，溪流上飘浮着一片片漂亮的落叶。红色的是槭，是花楸。黄色的是桦，是柳，还有丝丝缕缕的落叶松的针叶。太阳落到山背后去了，冷热空气的对流加剧，表现形态就是在森林上部吹拂的风。此时在林中行走，就像是在波涛动荡的海面下行走。森林的上层是一个动荡喧哗的世界。而在森林下面，一切都那么平静。云杉通直高大的树干纹丝不动，桦树的树干纹丝不动。吃过晚饭，天黑下来。大家都是爱在山中漫游的人，自然就谈起山中的各种趣闻与经历。爱在山中行走的人，在山中更是要谈山。就像恋爱中的人总要谈爱。于是，夜色中的山便愈发广阔深沉起来。爬了一天山，袭来的疲倦使得大家意兴阑珊时，就都在火堆边睡去了。我横竖睡不着，也许是因为过于兴奋，也许是因为太高的海拔地势。这时风停了，月亮起来了。用另一种色调的光把曾短暂陷落于黑暗的群山照亮。我喜欢山中静寂无声的光色洁净的月亮，就悄然起身，把褥子和睡袋搬到了屋外的草地上。我躺在被窝里，看月亮，看月光流泻在悬崖和杜鹃林和落叶松的地带。我花了更多的时间凝视一条冰川。那道冰川顺着悬崖从雪峰前向下流淌——纹丝不动，却保持着流动的姿态，然后，在正对我的那面几乎垂直的悬崖上猛然断裂。我躺在几丛鲜卑花灌木之间，正好面对着那冰川的断裂处。那幽蓝的闪烁的光芒真的如真似幻。我们骑乘上山的马，帮我们驮载行李上山的马，就站在我的附近，垂头吃草或者咕吱咕吱地错动着牙床。我却只是静静地望着那几乎就悬在头顶的冰川十几米高的断裂面，在月光下泛着幽蓝的光芒。视觉感受到的光芒在脑海中似乎转换成了一种语言，我听见了吗？我听见了。听见了什么？我不知道，那是一种幽微深沉的语言。一匹马走过来，掀动着鼻翼嗅我。我伸出手，马伸出舌头。它舔我的手。粗糙的舌头，温暖的舌头。那是与冰川无声的语言相类的语言。

然后，我就睡着了。

越睡越沉，越睡越温暖。

早上醒来，头一伸出睡袋，就感到脖子间新鲜冰凉的刺激。睁开眼，看见的是一个银装素裹的白雪世界！我碰落了灌丛上的雪，雪落在了颈间，那便是清凉刺激的来源。岩石，树，溪流，道路，所有的一切，都被蓬松洁净的雪所覆盖。一夜酣睡，竟然连下了一场铺天盖地的大雪都不知道！

那天早晨，兴奋不已的几个人也没吃东西，就起身在雪野里疾走，向着这条峡谷的更深处进发。直到无路可走。最漂亮的景色是一个小湖。世界那么安静，曲折湖岸上是新雪堆出的各种奇异的形状。那些形状是积雪覆盖着的物体所造成的。一块岩石，一堆岩石，雪层杜鹃花的灌丛，柏树正在朽腐的树桩，一两枝水生植物的残茎，都造成了不同的积雪形状。纹丝不动的湖水有些黝黑。湖水中央是洁白雪峰的倒影。这是我离四姑娘山雪峰最近的一次。她就在我的面前，断裂的岩层，锋利的棱线，冰与雪的堆积，都历历在目，清晰可见。

回来写过一篇散文《马》。不是写进山所见，是写那些跟我们进山的动物伙伴。还做了一件文字方面的事情，就是为这次拍的纪录短片配了解说词，在当时中央电视台一档叫《神州风采》的栏目中播出。也算是为四姑娘山的早期的宣传做过一点工作。

后来，还在不同的季节到过四姑娘山。

春天和秋天，不同的植物群落，会呈现出丰富多彩的色调。

春天，万物萌发。那些落叶的灌丛与乔木新萌发的叶子，会如轻雾一般给山野笼罩上深浅不一的绿色，如雾如烟。落叶松氤氲的新绿，白桦树的绿闪烁着蜡质的光芒。那些不同的色调对应着人内心深处那些难以名状的情感。从那些时刻应了光线的变化而变幻不定的春天的色彩，人看到的不只是美丽的大自然，而是看到了自己深藏不露的内心世界。美国诗人惠特曼的诗句"拂开大草原上的草，吸着它那特殊的香味，我向它索要精神上相应的讯息"，说的就是这样的意思。

秋天，那简直就是灿烂色彩的大交响。那么多种的红，那么多种的黄，被灿烂的高原阳光照亮。高原上特别容易产生大大小小的空气对流，那就是大大小小的风，风和光联合起来，吹动那些不同色彩的树：椴、枫、桦、杨、楸……那是盛大华美的色彩交响。高音部是最靠近雪线的落叶松那最明亮的金黄。高潮过后，落叶纷飞，落在蜿蜒的山路上，落在林间，落在溪涧之上，路循着溪流，溪流载满落叶，下山，我们回到人间。其间，我们有可能遇到有些惊惶的野生动物，有可能遇见一群血雉，羽翼鲜亮，我们打量它们，它们也想打量我们，但到底还是害怕，便慌慌张张地遁入林间。

当然不能忽略夏天。

所有草木都枝叶繁茂，所有草木都长成了一样的绿色。浩荡，幽深，宽广。阳光落在万物之上，风再来助推，绿与光相互辉映，绿浪翻拂，那是光与色的舞蹈。那时，所有的开花植物都开出了花。那些开花植物群落都是庞大家族。杜鹃花家族，报春花家族，龙胆花家族，马先蒿家族，把所有的林间草地，所有的森林边缘，变成了野花的海洋。还有绿绒蒿家族，金莲花家族，红景天家族都竞相开放，来赴这夏日的生命盛典。

而这一切的背后，总有晶莹的雪峰在那里，总有蓝天丽日在那里。让人在这美丽的世界中想到高远，想到无限。记起来一个情景，当我趴在草地上把镜头对准一株开花的棱子芹时，一个日本人轻轻碰触我，不要因为拍摄一朵花而在身上压倒了看上去更普通的众多的毛茛花。我也曾阻止过准备把杜鹃花编成花环装点自己美丽的年轻女士。这就是美的作用。美教导我们珍重美。美教导我们通向善。

冬天，雪线压低了。雪地上印满了动物们的脚迹。落尽了叶子的森林呈现一种萧疏之美。

写到这里，就想到我们很多主打自然景观的景区管理中比较疏失的一环，那就是对自然之美挖掘不够深入细致。旅游是观赏，观赏对象之美需要传达，需要呈现。自然之美的丰富与细微，必先有旅游业者的充分认知，然后才能向游客作更充分的传达。对游客来说，自然景区的观光也是一种学习。学习一些动植物学的、地质学的知识。更不要说当地丰富的人文资源了。游历也是学习，是游学。所谓深度游、专题游，我想就是在这种向学的愿望与兴趣的基础上产生的。自然景区旅游是欣赏自然之美的过程，是一种审美活动，需要景区进行这个方向上的引导。

前些日子，四姑娘山的朋友来成都看望我，多年不见的黄继舟也得以谋面。还记得当年他曾陪我游初夏的四姑娘山，一起去拍摄那些美丽的高山开花植物。黄继舟长期在四姑娘山景区工作，他是一个有心人，长期深入挖掘景区的自然人文内涵，有很多自己的发现。这次，他带来一本摄影集，都是他在景区多年深耕积累下来的作品，题材也关涉到景区的各个方面。寻觅美，捕捉美，呈现美，可以作为游客于不同季节在景区旅游的一个指引。我也相信，沿着这样的思路做下去，四姑娘山所蕴蓄的美的资源会得到更精准、更系统的呈现，游客依此指引，可以在景区作更深度的探寻与发现。

大美不言，可涤心养气；大美难言，仰赖审美力的提升，而自然界是最好最直观的自然课堂。如果站在这样的角度上思考景区的功能，四姑娘山自然就有需要不断前往，如今交通情况大幅改善，这个大都会旁的自然胜景，自然前途无量。

下次，我们可以带着这本书，去看四姑娘山。

（刊发于2017年11月6日《人民日报》文艺副刊）

回乡记

许 锋

一

火车开过来了，停在夏官营。火车只停两分钟，等我们上车，找到座位，放下行李，向车窗外的亲人使劲挥手时，火车已徐徐开动并渐行渐远。我看见站台上送行的亲人追着火车跑，我的父亲和母亲泫然泪下，我的眼泪也扑簌簌地在风里乱飘。

那是1975年的一次迁徙。那时候的火车是绿皮的，时速六十公里，车轮与钢轨的磨合与撞击声清脆而响亮。我第一次坐火车，与亲人离别的悲伤很快被兴奋与好奇所代替，车厢里的乘客南来北往，嘈嘈切切地说着各自故乡的方言。

夏官营是榆中的一个乡，夏官营车站是榆中的火车站。车站很小，"级别"很低，快一点的车都不停。祖祖辈辈栖息于此的乡亲有的一辈子都没坐过火车。那时坐火车便意味着出远门，要去很远很远的地方，甚至是天南地北，海角天涯。一次别离，再见可能是几年后十几年后几十年后的事情。1985年，我跟随父母返回故乡时已经从一个幼童长成少年。我们从东北上车，在北京中转，到夏官营下车，用了三天三夜再加三天三夜。不同的是十年前出行一路坐的是硬座，返回故乡时好不容易买到了硬卧。

夏官营车站位于陇海线上，前后两头牵着很多车站，朝西迎风而立，前头的大站是兰州，后头的大站是西安。我在兰州工作时也曾坐着火车回榆中，早上从兰州站上车，到夏官营站下车，换"招手停"到县城时已是中午。即便如此，每逢学生寒暑假和春节前后，火车票也是一票难求，眼见车厢门口站着人，厕所里挤着人，座位下面塞着人，行李架上睡着人，其情形犹如"叠罗汉"，人满为患。有时候人要从车窗进出，像一件包裹被人操进去再被人推出来。

交通制约了故乡的发展。

我便盼望故乡通高铁。望眼欲穿之际故乡真的通了高铁，今年7月9日宝兰高铁开通，高铁途经故乡，站名叫榆中站，站址不在夏官营，在县城边上。母亲尝了鲜，她坐高铁去西安看望她的姑姑，从家里出发，十分钟到达高铁站，上了火车，一人一个座儿，不拥挤，不嘈杂，不颠簸，三个小时后到达西安，宛如平常一段歌，像平时随便走个亲戚那么简单。

今年暑期我回到兰州，专门去兰州西站乘坐高铁。高铁如卧倒的海豚蓄势待发。上了车我仍有些忐忑，似乎还在怀疑它是不是真的会驶向故乡。我想起四十年间一次次往来于故乡的经历和路径。高铁徐徐启动，眨眼间时速已是两百五十公里，可谓风驰电掣，故乡的山扑面而来，故乡的水扑面而来，故乡的田扑面而来，山花烂漫，树木葱茏……我拿着表掐算时间，五分钟、十分钟、十八分钟，火车如约而至，故乡到了。那天下着小雨，有些微微的冷，我出了车厢，走出站台，望着远处逶迤的群山，风扑面而来，雨扑面而来，我贪婪地嗅着来自故乡大地的气息，心潮起伏。

高铁的开通为故乡注入了一股鲜活的动力。故乡醒了。

二

那个村子叫许家窑，是我出生的地方。村子依山却不傍水。

村子以前没有井，只有一个洼，如一口炒菜的大锅。锅里的水是老天下的雨，老天下雨就有水，老天旱，锅就干了。

就算有水也是刚好漫过锅底儿。

锅没有盖子。天就是盖子。遇上沙尘天，大风吹起整个村庄动物的粪便，细菌在风中孤魂野鬼似的游荡，落入锅里，锅里的水就脏了。一眼看去，那水是浑浊不堪的，还漂浮着什么东西。到了跟前，你低下头就能清晰地看见水里浮游的生物。你用一个水瓢划桨似的摆动，微生物时而聚合时而分散，水会一时"清澈"起来，但水的本质不会发生丝毫的变化。二十年前，我曾蹲在"锅沿"边看锅里的水，我无法想象锅里的水被舀到真正的锅里然后进入人们的食道之后的结局。

不是乡亲不知道它脏，是没有选择。就那么一片"水泊"，你若讲卫生就等着渴死。

不是那里没有地下水。但打一口井需要很多钱，这钱没人掏得起。要是有一口真正的井，建个泵房，修个水塔，铺设通向各家各户的管道，乡亲们都能喝上自来水。

村子有路，但都是土路。阳光晴好时，乡亲走过，"噗嗤噗嗤"，脚下和身后冒起一缕一缕青烟，尘埃在阳光里萦绕盘旋，不停地往人的鼻孔里钻，呛得要命。下雨天路更难走，呱唧，一脚是泥，呱唧，又一脚还是泥，"土人""泥腿子"便是乡亲形象的写照。

村子没有电灯，更没有路灯，天一擦黑，整个村子就仿佛进入了原始社会，阒静僻陋，烟火稀疏。

村子离县城十二公里。出了村子有一条路通往国道，原来也是土路，坑坑洼洼，后来铺了沙子，硬化了路面，却很窄，一辆车可以通行，两辆车会车时要靠边再靠边，小心再小心，两边是沟，搞不好会翻车。这点距离对于城里人算什么呢？一脚油门，几分钟的工夫，可对于乡亲便是一道鸿沟，是城与乡的一道坎儿，是贫与富的一道屏障。

我曾经很多次回到故乡，望着光秃秃的山，看着乡亲们的生活，不由得感慨，外面的世界变化这么快，日新月异，故乡怎么老是一潭死水，不变呢？

这一次回乡，我欣喜地看到铺路工人正在修理地基，准备铺路。有一段，冒着热气的沥青已经堆在路上。这是村口通往国道的路。

乡亲们早已不喝雨水，家家户户都通了水管子。我拧开水龙头，清澈冰凉的自来水哗啦啦地流淌。我在乡亲们的树上摘了一个苹果，用自来水洗净吃，和我在城里的厨房洗涤蔬菜水果一样方便、干净。

我也看见，一幢幢红砖瓦房拔地而起；很多乡亲的院子里停着卡车、小汽车、农用车。

一个晚辈说，到十月份，咱们村更会大变样。

故乡会变成什么样呢？

前几天，新当选的村民委员会主任许立东在微信里告诉我，在县政府的支持和乡亲们的努力下，"村村通"四点五米宽和"户户通"二点五米宽的水泥硬化路面已经修通，各家门口都安装了路灯，还建起了图书阅览室和群众文化室。生我养我的乡村不再是"白天不懂夜的黑"。

"你淡淡的乡愁会变成甜美的乡情"。村里正在筹建戏台。在几千里之外，我仿佛已经听到乡亲们正唱着秦腔，那高亢、粗犷、清丽、煽情的旋律在耳边经久地回响。

三

榆中县城离兰州几十公里。对故乡来说，这段距离仿佛是城与乡的分水岭。已经开通的高铁拉近了城乡之间的距离，正在逐渐抹平城与乡的差距，规划之中的兰州通往县城的地铁像一朵油菜花盛开在希望的田野上。

县城属于城中有乡，乡中有城。我回去的时候正是瓜果飘香的时节，白兰瓜、桃子、西瓜，不但好吃，特别甜，还特别便宜，一斤西瓜才几毛钱。乡亲们推着车，开着车，从田间地头拉着丰收的喜悦到县城叫卖，满街都是卖瓜、买瓜、抱瓜的人。应季的蔬菜青翠欲滴，乡下的亲戚到县城卖菜，路过母亲的住处时捎来土豆、辣椒、茄子、西红柿、豆角，一堆一堆的，够我们吃十天半月。

小城虽小，却有历史。秦始皇三十三年（公元前214年），嬴政派蒙恬到黄河流域"斥逐匈奴"，在黄河沿岸"因河为塞"，建立四十四县，榆中县即其中之一。

小城藏着宝，《四库全书》这个宝贝曾藏于小城。

《四库全书》是清乾隆皇帝组织编纂的中国历史上规模最大的丛书，分经、史、子、集四部，故名四库。后《四库全书》奉旨总共缮写成七部，分藏各处。但在其成书后的两个多世纪中，世道常不太平，战乱频仍，灾祸连连，内忧外患，致《四库全书》命运多舛，屡遭劫难。二十世纪六十年代中期，文溯阁《四库全书》调拨甘肃省图书馆收藏。1971年，文溯阁《四库全书》由军队秘密押送至榆中县，存放于占地面积三十亩，建筑面积两千多平方米的专库之中。

守护《四库全书》的人如今安在，住在县城一隅，离母亲的住处很近，叫刘永安。他清晰地记得在去省图书馆报到时老馆长亲口转述的周恩来总理说过的一番话，大意是，一座城市毁了，可以重建，但是《四库全书》毁了，就再也建不起来了。

对于《四库全书》的守护，组织上有纪律要求，《四库全书》是国宝，专库是保密之地，天机不可泄露。在很长一段时间里，刘永安的妻子不知道丈夫换了什么工作，具体工作内容是什么。有一次妻子去看望他，进了第一道大门，问刘永安你在这里干什么，他笑而不语。第二道门里就是《四库全书》，他没让妻子进去。

作为一名书生，刘永安何尝不想亲眼目睹《四库全书》的真面目？他多次进入藏书的密室查看保管情况，嗅着那一个个楠木、樟木盒子散发的迷人的香，他格外陶醉，但他一次都没有打开国宝。

多少个日日夜夜，刘永安都是在专库工作与生活的。正是在刘永安等人的精心守护下，《四库全书》没有发现潮湿、发霉、长毛现象，也无虫蛀、指印、唾液等污染。

问起刘永安当时的感觉，他说了两个字：寂寞，又说了两个字：光荣。

暮色四合，华灯初上。我站在四楼的窗口端详自己的故乡，路在变，街道在变，建筑在变，环境在变，尤其是最近几年，越来越多的兰州人和外地人移居于此。福建福州人柯学仁落户榆中已经有好几年时间，他在榆中娶了妻子，生了孩子，办起一所中西医医院，帮助榆中乡亲解决"看病难"问题。为了保护榆中农村的生态环境，家弟花了五年时间几乎倾尽家财研发成功低温电磁力垃圾裂解系统，我眼见他节能环保科技公司里的工人将生活垃圾、塑料、橡胶、医疗垃圾等填入系统，瞬间处理得一干二净，没有黑烟扶摇直上，没有刺鼻的气味四处弥散，让留住乡村青山绿水不再困难。

榆中县政府的工作人员对我说，不信你看，三五年之后，咱们榆中就是兰州的"后花园"，会有越来越多的人到榆中安家落户。

小城在变。小城人在变。小城人的生活在变。但不变的是悠久的历史、文化和乡情，以及一城人对文化与一草一木的敬重。

岁月静好，而今迈步。

（刊发于2017年11月20日《人民日报》文艺副刊）

斯古拉

刘亮程

一

这一天的时光是给斯古拉的。所有向上的路走向斯古拉,每一双眼睛都朝她仰望。

我相信仰望可以像云雪一样寄存在天上。几百年里人们对她的仰望,一层层,在山上又堆出看不见的山。后来人们所望的,只是自己日渐堆高的敬仰。

我相信所有仰望的目光都会回来。

这一天,我看见几百年里人们朝她望去的目光在返回来,从银白的峰巅、从云朵、从阳光透彻的虚空中,那些目光回望过来。

我迎着她们在望。

这一天我们被一座山的回忆照亮。那些马蹄和人的脚,踩在往日的蹄印脚印上。

仿佛我们是无知时间里的重来者,仿佛初次望见她的惊喜里包含着不知道的无数次。

那些满含眼泪的仰望,比天空还空的仰望,像看自己的亲人、情人的仰望,什么都看不见被孙女搀扶着上山的盲人阿妈的仰望,跪拜的人群后面羊的仰望、马和牦牛的仰望,都寄放到她头顶的天空了。

谁都不说他们望什么,谁都不告诉谁望见什么,小孩见大人望就跟着望,牛羊见人仰望也跟着望。我们见所有人在仰望也跟着望。在这个永远不需要问什么的仰望里,我们清晰地看见自己,和这座大山里跟我们一样的陌生熟人。

二

这一年年的时间都是给斯古拉的。山脚下叫长平的藏人村庄,叫四姑娘的小镇,都为她忙碌。

赞增说他的马就是为斯古拉买的,以前他在外打工,当厨师。几年前回到村里,买了这匹马,往山上接送游人。

来看斯古拉的人越来越多。早先只是当地藏人祭拜斯古拉。每年端午节的前两天,是属于斯古拉的。这一天,人们把所有的活停下,大人、老人、小孩,远处近处的人,聚拢在一起,都往山上走。牦牛和羊也往山上走,它们供祭祀用,只有上山的路,没有返途。

赞增居住的长平村,上千口人和三千匹马,都为斯古拉干活,把游人驮上山又驮下来。他们卖马的力气挣钱。

赞增说,他每天上下跑两三趟,只收个马的钱。自己来回牵马,都没算钱。

赞增一家五口人,夫妻俩、两个孩子和岳母,妻子在县上照顾大孩子上学,岳母在家里照顾小孩子,一家人所用全靠他的马挣钱。

家里养了三头牦牛,跟邻家的牦牛一起放在沟里,闲了去看看,牦牛不会跑远。人去山里看牦牛时,会带点盐,牦牛爱吃盐。主人给牦牛喂盐的地方,就成了他们的约会点。还有几只羊,它们中的几个,是每年供给斯古拉的。

马道旁不时有巨石悬卧,上面刻有地震坠石文字。

赞增说,"5·12"汶川地震那天,他在斯古拉对面的山上采虫草。整个山轰隆隆巨响,像要垮塌下来,山上的巨石往下滚落。赞增说他从来没有经历过这样的事情,还以为采虫草得罪了斯古拉,手里的虫草赶紧扔掉,双手紧紧抓住树干。

"一棵大松树轰隆隆摔倒,砸在石头上。石头也从头顶滚下来。我吓得蹲在地上。那个时候,不知道抓住什么可靠。抱住石头,石头往下滚。抱住树,树在倒。"

赞增就在那时看见对面的斯古拉,她摇晃着,双臂伸开,像在跳藏族舞。只跳了几步,突然停住。她一停住,所有的山和树,都停住不动了。

马道在乱石和松林间穿行,松树高大蔽日,随处可见倒伏的大树,横架成桥,像要渡什么过去。

步行和骑马的人混杂一起,人像矮树桩,直直斜斜插满山路,都面朝上,脖子伸长，走一截停下缓口气，这里空气本来稀薄，上山的人一多，就更不够用。

三

斯古拉脚下的简易客栈，歇息疲乏的人和马。炉火在这里也有气无力，烧不开一壶水，煮不熟半锅面条。

多数人走到这里原路返回，多数人没有往高处走的时间和气力。

一些人走向海拔更高的下一个营地。我们斜躺在草坡，看步行和骑马的人，拐一个弯消失在山谷。在下一个营地，炉火的力气只能把水烧开到不烫手的温度。马匹全在那里停住，再往上的路是人的，那些陡峭山岩上没有马的落脚处。

还有人往更高处走，走到他们在来路上远远看见的半山腰，站在那里望一路经过的村庄城镇，望游丝一样隐约在山谷林间的路，望朝着斯古拉涌来的人和车辆。

极少数的人攀到峰顶，用剩下的半口气支起沉重的身体，在凛冽寒风吹起的雪片里，面如雕塑，朝下望他们活过的人世，望丢在那里的忧伤和痛苦。据说攀到顶峰的人会莫名地忧伤，无论一个人或几个人。寒冷把表情冻住，不费力气的忧伤，跟在一口口费劲的呼吸后面。没有忧伤，人会断气。

更多时候攀顶的人被罩在云里，什么都看不见。他们出发时山顶晴朗，爬到山腰看见一团团的云飘过头顶，云是斯古拉掀开又披上的白头巾，山有心事，云便汇聚，聚多了下一场雪。阿坝的群山下雨时，斯古拉顶上在飘雪。

每年都有攀登者坠落。山风大，风推着雪和人往上。上山时人抱着一座山，人是山的孩子。下山时人抱不动自己这块石头了。坠落的都是下山的人。人要下山，还有一个东西比人更着急下山，那是人的忧伤，它跟在后面，像一个雪球越滚越大。

四

其实我只看了她一眼。

山路一转，她突然悬浮在半空，完全不像这座山里的山。别的山都翠绿，她银白。别的山蜿蜒起伏，她陡然而立，一尊纯银的锐利山峰，亭亭玉立在群山之上，跟这个世界脱离得干干净净。

这一刻起所有的目光被她吸引。

他们叫她女神。

我看见的是几百年里人们积攒在那里的眼神。我久久的注视也积攒在那里。以后的时间里是她在看我。

我在她的目光里来了又走，她不知道我回到世间的哪个角落去过生活，我在别处沉默和微笑她看不见，我从这个世界消失了她也不会知道。但是，我会因为她而仰起头，她的陡峭让我在某个瞬间挺直腰。我会想着她而忧伤。我的忧伤不费力气，也不危险。

我从没想过去攀上她的峰顶。我的力气或许只够我在世间度日。我喜欢在一条小山沟里，目送日落日出。在那里，我的炉火有足够的力气烧开水，煮熟米面。

可是，当我回到远处，那顿半生不熟的面条还在胃里。我仿佛还奔赴在她的人群马队中，永远都不走近，只是步行到山脚下，仰头看她，看我寄存在那里的目光，和太阳照暖的云朵、和星星月亮、和所有的仰望聚合在一起。

我这样想着她的时候，什么都耽误不了。就像马夫赞增把一年的活干完，到每年端午节前，属于斯古拉的这一天，把所有的事情放下，把马缰绳放开，带着家人步行上山，在正对着她的山顶，煨松烟，磕长头，把一年的平安、一生的心愿默默倾诉给她。

或许我已错过的每年的这一天，在云朵上积攒成完整的一年。那是我留给她的整整一年。当我在世间的时光不够用时，我就来她的永恒里续命，用她的时间做更长久的事。我会看见四季围着她转，而她在唯一的季节里。别的山长松树，长草开花，她周身银白，不参与生长的事。

我会在她的黄昏里，一山山地看落日。我不知道她的太阳落到哪里。四周都是山。每座山都带来不一样的黑夜。斯古拉在她自己的高高白天里，在那里，落得再远的太阳都在她的地平线上，我沉入黑夜的梦也在她的默默注视里。

（刊发于2017年12月18日《人民日报》文艺副刊）

人在草木间

周晓枫

我认识的福建人,好像没有谁不喝茶。无论冬夏,他们随身携带身份证一样带着自己的茶。我还数次目睹出差的福建笔友,带着整套茶具。茶盘、茶壶、茶海、茶漏、茶巾……除了数只以供邀约朋友的品茗杯,我竟还看到有带着私人茶宠的。我笑他们,只差背个屏风和古琴来。

我不算饮茶人。喝也行,不喝也行。写作时我与咖啡为伴,养成了心理依赖。咖啡或茶,开始是自愿地被束缚,久而久之,就缠绵入骨,难以为戒。很难说它们是苦是甜,复合之味才令人上瘾。

作为不解茶趣者来安溪,来铁观音的原乡,我总觉得自己混浊,品佳茗也相当于牛嚼牡丹。抬头,茶馆匾额写着"禅茶一味"。无论是禅意还是茶味,我从来无法体会和参破它们极简之后的丰富。好在,禅与茶,都慈悲宽容。

茶这个字,拆开笔画就是:人在草木间。植物的馈赠,看看草与木,从纸、茶、药,到床、船、屋……我们随时生活在草木之间。我们阅读的书籍,我们穿着的衣裳,我们弹奏的乐器。茶,是其中日常又慷慨的给予。

每天的日子,开门七件事:柴米油盐酱醋茶——最后一个是茶,微妙地超越其他。如果是生活需要,水就够了。文人喜欢诗酒茶:诗是对文字的奢侈,酒是对粮食的奢侈,茶是对清水的奢侈。正因为茶是高于生存需要的水,所以象征精神的部分。是啊,对生存来说,精神就是奢侈——可正因有了这些奢侈,我们才不枉此生。说起来,都是动物的生命,人是其中的奢侈;茶寿指一百零八岁,是把"茶"字拆成"二十加八十八"……所以都是长寿者,茶寿是其中的奢侈。

茶,并非神话中的灵丹妙药,是现实中既平凡又堪称伟大的植物。福建安溪,以铁观音闻名,茶香似乎弥散在这里的空气里……香,是气味的奢侈;铁观音,是茶里的奢侈。

传说1723年观音托梦所赐的母本茶树，就生长在安溪打石坑的岩缝间。汽车沿山道攀爬，带领我们去参观这棵神话般的古树。因为铁观音的生长环境，要求一定的海拔高度。到了山顶，并非终点，还要沿着层级并不规则的细窄土路下行。脚边是枝条参差的植物，耳畔是从远处传来的水声……水流细巧，介于溪与瀑之间。我们一路小心，相互搀携，才下到平缓的底部。

虽然知道铁观音是灌木，不可能树冠盛大；虽然知道越老的铁观音，根系越深，香气越沉郁……可母株如此瘦小，还是让我意外。它没有得到彻底的伸展，每发新芽，每生新枝，收取的手就会到来。它的芽叶幼嫩时就被采摘，它的枝条被不停折断用以扦插育苗——就是这样一棵被限制、被切割、被剥夺的茶树，守着承诺般，守着它叶片的独特形貌：紫芽斜尾，缘齿疏钝，上面有着拇指按压般的神迹印痕。

并非夸许，茶有近乎神迹之处。折断枝条，插土就能成活——万能地再生。你摧毁，它报以辽阔的丰收，甚至更为勇敢。母株压条繁育时，经过扭转和压扁的伤枝，反而有利更好更多地生根；如果小心呵护的，却事倍功半。一万次酷刑，意味着一万次的繁茂，十万、百万、千万次的慷慨。茶叶制造的过程也是这样。摇青时，芽叶相互摩擦、碰撞，受损的茶青反而分泌香气。每片茶叶，都死于离枝，死于炒制，死于滚水……然后，它们又从中复活，将自己的清香与甘醇，灌注到每一滴水里。从伤害里汲取成长力量的茶，就这样，涓滴灌溉，帮助我们清除体内的毒。

茶，看似羸弱，却隐藏柔韧而惊人的力量。站在这株古茶树旁边，我观察它厚实的叶片，陈旧的花瓣。我安静，和朋友偶尔交流，也尽量低语……我不由自主的态度里，仿佛包括对时间和沧桑的尊重。

我以前觉得，交通的便捷，瓶装水的储存，空调系统的温控，使今人很难体会古人曾经的乡愁。我们可以在全球化的环境里，共享无差别的水土。但是在这棵茶树面前，我改变了看法。也许我们能保留自己所适应的饮食习惯、所乐于交流的乡音，以及，那蓄意维持的心理时差。植物，替我们凝结着乡愁：土壤里的酸碱度，空气中的含水量，海拔和温差，云雾雨雪，都在其中。活着的茶，在冷水里浇着，根系沉默的一切；死了的茶，在滚汤里沏着，重新活过，在袅袅升腾的丰沛水汽里，还你故乡的云雾缭绕。

形如铁、色如铁、重如铁……庄重，就在这一盏琥珀色的铁观音茶中。它是由土生长出的木，经过火上的铁锅炒制，最后水让它复活。一盏茶里，汇聚金木水火土……我们人生的五行，尽在其味，尽在不言之中。茶作，是人与植物的灵魂交流，就这样日月天地，就这样草木山水。

茶，经历水火，是树叶的前世今生。最初，它被揉搓，被携带，在更久的日子里不死。茶，折叠自己，它在自己的抱缩里藏好往昔的春秋。最后，神秘收拢的叶脉打开了，像一个人慢慢摊开手心里的掌纹。铺满刻痕的线条，记载它活过的风雨。制茶时，水分被蒸发，年少青春的饱满汁液消失。茶，是变成老年的树叶，暮色沧桑。的确，茶，是一片树叶的回忆；但这回忆里，饱含变化。是昨天的自己，又不是昨天的自己；是昨天的复活，又不是昨天的复活……浸泡缓慢，体会悠长，如是，恍兮惚兮。

此时，在山岭中。周围是高起来的地势，底端是铁观音的茶枝。冷冽的空气浸泡，让我清醒。人生一世，草木一秋。如是，我们在更大的天地茶盏里被时空浸泡，散发出一生微苦里的领悟、回甘里的安慰。

（刊发于2018年1月13日《人民日报》文艺副刊）

后 记

为纪念《人民日报》创刊七十周年，按照报社编委会的要求，我们编选了这部《人民日报70年散文选》。

从七十年的文艺副刊作品中，遴选百余篇、四十万字的散文精品，难度不小。幸运的是，十年前，我们的编辑同仁曾选编过一部《人民日报60年优秀散文选》，受到广大读者的欢迎与肯定，也使得我们这次的选编工作有了良好的基础。

那次选编，编辑同仁们商讨出几条编选原则：推崇名家，也不忽视普通作者、基层作者的名篇佳作；在年代掌握上，以上世纪五十年代和新时期作品为主，兼顾其他年代；注重散文的分类，抒情、纪实、随笔、小品等兼收并蓄；名家以不超过三篇为限，一般为一篇；基本以短文为主，以增强文选的覆盖面。"不管是名家还是普通作者，我们大体是按照思想性与艺术性相统一的原则编选的。有的作品，在当年曾产生过很大影响，可是时过境迁，回头再看，不过尔尔，这样的作品只有舍弃；绝大多数作品，则是既具相当的社会影响，又具时间穿透力的美文，是既体现时代精神，又有很高艺术水准的名篇佳构，是经得起时间检验的珠玑文字。"

我们觉得，这些编选原则经受住了实践检验。因此，本次选编，我们决定总体上延续这些编选原则，同时根据新的要求作一定调整。着重增选近十年的作品，前六十年作品在上次选编的基础上，出于增强文选覆盖面、文选字数限制等考量，删减部分篇目。希望这个选本能大致呈现七十年来文艺副刊散文作品的历史面貌。

2018年是全面贯彻党的十九大精神的开局之年，是改革开放四十周年，是决胜全面建成小康社会承上启下的关键一年，是《人民日报》创刊七十周年。在这个时间节点选编《人民日报70年散文选》，历史感已无须赘言。七十年我国发生翻天覆地的变化，各个历史时期的方针和政策都有调整和变化,反映在作品中也有不同的概念、不同的表述。为了保持作品的历史原貌,原则上都不作删改。一些习惯性的用语和表达具有特定的时代特点,甚至还有一些不甚规范之处,为保持历史原貌,也未作改动。

这个选本除了以《人民日报60年优秀散文选》作重要参照,还有其后的《风在诉说着时候——人民日报2009年散文精选》《智慧不会衰老——人民日报2010年散文精选》《只取千灯一盏灯——人民日报2011年散文精选》《诗人江湖老——人民日报2012年散文精选》《陌上何时花开——人民日报2013年散文精选》《叩问远去的时光——人民日报2014年散文精选》《岁月不曾抵达——人民日报2015年散文精选》《有精神曰富——人民日报2016年散文精选》等多部年选做基础。因此,要感谢多年来鼎力支持文选编选的前辈和领导,尤其是十年前初次进行大跨度编选时提供鼎力支持的老前辈袁鹰、姜德明、刘梦岚等同志,还有当时参加编选的编辑同仁。

由于编辑学识有限,加之篇幅所限,定有遗珠之憾和欠妥之处,敬请方家见谅并指教,以便再版时有所补正。

本书编辑组
2018年5月